福尔摩斯探案全集

(英)阿瑟·柯南·道尔/著 倪翔/译

Sherlock Holmes:
The Complete Novels and Stories

3

（鄂）新登字 08 号

图书在版编目（CIP）数据

福尔摩斯探案全集：全3册/（英）柯南·道尔(Conan Doyle,A.) 著；倪翔译. -- 武汉：武汉出版社，2012.10
ISBN 978-7-5430-7107-0

Ⅰ.①福… Ⅱ.①柯…②倪… Ⅲ.①侦探小说—小说集—英国—现代 Ⅳ.①I561.45

中国版本图书馆CIP数据核字(2012)第202814号

上架建议：经典/侦探小说

福尔摩斯探案全集（全3册）

作　　者：	（英）阿瑟·柯南·道尔
译　　者：	倪　翔
责任编辑：	李杏华
监　　制：	张应娜
策划编辑：	耿金丽
封面设计：	吕彦秋
版式设计：	风　筝
出　　版：	武汉出版社
地　　址：	武汉市江汉区新华下路103号
邮　　编：	430015
电　　话：	（027）85606403　85600625
	http://www.whcbs.com　E-mail:zbs@whcbs.com
印　　刷：	北京嘉业印刷厂
经　　销：	新华书店
开　　本：	715mm×1010mm 1/16
印　　张：	79.5
字　　数：	1500千字
版　　次：	2012年10月第1版　2012年10月第1次印刷
书　　号：	ISBN 978-7-5430-7107-0
定　　价：	88.00元（全三册）

版权所有·翻印必究
如有质量问题，由承印厂负责调换。

福尔摩斯 探案全集
Arthur Conan Doyle

恐怖谷

第一部 伯尔斯通的悲剧

一

警告

"我倒认为……"我说。

"每个人都认为。"福尔摩斯的语气很不耐烦。

我相信自己是一个非常有耐性的人；不过，我还是要承认，他如此嘲笑着打断我的话，确实令我有点不高兴。于是我严肃地说："福尔摩斯，说实话，有时候你真让人有点难堪啊。"

他完全陷入沉思之中，没有即刻答复我的抗议。他用一只手支着头，面前摆着没有动过的早餐，双眼紧盯着那张刚从信封中抽出来的字条，然后把信封拿起来，举到灯前，格外仔细地对它的外观和封口进行研究。

"这笔迹是柏拉克的，"他若有所思地说，"尽管我以前只见过两次柏拉克的笔迹，我对这小条就是他写的也毫不怀疑。将希腊字母 ε 的顶端写成花体，这一点就很明显。不过，这要真是柏拉克写的，那它就必然会是件极为重要的事。"

他是在自言自语，而不是在和我谈话，然而这番话却令我感到很有兴趣，我的不快也随之烟消云散了。

"那么，柏拉克是谁呢？"

"华生，柏拉克这个名字是假的，它不过就是一个人身份的代号；可是在它背后却躲着一个诡计多端、不可捉摸的人物。他在前一封信里已经坦白地告诉了我，这不是他的真名，并且公然对我说，想要在这大城市的茫茫人海中寻找他的踪迹，是徒劳无益的。柏拉克的重要性，并不体现在他本身，而是体现在他所结交的那个大人物身上。你想象一下，一条鲭鱼和一条鲨鱼在一起，一只豺狼和一头狮子在一起——总之，一个本身并不是很了不起的东西联合了一个凶恶的怪物，会变得怎样呢？那就不仅是凶恶，还十分阴险了。华生，我认为他就是这样一个怪物，你听说过莫里亚蒂教授这个人吗？"

"那个非常有名的手段高超的罪犯，在贼党中十分出名……"

"不要说这样外行的话，华生，"福尔摩斯嘟囔着反驳我。

"我想说的是，只是在公众中无人知晓。"

"妙！你真是机灵过人！"福尔摩斯大叫着，"真想不到你在说话时也很狡黠幽默呢。华生，这我可要留意提防呢。可是称莫里亚蒂为罪犯，从法律角度来说，却是公开的诽谤——这也正是奥妙之处！他是有史以来最大的阴谋家，是所有恶行的总策划者，是黑社会的首脑，是一个完全有能力影响民族命运的智囊！这就是他。然而一般人却丝毫都不怀疑他，他从未受到丝毫攻击，他在处世为人方面的长处和厌恶自我表现的风度又十分令人钦佩。因此，只凭你说的这几句话，他就能够将你拖到法庭上，罚你一年的年金作为他名誉损失的赔偿。他不就是《小行的动力论》这部书的驰名作者么？这部书上升到的高度是纯数学中罕有的，据说科学界无人能对它提出批评。这样的人，难道可以中伤么？出言不逊的医生和遭到诽谤的教授——这就是你和他将分别得到的头衔！那人真是一个天才呢，华生，可是，只要我不被那些小爪牙弄死，我们就总会有得胜的一天的。"

"希望可以看到这一天！"我发自内心地欢呼道，"不过你刚才提到柏拉克……"

"噢，是的，这个所谓的柏拉克是整个链条中的一环，与所连接的那个庞然大物离得并不远。柏拉克不是特别坚固的一环——这不过是我们两人之间这样说。据我所能得到的判断，他在这个链条中是唯一的薄弱环节。"

"可是有一环薄弱，就会使全局不牢固啊！"

"非常正确！我亲爱的华生。所以，柏拉克就十分重要了。他还有点基本的正义感，我又偶尔在暗中送给他一张十镑的钞票，通过这一点适当的鼓励，已经有一两次，他在事先给我送来了具有一定价值的消息，其有价值的原因，是我通过它能预见并防止某一罪行，而不是在事后去惩办罪犯。我完全相信，如果我们能解开密码，就能发现这就是我上面所说的那种消息。"

福尔摩斯又把那张纸放在空盘子上铺开，我站起身，走到他身后，低头仔细看那些稀奇古怪的文字，那些文字是：

     534 C2 13 127 36 31 4 17 21 41
       道格拉斯 109 293 5 37 伯尔斯通
       26 伯尔斯通 9 47 171

"福尔摩斯，你能从这些字里得出怎样的结论呢？"

"这显然是用来传递秘密消息的。"

"不过，没有密码本，密码信又能派上什么用场呢？"

"在这种情况下，是一点用都没有的。"

"你为什么强调'在这种情况下'呢？"

"因为有许多密码，在我眼中就像报纸通告栏里虚假的广告一样简单。那些简单的东西在人的智力面前，只显得有趣，而不会显得厌倦。然而这次就不一样了，它所指的明显是某本书中某一页上的某些词。除非我知道是在哪本书的哪一页上，否则就无能为力了。"

"可是为什么又会出现道格拉斯和伯尔斯通这两个名字呢？"

"明显是因为这本书上并未出现那两个字。"

"那他为什么不说明是哪本书呢？"

"亲爱的华生，你天生就很机智狡黠，这点也使你的朋友们高兴；只凭这样的机智，你也不至于在同一个信封里把密码信和密码本都装进去。因为一旦信件被投递错了，那你就会败露。像现在这样，只有两封信同时出差错，才会出乱子。我们的第二封信应该已经到了，我想那封信里会给我们送来解释的文字，或者更可能包括查阅这些符号的原书。"

果然被福尔摩斯说中了，几分钟后，小仆人毕利走了进来，带来了我们盼望的那封信。

"笔迹是一样的，"福尔摩斯边拆信封边说，"并且竟然有签名，"等到他展开信笺时，便接着兴高采烈地说，"喂，华生，咱们可以开始了。"可是他把信的内容看完后，又双眉紧锁了。

"哎呀，这真是令人失望啊！华生，恐怕我们的期待都无法实现了。但愿柏拉克这个人不会出什么意外。"

亲爱的福尔摩斯先生：

我不想继续干这件事了，太危险了，他对我已有所怀疑。我能看出他开始怀疑我了。当我把通信地址写完，想到寄给你密码索引时，他居然出乎意料地来了。幸亏我盖住了它。如果被他看到，那我就非常危险了。可是从他的目光里，我看出了不信任的神色，请你烧了上次寄去的密码信吧，对你来说，那封信现在没有用处了。

弗莱德·柏拉克

福尔摩斯坐在那儿，用手指搓弄着这封信，对着壁炉皱着眉。

"也许其实并没有什么。可能只不过是他自己心虚了而已。他把自己当成贼党中的叛逆者，所以认为那个人在谴责他。"福尔摩斯终于开口。

"我想，那个人就是莫里亚蒂教授吧。"

"完全正确！他们那一伙人，无论是谁，只要一提到'他'，都知道指的是谁。他们所有人只有一个发布命令的'他'。"

"可是他又有什么办法呢？"

"哼！这个问题倒很严重。当你遇到一个欧洲第一流的智囊作你的对手，而他背后还有全部的黑社会势力，那就发生任何事都有可能了。不管怎么说，咱们的朋友柏拉克明显被吓糊涂了——请你比较一下信纸上和信封上的笔迹。这说明，信封上的字写在那个人突然来访前，因此清楚而又有力，不过信纸上的字就潦草得几乎无法看清了。"

"那他写这封信有什么必要呢？干脆放下不管不就行了。"

"因为他怕一旦那么做，我就会找他追问，给他带来麻烦。"

"有道理，"我说，"当然了，"我将原来用密码写的那封信拿起来，皱着眉认真地看，"明知在这张纸上写着重大的秘密，可是没有任何破译的方法，快要把人急疯了。"

夏洛克·福尔摩斯将他一口都没尝过的早餐推到一边，点燃了气味难闻的烟斗，这是他默然沉思时的伙伴。"我觉得有些奇怪！"他把身体靠在椅子上，仰视着天花板，说道，"也许有些东西被你那马基雅维利①的才智漏过了。让我们用单纯推理的方法来考虑一下这个问题吧。这个人是以一本书为蓝本编写密码信的，咱们就以此为出发点吧。"

"这个出发点相当没把握啊。"

"那么让咱们看看是不是可以缩小一点范围吧。当我在它上面集中思想的时候，这件事看起来就不是那么高深莫测了。我们有没有什么关于这本书的可供查清的迹象呢？"

"一点都没有。"

"嗯，嗯，或许没糟到这个地步。这封密码信的开头是一个大534，不是吗？我们可以把534假设为密码出处的页数。那么我们这本书就会很厚。这样我们就有了第一个线索。这本厚书是哪一类的，我们是否有些别的可以查明的迹象呢？第二个符号是C2，你认为它的含义是什么呢？华生。"

"一定是说第二章了。"②

"未必是这样，华生。我相信你会赞同我的观点：既然页码已经指明，那章数就不重要了。再说，假如534页只是第二章，那第一章就一定长得不像话了。"

"指的是第几栏！"③我喊道。

"聪明啊，华生。今天早晨，你可是展露才华了呀。如果它指的不是栏，那就是我误入歧途了。所以现在，我们可以设想有一本很厚的书，每页印成两栏，每一栏又特别长，因为这封信中有一个词的标数是二百九十三。这是我们能推理出的所有的东西吗？"

"恐怕是所有的了。"

"不要这么小看自己，我亲爱的华生。再一次展现你的智慧吧。如果这本书是很不常见的，他必然会提前寄给我。他没有在他的计划遭到挫败前把书寄给我，只是想通过信件告诉我线索——他在信中是这样说的。这完全能够表明，他一定觉得这本书对我来说是不难找到的。他有这样一本，所以觉得我也会有。总之，华生，这本书很普通。"

"你的话听起来的确符合情理。"

"因此，探讨的范围已经被我们缩小到一本厚书上了。书是印成两栏的，并且也很常用。"

"《圣经》！"我十分得意地叫道。

---

① 马基雅维利：意大利政治思想家兼历史学家，主张为达到政治目的可以不择手段。
② 英文的章是Chapter。
③ 英文的栏是Column，与章均以字母"C"开头。

"好，华生，好！不过，如果你不介意的话，还不是足够好。与《圣经》相比，我还举不出一个莫里亚蒂党徒手边更有可能的书来。此外，《圣经》有很多版本，很难设想两个版本在页码上完全相同。这本书显然是只有一个版本的书。他能确定他书上的534页和我书上的534页一定相同。"

"不过符合这种条件的书却不多啊。"

"完全正确，我们的出路正好就在这里。我们的查找范围进一步缩小到版本统一而又每个人都会有的一本书了。"

"萧伯纳的作品！"

"华生，这仍然有问题。萧伯纳文字的特点是洗练简洁，但词汇量不多。选择其词汇传递普通消息是很难的。我们还是排除萧伯纳的作品吧。根据相同的理由，我认为字典也不适合。那么还剩下什么书呢？"

"年鉴！"

"真棒，华生！如果你猜不到要害，那我就犯了大错了！是一本年鉴！让我们来认真考虑一下华特克年鉴①的条件吧。这本书很常见。它那么多页数符合我们的需要，而且印成两栏，虽然开始时用词简练，如果我记得不错，它在将近结尾时就变得很啰唆。"福尔摩斯从写字台上把这本书拿起来，"这是第534页，第二栏，我看讨论的是英属印度的贸易和资源问题。华生，请你记下这些字！我们找到第十三个字，是'马拉塔'②，我担心这个开始并不吉利，第一百二十七个字是'政府'，虽然对我们和莫里亚蒂教授来说这个字都有点离题，但至少还算合理。现在我们继续尝试，马拉塔政府有些什么行为呢？哎呀，下一个字是'猪鬃'。我亲爱的华生，我们错了！这回完了！"

他说话时的语气虽然是开玩笑的，可是颤动的浓眉却表现出他内心是失望和恼怒的。我也无计可施闷闷不乐地坐着，注视着炉火。突然，福尔摩斯的欢呼打破了长时间的沉默。他向书橱奔去，从里面拿出另一本黄色封面的书。

"华生，我们因为太新潮而吃亏了！"他大声说道，"咱们走在时代前面，于是受到了应得的惩罚。今天是一月七日，我们已经及时买到了这本新年鉴。看来柏拉克很可能是以一本旧年鉴为根据凑成他那封信的。毫无疑问，如果他写完那封说明信的话，他一定会将这一点告诉我们。现在我们看第534页上讲的都是什么。第十三个字和第一百二十七个字是'有'，这下希望就大多了。"福尔摩斯的两眼发出兴奋的光。在数那一个个字的时候，他细长的手指因激动而不住地颤抖着，"'危险'，哈！哈！太好了！华生，记下它。'有危险—可能—到来—很快—某人'，接下去是'道格拉斯'这个人名，再下面是'富有—乡下—现在—在—伯尔斯通—庄园—伯尔斯通——可信——火急'。你看，华生！你觉得纯推理这种方法以及成果如何？如果鲜货店出售桂冠这种商品，我一定要让毕利去买一顶。"

在福尔摩斯破译那密码时，我把它草草地记在膝上的一张大页书写纸上。我忍不住全神

---

① 华特克年鉴：英国最有名的年鉴。
② 马拉塔：住在印度中部及西部的人，生性好战。

贯注地盯着这些奇怪的词句。

"他表达意思的方法真是古怪而又勉强。"我说。

"恰恰相反，他做得真是太妙了，"福尔摩斯说道，"当你只能从一栏文字中寻找表达你的意思的字眼时，你很难能找到你需要的每一个词。因此你不得不留下一些东西，让收到你信的人靠他的智慧去理解。这封信的意思，十分明确。有些不利的事将发生在一个叫道格拉斯的人身上，他就像信上写的，是一个富乡绅。他确信——他找不到'确信'这个字，只能找到与它相近的字'可信'来代替——事情已经万分火急。这就是我们的成果——而且是很需要技巧的工作呢！"

福尔摩斯就像一个纯粹的艺术家，就算他没有达到自己颇高的期望而暗自失望，他也对自己比较好的工作成果产生一种欣喜。当毕利推开门，带着苏格兰场的麦克唐纳警官走进屋子时，福尔摩斯仍然在为自己的成就轻声发笑。

那是十九世纪八十年代最后一年的年初，艾立克·麦克唐纳还没有像现在一样有名。那时的他还是个青年，可是，由于他的案子办得都很出色，因而已经成为侦探界深受信赖的一员了。他高大健壮，使人一看就知道他体力过人；他那硕大的头颅和深陷而有神的双眼，更清楚地说明他智力敏锐。他为人沉默寡言，做事一丝不苟，他性格倔强，说话时有很浓重的阿伯丁港口音。

福尔摩斯帮助他办过两个案子，都获得了成功。而福尔摩斯自己得到的报酬，就仅仅是用智力解决疑难而产生的快乐。所以，这个苏格兰人十分热爱和尊敬他的业余同行，其表现就是，每当他遇到困难，就诚恳地来请教福尔摩斯。一个平庸的人看不到高于自己的东西，但是一个有才能的人却能够立刻认识到别人的天才。麦克唐纳是个有才干的人，他明白向福尔摩斯求援并不丢人，因为无论在才能上还是在经验上，福尔摩斯都是欧洲顶尖的侦探。福尔摩斯不善与人相交，可是他并不讨厌这个高大的苏格兰人，每次见到麦克唐纳，他的脸上都带着微笑。

"真早，麦克唐纳先生，"福尔摩斯说，"祝你顺利，我担心又发生了什么坏事吧？"

"福尔摩斯先生，我觉得，如果你说的不是'担心'，而是'希望'，就更近乎情理了。"这个警官微笑着回答，"好，一小口酒就能把清早阴冷的寒气驱走。谢谢你，我不抽烟。我必须赶路，因为在一件案子发生后的最初时刻，是最珍贵的，这一点没有人比你更清楚了，但是……但是……"

警官突然停住了，非常惊异地盯住了桌上的纸，是那张我草草记下密码信的纸。

"道格拉斯！"他有点结巴地说，"伯尔斯通！这是什么？福尔摩斯先生。哎呀，这真像变魔术一样！你到底从哪儿得来这两个名字的？"

"这是华生医生和我偶然从一封密码信中破解的。可是怎么了，这两个名字有什么问题吗？"

警官诧异地看看我，又看看福尔摩斯。"正是这样，"他说，"伯尔斯通庄园的道格拉斯先生昨晚被谋杀了！"

二

福尔摩斯的谈话

　　我的朋友就是为这样富于戏剧性的时刻而生的。如果说他因为这个惊人的消息而吃了一惊或有所激动，是言过其实的。尽管他并不残忍，但长期过度兴奋，无疑使他变得冷漠了。然而，他固然感情变得淡漠了，理智的洞察力却极其敏锐。我听到这个简短的消息后感到了恐怖，而福尔摩斯却丝毫不露声色，他的表情颇为镇静和沉着，就好比一个化学家看到结晶体从过饱和溶液里分离出来一样。

　　"没想到！没想到！"他说。

　　"你似乎并不感到吃惊啊！"

　　"麦克唐纳先生，这使事引起了我的注意，还不至于令我吃惊。我为什么要吃惊？我从某方面得到一封匿名信，也知道这封信十分重要。它警告我某个人有危险。不到一小时，我得知这个危险成为了现实，那个人已经被杀。如你所见，它引起了我的注意，但我不感到惊诧。"

　　他向警官简单讲述了这封信和密码的来由。麦克唐纳坐在那里，双手托着下巴，两道淡茶色的眉毛纠结在一起。

　　"今天早晨我原定是要去伯尔斯通的，"麦克唐纳说。

　　"我到这儿来就是问一下你和你的这位朋友想不想和我一起去。不过，听了你刚才的话，也许我们在伦敦能办得更好些。"

　　"我并不这么想，"福尔摩斯说。

　　"哎呀！福尔摩斯先生，"警官叫道，"一两天内，报上就会登满'伯尔斯通之谜'。可是既然在伦敦已经有人在罪行发生前预料到了，那怎么还能算是谜呢？我们只要把这个人抓起来，其余的一切也就解决了。"

　　"正是这样，麦克唐纳先生。不过你打算怎样捉住这个所谓的柏拉克呢？"

　　麦克唐纳把信还给福尔摩斯说："是从坎伯威尔投寄的——这对我们的帮助也不大。你说名字是假名。这当然不算什么线索。你不是说你从前给他送过钱么？"

　　"有两次。"

　　"怎样送的？"

　　"把钞票寄到坎伯威尔邮局。"

　　"你没有想办法去看看取走钱的人？"

　　"没有。"

　　警官很惊讶，似乎受到了震动地说："为什么？"

　　"因为我向来守信用。他第一次写信给我时，我就承诺不去追查他的行踪。"

　　"你认为有个什么人在他背后吗？"

"当然有。"

"就是你曾和我提到过的那位教授吗?"

"一点也不错!"

麦克唐纳警官笑着瞥了我一眼,不停地眨着眼:"实不相瞒,福尔摩斯先生,我们民间犯罪调查部认为,你对这位教授多少有点偏见。我曾亲自去调查过这件事。他看起来是一个非常可敬而又有学问、有才能的人啊!"

"我很乐于见到你们对这位天才的赏识。"

"老兄,人们没法不佩服他啊!当我听到了你的看法,就决定去看看他。我和他闲谈了一会儿日食的问题。我记不清是怎么谈到这上面去的,不过他那时拿出了一个反光灯和一个地球仪,一下子就把原理说得十分透彻。他借了一本书给我,不过不怕你见笑,虽然我在阿伯丁受过很好的教育,可还是看不大懂。他有着瘦削的面容和灰白的头发,说话时神态严肃,完全可以成为一个非常好的牧师呢。在我离开时,他把手放在我的肩上,就像父亲在你走上冷酷世界前为你祝福一样。"

福尔摩斯发出了咯咯的笑声,边搓手边说:"好极了!好极了!告诉我,我的麦克唐纳朋友,我想,这次兴致盎然、感人肺腑的会见应该是在教授的书房里进行的吧。"

"是的。"

"房间很精致,不是吗?"

"实在精致——简直是非常华丽,福尔摩斯先生。"

"你坐的位置是在他写字台对面吗?"

"对。"

"太阳照着你的眼睛,而他的脸处于暗处,对不对?"

"嗯,时间是晚上;可是在我的记忆里,当时灯光照在我的脸上。"

"当然是这样了。你有没有注意到教授座位上方的墙上挂着一张画呢?"

"不会有什么被我漏过的,福尔摩斯先生。也许这些本领我是从你那里学来的。不错,我看到了那张画——是一个年轻女子用两手托着头,侧面看着你。"

"那是杰恩·拜布特斯·格乐兹①的油画。"

警官尽力显出感兴趣的样子。

"杰恩·拜布特斯·格乐兹,"福尔摩斯两手指尖相抵,靠在椅子里继续说,"他是一位法国画家,在一七五〇年到一八〇〇年之间曾十分显赫。当然,我指的是他的绘画生涯。和格乐兹同时代的人对他的评价很高,现在的评价则要超过那时。"

警官的双眼显出茫然的神情,说道:"我们是不是最好……"

"我们谈的正是这件事情啊,"福尔摩斯打断了他,"我所说的全部内容都与被你称为伯尔斯通之谜的案件有直接且重要的关系。事实上,从某种意义上来看,这正是事情的中心。"

麦克唐纳看着我,目光里有求助的意思,说话时笑得很勉强:"你思路的转变对我来讲有

---

① 杰恩·拜布特斯·格乐兹(1725—1805):法国画家。

点太快了，福尔摩斯先生。你把一两个环节省略了，我可就想不通了。这个已死的画家和伯尔斯通事件究竟有什么关系呢？"

"对于侦探来说，一切知识都是有用的，"福尔摩斯说，"一八六五年时，格乐兹一幅名为'牧羊少女'的画，在波特利斯拍卖时，价格达到一百二十万法郎——超过四万英镑——即使这是一件琐细的小事，也可以令你产生无限深思呢。"

显然，这确实令警官开始深思，他听得十分认真。

"我可以给你个提醒，"福尔摩斯接着说，"教授的薪金可以根据几本可靠的参考书来判断，是每年七百镑。"

"那他怎么买得起……"

"没错！他怎么买得起呢？"

"啊，这一点值得注意，"警官陷入了深思，"请你接着说，福尔摩斯先生，我真是太爱听了，这太奇妙了！"

福尔摩斯笑了。每当他受到别人真诚的钦佩，就一定会感到温暖——这应该是属于真正的艺术家的性格。他问道："那么到伯尔斯通去的事呢？"

"我们还有时间，"警官看了看表说，"门口有我的一辆马车，用不了二十分钟就能把我们送到维多利亚车站。可是谈到这幅画，福尔摩斯先生，我记得你从前对我说过，你是从来都没有见到过莫里亚蒂教授的。"

"是的，我从未见过他。"

"那你是如何知道他房间里的情形的呢？"

"啊，这就是另一码事了。我去过他房中三次，有两次用不一样的借口等候他，在他没回来的时候就离开了。还有一次，啊，这就不方便告诉一个官方侦探了。那是最后一次，我擅自匆匆地检查了一下他的文件，获得了意想不到的结果。"

"你发现有什么东西可疑吗？"

"一点也没发现，令我惊奇的正是这一点。不管怎样，你现在已经明白这张画的意义了。它说明莫里亚蒂这个人极为富有。他是如何搞到这些财富的呢？他并未结婚。他的弟弟在英格兰西部的一个车站当站长。他的教授职位每年可得七百镑。然而他竟然是一张格乐兹的油画的主人。"

"嗯？"

"经过这番推论，自然就明白了。"

"你是说他有很多的收入，而这么多的收入是非法得来的吗？"

"完全正确，当然我还有其他理由这样认为——大量蛛丝马迹，隐约通向蛛网的中心，而这个毒虫却纹丝不动地潜伏在那里。我只提到了一个格乐兹，因为你已经亲眼看见了。"

"是的，福尔摩斯先生，我承认你刚才所讲的很有意思，不仅非常有意思，可以说是奇妙极了。不过，如果你能进一步讲清楚些就更好了。究竟他是从哪儿得到那么多钱的？造假钞？私铸硬币？或者盗窃？"

"你看过与约翰森·魏德①有关的故事吗？"

"啊，这倒是个听起来很熟悉的名字。他是一本小说中的人物吧！对吗？我向来对小说里的侦探们没什么兴趣。这些家伙不论做什么都不让别人知道他们的方法。那只不过是灵机一动，还不能算是办案。"

"约翰森·魏德不是侦探，也不是小说中的人物，他是一个作案高手，生在上个世纪——一七五〇年前后。"

"那么对我来说，他就没有什么用处了，我这个人是很讲究实际的。"

"麦克唐纳先生，对你来说最实际的事，就是闭门读三个月的书，每天用十二个小时读犯罪史。任何事物都在往复循环状态中——莫里亚蒂教授也不例外。约翰森·魏德是伦敦罪犯们的幕后推动力，他出售自己那诡谲的头脑和组织势力，并收取百分之十五的佣金。旧事还会重演，同样的事会再度发生。我要对你讲一两件与莫里亚蒂有关的事，它会令你产生兴趣。"

"你讲的当然会令我非常感兴趣。"

"我在偶然中发现了莫里亚蒂锁链的第一个环节——锁链的一端是这位犯下大罪的人，另一端则有数以百计的打手、扒手、诈骗犯和赌棍，中间夹杂着名目繁多的罪行。为他们出主意的是塞巴斯蒂恩·莫兰上校，而法律对这位'参谋长'和莫里亚蒂本人同样无可奈何。你知道莫里亚蒂教授给他的薪水是多少吗？"

"我很想听听。"

"每年六千镑。这是他智慧的代价。你懂得这是美国商业上的准则。我对这一详情的了解，完全出于偶然。这已经超过了一个首相的收入。从这一点就能想象到莫里亚蒂究竟有多少收入，还有他所从事的活动是多么大规模的了。另外一点：我最近曾专门搜集了莫里亚蒂的一些支票——只不过是一些他用来支付家庭用度的没有嫌疑的普通支票。这些支票是分别从六家银行支取的。你对这一点产生了怎样的印象呢？"

"当然，太奇怪了！可是你能从这里得到什么结论呢？"

"他不希望人们议论他的财富。谁都别打算弄清他到底有多少钱。我绝对相信他开了不少于二十个银行账户。他的大部分财产很可能存在德国或法国的银行里。以后如果你能有一两年空闲的时间，我建议你好好研究一下莫里亚蒂教授。"

这番谈话给麦克唐纳留下的印象很深刻，他渐渐听得出了神。此刻，他那种英格兰场的现实性格又使他立刻回到当前的案子上来。

"不管怎样，他存在哪家银行都可以，"麦克唐纳说，"你讲的这些有趣的轶闻旧史，都把我引得离了题了，福尔摩斯先生。真正重要的是你所说的：那位教授与这件罪案牵连在一起的，就是你收到的柏拉克的警告信上所说的那点。为了当前的实际需要，我们能不能再前进一步呢？"

"我们可以推测一下犯罪的动机。以你原来所讲的情况为根据，可以推测出这是一宗莫明其妙的或至少是一起无法解释的凶杀案。现在，假设犯罪的起因正和我们怀疑的一样，可能存在两个不同的动机。第一，我可以告诉你，莫里亚蒂在统治他的党羽时，用的是一种铁的

----

① 约翰森·魏德：犯罪史上的作案高手，英国工匠、商人、线民。

手腕,他的纪律特别严。在他的法典里,惩戒形式只有一种,就是处死。现在我们可以做个假设,就是这个被害人道格拉斯曾经背叛过他的首领,于是他的厄运即将临头。接下来就是对他的惩戒,而且这个惩戒也就会变得众所周知——其目的只是杀一儆百。"

"好!这是一种可能。福尔摩斯先生。"

"另一种可能就是,惨案的发生是按照那种工作的必要,由莫里亚蒂策划的。那里是否遭到了抢劫?"

"我没听说有这事。"

"当然,如果有这样的事,那么第一种假设就可能不是实事,而第二种假设就更接近事实了。也许莫里亚蒂是在可以分得部分赃物的情况下参加策划的,或者是别人给他很多钱让他主持这次犯罪。二者皆有可能。可是,不管是这两种当中的哪一种,或者还有第三种,咱们都一定要去伯尔斯通找答案。我对这个对手真是太了解了,他一定不会在这里留下任何能让咱们追查到他名下的线索。"

"那么,咱们是一定要去伯尔斯通了!"麦克唐纳从椅子上跳起来叫道,"哎呀!比我想的晚了许多。先生们,我能给你们的准备时间只有五分钟。"

"这对我们两个已经足够了。"福尔摩斯跳起来,迅速脱下睡衣换上外套说,"麦克唐纳先生,等一会儿在路上时,请你把全部情况详细给我讲讲。"

"全部情况"太少,这点令人失望,但却足以令我们确信,我们需要解决的案子是完全值得一位专家去关注的。当福尔摩斯认真听着那少得可怜又有必要关注的细节时,他露出欣喜的神色,两只瘦手不停地搓着。终于熬过了漫长而又无聊的几个星期,现在有了一个适合的案件让那些非凡的才能有用武之地了,这种非凡的才能,和所有特殊的禀赋都一样,当它派不上用场的时候,就会使它的主人觉得厌倦。头脑虽然敏锐,也会因为无所事事而迟钝生锈。

夏洛克·福尔摩斯遇到了需要他侦破的案子,他两眼放出了炯炯的光,苍白的双颊现出了一点红晕,也焕发了神采。坐在车上的他上身前倾,聚精会神地听着麦克唐纳对这件案子的简要介绍。这个案子正等着我们去沙塞克斯郡解决呢。警官对我们解释说,他的讲述根据的是他得到的一份草草写成的报告,这份报告是在清晨由送牛奶的火车带到他那儿的。当地的警官怀特·梅森与他是好朋友,在有人需要他们帮助时,麦克唐纳总是比苏格兰场要早很多收到通知。这是一件无从着手的案子,这样的案子通常都是由大城市的专家去解决的。他给我们念的信上这样说:

  亲爱的麦克唐纳警官:

  这是封写给你个人的信,正式公文也会送到警署。请打电报通知我你早晨到伯尔斯通的火车班次,我会去迎候你。如果我无法脱身,也会派人去接你。这个案件并不普通。请你火速前来,一点时间都不要耽误。如果可能,务请福尔摩斯先生与你一起来。他会发现一些与他心意完全符合的事。如果其中没有一个死人,我们就会认为案子已经得到了戏剧性的解决。哎呀,这真是个不一般的案子啊!

"你的朋友看起来并不愚蠢。"福尔摩斯说道。

"对,先生,我对怀特·梅森的评价是,他是一个精力非常充沛的人。"

"好,你还有其他要说的话吗?"

"我们遇到他时,他会把全部详情告诉我们的。"

"那么,道格拉斯先生和他惨遭杀害的事实你是怎么知道的?"

"随信附来的正式报告上是这么说的。报告上没有用'惨遭'那两个字,这个词并不是公认的正式术语,只说到死者名为约翰·道格拉斯,提到他受伤的地方是头部,是火枪造成的;还提到昨晚接近午夜时分是案发的时间;还说无疑这是一桩谋杀案,不过还没有拘捕任何人。此案件的特点是非常复杂且分外离奇。福尔摩斯先生,这就是现在我们所知道的所有情况。"

"那么,麦克唐纳先生,如果你不反对,我们就谈到这儿。根据不足就急于做出判断,对我们的工作没有任何好处。当前我能肯定的只有两件事——伦敦的一个大智囊和沙塞克斯郡的死者。我们需要调查清楚的正是这二者的联系。"

三

伯尔斯通的悲剧

现在,我暂时将无关紧要的人物放在一边,先对我们到达发案地点以前所发生的事情进行一下描述——这些是我们后来才知道的。只有这样,我才能让读者对相关的人物以及决定他们命运的奇特背景有所了解。

伯尔斯通是一个位于沙塞克斯郡北部边缘地区的小村落,村中有一片古老的半砖半木房屋,几百年来一点也没有改变,但由于风景优美、位置优越,近年来有些富户搬到这里,四周丛林中隐约可以看见他们的别墅。当地人认为这些丛林属于维耳德大森林的边缘地带,大森林向北部白垩丘陵地伸展,渐渐变得稀疏。由于人口增长的需求,开设了一些小商店,因此,它的远景也很明显,不久后伯尔斯通就会从一个古老的小村落发展成一个现代化城镇。伯尔斯通是一个很有规模的农村地区的中心,因为离这里最近的重要城镇滕布里奇韦尔斯市,位于向东延伸到肯特郡边区的十或十二英里远近的地方。

离村镇大约半英里的地方,有一座古老的园林,因那里高大的山毛榉树而出名,这就是古老的伯尔斯通庄园。这个建筑物历史悠久,它的一部分是在第一次十字军东征①时代兴建的,

---

① 指1095年至1099年。

当时，休戈·戴·坎普司得到了英王赐给他的这个庄园，便在中心建起一座小型城堡。这座城堡在一五四三年被火烧毁。到了后来的詹姆士一世时代①，这座封建城堡的废墟上又修建起了一座砖瓦房，还利用上了原城堡四角用过的已被熏黑了的基石。

这座有许多山墙和菱形小格玻璃窗的庄园建筑，保留着十七世纪初它的建造者为它设计的那种样子。原来有两条护城河，是用来卫护其富于尚武精神的先辈的，现在外河已经干涸，变成了菜园。内河依然存在，虽然现在的深度只有几英尺了，但宽度仍有四十英尺，在整个庄园的四周环绕。这里有一条小河流过，蜿蜒不绝，所以尽管水流混浊，却也从不像壕沟死水一样脏。庄园大楼底层的窗户与水面的距离还不到一英尺。

进入庄园的必经之路是一座吊桥。吊桥的铁链和绞盘已生锈且毁坏多年。然而，这座庄园的新住户富有精力，竟然将它修复好了。这座吊桥不但能吊起，并且每天晚上都吊起来，早晨再放下去。旧日封建时代的习俗就这样得以恢复，庄园一到晚上就变成了一座孤岛——这一事实与即将轰动全英国的这一案件有着直接的关系。

这所房子已经空了多年，在道格拉斯将它买下时，已经快要荒废坍塌成引人注目的废墟了。这个家庭只有两个成员，就是约翰·道格拉斯和他的夫人。道格拉斯在性格和人品方面都很不平凡。他大约五十岁，下巴很大，面容粗犷，蓄着灰白色的小胡子，有一双异常敏锐的灰眼睛，体形瘦长而结实，在健壮敏捷方面丝毫不比年轻时差。他一贯很喜气而又和蔼可亲。不过他的举止多少有点不拘礼仪，令人觉得他似乎曾体验过远远低于沙塞克斯郡社会阶层的生活。

然而，虽然那些颇有教养的邻居们看待他的眼光都好奇而谨慎，但由于他给当地一切福利事业的捐款都很慷慨大方，热情地参加他们的烟火音乐会以及别的盛大集会，并且他那男高音的圆润歌喉也大受欢迎，经常乐于满足大家的要求演唱一支优美的歌曲，所以道格拉斯很快就成了村民喜欢的人。他看起来很富有，据说他的钱来自加利福尼亚州的金矿。通过他本人和他的夫人的谈话，人们对道格拉斯曾在美国生活过一段时间的事都很清楚。

由于道格拉斯十分慷慨，待人和蔼，人们对他的印象就特别好，而他还有种临危不惧的精神，更令他获得了很高的声望。尽管他作为一个枪手并不高明，但每次狩猎集会他都不缺席，在与别人较量时凭着决心坚持，做得丝毫不比别人差。有一次教区牧师住的房子起火了，本地的消防队也宣布无扑救之法，他仍然毫不畏惧地冲进火窟，又抢救出了一些财物，于是崭露头角。因此，约翰·道格拉斯来到这里虽然只有五年，却已在伯尔斯通拥有很好的声誉了。

他的夫人在相识者中也颇受爱戴。在英国人的习俗中，一个从异乡迁来的人，在未经介绍时，是不会有很多人拜访他的。这对她来说本来也没什么要紧，因为她本身性格孤僻。而且，显然她一向专心于照顾丈夫和料理家务。相传她是位英国女子，与道格拉斯先生在伦敦相逢——那时的道格拉斯是个鳏夫。她很美丽，身材高挑，肤色较深，体态苗条，比她丈夫小二十岁。年龄的巨大差距对他们美满的家庭生活似乎毫无影响。

然而，有时会有些知道内情的人说，他们之间的信任也并非无懈可击，因为与其说道格拉斯夫人不愿多谈她丈夫的过去，还不如说她是不完全了解。一小部分观察敏锐的人曾留心

---

① 指1603年至1625年。

到并议论过：道格拉斯太太有时表现得有些神经紧张，只要她丈夫回来得过晚，她就极其不安。平静的乡村里，流言蜚语总是传播得很快，人们当然不会放过庄园主夫人的这一弱点，而事件发生后，这件事的重要性就更加突出，意义也就变得更特殊。

另有一个人，其实他只是有时住在这里，不过由于他在这件奇案发生的时候也在场，因此他的名字在人们的议论中就显得突出了。这个人的名字是塞西尔·詹姆斯·巴克，是汉普斯特德郡黑尔斯洛基市人。

塞西尔·巴克高大却灵活的身影，经常出现在伯尔斯通村里主要的大街上，因为他在庄园中经常出入，并且颇受欢迎。人们对道格拉斯过去的生活都缺乏了解，唯一了解的人就是塞西尔·巴克。巴克毫无疑问是英国人，但按他自己的说法，他与道格拉斯是在美洲认识的，而且两个人在那里关系很密切，这一点也很清楚。看来巴克这个人拥有大量的财产，而且人们都知道他是个光棍汉。

他在年龄上比道格拉斯年轻许多——最多四十五岁，有着高大笔直的身材，脸刮得光光的，有一个职业拳击家的脸形，黑色的眉毛十分浓重，一双黑眼睛目光逼人，甚至不必动用他那本领高强的双手，就能从敌阵中开辟出一条路。他对骑马和狩猎都没兴趣，但却喜欢叼着烟斗走在这古老的村子里，或者与主人一起，主人不在时就与女主人一起，驾车游走在景色优美的乡村消遣。

"他是一位绅士，性情随和而又慷慨，"管家艾姆斯说，"不过，哎呀！我可不敢太接近他！"巴克与道格拉斯十分亲密，与道格拉斯夫人也同样十分友爱——然而这种友谊似乎不止一次令那位丈夫感到恼怒，道格拉斯的烦恼甚至连仆人们也有所察觉。这就是在发生这件悲剧时，这个家庭中的第三个人物。

另外一些老宅子里的居民，需要提一提的只有艾姆斯和爱伦太太——大管家艾姆斯为人拘谨忠厚却又尽职能干的人；爱伦太太乐观又健谈，她为女主人分担了一些家务管理工作。宅中还有六个仆人，他们和一月六日晚上的事件没有任何关系。

深夜的十一点四十五分，当地这小小的警察局就接到了第一次报警。主管这个警察局的，是来自沙塞克斯郡保安队的威尔森警官。塞西尔·巴克激动异常地冲向警察局的门，拼命地敲着警钟。他气喘吁吁地报告：庄园里发生了惨案，有人杀害了约翰·道格拉斯。他又匆忙赶回庄园，几分钟后警官也随之赶到，他是在把这一严重事件紧急报告给郡当局以后，在十二点多一点赶到犯罪现场的。

警官到达庄园的时候，发现吊桥是放下的，楼窗灯火通明，全家人陷入了非常混乱和惊慌失措的状态。仆人们面色苍白，一个个紧挨着站在大厅里，万分惊恐的管家搓着双手站在门口，只有塞西尔·巴克表面上还较为镇静，他将离入口最近的门打开，带警官进来。这时，村里很有本领的执业医生伍德也到了。三个人一起进入这间不幸的房屋中，管家也在他们后面惊慌失措地跟了进来，然后随手关上了门，不让这可怖的景象被那些女仆们看到。

死者仰卧在屋子中央，四肢摊开，身上穿着一件粉红色的晨衣，里面是夜服，赤脚穿着毡拖鞋。医生跪下，拿下桌上的油灯。只需一眼，医生就明白没有任何救活的可能了。受害者受伤过重，一件稀奇古怪的武器——一支火枪横在他胸前，枪管从扳机往前一英尺的地方死尸的右臂裸露着，一直露到臂肘。在前臂大约中间处，有一个特殊的褐色标记——一个圆圈，圈里有一个三角形，每条痕迹都向上凸起——在灰白的皮肤上特别突出。

"这不是针刺的花纹，"伍德医生的目光穿过眼镜，紧紧地盯着标记说，"这样的标记我从未见过。这个人居然烙过烙印，和牲口身上的烙印一样。这是为什么呢？"

"我也不懂其中的含义，不过最近十年里，我有许多次看到他臂上的这个标记。"塞西尔·巴克说。

"我也见过，"管家说，"主人多次挽起衣袖，我就能看到。我一直不知道那到底是什么意思？"

"那么，这个标记和案情就没有什么关系了，"警官说，"但这件事很奇怪。与这个案子有牵连的每桩事都这么怪。喂，到底为什么会这样？"

管家指着死者伸出的手，惊讶地叫着："他们拿走了他的结婚戒指！"他说话时气喘吁吁的。

"什么？"

"真的，是这样的！主人总是把纯金结婚戒指戴在左手小指上，再在上面戴着带有天然小金块的戒指，盘蛇形戒指则戴在中指上。现在带有天然小金块的戒指和盘蛇戒指都还在，只有结婚戒指不见了。"

"他说得对。"巴克说道。

"你是说有另一枚戒指戴在那只结婚戒指上面吗？"警官问道。

"一向如此！"

"那么这凶手，不论他是什么人，首先要取下你说的那个带有天然小金块的戒指，再把结婚戒指取下来，然后套上那个带有小金块的戒指。"

"是这样的。"

这位可敬的乡村警官不停地摇头说："我觉得我们把这个案子交给伦敦去办好一些，越快越好。怀特·梅森为人精明，当地案件没有他不能应付的。他很快就要来这里帮助我们了。不过我认为，我们只好希望伦敦把事情彻底解决掉。不管怎么说，也不怕被人嘲笑，我办这样的案子，能力实在是不够呢。"

四

黑暗

凌晨三点钟，沙塞克斯郡的侦探长接到了伯尔斯通的威尔森警官的急电，立刻乘轻便马车从总部赶来，那匹马被累得喘不过气来。他又乘坐清早五点四十分的火车把报告送到苏格兰场。中午十二点钟的时候，他已经来到伯尔斯通车站等着我们了。怀特·梅森先生很文静，有着安详的面容，身穿宽大的花呢外套，刮得精光的脸上面色红润，身材有一点胖，两条刚劲有力的腿微向里弯，带绊扣的高筒靴子使他显得更加精神。他看起来像个矮个子庄稼汉，又像个退休的猎场看守，或是说他像世上的任何一种人都行，唯一不像的就是地方警署典型的刑事警官。

"麦克唐纳先生，这件案子真是极不寻常。"怀特·梅森不住地重复这句话，"报界的人一旦得知这件事，就会像苍蝇一样赶来。我希望趁他们还没来管这闲事，也没把一切手脚印迹弄乱的时候做完我们的工作。在我的记忆中，还没有遇到过这一类的案子呢。福尔摩斯先生，有一些情况是能够使你感兴趣的，否则就是我弄错了。华生医生，也包括你，因为在我们的工作结束之前，总是需要医生发表一些看法的。你们的住房在韦斯佛阿姆士旅店，再找不到其他地方了，不过据说房子还是不错的，也很干净。你们的行李会由仆人送去。先生们，请跟我来吧。"

这位沙塞克斯郡的侦探，十分活跃又非常和蔼。走了十分钟，我们来就到了住处，又过了十分钟，我们就在小旅店的休息室里坐着议论此案的概况了——在上一章中，我已对此做了叙述。麦克唐纳不时做着记录，福尔摩斯坐在那里专心倾听，带着吃惊和衷心钦佩的表情，好像一位植物学家在鉴赏珍奇的花朵。

"奇怪！"听完了案情介绍后，福尔摩斯说，"太奇怪了！我想不出从前发生过比这更奇怪的案子。"

"福尔摩斯先生，我已经想到你会这样说了，"怀特·梅森显得特别高兴，"我们沙塞克斯郡的新闻绝不落后于时代。我已经把今早三四点之间从警官威尔森手里接过的案子的全部情况都告诉你了。我拼着老命赶到这里！哎呀！结果呢，我本来没有必要这么着急的。因为我在这里找不到能马上做的事。警官威尔森已经把所有的情况都掌握了。我进行了查对，又加以仔细研究，还或多或少地加了几点自己的看法。"

"你有哪些看法呢？"福尔摩斯焦急地问。

"嗯，我先是仔细检查了一下铁锤。得到了伍德医生的帮助。我没有在铁锤上找到施用暴力的痕迹。我原来认为，道格拉斯先生也许曾用这把锤子进行自卫，那么他在把锤子丢到地毯上以前，就可能在上面留下印痕，不过锤子上没有任何痕迹。"

"当然，这根本证明不了什么，"麦克唐纳警官说，"因为使用铁锤的凶杀案有很多，铁锤上也都没有留下痕迹。"

"完全如此，这未必能证明锤子没有使用过。不过，如果真的留下些痕迹，对我们是有用处的。然而事实上没有。后来我又对枪支进行了检查，是大号铅弹火枪。正如威尔森警官所指出的那样，扳机是缚在一起的，所以只要后面一个扳机被扣动了，两个枪筒就会一块儿发射。不管做这样处理的是谁，他都是下定决心绝不让他的敌手有逃走的机会。这支截断的枪的长度至多是二英尺，可以被一个人很轻松地藏在大衣里。虽然枪上没有制造者的全名，不过在两支枪管间的凹槽上刻有'PEN'三个字母，名字中其余的字母已经被锯掉了。"

"那上面的'P'是一个花体的大写字母，而'E'和'N'两个字母就较小了，对不对？"福尔摩斯问道。

"完全正确。"

"宾夕法尼亚小型武器制造公司[1]，在美国是一家有名的工厂。"福尔摩斯说。

怀特·梅森用眼睛紧紧地盯着我的朋友，仿佛一个小小的乡下医生望着哈利街的专家一样，这个专家只要一句话，就可以令困惑他的所有疑难问题迎刃而解。

"福尔摩斯先生，这有很大的作用。你说得太对了。奇怪！奇怪！难道你记住了世界上所有军火制造厂的名字吗？"

福尔摩斯挥了挥手，把这个话题岔开了。

"毫无疑问，这是一支美洲火枪。"怀特·梅森接着说，"我好像看到过书上的记载，截短的火枪是在美洲一些地区常用的武器。除了枪管上的名字，我还想到一个问题，从某些迹象可以得出结论：进到房间杀死主人的是个美国人。"

麦克唐纳摇了摇头说："老兄，你想得真的太远了。我还没有听到任何能证明这所庄园里有外人进来过的证据呢。"

"开着的窗、窗台上的血迹、奇怪的名片、墙角长筒靴留下的印迹，还有这支火枪，又怎么解释呢？"

"那里所有的东西都没有不可以伪造的。道格拉斯先生是个美国人，或者至少在美国生活过很长时间。巴克先生也是如此。你没有必要弄个外来的美国人来解释你所见到的一些美国人的作为。"

"那个管家艾姆斯……"

"如何？他可靠吗？"

"他在查尔斯·钱多斯爵士那里工作了十年，绝对可靠。五年前道格拉斯买下这座庄园时，他来到这里。他从未见过庄园里有这样一杆枪。"

"这枪已经过改造从而便于隐藏了。截断枪管也是为此，能装进任何箱子，他怎么能确定庄园里没有这类枪呢？"

"啊，尽管如此，他真的从来没有见到过啊。"

麦克唐纳那生来就固执的苏格兰人的脑袋不停地摇着。

"我还是不相信这房子里来过外人。我请你再想想，"每当辩论输了时，麦克唐纳的阿伯丁口音就变重了，"你的假设是，有人从外面带进了这支枪，并且所有的怪事都是这个外来人干的。我请你想想，你这样假设的影响是什么。啊，老兄，这太不可思议了！这也和一般常识完全不符啊。福尔摩斯先生，我向你提出了这个问题。请根据我们听到的全部内容做个判断。"

"好，麦克唐纳先生，把你的理由讲一讲，"福尔摩斯的口气非常公平。

"假定存在这个凶手，他绝不是盗窃犯。从那只戒指和那张卡片都可以看出，这是出于某种私人理由的有预谋的凶杀案。好，有一个人溜到了屋子里，蓄意谋杀。他明白——假如他还明白一点事理的话——他想逃走是非常困难的，因为房子是被水包围的。他选择武器的标

---

[1] 宾夕法尼亚（Pennsylvania）：美国地名，在这里是军火工厂名，前三个字母是"PEN"。

准是什么呢？你一定会说他需要声音最小的。只有这样，他才有可能在事成以后尽快地穿过窗户，从护城河蹚过去，然后从容地跑掉。这都可以理解。可是如果他带来的竟然是他能选择的最大发的武器，明知枪声后，整个庄园的人都能迅速地跑到出事地点，极有可能在他蹚过护城河以前就被人们发现了，这能让人理解吗？福尔摩斯先生，这可信吗？"

"好，你的话很有道理，"我的朋友一边思考一边答道，"确实需要大量的理由才能证明。怀特·梅森先生，请问，你当时有没有立刻到护城河的对岸去查看是否有人蹚水上岸留下痕迹？"

"福尔摩斯先生，并没有痕迹。但对面是石岸，想找到痕迹是很难的。"

"一点足迹或手印都没有吗？"

"一点都没有。"

"哈！怀特·梅森先生，我想我们应该立即到庄园中去，你不会反对吧？那里可能会有一些能给我们启示的小线索。"

"福尔摩斯先生，我也准备建议去的，可是我希望在去以前，最好能让你先了解所有的详情。我想，如果有什么让你觉得应该注意……"怀特·梅森神情犹豫地看着这位同行说。

"我曾经和福尔摩斯先生合作过，"麦克唐纳警官说，"他为人向来光明磊落。"

福尔摩斯笑着说："至少按照我个人的理解，我参加办案是为了更好地伸张正义，为警方的工作提供帮助。如果我不与官方合作，那原因就是他们先把我踢开。我从未想过要和他们争功。同时，怀特·梅森先生，我要求有完全按我自己的想法办案的权力，并且可以决定交出我的成果的时间——这种权力不是在某些阶段，而是自始至终的。"

"我肯定，你能来是我们的荣幸。我们一定向你介绍所知道的全部案情，"怀特·梅森十分热诚，"华生医生，请随我来。我们都希望以后能在您的书中露面呢。"

我们一起走过两侧各有一行截梢榆树的古雅乡村街道。一对古代石柱立在远处，经风吹雨淋已然斑驳变色，长满了苔藓，石柱顶上过去曾经是伯尔斯通的两个后脚立起的石狮，现在已经失去原形。顺着迂回曲折的车道向前走一小段路，四周长满了草和栎树，这种景色只有在英国农村才能看到。接着便是一个急转弯，眼前出现了一片长长的、低矮的詹姆士一世时期的古别墅，别墅上砖瓦的颜色已成了暗褐色。还有一个两旁种着修剪得非常整齐的紫杉树的老式花园。走到庄园跟前，我们看到了宽阔的护城河和一座木吊桥，在寒冬的阳光下，河水像水银一样，又如镜面闪闪发光。

自从建成以来，随着时光的流逝，这座古老的庄园已经历了三百多年，从它身上可以看出几百年的人事沧桑与悲欢离合。这里还有个奇妙之处，因为历史悠久，现在这些古老的墙上似乎能显出犯罪的先兆。还有那些稀奇古怪的高耸的屋顶和突出的山墙，更适于对可怖的阴谋加以掩护。当那些阴沉沉的窗户以及前面一片暗淡的颜色和水流冲刷的景象呈现在眼前时，我感到没有比这里更适当的场合来发生这样一件惨案了。

"就是那扇窗户了，"怀特·梅森说道，"紧靠吊桥右边的那扇，就像昨晚发现的时候那样开着。"

"一个人要想钻过去，这扇窗户就太窄了。"

"这个人可能并不胖。我们不需要通过你的推论来明白这一点，福尔摩斯先生。不过你我两人完全挤得过去。"

福尔摩斯来到护城河旁望着对面。然后又对突出的石岸以及后面的草地边缘进行了检查。

"福尔摩斯先生，我曾认真地看过，"怀特·梅森说道，"但什么也没发现，没有任何痕迹能说明有人在这里上岸。不过，他怎么不会留下任何痕迹呢？"

"对啊，他怎么不会留下任何痕迹呢？护城河水一向如此混浊吗？"

"一般来说都是这种颜色。因为河水在流下来时，总夹杂着一些泥沙。"

"河有多深？"

"两侧深度大约是两英尺，中间可以达到三英尺。"

"那么，那个人在蹚过护城河时被淹死的想法可以排除了。"

"当然不会，就算是小孩也不会。"

我们走过吊桥后，迎接我们的是一个相貌古怪而又骨瘦如柴的人——这个人是管家艾姆斯。因为受到惊吓，这可怜的老人面色苍白，浑身颤抖。乡村警官威尔森身材高大，总是郑重其事，这时心情抑郁，仍然在现场屋中守着。医生已经不在这里了。

"威尔森警官，发现了什么新情况吗？"怀特·梅森问道。

"没什么情况，先生。"

"那么，你回去吧。你已经很辛苦了。如果还有什么地方需要你，我们会派人再去请你。管家最好到屋子外面去等。让他去告诉塞西尔·巴克先生、道格拉斯太太和女管家，现在我们要向他们问一些话。先生们，现在请允许我先讲出我自己的看法，然后你们就会有自己的判断。"

我对这位乡镇专家有很深的印象。他切实地掌握着事实，他头脑冷静清楚，有丰富的常识。仅凭这些，他就应当是他本行事业中很有发展的人。福尔摩斯在他讲话时听得专心致志，没有一点这位官方解说人不时表现出来的不耐烦。

"我们现在首先要解决的问题是，这案子究竟属于自杀还是他杀？先生们，是这样吗？假如认定为自杀，那么我们就必须相信，这个人首先摘下了结婚戒指，然后穿着睡衣走到这儿，到窗帘后面的墙角上踩下泥印，从而给人留下印象：这里曾经有个人等候他，然后打开窗户，把血迹弄到……"

"我们是不可能这样想的。"麦克唐纳说道。

"所以我觉得，一定不是自杀。那么就一定是他杀了。我们需要确定的问题是，凶手是从外面来的呢，还是就是庄园里的人？"

"好，讲讲你的高论。"

"要对这两种可能下结论是相当困难的，然而必定是其中的一种。我们先假定作案的是庄园内部的一个或几个人。在已是夜深人静但人们还没入睡时，他们在这里把道格拉斯抓住，接着便用全世界最古怪并且声音最响的武器去作案，以便让人们都知道发生了什么事，而这武器又是从未在庄园里出现过的。这个理由并不令人信服，对吗？"

"是啊，应该不会是这种情况。"

"好，那么，所有人都说，枪响后最多不过一分钟，住宅里的人全都到了现场。虽然塞西尔·巴克先生自称最先赶到，但艾姆斯和所有的仆人也都到了。难道您觉得在那段时间里，罪犯竟可以完成在墙角留脚印、把窗户打开、在窗台上留下血迹、把结婚戒指从死者手指上取下等等许多事么？这也不可能啊！"

"你的分析非常透彻，我倒有点赞成你的见解了。"福尔摩斯说道。

"好，那么，我们回来看看外来的人作案这种可能。可是我们面前的大难题仍然很多。不过，即便如此，也不是完全不可能的。这个人进入庄园的时间是四点半到六点钟之间，这也就是黄昏和吊桥吊起之间的那段时间。有一些客人曾经来过，房门是打开的，对这个人并不造成阻碍，于是他就溜了进来。他或许只是普通的盗窃犯，也或许和道格拉斯先生有私人恩怨。既然道格拉斯先生一生中大部分时间都住在美洲，而这支猎枪又像是美国的武器，那么最有可能就是出于私怨了。他溜到这间屋子里——因为这是他首先看到的地方。他在窗帘后面藏着，一直到深夜十一点以后。这时，道格拉斯先生来到屋子里。如果他们碰了面，交谈的时间也很短——因为据道格拉斯太太说，她丈夫离开她才几分钟，她就听到了枪声。"

"那支蜡烛也可以作证。"福尔摩斯说道。

"对，这是一支新的蜡烛，烧掉的还不到半英寸。道格拉斯先生一定是在把蜡烛放在桌上以后被袭击的。否则他跌倒了，蜡烛必然掉到地上。这说明他刚走进屋子时并没有遭到袭击。巴克先生到这里时，点上灯并熄灭了蜡烛。"

"这一点是十分清楚的。"

"好，现在我们可以按这个思路设想当时的情形。道格拉斯先生来到屋子里，放下蜡烛。窗帘后面走出一个人，这个人手里拿着这支火枪，向道格拉斯先生要这只结婚戒指——天知道原因，不过这是一定的。道格拉斯先生把戒指给了他。这个人就残忍地杀了道格拉斯先生，或许也经过了一场搏斗。其间，道格拉斯可能用后来我们在地毯上找到的那只铁锤反击过，不过最终被那个人以如此可怕的方式开枪打死了。事后，凶手把枪丢下，大概还丢下了这张写着'V. V. 341'的奇怪的卡片——不管它代表了什么——然后逃出这扇窗，并在塞西尔·巴克先生来到现场的时候，蹚过护城河逃走了。福尔摩斯先生，你觉得这种说法如何？"

"你说得很精彩，不过就是有点无法令人信服。"

"老兄，这太荒谬了，找不到比这更不近情理的看法了。"麦克唐纳叫道，"不论是谁杀害了道格拉斯，我都可以向你们清楚地证明他作案时用的是其他的办法。他怎么可能不留好退路？寂静无声有利于他的逃跑，那么，他又为什么用火枪当武器啊？喂，福尔摩斯先生，既然你说怀特·梅森先生的推论有不能令人信服的地方，那你就应该给我们一些指点。"

整个讨论过程很漫长，福尔摩斯一直坐在那里专注地倾听着，不放过他们说出的每一个字眼儿，他目光敏锐地东看西瞧，紧蹙双眉，沉思着不说话。

"麦克唐纳先生，我需要再找一些事实，然后再进行推论，"福尔摩斯来到死尸旁边跪下说，"哎呀！这伤处真的是令人害怕啊。能不能请管家来一下……艾姆斯，我听说你经常见到道格拉斯先生前臂上的一个奇怪的图案，是个圆圈套着三角形的烙印，对吗？"

"先生，这是我常见的。"

"你从未听说有人猜测这个烙印是什么意思吗？"

"从未听说,先生。"

"这一定是用火烙的,烙时一定承受了很大的痛苦。艾姆斯,我看到在道格拉斯先生下巴后部有一小块药膏。在他生前你注意过吗?"

"是的,先生,这是他昨天早晨刮脸时弄破的。"

"以前曾经见过他把脸刮破吗?"

"先生,好长时间没有见过了。"

福尔摩斯说:"这倒有研究价值!当然这也可能只是巧合,然而,这也可能是他有点紧张的表现,说明他已经预知了危险。艾姆斯,昨天你有没有发现主人有什么反常的情况呢?"

"先生,我感觉到他好像有点坐立不安,情绪也有点激动。"

"哈!看来这次袭击并非完全是意料之外的。我们已经获得了一些进展,对吗?麦克唐纳先生,或许你还有想要问的?"

"没有,福尔摩斯先生,还是你有经验。"

"好,我们现在可以研究一下写着'V. V. 341'的卡片了。这是一张粗纸硬卡片,这个庄园里有这样的卡片吗?"

"我想没有。"

福尔摩斯走到书桌前,用吸墨纸从每一个墨水瓶里蘸了些墨水。

"卡片上的字不是在这里写的,"福尔摩斯说,"这墨水是黑色的,而那张卡片上的字却带着一点紫色,是用粗笔尖写的,而这些笔尖都很细。我看这是在别的地方写的。艾姆斯,你可以解释一下上面的字义吗?"

"不能,先生,无法做任何解释。"

"麦克唐纳先生,你有什么意见?"

"我觉得这和前臂上的标记也许都是某种秘密团体的名称。"

"我也这么认为。"怀特·梅森说道。

"好,它可以成为一个合理的假设。以此为根据,看看我们的疑难究竟有多少能够解决。那个团体派来的一个人想办法钻进庄园,等待道格拉斯先生出现,用这支火枪几乎把他的脑袋都打掉了,然后那个人蹚过护城河逃走。他在死者身旁留下一张卡片也只能有一个目的,就是等报纸上登出来后,那个团体的其他党徒就知道已经报仇了。这些事情都能连贯起来。可是,可选的武器很多,为什么他只选了这种火枪呢?"

"是啊。"

"还有,为什么戒指也不见了呢?"

"对呀。"

"现在已经过了两点,凶手为什么还没被捉到呢?我认为从天亮开始,方圆四十英里内的每一个警察肯定都在搜寻一个全身湿透的外来人。"

"福尔摩斯先生,是这样的。"

"好,除非在附近他有一个藏身的地方,或者事先做了准备,有一套替换的衣服,否则他们是不会放过他的。但现在他不是已经被他们放过了吗?"福尔摩斯走到窗户旁边,拿出放大镜对窗台上的血迹进行察看,然后说,"这明显是一个鞋印,是很宽的八字脚。真怪呀,任何人来到这沾满泥污的墙角察看脚印,都会说这个鞋底的式样还是不错的。可是,当然也是很不清楚的。旁边这张桌子下面是什么呢?"

"道格拉斯先生的哑铃。"艾姆斯答道。

"哑铃?而且只有一个。另外那个在什么地方?"

"我不知道,福尔摩斯先生。也许本来就只有一只。这些东西我已经好几个月没看到了。"

"一只哑铃……"福尔摩斯表情很严肃,可是他的话很快就被急剧的敲门声打断了。一个人探头看着我们,他身材高大、晒得黝黑,有着精干的外表、脸刮得精光。我立刻猜到,这就是我曾听说的塞西尔·巴克。他迅速扫视了大家一眼,目光里充满了傲慢和疑问。

"抱歉,打断了你们的谈话,"巴克说道,"不过,有最新的情况,诸位应该听听。"

"凶手被捉住了?"

"没有这么好的事。不过他的自行车已经被找到了。这家伙扔下了他的自行车。请你们来看看,就在大厅门外一百码的地方放着。"

我们看到在马车道上有三四个仆人和几个闲汉正在查看那辆自行车,车子原本被藏在常青树丛里,后来被拖了出来。这是一辆拉奇·惠特沃思牌自行车,已经很旧了。车上溅着好多泥浆,好像骑过了很远的路。车座后面有个工具袋,装着扳子和油壶,然而车主到底是谁,却毫无线索。

"如果这是一些曾经登记和编号的东西,就能给警方提供帮助了,"警官说道,"不过我们也应该感谢这些线索。即使我们无法弄清他去了什么地方,至少有可能弄清他来自哪里。不过,这个家伙因为什么原因要把车子丢在这儿呢?这倒很奇怪。他没有骑车子,又是怎样逃走的呢?福尔摩斯先生,我们的案子似乎还没有一点眉目呢。"

"真的找不到一点眉目吗?"我的朋友似乎陷入了沉思,"我看未必!"

五

剧中人

我们再次回到屋里时,怀特·梅森问道:"对于书房里需要检查的地方,你们都已经检查了吗?"

"目前算是检查完了。"麦克唐纳警官答道,福尔摩斯也点了点头。

"那么,现在你想不想听听庄园里一些人的证词呢?我们就在这间餐室里谈吧,艾姆斯，请你先给我们讲讲你所知道的事情。"

管家简单、明了的叙述令人感到诚实可靠。他是在五年前道格拉斯先生刚刚来到伯尔斯通的时候被雇用的。他知道道格拉斯先生是位富有的绅士，在美洲发了财。作为一位主人，道格拉斯先生和蔼可亲、懂得体贴人——艾姆斯也许并不完全习惯，不过，没有能够事事俱备的人。他未见过道格拉斯先生表现出任何的惊恐，相反，道格拉斯先生在他所见过的人里是胆子最大的。道格拉斯先生叫人每天晚上都拉起吊桥，只是因为这是这座古老庄园的一项古老的习俗，他喜欢保持这种习俗。道格拉斯先生去伦敦的次数很少，也难得到村子外面去，不过，在被害前的那天，他曾到滕布里奇韦尔斯市买东西。艾姆斯发现，道格拉斯先生在那天颇为坐卧不安，情绪也不稳定，看来他十分反常，性情也变得急躁易怒。案发当晚，艾姆斯还没睡，正在屋子后面的餐具室里收拾银器，听到铃声猛然响起。餐具室和厨房在庄园的最后面，中间还隔着几重关着的门和一条长廊，所以他没听到枪声——也确实很难听到。爱伦太太也听到了急促的铃声，于是赶忙跑了出来，他们就一块儿跑到前厅。刚跑到楼下，艾姆斯看到道格拉斯太太正在从楼梯上往下走。她看起来并不匆忙，艾姆斯觉得，道格拉斯太太并没有显出有多么惊慌。她刚走到楼下，巴克先生就冲出了书房，他拦住了道格拉斯太太，央求她回到楼上去。

"看在上帝面上，你快回自己的房间吧！"巴克先生大叫，"可怜的杰克①被杀了，你也无能为力啊！看在上帝面上，你快点回去吧！"

经过巴克先生的劝说，道格拉斯太太回到了楼上。她没有尖叫和吵闹。女管家爱伦太太陪着她到楼上的卧室里。艾姆斯和巴克先生回到书房，他们见到的屋内情况和警署来人看到的完全一样。那时蜡烛已经灭了，不过油灯仍然点着。他们从窗口向外边望去，但那天晚上特别黑，看不到也听不到什么。后来他们赶到了大厅，艾姆斯在摇动卷扬机把吊桥放下来后，巴克先生就急急忙忙地去报警了。

管家艾姆斯的简要证词就是这些。

女管家爱伦太太的话，最多只是对与她共事的男管家证词的有力证明。与艾姆斯收拾银器的餐具室相比，女管家的卧室到前厅的距离要近一些。在她准备睡觉的时候，忽然听到一阵急剧的铃声。她耳朵有点聋，所以没听到枪响，不过，无论如何，她离书房也是很远的。她记得曾经听到一种声音，她认为那是关门声。这还是很早的事，比铃响至少早了半小时。当艾姆斯跑到前厅时，她与艾姆斯一起过去了。她看到脸色苍白、神情激动的巴克先生走出书房。巴克先生看到道格拉斯夫人从楼上下来，就把她截住，劝说她回到楼上。道格拉斯夫人回答了几句，但听不清她话的内容。

"送她上楼，陪着她。"巴克先生对爱伦太太说。

于是，爱伦太太扶着道格拉斯夫人回到卧室，尽力去安慰她。道格拉斯夫人因为受到的惊吓太严重，导致浑身发抖，但也并未再有要下楼的表示。她只是穿着睡衣，双手抱头，在卧室壁炉旁坐着。爱伦太太几乎陪了她一整晚。其他仆人都已经睡着了，没有受到惊吓，

---

① 杰克：约翰·道格拉斯的小名。

直到警察马上就到了，他们才知道发生了什么。他们的住处都在庄园最后面的地方，所以也很难听到什么声音。

至于女管家爱伦太太，只表现出悲伤和惊讶，在盘问中没有补充任何新的情况。

爱伦太太说完后，作为目击者的塞西尔·巴克先生描述了当时的情况。至于发生在那天晚上的事情，除了他已经对警察讲过的以外，新补充的非常少。他个人坚定地认为凶手是从窗户逃走的。他把窗台上的血迹看作这一论点的确切证据。此外，因为吊桥是拉起来的，想逃走也没有其他的方法了。但他却不能对刺客的行踪加以解释，假如自行车真的是刺客的，他为什么不骑走？刺客在护城河里淹死是不可能的，因为河水最深的地方也没有超过三英尺。

巴克先生对凶手的看法非常明确。道格拉斯为人沉默寡言，自己从前生活中的某些部分，他从未对人讲过。他从爱尔兰移居到美洲时还非常年轻，然后慢慢富裕起来。巴克是在加利福尼亚州认识他的，然后便在该州一个叫作贝尼托坎营的地方合伙经营矿业，而且十分成功。没想到道格拉斯突然把它变卖然后来到了英国。那时的他是个鳏夫。巴克随后也变卖了产业迁到伦敦。于是他们的友谊又得以延续。他一直觉得，总有一种迫在眉睫的危险威胁着道格拉斯。道格拉斯突然从加利福尼亚离开，在英国找到这么个平静的地方租了房子，巴克先生始终认为是受到了这种危险的影响。巴克先生判断，一定有某个秘密团体，也可能是一个绝不饶人的组织一直在追踪道格拉斯，直到杀死他。尽管道格拉斯从未提到过那是什么样的团体，也没讲过是怎样把他们得罪了的，但巴克根据道格拉斯的只言片语做出了上述判断。他能推测的，只是这张卡片上的字和那个秘密团体有某些必然的联系。

"你在加利福尼亚的时候，和道格拉斯交往了多长时间？"麦克唐纳警官问道。

"五年。"

"你说他那时还单身？"

"那时的他一直在鳏居。"

"你有没有听说他前妻的来历呢？"

"没有，我能记得的只是他曾说过，她是德国血统，我也曾见过她的照片，长得很美。在我认识道格拉斯的前一年，她就因伤寒病去世了。"

"道格拉斯过去和美国的某一地区有密切关系的事你知道吗？"

"我听他讲过芝加哥。他很熟悉那个城市，还在那里工作过。我听他讲过煤矿区和铁矿区。他生前去过的地方还是很多的。"

"他从事政治活动吗？这个秘密团体和政治有什么关系吗？"

"不，他一点都不关心政治。"

"你认为他曾经犯过罪吗？"

"恰恰相反，我一生中也没遇到过他这么正直的人。"

"在加利福尼亚州时，他在生活上有没有什么奇怪的地方？"

"他最喜欢来到我们山上的矿区工作。他总是想尽办法远离生人多的地方。正是这样，我才首先觉得他被人追踪了。后来，当他那么突然地离开那里到欧洲去，我就更加相信是这样了。我确定他接到过某种警告。他离开后的一个星期里，就有五六个人来找过他。"

"他们是什么样的人呢？"

"嗯，看上去是一群十分冷酷无情的人。他们到矿区后就打听道格拉斯在哪里。我告诉他们说，他已经去了欧洲，但不知道他的住处。很容易看出他们对他不怀好意。"

"他们是美国人，也是加利福尼亚人吧？"

"这个，我不是很了解加利福尼亚人。可以肯定他们都是美国人，但不是矿工。我不知道他们是些什么人，只希望他们快点离开。"

"那些都发生在六年以前吧？"

"就快有七年了。"

"这么说，在加利福尼亚的时候你们一起住了五年，所以，这桩事至少发生了十一年了？"

"是的。"

"其中的冤仇一定不共戴天，过去这么多年仍然忘不掉。看来，这冤仇的形成绝不是因为什么小事。"

"我想这就是道格拉斯一生中的阴影，他永远都无法忘记。"

"不过，当一个人已知自己大难临头时，他为什么不求助于警察呢？"

"也许别人无法为他的这种危险提供保护。有件事你们应该知道。他只要出门就会带着武器。他的手枪从未离开过他的衣袋。然而不幸的是，昨天晚上他只穿着睡衣，手枪放在了卧室里。我想他一定认为只要吊桥拉起来，他就是安全的。"

麦克唐纳说："我希望进一步弄清日期的问题。道格拉斯是六年前离开加利福尼亚州的。你不是在第二年就跟着他来了吗？"

"没错。"

"他是五年前再婚的。你回来的时候一定是他结婚前后吧。"

"他结婚前大约一个月。我是他的男傧相。"

"道格拉斯结婚以前，你认识他夫人吗？"

"不，不认识。我离开英国已经有十年了。"

"可是从那以后，你和她见面的次数挺多的吧？"

巴克严肃地盯着侦探。"从那时开始，我就经常和她见面，"他答道，"我和她见面是因为如果你去拜访一个朋友，就不可能不认识他的妻子。如果你想象这里面有什么关联……"

"巴克先生，我什么都没想。只要是与这案件有关的事，我都有查问的责任。不过，我没有冒犯你的意思。"

"有些问题很无礼。"巴克的话带着怒气。

"这只是因为有些事实是我们需要了解的，弄清这些对你和大家都有好处。道格拉斯先生完全赞成你和他夫人的友情吗？"

巴克的脸色变得更苍白了，那两只有力的大手紧紧地握着。

"你无权这样问！"他大叫着，"这和你要调查的事情有关系吗？"

"这是我一定要提的问题。"

"那么，我拒绝回答。"

"你有权拒绝,不过你要明白,拒绝回答本身就是答案,因为如果你没有想隐瞒的事,就不会拒绝。"

巴克脸色阴沉地站在那儿,皱起浓重的黑眉,苦苦地思索着。然后他又抬起头,微笑着说:"嗯,我也知道诸位毕竟是在执行公事,我无权阻止。我只求你们不要再用这件事去打扰道格拉斯夫人了,她已经够难受了。我可以告诉你们,可怜的道格拉斯唯一的缺点就是嫉妒。他和我的友情非常深——没有人对朋友这样友爱了。他对妻子的爱也十分专一。他愿意让我来这里,也经常派人去把我找来。可是如果他的妻子和我谈话或者我和他妻子之间好像有些互相关心的时候,他就会醋意大发,非常生气,马上说出特别难听的话来。为此,我曾多次发誓不再来这儿。可是事后他又给我写信忏悔,向我哀求,我也只好不再计较。不过,先生们,我希望你们听听我的结论,那就是,像道格拉斯夫人这样爱丈夫、忠诚于丈夫的妻子是天下无双的;我还敢说,像我这样忠诚的朋友也是天下无双的。"

这些话热情洋溢,充满了真挚的感情,但麦克唐纳警官仍然没有转移话题,他问道:"你知道有人取走了死者的结婚戒指吧?"

"看起来是这样的。"巴克说道。

"'看起来'是什么意思?你知道事实就是这样的。"

巴克变得有些不安和犹豫。他说:"我说'看起来'的意思是,也许是他自己取下了戒指。"

"事实是戒指已经不见了,不管是谁取下来的,任何人都会因此想到是不是这桩婚姻和这件惨案之间有什么联系?"

巴克那宽阔的肩膀耸了几耸。

"我不能硬说它代表了什么,"巴克答道,"可是如果你暗示这件事可能会对道格拉斯夫人的名誉有不利影响的话,"他的眼睛里瞬间燃起了怒火,但又显然是拼命地克制住了自己的情绪,"那么,你们的思路在方向上就错了。我只说这些了。"

"我想,现在我对你没有什么要问的了。"麦克唐纳冷冷地说道。

"还有个小事要问问。"夏洛克·福尔摩斯说,"当你进入这间屋子时,只有桌上的蜡烛是点燃的,对吗?"

"对,是这样的。"

"你就借着烛光看到发生了可怕的事吗?"

"是的。"

"然后你立刻按铃求援了吗?"

"对。"

"很快就有人来了?"

"大概不到一分钟就都来了。"

"可是他们一来,就看到蜡烛已经熄灭,油灯也点上了,这好像有点奇怪。"

巴克又有点犹豫不决了。

"福尔摩斯先生,我并不觉得这有什么奇怪的,"他停了一下才答道,"烛光比较暗,我首先是希望让屋子更亮一些。正好桌子上有这油灯,我就点上了。"

"是你吹灭的蜡烛？"

"是的。"

福尔摩斯没有继续提问。巴克从容地向每个人看了一眼，转身走了出去。我似乎从他的行动中感受到了对立情绪。

麦克唐纳警官派人把一张字条送给道格拉斯夫人，说他将要去她的卧室拜访，可是她的回复是，她要求在餐室中和我们见面。她现在走进来了，是个三十岁左右、身材修长又很美丽的女子，沉默而又冷静。我本以为她必定悲伤凄惨，谁知和我想的完全不同。她的面色苍白而悲戚，看起来确实受过极大的震惊，然而她的态度十分镇静，她那扶在桌子上的纤秀的手没有丝毫的颤抖。她的眼中透露出悲伤哀怨，用探询的眼光扫视大家一眼。然而她那探询的目光突然变成令我们意想不到的提问："你们查出什么了么？"

不知道是不是出于我的想象，她发问的语气带着惊恐，而不是希望。

"道格拉斯夫人，我们采取了所有能想到的措施，"麦克唐纳说，"你完全可以放心，我们不会忽略任何线索。"

"不要刻意省钱，"她没有任何表情、心平气和地说，"我要求你们全力查清。"

"或许你能告诉我们一些有助于办案的事吧？"

"这倒不一定，但只要是我知道的，都会告诉你们。"

"我们从塞西尔·巴克先生那里得知，你实际上没有看到，我的意思是，你并没有进过发生惨案的屋子，对吗？"

"是的，巴克劝我回楼上去。他恳求我在卧室里不要出来。"

"确实如此，你听到了枪声，而且立刻就下楼了。"

"我穿上睡衣，就马上下来了。"

"从你听到枪声，到在楼下被巴克先生阻拦住，中间的时间有多长？"

"大约两分钟，在那种时刻是很难留意时间的。巴克先生恳求我不要去看，他说我帮不上什么忙。后来，女管家爱伦太太就扶着我回到了楼上。这简直就是一场可怕的噩梦。"

"你能不能大概估计一下，你丈夫下楼后过了多久，你听到了枪声？"

"不能，我说不清。因为他下楼时是从更衣室出去的，我没有听到他的声音。因为他担心失火，所以每晚都要把庄园检查一遍。我只知道能让他害怕的只有火灾。"

"道格拉斯夫人，我正要谈到这个问题。你是在英国才认识你丈夫的，是吗？"

"是的，我们结婚已经五年了。"

"他曾对你讲过在美洲时曾发生什么危及到他的事吗？"

道格拉斯夫人认真地想了想，然后答道，"对，我总感到时刻都有一种危险在威胁他，但他不肯告诉我。这并不是因为他对我不够信任——顺便说一句，我们之间是无比恩爱和推心置腹的——而是因为他不愿我因此担心。他认为如果把一切都告诉了我，我就会不安。所以他就什么都不说了。"

"那你又是怎么知道的？"

一丝笑容在道格拉斯夫人的脸上掠过，她说："做丈夫的能一生保守一个秘密，而使深爱他的女人毫无察觉吗？我是通过许多事情知道的：他对在美洲生活的某些片段总是避而不谈；他采取了某些防范措施；他偶尔会流露出某些言语；他对某些不速之客的态度。我完全能够确定，他有一些势力很大的仇人，他确知自己正被他们追踪，所以总是在防备着。因为我对这点毫不怀疑，所以在这几年里，只要他回来的时间比预料的晚，我就惊恐异常。"

"我有个问题，"福尔摩斯说，"引起你注意的是哪些话呢？"

"'恐怖谷'，"妇人答道，"在我追问他时，他就是这么回答的。他说：'我陷入了"恐怖谷"中，至今还没有出来。''难道我们就永远无法走出这"恐怖谷"吗？'我看到他比平时更失常时，曾这样问他。他说，'有时我觉得，我们永远也无法走出来了。'"

"我想，你一定问过他'恐怖谷'这个词的意思吧？"

"是的，可是他听了，脸色就立刻变得阴沉，还不停地摇头说：'我们两个人中的一个被它的魔影笼罩，这就够不幸的了。''但愿上帝保佑，这不会伤害到你。'我想一定有一个真正的山谷，他曾经住在那里，并且在那里曾发生了一些与他有关的可怕的事情——我能肯定这一点——我再没有什么其他可以告诉你们的事情了。"

"他从来没有提过任何人的名字吗？"

"提过。三年前，他有一次打猎出了点意外，在发烧时曾胡言乱语。我记得他不停地说着一个名字，他说的时候表现得很愤怒，同时又有些恐怖。这人名是麦金蒂——头子麦金蒂。等他病好后我问他，头子麦金蒂是什么人，他是谁的头子？他哈哈一笑对我说，'谢天谢地，他可不是我的头子。'这就是我从他那里得到的所有的情况。不过，头子麦金蒂一定和'恐怖谷'有关。"

"还有一点，"麦克唐纳警官说，"你与道格拉斯先生是在伦敦一家公寓里相识的，也是在那儿订的婚，对吗？你们的婚姻有什么恋爱过程以及其他什么秘密或神秘的事吗？"

"是有恋爱的过程，这总是要有的，却并不神秘。"

"他有没有情敌呢？"

"没有，那时我是单身。"

"当然你已经知道他的结婚戒指不见了。这件事能让你想起什么吗？如果是他从前的仇人追踪到这里并杀害了他，那么拿走他的结婚戒指又会是什么原因呢？"

一瞬间，我敢保证有一丝微笑在道格拉斯夫人唇边掠过。

"这我真是不知道了，"她答道，"这件事可实在是太离奇古怪了。"

"好，我们不继续耽误你了，这时候来打扰你，我们感到十分抱歉，"麦克唐纳说道，"当然，还可能有其他问题，遇到时我们会再来问你。"

她站了起来。我注意到她像刚才一样，目光轻捷而又略带疑问地扫视了我们一下，似乎在说："对我的证词，你们有什么看法吗？"看起来真像是她已经说出了这个问题。然后，她欠了欠身，裙边轻扫地面，走了出去。

"她真是个漂亮的女人——非常漂亮，"她把门关上以后，麦克唐纳沉思着说，"巴克一定经常来这里，他也许是个招女人喜欢的男子。他承认死者很爱吃醋，他可能最清楚道格拉斯为什么会有醋意。还有结婚戒指的事。这些问题都很难解释。对将结婚戒指从死者手中夺走的人……福尔摩斯先生，你是怎样看的？"

我的朋友在那里坐着，两只手托住下巴，陷入了沉思当中。这时他起身拉响了传呼铃。

"艾姆斯，"等管家走进来后，福尔摩斯说，"塞西尔·巴克先生现在在什么地方？"

"我去找找看，先生。"

艾姆斯很快就回来了，说巴克先生在花园里。

"艾姆斯，你能不能记起昨晚你和巴克先生在书房时，他穿的是什么鞋子？"

"记得，福尔摩斯先生。他穿着一双拖鞋。他要出去报警的时候，我才给他拿了长筒靴子。"

"这双拖鞋现在放在哪里了？"

"还在大厅的椅子下面。"

"很好，艾姆斯，我们要区分巴克先生的脚印和外来的脚印，这是重要的事。"

"是的，先生。我可以说我看到那双拖鞋已经染上了血迹，我的鞋子也不例外。"

"根据当时室内情况来看，那也很正常。很好，艾姆斯。如果我们有需要，会再拉铃叫你。"

过了几分钟，我们来到了书房。福尔摩斯已经把那双毡拖鞋从大厅里拿了过来。和艾姆斯说的一样，两只鞋底都印上了黑色的血迹。

"奇怪！"福尔摩斯站在窗前，借着阳光认真地察看，喃喃道，"真是太奇怪了！"

福尔摩斯像猫一样猛地跳过去，弯下腰把一只拖鞋放在窗台的血迹上，完全吻合。他没有说话，对着几位同事笑了笑。

麦克唐纳兴奋得几乎失态，说话时又带上了地方口音。他大叫道："老兄！没有任何疑义了！是巴克自己把脚印印在窗台上的。这和别的靴印比起来要宽多了。我记得你说过是一双八字脚，这就是答案了。可是，他这耍的是什么把戏呢，福尔摩斯先生，这耍的是什么把戏？"

"是啊，这耍的是什么把戏呢？"我的朋友重复着麦克唐纳的话，陷入了沉思。

怀特·梅森捂住嘴笑了，接着又露出了职业上特有的满意的笑容，不停地搓着肥大的双手，大声叫道："我说过这桩案子不同寻常。果然如此啊。"

六

一线光明

这三个侦探还需要继续调查一些细节，所以我就一个人回到了我们在乡村旅店的住处。不过，在回去以前，我先到这古色古香的花园里走了走。花园位于庄园侧翼，四周被一排排非常古老且修剪得奇形怪状的紫杉环绕。园子的中间是一片连绵的草地，草地中间有个古式的日晷。园中的景色典雅祥和，令我紧张的神经松弛下来，顿时感到心旷神怡。这样幽静的环境，能使人忘掉那间阴森的书房以及屋子里地板上那个伸着四肢躺在血泊中的尸体，或者使人只把它当成一场噩梦。我在园子里散步，心神也在鸟语花香中得到了安慰，但忽然遇到了一件奇怪的事，再次令我想起那件惨案，并在我心中留下了更为恶劣的印象。

我刚才提到过，花园被一排排的紫杉环绕。与庄园楼房距离最远的那一头的紫杉长得很密，形成了一道围篱。在树篱后面有张长条石椅，从楼房这边走来是看不到的。我走到那个地方附近时听到有人说话，一个男人的喉音后面，接着是一个女人发出的娇柔的笑声。我很快走到树篱的尽头，没有被对方发现，随后就看到了道格拉斯夫人和巴克。她的样子令我十分吃惊。她在餐室时端庄而又拘谨，现在却已见不到所有伪装出来的悲哀，欢乐的光辉闪烁在她的眼中，被同伴有趣的话语逗乐的笑纹还未褪去。巴克坐在那里，身子前倾，双手交握，两肘支在膝上，报以英俊的微笑。看到我后，他们立刻重新严肃地伪装起来——但这太晚了。他俩匆匆地交谈了几句，巴克便起身走到我身旁说："对不起，先生，你是华生医生吧！"

我表情冷漠地向他点了点头，我敢说，我把内心对他们的印象明显地表现了出来。

"我们猜到可能是你，因为人们都知道你和夏洛克·福尔摩斯先生的友情很深。你是否愿意过来和道格拉斯夫人谈谈呢？"

我随他走过去，脸色很不好看，地板上那个脑袋几乎被打碎了的尸体清楚地浮现在脑海里。惨案发生不过几小时，他的妻子竟来到他花园的灌木丛后，和他最亲密的朋友说笑。我表情冷淡地和这个女人打了个招呼。在餐室时，我还很同情她的不幸，可是现在，面对她那祈求的目光，我却只能冷漠对待了。

"恐怕你会觉得我这个人冷酷无情吧？"道格拉斯夫人说。

我耸了耸双肩说："这和我没关系。"

"也许你最终会公平地看待我，前提是你了解……"

"华生医生没有了解的必要，"巴克急着打断了她，"因为他自己说的，这和他没关系嘛。"

"是的，"我说道，"那么，我就先走一步了，我还要接着散散步。"

"华生先生，请等一下，"妇人声音很大，带着恳求的语气，"有一个问题，你的回答的权威性是世上最高的，而这个答案对我来说关系重大。没有人比你更了解福尔摩斯先生以及他和警署的关系。假使有人对他说出一件事的秘密，他会不会一定转告警探们呢？"

"对，这正是问题所在，"巴克也说得很恳切，"他是独立对问题进行处理，还是全都要和其他侦探们一起解决？"

"我真不知道是否应该谈这样一个问题。"

"我求你，我恳求你给我个答案，华生医生，我相信你对我们一定能有帮助，只要在这点上得到你的指点，我从你那里得到的帮助就太大了。"

妇人的声音十分诚恳，竟使我一下子把她所有轻浮的举动都忘了，感动得非常愿意满足她的要求。

"福尔摩斯先生是独立工作的，"我说道，"所有的事都由他自己做主，并根据自己的判断进行处理。同时，对那些和他一起办案的官方人员他也很忠诚，而对那些在把罪犯缉拿归案方面对官方有帮助的事情，他也绝不隐瞒。除此以外我不能多说。如果你想知道更详细的情况，还是去找福尔摩斯先生本人吧。"

说完这些，我抬了一下帽子①就离开了，他俩仍然在被树篱挡住的地方坐着。当我走到树篱尽头时，回头看了看，他们仍在树篱后面坐着，谈得很热烈；他们的目光一直盯在我身上，他们所谈论的明显是和我的对话。

整个下午，福尔摩斯都和他的两个同行在庄园里讨论案情，五点左右才回来，我叫人把茶点给他端上来，他狼吞虎咽地吃着。

等我把这件事讲给福尔摩斯后，他说："我不希望知道他们的什么隐秘。华生，所谓的隐秘也根本就不存在。因为如果我们用同谋和谋杀的罪名将他们逮捕，他们就会非常难堪。"

"你认为这件事的结果会是这样的么？"

福尔摩斯的心情很好，他幽默地说："我亲爱的华生，等我把第四个鸡蛋解决了，就把全部情况告诉你。我不敢说已经彻底搞清楚了——还差得远呢。不过，当我们把那个丢失的哑铃找回来时……"

"那个哑铃？"

"哎呀，华生，难道你没有意识到，那个丢失的哑铃就是这个案子的关键吗？好了，好了，你也没必要垂头丧气，因为，这只是咱们两个人在说，我想麦克唐纳警官和那个精明的当地侦探，对这件小事的特殊重要性都没有充分的理解。只有一个哑铃！华生，想想，一个运动员只有一个哑铃会是什么情况吧！想想那会令他畸形发展——还会有脊椎弯曲的危险。这是不正常的，华生，太不正常啦！"

他坐在那里，嘴里塞满了面包，目光一闪一闪地显得很调皮，看着我那绞尽脑汁的狼狈相。

福尔摩斯有这样旺盛的食欲，说明他已经有了十足的把握。因为我对他那些缺乏食欲的日子印象深刻。当疑难问题令他困惑焦躁时，他就会全神贯注，像一个苦行主义者，而他那瘦削而急切的面容就变得更加枯瘦。

终于，福尔摩斯点着了烟斗，坐在这家老式乡村旅馆的炉火旁，从容而随意地谈论起这个案子，这与其说是经过缜密思考后的讲述，不如说是在自言自语。

"谎言，华生，是一个很大又很奇特的、不折不扣的大谎言，我们在开始时就碰到了这个谎言，并以此为出发点。巴克所说的全部是假的。不过道格拉斯夫人进一步证实了巴克的话。所以，道格拉斯夫人说的也是假话。他们两个都在说假话，而且是串通好了的。所以现在我们的问题很明确，就是查清他们撒谎的目的。他们想尽办法去隐瞒的真相又是什么？华生，你我一起试试，看能否查出谎言背后的真相。

"我是如何知道他们是在撒谎的呢？因为他们的谎言编得非常笨拙，与事实相违背。试着想想吧！按照他们的说法，凶手杀人后，用了不到一分钟，从死者手指上把这个戒指摘掉——还有另一枚戒指套在这个戒指上面——然后再将另一只套回原处，他肯定做不到这件

---

① 这是欧洲人的一种礼节，将帽子抬拿起一点，并略微点点头，随即再戴上。

事，何况他还要把这张奇怪的卡片放在死者身旁。我说这显然无法办到。也许你会说，那指环还有可能是在他被害以前被摘掉的。可是，华生，我对你的判断能力十分看好，因此我觉得你不会说这样的话。蜡烛点的时间很短，这个事实能证明死者和凶手会面的时间并不很长。我们听说道格拉斯是个胆子很大的人，他是那种被恐吓后就很快自动交出结婚戒指的人吗？我们能想象他竟然把结婚戒指轻易地交出来吗？不，不会的，华生，灯点亮后，凶手有一段时间单独和死者在一起。我毫不怀疑是这样的。

"不过，很明显是枪击致死的。所以和他们所说的相比，开枪时间要早许多。这就是事情的经过，绝不会有错。因此，我们面临的是两个听到枪声的人，也就是巴克这个男人和道格拉斯夫人这个女人共同策划的阴谋。首先，我能证明是巴克故意在窗台上印上了血迹，是为了给警方造成假的线索时，你也就会同意，这一案件向着对他不利的方向发展了。

"现在，我们必须问自己：究竟是什么时候发生的凶杀案呢？直到十点半钟，这屋里还有仆人们在走动，所以谋杀绝对不会发生在这之前。十点四十五分，除了留在餐室的艾姆斯，其他仆人都回到了住处。你在下午不和我们在一起时，我曾作过一些试验，发现只要关上所有的房门，无论麦克唐纳在书房发出的声音有多大，我在餐具室里都不能听到。

"不过，女管家的卧室就不一样了。这间卧室和走廊的距离并不远，当声音足够大时，我在这间卧室里能听到模模糊糊的声音。在从特别近的距离射击时——本案当然就是这种情况——在某种程度上，火枪的枪声消声了，不会很响，但夜里很静，在爱伦太太的卧室是能听到的。爱伦太太她有点耳聋，即便如此，她的证词中还是提到过，在警报发出前半小时，她听到类似关门的砰的一声。警报发出前半小时指的应该是十点四十五分。我确信她说的声音就是枪声，那才是案发的真正时间。

"假如事实真的是这样，有个问题我们现在必须查明：假定凶手并不是巴克先生和道格拉斯夫人，那么，从十点四十五分他们听到枪声下楼，到十一点十五分他们拉铃把仆人叫来，这期间他们都做了些什么。他们在做什么呢？为什么不立刻报警呢？摆在我们面前的就是这个问题。只要查明了这个问题，就离解决问题更近了一些。"

"我也相信，"我说，"他们两个是互相勾结的。在丈夫死后不到几小时，道格拉斯夫人竟然能听到笑话就坐在那里笑得十分开心，那她这个人一定毫无心肝了。"

"不错。甚至在她讲述案情的时候，也并不像是被害人的妻子。华生，你是知道的，我这个人并不崇拜女性。可是我通过生活经验能够判断，如果一个妻子听了别人的话就不去看她丈夫的尸体，她一定很少把丈夫放在心上。华生，如果我娶了妻子，我希望和我的妻子之间有一种感情，那就是当我的尸体在离她不远的地方躺着时，她一定不会跟着管家妇走开。这是一种非常拙劣的安排，即使遇到最缺乏经验的侦探，也会因为没有妇女的尖声悲号而感到吃惊。即使没有其他原因，只凭这一件小事，我也会认为这是有预谋的。"

"因此，你一定认为杀人犯就是巴克和道格拉斯夫人了？"

"你问得真是直截了当啊，"福尔摩斯向我摇着烟斗说，"就像一颗子弹一样向我射来。如果你认为道格拉斯夫人和巴克知道谋杀案的真相，并合谋加以隐瞒，那我发自内心地表示，他们一定是这样干的。不过你虽然击中了要害，但前提还不十分清楚。我们先来研究一下妨碍我们的难题吧。

"我们可以假设他们二人因为暧昧的关系而串通一气,并且他们决定把那个碍手碍脚的人除掉。这只是一种大胆的假设,因为我们调查过仆人们和其他人,没有任何这方面的证据。相反,证明道格拉斯夫妇无比恩爱的证据却很多。"

"我敢说这全是假的。"我想到了花园中那张带着笑容的美丽面孔,我说道。

"好,至少他们留给别人的印象是这样的。然而,我们假定他们极其狡猾,所有人都被骗了,而且他们合谋杀死道格拉斯。碰巧道格拉斯正受到某种威胁……"

"我们听到的只是他们单方面的说法啊。"

福尔摩斯陷入了沉思说:"我明白,华生,你表达了你的主要看法,你认为从一开始他们所说的每一句话都是假的。依你看来,根本就不存在暗藏的危险,什么秘密团体也不存在,所谓的'恐怖谷'也没有,更没有什么叫作麦金蒂之类的大头目等等的事情。好啊,这也可以成为一种不错的总结。让我们看看这样一来得到的结果吧。他们编出这种论点作为犯罪的原因。然后,为了配合这种说法,他们在花园里丢下一辆自行车,证明凶手是个外来人。在窗台印上血迹也是这个目的。尸体上的卡片也不例外,而且很可能就是在屋子里写好的。所有这些都与你的假设相符,华生。可是接下来,我们就要面对一连串很难处理、颇为棘手、无法符合你的理论的问题了。为什么在所有的武器中,他们只选了一支截短了的火枪,而且还是美国火枪呢?他们怎么能确定火枪射击时发出的声音不会惊动别人,令人们纷纷赶来呢?爱伦太太只把枪声当成了关门声,所以不出来查看,但这只是偶然。华生,为什么在你看来是罪犯的这一对人会这样蠢呢?"

"我承认,我无法解释这些问题。"

"那么,还有,如果一个女人和情夫一起预谋杀死了自己的丈夫,他们会在作案成功后取走结婚戒指以炫耀胜利,从而让所有人都知道自己的罪行吗?华生,难道你认为发生这种事情的可能性也是非常大的吗?"

"不,不可能是这样的。"

"再说,假如把一辆自行车丢在外边藏起来是你想出来的主意,那么这样做又真的有什么价值吗?即使是最笨的侦探,也一定会说这是明显在故布疑阵,因为对于一个想逃走的亡命徒来说,自行车是最首要的东西呀。"

"我想不出解释的方法了。"

"然而,对于人类的智力来说,想不出一系列相互关联的事件的合理解释,这种情况是很多的。我来提供一种思路吧,就当作是一次思考训练,对与不对暂且不管。我承认,这只不过是一种想象,不过,想象一向不就是真实的来源吗?

"我们来假设道格拉斯这个人曾经有过隐秘的犯罪的经历,而且这隐私实在很可耻。于是,有人就要暗杀他。我们设想凶手是来自外面的仇人。出于某种我到暂时还无法弄清的原因,这个仇人把死者的结婚戒指拿走了。这种宿怨或许是在他第一次结婚时造成的,正因为这样,他的结婚戒指才会被拿走。

"这个仇人还没有逃跑,巴克和死者的妻子就到了屋中。凶手使他们明白一件事,就是一且自己被逮捕，就会有一件耸人听闻的丑闻公布出来。于是，他们就改变了想法，心甘情愿地放走了凶手。为了达到这个目的，他们完全会悄悄放下吊桥，然后再悄悄拉上去。凶手在逃跑时，因为某种理由，认为步行比骑自行车的可靠性更高。所以，他找了个他安全逃走以后才可能被发现的地方，把自行车扔在了那里。到现在为止，我们只能认为是存在这样的可能性的，对不对？"

"对，这无疑是有一定可能的。"我的话里稍有一点保留。

"华生，我们一定要意识到我们遇到了一件极为特殊的事情。现在我们继续谈我们想象到的案情。在凶手逃离后，这一对未必是罪犯的人意识到自己是有嫌疑的人，对他们来说，让别人相信自己没有动手行凶，又要证明自己没有纵容他人行凶，都是很难的。于是他们开始匆忙而笨拙地应付这种情况。巴克用他沾了血迹的拖鞋把脚印印在窗台上，伪造成凶手逃走时留下的痕迹。很显然，他们两个肯定听到了枪声，所以他们做好安排以后，才发出警报。不过，这比案发时间已经整整晚了半个小时。"

"你想用什么方法证明这一切呢？"

"好，如果真的有这个外来人，那么他就有被捕归案的可能，这当然是最有效的证明了。但如果并非如此……嗯，科学的方法是用不尽的。我想，如果我能一个人在书房留一晚，那一定会很有用。"

"一个人在书房留一晚！"

"我想立刻就去那里。我已经和那个可敬的管家艾姆斯商量好了，他和巴克绝不是一伙的。我要在那间屋子里坐着，看看屋子里的气氛会不会让我获得一些灵感。华生老友，你笑吧。我是守护神的忠实信徒。好，让我们看看吧。顺便问你一下，你把你的那把大雨伞带来了吧？"

"在这儿。"

"好，我能借用一下吧？"

"当然没问题，不过，拿它当武器太蹩脚了！一旦遇到危险……"

"问题没那么严重，我亲爱的华生，不然，我肯定会请你帮忙的。可是，我一定要借用一下这把伞。现在，我只是在等我的同事们从滕布里奇韦尔斯市返回，他们正在那里调查这自行车是谁的。"

到了黄昏，麦克唐纳警官和怀特·梅森完成调查回来了。他们都很兴奋，说调查取得了很大的进展。

"伙计，我得承认我曾经对真有个外来人的说法持怀疑态度，"麦克唐纳说，"但现在这些都过去了。有人认出了自行车，还对车主的外貌特征进行了描述，所以，这一趟的收获真是不小啊。"

"听你这么一说，似乎很快就能结案了，"福尔摩斯说，"那我对你们二位表示衷心的祝贺了。"

"好，我的出发点是一项事实：道格拉斯先生到滕布里奇韦尔斯市去过，他也是从那天开始神情不安的。那么，他正是在滕布里奇韦尔斯市意识到自己有了某种危险的。很明显，如果有人骑自行车到这里来，就很有可能是从滕布里奇韦尔斯市来的。我们带着自行车到各个旅馆去问。伊格尔商业旅馆的经理马上就认出了这辆车，说车主名叫哈格雷夫。两天前，这个人曾在他的旅店住过,他的全部家当就是这辆自行车和一个小手提箱。他在登记时写的是从伦敦来的,但没有具体地址。手提箱是伦敦生产的,装的也都是英国货,不过那人本身却一定是个美国人。"

"嗯,很好,"福尔摩斯显得很高兴,"你们确实扎扎实实地做了一件工作,而我却坐在这里,和我的朋友编造了许多推论。麦克唐纳先生,是应该多做些实际工作,这对我来说是一次教训。"

"当然,这话很对,福尔摩斯先生。"麦克唐纳警官感到很满意。

"可是,这和你的推论也是完全符合的啊。"我提醒说。

"那也未必。不过,让我们听听结果是怎样的吧,麦克唐纳先生。找不到可以查清这个人的线索吗?"

"他显然十分小心地提防着,不让别人认出自己。他没有文件和书信,衣服上也没有任何印记。在他卧室的桌子上,放着一张本郡的自行车路线图。昨天早晨他吃过早餐后,便骑着自行车离开了旅馆,一直到我们前去查询,都没有什么关于他的消息。"

"福尔摩斯先生,我也正为此迷惑不解,"怀特·梅森说道,"如果这个人不希望被人怀疑,就应该知道他一定要回到旅馆,并且装成一个与事无关的普通游客。他也应该知道,他现在的做法会令旅馆主人报警的,他的失踪必然会被人们联想到凶杀案。"

"人家很可能想到了这点。既然他还没有被捉到,那么至少到现在他的表现还是很机智的。不过,他的外貌到底有什么特征呢?"

麦克唐纳拿出笔记本查看了一下。

"我们已经把他们提供的情况完全记在这里了。他们说得还是不够详细,不过旅馆那些茶房、管事的和女侍者们的描述大体上一样。那人约有五英尺九英寸高,大概有五十岁,头发有点灰白,胡子是淡灰色的,长了个鹰钩鼻子,面孔凶残无比,看了令人害怕。"

"好,别说了,这些描述几乎和道格拉斯本人一模一样了,"福尔摩斯说,"道格拉斯恰好也是五十多岁,头发和胡子花白,身高也差不多。你还得到其他情况了吗?"

"他穿一身很厚的灰色衣服,一件双排扣夹克,外面罩了一件黄色短大衣,戴着便帽。"

"有什么与那支火枪有关的情况吗?"

"这支火枪的长度不足二英尺,他的手提箱完全可以装得下。他还可以轻松地把它放在大衣里,随身携带。"

"你觉得这些情况对这件案子有什么帮助吗?"

"噢,福尔摩斯先生,"麦克唐纳说,"我保证,我得知这些情况后,在五分钟之内就发出了电报。等我们抓住这个人后,就能做出进一步的判断了。不过,正是在这件案子缺乏进展时,我们又前进了一大步。我们知道,两天前有个自称哈格雷夫的美国人来到了滕布里奇韦尔斯市,他的随身物品有一辆自行车和一个手提箱,箱子里装着一支截短了的火枪。所以,他是有意图地来从事某种罪行的。昨天早晨,他在大衣里藏好了火枪,骑着自行车来到这里。根据我们已知的情况,没有人看到他来。不过,他不需要经过村子就能来到庄园大门口,路上骑自行车的人也不少。也许他立刻就将自行车藏在了月桂树丛里(人们后来就在那里找到了车子），他自己也可能就藏在这里，时刻关注着庄园的情况，等着道格拉斯先生出来。我们觉得在室内使用火枪这种武器是很奇怪的。不过，他原本是想在室外用的。在室外，火枪有一个显而易见的好处，因为它几乎不会失手，而且在英国射击爱好者聚居的地方，枪声是常有的，仆人们对此不会特别在意。"

"这些都是很清楚的！"福尔摩斯说。

"可是，道格拉斯先生并没有出来。接下来凶手是怎么办的呢？他把自行车扔在那儿，到黄昏时来到庄园近处。他发现吊桥并没有吊起来，附近也没有任何人，于是他利用了这个机会。如果有人碰到他，他无疑可以编出一些借口。不过他什么人都没碰到。他溜进了他见到的第一间屋子，在窗帘后面藏了起来。他在那个地方发现吊桥已经拉起来，他知道自己能逃走的唯一办法就是蹚过护城河。他一直等到十一点十五分，道格拉斯先生在睡前进行例行检查，来到这间屋子里。他按自己的计划向道格拉斯开了一枪，然后就逃跑了。他知道，旅馆的人会把自行车的特征说出来，这一点对他很不利，所以就没有把自行车带走，想了个别的办法去伦敦，或是到预先安排好的某个安全的地方藏身。福尔摩斯先生，你对我的话有什么看法？"

"很好，麦克唐纳先生，根据情况来看，你说得相当不错，也比较清楚。这是你认为的结局。我得出的结论是：和我听说的时间相比，犯罪时间要早半个小时；道格拉斯夫人和巴克先生两个人共同隐瞒了某些情况；是他们帮助凶手逃走的，或者至少凶手是在他们进屋以后才逃走的；他们还伪造了一些杀人者从窗口逃跑的证据，而非常有可能是他们自己把吊桥放下，放走凶手的。这是我对此案前半断的结论。"

这两个侦探听后都摇了摇头。

"好的，福尔摩斯先生，如果确实是这样的，我们就更觉得莫名其妙了。"来自伦敦的警官说。

"而且也更难以理解了，"怀特·梅森补充道，"道格拉斯夫人一辈子也没去过美洲。说她和一个从美洲来的凶手有关系，并且庇护了这个罪犯，怎么可能呢？"

"我承认是有这样的疑问，"福尔摩斯说，"我准备今晚亲自做个调查，也可能找到一些对破案有帮助的线索。"

"福尔摩斯先生，需要我们的帮助吗？"

"不，不用！我需要的非常简单。只要天完全漆黑下来，再加上华生医生的雨伞就足够了。还有艾姆斯，忠实的艾姆斯，他无疑会破例给我提供些方便。我所有的思路一直都萦绕着一个基本问题：一个运动员锻炼身体，为什么会如此不合情理地只使用一个哑铃？"

福尔摩斯直到半夜的时候才一个人调查回来。我们同住在一个有两张床的屋子里，对这家乡村小旅馆来说，这已经是对我们最大的优待了。那时我已经睡着了，直到他进门才把我吵醒。

"哦，福尔摩斯，"我喃喃地说，"你有什么新的发现吗？"

他手拿蜡烛站在我身边，没有说话，然后他那又瘦又高的身影向我俯过来。

"我说，华生，"他声音很低地说，"现在，你正和一个精神失常、头脑失控的白痴在一间屋子里睡觉,你害怕么?"

"一点也不怕。"我惊讶地回答。

"啊,运气还算好。"他说。然后这一夜他再也没说话。

七
答案

第二天早饭后,我们来到当地的警察局,看到麦克唐纳警官和怀特·梅森正在警官的小会客室里秘密地商量着什么事。在他们面前的办公桌上,堆着大量的书信和电报,他们正认真地整理摘录,已经有三份被放在了旁边。

"仍然在追踪那个逃走的骑自行车的人吗?"福尔摩斯愉快地问,"有什么关于这个暴徒的最新消息吗?"

麦克唐纳指着那一大堆信件沮丧地说:"目前从莱斯特、诺丁汉、南安普敦、德比、东漠姆、里士满和另外十四个地方都送来了和他有关的报告。其中东漠姆、莱斯特和利物浦三处的报告中有些情况对他明显不利。因此,他其实已受到注意了。不过,好像全国到处都有身穿黄大衣的逃犯。"

"哎呀!"福尔摩斯表现得很同情,"现在,麦克唐纳先生,还有怀特·梅森先生,我想特别诚恳地给你们提个忠告。你们应该还记得,我和你们一起研究这件案子时曾经提出过一个条件:我不会把未经证实的见解对你们讲;我要保留并制定出我个人的计划,直到我可以确定它们是对的,并且令自己满意为止。因此,我暂时仍然不想把我的全部想法告诉你们。另一方面,我说过我一定对你们光明磊落,如果我看到你们在毫无益处的工作上浪费精力而不阻止,那我就犯了错误。所以,我要在今早给你们一个忠告,我的忠告只有三个字:'放弃它。'"

麦克唐纳和怀特·梅森非常吃惊地瞪大了眼睛,望着他们这位很有名气的同行。

"你认为已经没有办法破解这个案子了吗?"麦克唐纳叫道。

"我认为按照你们的方法,是不可能侦破这件案子的,这并不代表我认为本案不能真相大白。"

"可是骑自行车的人确实是存在的啊。我们已经知道了他的外貌特征、手提箱以及他的自行车。这个人一定在某个地方藏了起来,为什么我们不去抓他呢?"

"是的,是的,他无疑是在某个地方藏了起来,我们也绝对可以捉到他。不过我不希望你们去东漠姆或是利物浦这些地方浪费精力，我相信我们可以找到捷径。"

"你有什么知道的事瞒着我们。你这样就不对了，福尔摩斯先生。"麦克唐纳很生气。

"麦克唐纳先生，你对我的工作方法是有所了解的。但是我要在尽可能短的时间里保守这个秘密，我只不过是想设法证实我想到的所有的细节，这并不难。然后我就和你们告别，返回伦敦，并把我的全部成果留给你们。如果我不这么做，就真是太对不起你们了。因为我想不出在我的经历中还有比这件案子更新奇和有趣的事情。"

"我简直弄不明白，福尔摩斯先生。昨晚我们从滕布里奇韦尔斯市回来见到你时，你对我们的判断还基本同意。后来又是什么事情，使你对本案又有了截然不同的看法了呢？"

"好，既然你已经问了，我也不妨直说。就像我告诉过你们的，我昨夜有好几个小时是在庄园度过的。"

"那么，发生了什么事？"

"啊！目前我只能给你们一个十分简略的回答。顺便提一下，我曾经读过一篇与这座古老的庄园有关的简明有趣的介绍资料。这份资料在本地的烟酒店就能买到，只需要花一个便士。"福尔摩斯在背心的口袋里拿出了一个小册子，书皮上印的是这座古老庄园的粗糙的线条图案。

他又说道："亲爱的麦克唐纳先生，当一个人深深地受到周围古老环境的感染时，这本小册子是很能增加调查的情趣的。你们不要这么没有耐心，我可以向你们保证，即使是这么简短的资料，也可以使人对这座古厦的过去有一个印象。请允许我读一段给你们听。'伯尔斯通庄园建于詹姆士一世登基后第五年，这里原是一片古建筑物的遗址，它是那个时代残留至今的有护城河的宅邸最完美的典型……'"

"福尔摩斯先生，你还是少戏弄我们吧。"

"啧！啧！麦克唐纳先生！我已经觉察到你们的不耐烦了。好，既然这个问题不能引起你们的兴趣，我就不把每个字都念出来了。不过我跟你们说，这个册子谈到在一六四四年，这个宅子曾被反对查理一世的议会党人中的一个上校拥有；还谈到在英国内战期间，查理一世还曾经藏在这里；最后又谈到乔治二世也来过这里；你们得承认，这里面的许多问题都与这座古老的别墅有关。"

"对此我并不怀疑，福尔摩斯先生，不过这与我们的事情没什么关系啊。"

"没有关系吗？真的没有关系吗？我亲爱的麦克唐纳先生，我们这项工作有个最重要的基本功，就是一定要有开阔的眼界。概念与概念间的相互作用、间接地使用知识，始终是十分重要的。请原谅，虽然我只在犯罪问题方面是专家，但总比你年长一些，也许经验也更多。"

"首先，我承认这一点，"麦克唐纳表现得很诚恳，"我承认你有自己的道理，但你在做事时又未免总是有些转弯抹角。"

"好，好，我可以不再谈过去的历史，回到现在面对的事实上来。就像我刚才所说，昨晚我曾经去了庄园。我没有去见巴克先生和道格拉斯夫人。我觉得不必打扰他们，不过我听说这个女人没有任何憔悴的样子，还刚刚吃过丰盛的晚餐，这令我很高兴。我专门去见了善良的艾姆斯先生，和他进行了亲切的交谈，终于得到他的同意，可以独自在书房里停留一会儿，不被其他人知道。"

"什么！你和那个死尸在一起！"我叫道。

"不，不，现在一切已经恢复原状了。麦克唐纳先生，我听说是你允许这么做的。我在那间屋子里停留了一刻钟，得到了很大的启发。"

"你都做了什么？"

"噢，我并不是想把这样简单的事情搞得很神秘，我是在找那只消失了的哑铃。它在我对这件案子进行判断的过程中，始终十分重要。它最终被我找到了。"

"在什么地方找到的？"

"啊，我们已经接近真相大白的时刻了，让我再多说一点，只能再多说一点，但我最终会把我所知道的一切都告诉你们。"

"好，我们只能同意你根据自己的想法去做，"麦克唐纳说，"不过你让我们放弃……那究竟是什么原因呢？"

"理由很简单，麦克唐纳先生，就是你们连调查对象都没弄清楚。"

"我们正在对伯尔斯通庄园的约翰·道格拉斯先生被害案进行调查。"

"对，对，你说的没错。可是不要再在那个骑自行车的神秘先生身上费心了。我保证，这对你们不会有什么帮助。"

"那么，你说我们该怎么做呢？"

"只要你们愿意，我就把应该做的事详细地告诉你们。"

"好，我不得不承认，我总感觉你的那些古怪的做法都有一定的合理性。我一定听从你的意见。"

"那么你呢，怀特·梅森先生？"

这个乡镇侦探看看这个又望望那个，显得有些茫然。对他来说，福尔摩斯先生和他的侦探法都很陌生。

"好吧，如果麦克唐纳警官认为对，我当然也同意。"怀特·梅森终于开口了。

"太好了！"福尔摩斯说，"我的建议是，你们两位去乡间好好散散心吧。有人告诉我，从伯尔斯通小山边一直到维耳德，景色都很美。尽管我并不熟悉这个乡村，无法给你们推荐饭馆，但我认为你们在中午一定可以找到合适的饭馆。到了晚上，虽然会很疲倦，心情却十分愉快……"

"先生，您这样开玩笑就真是过分了！"麦克唐纳从椅子上站起来，生气地大声叫道。

"好，好，你们随意好了，怎样消磨这一天的时间都可以，"福尔摩斯说着，还高兴地在麦克唐纳的肩膀上拍了拍，"你们愿意做什么都可以，愿意去什么地方也都可以，不过，一定要在黄昏以前到这里来见我，一定要来，麦克唐纳先生。"

"这话听起来还像是一个头脑清醒的人说的。"

"我的建议都是极好的，但我也不会强迫你们采纳。你们只要在我需要时出现在这里就行了。可是，在我们还没有分手的时候，我需要你给巴克先生写个便条。"

"好！"

"如果你不反对，我就口述了。准备好没有？

"亲爱的先生，我认为有必要把护城河的水排净，我们有可能找到一些……"

"这不可能，"麦克唐纳说，"我已经调查过了。"

"啧，啧，亲爱的先生！请照我说的写。"

"好，你继续说。"

"……我们有可能找到一些与我们的调查有关的东西。我已经做好了安排。明天早上就会有工人来把河水引走……"

"这不可能！"

"把河水引走，所以我认为有必要预先说明一下。

"现在签个名吧，由专人在四点钟左右送去。到那时，我们再回到这间屋子里会合。见面以前的时间，我们可以自己安排。我能保证可以暂停调查了。"

快到黄昏的时候，我们又一次聚在了一起。福尔摩斯的态度十分严肃，我心里很好奇，而两个侦探却十分不满和气恼。

"好吧，各位先生，"我的朋友表情严肃地说，"我请你们此刻和我一起去考察一下所有的情况，然后你们就会作出自己的判断，我的观察究竟能不能成为我的结论的证据。夜间很冷，我也不知道这次去会用多长时间，所以请大家都多穿些衣服。最重要的一点是，我们一定要赶在天黑前到达现场。如果你们不反对，我们就马上出发。"

庄园里花园的四周围着栏杆，我们沿着花园走到一个栏杆上有豁口的地方，从豁口穿过，溜进花园。天色越来越暗，我们跟在福尔摩斯身后，来到一片灌木丛附近，差不多就正对着正门和吊桥。吊桥还没被拉起。福尔摩斯蹲下身子，在月桂树丛后面藏好，我们三个人也学着他的样子蹲了下来。

"好，现在我们应该怎么做呢？"麦克唐纳问了个唐突的问题。

"耐心等待，尽可能别出声。"福尔摩斯回答。

"我们究竟要在这里做些什么？我认为你对我们应该开诚布公才对！"

福尔摩斯笑着说："华生总把我比喻成现实生活中的剧作家，我身上有艺术家的气质，坚持要完成一次成功的演出。麦克唐纳先生，如果我们做不到经常获得辉煌的演出效果，那我们这个营生就真的很单调并且令人生厌了。请想想，直接告发，精辟的处决——用这种方式结案会是一出好剧吗？但迅速的推断，精妙的计策，对即将到来的事件的机智预测，又成功地证实了自己的推测——这些难道不能说明我们所做的是值得骄傲和有理的吗？此刻，你们会有一种猎人就要得手前的兴奋。如果按一份既定的时间表执行，还兴奋什么呢？麦克唐纳先生，我只请你们再多一点耐心，你们很快就会明白一切。"

"好哇，我只希望这种骄傲和有理能在我们大家冻死之前实现。"这个伦敦侦探很无奈又很幽默地说。

对于这种迫切的愿望，我们几个人都赞同的理由，因为我们守候的时间实在太长，以至于难以忍受了。这座狭长而阴森的古堡逐渐被夜色所笼罩，一股阴冷、潮湿的寒气从护城河里升起，冻得我们牙齿不住地打战。大门口亮着一盏灯，那间发生不幸的书房里有一盏固定的球形灯。四处已经完全黑了下来，十分安静。

"还要等多久啊？"麦克唐纳突然发问了，"我们在等什么呢？"

"我不会和你一样去计较时间的长短，"福尔摩斯语气严厉地答道，"如果罪犯像安排列车时刻表一样准时地安排他们的犯罪活动，我们当然会方便很多。至于我们正在等的……瞧，我们等的东西出现啦！"

他说话的时候，书房中有一个人来回走动，把原本明亮的黄色灯光挡住了。我们藏身的月桂树丛正在书房的对面，距离在一百英尺以内。不一会儿，突然吱的一声，窗户被打开了，我们隐约能看到有个人把头和身子探出了窗外，正在向黑暗的地方张望。他像注视着前方，时间不长，但鬼鬼祟祟地，似乎怕被人看到。然后，他伏下了身子。四周很寂静，我们能听到河水被轻轻搅动的响声，似乎是这个人手里拿着某种东西在护城河里搅动。后来，他就像渔夫捞鱼一样，突然捞上了一些又大又圆的东西。他把这东西拖进窗子时，又把灯光挡住了。

"马上！"福尔摩斯大叫，"快去！"

我们全都站了起来，感到四肢都麻木了，摇晃着在后面跟着福尔摩斯。他飞快地从桥上跑过去，用力拉响了门铃。吱呀一声，门开了，艾姆斯一脸惊愕地出现在门口。福尔摩斯什么也没说，把他推到了一边，我们也都跟着他冲进屋里，我们所等的那个人正在那里。

桌上的油灯再次发出刚才我们在窗外看到的那种光芒。现在，油灯就在塞西尔·巴克手中，等我们到了屋子里，他举着灯照向我们。灯光下是他那坚毅果敢并且刮得很光的脸，一双眼睛冒着怒火。

"你们这究竟在干什么？"巴克喊道，"你们想找什么？"

福尔摩斯迅速地扫视了四周，然后猛然扑向塞在写字台底下的一个湿淋淋的包袱。

"我找的就是它，巴克先生，这是你刚从护城河里捞起来的裹着哑铃的包袱。"

巴克十分惊奇地注视着福尔摩斯，问道："你怎么知道有这样一件东西呢？"

"简单得很，就是我把它放在水里的。"

"你放在水里的？是你！"

"或许应该说'是我再一次放进水里的'。"福尔摩斯说，"麦克唐纳先生，对于我提到过缺一只哑铃的事你还有印象吧，我建议你注意它，你却把精力用在其他事情上，几乎完全不予考虑，而它原本能帮你从中得到正确的推论。既然这是一间靠近河水的屋子，又有一件有重量的东西不见了，就很容易能够想到，这是用来加重某种东西，使之沉到水里去了。至少这是一种值得验证的推测。艾姆斯同意我在这屋中逗留，所以说，在艾姆斯的帮助下，我昨天已经用华生医生雨伞的伞柄钩出了这个包袱，而且进行了检查。

"然而，首要问题是，我们应当找到把它放到水中去的人。于是，我们便声称要在明天把护城河里的水抽干，这样一来，隐藏这个包袱的人一定会把它取回来，这件事只能在黑夜里去做。我们有至少四个人证，能证明是谁在抢先打捞包袱。巴克先生，我想，现在你应该解释一下了。"

夏洛克·福尔摩斯拿起湿包袱，放在桌上的油灯旁边，解开捆着的绳索。他把一只哑铃从里面拿出来，和墙角上的那一只放在一起。然后，他又从里面抽出一双长筒靴子。

"大家来看，这是美国的东西。"福尔摩斯指着鞋尖说。他又把一柄很长的带鞘尖刀放在桌上。最后，他解开一捆衣服，包括一套内衣裤、一双袜子、一套灰粗呢衣服和一件黄色的短大衣。

"这些衣服都很普通，"福尔摩斯指着说，"除了这件大衣以外。这件大衣能给人很大的启发。"

福尔摩斯举着大衣来到灯前，用他那瘦长的手指指点着大衣说："你看，这件大衣衬里里面的口袋被做成了这种式样，好像是为了有足够的地方能装下那支截短了的猎枪。衣领上的签条印有成衣商的名称——美国·佛米沙镇·尼尔服饰用品店。我曾经花了一下午，在一个修道院院长的藏书室里增长知识，从那以后便知道佛米沙是个繁荣的小城镇，位于美国的一个很有名的出产大量煤铁的山谷的谷口。巴克先生，我还记得你对我谈起过道格拉斯先生的第一位夫人，那里提到过关于产煤地区的事。那么就有理由得出这样的推论：死者身旁的卡片上的 V. V. 两个字，所代表的有可能是佛米沙山谷（Vermissa Valley），或许刺客就是从这个山谷中被派出的，这也可能就是那个恐怖谷。这些都很清楚了。现在，巴克先生，我好像是有点说多了，应该由你来说明了。"

听着这个伟大的侦探的解说，塞西尔·巴克的表情变化可真是太有意思了：气恼、惊奇、惊恐、犹疑，不停地交替。最后，他带着挖苦和回避的味道反问福尔摩斯，冷笑着说：

"福尔摩斯先生，既然你都知道了，何不再多给我们讲一点呢？"

"我当然可以讲出更多的情况了，巴克先生，不过为了体面些，最好还是由你来讲。"

"啊，这就是你的想法吗？好，我能告诉你的只有一点，如果这里面真的有隐私，也不是我的隐私，让我来说，你是找错人了。"

"好，巴克先生，如果你是这种态度，"麦克唐纳语气冷冰冰的，"那我们就要把你拘留，等拿到逮捕证再正式将你逮捕。"

"你们随便吧。"巴克言语中带着挑衅。

看来再也无法从他那里问出什么，因为只要看一眼他那刚毅顽强的表情，就知道即使对他施以酷刑，也不可能使他做出违背自己心意的事。然而，正在此时，僵局被一个女人的说话声打破了。原来，道格拉斯夫人已经来到半开的门外听到了我们谈话，现在她来到了屋子里。

"对我们的事，你已经很尽力了，塞西尔，"道格拉斯夫人说，"不论这件事会有怎样的结局，你都已竭尽全力。"

"是很尽力，而且尽力得过分了，"夏洛克·福尔摩斯语气庄重地说，"太太，我非常同情你，我极力劝说你要信任法律的常识，并且自愿而彻底地相信警探。可能在这方面我犯过错误，因为你曾通过我的朋友华生医生告诉我你有隐私要对我说，我那时并未理会你的暗示，不过，那时我认为你是这件犯罪行为的直接参与者。现在我已经确信并非如此。然而，需要弄清的问题还有许多，我劝你还是把道格拉斯先生请出来，让他自己讲讲吧。"

听了福尔摩斯的话，道格拉斯夫人万分惊奇，一下子叫了出来。这时，有个人好像从墙里冒出来一样，出现在阴暗的墙角，并走了过来，我和两个侦探也吃惊地叫了一声。

道格拉斯夫人立刻转过身和那个人拥抱起来，巴克也握住了他伸过来的手。

"这样是最好的了，杰克，"他的妻子一遍又一遍地说，"我相信这样是最好的了。"

"是的，这样确实是最好的，道格拉斯先生，"夏洛克·福尔摩斯说，"我就知道你会认为这样最好。"

这个人刚走出黑暗的地方，来到亮处，站在那儿眨着昏花的双眼望着我们。这张面孔非同寻常——一双灰色的大眼睛里闪着勇敢刚毅的光芒，灰白色胡须剪得很短，方下巴很突出，嘴角似乎带着幽默感。他细细地打量着我们，后来，他竟然走向我，递给我一个纸卷，这使我很惊讶。

"久闻大名，"他说话的声音和英国人不完全一样，和美国人也不完全一样，但很悦耳，"这些人中，你称得上是历史学家。好，华生医生，恐怕在从前，你从来没有得到过你现在拿着的这种故事资料，我敢用全部财产赌这一点。你可以用你个人的方式来进行描述，不过只要你掌握了这些事实，读者大众就不会不感兴趣。我已经藏了两天，在白天，就是处在困难处境中用可以利用到的时光，写出了这些事。你和你的读者们可以随意使用它们。这就是恐怖谷的故事。"

"这些事都过去了，道格拉斯先生，"夏洛克·福尔摩斯语气平和地说，"我们希望你能说说现在的事情。"

"我会讲给你们听的，先生，"道格拉斯说，"在说话的时候，我能吸烟吗？好，多谢，福尔摩斯先生。如果我没记错，你也是个喜欢吸烟的人。你想，如果你坐了两天，衣袋里还放着烟草，却怕吸烟时的烟味暴露自己而不敢吸，那是什么样的滋味啊。"

道格拉斯倚在壁炉台旁边，接过福尔摩斯递给他的雪茄边抽边说："我早就听说过你的大名，福尔摩斯先生，却从未想到竟然能和你相见。但是，你还没有来得及看这些材料，"他向我手中的纸卷点了点头，"你一定会说，我讲给你们听的，都是新鲜事。"

麦克唐纳警官异常惊奇地看着这个新出现的人。

"啊，这次真让我为难了！"麦克唐纳终于说话了，他的声音很大，"如果你是伯尔斯通庄园的约翰·道格拉斯先生，那么，我们这两天一直调查的死者是什么人呢？还有，现在的你是突然从什么地方冒出来的呢？我看你就好像玩偶匣①中的玩偶，是从地板里钻出来的。""唉，麦克唐纳先生，"福尔摩斯摇晃了一下食指表示反对，"你难道没有看过那本很棒的地方志吗？上面很明确地写着国王查理一世避难之事。在那个时代，如果没有可靠的藏身之处，就很容易被发现。用过的藏身之地当然还可以继续发挥作用。所以我坚信，一定可以

---

① 玩偶匣：一种玩具，将盖子揭开，就会有玩具跳起。

在这所别墅里找到道格拉斯先生。"

"福尔摩斯先生,为什么你要捉弄我们这么长时间呢?"麦克唐纳有些生气了,"你让我们在那些你原本早已知道是荒谬的事情上浪费了那么多时间。"

"也不是一下子就弄清楚的,我亲爱的麦克唐纳先生。我也是直到昨夜才形成了对这个案件的全盘见解。因为不到今天晚上就无法证实,我才劝你和你的同事白天多休息一会儿。请问,除此之外我还能做什么呢?等到我在护城河里发现了衣物的包袱,就全清楚了,我们见到的那个死尸绝对不是约翰·道格拉斯先生,而是来自滕布里奇韦尔斯市的那个骑自行车的人。不可能再有别的可能。所以我只有把约翰·道格拉斯先生本人可能的藏身之处找出来,最有可能的,就是他在妻子和朋友的帮助下,隐藏在别墅中最适宜逃亡者的地方,等待一个最好的时机逃走。"

"好,你的推断有道理,"道格拉斯先生表达了自己的赞许,"我本来认为我已经逃脱了你们英国的法律,因为我无法想象自己能够忍受美国法律的裁决,而且我有了一个机会可以永远摆脱追踪我的那些猎犬。不过,我始终没有做过违背良心的事,而且我做过的那些事,也都能再做一次。但是,我给你们讲讲自己的故事,然后由你们自己裁决。警探先生,就不劳你费心警告我了,在真理面前我绝不会退缩的。

"我并不想从头开始。所有的事情都写在这上面,"道格拉斯指了指我拿着的纸卷说,"你们可以看到不计其数的怪诞事件,这都可以归结为一点:有些人因为多种缘由和我结怨,宁可倾家荡产都要整死我。只要我和他们都活着,我在这个世上就难以找到安全的容身之地。他们不停地追逐我,从芝加哥到加利福尼亚,最终将我赶出了美国。后来我结婚了,定居在这样一个宁静的地方,我认为自己能够安稳地度过晚年了。

"这些事我并没有告诉我的妻子。我没有必要把她拖进去。一旦她知道了这些事,她就不会再有片刻的安宁,而且必定会经常处于恐惧之中。我想,有些情况她已经知道了,因为我无意之中会不时露出一两句来。不过,直到你们在昨天看到她以后,她仍然不清楚事情的真相。她对你们坦白了她所知道的全部情况,巴克也是如此,因为案发当晚时间过于仓促,没来得及向他们细讲。她现在才知道这些事,如果我更聪明一点,就会早点告诉她。不过这很难下决心啊,亲爱的,"道格拉斯握着妻子的手说,"我这次做得很好吧?"

"好,先生们,在还没有发生这些事情的某一天,我去滕布里奇韦尔斯市,在街上见到一个人。虽然只瞥了一眼,但我对这类事非常敏感,马上就能确定这个人是谁了。这正是我最凶恶的一个敌人——好多年了,他就像一只追驯鹿的恶狼一样不肯放过我。我知道有麻烦了。于是,我回到家里准备应对。我想我完全有能力自己对付。一八七六年,我有一个运气好的时期,这在美国是人们都知道的,我坚信好运仍然和我在一起。

"第二天我戒备了一整天,连花园里都没有去。这样对我更有利,否则,在我还没能接近他的时候,他就会先我一步掏出那支截短了的火枪对我射击。到晚上吊桥拉上来后,我的心情才获得了些许平静,不再去想这件事情。我绝对没有想到的是,他会钻到屋里等着我。可是当我按照平时的习惯,穿着睡衣进行巡视的时候,还没进入书房,就感觉到了危险。我想,当一个人的性命受到威胁的时候——我一生中经历无数危险——会有一种第六感发出警报。

我很明确地感觉到了这种信号,然而又说不出为什么。我一下子发现了窗帘下露出的长筒靴子,就完全明白了。

"这时,我手里只拿着一支蜡烛,但房门是开着的,大厅的灯光将屋子照得很亮,我就放下蜡烛,跳到壁炉台旁边,把我放在上面的铁锤抓到手中。这时他向我扑过来,我眼见刀光一闪,也用铁锤向他砸去。他被我打中了,因为我听到当啷一声,那把刀子掉到地上了。他就像一条鳝鱼,绕着桌子飞快地跑,不一会儿,他从衣服里把枪掏了出来。我听到他打开了机头,我赶在他开枪之前死死地抓住枪管,和他争夺了大约一分钟。对他来说,丢了枪就相当于丢了命。

"他没有松手,但他一直让枪托朝下。可能是我碰到了扳机,也可能是我们在争抢时震动了扳机,反正后来两筒枪弹都打在他的脸上,我终于认出了这个人,他是泰德·波温。我在滕布里奇韦尔斯市时就认出了他,在他扑向我时我也认出了他,然而我那时看到他的模样,恐怕他的母亲也不会认识他了。过去,我已经习惯了大打出手,可见到他这副尊容时还是有些作呕。

"巴克匆忙下楼来时,我正靠在桌边。我听到我的妻子向这里走来了,赶忙跑到门口把她拦住,因为绝不能让一个妇女看到这种惨相。我答应立刻去她那里。我只对巴克讲了一两句,他一眼就知道出了什么事,于是我们就一起等着其他人的到来,可是没听到有人来的声音。于是我们认为他们什么都没听见,知道刚才发生的这一切的只有我们三个人。

"这时我起了一个念头,这念头太高明了,我简直为此感到飘飘然了。因为这个人的袖子是卷起的,露出了臂膀上的会党标记。请看这里。"

道格拉斯把自己的衣袖也卷了起来,给我们看一个烙印——是一个圆圈里面套个三角形的褐色标记,和死者身上的一模一样。

"就是见到这标记后,我才灵机一动,似乎一下子就全明白了。他和我在身材、头发、体形等方面非常相似。没有人能认出他的真面目,这可怜的家伙!我扒下了他的这身衣服,和巴克在一刻钟内就迅速给他穿上了我的睡衣,把他放在你们发现时他躺着的地方。我们把他的东西都包在一个包袱里,用当时能找到的唯一的重物给它加重,然后从窗户扔到了外面。他准备了一张卡片,本来打算放在我的尸体上,却被我放在了他自己的尸体旁。

"我又给他带上了我的几个戒指,但结婚戒指,"道格拉斯展示了一下他那只肌肉发达的手,说道,"你们也能看到,我戴得太紧了。从我结婚时开始,我就从来没动过它,想把它取下来,除了用锉刀就没有什么办法了。总之,我不知道当时有没有想把它锉下来的想法,即使想过也办不到。所以这件小事就顾不上了。另一方面,我在死者脸上贴了一小块橡皮膏,因为那时我自己的那个位置上也贴着一块,福尔摩斯先生,你忽略了这个地方。像你这么聪明的人,如果当时正好揭下了这块橡皮膏,就会发现那下面根本没有伤痕。

"好,当时就是这样。假如我能躲藏一段时间,再设法和我的'姘妇'妻子一起逃走,我们自然有可能平安地度过余生。只要我还活着,这些恶魔一定不会让我安宁;可是如果他们看到报上刊登了波温暗杀得手的新闻,那么,我就可以摆脱所有的麻烦了。我没有足够的时间让巴克和我的妻子知道所有的事,不过他们都了解了大致的情况,也能够帮助我。我对别墅中的藏身之处非常清楚，艾姆斯也清楚，可是他怎么也不会想到这个藏身之地和这件事情之间会发生关系。我到那个密室里藏起来，剩下的事就由巴克来做。

"我想，关于巴克所做的事，你们自己已经能补充说明了。他打开窗户，在窗台上留下了鞋印，伪造凶手从窗口逃跑的假象。这当然并不容易，然而吊桥已经拉起，没有其他出路了。安排好这一切以后，他才拼命地拉响了铃。后来发生了什么，你们都知道了。事情的经过就是这样，先生们，你们想怎样办都可以。可是我已经对你们讲了真实的情况。千真万确，我把所有真相都告诉你们了。现在请问，按英国的法律，你们会如何处理我？"

大家都沉默不语，夏洛克·福尔摩斯先出声了，他说："英国的法律基本上很公正。你不会受到不合理的刑罚。可是我有个问题：这个人是如何知道你住在这里的？他又是如何进入你屋里的？又藏在什么地方想暗害你呢？"

"这我就不清楚了。"

福尔摩斯的脸异常苍白，表情十分严肃。

"恐怕这件事还没有结束，"福尔摩斯说，"你会发现有种危险比英国的刑罚对你更不利，其严重程度甚至超过了你那些从美国来的仇敌。道格拉斯先生，我看你还会遇到麻烦。这是我的忠告，你要记住，不要放松警惕。"

现在，请读者不要感到厌烦，先随我远离沙塞克斯郡的伯尔斯通庄园，也远离约翰·道格拉斯的奇怪故事发生的这一年。

我希望你们能回到二十年以前，并且向西远行几千里。那么，我就能将一件古怪又骇人听闻的故事摆在你们面前——这故事真是既古怪又骇人听闻，即使我把它讲给你听，即使它完全是事实，你仍然会觉得这是难以置信的。

不要以为我在一件案子尚未了结的时候又开始介绍另一件案子。只要读下去，你们就会发现并不是这样的。在我详细叙述了这些多年以前的事件，当你们解开从前的哑谜时，我们还会再一次在贝克街这座宅子里见面，在那里，和许多其他奇异事件一样，这件案子也会有属于它的结局。

第二部　死酷党人

一

此人

　　一八七五年二月四日，天气十分寒冷，吉尔默敦山峡谷中的积雪特别深。然而，在蒸汽扫雪机的工作下，铁路还能保持畅通，由煤矿通向铁工区的线路上的夜车，迟缓地行驶着，响声隆隆地从斯塔格维尔平原爬上陡峭的斜坡，驶向佛米沙谷口的中心区佛米沙镇。驶到这里后，火车向下驶去，经过巴顿支路和赫尔姆代尔，到达出产丰富农产品的梅尔顿县。这条铁路是单轨的，不过每条侧线上都行驶着数不清的满载着煤和铁矿石的货车，说明矿藏是十分丰富的。如此丰富的矿藏，为这个美国最荒凉的角落吸引来了大量粗野的人，生活也忙碌了起来。

　　从前，这里十分荒芜。来到这里进行考察的首批开拓者，无论如何也想不到，这片美丽的大草原和水草丰盛的牧场，与遍布黑岩石和茂密森林的荒凉土地比起来竟是毫无价值的。山坡上是黑压压的树林，几乎不见天日，向上是高耸的山顶，光秃秃的，两侧是白雪和巉岩，从曲折的山谷中经过的这列火车，正缓缓地向上蠕动着。

　　前面客车中的油灯刚刚点亮，一节简陋而又很长的车厢里，大约坐着二三十个乘客，一多半是在深谷底部劳累了一整天后，坐火车回去休息的工人。人数至少有十几个，他们的面孔积满尘垢，还携带着安全灯，显然是矿工。这些人坐在一起吸烟，声音很低地交谈着，偶尔向车厢对面坐着的两个人看上一眼，那两个人身上穿着制服，戴着徽章，能看出是两个警察。

　　客车厢里其余的乘客中，有几个是劳工阶级的妇女，还有一两个乘客大概是当地的小业主,此外,车厢的一角还坐着一个单独的年轻人。因为正是他和我们有关系,所以有必要详细介绍一下。

这个年轻人气度不凡,他中等身材,年龄在三十岁上下。一双灰色的大眼睛里闪现着幽默感,时而好奇而迅速的转动,透过眼镜打量着身边的那些人。不难看出,他为人一定善于交际并且性情坦率,喜欢和所有人交朋友。不论是谁,都可以很快感受到他那善于交际和爱说话的脾性,他很机智,脸上经常带着微笑。但如有人观察得很仔细,就能发现他双唇和嘴角中隐现的果断坚韧的神色,就会知道这个人有着深沉的思想,这个褐色头发的年轻的爱尔兰人很快乐,他一定会在所进入的社团中令自己获得声誉。

这个年轻人和那些坐着的矿工里离他最近的一个搭话,得到的却是对方很少而又粗鲁的话语,于是因话不投机而不再出声,有些不高兴地凝视着窗外一点点暗下去的景色。

这景色无法让人感到高兴。天色渐渐变暗,山边显出闪着红光的炉火,矿渣和炉渣堆得像山一样,不时出现在山坡两侧,煤矿的竖井在上面耸立着。沿线随处零落着低矮的木屋,窗口闪着灯光,隐约勾画出了轮廓。不时闪现出来的停车站,聚集着肤色黝黑的乘客。

佛米沙区煤铁矿所在的山谷,并不是常有有闲阶层和文化人来往。这里布满了为生存而进行艰苦奋斗的痕迹。许多原始的粗笨劳动需要完成,完成这些劳动的,是粗壮的工人。

年轻的旅客注视着这个凄凉的小城镇,脸上的表情厌恶而好奇,说明这对他来说是个陌生的地方。他不时从口袋里掏出一封信,看几眼,在空白处写下一些潦草的字。有一次,他从身后掏出一样不像是他那种文雅的人所有的东西。那是一支大型海军用的左轮手枪。在他对着灯光查看手枪时,弹轮上的铜弹壳闪闪发光,说明枪里装满了子弹。他迅速地把枪放回口袋里,但邻座有个工人已经看到了。

"喂,老兄,"这个工人问道,"你好像很有戒心啊。"

年轻人笑了笑,但表情很不自然。

"是啊,"他说,"我来之前的那个地方,有时候需要用到它。"

"你是从什么地方来的呢?"

"芝加哥。"

"你还不熟悉现在这个地方吧?"

"是的。"

"你会发现它在这里也很有用,"这个工人说。

"啊!真的吗?"年轻人对这个问题很感兴趣。

"这附近出过事,你没听说过吗?"

"没听说发生过什么不正常的事。"

"嘿!这里出过的事可多了,你很快就能了解。你到这儿来干什么?"

"我听说只要是愿意干活儿的人,在这里总能找到活儿干。"

"你加入工会了么?"

"当然加入了。"

"我想,那你就能找到活儿了。你有没有朋友呢?"

"还没有，但我有办法交到朋友。"

"用什么办法呢？"

"我加入了自由人会，它的分会遍布每一个城镇，只要有分会我就可以交到朋友。"

他的这番话对对方产生了不同寻常的作用，那工人面带疑虑地扫了一眼车上的其他人，看到矿工们仍在小声地说着话，两个警察坐在那儿打盹。他走过来，在这个年轻乘客的身边坐下，伸出手说：

"把你的手伸过来。"

两个人握着手对了一下暗号。

"我能看出你说的不是假话。不过还是要验证一下。"

他把右手举起来，放到右眉旁边。年轻人马上把左手举起来，放到左眉旁边。

"黑夜并不令人愉快。"这个工人说。

"对于旅行的外地人来说，黑夜并不令人愉快。"另一个人答道。

"太好了。我是佛米沙山谷三四一分会的史甘龙兄弟。非常高兴能在这里见到你。"

"谢谢。我是芝加哥二十九分会的约翰·麦克默多兄弟。首领 J. H. 史考特。我真是幸运，能这么快见到一个弟兄。"

"好，这附近我们的人很多。你会看到，本会在佛米沙山谷的势力非常雄厚，美国的任何地方也不能和这里相比。可是我们需要许多像你这样的小伙子。像你这样富有朝气的工会会员在芝加哥居然找不到工作，我很不理解。"

"我也曾有过很多工作。"麦克默多说。

"那现在为什么要离开呢？"

麦克默多冲着警察那边点头示意，笑着说："如果被这些家伙知道了，他们一定会很高兴。"

史甘龙哼了一声表示同情。"遇到麻烦事了吗？"他声音很低地问。

"挺麻烦的。"

"犯罪了？"

"其他方面的也有。"

"难道是杀人？"

"现在谈这些还太早，"麦克默多说，同时因为说过了头而显出吃惊的表情，"我自己有充分的理由离开芝加哥，你无需多管。你是什么人？为什么对这种事刨根问底？"

麦克默多那灰色的双眸中，突然透过眼镜射出了气愤凶狠的目光。

"好了，老兄。千万别见怪。不会有人认为你做过什么坏事的。你现在要去什么地方？"

"到佛米沙。"

"第三站就是。你准备在哪儿住？"

麦克默多掏出了一个信封，拿着它凑到昏暗的油灯旁。

"就是这个地址——谢里登街，雅各布·谢夫特。这是我在芝加哥的一个相识向我推荐的一家公寓。"

"噢，这个公寓我倒不知道，我对佛米沙不太熟悉。我在霍布森领地住，马上就到了。不过，分手前我有句话告诉你。如果你在佛米沙有什么困难，你可以直接去工会找首领麦金蒂。他是佛米沙分会的首领，在这个地方，如果得不到布莱克·杰克·麦金蒂的许可，什么事都办不成。再见，老弟，或许我们某天晚上在分会里还能见面。不过请记住我刚才说的：一旦有困难，一定要去找首领麦金蒂。"

史甘龙下车后，麦克默多再次陷入了沉思。现在天已彻底黑了下来，高炉喷出的火焰在黑暗中嘶叫和跳跃着。在红光的映照下，有一些黑色的身影，随着起重机或卷扬机的动作，配合着隆隆声或咔嚓声的旋律，时而弯腰，时而用力，时而扭动，时而转身。

"我想地狱必然就是这样的。"有人说。

麦克默多回过头，看到有个警察动了几下身子，向外面被炉火映红的荒原望去。

"就这点来说，"另外一个警察说，"我认为地狱必定像是这样的，我认为那里的魔鬼不会比我们知道的还要坏。年轻人，我想你是刚来到这里的，对吗？"

"嗯，我刚来到这儿，那又怎样？"麦克默多回答时的语气粗暴而又无礼。

"是这样的，先生，我劝你在选择朋友时小心一点。如果我是你，不会去和迈克·史甘龙或他那一帮人做朋友。"

"我和什么人交朋友，关你屁事！"麦克默多大吼道。车厢里所有人都被他的声音惊动了，大家都在关注着他们之间的争吵，"我请你对我进行劝告了吗？或者你觉得我是个笨蛋，不听你的劝告就什么都办不成？你要开口也要等有人跟你说话，如果我是你呀，嘿！还是在旁边待着吧！"

他的脸对着警察，像一只猖狂吠的狗一样凶猛。

这两个老练、温厚的警察没想到他们友好的表示竟遭到如此粗暴的拒绝，免不了都大吃一惊。

"别见怪！先生，"一个警察说，"看样子，你是刚刚来到这里的。我们也是为了你好，才对你提出警告的。"

"虽然我刚到这个地方，但我对你们这样的货色却有所了解，"麦克默多愤怒而冷酷地喊道，"我看你们这些破人哪儿都一样，把你们的劝告收起来吧，它不受欢迎。"

"我们很快就会再见面的，"一个警察冷笑着说，"如果我是法官，你或许就是我要处置的那种人。"

"我也这么认为，"另一个警察说，"我想我们很快就会再见。"

"我不怕你们，你们也别想吓唬我。"麦克默多大叫。

"我叫杰克·麦克默多，记住了吗？如果你们要找我，就到佛米沙谢里登街的雅各布·谢夫特公寓去，我绝不会藏藏躲躲的，白天晚上都随便，我任何时候都敢见你们这样的家伙。这点你们别弄错了。"

矿工们对这个新来的人的大胆的行动纷纷表示同情和称赞，他们低声谈论着，两个警察很无奈地耸了耸肩，又继续秘密地交谈。

几分钟以后，火车到达了一个灯光很暗的车站，车厢一下子空了一大半，因为佛米沙在这条铁路线上是最大的城镇。麦克默多提起皮旅行包，准备走向暗处，一个矿工走过去和他聊了起来。

"哎呀，老兄，你知道用什么方式对这些警察讲话，"他言语中带着敬佩，"你的话真让人痛快。让我帮你拿旅行包，给你带路吧。谢夫特公寓正好在我回家的路上。"

他们经过月台时，其他的矿工都十分友好，一起向麦克默多道晚安。所以，尽管还没在这里立足，捣乱分子麦克默多的大名已经在佛米沙传开了。

乡村很恐怖，但从某种程度上来说，城镇是更加沉闷的地方。这个狭长的山谷，至少显得阴沉壮观，烈焰飞烟，变幻莫测，而勤劳有力的人，在这些小山上创造了名副其实的不朽业绩，这些小山就是他们在巨大的坑道旁堆成的。但是，城镇却给人丑陋肮脏之感。宽阔的大街被来往的车辆轧出许多泥泞的车辙。狭窄的人行道十分难走，许多煤气灯只能照亮一排木板房，每座房屋临街的一边都有阳台，却肮脏杂乱。

麦克默多和那矿工渐渐接近了市中心。有一排灯光明亮的店铺，酒馆和赌场的灯光更加辉煌，矿工们在那里，把他们用血汗挣来的钱大手大脚地挥霍出去。

"这就是工会，"这个向导边说边指着一家高大又有些像旅社的酒馆说，"这里的首领是杰克·麦金蒂。"

"他为人如何？"麦克默多问。

"怎么！你从前没听说过这位大名鼎鼎的首领吗？"

"你知道我刚到这里，怎么会听说过这个人呢？"

"噢，我以为工会里没人不知道他呢。他的名字经常出现在报纸上。"

"那是为什么？"

"啊，"这个矿工声音很低地说，"出了一些事情。"

"什么样的事？"

"天哪，先生，不怕你见怪，我觉得你这个人可真怪，在这个地方你只会听到一种事情，就是与死酷党人有关的事。"

"为什么，我在芝加哥时对死酷党人好像有过耳闻。他们是一群杀人凶手，对吗？"

"嘘，先不要说！千万不要说了！"这个矿工站在那儿，有些惶惑不安，惊恐地看着他的同伴叫道，"伙计，如果你在大街上就这样乱说，你在这个地方也就活不了多长时间了。许多人因为比这还小的事就已经把命丢了。"

"好，我不知道任何关于他们的事，这也只是我听说的。"

"不过，我并不否认你听到的也有真事。"这个人边说边忐忑不安地打量着四周，紧盯着黑暗的地方，似乎害怕看到暗藏着的危险，"如果有凶杀，那么只有天知道了，凶杀案太多了。不过你一定不要因此联想到杰克·麦金蒂这个名字。因为他会知道每个小声地议论，而又绝不肯随意放过。好，街后的那座房子就是你要找的。房主是老雅各布·谢夫特，你会发现，他是本镇的一个诚实人。"

"多谢了，"麦克默多和他新交的朋友握手告别。他提着旅行包向那所住宅走去，步履有些沉重，走到门前后，他用力地敲了敲门。

门很快就打开了，但开门的人却让他感到十分意外——是一个年轻美貌的德国型女子，雪白的肌肤，金黄的头发，乌黑美丽的大眼睛惊奇地看着来访者，白嫩的脸上因娇羞而泛红。在门口明亮街灯的映衬下，麦克默多似乎感到还是第一次见到这样美丽的风姿；在污秽阴郁的环境中，她是鲜明的反差，也因此更加动人。即使这些黑煤渣堆能长出一支紫罗兰，也不会比女子更能让人惊奇。他神魂颠倒，站在那里目瞪口呆，还是这女子先说话了。

"我以为是我父亲，"她声音娇媚，能听出一点德国口音，"你是要找他吗？他去了镇上。我正等着他回家呢。"

麦克默多仍然充满爱慕地盯着她，在这冒昧的来访者的注视下，那女子慌乱地垂下了眼睑。

"不是的，小姐，"麦克默多终于说话了，"我并不急于见到他。可是有人介绍你们的房子给我提供住处。我觉得这很合适，现在我更能确定这一点了。"

"你的决定有点太快了吧。"女子微笑着说。

"只要不是瞎子，就一定会这样决定的。"麦克默多说。

姑娘用微笑回报了这赞美自己的话。

"先生，请进吧，"她说道，"我叫艾蒂·谢夫特，谢夫特先生是我父亲。我母亲早已去世了，现在是我在管理家务。你可以坐在前厅的炉子旁边等我父亲。啊，他回来了，你有什么事就和他说吧。"

小路上，有个老人慢慢走来。麦克默多简单地向他说明了来意。他在芝加哥时，有个叫墨菲的人介绍他来这儿。墨菲也是从另一个人那里得到这个地址的。老谢夫特立刻提出了房价。麦克默多立刻毫不犹豫地同意了所有的条件，显然他很富有，预付了每周七美元的食宿费用。

于是这个公开称自己为逃犯的麦克默多，就在谢夫特家里住下了。这是最开始的一步，却引来了无数漫长而暗淡的风波，到了远在天涯的异国才收场。

二

分会首领

很快，麦克默多就让自己出名了。无论他到什么地方，周围的人都会立刻知道。还不到一周，麦克默多就成了谢夫特寓所中非常重要的人物。寄宿在这里的人有十到十二个，不过他们或者是诚实的工头，或者是商店的店员，性格与这个年轻的爱尔兰人没有什么相同之处。晚上，大家都聚在一起，麦克默多的谈笑总是出语不凡，歌声也非比寻常。他生来就是个好伙伴，有一种奇特的魅力，能使周围的人心情愉快。

但是他不止一次地像他在火车上时一样，表现出不寻常的智力和忽然出现的暴怒，令人感到敬畏。对法律和一切执法的人，他从来都不放在眼里，这使和他一起住在这里的一些人高兴，也使另一些人不安。

他从一开始就毫不隐晦，公开赞美说，从他第一次看到她的美貌和风姿的那一刻开始，他的心就被这房主人的女儿俘获了。他不是胆小不敢争取的求婚者，在第二天就向姑娘表白了，从那天开始，他就不停地说爱她，至于她会说些什么使他丧气的话，他一点也顾不上。

"还有谁呢！"他大叫着，"好，让他倒霉吧！让他一定要小心吧！这是我一生的机缘和我投入全部身心追求的人，我能让给别人吗？你可以一直说'不'，艾蒂！但你总有一天会说'行'，我年纪还不大，一定会等下去。"

麦克默多这样的求婚者是很危险的，他长了一张爱尔兰人的会说甜言蜜语的嘴巴，还会随机应变的哄骗手段。他的经验也很丰富，具有一种神秘的魅力，会讨女人的欢心，最终赢得了她的爱。他谈起他的出生地莫纳根郡，那里有许多可爱的山谷，谈到一些遥远的岛屿是多么引人入胜，低矮的小山和湖边的绿色地也十分迷人，身处四周都是尘埃和积雪的地方，想象那里的美景，更使人向往它的美丽。

接着，他又以北方城市的生活为主要话题，他对底特律和密歇根州一些伐木区的新兴市镇很熟悉，最后又去了芝加哥，在那儿的一家锯木厂工作过。然后就隐晦地谈到一些风流韵事，讲述了在那个大都会遇到的不寻常的事，那些事十分离奇和隐秘，简直不能用言语来讲述。他有时会忽然若有所思，突然说到断绝与过去的联系，来到这个陌生的世界，最后居住在这阴郁荒凉的山谷中。艾蒂总是安静地听着他的讲述，一双乌黑的大眼里包含着怜悯和同情的神色，这两种心情又必然急速而自然地变为爱情。

麦克默多曾经受过良好的教育，暂时找到了一份记账员的工作。这份工作占去了他白天的大部分时间，使他无暇去自由人分会的头目那里报到。他在火车上认识的旅伴迈克·史甘龙有一天晚上来拜访他，才让他想起了这件事。史甘龙个子矮小，脸庞瘦削，眼睛黑黑的，为人胆小怕事。再次见到麦克默多令他很高兴。史甘龙先喝了一两杯威士忌酒，然后说明了来这里的目的。

"喂，麦克默多，"史甘龙说，"我记住了你的地址，就冒昧地来见你，我很奇怪你还没有去向首领报到，为什么你还没有去拜谒麦金蒂首领呢？"

"啊，我需要先找点事做，我太忙了。"

"如果你没有其他事，必须找个时间去看看他。天啊，伙计，你来到这里的第一天，竟然没有在早晨去工会登记姓名，真是疯了！如果你得罪了他，唉，千万不要……就说这些吧！"

麦克默多感到有点奇怪，他说："史甘龙，我入会也有两年多了，却从来都没听说过这种紧急的义务。"

"也许在芝加哥不需要这样！"

"嗯，那里也是一样的组织啊。"

"是吗？"史甘龙盯着他看了一会儿，目光凶狠。

"不是吗?"

"这些事,你可以在以后一个月的时间里给我讲清楚。我听说在我下车后,你和警察发生了争吵。"

"这些你是怎么知道的呢?"

"啊,不论是好事还是坏事,在这个地方传得都很快。"

"嗯,不错。我告诉了这帮家伙我对他们的看法。"

"天哪,你一定可以成为麦金蒂的心腹!"

"什么?难道他也恨警察?"

史甘龙突然一阵大笑。

"去看看他吧,我的朋友,"史甘龙在告辞时说,"你要是不去看他,他就不是恨警察,而是恨你了。现在,请你听从我这个朋友的劝告,马上去看看他!"

很巧的是,麦克默多在这天晚上遇到了一个更紧急的事情,使他需要这样去做。也许因为他对艾蒂的关心越来越明显,也许好心的德国房东慢慢觉察到了这种关心。但不管出于哪种原因,总之,房东让这个年轻人来到自己房中,开门见山地说出自己的意图。

"先生,我能看出来,"他说,"你对我的艾蒂渐渐产生了爱慕之情,是吗?还是我看错了?"

"没错,就是这样。"年轻人回答。

"好,我现在坦白告诉你,你这样做毫无意义。在你以前,她已经被别人缠上了。"

"她也告诉过我。"

"好,你应当相信她没有骗你。不过,她有没有告诉你这个人是谁?"

"没有,我问她,但她不肯说。"

"我想这个小丫头是不会对你说的。也许她怕吓到你吧。"

"吓到我!"麦克默多突然被激怒了。

"啊,是的,我的朋友!你怕他并不是件耻辱的事啊。这个人是泰德·波温。"

"这恶魔是谁?"

"他是死酷党的首领之一。"

"死酷党!以前曾经听说过。死酷党这里也有,那里也有,而且话还不敢大声说!你们害怕的是什么呢?死酷党到底是些什么样的人?"

像每个人谈起那个恐怖组织时一样,房东的声音本能地变得很低。

"死酷党,"他说,"也叫自由人会。"

年轻人非常吃惊地问道:"为什么?我本人就是自由人会的会员。"

"你!如果我早知道是这样,绝不会留你在我这里住——就算你每星期给我一百美元也不行。"

"这个自由人会有什么坏处吗?博爱和友好是会章的宗旨啊。"

"可能在有些地方是这样的。在这里却不是!"

"在这里它是怎样的呢?"

"是个暗杀组织，就是这么回事。"

麦克默多笑了笑表示绝不相信，他问道：

"你的证据在哪里？"

"证据！这里想找五十桩暗杀事件都很容易！比如米尔曼和范肖尔斯特，尼科尔森一家，老海厄姆先生，小比利·詹姆斯和其他一些人不都能作为证据吗？还要什么证据！难道这个山谷里还有哪个男女不知道死酷党是怎么回事么？"

"喂！"麦克默多语气诚恳地说，"我希望你把刚才的话收回，或是对我说对不起。你必须先做到这两条中的一条，然后我会离开你这里。你站在我的角度想一想，我是一个来到这个镇子的外乡人，我是一个社团的一分子，但我知道的只有一点：这个社团很纯洁。你在全国的任何地方都可以找到它，在每个地方都很纯洁。现在，就在我正要加入这里的组织时，你却告诉我它是一个杀人的社团，被称为'死酷党'。我想你应该向我道歉，否则，就请你好好解释一下，谢夫特先生。"

"我只对你说，全世界都知道是这样的，先生。自由人会的首领和死酷党的首领是一样的。如果你得罪了这一个，就会遭到那一个的报复。我们有太多的证据了。"

"这些全都是谣言！我想看到证据！"麦克默多说。

"假如你在这里多住一段时间，你自己就会发现证据。不过我忽略了你也是其中的一个成员。很快，你就会变坏，变得和他们一样。不过你可以到别的地方去住，先生。我不能留你继续住在这里了。一个死酷党人想得到我的艾蒂，我却没胆量拒绝，这已经糟糕透顶了，我怎么还能收下另一个做房客呢？对，没错，今晚一过，你去别的地方住吧。"

麦克默多明白了，他不仅要失去舒适的住所，还要被迫离开心爱的姑娘。这天晚上，他发现艾蒂一个人在屋子里坐着，便将遇到的麻烦事向她倾诉了一遍。

"说老实话，尽管你父亲已经赶我走了，"麦克默多说，"如果这只关系到我住在哪里，我是完全不在乎的。不过说实在的，艾蒂，虽然我认识你只有一个星期，但你对我来说已经是不可缺少的了，离开你我就没办法生活了啊！"

"啊，不要再说了，麦克默多先生！不要这么说！"姑娘说，"我曾经告诉过你，我没对你说过吗？你来得不够早。还有一个人，就算我还没有答应立即嫁给他，但我也不可能再许配别人了。"

"艾蒂，如果我先向你求婚，是不是就可以了？"

姑娘用双手捂住脸，声音呜咽地说："天哪，我多希望先来求婚的是你啊！"

麦克默多立刻她的面前跪下，大声说：

"看在上帝面上，艾蒂，就按你刚刚说过的那样吧！难道甘愿因为轻轻一诺就让我们一生的幸福走向毁灭吗？我心爱的，就按你的愿望办吧！你知道你刚才说过什么，这和你任何的允诺相比都更可靠。"

麦克默多把艾蒂白皙的小手放在自己那双有力的褐色大手中，说道：

"请说声你是我的，让我们一起应对未来的不测。"

"我们不留在这里，好吗？"

"不，我们就留在这里。"

"不，不，杰克！"这时，麦克默多已经双手把她搂在怀里，她说，"千万别留在这儿。你带我远走高飞好吗？"

麦克默多脸上的表情踌躇了一会儿，但最后还是变成了坚毅和果敢。

"不，还是留在这里，"他说，"艾蒂，我们哪儿也不去，我一定会保护你。"

"我们为什么不一起离开这里呢？"

"不行，艾蒂，我不可以离开这里。"

"这究竟是为什么？"

"如果我确定自己是被人赶走的，以后就再也抬不起头了。再说，这里又有什么让人害怕的呢？难道我们不是在一个自由国家里生活的自由人吗？如果你我是相爱的，什么敢在我们中间捣乱呢？"

"你不知道，杰克，你到这里没有几天的时间。你对这个波温并不了解。你对麦金蒂和他的死酷党也不了解。"

"是的，我对他们并不了解，但也不怕他们，而且还不相信他们！"麦克默多说，"我曾经混在一群粗野的人里，亲爱的，我不仅仅不怕他们，相反的是，他们最终总是怕我——每次都是这样，艾蒂。乍看起来这很可怕！如果他们像你父亲说的那样，在这山谷中做了那么多坏事，大家也都知道他们是谁，那他们怎么全都没有受到法律的制裁呢？请你告诉我为什么，艾蒂！"

"因为谁都不敢出面对证。如果有人去作证，他就活不过一个月。还因为他们有很多同党，总是出来作伪证，说被告和某案没有任何关系。杰克，这一切你自己也一定会看出来的！我以前就知道，美国的每家报纸都报道过这方面的事。"

"是的，我也确实看到过一些，但我总觉得这都是编造的。大概这些人做这样的事总会有一定的原因。可能他们受了冤屈，没办法才这样做的。"

"唉，杰克，这种话我不喜欢听！他也是这么解释的——我指的是那个人！"

"波温——他也是这样说的？是吗？"

"就是这一点让我讨厌他。啊，杰克，现在我可以把实话告诉你了，我心里特别讨厌他，但是又怕他。我怕他是为我自己，但主要是为了我的父亲。我知道，如果我敢把真话告诉他，我们父女俩就大祸临头了。所以我才对他半真半假。其实我们父女俩也只有这一点希望了。只要你能带我远离这个地方，杰克，我们可以带着父亲一起走，永远脱离这些恶人。"

麦克默多的表情再一次显得踌躇不决，然后又坚定地说：

"你不会受到伤害的，艾蒂，你父亲也不会。说到恶人，只要你和我还活着，你就会发现，他们当中最凶恶的人也没有我凶恶。"

"不，不，杰克！我对你是完全相信的。"

麦克默多苦笑着说："天啊，你太不了解我了！亲爱的，你的灵魂是纯洁的，我所经历的事甚至超出了你的想象。可是，喂，什么人？"

门突然打开了，一个不可一世的年轻人大摇大摆地走了进来。这个年轻人面目清秀，穿着也很华丽，年龄和身材与麦克默多相似，头戴大沿黑毡帽，进门后连帽子都懒得摘，那张漂亮面孔上的眼睛里，透出凶狠而又盛气凌人的目光，下面是弯曲的鹰钩鼻子，粗暴地怒视着坐在火炉旁的两个人。

艾蒂一下子跳了起来，惊慌失措。

"见到你很高兴，波温先生，"她说，"你比我想象中来得早。到这边坐吧。"

波温站在那儿，双手叉腰看着麦克默多。

"他是什么人？"他粗暴地问。

"波温先生，他是我的朋友，新来的房客麦克默多先生，我可以为你介绍一下波温先生吗？"

两个年轻人互相点了点头，充满了敌意。

"也许艾蒂小姐已经对你说过我俩的事了？"波温说。

"我不清楚你们之间的关系。"

"你不清楚吗？好，现在你该知道了。我告诉你，她是我的，你看今天晚上的天气不错，去散步吧。"

"多谢了，但我没有散步的兴致。"

"你不想去？"那人凶恶的双眼射出怒火来，"那么你有决斗的兴致吧，房客先生？"

"我确实有，"麦克默多跳起来大声喊道，"你这话真是太正确了！"

"看在上帝面上，杰克！唉，看在上帝面上！"可怜的艾蒂惊恐慌乱地喊着，"噢，杰克，杰克，他会杀了你的！"

"啊，你已经叫他'杰克'了是吗？"波温骂道，"你们已经亲热成这样了吗？是吗？"

"噢，泰德，请你理智一点，仁慈一点！看在我的面上，泰德，如果你对我的爱还在，发发善心，放过他吧！"

"我想，艾蒂，如果你不插手，我们两人可以自行解决这件事，"麦克默多语气平静，"否则，波温先生，你可以和我去街上，今天夜色不错，附近街区空旷的场地也不少。"

"我甚至没有必要弄脏我的两只手就可以把你干掉，"他的敌人说，"在我还没结果你的时候，你会为来到这宅子感到懊悔。"

"没有比此刻更适合的时候了。"麦克默多大叫。

"时间由我来选择，先生。你没资格规定。你来看！"波温突然把袖子挽了起来，向前臂上烙出的一个奇怪的标记指了指：是中间套着一个三角形的圆圈，"你知道这代表的含义吗？"

"我不知道，也不感兴趣！"

"好，我敢担保你会知道的。你也活不长了。艾蒂小姐或许能告诉你这些事。说到你，艾蒂，你会跪着来求我，明白吗？丫头！双膝跪倒！那时我就告诉你会得到怎样的惩罚。这是你自食其果！"他凶狠地瞪了他们两个一眼，转身离开，大门在他身后转眼便砰的一声关上了。

麦克默多和姑娘沉默着站了一会儿。然后，她用双臂紧紧地抱住他。

"噢，杰克，你真勇敢！可是这于事无补——你必须逃走！今晚就走，杰克，今晚就走！

你只剩这唯一的希望了。他肯定会害你。我从他那恶毒的眼神里就能看出来，你怎么能和他们那么多人对抗呢？再说，首领麦金蒂和分会的全部势力也都支持他。"

麦克默多挣脱了她的双手，亲吻着她，温柔地扶着她坐在椅子上。

"亲爱的，千万不要为我担心害怕，我也是这个组织的会员。我已经对你父亲说过了。也许和他们那些人比起来，我并没有好多少，所以你也不要认为我是一个圣人。或许你同样会恨我。因为现在我已经把实情都对你说了。"

"恨你？杰克！我这一生都不会恨你。我听说除了在这里，在任何地方自由人会会员都不会做坏事，我怎么会认为你是坏人呢？可是你既然加入了自由人会，杰克，你为什么不去结交麦金蒂呢？噢，快去，杰克，快去！你要先去把事情讲清楚，否则，这条疯狗一定会报复你。"

"我也是这样的想法，"麦克默多说，"我立刻去打点一下。你可以对你父亲说我今晚住在这里，明天一早就找其他住处。"

和平时一样，麦金蒂酒馆的酒吧间挤满了人。因为这里对于镇上所有的无赖酒徒来说，都是最好的乐园。麦金蒂受到大家的爱戴，因为他为人快活豪爽，这是一副完全掩盖他真面目的面具。不过，暂时不提他的名望，不只整个镇上的人都怕他，就算是整个山谷方圆三十英里之内，再加上山谷两侧山上的人，也找不到不怕他的。仅凭这一点，他的酒吧间里就一定挤满了人，因为没有人敢怠慢他。

他的手腕毒辣是人人皆知的，除了这些秘密的势力，麦金蒂还是政府中的高级官员，担任市议会议员和路政长官的职务。这都是因为那些流氓地痞想要在他手下得到庇护，于是把他选进了政府。税捐越发杂乱繁多；社会公共事业没有人管，变得声名狼藉；到处贿赂查账人，使账目得以蒙混过关；守法的市民都害怕他们，只好交出被敲诈勒索的款项，人们噤若寒蝉，生怕灾祸降到自己身上。

就这样，过了许多年，首领麦金蒂的钻石别针变得越来越耀眼，他那件豪华背心下露出的金表链也越来越重，他在镇上开的酒馆也逐渐扩大，几乎有把市场全占了的势头。

推开了酒馆时尚的店门，麦克默多来到里面的人群当中。酒馆里到处弥漫着烟雾和酒气，灯火通明，四面墙上是巨大闪亮的镜子，色彩鲜艳夺目。一些侍者把衬衫的袖子卷起，正忙着为那些宽阔的金属柜台旁站着的游民懒汉调酒。

酒店的另一边，有个身材高大健壮的人，在柜台旁侧身靠着，他嘴角斜叼着一支雪茄，形成一个锐角。这个人不是别人，就是著名的麦金蒂。他是个巨人，长得很黑，脸上全是络腮胡子，头发墨黑色，蓬乱地披到衣领上。他黝黑的肤色很像意大利人，一双眼睛黑得令人吃惊，轻蔑地斜视着四周，使他看起来特别阴险。

此人的人品及他的全部——匀称的体态，不凡的相貌，坦率的性格——都与他假装出来的那种快活、诚实相符合。人们会说，这个人坦率真诚，心地善良，虽然他说话时很粗鲁。只有当他用那双乌黑的眼睛阴险残忍地对准一个人时，才会令对方害怕，感到自己正面临着潜在的无限灾祸，隐藏在灾祸后面的是实力、胆识和狡诈，这都使这灾祸十分致命。

麦克默多对这个他要找的人仔细打量了一番，像平常一样，毫不在乎，他气势逼人地挤过去，把那一小堆阿谀奉承的人推到一边，他们正在极力讨好那个拥有极大权势的首领，附和他讲的最无趣的笑话，表现出大笑的样子。年轻的来客灰色的眼睛中射出威武的目光，透过眼镜毫不畏惧地对视着那对严厉地正向他望过来乌黑的眼睛。

"喂，年轻人。我对你没有印象啊。"

"我刚来到这里，麦金蒂先生。"

"对一个绅士，应该称呼他高贵的头衔，你难道没有这个习惯吗？"

"年轻人，他是参议员麦金蒂先生。"人群中有人说道。

"抱歉，参议员。对这个地方的习惯我还不了解。不过有人让我来见你。"

"噢，你来这儿是想见我。我可是从头到脚都在这儿了。你觉得我这个人怎样呢？"

"哦，现在就下结论还太早了，希望你的心胸和你的身体都一样宏伟，你的灵魂和你的面容同样善良，我就没有其他可求的了。"麦克默多说。

"哎呀，你竟然长了一只同爱尔兰人一样的妙舌，"酒馆主人大声说，不能十分确定他究竟是在迁就这位胆大放肆的来客，还是为了维护自身的尊严，"也就是说，你觉得我的外表相当不错了。"

"肯定是。"麦克默多说。

"是别人让你来见我的？"

"对。"

"什么人？"

"是佛米沙三百四十一分会的史甘龙兄弟。祝你身体健康，参议员先生，还要为我们友好的见面干杯。"麦克默多端起一杯酒，把小拇指翘起来，将酒举到嘴边，一口喝干。

麦金蒂认真地看着麦克默多，浓黑的双眉扬了起来。

"噢，还真像那么回事，是吗？"麦金蒂说，"我还需要认真考查一下，你的名字是……"

"麦克默多。"

"再认真考查一下，麦克默多先生，因为我们这里从来不会因为轻信而收人，也绝不会完全相信别人的话。请随我去一下酒吧间的后面。"

两人来到一间小屋子里，周围排得满满的都是酒桶。麦金蒂小心地把门关上，在一个酒桶上坐下，咬着雪茄，似乎在思考着什么，一双眼睛盯着对方不停地转动，坐在那儿沉默了两分钟。

麦克默多以微笑回应麦金蒂的审视，把一只手插进大衣口袋，用另一只手捻着自己那褐色的小胡子。麦金蒂猛地弯下腰，抽出一支外形狰狞的手枪。

"喂，亲爱的伙计，"麦金蒂说，"假如我看出你在跟我们耍花招，你的末日可就到了。"

麦克默多严肃地答道："一位自由人分会的首领如此欢迎一个外来的弟兄，这可真少见啊。"

"喂，我现在正要你证明身份呢，"麦金蒂说，"如果你办不到，那就别怪我了。你在什么地方入会的？"

"芝加哥第二十九分会。"

"哪一年?"

"一八七二年六月二十四日。"

"首领叫什么?"

"詹姆斯·H·斯特科。"

"谁是你们地区的议长?"

"巴塞洛谬·威尔森。"

"嚄!在这次考查的过程中,你回答得倒是很流利呀。你在那里做什么?"

"和你一样,做工,不过我做的是件穷差事。"

"你回答得还挺快嘛。"

"是,我一向对答如流。"

"你做事也这样快吗?"

"认识我的人都知道我在这方面是有名的。"

"好,我们很快就要考验你一下,对于本地分会,你听到什么情况了吗?"

"我听说它喜欢和好汉做弟兄。"

"你说得很对,麦克默多先生。你为什么从芝加哥离开呢?"

"这事我无可奉告。"

麦金蒂瞪大了眼睛,他还是第一次听到这样无礼的回答,反而感到很有趣,便问道:

"为什么你不想对我说呢?"

"因为弟兄们不能对自己人说谎。"

"那么一定有什么不可告人的原因了。"

"你愿意这么说也可以。"

"喂,先生,你总不能让作为一个首领的我,接受一个不肯讲出自己履历的人入会吧。"

麦克默多显得很为难,好半天,他才从内衣口袋里掏出一片旧的剪报,说道:

"你不会对别人说吧?"

"如果你再对我说这种话,我就要打你的耳光了。"麦金蒂生气地说。

"你说得对,参议员先生,"麦克默多态度变得很温顺,"我应当向你道歉。我刚才的话是无意的。好,我知道对你说出实情是安全的。请你看看这张剪报。"

麦金蒂扫了一眼这份报道:一八七四年一月上旬,一个叫乔纳斯·平托的人,在芝加哥市场街雷克酒店被人杀害。

"你干的吗?"麦金蒂把还给他,问道。

麦克默多点点头。

"你为什么要杀死这个人?"

"我帮山姆大叔①印钞票。可能我的看起来没有他的好,不过还是不错的,而且印得很便

---

① 山姆大叔:美国政府的绰号。

宜。这个叫平托的人帮我把伪钞推销出去……"

"怎么做？"

"啊，就是让伪钞进入流通。后来他说会去告密。可能他真的告过密，我果断杀死了他，然后逃到了这个煤矿区。"

"为什么选择逃到煤矿区呢？"

"因为我从报纸上看到，这里像我这样的人很多。"

麦金蒂笑道："你先是一个印伪钞的罪犯，然后成了杀人犯，你来到这里，因为你认为在这里会受到欢迎。"

"基本是这样的，"麦克默多说。

"好，我看你很有前途。喂，你还能印伪钞吗？"

麦克默多从衣袋里拿出六枚钱币，说："这些都不是从费城铸币厂出来的。"

"未必吧！"麦金蒂伸出像猩猩爪子一样的大手，拿着钱币在灯前仔细地看，"我真看不出有什么区别！哎呀，我看你这个弟兄一定大有作为。麦克默多朋友，我们这些人需要一两个坏汉子，因为我们需要保护自己。如果我们不能把推我们的人用力地推回去，我们就会立刻碰壁。"

"好，我希望能和大家一起努力。"

"我看你是个有胆量的人。在我用手枪对着你时，你都没有丝毫的畏缩。"

"那时处于危险中的人不是我。"

"那又是谁？"

"是你，参议员先生。"麦克默多从自己粗呢上装口袋里拿出一支机关已经张开的手枪说，"我已经瞄准你了。我想我不会比你开枪慢的。"

麦金蒂气得脸都红了，后来突然哈哈大笑。

"哎呀！"他说，"喂，好多年没见过你这么让人感到可怕的家伙了。我想你一定会成为分会的荣耀……喂，你究竟想怎么样？我单独和一位先生谈五分钟也不行吗？为什么你非要现在来打扰我们？"

酒吧间的侍者站在那里，十分惶惑地报告说："对不起，参议员先生。不过泰德·波温先生说他现在一定要见到你。"

其实已经不用侍者说什么了，因为这个人已经从仆役的肩上把他凶恶的面孔探了进来。他一把将侍者推出去，关上了门。

"看来，"他愤怒地看了麦克默多一眼，说，"倒被你抢先来这里了？是不是？参议员先生，我有话对你说，是关于这个人的。"

"请就在这里，当着我的面说。"麦克默多大声说道。

"我想什么时候说，怎么说，由我来决定。"

"啧，啧！"麦金蒂跳下酒桶说，"不可以这样。波温，这是个新来的弟兄，我们这样欢迎他是不对的。把你的手伸出来，和他讲和！"

"不可能！"波温暴怒地说。

"如果他觉得我冲撞了他，我可以和他决斗，"麦克默多说，"徒手搏斗也行，或者随他选择什么方式都行。嗯，参议员先生，请你以首领的身份为我们做个公断吧。"

"到底是为什么呢？"

"为一个年轻姑娘。她有权选择自己爱的人。"

"她有这样的权利吗？"波温叫道。

"既然是从我们分会里的两个弟兄之间选，我说她有这个权利。"首领说。

"啊，你就是这样公断的，是不是？"

"没错，是这样的，泰德·波温，"麦金蒂盯着他，恶狠狠地说，"你还想争下去？"

"你难道因为偏心一个从未见过面的人，就要抛弃一个一起患难五年的朋友吗？你不会永远都是首领，杰克·麦金蒂，老天有眼，再选举的时候……"

麦金蒂像猛虎一样扑到波温身上，一只手掐住他的脖子，把他推到一只酒桶的后面，如果麦克默多不加以阻拦，盛怒之下的麦金蒂肯定会扼死波温。

"等一下，参议员先生！看在上帝分儿上，不要急躁！"麦克默多拉住了他。

麦金蒂松开了手，波温吓得快窒息了，浑身发抖，就像一个刚从死亡边缘逃回来的人，坐到他刚才撞到的酒桶上。

"泰德·波温，这么多天以来，你一直在自找这个。这回你满意了吧，"麦金蒂气喘吁吁地叫道，"也许你觉得我选不上首领，你就可以取代我。但只要这里的首领还是我，我绝不允许有人大声地反对我，不服从我的公断。"

"我并不是反对你啊。"波温抚摸着咽喉嘟囔着。

"好，那么，"麦金蒂马上装出一副高兴的样子，提高声调说，"大家仍然是好兄弟，这事就过去了。"

麦金蒂从架子上拿下一瓶香槟酒，拔掉瓶塞。

"现在，"麦金蒂用酒把三只高脚杯倒满，接着说："让我们一起为和好喝一杯。从今天开始，你们要懂得，我们相互间不能记仇。现在，我的好弟兄，泰德·波温，我在和你说话，你的气还没消吗？先生。"

"依然阴云笼罩。"

"不过很快就会永远光辉灿烂。"

"我发誓，我希望是这样。"

他们喝了酒，波温和麦克默多也同样互相客套了几句。

麦金蒂很得意，搓着双手大叫着："现在，所有的怨隙都不存在了。你们今后都务必遵守分会纪律。波温兄弟，你也知道会中章法很严。麦克默多兄弟，如果你自找麻烦，很快就会有报应。"

"我保证，我轻易不会找麻烦，"麦克默多向波温伸过一只手，说道，"我动不动就和人争吵，吵过就会忘掉。有人说这是因为我们爱尔兰人的感情容易冲动。一切都过去了，我不会记仇。"

因为麦金蒂凶猛的目光正瞪着他，波温只好敷衍地和麦克默多握了下手。可是，他的表情闷闷不乐，明显说明刚才麦克默多讲的话，根本就不能感动他。

麦金蒂在他们两人的肩膀上拍了拍。

"唉！这些姑娘，这些姑娘啊！"他大声说，"这样一个女人夹在我们的两个弟兄之间，居然令他们结仇。好，因为一个首领也无法裁断这样的事，就由这个姑娘解决吧。这样做甚至可以得到上帝的赞同。咳，没有这些女人，我们的麻烦已经够多了。好吧，麦克默多兄弟，第三百四十一分会同意你的加入。我们和芝加哥不一样，有单独的规矩和方法。我们会在星期六晚上开会，如果你到时能来，我们就可以让你从此分享佛米沙山谷所有的权利。"

三

佛米沙三百四十一分会

这天晚上发生了太多惊心动魄的事。第二天，麦克默多便搬出了雅各布·谢夫特老人的家，搬到位于镇子最尽头的寡妇麦克娜玛拉家。不久，他最早在火车上结识的朋友史甘龙也不约而同地搬到了佛米沙，两个人于是分租了同一间屋子。这里没有其他的房客，女房东是一个爱尔兰老妇人，十分随和，对他们的事毫无干涉。所以他们的说话做事都很自由，对于都怀着隐私的两个人来说，这真是再好不过了。

谢夫特对麦克默多也很厚道，高兴时就把麦克默多请到家里吃饭，所以，麦克默多和艾蒂仍然保持着来往。一星期又一星期很快过去了，他们反而来往得更频繁也更亲密了。

麦克默多认为他的新住所很安全，便把他印伪钞的模子搬到卧室里。在确保不会泄密的前提下，分会中有些弟兄就去观看。每个弟兄看完离开时，口袋里都会装上些伪钞，这些伪钞印得太精巧了，出去使用一点都不难，而且没有任何危险。有这件绝技，麦克默多却还愿意屈身去做工，这一直令他的会友感到不解。但麦克默多对所有向他问这个问题的人都说，如果自己一点明摆着的收入都没有，很快就会有警察来盘查他。

确实已经有一个警察盯上了麦克默多，不过这是一件小事，很巧的是，不但没有让这位冒险家受到丝毫损伤，反而让他有了很高的声誉。自从被介绍给其他弟兄以后，麦克默多差不多每天晚上都想办法去麦金蒂的酒馆，和"哥儿们"的关系也越来越好。谁都知道，"哥儿们"这个词是那些出没在这里的一伙危险人物间互相的尊称。麦克默多性格刚毅果敢，说话也无所顾忌，早就令所有的兄弟们都喜欢他。有一次，在酒吧间的一场"自由式"拳击赛中，麦克默多很快便以熟练的技巧打败了对手，这又使他在这些粗野之辈中获得了极大的尊敬。然而，还有一件小事，使麦克默多的声望在众人心中得到了进一步的提高。

一天晚上，酒馆里正是热闹的时候，门忽然开了，一个人走了进来，穿着一套蓝色的制服，头上戴着煤铁矿警察戴的尖帽子。因为矿区的各个地方都布满了恐怖，接连发生有组织的暴行，而警察对这种情况一点办法都没有。铁路局和矿主们就招募人员，组成一个特别的机构——煤铁矿警察，来补充普通警察人员的不足。这个警察刚进门，人们便立刻全都安静了下来，许多人用好奇的目光看着他。不过，在美国的一些州，警察和罪犯的关系是很奇特，因此，站在柜台后面的麦金蒂看到个混在他顾客中的警察时，没有丝毫惊奇。

"今晚真是太冷了，给我来杯纯威士忌酒，"警官说，"参议员先生，我们从前没有见过对方吧？"

"你是新来的队长吗？"麦金蒂问。

"是的，我们是前来拜访的，参议员先生和其他各位首领，请你们对我们在本镇维护法律的工作加以支持。我是煤铁矿警察队的马文队长。"

"我们这儿非常好，不需要你们来维持，马文队长，"麦金蒂很冷淡，"我们镇上已经有警察了，用不着外来的。你们只是被资本家花钱雇来的帮手，只会用棍棒或枪支欺压穷苦的老百姓。除了这些还能干什么？"

"好，好，我们没必要争论，"警官态度平和地说，"希望我们都能按自己的意见，一起担负起责任。不过我们的观点仍然不能完全一致。"他喝完酒后，转身要离开，忽然看到了杰克·麦克默多，麦克默多正站在不远处愤怒地瞪着他。

"喂！喂！"马文队长打量着麦克默多，大声说，

"在这里遇到一个旧相识。"

麦克默多躲开他，说道："我从来没和你交过朋友，也没有和其他万恶的警察交过朋友。"

"相识往往并不是朋友，"警察队长笑着说，"你从芝加哥来，叫杰克·麦克默多，没错，抵赖也没用。"

麦克默多耸了耸肩膀。

"我没必要抵赖，"麦克默多说，"难道你以为我会为自己的名字感到羞愧吗？"

"反正你曾经干了些好事！"

"你这话到底是什么意思？"麦克默多握着拳头，愤怒地大吼着。

"不，不，杰克，你别对我发这么大脾气。来这该死的煤矿以前，我在芝加哥做过警官，芝加哥的恶棍无赖，我一眼就能认出来。"

麦克默多沉着脸喝道："别告诉我你就是芝加哥警察总署的马文！"

"正是那个老泰德·马文为您服务。我们还记得那里发生过乔纳斯·平托被枪杀的事。"

"并不是我干的。"

"不是你吗？那不已经是证据确凿的吗？好，那人的死对你可是好处很大，否则，你早就因为使用伪钞罪被逮捕入狱了。得了，我们还是放过这些事情吧。因为，这里知道这事的只有你和我，——也许我说得太多了，有一些是分外的事——他们找不到不利于你的事实，很快你就可以随时回芝加哥了。"

"我可以住在任何地方。"

"喂，我把消息透露给你，你却好像一条发怒的狗，谢都不谢我一声。"

"好，或许你确实出于好意，我真应该对你表示感谢。"麦克默多毫不领情地说。

"只要你老实一点，我就不对外声张，"警察队长说，"可是，上帝有眼，如果你再干不正经的勾当，那就不好说了！晚安吧，还有参议员先生，你也晚安。"

马文从酒吧间离开了，很快，这件事就使麦克默多成了当地的英雄，因为人们早就在私下里议论过麦克默多远在芝加哥时的事迹了。对于人们的询问，麦克默多只是笑笑而已，就好像怕自己硬被别人加上伟大的称号似的。可是如今，这件事已经得到了证实。酒吧间里的无业游民都围着麦克默多，争着和他握手。从此以后，麦克默多在这个地区便畅通无阻了。他平时很能喝酒，可是，那晚如果不是史甘龙把他扶回家，这位饱受赞誉的英雄就只能在酒吧间里过夜了。

麦克默多在星期六晚上被介绍入会。他以为自己在芝加哥时就是老会员，没必要再举行什么仪式了。可是佛米沙却有一种特殊的自豪的仪式，是每一个申请人都必须通过的。集会场所是工会楼里一间专门举行种种仪式的宽大房间，参加的有佛米沙的六十多个会员，但此地的会员并没有全来，因为它们在山谷中和山谷两边的山上还有一些分会。在处理紧要事情时，他们便互相交换人员，所以，遇到某些犯罪作恶的事，就可以由当地的陌生面孔去做。整个煤矿区共有不少于五百名会员。

会议室很空旷，人们围在一张长桌旁边。不远处的另一张桌子上满满地摆着酒瓶子和玻璃杯，一些会员望着它们，仿佛已经垂涎欲滴。首席坐着的是麦金蒂，头上黑发蓬乱，戴着平顶黑绒帽，还在脖子上围了一条举行仪式时用的圣带，这样一来，他看上去就像一个主持某种仪典的祭司。麦金蒂左右两旁都是会中有身份的人，其中就有性格凶残但长相俊秀的泰德·波温。所有的人都戴着绶带或徽章，代表他们在会中的职位。他们多数是中年人，其余都是青年，年龄在十八岁到二十五岁之间，只要长者发号施令，他们就忠心而尽力地去干。从面貌上看，长者中的许多人都有着生性凶残、无法无天的特征。不过只看那些普通的成员，很难令人相信，这些热情开朗的年轻人都是杀人不眨眼的恶魔。他们的道德坏透了，因为有干坏事的本领而感到自豪，并且对那些所谓"干得利落"的名人非常崇拜。

因为性格如此不正常，他们会主动杀害那些与他们并无仇恨的人，很多时候，还有和他们素不相识的人，他们认为这是勇敢和侠义的表现。作案后，他们之间还要争论究竟是谁给了最致命的一击，并且争着描述被害人悲惨的叫声和痛苦扭曲的形态，从中获得快感。

开始的时候，他们做恶事还比较保密，可是当他们叙述这些事时，就破例公开了这些罪行。因为法律屡次对他们无效，于是他们认为，一方面，任何人都不敢出面作证控告他们，另一方面，他们有数不清的可以随时找到并且可靠的假证人，有用不尽的金银财宝可以把州内最有才干的律师请来辩护。十年来，他们毫无顾忌地为非作歹，但没有一个人成为罪犯。对死酷党人来说，唯一的危险就是他们的受害者，因为尽管受害者人数比他们少，有的受到了突然袭击，但他们有能力并且有时确实能做到深刻地教训这些匪徒。

有人对麦克默多提出过警告，说在他面前是严峻的考验，可是没有人告诉他考验是什么。现在，两个表情严肃的弟兄带着他来到外室。隔板墙里模糊地传出了里面与会者的七嘴八舌的声音。有一两次,他听到里面次提到自己的名字,于是知道大家正在讨论的问题与他的入会有关。后来,一个斜挎着黄绿二色肩带的内部警卫走进来说:"首领有令,应当把他的双臂缚住,再蒙住双眼,然后带进去。"

他们三个人便脱下了麦克默多的外衣,卷起他右臂的衣袖,拿出一条绳子,迅速地捆住了他的双肘。然后,又在他头上扣了一顶很厚的黑帽子,盖住脸的上半部,所以麦克默多什么都看不到。最后,他被人带进了集会厅。

罩上帽子以后,麦克默多只感到眼前一片漆黑,非常难受。他只能听到沙沙的声响和周围人们的低声谈话,后来,麦金蒂的声音透过他双耳上蒙着的东西传进来,但隐约而又模糊:"约翰·麦克默多,你很早就加入了自由人会吗?"

麦克默多点了点头。

"你是芝加哥第二十九分会的吗?"

麦克默多再次点点头,表示同意。

"黑夜并不令人愉快。"对方说。

"对于旅行的人来说,黑夜并不令人愉快。"麦克默多回答。

"天上布满了乌云。"

"是的,暴风雨即将来临。"

"众位弟兄们是否满意呢?"首领问。

人群中发出一阵赞同的低语声。

"兄弟,你的暗语和对答已经让我们相信,你确实是我们的人。"麦金蒂说,"不过我们要让你知道,在这个地方,我们有特定的仪式和责任。你做好一试的准备了吗?"

"我做好准备了。"

"你坚定勇敢吗?"

"是的。"

"为了证明这一点,请你向前迈一大步。"

说完这句话,麦克默多感到双目上抵着两个尖锐的东西,于是就形成这样一种局面,如果他迈步,双目就有危险。但麦克默多鼓起了勇气,坚定地迈出一大步,然后那压在眼上的东西撤走了,传来了一阵声音很低的喝彩声。

"这个人坚定而又勇敢,"那个声音说,"你忍受得了苦痛吗?"

"和其他人一样,可以。"麦克默多回答。

"试一下!"

麦克默多的前臂感到了一阵难忍的刺痛,他尽全力不叫出声来。这种突如其来的冲击,令他几乎晕了过去,但他紧咬着嘴唇,握紧双手,尽量不表现出极度的痛苦。

"再厉害些,对我来说也没什么。"麦克默多说。

这次,他获得的喝彩声更高了。一个刚到这里的人获得这样的好评,在这个分会中还是第一次。大家争相过来拍他的后背,他头上的帽子也摘掉了。在弟兄们的祝贺声中,他微笑地站在那儿。

"最后，还有一句话，麦克默多兄弟，"麦金蒂说，"既然你已经宣誓效忠本会，并承诺保守秘密，你当然知道，任何违背誓言的行为，都会得到格杀勿论的惩罚。"

"我明白。"麦克默多说。

"那么不论遇到什么情况，你都执行首领的命令吗？"

"我保证。"

"那么我代表佛米沙三百四十一分会，对你的加入表示欢迎，你将享有本会特权并参与本会辩论。史甘龙兄弟，把酒摆在桌上吧，我们要为这位优秀的兄弟好好喝一杯！"

人们已经拿来了麦克默多的外衣，但麦克默多在穿上外衣前检查了自己的右臂——那时他的右臂仍然像针扎一样特别疼。前臂被烙上了一个圆圈，圈里有个三角形，印烙得很深，还在发红，似乎是用烙铁印出来的。他身旁有一两个人也卷起了袖子，给他展现他们自己的分会标记。

"我们这儿的所有人都有这样的标记，"一个人说，"不过不是每个人都能和你一样勇敢对待的。"

"唉，这不算什么。"麦克默多说，但臂上的疼痛仍然剧烈。

等到入会仪式结束，酒也全喝完了以后，就开始商量会中的事务了。麦克默多对芝加哥那种无聊的场合比较习惯，便集中精力倾听，越听越觉得惊奇。

"议程中的第一件事，"麦金蒂说，"是读一封由默顿县第二百四十九分会首领温德尔寄来的信。"

亲爱的先生：

有必要把我们邻区雷和斯特玛施煤矿矿主安德鲁·雷消灭掉。你们总应该记得，去年秋季你们和警察之间有冲突，我们派了两个弟兄去协助的事情。请立即派两位得力的弟兄来，我们会派分会司库希金斯接待他们，他的地址没有变，希金斯会把行事的时间地点告诉他们。

你的朋友 J. W. 温德尔

"我们有事需要一两个人帮忙的时候，温德尔从来都很配合，所以我们也不能不帮他，"麦金蒂停了停，用他那阴沉凶狠的双眼扫视了一下四周，继续问道，"谁想主动去？"

几个年轻人把手举了起来。首领看了看他们，满意地笑了。

"你可以去，老虎康麦克。如果你能和上次干得一样好，就没问题。还有你，威尔森。"

"我没有枪。"这个才十几岁的孩子说。

"你这是第一次，对吗？好，你迟早都会取得经验，这对你来说是个好的开始。至于手枪，你会知道，手枪已经准备好了，否则就是我搞错了。希望你们能在星期一报到，时间是足够的。等你们回来，将会非常受欢迎。"

"这次有没有报酬呢？"康麦克问，他是一个身材健壮、脸庞黝黑、面貌凶恶的年轻人，他的狠毒暴虐，为他赢得了"老虎"这个绰号。

"报酬不必担心。你们去做这件事仅仅是为了荣誉。事成后，你们也许会得到一点零头。"

"那个人到底做错了什么呢？"年轻的威尔森问。

"当然，究竟那个人做错了什么，像你这样的人是不应该问的。他们那里对这件事已经作出了裁决，和我们就没关系了。我们要做，仅仅是替他们执行。他们也一样会来替我们做事。提到这一点，下星期就会有两个默顿分会的弟兄来我们这里行事。"

"这两个人是谁？"一个人问道。

"你最好别问。如果你不知道任何情况，在作证时就可以说什么也不知道，也不会招来什么麻烦。不过，他们那些人干起事来是干净利落的。"

"还有！"泰德·波温叫道，"有些事需要有个了结。就在上星期，工头布莱克解雇了我们的三个弟兄。早就应该教训教训他了，他早就很欠揍了。"

"怎么教训？"麦克默多悄悄地问邻座的人。

"一颗大号子弹就行了！"那人大笑着，高声说，"你觉得我们的办法好不好，兄弟？"麦克默多已经正式加入了这个无恶不作的社团，他的灵魂大概已经被这种精神感染了。

"我觉得很好，"麦克默多说，"这正是英雄少年大显身手的地方啊！"

听到麦克默多这句话的人，都非常赞同。

"什么事？"黑大汉首领坐在桌子另一端问道。

"先生，这位新来的弟兄，很赞同我们的办法。"

麦克默多立刻站起来说：

"我想说，尊敬的首领，如果需要用人，我愿意效力并以此为荣。"

大家听了都高声喝彩，好像地平线上升起了一轮朝日。然而在一些年长的会员看来，这样的成就看起来太快了。

"我提议，"首领旁边坐着的一个灰白胡须、面如鹫鹰的老人，这就是书记哈洛维，他说，"麦克默多兄弟要有耐心，分会会很高兴给他分配任务的。"

"当然，我是这样想的，而且一定遵命。"麦克默多说。

"兄弟，很快就会有用你的地方了，"首领说，"我们已经知道你非常愿意出力，我们也毫不怀疑你在这地方会做得很好。今天夜里有件小事，如果你愿意，就可以尝试一下。"

"我希望等一个更值得去做的机会。"

"不管怎么说，今天夜里你可以去，这对你了解我们团体的主张很有帮助。以后我会宣布这个主张。同时，"他向议事日程看了几眼，说，"会上我还有一两件事要讲。第一点，我要司库对我们银行的结存情况做个说明。应该给吉姆·卡纳威的寡妻发抚恤金。卡纳威是为了公事殉职的，我们有责任把她照顾好。"

"吉姆上个月去刺杀马利克里克的切斯特·威尔科克斯，想不到反遭毒手。"坐在麦克默多旁边的人告诉他。

"目前有很多存款，"司库把银行存款本放在面前，报告说，"最近，有些商行很大方。马克斯·林德公司付了五百元，让我们不要找他们的麻烦。沃尔克兄弟送来一百元，但我自作主张退了回去,要他们送来五百元。如果到了星期三还没有回信,他们的卷扬机传动装置就会出问题。去年,我们把他们的轧碎机烧了,他们才变得明白了一点道理。西部煤业公司的年度捐献也交了上来。我们资金充足,有能力应付一切债务。"

"还有阿尔奇·斯温登公司呢?"有个弟兄问道。

"他们把产业卖了,已经离开本区了。那该死的老家伙留给我们一张便条,内容是,他宁愿去纽约,自由自在地做一个清道夫,也不愿在我们这个敲诈勒索的集团下面做一个大矿主,天哪!我们接到这张便条时,他已经逃走了。我想他绝不敢再出现在这个山谷中了。"

一个老年人,脸刮得非常干净,面容和蔼,从桌子的另一端站起来。

"司库先生,"他问道,"请问,那个被我们赶跑的人留下的矿产,被什么人买去了?"

"莫里斯兄弟,是州里和默顿县铁路公司买下了他的矿产。"

"去年又是谁买下了托德曼和李氏的矿山?"

"是同一家公司,莫里斯兄弟。"

"曼森铁矿、舒曼铁矿、范德尔铁矿还有阿特任德铁矿,最近都被买走了,买主又是什么人?"

"全都是西吉尔默顿矿业总公司。"

"我有点糊涂了,莫里斯兄弟,"麦金蒂说,"既然他们带不走矿产,买走它们的什么人,和我们又有什么关系呢?"

"我对你非常敬重,尊敬的首领,但我认为这和我们的关系很大。到现在为止,这种变化过程已经持续了十年之久。我们已经慢慢地赶跑了所有的小资本家。得到了怎样的结果呢?我们发现,是铁路公司或煤铁总公司这样的大公司代替了它们,这些公司有的董事在纽约或费城,不在乎我们的恫吓。我们虽然可以他们在本地的工头赶走,但这样做的意义只是另派别人来代替他们,却反而为我们自己招来了危险。对我们来说,那些小资本家没有任何危害。他钱势皆无。只要我们对他们的压榨并不过于苛刻,他们就可以继续留在我们的势力范围内。但如果这些大公司认为我们对他们和他们的利益是一种阻碍,他们就会竭尽全力,不惜工本地想办法摧毁我们,并到法院对我们进行控诉。"

这些话有点不吉利,让大家变得静默沮丧,人们脸色都很阴沉。他们曾经拥有无上的权威,没遇到过任何挫折,以至他们根本没想过自己会得到怎样的报应。然而,就连他们当中最无法无天的人,也会因为听到莫里斯的想法而觉得扫兴。

"我劝大家,"莫里斯接着说,"以后不要过于苛刻地对待小资本家了。如果有一天他们都被逼走了,也就同时破坏了我们这个社团的势力。"

人们往往不欢迎实话。莫里斯说完刚坐下,就听到一些高声怒叱的声音。麦金蒂紧皱着双眉,很不高兴地站了起来。

"莫里斯兄弟,"麦金蒂说,"你总是说这种丧气话。只要我们会众一起努力,在美国就没有能碰我们的势力。不错,我们难道没经历过在法庭上和人较量的事吗?我认为那些大公司能够意识到,如果他们像那些小公司一样向我们付款,比起与我们斗争要容易很多。现在,弟兄们,"麦金蒂边说边取下了他的平顶绒帽和圣带,"今晚的会议该结束了,在散会以前,只有一件小事要再提一下。现在，兄弟们应该一醉方休、尽情欢乐了。"

人类的本性真的很奇特。杀人对这些人来说，就像家常便饭，他们不止一次毫无人性地残杀了一些家庭的家长，亲眼看着那些人的妻子痛苦，儿女失去了照顾，没有一点内疚和恻隐之心，然而，他们听到柔美凄惨的音乐，也会被感动得哭泣。麦克默多会唱男高音，歌喉优美。如果说，从前的他还没有获得会中弟兄的掌声，那么在他唱了"玛丽，我坐在篱垣上"和"在亚兰河两岸"后，却深深地感动了他们，使他们再也无法抑制对他的善意了。

第一天夜晚，这位新会员就使自己成了弟兄中最受欢迎的一个，这就象征着很快会晋升并获得高位。然而，作为一个自由人会会员，要想受人尊敬，首先要有这些友情，但还需要另外某些气质。然而，这个晚上结束之前，已经有人认为麦克默多是这些气质的优秀代表了。酒过数巡后，人们早就喝得大醉，这时首领再次站起来讲话。

"弟兄们，"麦金蒂说，"镇上有一个应当除掉的人，你们也知道，这个人应当受到处罚。我指的是《先锋报》的詹姆士·斯坦格。你们都看过他又一次破口大骂我们的言论吧？"

这时，屋子里迸发出一阵表示赞同的低语声，还有人在赌咒发誓。麦金蒂在背心的口袋里拿出了一张报纸，读道：

法律与秩序！

"这是斯坦格所写的标题。"

煤铁矿区的恐怖统治

自从发生了第一次暗杀事件，就表明我区有犯罪组织存在，现在已经过了十二年。这些年来，这样的暴行一直没有间断。到今天为止达到顶峰，我们竟然成为了文明世界的耻辱。我国从前欢迎接纳从欧洲专制政体下逃来的移民，哪里想到有这样的结果？他们竟然想欺凌当日收留他们的恩主，自愿成为暴戾的人，而这样恐怖暴虐和无法无天的行为，竟能在自由的星条旗帜神圣掩盖下出现，使我们心中猛地产生了惊恐，好像身处最为衰朽的东方君主国家。人们都知道这些人是谁。他们的组织也是公开的。我们对他们的容忍要到什么时候呢？我们是否能长此以往地生活下去……

"够了，这种废话真是没用！"麦金蒂把报纸往桌子上一扔，大喊着，"这就是斯坦格对我们的报道。我现在要问你们的是，我们要怎样处理这个人？"

"杀了他！"十几个人叫道，声音充满了杀气。

"我不同意，"那个眉毛很浓、脸刮得很干净的莫里斯兄弟说，"弟兄们，你们听我说，我们在这个山谷中运用的手段过于狠毒，为了自卫，他们一定会联合起来对付我们。詹姆士·斯坦格年纪很大了，他受到镇上和区里的敬重。他发行的报纸在这山谷里的影响力也很大。如果我们杀了这个人，全国都会受到震动，最后只能让我们自己走向毁灭。"

"他们用什么办法能让我们走向毁灭呢？懦夫先生，"麦金蒂喊道，"靠警察吗？有一点可以肯定，一半的警察是收了我们的钱，另一半不敢惹我们。也许还可以靠法庭和法官？难道我们以前没见识过？可是结果如何呢？"

"可能会由法官林奇来审讯这件案子。"莫里斯兄弟说。

这句话引起了大家的怒吼。

"我只要伸伸手指，"麦金蒂大叫，"我就可以派出二百个人，去城里把他们全都清除出去。"接着，他紧皱双眉，声音也突然提高了，"喂，莫里斯兄弟，我早就对你特别关注了。你自己有二心，还煽动其他人。莫里斯兄弟，当我们把你的名字也列入议事日程时，你的黑煞日就到了。我想我应该把你的大名提到日程上了。"

莫里斯的脸一下子变白了，双膝不停颤抖，瘫在椅子上，颤抖着举起酒杯喝了一口说：

"尊敬的首领，如果我说了不应该的话，我向你和会中的各位弟兄道歉。你们大家都了解我，我是忠心的，刚才我也是担心会里发生不幸，所以表达了这样的忧虑。可是，尊敬的首领，对你的裁决我绝对信任，比对我自己还信任，我保证以后绝对不再冒犯您。"

首领听他态度很谦卑，脸上的怒气不见了。

"这样才好，莫里斯兄弟。我也不希望这样教训你。可是，只要分会由我来领导，大家的言行就要统一。现在，弟兄们，"他向周围的弟兄们看了一眼，接着说，"我还要强调一点，如果斯坦格完全得到应有的惩罚，我们的麻烦也会更多。这些新闻记者都是串通好了的，国内的每一家报刊都会呼吁警察和部队采取行动。不过我认为你可以相当严厉地警告他一次。波温兄弟，由你来安排好吗？"

"没问题！"这个年轻人热切地回应。

"你要带几个人去？"

"只要六个，其中两个守门。高尔，你去；曼塞尔，你也去；史甘龙，也算你一个；还有威拉比兄弟两人。"

"我允许我们新来的弟兄也加入。"麦金蒂说。

泰德·波温看了看麦克默多，他的眼神表现出他既没有忘掉前嫌，也不愿宽恕。

"好吧，他愿意的话也可以去，"波温粗暴地说，"够了。我们越早行动越好。"

这七个人在吵嚷喊叫中离了席，有的还喝得醉醺醺的，边走边哼着小调。酒吧间里仍旧挤满了欢宴的人，还有很多弟兄留在那里。这一小部分身负使命的人来到街上，为了不引人注意，两三个一组在人行道旁行进。这个夜晚，天气十分寒冷，夜空星光闪闪，高悬着一弦弯月。这些人来到一座高楼前，停下脚步，聚在对面的空地上。明亮的玻璃窗中间位置印着"佛米沙先锋报社"几个金色大字。有印刷机的响声从里面传出。

"你留在这儿，"波温对麦克默多说，"你可以在楼下站着，把守大门，保证我们的退路不被截断。阿瑟·威拉比和你一起留下。其他兄弟随我来。弟兄们，别怕，至少有十几个证人可以为我们作证，说我们现在正在工会的酒吧间里呢。"

这时已快到午夜了，街上只有一两个回家的醉汉，再无其他行人。这些人从大街上穿过，推开了报社的大门，波温带着人冲进去，跑到对面的楼梯上。麦克默多和另一个人在楼下留守。楼上的房间中传出了呼救声，接着是脚踢和椅子翻倒的声音。不一会儿，一个灰发老人跑上了楼梯平台。不过没跑多远，他就被人抓住，他的眼镜掉在麦克默多脚旁。只听砰的一声响，便传来一阵呻吟声。这人面朝下被打倒，几根棍棒同时打到他身上，发出噼噼啪啪的声音。他不停地翻滚抽搐，瘦长的四肢被打得不住地颤抖。当其他人都停手后，波温凶残的面孔依然狞笑着，用手中的棍棒打老人的头，老人用双手护着头，但没有用，血已经从他的白发中渗了出来。波温还在对被害人双手护不到的地方拳脚相加。这时，麦克默多跑到楼上，一把推开了他。

"你这样会把他打死的，"麦克默多说，"快停下！"

波温一脸惊讶地望着他。

"滚蛋！"波温喊道，"你是谁，竟敢管我？你这个刚刚加入的人！站后边！"他举起了棍棒，可是麦克默多从裤兜中掏出了手枪。

"你自己站后点儿！"麦克默多大声喊道，"你要是敢碰我，我这就开枪。首领不是命令不能杀死这个人吗？你这难道不是要杀死他吗？"

"他说得对。"有一个人说。

"哎呀，你们还是快点儿吧！"另一个留在楼下的人喊道，"每家窗户的灯都亮了，不用五分钟，全镇的人就会来抓你们。"

果然，这时街上有人喊叫起来，一些排字印刷工人已经在楼下大厅里聚集，鼓足勇气，准备行动。那些罪犯便把这个编辑一动不动的身体扔在一边，窜到楼下，飞快地沿街逃走了。跑到工会大厅后，有的人混入麦金蒂酒馆的人群，低声把事情得手的消息报告给首领。还有的人，包括麦克默多，找个偏僻的小路各自回家了。

四

恐怖谷

第二天一早，麦克默多睡醒后，开始回忆入会的情形。因为饮酒过量，头感到胀痛，臂膀烙伤的地方也肿胀起来，隐隐有些疼。既然他有了特殊的收入，也就不定时去做工了，所以很晚才吃早餐，而上午就在家里给朋友写了一封很长的信。后来，他又简单看了看《先锋报》，看到了专栏中的一段报道：

先锋报社遭暴徒袭击——主笔受重伤

这段报道十分简要,实际上麦克默多本人知道得比记者更清楚。报道最后说:

  此事现已由警署负责,然而很难希望他们能比以前那些案件办得更好。暴徒中有几个人已被认出,因此有希望望予以判处。而暴行之源头,也不必隐瞒,就是那个声名狼藉的社团,他们多年来奴役全区居民,《先锋报》绝不妥协地和他们展开斗争。对斯坦格先生的好友们来说有个好消息,斯坦格先生虽然惨遭毒打,头部受了很重的伤,却并无性命之虞。

下面的报道说,报社已由装备着连发来复枪的煤铁警察队守卫。

麦克默多把报纸放下,点燃烟斗,但因为昨晚的灼伤,手臂还有些颤动。这时有人敲门,房东太太拿了一封便笺给他,说是刚刚由一个小孩送来的,信上没有署名,写道:

"我有事希望能和您谈一谈,但我不能来您府上。您到米勒山上的旗杆旁就能找到我。如果您愿意现在来,我就会告诉您一些重要的事。"

麦克默多感到非常惊奇,他把信读了两遍,他想不出会是谁写了这封信,这个人又有什么用意。如果是一个女人写的,他可以把这件事设想成某些奇遇的开端,他从前生活中对此也并不生疏。但从笔迹上看,这是一个男人写的,此人大概还受过良好教育。麦克默多经过片刻踌躇,决定去看个究竟。

米勒山在镇中心,是一座荒废了的公园。这里在夏天是人们常来的地方,但一到冬季就十分荒凉。从山顶向下望去,不仅可以把整个镇子的污秽零乱尽收眼底,还能看到向下蜿蜒的山谷;山谷两旁零散地分布着一些矿山和工厂,附近的积雪已经受到了污染;此外,在这里还可以观赏长满树木的山坡和覆盖着白雪的山顶。

经过长青树丛中一条蜿蜒的小径,麦克默多来到一家冷落的饭馆外面,这是夏季的娱乐中心。旁边有一棵旗杆,光秃秃的,有一个人站在下面,头上的帽子压得很低,大衣领子竖着。这个人把头转过来,麦克默多便认出是莫里斯兄弟,就是昨晚惹首领发怒的那个人。两人见面后,交换了会员见面的暗语。

"我有话和您说,麦克默多先生,"老人有些犹豫地说,"难得您屈尊前来。"

"你的信上为什么没有署名呢?"

"谁都要小心谨慎,先生。人们不知道祸事什么时候会来,也不知道可以信任谁,不可以信任谁。"

"当然对会中弟兄谁都可以信任。"

"不,不,未必,"莫里斯激动地大声说道,"我们说的话,甚至想的东西,好像都会被麦金蒂掌握。"

"喂!"麦克默多声音严厉地说,"你知道,我刚刚在昨晚宣誓忠于我们的首领。难道你想让我背叛誓言?"

"你要是这样想,"莫里斯表情愁苦地说,"我只好表示抱歉,因为你来和我见面是白跑一趟了。两个自由的公民不能互相说说心里话,这也太糟糕了啊!"

麦克默多认真地观察了对方，心跳的顾虑解除了一点，说道："当然，我这样说只是为自己着想。你知道，在这里我是新来的，对一切都还很生疏。所以我没有发言权，莫里斯先生。如果你要对我说些什么，我洗耳恭听。"

"然后去首领麦金蒂那儿报告！"莫里斯伤心地说。

"这你就冤枉我了，"麦克默多大声说，"从我的角度出发，我忠于会党，所以就直接对你说了。可是如果我把你真诚地对我说的话告诉别人，那我就太卑鄙了。不过，我事先要警告你，别指望从我这里得到帮助或同情。"

"我并没有求得帮助或同情的想法，"莫里斯说，"我把这些话告诉你，我的性命就已经掌握在你手里了。不过，虽然你已经足够坏了——我昨晚就觉得你会变成一个最坏的人，但你毕竟只是个新手，也没有他们那副铁石心肠，所以我希望能和你谈一谈。"

"好，你想对我说么？"

"如果你把我出卖了，就会遭报应！"

"当然，我保证一定不会出卖你。"

"那么，我问你，你是在芝加哥加入自由人会的，当时发誓要忠诚、博爱，可你心有没有想到它会把你引向犯罪道路呢？"

"如果你认为这是犯罪的话。"麦克默多回答。

"就是犯罪！"莫里斯叫道，他的声音因激动而发抖，"你已经见到一些罪行了，你还能用别的词称呼它吗？昨天晚上，一个年龄和你父亲差不多的老人被打得血染红了白发，这算不算犯罪？你是用犯罪来形容，还是用别的什么来形容呢？"

"有些人会把这称为一场斗争，"麦克默多说，"是一场两个不同阶级的你死我活的斗争，因此每一方都要尽全力打击对方。"

"那么，你从前在芝加哥加入自由人会时，是否想到这样的事？"

"没有，我确定没想过。"

"我是在费城入会的，当时也没想过。只认为这是一个聚会的场所，来这儿的都是有益会社的朋友。后来我听说了这个地方——我要诅咒这个名字第一次传到我耳中的那一刻——我想来这里让自己的生活变得更好！天啊！让自己的生活变得更好！我把妻子和三个孩子都带来了。我先在市场开了一家绸布店，生意做得很好。我是一个自由人会会员的事，很快就传了出去。后来我不得不像你昨晚那样，成为当地分会的成员。这个耻辱的标记烙在了我的胳膊上，而更丑恶的烙印却打在了心里。我意识到我已经被一个奸邪的恶棍控制，并且陷入了一个犯罪网。可我又该怎么办呢？我希望让我们做的事更善良些，可是只要我发表想法，他们就会和昨晚一样认为我是叛逆。绸布店里有我在这个世界上的一切，我不能离开这个地方。我很清楚，一旦我退出这个社团，就一定会被他们谋害，上帝知道我的妻子儿女会有什么样的下场？噢，朋友，这真是可怕，可怕极了！"他双手捂住脸，身体因抽泣而发抖。

麦克默多耸了耸肩说："做这样的事，你的心太善良，你不是干这种事的人。"

"我还没有丧失良心和信仰，可是他们使我成为这伙罪犯中的一员。有些事情，他们选中我去做，我清楚，只要我退缩，遭到的下场是什么。也许我胆子很小，也许我担心我那可怜的小女人和孩子们，不管怎样，我都是去了。对于这件事，我的心永远无法释怀。

"这是山的另一边的一所单独的房子，在离这里二十英里的地方。像你昨天一样，他们让我在门口守着。这种差事，他们对我也不信任。其他的人都进了屋子。等他们出来时，每个人的双手都沾满了血。我们离开的时候，房子里跑出一个小孩，哭叫着跟在我们后面。这个孩子五岁，他父亲就在他眼前遇害。我吓得快要昏过去了，但我又不得不装着很勇敢地笑着。因为我很清楚，如果我不这么做，我家就会发生同样的事，下一次，他们就会双手沾满鲜血走出我的家门，哭叫父亲的就会变成我的小弗雷德。

"然而我已经犯下了罪行，协助他们进行了一次谋杀，永远被这个世界遗弃，来世也不得超生。我是个天主教徒，很善良。可是如果神父知道我是一个死酷党人，就不会为我祈祷，我背弃了自己的宗教信仰。这就是我的遭遇。我发现你也正走着我走过的路，我问你，将来的结局会怎样呢？你是准备成为一个嗜血的杀人恶魔呢，还是我们想办法加以阻止呢？"

"你想怎样做呢？"麦克默多突然发问，"你不会打算告密吧？"

"希望不会发生这种事！"莫里斯大声回答，"当然，我只要有这样的想法，也就性命难保了。"

"这样就好，"麦克默多说，"我想你为人胆小，才把这件事看得过于严重。"

"过于严重！等你在这里多住一段时间再下结论。看看这座山谷！看看这座上百个烟囱不停冒着浓烟的山谷！我告诉你，这凶残的杀人的阴云比那些烟云还要更低、更浓地笼罩在人民的头上。这是一个恐怖和死亡之谷。人们从早到晚都惊惶不安。以后再看吧，年轻人，你自己会明白的。"

"好，等我有了更多的了解，会告诉你我的想法。"麦克默多满不在乎地说，"很清楚的是，这里不适合你，你最好早点把产业转售出去，这样做对你有利。请放心，我不会把你告诉我的事情说出去。可是，皇天在上，如果让我发现你去告密，那可就……"

"不，不！"莫里斯发出了可怜的叫声。

"好，谈话就到这里吧。我一定记住你的话，也可能几天后就回复你。我认为你是出于善意才对我讲这些话的。我现在要回家了。"

"在你离开以前，我还有一句话要说，"莫里斯说，"我们在这里说话，被人看见是难免的。他们可能会打听我们谈话的内容。"

"啊，想到这一点很好。"

"我就说我希望你能来我店里做职员。"

"我说我没同意。这就是我们在这里谈的事情。好，再见，莫里斯兄弟。好运。"

这天的中午，麦克默多正在起居室的壁炉旁坐着吸烟，陷入沉思之时，突然有人撞开了门，首领麦金蒂高大的身影挡住了门框。打过招呼后，他就坐在了这个年轻人的对面，冷静沉着地盯着他看了好长时间，麦克默多也同样盯着他看。

"我轻易不会出来拜访别人，麦克默多兄弟，"麦金蒂终于开口，"我总是很忙，要接待那些前来拜访的人。可是我认为我现在破例来到你家看你了。"

"你能光临，我感到十分荣幸，参议员先生，"麦克默多显得很亲热，从食品柜里拿出一瓶威士忌酒，"这令我喜出望外，感到光荣。"

"胳膊如何了？"首领问道。

麦克默多扮了个鬼脸说："啊，我还没忘，但这是有意义的。"

"对于那些忠心不二、履行仪式、为会里做事的人来说，这是有意义的。今早在米勒山那里，你对莫里斯兄弟都说什么了？"

这个问题来得太突兀了，还好麦克默多早就做了准备，于是大笑着说："莫里斯不知道我在家中就可以谋生。他也绝对不可能知道，因为他高估了我这种人的良心。不过这个老家伙倒是好心。他以为我是个没有职业的人，所以想请我去一家绸布店做职员。"

"啊，原来是这个原因呀？"

"是的，就是这个原因。"

"那么你拒绝没有？"

"当然了。我在自己的卧室里只需干四个小时，比在他那里挣的要多十倍吧？"

"是的。可是如果换成我，我不会和莫里斯有过多来往。"

"为什么呢？"

"我想我无法告诉你原因。这里的大多数人都清楚。"

"大概多数人都清楚，但我还不清楚，参议员先生，"麦克默多说话有些鲁莽，"如果你为人公正，就会知道是怎么回事。"

这个黑大汉怒气冲冲地瞪着麦克默多，用他毛茸茸的手爪突然抓住了酒杯，好像要把它猛地摔在对方头上，后来他却又显得特别高兴、虚伪地大笑起来。

"你无疑是一个真正的怪人，"麦金蒂说，"好，如果你一定要明白为什么，我就告诉你。莫里斯没有对你说一些反对本会的话吗？"

"没有。"

"那有没有反对我的话呢？"

"没有。"

"啊，那说明他现在还不信任你。可是他已经不再忠心了。这一点我们很清楚，所以对他很留心，我们就等着一个机会去告诫他，我想这一刻很快就到了。因为我们的羊圈容不下那些下贱的绵羊。可是如果你结交了一个不忠心的人，我们会把你也当成不忠心的人。你明白这一点吗？"

"我对这个人没什么好感，所以也没有机会结交他。"麦克默多答道，"至于我不忠心，如果不是你，而是别的人说这种话，他是不会有机会再说第二次的。"

"好，不说这个问题了，"麦金蒂一口喝干了酒，说道，"我这是对你的及时劝告，你应该知道。"

"我很想知道，我和莫里斯谈过话你是怎么知道的。"

麦金蒂笑了。

"我知道这个镇子里发生的任何事，"麦金蒂说，"我想你总该知道，所有事都不能逃过我的耳目。好，时间不多了，我还要说……"

他告别的话被一个突发情况打断了。门被猛然撞开，三张脸正从警帽的帽檐下坚决地怒视着他们。麦克默多跳起身来，手枪刚刚抽出一半就突然停了下来，因为他发现自己的头已经被两支温切斯特步枪瞄准了。一个穿着警服的人，手中握着一支六响的左轮手枪走到屋子里。这人正是曾经在芝加哥待过，现任煤铁矿保安队队长的马文。他皮笑肉不笑，摇着头望着麦克默多。

"你被捕了，芝加哥的麦克默多先生，"马文说，"你脱不了身了，把帽子戴上跟我们走吧！"

"我认为你会为此付出代价，马文队长，"麦金蒂说，"我很想知道你是什么人，有权在未经允许的情况下闯入别人家中，威胁一个忠诚守法的人！"

"这件事和你无关的，参议员先生，"警察队长说，"我们来这里逮捕的不是你，而是这个麦克默多。你应当配合我们履行职责，而不是妨碍。"

"他是我的朋友，我可以替他担保。"麦金蒂说。

"从各个方面来看，麦金蒂先生，最近几天你能担保的只是你自己了，"警察队长回答，"麦克默多没来这里时就是个无赖，现在还不安分。警士，用枪指着他，我要缴获他的枪。"

"这手枪是我的，"麦克默多冷静地说，"马文队长，如果是你和我单独相遇，你不可能轻易地把我捉住。"

"你们应该拿出拘票！"麦金蒂说，"天哪！一个人住在佛米沙竟然和住在俄国没什么区别，像你这样的人也能领导警察局！这是资本家的违法行为，我估计以后会听到更多这种事的。"

"你愿意怎么想都随你，参议员先生。我们该怎么办也不会改变。"

"我的罪名是什么？"麦克默多问道。

"在先锋报社对老主笔斯坦格进行殴打的案件与你有关。没人告你犯了杀人罪，但并不是因为你没想要杀人。"

"啊，如果只是这件事，"麦金蒂笑了笑，说道，"现在放了他，你们可以省不少事。这个人和我一起在我酒馆里打扑克，直到半夜才走，我能找到十几个人证。"

"那是你的事，我认为你可以等明天去法庭上说。走吧，麦克默多，假如不想我用枪弹把你的胸膛打穿，你就老实点儿跟我们走。麦金蒂先生，你往远点站，我要警告你，我履行职责的时候不允许任何人来阻挡。"

马文队长神色十分坚决，迫使麦克默多和他的首领只能接受这个既成事实。在分手前，麦金蒂悄悄地问被捕者："那东西如何了……"他突然伸出了大拇指，暗示所问的是铸币机。

"已经安排妥当。"麦克默多小声回答，他已把它藏在地板下隐性安全的地方。

"一路平安，"首领握了握麦克默多的手说，"我会去把赖利律师请来，我本人也会出庭辩护。相信我，他们不能扣留你。"

"我不想为这件事打赌。你们两个人看好罪犯，如果他企图耍花招，就开枪打死他。我要先搜查一下这间屋子，然后再离开。"

马文队长进行了一番搜查，不过显然没找到任何隐藏铸币机的线索。他下了楼，和他带来的人押着麦克默多到总署去。天已经黑了，吹起阵阵强烈的风，因此街上的行人已经很少了，只有很少几个人跟在他们后面闲逛，壮着胆子大声骂着被捕的人。

"把这个该死的死酷党人处死！"他们大声喊叫着，"处死他！"麦克默多被推进警署时，那些人发出了嘲笑。主管的警官进行了简短的审问，麦克默多被关在普通牢房。他在这里见到了波温和前一天晚上的其他三个罪犯，他们也是在这天下午被捕的，等候明天接受审判。

自由人会的长手甚至已经伸到了监牢里。到了夜里，一个狱卒给他们拿来一捆稻草铺用，他还带来两瓶威士忌酒，另有几个杯子和一副纸牌。他们喝酒打牌，一夜过得都很开心，一点都不担心明早的事。

他们这样做没惹出任何麻烦，案件的结局能证明这一点。根据证词，这位地方法官无法给他们定罪。另一方面，那些排字工人和印刷工人也必须承认灯光不够亮，同时他们自己也异常慌乱，尽管他们相信被抓来的就是其中的人，但又不能保证认清行凶者的样子。经过麦金蒂请来的善辩律师的盘问后，这些证人的证词就越来越含糊。

被害人已经作证，说自己在遭到突然袭击时受到了惊吓，只记得第一个动手打他的人长着一撮小胡子，其他什么都说不清。他补充了一点，说他知道这些人都是死酷党成员，因为社会只有这些人恨他，由于他经常公开评论该党，所以受到该党成员的长期威胁。

另一方面，有包括市政官参议员麦金蒂在内的六个公民出席作证，他们坚决、统一、清楚地证明这些被告都在工会玩牌，散场时已经是严重违法行为发生的一个多小时以后了。

不用说，被捕的人得到了释放，法官对他们说了些类似道歉的话，同时对马文队长和警察的多管闲事进行了委婉的训斥，然后释放了被告。

这时，在法庭内旁听的一些人热烈鼓掌，赞成这一裁决，麦克默多认出其中有很多熟悉的面孔。会里的弟兄都微笑着向他们挥手。可是还有一些人，在这伙罪犯离开被告席走出法庭时，他们坐在那里紧闭双唇，眼神阴郁；其中有一个小个子，长着黑胡须，表情坚毅果敢，当获释的罪犯走过他面前时，说出了自己和其他人想说的话：

"你们这些可恶的凶手！"他大叫，"我们总有一天要收拾你们！"

五

最黑暗的时刻

自从杰克·麦克默多被捕并无罪释放，他在同伙中的名声就更大了。一个人在入会的当天晚上就做了一些事，并因此受到法官的审讯，在这个社团中是第一个。他已经拥有了很高的声望，他在人们眼里，是一个好酒友，很有兴致的狂欢者，有着高傲的性情，绝不愿被人侮辱，即使面对具有绝对权威的首领，他也寸步不让。但是除去这些，同伙对他还有另一种很深的印象：大家认为，整个分会都找不出第二个像他那样能在转眼间就想出一个嗜血诡计的人，也没有哪个人能像他一样把阴谋诡计变成事实。"这家伙一定手脚利落。"那些老家伙们说，他们等待着能让麦克默多大显身手的机会。

麦金蒂的手下已经有足够的能手，但他认为麦克默多是最有才干的，他觉得自己好像一个用链子系着一条凶残猎犬的主人，有小事就派一些劣种狗去做，但总有一天需要让这个猛兽去捕食。包括波温在内的少数会员，对这个外来人迅速地晋升十分不满，甚至恨他，但他们又躲着他，因为麦克默多随时都可能发作。

不过，假如麦克默多赢得了党羽的尊重，却失去了另外一个对他来说甚至更重要的方面，那就是艾蒂·谢夫特的父亲和他断绝了来往，也不让他进家门。艾蒂已经深深地爱上了麦克默多，但她善良的品质也觉得，一旦嫁给一个暴徒，后果是很难想象的。

一天夜里，艾蒂辗转未眠。早晨，她下定决心去看看麦克默多，她想这可能是最后一次见他了，要尽力从那些恶势力的拉拢下挽救他。因为麦克默多不止一次地求她去他家里，她便走到了他家，直接来到他的起居室。麦克默多正在桌前坐着，后背对着门口，他的面前有一封信。突然，一个顽皮的念头闪过十九岁的艾蒂的脑海，她轻轻推开门，见麦克默多没有察觉，便悄悄地走过去，轻轻地把手放在他肩上。

艾蒂的本意是吓一吓麦克默多，这个目的肯定达到了；但她没想到自己也被惊得不轻。麦克默多就像一只老虎，反身跃起，用右手扼住艾蒂的咽喉。同时，他用左手把放在面前的信揉成一团。他站在那里，怒目横眉。但仔细一看，又不禁惊喜交加，马上收起了凶恶的面容。艾蒂被吓得不停地后退，因为她过惯了平静文雅的生活，还没有遇到过这种事情。

"原来是你呀！"麦克默多擦了擦额头上的冷汗说，"想不到你来了，亲爱的，我差点扼死你了。来吧，亲爱的，"麦克默多伸出了双手，说道，"让我给你赔个礼。"

通过麦克默多的表情，艾蒂突然感觉到他是因为犯罪才惊恐的。这延续了她的惊恐。妇女的本能告诉她，麦克默多吓成这样绝不是因为徒然受惊。他做了犯罪的事情——就是这个原因——他是因犯罪才惊恐的！

"你出什么事了吗？杰克，"艾蒂高声问道，"为什么被我吓成这样？噢，杰克，你要是问心无愧，看我的时候绝不会这样！"

"是的，我正在想其他事，你那么轻盈地走进来，我才会……"

"不，不，这绝不是唯一的原因，杰克，"艾蒂突然有些怀疑，"把你写的那封信给我看看。"

"啊，艾蒂。你不能看。"

艾蒂的怀疑加深了。

"那是写给另一个女人的，"她叫了起来，"我明白了！为什么我不能看？那是写给你妻子的吧？我怎么能确定你还没结婚呢？你是外地来的，这里没人了解你。"

"我还没结婚，艾蒂。瞧，我立刻发誓！你是这个世上我爱的唯一女子。我对耶稣的十字架发誓！"

麦克默多的脸变得苍白，激动挚诚地表白，艾蒂不得不相信他。

"好，那么，"艾蒂说道，"为什么你不想把那封信给我看看呢？"

"亲爱的，你听我说，"麦克默多说，"我发过誓，不让别人看到这封信，就像我不会背弃对你发过的誓一样。所以，对接受我誓言的人，我一定要守信。这封信和会里的事务有关，就算对你也要保密。我之所以在你把一只手放到我肩上时感觉受到了惊吓，因为这或许就是一只侦探的手，难道你还不明白这一点吗？"

艾蒂觉得他没说假话。麦克默多抱住她，亲吻她，安慰惊恐和疑虑的她。

"那么，请在我身边坐下。这是王后的特殊宝座，但这已是你的穷小子情人能送给你的最好的东西了。我想，他将来总有一天会让你过得非常幸福。你现在精神恢复一点了吗？"

"当我知道你也是一个罪犯时，当我不知道哪一天你的杀人案件会在法庭审理时，我的精神怎么会得到片刻的安宁呢？昨天，我们的一个房客说什么'麦克默多这个死酷党人'，是这样称呼你的。这就像是一把刀子扎在我的心上啊！"

"确实，随他们怎么说好了，没什么大不了的。"

"可是这些都是实话。"

"好，亲爱的，事情没有你想得那么糟。我们只是一些穷人，想用我们的方法得到我们的权利而已。"

艾蒂用双臂搂着她情人的脖子说："放弃它吧！杰克，看在我的面上，看在上帝的面上，放弃它吧！今天我来这儿就是为了求你。噢，杰克，看，我跪下向你恳求！我在你面前跪下求你放弃它吧！"

麦克默多把艾蒂抱起来，把她的头放在自己胸前，安慰她说："当然，我亲爱的，你不清楚你的要求会带来什么。如果带来的是破坏我的誓言，背叛我的同伴，我怎么可以放弃它呢？假如你能知道我现在在干什么，你就不会这样要求我了。再说，就算我想这样做，我又怎样去做呢？你没想过，死酷党怎么会让一个人带着它所有的秘密随便走掉呢？"

"这点我想过了，杰克。我做了个完整的计划。父亲有一些储蓄。他对这个地方早就厌倦了，那些人的恐怖行为使我们在这里的生活看不到希望。父亲已经做好了离开的准备。我们一起逃到费城或纽约，我们到那里就不再危险，不用再害怕他们了。"

麦克默多笑了笑，对她说："这个会党的势力范围很大。你以为到了费城或纽约，它就够不着了吗？"

"好，那么，我们到西方去，去英国或者德国都行，爸爸就是从那儿来的。只要从这个'恐怖谷'离开，去哪里都行。"

麦克默多想到了一个人，就是老莫里斯兄弟。

"真的，我已经是第二次听到有人这样称呼这座山谷了，"麦克默多说，"看来，这阴霾确实让你们许多人感到压抑。"

"我们的生活无时无刻不因它而惨淡无光。你觉得泰德·波温会放过我们吗？要不是他怕你的话，你想想我们现在会怎么样？你只要看看他对我那种如饥似渴的眼光就能明白了！"

"皇天在上！假如再让我碰到这种情况，一定要让他得到教训。不过，小姑娘，我不能从这里离开。我不能。请你完全相信我的话。不过只要你同意，让我自己想办法，我一定能找到光明正大的出路。"

"干这样的事是没办法光明正大的。"

"好，好，这只是你的看法而已。但只要你能给我六个月时间，我就能使我在离开这里时不愧对任何人。"

姑娘开心地笑了。

"六个月！"她大声问，"这是你的承诺吗？"

"是的，也可能要七八个月。但肯定不会超过一年，我们就可以从这个山谷离开了。"

艾蒂所能得到的只有这些了，可这些却非常重要。这样一丝隐约的光，就能驱散将来所有的阴霾。她心中欢快地回到父亲家中。自从生活中出现了杰克·麦克默多，她还是第一次体会到这种心情。

也许有人认为，只要成为死酷党的成员，就能了解该组织的全部所作所为，但他很快就会发现，和一般简单的分会相比，这个组织要广泛、复杂很多。即使是首领麦金蒂，有很多事也一无所知。因为在离市中心很远的霍布森领地，住着一个被称为县代表的官员，他行使权力时，手段出人意料而又专横，对各个分会进行管理。麦克默多只见过他一次，这个人很狡诈，头发有点发灰，做事鬼鬼祟祟，像耗子一样，总是目光恶毒地斜眼看人。这个人叫艾文士·波特。甚至连佛米沙的大头目也有些怕他。如同非凡的丹东①在面对凶险的罗伯斯庇尔②时那样软弱无力。

一天，麦克默多寄宿的寓友史甘龙收到麦金蒂的一封便笺，里面附着一封艾文士·波特写的信，信上有一项通知，说将派两个得力的人手——劳勒和安德鲁——到他们附近行事，却并没有详细说明他们行事的对象。对于能否给他们安排适当地方居住一事，麦金蒂写道，在分会里保守秘密很困难，因此，他让麦克默多和史甘龙想办法，让这两个来人在他们的寓所住几天。

这两个人当天晚上便来了，每人都拎着一个手提包。劳勒年龄较大，为人精明，沉默少语，看起来很稳重，身上穿的是旧礼服大衣，头戴软毡帽，胡须灰白并且乱蓬蓬的，让人觉得他是一个巡回传教士。和他一起来的安德鲁比孩子大不了多少，坦率开朗，举止轻快活泼，好像一个人出门度假，准备不放过能欢乐的每一分钟。两个人都滴酒不沾，从各个方面显示出自己是纯粹的党徒。在这个杀人协会中，他们称得上得力工具和杀人暴徒。劳勒曾十四次执行这类犯罪活动，安德鲁也已经杀过三次人。

麦克默多发现，他们并不忌讳谈到自己曾经的作为，讲的时候还很有些得意，因为社团立下过功劳而感到骄傲。但对这次要执行的任务，却什么都不说。

"我们被选派到这里，是因为我和这个孩子都不喝酒，"劳勒解释道，"他们信任我们，知道我们不会说不应该说的话。县代表是这样命令我们的，我们必须服从。请你们见谅。"

"那是当然，我们是同一个组织的。"麦克默多的寓友史甘龙说。这时，四个人坐下一起

---

① 丹东（1759年—1794年）：18世纪末法国资产阶级革命的著名活动家、律师。后来，他和他的支持者实质上变成了反革命政党，他本人于1794年4月5日被革命法庭判处死刑。
② 罗伯斯庇尔（1758——1794）：18世纪末法国资产阶级革命的著名活动家。

吃晚饭。

"没错，我们可以毫无顾忌地谈论用什么办法杀死查理士·威廉斯，或者怎样杀死西蒙·伯德，还有其他从前的案子。可是在我们这件事没成功的时候，我们就什么都不能说。"

"这里我能找出六七个人都该教训，"麦克默多骂着，"我猜，你们追踪的是不是铁山的杰克·劳克斯呢？我认为他是个应该得到惩罚的人。"

"不，这次不是他。"

"或者就是赫尔曼·施特劳斯？"

"不，也不是这个人。"

"好，你们不愿意说，我们也不会追问，但我很想知道。"

劳勒微笑着摇摇头。他是一定不会开口的。

尽管他俩守口如瓶，史甘龙和麦克默多却决定跟着他们去"游戏"现场看看。所以，有天清晨，麦克默多听到他们两人悄悄地下了楼后，便叫醒史甘龙，匆忙地穿上衣服。这时，房门已然大开，天还没亮，他们借着街上的灯光，看到那两个人在街上走着，麦克默多和史甘龙便踏着雪，小心翼翼地跟在后边。

他们的寓所在大镇子边缘，不一会儿，那两个人就走到了镇外边的十字路口。有三人早已等候在那里，劳勒和安德鲁匆忙地和他们交谈了几句，就一起走了。可想而知，必然是重大的事情才会用这么多人。有几条小路通向各个矿场，这些人走的那一条是通向克劳山的。那里的矿场由一个气力很大又精明能干的人掌管。由于这个叫乔塞亚·邓恩的英国经理精力旺盛、不畏邪恶，所以，尽管山谷长期在恐怖气氛的笼罩之下，这里却仍然纪律严明，生产有序。

天完全亮了，工人们渐渐出现在路上，有的是一人，有的三五个在一起，在踩黑了的小路上向前走。

麦克默多和史甘龙混在人群里慢慢地走，始终保持一定距离，又能望到他们要跟踪的人。随着一股浓烟升起，响起了一阵刺耳的汽笛尖叫声。罐笼再过十分钟就要降下去，一天的劳动开始了。

他们来到矿井四周的空地，看到有上百名矿工等在那里，因为天气十分寒冷，他们不停地跺脚，并对着手呵气。这几个陌生人来到机房附近站住。史甘龙和麦克默多爬到一堆煤渣上，在那里可以望到全景。他们看到叫作孟席斯来自英格兰的大胡子矿务技师走出机房，吹哨子指挥罐笼下降。

这时，一个高个子、面容诚恳、脸刮得十分光滑的年轻人走向矿井。他走着走着，一眼看见了机房附近那些不说话也站着不动的人。那些人把帽子戴得很低，大衣领子竖起来挡住了脸。这位经理突然有种预感：死神用它冷酷的手抚着他的心。然而他不顾一切，只为忠诚地履行自己的职责，要把几个闯进来的陌生人驱逐出去。

"你们是谁？"他边走边问，"你们在这里闲逛什么？"

没有人回答他的问题，可是少年安德鲁走过去，一枪打中了他的肚子。这上百名等候上工的矿工愣住了，站在那里手足无措，似乎都被吓呆了。这个经理双手捂着受伤的部位，弯下腰，摇晃着向旁边走去，但另一个凶手又向他开了一枪，他就倒在地上的一堆渣块间痛苦地挣扎。那个苏格兰人孟席斯看见后，大吼着举起一根大铁扳手去打那些凶手，可是他脸上立刻被枪打中了两下，便一动不动地倒在了凶手脚旁。

这时，一些矿工悲愤地涌了上来，可是两个陌生人对着众人头上接连开枪，人群很快就溃散了，有些人直接跑回了自己在佛米沙的家中。

只有为数不多的胆子大的人又聚在了一起，重新返回矿山。那些杀人凶手已经消失在清晨的薄雾中，他们虽然在上百名旁观者的面前杀了两个人，却没有留下任何证据。

史甘龙和麦克默多也回到家中。史甘龙很懊丧，因为他还是第一次亲眼看到杀人，而且并不是人家告诉他的那样是一种"游戏"。在他们往镇里走的路上，耳边一直萦绕着被害经理妻子那可怕的哭叫声。麦克默多大受震动，沉默不语，不过他同时对同伴的过于懦弱不以为然。

"真的，这就像一场战争，"麦克默多说了一遍又一遍，"我们和他们之间还能是什么呢？不论在哪里，只要可以就向他们回击。"

这天夜里，大家在工会大楼的分会办公室里尽情狂欢，不仅仅是为了庆祝成功刺杀克劳山煤矿经理和技师，虽然这场胜利还使该会党可以为所欲为地对待被勒索和受到惊吓的公司；他们要庆祝的还有多年来分会本身所取得的胜利。

在县代表派五名得力人员到佛米沙行刺时，作为酬谢，他要求佛米沙秘密选派三个人把斯特克罗亚尔市的威廉·黑尔斯杀掉。黑尔斯是吉莫顿区的一个很有名也很受人们爱戴的矿产主。他深信这个世上没有他的敌人，因为从各方面来看，他都是个模范雇主。然而，他要求工作要有效率，曾辞退了一些酗酒偷懒的雇员，而这些人正是很有势力的死酷党的党员。即使受到死亡的威胁，他的决心也没有动摇。但是，他却在这个自由文明的国家里被人杀害了。

完成刺杀任务的泰德·波温摊开四肢，半躺着坐在首领旁边的荣誉席上——他是这次行动的几个人的头目。他面孔绯红，双眼呆滞且充满血丝，这都说明他没有睡觉，还喝了过量的酒。第一天夜里，他和两个同伙住在山中。他们身上很脏，疲劳极了。可是再没有其他从敢死队回来的英雄，能得到同伙如此热烈的欢迎。

他们十分兴奋，一遍又一遍重复着他们的杰作，得到的回应是叫喊和狂笑声。他们隐藏在陡峭的山顶，等着他们要杀的人在黄昏时回家，他们知道，这个人一定会从这里经过。因为天气过于寒冷，被害人全身包在毛皮衣服里，以至来不及掏出手枪。他们把他从马上拉下来，连着开了好几枪。他曾大叫着求情。死酷党人翻来覆去地描述这求情的声音，给会中的兄弟当笑话听。

"让我们再听一次他惨叫的声音。"这些匪徒嚷嚷着。

他们都不认识这个被杀的人，可是这杀人行为颇富戏剧性，他们是为了让吉莫顿区的死酷党人知道，自己是值得信赖的。

有一件事很意外，当他们用手向这个僵卧的尸体倾泻子弹时，一对夫妻驱车路过这里。有人提议将这两个人也干掉，但他们与这矿山没有任何关系。所以，他们严厉地警告了这对夫妻，不许他们声张，让他们赶紧离开，否则会遭到不幸。于是，那血肉模糊的尸体就被丢在那里，以警示那些心肠铁硬的矿主，而那三名出色的复仇者，则在古老而未被开发的山中隐去。

他们成功了，回到了安全稳妥的地方，被同党们的赞美喝彩的声音包围。

对死酷党人来说，这是伟大的日子，全谷被阴霾笼罩着。可是就像一个足智多谋的将军一样，应该选择胜利的时机加倍扩大战果，不给敌军溃败后整顿的机会。于是，一个作战方案在首领麦金蒂阴险恶毒的双眼前浮现出来，他筹划出新的诡计，决定攻击那些反对他的人。就在当晚，喝得半醉的党徒们离开以后，麦金蒂碰了一下麦克默多的胳膊，带他来到他们第一次见面的那个房间。

"喂，兄弟，"麦金蒂说，"我终于找到了一件对你来说值得去干的差事。你可以亲自负责这个任务。"

"我为此感到骄傲。"麦克默多答道。

"你可以带两个人跟你一块儿去，他们是曼德斯和赖利。我已经告诉过他们了。不把切斯特·威尔科克斯除掉，我们就永远不能安心地在这一地区立足。假如你干掉了他，产煤区的每个分会都会感谢你。"

"不管怎样，我都会竭尽全力。他是谁？我应该去哪里找他？"

麦金蒂把雪茄从嘴角拿开，撕掉笔记本上的一张纸，画了一个简单的草图。

"他在戴克钢铁公司任职，是个总领班，这个人意志很刚强，战时曾是一个老海军陆战队上士，多次负伤，有一头灰白的头发。我们曾两次派人去解决他，都失败了，反而使吉姆·卡纳威丢了性命。现在由你接着完成这个任务。这就是那所位于戴克钢铁公司的十字路口的孤零零的房子，和你在这张图上看到的没什么区别，人是听不到声音的。不能在白天去，他警惕性很高，枪法既快又准，而且开枪时连问也不问。可是到了夜里——没错，他和妻子、三个孩子还有一个佣工住在那里。你要杀就全杀掉，没有别的选择。如果你在门前放上一包炸药，再在上面连接一根慢慢引着的导火线……"

"这个人做了些什么？"

"他枪杀了吉姆·卡纳威，我不是告诉过你吗？"

"他枪杀吉姆的原因是什么呢？"

"这和你有关系吗？卡纳威在夜里走近他的房子，他就开枪把他打死了。你我要谈的就这些。你现在去打点一下此事。"

"还要把那几个妇女和小孩一起杀了吗？"

"都要杀掉，否则我们要怎样才能杀了他呢？"

"他们并没犯下什么罪，全都干掉，下手时似乎有些为难。"

"这真是蠢话！难道你变卦了？"

"听我说，参议员先生，不要冲动！我什么时候说过或做过的事使你认为我不接受首领的命令呢？不论是非，总之都由你来决定。"

"那么，你把这件事办了？"

"我当然要把这件事办好。"

"要多久?"

"啊,你最好给我一两个晚上的时间,让我看看这所房子,制定一个计划,然后……"

"很好,"麦金蒂和他握了握手,"这事我就交给你了。当你带回消息时,我们一定要好好地庆祝一番。这就是最后一击,把他们完全打倒。"

突然接受了这样的任务,麦克默多不禁陷入了长时间的深思。切斯特·威尔科克斯的住处——那所孤零零的房屋,在大约五英里远的邻近的山谷里。这天夜里,麦克默多一个人去做暗杀的准备工作。他侦察完回来时,天已经完全亮了。第二天,他和曼德斯和赖利这两个助手见了面,这两人都是鲁莽轻率的年轻人,他们十分兴奋,就像要出发去猎鹿一样。

两个晚上以后,他们在镇外会合,三个人都带着枪,其中有个人带了一袋用来炸矿山的炸药。他们来到这所孤零零的房子外边时,已是凌晨两点钟。那个夜里风很大,天上的乱云飞过,时隐时现半轮明月。他们担心有猎犬出来,小心翼翼地向前走去,手中握着枪支。可是只能听到狂风呼啸,没有别的声音,只能看到树枝摇曳,没有别的动静。

麦克默多在这所孤零零的房子的门外站着,静听了一会儿,里面悄无声息,便把炸药包放到门边,用刀割了一个小洞,把导火索点燃,和两个同伙躲进远处的一个安全的沟里。炸药爆炸发出了轰鸣声,房屋坍塌又发出一阵低沉的隆隆声,这些都说明他们的任务已经完成了。在这个社团充满血腥的历史中,这么干净利落的杰作还是第一个。

然而,可惜他们通过精心策划得到的大胆行动没起到作用!原来,听到许多人被害的消息后,切斯特·威尔科克斯知道死酷党人一定会来谋害自己,就在前一天全家搬走,去了一个既安全而又没人知道的地方,并得到了警察的保护。被炸药炸毁的,只是一间空房子,而这位刚毅严厉的老海军陆战队上士,仍在督导戴克钢铁厂的矿工。

"等我把他收拾了,"麦克默多说,"把他交给我,就算要等一年,我也一定干掉他。"

会里的人都感激并信任他,于是这件事就搁置下来。

过了几星期,报上的报道说威尔科克斯遭到了暗杀。而麦克默多在继续他未完成的工作,这已经是公开的秘密了。

这就是自由人会用过的一些手法,这就是死酷党人的行为。在这个广袤富有的地区,他们施行着恐怖的统治,而由于死酷党人恐怖行动的存在,人们长期以来都处于提心吊胆的生活状态。为什么用如此多的罪恶玷污纸张呢?难道我还没能彻底把这些人和他们的手法描述出来吗?

这些人的所有行为都已被记录下来,人们可以从记录里看到事件的细节。读者在那里可以看到,他们还枪杀死了亨特和艾文士这两位警察,因为这两个人竟敢逮捕两个死酷党徒——这两件暴行的策划者是佛米沙分会,在执行时还残忍地杀害了两名孤单又手无寸铁的人;读者可以读到的还有,拉比太太被枪杀,因为她丈夫被首领麦金蒂派去的人打得半死,她紧抱着丈夫不肯放开;老詹金斯被害,他弟弟过了不久也惨遭杀害;詹姆斯·默多克被弄成了残疾;斯塔普霍斯全家被炸;斯坦德鲁斯被人谋杀;在这恐怖的寒冬里,惨案一件接一件地发生。

恐怖谷被暗无天日的阴霾笼罩着。春天到了，小溪解冻流淌，草木发出新芽。大自然从长期的束缚中解脱出来，恢复了生机；可是在这恐怖之中生活的男女却依然看不到希望。他们从未像一八七五年那样，感到头上的阴云黑暗得令人绝望。

六

危险

恐怖统治已到达了巅峰。麦克默多被委任为组织中的执事，很有希望以后接替麦金蒂担任组织的首领，现在他的同伙都来征求他的意见，已经到了假如没有他的指点，什么事都办不成的地步。但是他在自由人会里的名声越大，当他在佛米沙街上走过时，那些平民就越是仇恨他。他们不畏惧恐怖的威胁，决心联手反抗欺压他们的人。死酷党人听到传闻：先锋报社内有秘密集会，并向平民发放武器。但麦金蒂及其手下对此却无动于衷。因为他们人多势众，胆大妄为，又有精良武器；而对手却是一盘散沙，没有权势。结果必定像过去一样，只是毫无用处的空谈，最后只能无所作为的罢手。这就是麦金蒂、麦克默多以及其他恶棍的看法。

党徒们时常在星期六晚上进行集会。五月份的一个周六的晚上，麦克默多正准备去赴会，被称为懦夫的莫里斯兄弟前来拜会他。莫里斯显得愁容满面，双眉紧皱，慈祥的面容显得极为憔悴。

"我能够与你随便谈谈吗，麦克默多先生？"

"可以。"

"我从没有忘记，有一次我曾对你说出过心里话，甚至首领亲自来询问你这件事，你也始终守口如瓶。"

"既然你那样信任我，我怎能不帮你呢？但这并不等于我赞同你所说的话。"

"这点我是清楚的。但我只有对你才敢说出心里话，而又不怕被泄露出去。现在我有一个秘密，"他将手放到胸前，说道，"它让我忧心如焚。我愿意将它施加到你们中的任何一个人身上，只希望我得以幸免。假如我将它说出来，必定要引起谋杀案。假如我不说，那就可能导致我们都活不了。愿上帝拯救我，我简直不知应当如何是好了！"

麦克默多恳切地凝视着他，看到他四肢都在颤抖。麦克默多倒了一杯威士忌给他。

"这杯酒对你这样的人而言就是药品，"麦克默多说道，"现在请你将事情告诉我吧。"

莫里斯将酒喝下，苍白的面容恢复了些许红润。"我可以只用一句话就对你讲清楚。"他说道，"已经有侦探开始追查我们了。"

麦克默多非常错愕地望着他。"怎么了？伙计，你难道疯了吗？！"麦克默多说，"这地方不总是塞满警察与侦探吗？他们对我们又能造成什么损害呢？"

"不，不，这个侦探并不是本地人。正如你说的那样，那些本地人，我们都清楚，他们不会对我们构成任何威胁，但是你听说过平克顿那里的侦探吗？"

"我听说过其中几个人的名字。"

"好，我现在来告诉你，他们正在追查你时，你可不要掉以轻心。那并非是一家无所事事的政府机构，而是一个极为认真的，他决心要查一个水落石出，不惜一切代价要查出一个结果。假如一个平克顿的侦探准备要插手过问此事，那我们就非常危险了。"

"我们必须杀掉他。"

"啊，你首先想到的办法果然是这个！那就必定要在会上提出来了。我之前就对你说过，最终会出谋杀案吗？"

"当然了，杀人算得了什么？在这里不是非常普通的事吗？"

"确实是这样，可是我并不想让这个人遭到毒手啊。我心里又将永远无法平静了。可是不这样的话，我们自己的生命也处于危险之中。上帝啊，我应当怎么办才好？"他的身体前后摇摆，显得犹豫不决。

他的话使得麦克默多深受触动。不难看出，麦克默多是赞同莫里斯应对危机的做法的，需要去积极应付它。麦克默多抚摸着莫里斯的肩膀，热情地摇晃了他几下。

"喂，伙计，"麦克默多极为激动，几乎大喊似的说道，"你坐在这里像老太太哭丧一样是毫无益处的。我们来分析一下情况。这个人到底是谁？他现在在哪里？你是如何听说他这个人的？为什么你会过来找我？"

"我来找你，因为只有你可以指导我。我曾经对你说起过，在我到这里之前，我在西部曾经开过一家商店。那里有我很多的好朋友。其中一个朋友在电报局里工作。这就是我昨天接到的信，是他写给我的。这一页上面写得非常清楚，你自己可以将它念一下。"

麦克默多于是读道：

你们那里的死酷党人如今到底怎样了？在报上看到很多关于他们的报道。我希望在不久之后就能得到你的消息。听说，有五家有限公司以及两个铁路局都在极为认真地着手处理这个案件。他们既然有这种想法，那你可以确信，他们必定要到那里去的。他们正准备直接插手。平克顿侦探公司已经开始奉命进行调查，其中的佼佼者波弟·爱德华业已开始行动，这些罪恶的事情现在完全能够得到有效制止了。

"请你将附言读一下。"

当然，正如我所告诉你的那样，是我从日常业务工作当中了解到的情报，所以不能再进一步详细说明了。他们使用的是极为奇怪的密码，我弄不懂他们的意思。

麦克默多手中拿着这封信,精神倦怠地静坐了许久,一时间迷雾重重,他感到自己如同面临万丈深渊一般,有着极强的危机感。

"还有其他人清楚这件事吗?"麦克默多问道。

"我并没有告诉其他任何人。"

"但是这个人,你的朋友,会写信告诉别人吗?"

"啊,我敢说他还应该告诉其他的一两个人。"

"是会里的人吗?"

"很可能是的。"

"我之所以要问这些,因为或许他能够将波弟·爱德华这个人的特征介绍一下。那么我们就可以很容易地查找出他的行踪了。"

"啊,这倒不难。但我不认为他见过爱德华。他能够告诉我这一消息,也是从日常业务当中偶然得知的,他怎么可能认识那个平克顿的侦探呢?"

麦克默多猛地跳起来。

"天啊!"他喊道,"我必须要抓住他。我连这种事都不知道,该有多愚蠢啊!不过我们还是很幸运的!趁他还没有对我们造成损害,我们可以抢先动手收拾他。喂,莫里斯,你愿意将这件事交给我去处理吗?"

"当然可以,只要你不会连累到我就行。"

"我一定会办好这件事的,你完全可以放手让我去办。我甚至不必提起你的名字,我向来是一人做事一人当,就当成这封信是写给我的好了。这能够让你满意了吧?"

"这样办正符合我的心意。"

"那么我们就谈到这里,你要保持缄默。现在我要前往分会,我们很快就能够让这个老平克顿侦探变得垂头丧气了。"

"你们不会是要杀掉这个人吧?"

"莫里斯,我的朋友,你要明白你自己知道得越少,你的良心就会越安宁。你最好去睡觉,不要再多问了,让这件事顺其自然吧。将一切都交给我来处理。"

莫里斯离开时,忧愁地摇着头,感叹道:"我感觉我的双手沾满了那位侦探的鲜血。"

"无论怎样说,自卫都不能算是谋杀,"麦克默多狞笑说道,"如果我们没杀死他,那他就会杀掉我们。如果我们让他长期待在山谷中,我想他肯定会将我们一网打尽的。呃,莫里斯兄弟,我们还准备选你当首领呢,因为你确实拯救了我们整个死酷党。"

但从他的行动当中能够清楚地看出,他尽管那样说,但却极为认真地在思考这件最新获得的情报。也许他确实心存畏惧,可能是因为平克顿组织向来声名显赫;可能清楚这样庞大而富有的公司要动手清除死酷党人确实不好对付,无论他是出于何种考虑,他的行动说明他已经做好了最坏的准备。在他离家之前,将凡是能够把他牵连进刑事案件的一切证据都销毁了。随后他才满意地叹了口气,似乎感觉自己安全了。但危机感依旧压在他心上,因为在前往分会途中,他又在老谢夫特家停下来。谢夫特已经禁止麦克默多来他家。但当麦克默多轻轻敲响窗户时,艾蒂就出来迎接他。麦克默多双眼中的残暴之情已经消逝了,但艾蒂从他严肃的表情中推测一定发生了什么危险的事。

"你肯定出了什么事！"艾蒂高声叫道，"噢，杰克，你肯定是遇到了危险！"

"不错，亲爱的，但这并非是坏事。在事情还恶化到不可收拾的地步之前，我们搬一搬家，那就非常明智了。"

"需要搬家？"

"有一次我曾经答应过你，日后我会离开这里。我想这一天最终到来了。今晚我得到了一个消息，而且是一个非常坏的消息，我看大麻烦来了。"

"是警察吗？"

"对，是一位平克顿的侦探。但是，亲爱的，你不必打探究竟是怎么回事，也无需知道这件事对我个人会产生什么影响。这件事与我关系重大，但我在短时间内就会摆脱它。你说过，假如我要离开这里，你要与我一起走的。"

"啊，杰克，这会让你得救的。"

"我是一个非常诚实的人，艾蒂，我不会伤害你那美丽躯体的分毫。你仿佛坐在云端的黄金宝座之上，我时常可以瞻仰你的容颜，却绝不愿意从那里将你拖下一英寸来。你能够相信我吗？"

艾蒂默默地将手放到了麦克默多的手掌中。

"好，那请你听我说，并且遵照我说的去做。因为这的确是我们唯一的出路。我确信，谷内即将有大事发生。我们所有人都要仔细提防。不管怎样，我都是其中的一个。假如我离开这里，不论日夜，你都要马上跟随我一起走！"

"我一定会跟随你离开的，杰克。"

"不，不，你必须要马上与我一起走。假如我离开这山谷，我就永远都不会再回来，或许我要避开警察的耳目，连通信都不可以，我怎能将你丢在这里呢？你必须要与我一起走。我来的那地方有一位好女人，我将你安顿到那儿，随后我们再结婚。你愿意走吗？"

"好的，杰克，我愿意跟你走。"

"你如此信任我，上帝会保佑你的！假如我辜负了你的信任，那我便是一个从地狱当中钻出的魔鬼。现在，艾蒂，请你听仔细，只要我派人送一个便笺给你，你接到它之后，就要立刻抛弃一切，直接前往车站的候车室，在那里等候，我会过去找你的。"

"接到你的便笺，无论任何时候，我都会去的，杰克。"

麦克默多做好了出走的一切准备工作，心情略微舒畅了些，便朝分会走去。那里已然聚满了人。他说出了暗号，通过了戒备森严的外围警戒与内层警卫。麦克默多刚走进来，便受到了热烈欢迎。宽敞的房屋里挤满了人，他从烟雾当中见到了首领麦金蒂那乱成一团的黑发，波温凶残的表情，书记哈洛维宛如秃鹰般的脸孔，还有十几位分会当中的领导人。他非常高兴，他们全都聚集在这里，可以商议一下他新得到的消息。

"真的，我们见到你非常高兴，兄弟！"首领麦金蒂高声叫道。

"这里恰好有一件事需要有一位所罗门王①作出公正裁决呢。"

"是兰德与伊根的事情,"麦克默多坐了下来,邻座的人对他解释道,"他们两位受命去枪杀斯蒂列斯镇的克雷布老头,两个人都争着要领分会的赏金,你来说说到底是谁开枪击中的?"

麦克默多从座位上站起,将双手举起,他脸上的表情,让大家都极为吃惊地看着他。人群中出现了死一般的寂静,都等着他说话。

"尊敬的首领,"麦克默多极为严肃地说,"我有要紧的事要报告!"

"既然麦克默多兄弟有要紧事要报告,"麦金蒂说,"依照会中的规定,自然应该优先进行讨论。现在,兄弟,请讲吧。"

麦克默多从口袋里拿出信来。

"尊敬的首领与诸位弟兄,"麦克默多说,"今天,我要带来一个很不幸的消息。但是我们事先知道并进行讨论,总比毫无准备就被一网打尽要好很多。我接到通知说国内那些最为有钱有势的组织要联手消灭我们,有一位平克顿的侦探,名叫波弟·爱德华的人已前来这个山谷进行证据搜集工作,以便将绞索套在我们的脖子上,并将剩下的人都送进重犯牢房。所以我说有紧急事进行报告,请大家一起讨论。"

室中马上鸦雀无声,最终还是首领麦金蒂率先打破了沉寂。

"麦克默多兄弟,你有何证据?"麦金蒂回答。

"我接到一封信,这些情况都是在信里写着的,"麦克默多说道。他高声将信里有关此事的内容读了一遍,又说,"我要守信,不能再将这封信的详细内容都说出来,也不可以将信交到你们手中,但我可以对你们保证,信上的其他内容与本会的利益没有关系。我一接到这封信,马上就前来向诸位报告此事。"

"请允许我来说一说,"一个年纪较大的人说道,"我听说过波弟·爱德华,他是平克顿私家侦探公司当中最有本事的侦探。"

"有人见过他的模样吗?"

"是的,"麦克默多说道,"我曾经见过他。"

室内顿时发出一阵惊诧的私语声。

"我相信他无法逃出我们的手心,"麦克默多的脸上露出了笑容,继续说道,"我能够迅速而机智地处理好此事。假如你们可以信任我,再为我提供一些帮助,那我们就更加没有顾忌了。"

"可是,我们有什么可害怕的呢?他怎么会清楚我们的事呢?"

"参议员先生,假如大家都如你这样忠诚,你的话确实是对的。但这个人有很多有钱人做靠山。你难道认为我们当中就不会有意志薄弱的家伙被其收买吗?他很可能会收集到对我们极为不利的证据——甚至可能现在已经将证据拿到了。现在仅有一种可靠的对策。"

"那就是不让他活着离开这里!"波温说道。

---

① 所罗门:古以色列王国国王大卫之子,以智慧超群著称。

麦克默多点头称是。

"你说得非常棒，波温兄弟，"麦克默多说道，"你我过去时常意见相左，但今晚你确实说出了我的心里话。"

"那么，他现在在哪里呢？我们在哪里能找到他？"

"尊敬的首领，"麦克默多热情地说道，"我要向你提出建议，这对我们而言是生死攸关的大事，不方便在会上进行公开讨论。我并非不信任在座的人。但只要有一点风声传到那个极其狡猾的侦探耳中，我们再想抓住他就比登天还难了。我要求现在选出一些极为可靠的人。假如我能够提议的话，参议员先生，你算一个，波温兄弟也算一个，再另找五个人。那么我就能够自由地说出我所知道的一切，也可以说出我的计划了。"

麦克默多的建议立即就被采纳了。选出的人除去麦金蒂与波温之外，还有脸如秃鹰的书记哈洛维、老虎康麦克、凶残的中年杀人狂司库卡特以及亡命徒威拉比兄弟二人。

大家的心头仿佛笼罩上了一层乌云，许多人第一次开始感到在他们长期居住的地方会被法律的威严所威胁。他们施加给他人的暴行，他们以前曾认为是远不会遭受报应的，现在却让他们胆战心惊，这种报应来得如此急迫，紧压在他们心头。所以党徒们例行的欢宴此次草草收场了，党徒们很早就离开了。唯有他们的头领们继续留下议事。

"麦克默多，现在你继续说吧。"他们留下的七个人静静地坐在那里，麦金蒂说道。

"我刚才曾说过我认识波弟·爱德华。"麦克默多开始解释，"我就算不告诉你们，你们也能猜想出他在此处用的不是自己的真名。他是一个极为胆大的人，头脑很灵活。他谎称自己名叫史蒂夫·威尔森，居住在霍布森领地。"

"你是怎样知道这一点的呢？"

"因为我曾与他说过话。那时我并没想到这些，假如没收到这封信，我根本就不会想到他的真实身份。可是现在我坚信那个侦探就是他了。星期三我有事前往霍布森领地，在车上与他碰面。他自称是一名记者，那时我相信了他的谎话。他说他正在为纽约的一家报社写稿，想弄清楚关于死酷党人的详细情况，还希望了解他所谓的'暴行'，他朝我问了各种各样的问题，打算弄清楚一些情况。你们可以相信，我什么有用的消息都没有泄露。他提出假如我能提供对他编辑工作有很大帮助的材料，他愿出重金进行酬谢，我故意说了一些他爱听的话，他就付给我二十元美元作为酬金。他又提出假如我能把他想要的一切情况都说出来，那就再付十倍酬金。"

"那么你准备告诉他什么事？"

"我能够虚构出任何材料。"

"你怎么知道他并非是报馆的人呢？"

"他在霍布森领地下车了，我也随后下了车。我走进电报局时，他刚刚从那里离开。

"'喂，'在他离开以后，报务员说，'这种电文，我想我们应当加倍收费才对。'我说：'我想你们是应该加倍收费的。'我们都认为他填写的电报单犹如中文那样难懂。这个职员还说：'他每天都会来这里发出一份电报。'我说：'对，这就是他的特别新闻，他害怕别人知道。'这就是当时那个报务员与我所能想到的事情。但现在我所想的却完全不同了。"

"天啊！我相信你的话是对的，"麦金蒂说道，"但你觉得我们应当怎样应对这事呢？"

"为什么不马上去干掉他呢？"有一个党徒提议说。

"是的，越快越好。"

"假如我清楚他住在哪里，我早就下手了，"麦克默多说道，"我只清楚他待在霍布森领地，可不清楚他的住所。不过，只要你们可以接受我的提议，我倒是有一个计划。"

"好，什么样的计划？"

"明天早晨我就前往霍布森领地，我通过报务员来找到他。我想，他可以打探出这个人的住处。好，那么，我会告诉他说我是一名自由人会的会员。我告诉他，只要他愿意出高价，我就会将分会的秘密告知他。他肯定会同意。那时我就对他说相关材料在我家中。因为四处都有人，不方便让他白天去我家。他自然明白这种做法是很合理的。我让他晚上十点钟来我家去看那些材料，那时我们肯定就可以抓住他了。"

"这样好吗？"

"其他的事，你们可以自己去进行筹划。寡妇麦克娜玛拉家是一座四周空旷的住宅。她绝对可靠并且耳朵不好使。只有史甘龙与我住在她寓所中。假如他答应前来的话，我就会通知你们，我会让你们七个人在九点钟时赶到我那里。我们就把他骗进屋。假如他还可以活着走出去，那他的运气真的是前无古人，后无来者了。"

"这么说，平克顿侦探公司马上就要有一个空缺了。要不就是我们弄错人了。"麦金蒂说道，"就说到这里吧，麦克默多。明天晚上九点钟我们会前往你那里。他走进来之后，你只要将门关上，其他的事就都交给我们处理好了。"

七

波弟·爱德华的妙计

就像麦克默多说的那样，他所寄宿的住所冷清而没有邻居，正适合他们策划设计好的那种犯罪活动。寓所位于镇子的最外边，又离大路很远。如果只是想杀人，那些凶手只要按照老办法去将要杀的人骗出来，将所有子弹都打到他身上就可以了。可是这次，他们却要弄明白这个人清楚多少秘密，是怎样知道这些的，给他的雇主已经送去了多少情报。

也许他们动手太晚了，对方已经将情报送走了。假如真是这样，他们至少还能够向送情报的人报仇。但是他们希望这位侦探还没能弄到什么很重要的情报，否则的话，他为什么要不厌其烦地记录下麦克默多捏造的那些毫无用处的废话呢。但是，所有这一切，他们要让他亲口招供。一旦将他抓住，他们会有办法让他开口的，他们已经不是第一次处理这类事情了。

麦克默多来到霍布森领地之后，这天早晨警察似乎非常关注他，正当麦克默多在车站等待时，那个自称在芝加哥就与他是老朋友的马文队长，竟然向他打起招呼来。麦克默多不愿与他谈话，于是转身离开了，这天中午麦克默多完成任务回来之后，到工会去与麦金蒂会面。

"他就会来了。"麦克默多说道。

"太棒了！"麦金蒂说道。这位巨人只穿着一件衬衫，背心下面露出的表链闪耀着光芒，钻石别针尤其光彩夺目。既开酒馆，又参与政治，使得这位首领既拥有权势，又极为富有。然而，在前一天的晚上，他面前仿佛隐约闪现出监狱与绞刑架这类极为可怕的东西。

"你估计他对我们的事情知道了多少？"麦金蒂极为焦虑地问道。

麦克默多阴郁地摇着头，说道："他已经来了相当长的时间，至少有六周了。我想他还没有前往我们这里来收集他所要的东西。假如他要利用铁路资本来当作后盾，又在我们中间活动了这么久，我想，他早已有了收获，而且早就已经把它传递出去了。"

"我们分会当中没有一个人是意志薄弱的，"麦金蒂高声叫喊道，"每个人都如钢铁一样坚强可靠。不过，天啊！唯有那个可恶的莫里斯。他的情况怎样？一旦真的有人会出卖我们，那就肯定是他。我想派两个弟兄在天黑之前把他教训一顿，看看他们能从他那里得到什么情报。"

"啊，那样做倒也可以，"麦克默多答道，"但是，我并不否认，我喜欢莫里斯，并且不忍心看到他遭受伤害。他曾经对我说起过一两次分会当中的事，尽管他对这些事的看法与你我不同，他也绝对不像是一个会去告密的人。不过我并不希望去干涉你们之间的事。"

"我一定要杀了这个老鬼！"麦金蒂发誓道，"我注意他已经有一年时间了。"

"好，你对这些事都知道得非常清楚，"麦克默多答道，"但是你必须等明天再进行处理，因为在平克顿这件事完全解决之前，我们必须暂停其他的一切活动。时间还很多，何必非要在今天去让警察警觉呢。"

"你说得很对，"麦金蒂说道，"我们可以在将波弟·爱德华的心挖出来之前，从他身上弄清楚他究竟是从什么地方得来的消息。他会不会看穿我们已经设下的圈套？"

麦克默多脸上满是笑容。"我想我已经找出了他的弱点，"麦克默多说道，"假如他能够得到死酷党人的行踪，他甚至甘心尾随前往任何地方。我已经拿到他的钱了。"麦克默多咧开嘴笑了，拿出一沓钞票让大家看，"他答应在看到我的所有文件后，还要给我更多的钱。"

"有什么文件？"

"啊，根本就没有文件。我告诉他所有会员的登记表与组织章程全在我这里，他希望将这一切秘密都弄到手，然后就离开这里。"

"果然很不错，"麦金蒂咧嘴笑着说，"他没问你为何没将这些文件都带去让他看吗？"

"我说我才不能带这些东西出门呢，我原本就是一个受怀疑的人，况且马文队长这天又在车站上与我说过话，怎么能够带出来呢！"

"对，我已经听说了，"麦金蒂说道，"我认为你可以担当这一重任。我们将他杀掉之后，可以将他的尸体扔进某一个旧矿井当中。不管怎样干，我们也没办法瞒过住在霍布森领地的人，况且你今天又去过那里。"

麦克默多耸了耸肩膀，说道："只要我们处置得当，他们就无法找出这件杀人案的有力证据来。天黑之后，没有人可以看见他曾经来过我的寓所，我会安排好一切，不让任何一个人看见他。现在，参议员先生，我将我的计划对你透露一下，并且请你转告另外那几个人。你们一起早一点来。他来时是十点钟，敲三下门，我就会去给他开门，然后我在他身后将门关紧。那时他便是任由我们宰割的砧板上的肉了。"

"这倒容易得很。"

"是的，但是下一步就要慎重仔细地考虑了。他是一个非常难对付的家伙，而且武器精良。我把他骗到这里，他很可能会高度戒备。他原本打算只有我一个人单独与他谈话，但是我假如直接将他带到那间屋子里，里面却坐有七个人。那时他必定会立刻开枪，我们这些人中就会有人受伤。"

"对。"

"并且枪声会将附近镇上所有该死的警察都给招引过来。"

"我认为你说得非常对。"

"我肯定会将一切都安排得很好。你们大家都坐到你与我谈过话的那间大屋子当中，我给他开门之后，将他带到门边的会客室里，让他等在那儿，我假装去拿材料，借机告诉你们事情的最新进展。然后我拿出几张伪造的材料返回他那里。趁他专心阅读材料的时候，我就跳到他身后，牢牢抓住他的双手，使他无法开枪。你们听到我的喊声，就马上跑过来，越快越好，因为他也非常健壮，我一定会竭力坚持住的，保证坚持到你们赶来。"

"这是一条非常好的妙计，"麦金蒂说，"我们分会是无法忘记你此次的功劳的，我想我不当首领时，我必定会提名让你来接替我。"

"参议员先生，说实话，我只是一个刚刚入会的弟兄，"麦克默多说，但是他脸上的神色显露出，他非常愿意听到这位非常有势力的人说出这种赞扬的话来。

麦克默多返回到家中，着手准备晚上这场你死我活的搏斗。麦克默多率先将他那支史密斯与威森牌的左轮擦拭干净，上好油，装满子弹，随后检查一下这位侦探马上要落入圈套的那间厅房。这间厅房非常宽敞，中间放有一条长桌，旁边有一个非常大的炉子。两旁都是窗户，窗户上并没有窗板，只挂有一些浅颜色的窗帘。麦克默多非常仔细地检查了一遍。毫无疑问，这间房屋极为严密，正适合进行这种秘密约会，而且这里距离大路非常远，不会惹人注意的。最后麦克默多又与他的同伙史甘龙商量，史甘龙尽管是一名死酷党人，但却是一个不算很坏的小人物，他非常软弱，不敢反对他那帮同伙的意见，但有时他被迫参加一些血腥的暗杀勾当时，私下里却极为惊恐而又厌恶。麦克默多简明扼要地把即将发生的事告诉了他。

"假如我是你的话，迈克·史甘龙，我就会在今晚离开这里，使得自己清静下来。这里在清晨之前，必定要有流血事件发生。"

"真的，麦克，"史甘龙回答道，"我并不愿意出现这样的事情，可是我缺少勇气。在我看到离这里非常远的那家煤矿的经理邓恩被杀害时，我几乎无法忍受了。我没有像你或麦金蒂那样的胆子。假如会里不会伤害我，我就按照你劝告我的那样去办，你们自己去处理晚上的事情好了。"

麦金蒂等人如约赶到这里。他们是一些外表极为体面的人，衣着华丽而整洁，但是一个善于观察的人能够从他们抿在一起的嘴角与凶恶残忍的目光当中看出，他们渴望抓获波弟·爱德华。室内没有一个人的双手在过去不是多次沾满鲜血的，他们杀起人来绝对铁石心肠，犹如屠夫屠宰绵羊一样。

当然，从让人生畏的首领麦金蒂的外表和罪恶眼神来看，他是首脑人物。书记哈洛维是一个极瘦的人，心黑手狠，长有一个骨节清晰可辨的长脖子，四肢神经处于痉挛状态，很关心分会的资金数额，却不顾其来历是否公正合法。司库卡特是一位中年人，冷漠无情、死气沉沉，皮肤犹如羊皮纸一样黄。他是一个富有才干的犯罪组织者，几乎每次犯罪活动的细节策划都出自这个人的罪恶头脑。威拉比两兄弟属于实干家，个子高大，身强力壮，手脚灵活，神色极为坚决果断。他们的伙伴老虎康麦克是一位浓眉大眼的黑脸壮汉，甚至会中的同伙对他那种凶狠残暴的性格也要畏惧几分。就是这些人，预备今夜在麦克默多寓所杀掉平克顿侦探。

他们的主人在桌上摆好了威士忌酒，这些人就匆忙地大吃大喝起来。波温与康麦克已经是半醉状态了，醉后更显露出他们骨子里的凶狠残暴。因为这几夜依旧非常寒冷，屋中生着火，康麦克便将双手放到火旁取暖。

"这就完全妥当了。"康麦克发誓说。

"喂，"波温琢磨着康麦克话语中的含意说道，"假如我们将他捆绑起来，我们就可以从他口中得到真相。"

"不用害怕，我们肯定能从他口中得知真相。"麦克默多说道，他天生铁石心肠，尽管如此重大事情的全部责任都落到了他身上，他依旧像平时一样沉着而又冷静、毫不焦躁。因此，大家都对他评价很高。

"由你来负责对付他，"首领麦金蒂赞赏地说，"他将在完全没有防备时就会被你掐住喉咙。可惜窗户上没有安装窗板。"

麦克默多于是走过去，将每一个窗子上的窗帘拉好，说道：

"此时肯定没人回来探查我们。时间也即将到了。"

"或许他已经觉察出有危险，可能不来了吧。"哈洛维说道。

"不要怕，他一定要来的，"麦克默多回答道，"就像你们急着见到他一样，他也急于来到这里。你们听！"

他们都如蜡人一般坐着不动，有几个人正将酒杯送到唇边，此时也停下来。只听门上重重地被敲响了三下。

"不要出声。"麦克默多举手示意，这些人全都欣喜若狂，都暗中握紧了手枪。

"为了你们的生命安全起见，请不要发出任何声音！"麦克默多低声说着，从室内走出去，小心翼翼地将门关好。

这些凶手都伸长了耳朵仔细听着。他们数着这位伙伴走过走廊的脚步声，听见他打开了大门，似乎说了几句寒暄的话，随后是一阵陌生的脚步声以及一个陌生人的说话声。过了一阵儿，门砰地响了一声，接着就是用钥匙锁门的声音。他们的猎物已经完全进入了牢笼。康麦克发出了低低的狞笑声，于是首领麦金蒂用他的大手捂住了康麦克的嘴。

"别出声，你这个蠢材！"麦金蒂低声说，"你要破坏我们的大事了！"

旁边的屋子里传来模糊的低语声，说起来没完没了，让人无法忍耐。随后门被打开了，麦克默多走进来，将手指放到唇边示意大家别出声。

麦克默多走到桌子的另一侧，将他们从头到脚都打量了一番。他的面容出现了让人难以捉摸的变化，此时他的神情似乎是一位准备着手办大事的人，面容显得坚决果敢，眼睛从眼镜后面放射出极为激动的光彩。他显然成为了一名领导人。这些人都急切地望着他，但麦克默多始终一言不发，依旧注视着他们每一个人。

"喂！"麦金蒂终于忍受不住，大喊道，"他到底来没来？波弟·爱德华在这个屋子里吗？"

"是的，"麦克默多镇定地回答道，"波弟·爱德华就在这里。因为我就是他！"

这些话说出来后，屋内顿时犹如空旷无人般变得鸦雀无声，只听见火炉上的水壶里的水沸腾发出的声音。七个人变得面色惨白，极为惊恐，呆呆地望着这个注视他们的人。接着，伴随着一阵窗玻璃的破裂声，许多来复枪从窗口伸进屋内，窗帘也全都被撕破了。

这时首领麦金蒂犹如一头受伤的熊一样，大声咆哮着，跳到半开着的门前。一支手枪正在那里瞄准了他，煤矿警察队长马文两只蓝色的眼睛正炯炯有神地望着他。这位首领只能退后，坐倒在座位上。

"参议员先生，你待在那里还是较为安全的，"他们总是称其为麦克默多的那个人说，"还有你，波温，假如你还不把手离开你的手枪，那就不必靠刽子手来要你的命了。把手拿出来，不然，我只能——好，就放到那里，行了。这所房子已经被四十名全副武装的警察彻底包围了，你们自己可以想想你们还有多少逃走的可能性。马文，收缴他们的武器！"

在如此众多的来复枪的瞄准下，丝毫没有反抗的可能性。这些人全都被缴了械，他们面色阴沉、驯服而又惊讶地围坐在桌前。

"在我们离别前，我想告诉你们一句话，"这位为他们设下圈套的人说，"我想我们不可能再次见面了，除非你们日后在法庭的证人席上见到我。我想让你们回想一下此前与现在的一些事情。你们如今应该知道我是什么人了。我终于可以将我的名片放到桌子上。我便是平克顿的波弟·爱德华。人们派我来破获你们这群匪帮。我在玩着一场极为艰难而又危险的游戏。没有任何人，就连我最亲近的人也不清楚我正在冒险做的事情。只有这里的马文队长以及我的几名助手清楚这件事。但是今晚此案已经彻底结束了，感谢上帝，我获胜了！"

这七个人瞬间都变得面色苍白，呆呆地望着他。他们眼中显露出难以抑制的敌意，爱德华看出他们神情里隐藏的仇恨，说道："或许你们觉得这件事还没有完。那好，我会听天由命的。但是，你们这些人的手下也无法做什么了，除了你们这些人以外，今晚还有六十个人会被捕入狱。我要告诉你们，我在接手此案时，并不相信有像你们这种社团，我还以为这只是报纸上的无稽之谈呢。但我必须去弄清楚。他们告诉我这与自由人会有关系，于是我便前往芝加哥入了会。发现这个社会组织只干好事,从来不做坏事,那时我更加确信这些完全是报纸上的无稽之谈罢了。

"但我还是继续进行查访。自从我来到这些有煤矿的山谷之后,我刚来到这个地方,就知道我以前错了,那完全不是拙劣的故事。于是我便留下来进行观察。在芝加哥我从来没杀过人,我一生当中也从未制造过假钞。我送给你们的那些钱全都是真的,但我从来没有将钱用得这样适当过。可是我知道怎样才能迎合你们的想法,所以我假装对你们说,我是由于犯法而逃走的。这一切都正如我所想的那样管用。

"我加入了你们犹如恶魔般的分会,你们商议犯罪计划时,我会尽力参与其中。可能人们会说我与你们一样坏,他们愿意怎么说都可以,只要我最终能抓住你们就好。但是事实如何?你们毒打斯坦格老人那晚我也参加了。因为事先没有时间,我没能事先警告他。但是,波温,当你即将杀掉他时,我拽住了你的手。假如我曾建议过一些事情,那就是为了在你们当中维持住我的地位,而这是一些我清楚我能够预防的事情。我没能拯救邓恩与孟席斯,因为我事先根本不知道,然而我能亲眼看到杀害他们的凶手被处以绞刑。我事先对切斯特·威尔科克斯发出了警告,所以,在我炸毁他居住的房子时,他与家人一起躲了起来。也有许多犯罪是我没能制止的,但是此时只要你们回顾一下,想一想为何你们要杀害的人往往在回家时走了另外一条路,或是在你们搜寻他时,他却留在了镇上,或是你们觉得他要外出时,他却深居简出,你们就可以明白这都是我的功劳了。"

"你这个该被千刀万剐的内奸!"麦金蒂咬牙切齿地咒骂着。

"喂,约翰·麦金蒂,假如这能够减轻你的痛苦,你可以如此称呼我。你与你这类人是上帝与任何善良居民的死敌。需要有一个人前往你们与受你们控制的那些可怜人们中间去了解情况。要达到这一目的,只有唯一一种方法,于是我就采用了这种方法。你们认为我是内奸,但是我想肯定会有成千上万的人把我称为救命恩人,是我将他们从地狱里解救出来。我用了整整三个月的时间,在当地调查所有情况,掌握每一个人的罪行与每一个秘密。如果不是清楚我的秘密已被泄露,那我还要再等一段时间才动手呢。因为镇里已经接到一封信,它会为你们敲响警钟。所以我只好提前行动。

"我没有其他的话要对你们说。最终,我要告诉你们,到了我的晚年,在我临终时,只要我回想起我在这个山谷里所做的事,就会心满意足地安然离去。现在,马文,我不再耽搁你的时间了。把他们全都拘捕起来。"

还需要再对读者啰唆几句。史甘龙去给艾蒂·谢夫特小姐送去了一封蜡封的信笺,他在接受这件差事时,眨了眨眼,会意地笑起来。第二天一大早,一位美丽的女子与一个蒙面人,乘坐铁路公司派出的特别快车,以最快速度离开了这个险地。这是艾蒂与她的情人在这恐怖谷里的最后行踪了。十天之后,老雅各布·谢夫特担任主婚人,他们得以在芝加哥完婚。

这些死酷党人被押解到远离他们领地的地方去接受审判,使得其党徒无法威胁到那里的执法者,他们枉费心机去试图为同党脱罪,花费了数额巨大的金钱(这些钱完全是靠从全镇敲诈、勒索、抢劫得来的),结果仍旧白费心机。控诉他们的证词写得极为周密、明确而又证据确凿。因为写这份证词的人对他们的行为、组织与每一次犯罪活动的所有细节，以及他们的辩护人习惯使用的阴谋诡计都一清二楚，因此任何人都无法改变他们的命运。过了这么多年，死酷党人最终被彻底粉碎了。从此，笼罩在恐怖谷上空的乌云永远被驱散了。

麦金蒂在绞架上结束了他的罪恶一生，临刑时无论怎样悲泣哀号也是枉然。其他的八名首犯也均被处死。此外还有五十多名党徒被判处刑期不等的徒刑。至此，波弟·爱德华已经大功告成。

然而，正像爱德华所预想的那样，这个故事还远没有结束。还有其他人要继续进行犯罪，而且为数不少。泰德·波温没有被送上绞刑架，其次是威拉比兄弟两个，此外这伙人中的其他几个穷凶极恶的匪徒也逃脱了绞刑。他们只是被判四年监禁，后来获得了释放，而爱德华实在太了解这些人，他明白仇敌出狱之日也就是自己和平生活结束之时。这些党徒发誓一定要为其同党报仇雪恨，不杀死他是绝不会罢休的！

有两次他们只差一点就得手了，毫无疑问，第三次谋杀很快就会接踵而至。爱德华无奈地选择离开芝加哥。他改名换姓从芝加哥迁往加利福尼亚。艾蒂·爱德华不幸去世，他的生活一时失去了光彩。有一次他差一点就遭了毒手，他便再次改名为道格拉斯，躲藏在一个人迹罕至的峡谷里，与一个叫巴克的英国人合伙经营矿场，借此发了财。最后，他发现那些浑蛋又一次追踪而来。他清醒地意识到，只有马上迁往英国才能安全。后来约翰·道格拉斯又娶了一位高贵的女子为妻，在沙塞克斯郡过了五年的舒服生活。这种生活最终所发生的奇事，前面已然介绍过了。

八

尾声

经过警署的审理，约翰·道格拉斯案被转交到上一级法庭。地方法庭认为他属于自卫伤人致死，宣布无罪释放。

"不惜一切代价，一定要让他尽快离开英国，"福尔摩斯在写给爱德华妻子的信里写道，"英国现在危机四伏，甚至要比他曾经逃过的那些危难还要凶险百倍。在英国，已经没有你丈夫能够安全栖身的地方。"

两个月之后，我们已经将这件案子逐渐淡忘了。可是一天早上，我们的信箱当中接到了一封很莫明其妙的信。信上仅仅有几个很简单的字："天啊，福尔摩斯先生，天啊！"既没有地址，又没有署名。我看到这些离奇的语句，不由得有些好笑，但福尔摩斯却露出异常严肃的表情。

"这肯定是坏事，华生！"福尔摩斯说道，双眉紧锁坐到一边。

夜里已经非常晚了，我们的女房东赫德森太太进来告诉我们，有一位绅士有急事要见福尔摩斯。紧跟在通报人后面的，是我们在伯尔斯通庄园所认识的朋友塞西尔·巴克。巴克面色极为阴郁，形容憔悴。

"我带来了非常不幸的消息，极为可怕，福尔摩斯先生。"巴克说道。

"我也极为担忧呢，"福尔摩斯说道。

"你没有收到电报吗？"

"我收到了一个人写来的信件。"

"可怜的道格拉斯。他们后来告诉我，他的真名叫作爱德华，可是对我而言，他永远都是贝尼托峡谷的杰克·道格拉斯。在三周之前，他们夫妇二人一起搭乘巴尔米拉号轮船前往南非洲。"

"是的。"

"昨夜，这艘船已抵达开普敦。今天上午我接到了道格拉斯夫人的电报：

> 杰克在圣赫勒纳岛附近由于遭遇大风而不幸落海。没人清楚为何会发生这样的意外事故。
>
> 艾维·道格拉斯"

"啊！原来是这样！"福尔摩斯若有所思地说，"嗯，我能够肯定，道格拉斯的死绝对不是意外，是有人在幕后周密安排并指挥的。"

"你是说道格拉斯死于谋杀吗？"

"世界上没有这种意外事故的。"

"我也认为他是被谋杀的。这些万恶的死酷党人，这群该死的恶棍！"

"不，不，先生，"福尔摩斯说道，"这里肯定有一个特殊的主谋。这并非是一个使用截短了枪管的猎枪或拙笨的左轮手枪的案件。你可以说这是一个老对手犯下的案子。我认为这是莫里亚蒂的手法。这次犯罪行动的指挥者在伦敦，而不是在美国。"

"但他的动机到底是什么呢？"

"因为下毒手的人是个不能接受失败的坏蛋，这个人与众不同之处在于：他所做的所有事都必定要达到目的。这样一个富有才智的人与一个庞大的组织联手去杀害一个人，就犹如用铁锤去砸胡桃，用力过度就会显得荒谬可笑，但这个胡桃自然轻易地被砸碎了。"

"这个人与此事有什么关系呢？"

"我只能告诉你，我们得知这些事，还是莫里亚蒂的一个手下走漏的消息。这些美国人是经过仔细考虑的。他们与其他来自国外的罪犯一样，要想在英国作案，自然就与这个犯罪首脑合作了。从那时起，他们所要杀害的那个人的命运就已注定了。最初莫里亚蒂派出他的手下去寻找准备杀害的人，然后指示他们应当怎样去处理此事。结果，当他见到波温暗杀失败的报告之后，他就决定亲自出手了。你曾听见我在伯尔斯通庄园对贵友进行过警告，未来的危险要比过去的更加可怕。我没说错吧？"

巴克气得攥紧了拳头狠狠敲打自己的头，说道："你是说我们只能听任他们为非作歹吗？你是说没人可以将这个魔王绳之以法吗？"

"不，我从没这样说过，"福尔摩斯说，他的双眼似乎已经看到了未来，"我并没说他是无法打倒的。但是你必须给我时间——我需要时间！"

一时间，我们全都沉默不语，福尔摩斯却用炯炯有神的双目眺望着远方的云雾。

福尔摩斯 探案全集

福尔摩斯退场记

前言

　　夏洛克·福尔摩斯先生的老友们将很高兴地听说他尚在人间,尽管因为风湿病痛,他时常会显得有些行动不便。很长时间以来,他都在距离伊斯特本五英里左右的一个农场中居住,靠琢磨哲学及农艺学来打发时间。在这一整段的休息时光中,他推掉了不少酬金相当优厚的案件,决心再不干侦探这行当了。但是随着日耳曼战争的爆发,他又行动起来,将自己的卓越才智交由政府支配,这样一些具有历史性成果的行动都记载到了《退场记》中。另外,此前一直在我笔记中保存的几件过去的记录,也都一并收录到了《退场记》里,令其能够编辑成集。

约翰·H·华生医生

威斯特里亚公寓

一

约翰·史考特·艾克立斯先生的奇怪经历

我在自己的笔记本中发现了这样的记载。那是在一八九二年,接近三月底的一个冷风呼啸的日子。我们刚好在桌边吃午餐,福尔摩斯收到了一封电报,并随意回复了。他什么都没有说,但却是一副心事重重的样子,因为他接着站到炉火前面,脸上就现出了一副深思之色,不停地吸着烟斗,间或瞅一眼那份电报。突然,他猛地转过身来面向我,眼中尽是诡秘作弄的神色。

"华生,我觉得,我们都已经当你是一位文学家了,"他说,"你是如何看待'怪诞'这个词的?"

"奇怪——十分奇怪。"我回答道。

我的定义令他摇了摇头。

"一定还有着更丰富的含义,"他说,"其实还包含悲惨甚至可怕这样一层意思。要是你试图回忆起你的那些一直折磨公众的叙述,你就能明白'怪诞'这个词的更丰富一层的意义常常就是犯罪。还记得'红发会'那件事吗?从表面看起来似乎十分怪诞,但最终的结果却不过是试图抢劫而铤而走险。还包括'五个桔核'那个案子,也都是怪诞到了极点,最终甚至直接导致了一场命案。因此,'怪诞'这个词一直令我十分警惕。"

"电报中也包含这个词吗?"我问道。

他高声读出了电文。

适遇极怪诞不可思议之经历。能否求教于你？史考特·艾克立斯　查令十字街邮局

"男人还是女人？"我问道。

"肯定是男人。女人可不会事先付好电报的回电费的。倘若是女人，一定亲自来了。"

"你要和他见面吗？"

"我敬爱的华生，打从卡鲁塞斯上校被我们关起来后，你是知道我到底有多么无聊的。我的大脑像极了一部一直空转的发动机，因为未能与它想要制成的工件相连接而散为碎片。生活淡而无味，报纸单调枯燥，在这个充斥着犯罪的世界上，大胆、浪漫和趣味似乎已然消失绝迹了。依此来看，我允许你问我是不是要研究一下这样的新问题，不论这问题最后会是如何的微乎其微。但是现在，如果我的分析力没退化的话，来的就是我们的当事人。"

这时一阵有节奏的脚步声打楼梯那边传来。一会工夫，一个看起来十分高大壮实、胡子灰白而神态严肃可敬的人走进了我们的房间。他的那副沉痛面孔和傲慢神态就多少显示了他的身世。从他的鞋罩一直到那副金丝眼镜，都让他看起来就是个保守党人、教士、良民，一个不容置疑的正统和守旧之人。不过，他本应有的镇静依然被某件惊人的事情打乱了，这都明显从他那立起的头发、变红的带着怒气的脸上，还有他又慌张又激动的神情上显露了出来。他马上直截了当地说起来他的事情。

"我碰到了一件十分奇特而厌烦的事情，福尔摩斯先生，"他说，"打出生到现在我还从没经历过这样的事情。这真是难成体统——最让我难以忍受的了。我一定要对此弄出些根据来。"他十分生气地对我们抱怨说。

"请坐吧，史考特·艾克立斯先生，"福尔摩斯语调柔和地安慰他道。"第一，我能不能问问你，你到底是因为什么才来找我的？""唔，是这样的，先生，我觉得，这事犯不上和警察扯上丁点儿关系，况且，一旦你把整件事听完，你肯定能同意，而不想我置这件事于不理。尽管我可没有任何想与私人侦探打交道的兴趣，但这并不重要，您的大名我早就耳闻——"

"这样的，但是，第二，你何不马上就来找我呢？"

"你这么说是什么意思？"

福尔摩斯看了看表。

"已经两点过一刻了，"他说，"应该在一点左右，你的电报发出。然而，若是没能发觉你应当是在刚刚醒过来就遭遇麻烦的话，我想，谁都不会对你这副装束过多注意的。"

我们的当事人用手弄了弄尚未梳过的头发，又情不自禁地摸了摸同样未刮过的下巴。

"你说得没错，福尔摩斯先生。我压根没意识到还要去梳洗。我是多么求之不得地从那样一座房子中离开。在我还没来到这儿的时候，我到处奔波打听。我还找了房产管理员。你应该知道，他们告诉我加西亚先生早就付完了房租，说威斯特里亚公寓并无异状。"

"嘿嘿，先生，"福尔摩斯一边笑一边说道，"你和我的朋友华生医生可真像，他就有个习惯很不好，总是在最开始就把事情没能讲清楚。希望你能好好整理一下你的思路，条理清楚地和我说一下，究竟发生了怎样的事，让你甚至忘记了打理头脸，甚至都没扣好礼靴和背心的扣子，就急急忙忙地出门寻求指导和帮助了。"

我们的当事人愁容满面，低头瞅了瞅自己这一副怪异极了的外表。

"我这一副样子肯定有些无礼，可是，福尔摩斯先生，我实在不清楚，这一生中，我竟然会碰到这种事。这件怪异事情的经过我马上就告诉你。要是你完整地听完，我敢保证，你肯定不会以为我这样是故意为之。"

然而，才刚刚开始，他的述说就被人从中打断了。外面猛地喧闹起来，赫德森太太把门打开，两个十分健壮的官样十足的人走了进来。他们中的一个就是早已和我们颇为熟络的苏格兰场的葛里格森探长，他十分勇猛而又精力十足，在他所属的业务圈子中堪称能干。他和福尔摩斯握了个手，接着又介绍了他随行的同事，舍瑞郡警察厅的贝恩斯警长。

"福尔摩斯先生，我们正在一同跟踪，结果线索引我们朝这个方向来了。"他的目光随即转到了我们的客人身上。"这位应该就是里街波汉公馆的约翰·史考特·艾克立斯先生吧？"

"没错。"

"今天我们可是整个上午都跟着你啦。"

"不用说，你们也是因为电报才跟着他的吧。"福尔摩斯说道。

"您说的没错，福尔摩斯先生。在查令十字街邮局，我们发现了线索，然后就跟到了这里。"

"你们凭什么跟着我？你们想干什么？"

"不外乎一份供词罢了，史考特·艾克立斯先生，就是关于伊榭尔边上威斯特里亚公寓的艾洛埃雪斯·加西亚先生昨日突然死去的一些情况。"

我们的当事人一下警觉起来，瞪大双眼，一张脸惊慌得没一丁点儿血色。

"他死了？你的意思是他没命啦？"

"没错，先生，他已经死啦。"

"为什么会死？出什么事了吗？"

"应该是谋杀，要是谋杀还在这世上存在的话。"

"我的天哪！真是可怕！你的意思难道是——难道是说我已经成了怀疑对象了吗？"

"那个死人的口袋中有你写的一封信，从这封信里，我们能够看出你昨晚曾想在他家中过夜。"

"这倒没错。"

"哦，你昨晚就是在他家里了，是吗？"

他们把公事记录本掏了出来。

"等一等，葛里格森，"夏洛克·福尔摩斯说道，"你们所要的不过就是那么一份清楚明白的供词罢了，是不是？"

"我还可以听凭指责，告诉史考特·艾克立斯先生，这份供词拿来控告他也不为过。"

"艾克立斯先生正打算说说这件事给大家听呢，你们恰好就走了进来。华生，一杯苏打白兰地应该不会对他产生什么坏的影响吧。先生，此刻不过多了两位听众在这里，我希望你不必因此而介怀，继续说你的经历，就像根本没人打扰你——像刚开始你要做的那样行。"

我们的来客一口喝光了白兰地，血色渐渐在他的脸上恢复。他满是疑惑地瞅了瞅警长的记录本，然后开始讲他那段十分奇怪的经历。

"我一直都单身，"他说，"由于喜好社交，我认识了很多朋友。麦尔菲就是其中的一个，他是个退休了的酿酒商人，就在肯辛顿的艾伯马庄园居住。大约是在几个星期前，在他家里用餐时，我结识了一个年轻人，他叫加西亚。他有着西班牙血统，我还知道他和大使馆关系很密切。他的英语讲得十分地道，态度也颇引人喜欢，我这一生中遇到过的最美的男子可是非他莫属。

"我和这个又年轻又俊美的小伙子聊得很是投机。看起来从最开始他就挺喜欢我。我们那次见面后的第三天，他就来到里街拜访我。就这样几次之后，他终于邀请我去他家小住几天。伊榭尔与奥克肖特中间的那个威斯特里亚公寓，他就在那里住，昨天夜里我就应邀去了他那里。

"我还没去他家的时候，他就和我说过他家里的情况。在他家里，还有个忠实的西班牙仆人和他一起住，他的一切都由这个仆人照料。这个仆人也会讲英语，替他管家。他还说过，他家还有个手艺精湛的混血厨子，是他有一次旅行时结识的，烧得一手好菜。我还曾听他说过能在舍瑞郡的中心地带发现这样一间寓所是多么奇怪。我对他的看法表示了赞同，尽管已知的事实证明，它的这种奇怪要比我想的不知奇怪多少倍。

"我驾车前往那个地方——距伊榭尔南边差不多两英里。房子很大，背对着大路，屋子的前面是一条十分弯曲的车道，路的两旁都覆盖着高高的常青灌木丛。这宅子看起来很旧了，修理的不及时让它显得肮脏破烂。马车从那道饱经风雨侵袭的斑驳肮脏的大门前经过，在那条铺满杂草的车道上停了下来，我一度十分迟疑，思量自己贸然拜访这样一个我并不熟悉的人是不是有些冒失。直到他亲自来打开门，并十分热情地欢迎我。随后我就被交给了一个有着黝黑面孔、神情萎靡的男仆。仆人接过了我的皮包，然后带着我走向为我清理好的卧房。屋子整体给人一种压抑之感。我们面对面坐下用餐。尽管房子的主人竭力款待我，可是他似乎一直都有些神不守舍，说起话来也是含糊不清，我弄不明白他想说什么。他的手指一刻不停地敲着桌子，指甲间或放进嘴里咬噬，还有其他很多动作都明白无误地显出他内心的不安。那顿饭既不算照料得十分周到，菜也烧得有失水准，还有那个整晚默不作声、脸色阴郁的仆人，委实让人感到压抑和难堪。我敢对天发誓，当天夜里，我真恨不得编个理由回到里街来。

"其间还有件事，我这时才记起来，这或许和你们这两位先生着手调查的案子有一些关系。在那时，我可是压根没注意。即将吃完晚饭的时候，仆人把一张便条送了进来。我发现，加西亚读了便条后，神情似乎比刚才更加魂不守舍，愈发怪异了。他甚至连装装样子和我交谈都略去了，只是一动不动坐在原地不停抽烟，呆呆沉思。但关于便条上的内容，他并未透露分毫。幸好快到十一点钟的时候，我就回卧室睡觉去了。过了些时候，加西亚从门口探出头来看我——当时房间一片漆黑——问我刚刚有没有按铃，我回答说没有。他向我表达了歉意，说不应当这么晚还来打搅我，还说马上就到一点钟了。然后，我就睡过去了，这一觉一直睡到天亮。

"马上就要到我故事里最怪异最惊人的环节了。早上我一觉醒来，天色已经大亮，我看了看表，马上就到九点钟了。我还特意嘱咐过，让他们在八点钟左右把我叫醒，我还惊奇他们竟然会记性这么差。我从床上跳起来，按铃召唤仆人，可是没有人回应我。我又按了几次铃，始终都没人回应我。我心想，一定是这铃坏了。带着一肚子的气，我胡乱把衣服套在身上，快步下楼去让人把热水送上来。可是下楼一瞧，楼下空无一人，你们应该能想见我当时的惊讶。我对着大厅不停地叫喊，却只听见我自己空荡荡的回音，我在几个房间中来回地找，都没有遇见哪怕一个人。昨天夜里，房主曾把他的卧室介绍给我，所以我这时只好去敲他的屋门，可是始终没有回音。我转动把手，门一下开了，屋子里没有人，床上甚至都没有人睡过的痕迹。所有的人都消失了。那个外国主人、外国仆人和外国厨子，不过一夜之间，都消失不见啦！我前去威斯特里亚公寓的经历就是这样的。"

夏洛克·福尔摩斯双手不停地搓着，在他将这件怪事记录进他那载有诸多奇闻轶事的手册之中时，一直咯咯笑个不停。

"你的经历可真是相当罕见，"他说，"先生，能不能冒昧地问一句，后来你又做了些什么呢？"

"我当时愤怒至极。最开始我把自己当成了某个无聊恶作剧的被迫害者。我把我的全部东西都收拾好，就把大门砰的一声带上，拎着皮包就回伊榭尔去了。我去了镇里最大的地产商人艾伦兄弟的房产代理所，查出是这家商号租出的那个别墅。这让我一下子想到，整件事绝不可能仅仅为了戏弄我一番，其主要目的极有可能是为了逃掉房租。这时节已经是三月末了，马上就到支付第二季度房租的日期了。但这似乎也漏洞百出。管理人很是感谢我的提醒，但他也告诉我，房子的租费已经预付好了。之后，我又进城去了西班牙大使馆，大使馆却表示压根没听说过这个人。再后来，我只好又去拜访麦尔菲，毕竟第一次遇到加西亚就是在麦尔菲那里。然而，我发现他对加西亚根本不甚了解，甚至还赶不上我。后来，我接到你的回电，就过来拜访你了。因为我早就听说，你一向都很乐于解决难题。只是现在，探长先生，你刚进屋时说过的话让我明白，似乎这件事还远没有那么简单。我想你可以把这故事继续讲下去了。我可以对天发誓，我刚刚所说的每个字都是确凿而真实的，而且不算刚刚我说过的那些，至于这个人怎么会死，我对此并不知道多少。我现在唯一的希望就是能够尽自己所能为法律和警方效劳。"

"这个我丝毫不怀疑，史考特·艾克立斯先生——我完全相信你的话，"葛里格森探长用十分友好的态度说道，"其实是这样，你刚才提到的种种情况，和我们之前所注意到的诸多事实毫无出入。举个例子，用餐时有一张便条送了进来。可是这张便条之后是怎么处理的，你可曾留意到？"

"是的，我还有些印象。它被加西亚用力揉成一团丢进了火里。"

"你对此可有什么异议吗，贝恩斯先生？"

这个乡镇侦探是个健壮的红脸胖子。多亏他长了两只精光四射的眼睛才多少让他那张大脸显得稍稍耐看了一些。那双眼睛差不多被他脸颊和额头的皱纹给遮住了。他笑了笑，从口袋中掏了一张有明显折痕的变了颜色的纸片出来。

"福尔摩斯先生，火炉的外面围了一层炉栅。他丢便条时过了头，直接丢过了炉栅。我从炉栅后面拣出了这片还没烧过的纸片。"

福尔摩斯对他笑了笑,表示赞赏。

"你肯定是非常细心地检查了那房子的每个角落,连这么个小小纸团都没被你放过。"

"没错,福尔摩斯先生。这就是我的作风。我现在能把它念给你们听吗,葛里格森先生?"

那个伦敦佬点头表示同意。

"这张便条就写在一张普普通通的没有水印的米色格子纸上。应该是一页纸被人用短刃剪刀两下剪成了四份,便条就写在其中一分儿上。便条曾被折叠过三次左右,最后用紫色蜡封住,然后以某种圆滑的类似椭圆形的东西从蜡上快速地盖压过,收信人写的是威斯特里亚公寓的加西亚先生。上面的内容是:

我们自己的颜色,绿和白。绿开,白关。主楼梯,第一走廊,右边第七,绿厚毛毯。祝一切顺利。　D

"从尖细的笔迹能大致看出这是女人的字体。但是地址显然是以别的钢笔书写的,否则就是别的人写下来的,字体要粗大许多,你们来看。"

"这张便条可十分奇怪。"福尔摩斯快速地浏览了一下。"你可真令人钦佩,贝恩斯先生,你察看这张便条时能够那么专注于细节可真令人钦佩。也许我还能补充一点别的细节,这种类似椭圆形的印痕,必定是一颗平常的袖扣——此外还有什么东西能够弄成这形状吗?裁纸用的剪刀是一种折叠式的指甲刀。剪过的两刀距离尽管不长,但仍能清楚明了地发现,在那两处被剪开的地方都有着相同的折痕。"

那个乡镇侦探听着听着就吃吃地笑出声来。

"我还觉得已经弄得十分清楚了呢,现在终于明白,一些东西还是被我漏掉了,"他说,"甚至可以说,我可能对这个便条并没有足够重视,只是以为他们打算弄出点什么名堂,而这件事还和一个女人有关。"

就在这一番谈话进行过程中,史考特·艾克立斯先生坐在原地显得十分不安。

"我很高兴你能发现这张便条,因为我刚才所讲述的事实经过都因它而得到证实,"他说,"只是,我想说,加西亚先生到底怎么了,他的家里出了什么样的事,这些我还都毫不知情呢。"

"至于加西亚嘛,"葛里格森回答道,"这问题很好回答。今天早上,他被人们发现死在了离他家差不多有一英里的牛榭。他的头被捣得稀烂,看起来应该是拿沙袋或是别的类似的东西打的,手很重,根本不像是打伤,而是直接开瓢了。那个地方一直都很安静,差不多四分之一英里内根本没有任何人家。很明显是有人从后面将他击倒的。行凶的人在击倒他之后又继续打了挺长时间。这根本就是一次蓄意的狂暴杀人。凶手还狡猾地没留下任何足以辨认的足印及线索。"

"他可曾遭到了抢劫?"

"应该没有,毫无抢劫的痕迹。"

"这可真是太惨了——又悲惨又可怕,"史考特·艾克立斯先生怒气冲冲地说道,"是啊是啊，对我来说，这可真是太凶残了。我的房主趁夜外出，竟然落得这么悲惨的结局，这根本就和我半点关系都没有，我为什么会卷入这样一个案子中呢？"

"这再简单不过了，先生，"贝恩斯警探回答道，"你写给他的信是能在死者口袋中找到的唯一线索。信里面提到你会在他家过夜，而就在当天晚上他就死了。发现了这封信的信封，我们才得以查知死者的姓名及住址。今天早上九点钟后，我们赶到了他的家中，你已经不在了，其余的人也消失了。我发了电报让葛里格森先生在伦敦找你，然后开始检查威斯特里亚公寓。之后我才进城，和葛里格森先生会合后一起跟着你来到了这里。"

"现在我觉得，"葛里格森先生说着就站起身来，"咱们最好就公事公办。史考特·艾克立斯先生，请你随我们去局里一趟吧，把你知道的都写下来。"

"那没问题，我马上就去。只是，福尔摩斯先生，我还是想需要你出力，我希望你不要怕花钱，也不要怕麻烦，查出真相来。"

我的朋友转身看向那个乡镇侦探。

"我和你合作，我想你应该不会介意的吧，贝恩斯先生？"

"怎么可能会介意呢，先生，十分荣幸。"

"能看出来，你做事又敏捷又条理清晰。我想知道死者被害时的准确时间，关于这点你有什么线索吗？"

"他是在一点钟之前到那里的，此后并未走开。当时还下了雨。他绝对是在还没下雨时被杀死的。"

"但是，这是绝对不可能的，贝恩斯先生，"我们的当事人一下子叫了出来。"我是不会听错他的声音的。我敢对天发誓，你们说的那个时间，他还在我的卧房里和我说话呢。"

"是很神奇，但这并不是不可能的。"福尔摩斯一边笑着，一边回答道。

"你抓住了什么线索？"葛里格森问道。

"这件案子大体上看起来似乎并不如何复杂，虽然它的确掺杂了一些新奇有趣的因素。我现在还不敢告诉你们我最后的意见，至少我还需要对这件案子进行一番更确切的调查。还有，贝恩斯先生，在你仔细检查房子时，不包括这张便条，你是否还找到了些其他的奇怪东西？"

这位侦探瞧着我的朋友，神色怪异。

"没错，"他回答说，"确实还有别的一两样十分奇特的物品。等我处理完警察局的事情，我猜你一定会愿意就这些物品发表一些高见的。"

"听凭您的吩咐，"说完，福尔摩斯就摁了一下铃。"赫德森太太，麻烦把这几位先生送出去，顺便请你将这封电报拿给听差，让他发出去。让他先把五先令的回电费付了。"

来客们都离开后，我们沉默着坐了一段时间。福尔摩斯一刻不停地抽着烟，锐利双眼上方的眉头紧锁，他的头朝前方伸过去，做出了一副他特有的那种集中注意力思考的表情。

"唔，亲爱的华生，"他猛地转过身问我，"你怎么看这件事？"

"我不太明白史考特·艾克立斯先生为何要故弄玄虚。"

"是啊。可是，罪行是什么呢？"

"喔，要是从被害人的同伴都一下子消失这个情况来看，可以说，从某个方面讲，极有可能是合伙谋杀，之后随即逃走。"

"当然这也是不无可能的。可是，从事情的表面看来，你不得不承认一点，倘若是他的两个仆人一起谋害他，并且还选在了他有客人拜访的那个夜里杀死他，这难道不奇怪吗？在那一整个星期里，除了死者被害当天外，剩下的几天，他一直都是孤身一人，这些时候他们完全可以随意处置他。"

"他们为何要离开这里呢？"

"就是啊。为何他们要逃走呢？这里面肯定有什么隐情。还有一个很重要的情况就是咱们的当事人史考特·艾克立斯的那段奇怪经历。此时此刻，亲爱的华生，我们要想弄通这两种情况，估计这不在人的智力所能思考的限度以内。若是可以作出某种解释，同时还能符合那张古里古怪的神秘便条，那么，作为一个临时的假设，这样的一种解释倒也并非毫无价值。要是我们之后发现的新情况和这场阴谋并无出入，那么咱们之前的假设距离正确答案就更近了一步。"

"但是我们要做出怎样的假设呢？"

福尔摩斯往椅背上靠了下去，眼睛似睁似闭。

"不得不承认，我亲爱的华生，这绝对不可能是一场无聊的恶作剧。正像结局所昭示的那样，这件事情后果十分严重。哄骗史考特·艾克立斯前去威斯特里亚公寓一定与这件事有某种联系。"

"可这联系是什么呢？"

"我们现在就一个细节一个细节地研究一下。表面看起来，死者，也就是这个年轻俊美的西班牙人与史考特·艾克立斯之间发生的并不寻常的友谊很是有些奇怪和蹊跷。而且是那个西班牙人主动加快了友谊的步伐。还是在他们结识的第一天，他就跑去了伦敦的另一边看望了艾克立斯，之后还和他保持着亲密的往来，最后还请他去了伊榭尔。那么，艾克立斯对他究竟有什么用呢？艾克立斯可以为他提供些什么呢？我并没在这人身上看到什么魅力。他看起来并不聪明——这应该让他很难符合一位机智的拉丁族人的品位。可是，为什么加西亚在他结识的所有人中恰好选中了他呢？他有什么十分符合他的需要呢？他具备哪些十分难得的气质吗？我认为他有。他是个十分传统保守的英国绅士，恰好是一个可以在另外一个英国人心中留下很深印象的最好人证。刚才发生的事情你也亲眼见到了，那两位警长都对他所提供的供词没有提出任何一点疑问，虽然他的供述是那么不平常。"

"但是，想让他见证些什么呢？"

"既然事情已经发展成这样，他就什么都无法见证了，可是，要是事情发展成另一种情况，他就能够见证这一切。这就是我到目前为止对这件事的猜测。"

"我知道了，那样的话他就能提供一份不在场的证据了。"

"你的话完全正确，亲爱的华生，他极有可能是想找人为他做一个不在现场的证明。为了我们的讨论能够进行下去，我们可以假设威斯特里亚公寓里的那家人一起策划了某个阴谋。不要管他们有何企图，我们就设想他们打算在一点钟之前出门。在这之前，他们做了些手脚在时钟上。情况极可能是这样的：当天晚上，艾克立斯回卧房睡觉的时间被他们人为地调整得比艾克立斯自认为的时间要早。不论如何说,也许是,就在加西亚走进来告之艾克立斯已经一点钟时,实际的时间可能连十二点钟都不到。要是加西亚可以在预先设定的时间内把他想做的事情做完并且按时返回自己房中,那么,很显然,他能对任何关于他的控告作出证据确凿的回答。因为我们这个传统保守的英国人完全能在任何法庭上对上帝发誓说被告人自始至终都在屋子里。这是应对最不利情况的杀手锏。"

"是,是,我明白了。可是,其他几个人也一同不见了,这又作何解释呢?"

"我并没能掌握事情的全部,但我始终觉得没有任何不能克服的难题。不过,仅靠面前的这些为数不多的材料来进行争论并不能得出什么确实有效的结论。你自己甚至已经开始一点点地列举材料,整合说法了。"

"还有那封信呢?"

"那封信上是这样写的,'我们自己的颜色,绿和白。'听着倒是挺像赛马之类的事情。'绿开,白关。'这明显是种信号。'主楼梯,第一走廊,右边第七,绿厚毛毯。'这当然说的是约定地点。说不定最后在这件事上我们还能碰到一个醋味十足的丈夫哩。很明显,这其实是一次危险性很高的冒险,否则,她应该不大可能说'祝一切顺利'了。'D'——我认为这是一份入门指南。"

"写信人可能是西班牙人。我觉得'D'也许代表桃乐丝(Dolores),在西班牙,这应该是个十分常见的女性名字。"

"不错,华生,这很好——不过不大可能成立。若是西班牙人间相互通信,一定会用西班牙文的。从这点能看出来,这封信的作者一定是个英国人。好吧,现在我们也只能捺着性子等待,等那个看起来蛮机灵的警长返回这儿再做打算。只是,我们应该要感谢自己的好运气,这几个头里房间中这种令人难堪的闲散和无聊终于被赶走了。"

我们所等的舍瑞郡的警官还没到达,回电已经到了福尔摩斯手上。福尔摩斯快速看了一遍回电,正准备将它夹到笔记本里,他一眼瞟见了我一脸期待的表情,然后笑着把回电丢过来给我。

"我们已经混到贵族圈子里了呢。"他说。

电报上列的是一些人名及住址:

韩瑞比爵士,住小峡谷;乔治·费里特爵士,住奥克肖特塔楼;治安官海因斯先生,住坡地;詹姆士·贝克·威廉士先生,住佛顿老宅;亨德森先生,住海伊加布尔;嘉夏·斯通牧师,住尼德威斯林。

"这种做法的用意很明显是打算将我们的行动范围限制住,"福尔摩斯说道。"毋庸置疑,头脑灵活的贝恩斯已经开始采取某种与之相似的计划。"

"我不是很清楚。"

"唔,我亲爱的华生,我们之前已经得出结论,那封加西亚用餐时接到的便条其实是一封约会或者幽会的信。此时,要是这个十分明确的解释没有错,为了前去赴约,这个人不得不爬过那个主楼梯，沿着走廊找到第七个房门。这情况再清楚不过了，房子肯定不小。同样的，这个情况也能肯定，这所房子不会距离奥克肖特超过一两英里远，因为加西亚前去的方向就是那边。还有，参照我对所知情况作出的解释来推测，加亚西本来打算在一点钟之前及时赶回威斯特里亚公寓，作为自己当时并不在现场的证据。因为奥克肖特近处的大房子只有那么几座，我就采用了一种十分明显的方法，史考特·艾克立斯曾在这里说过的那几个经理人都收到了我的电报。这封回电里就是他们的姓名。在他们中间肯定有我们这堆乱麻般的线索的另一头。"

在贝恩斯探长的陪同下，我们前往舍瑞郡美丽的伊榭尔村，到那里时已经接近六点钟了。

我和福尔摩斯在布尔用过了一些茶点，又找到了一个还算舒服的住所。直到最后，我们才由这位侦探陪同前往威斯特里亚公寓拜访。在这样一个阴冷黑暗的三月的夜里，寒风裹挟着细雨迎面扑来，我们横穿这一大片荒凉的空地，沉默地朝着那个悲剧发生的地点走去，这情景若是当成某种陪衬真是再合适不过了。

二

圣佩德罗之虎

跋涉过几英里阴冷凄清的泥泞路段，一扇十分高大的木门挡在我们面前，门的里面是一条在黑暗和栗树林掩映下的过道。这条阴森的路弯曲向前，将我们引向了一所又矮又黑的房屋前面，夜空灰蓝深邃，不太明亮的光照得屋子黑影幢幢。只有一丝极其微弱的灯光从大门左边的窗子中透出来。

"有一名警察在这里驻守，"贝恩斯说道，"我去敲敲窗子。"他从草坪上穿过去，抬起手轻轻叩着窗台。透过并不太清楚的玻璃，我朦朦胧胧地瞧见在屋里火炉旁的椅子上一个人一下跳了起来，伴随着一声刺耳的尖叫。过了那么一小段时间，一个面孔苍白、喘着粗气的警察把门打开了，在他发抖的手中，一支蜡烛在不停地摇晃。

"出什么事啦，华特？"贝恩斯尖声问道。

那个人掏出手帕，擦了擦额头，这才长出了一口气，似乎是悬着的心终于放下了。

"先生，很高兴看到您来了。这个夜晚可比任何时候都长，我感觉我的神经已经没有平时那么管用了。"

"你说你的神经，华特？我倒忘了你身上竟然还是有神经的。"

"是的，先生，我的意思是这个屋子太孤寂了，更何况厨房里还有那么个奇怪的物品。刚才您敲打窗子，朦胧中我又当是那个东西到了外面呢。"

"又当那个东西到了外面？"

"是鬼，先生，我亲眼看到的。就在窗口那边。"

"在什么窗口那边？什么时候发生的事？"

"差不多在两个钟头前。天刚擦黑，我在椅子上坐着看报纸。屋子里安静极了，我无意中一抬头，就看见窗框下端贴着一张脸向里张望，盯着我看。我的老天，先生，那张脸该有多么恐怖啊！我就算做梦都难以忘掉它。"

"嘿！华特，一名警官可不应该说出这样耸人听闻的话。"

"我都明白，先生，我什么都知道，但它确实让我十分害怕，先生，就算我不承认也没什么用。那张脸说不上是黑色，可也不白，很难说清是什么颜色，色彩十分奇怪，很像是泥土中溅了些牛奶。还有那个大大的面孔，差不多有您的两个脸大，先生。还包括那副模样，两只大眼睛放出逼人的光，眼珠向前突出，再配上一嘴白森森的牙齿，像极了一头饿狼。和您说实话，先生，当时我怕得连指头都不敢动一根，一口气也不敢出，直到它又悄然从窗口隐没。我这才跑出去，从灌木丛穿过，感谢上帝，我什么都没有发现。"

"倘若你之前没有给过我一个好的印象，华特，仅仅因为这件事，就足以让你在我心中多了一个不良记录。若是真的有什么鬼，那么，一个在此地值班的警官也绝不可因为自己没能敢用手去碰碰它就默祷感谢上帝。这难道不会是一种因为幻觉和神经紧张产生的错觉吗？"

"不过，这一点其实也并不难解答，"福尔摩斯突然说道，同时把他的袖珍小灯点燃了。"没错，"他飞快地对草地检查了一番之后说道："我的看法是，来者穿十二号鞋。按照常人穿鞋的尺寸进行推断的话，他一定是个长得极其高大的人。"

"那他去了哪里呢？"

"好像是从灌木丛穿过去，朝着大路跑了。"

"是这样吧，"那位警长一脸严肃地沉思着说道，"不论他是什么，也先别管他到底要干什么，此时此刻他已经不在这里了，还有更加要紧的事等着我们办理。福尔摩斯先生，要是你不介意的话，我就带你们对这所住宅做一番巡视吧。"

我们仔仔细细地检查了每个卧室与起居室，但却没发现任何有用的线索。很明显，房客并没有带多少随身东西到这里来，夸张点说其实什么都没带。这屋中的所有家具以及诸多细小物品，都是和房子一同租来用的。房中没带走的很多衣服上都镶嵌了高贺本的马克斯公司的商标。电报查询的回音显示，除了对他的委托人的豪爽付账印象深刻外，马克斯公司没有什么更多的认识。屋里还找到了一些别的零碎东西，包括几个烟斗、几本小说——还有两本西班牙文小说、一支旧式的左轮手枪，在死者的个人财产中，还包括一把吉他。

"这屋里什么都没有，"贝恩斯说道，手里擎着蜡烛，迈着方步从这个房间走了出去，进了另外一个房间。"福尔摩斯先生，请你多多留意一下厨房。"

厨房是一件天花板颇高的阴暗房间，就在这所房子的后面。一个草铺堆在厨房的角落里，看起来应该是厨子的床铺。桌子上乱糟糟地堆了一些还装着剩菜的盘子以及未洗的餐具，昨天晚饭没能吃完的残羹冷炙也搁在那里。

"瞧瞧啊，"贝恩斯说道，"你们看我发现了什么？"

他把蜡烛举高了一些，照出了橱柜后面的一件十分特别的东西。这个东西已被揉皱到干瘪的程度，看不出它到底是个什么。只看见它黑色的皮制的表面，差不多是个矮小的人的形象。刚刚看到它的时候，我以为这东西是个干燥处理过的黑人小孩；但仔细一瞧，又觉得这是个某种扭曲变形的猴子。到底是动物抑或是人，我还是没能弄清楚。还有两串白色的贝壳在这东西身体的中间部分挂着。

"这可真是有趣啊——多有趣啊！"福尔摩斯一边说着，一边仔细地观察着这件古怪邪恶的东西，"还有其他什么东西没有？"

贝恩斯沉默不语，引我们来到了这屋子里洗涤槽的前面。借着蜡烛光这么一照，一只白色的大鸟露了出来，它的翅膀与身躯都被撕扯得乱七八糟，羽毛凌乱地留在上面，盛了满满一盆。福尔摩斯用手指指已经被割下来的白色大鸟头顶上的垂体。

"是只白色的公鸡，"他说，"这可真有趣！果真是件十分离奇的案件。"

可是，贝恩斯先生又继续了他那令人不安的不吉利的展览。他从洗涤槽的下面掏出一个装满了血的铝桶，然后又从桌子上拿过来一个盘子，盘子里装着几块烧焦了的碎骨头。

"把一些东西杀死了，然后又开始烧一些东西。我们就从火中收集到了这样一些东西。今天上午我们请了一位医生过来，医生检查之后认为这些东西根本不是人身体上的。"

福尔摩斯不停地搓着双手，脸上露出微笑。

"我可要恭喜你，探长，你遇到的是一件极其不同寻常却具有丰富教益的案子。你的能力看起来是胜过你遇到的机会的，要是我这么说没有对你太失礼的话。"

贝恩斯探长的双眼随即露出了十分兴奋的神色。

"你说得没错，福尔摩斯先生。我们无法在工作上取得更大的突破。而这样离奇的案子确实能够给人带来很大的机会。我也希望自己能够好好把握这个机会。对了，关于这些骨头，你有什么看法没有？"

"我认为是只羔羊，不过也极有可能是只小山羊。"

"那么，那只白色的公鸡呢？"

"这就怪极了，贝恩斯先生，白公鸡十分奇怪。我也从来都没见过这样的事情。"

"是的，先生。住在这屋子里的人肯定十分奇怪，他们的行动也透着十足的诡异劲儿。有一个已经死掉。会不会是他的那些同伴在他后面跟着然后打死了他？倘若是这样，我们应该早就能把他们抓住了，因为各个港口都有专人在监视。但是，我自己的看法却不是这样的。没错，先生，我本人并不持这样的看法。"

"也就是说你有自己的主张啰？"

"我要靠自己来寻找线索，福尔摩斯先生。之所以这样做，就是想要维护我自己的声誉。你已为众人所熟知，我也一定要收获声名。要是以后我可以说，在没接受你的帮助之下，我也一样破了案，那我肯定会为自己自豪的。"

福尔摩斯看着他，笑得十分爽朗。

"好的，好的，探长，"他说道，"你去走你的阳关路吧，我过我的独木桥。要是你愿意寻求我的帮助的话，我的成果你随时都能拿去使用。我觉得，我想看的这所房子里的东西都已经看过了。看来，我应该明智点把时间用在别的地方去比较好，这就再见吧，祝你一切顺利！"

我想我能举出很多很多的微妙表情来描绘福尔摩斯当时是如何性急地去寻找一条线索的。这样的表情，也只有我会留意到，别人都不会注意。若是一个漫不经心的观察者来看，福尔摩斯的态度与惯常的冷淡没什么不同，可是，他那双骤然有神的眼睛以及变得轻快的举止却分明显露出他身体里的难以抑制的热情和有些紧张的情绪，这些都让我确信，他的大脑正飞快地计划对策。遵照他平时的习惯，他会一直沉默不语；依照我惯常的脾气，我也不问什么令他分心。能与他一同加入这场游戏，在我微乎其微的帮助下抓到罪犯，而且又不会因自己不太必要的问话把他的注意力引开，这已经让我非常满意了。等到一定的时候，这一切自然都会重新转向我。

所以，我只需要默默地等待——但是，我的失望之情却越发浓重，这几乎是一场空等。日子一天天地过去，我的朋友几乎没有任何动静。其中某一天的上午他去了一趟城里，我也是无意中知道，那段时间他去了大英博物馆。除此以外，他都没有外出，每一天他都长时间的独自一人去散步，要么就是和村子中的那几个闲散人员聊个昏天黑地，似乎他很想和这些人套近乎。

"华生，我认为在乡下住上一个星期对你可是十分珍贵的，"他说道，"再次看到树篱上渐渐变绿的嫩芽以及榛树上的优美花序，那是十分快乐的。只需要随身带一把小锄、一只铁制的盒子和一本浅显的有关植物学的书，就能十分有趣地打发掉很多日子。"想是以身作则，他就亲自带上了这套装备到处溜达寻觅，但是他带回来的往往也只是那么寥寥几株小苗，而这也许只需一个黄昏就能够采得到。

当我们散步闲聊时，间或也能遇到贝恩斯探长。每次他和我的伙伴寒暄的时候，笑容总是堆满他那张肥硕而又泛红的脸庞，一对灵活的小眼睛发出亮闪闪的光彩。他不怎么和我们说起案件，但从他说起的那么一些有限情况中，似乎也透露出他对这案子的进展还算满意。不过，我必须要承认，当案子发生了五天之后，那天我把晨报打开准备阅读，就见到这个醒目的标题，我的惊奇程度可想而知：

奥克肖特谜案告破　犯罪嫌疑人已被抓获

我把标题读了出来，福尔摩斯一下从椅子上跳起来，就像是被什么东西扎了一下。
"呵！"他叫出声来。"你的意思难道说贝恩斯已经把他抓住了？"
"这似乎明白无误。"说着，我就继续把下面的报道读了出来。

昨天夜里，当出现奥克肖特凶杀案的犯罪嫌疑人已经被抓获的传闻时，伊榭尔及其附近地区的人们都十分关心。人们还都记着威斯特里亚公寓的加西亚先生几天前被发现死在了奥克肖特的空地上，在他身上还发现了多处遭受残酷伤害的痕迹，当晚他的仆人与厨师也一同消失,很明显他们都和这一罪行有着千丝万缕的联系。曾有过的一个未经证实的猜测是,被害的这位先生极有可能在寓所中藏有一些贵重财物,遭人觊觎而财物失窃,最后被杀构成罪案。负责办理这个案子的贝恩斯探长经过多方查证,终于找出了逃犯的藏匿地点。他有着足够的理由来证明本案的嫌疑人还没逃远,只是藏在预先准备好的某个地方。首先能肯定的是,他们一定会被抓捕归案,因为有一两个商人作为人证,他们称其曾透过窗子见过厨师,据称厨师有着十分特别的相貌——是既魁梧又恐怖的混血儿,同时具备了黑种人的那种十分著名的淡黄色面孔。自作案当日以来,曾有人见过这个人,因为该犯竟敢公然返回威斯特里亚公寓,当晚为警官华特发觉并追踪。贝恩斯警长的看法是,该犯此行别有目的,所以断定该犯极有可能还会重返这里,因此离开寓所,于灌木丛中埋伏下数人。不出所料,该犯昨晚再次重返寓所,进入圈套,一番搏斗后,终被警方抓获。在搏斗中,警官唐宁遭到该犯猛击。我们都明白,每个罪犯被带往地方法官面前审讯时,警方都会要求将罪犯予以还押。该犯被抓获,将对本案的最终告破产生重大影响。

"我们真的应该立即动身去找贝恩斯,"福尔摩斯大声喊道,顺手把帽子拿了起来。"我们应该还来得及在他出发之前赶到他那儿。"我们急匆匆赶往村路上,正如我的伙伴所料的那样,探长刚刚从他的住处离开。

"你也看了报纸吧,福尔摩斯先生?"他一边问道,一边递过来一份报纸。

"没错呀,贝恩斯先生,我已经看完了。若是我对你提出一些善意的忠告的话,还望你不要见怪。"

"你是说忠告,福尔摩斯先生?"

"我这些日子仔细研究了这个案子,到目前为止,我还难以对你现在走的路子持肯定态度。我不希望看到你就这样继续蛮干,除非你已经拿到了十足的证据。"

"你的好意我心领了,福尔摩斯先生。"

"我可以对你保证,我这么做完全没有私心。"

我似乎看到贝恩斯先生的双眼中的一只抖动了一下,很像是眨了眨眼睛。

"我们已经协商过了,井水不犯河水,福尔摩斯先生。我想我是按照这个协商做的。"

"是吧,那很不错,"福尔摩斯说道,"也请你不要见怪。"

"这是哪儿的话啊,先生,你对我的好意我是完全相信的。只是,咱们都会为自己的安排负责,福尔摩斯先生。你为你的安排负责,我为我的安排负责。"

"我们没必要再聊这个话题了吧。"

"是的,我的情报也随时欢迎你来使用。抓到的那家伙是个地地道道的野人,就像一匹拉车的马那么壮实,凶恶得简直像个魔鬼。在抓他的时候,唐宁的大拇指差点被这家伙咬断了。他根本不懂英语,一句话都不会说,除了嘟嘟囔囔、哼哼哈哈外,在他那儿可是什么线索都无法得到。"

"你是觉得你能证明他的主人是被他杀掉了的?"

"我没说过这样的话,福尔摩斯先生,我没那样说过。我们都有自己的办法。你负责你的,我负责我的。这是之前就约定好了的。"

福尔摩斯耸了耸肩膀,我们就道别走开了。"我实在搞不懂这人。他就像是在赶着一匹马乱闯。就这样吧,按照他说的去做,各人为各人的安排负责,看到底会是个怎样的结果。可是,我总是对贝恩斯警长身上的某种东西很不理解。"

我们返回了布尔的居所,夏洛克·福尔摩斯对我说道:"亲爱的华生,你坐到那个椅子上去吧。我想和你说一下近来的情况,因为今晚我极有可能需要你来帮助我。让我和你说说我现在所能知道的案情的具体情况吧。尽管这件案子并没有想象中那么复杂,但是抓捕时却依然会遇到非常大的难题。在这方面还存在着不少不稳定因素,需要我们想办法去解决。

"我们往回推到那天,说说就在加西亚被害的当天晚上他收到的那一封信吧。现在我们姑且不去想贝恩斯逮捕的那个加西亚的仆人和这件案子到底有什么关系。我认为是有着这样一个事实的:当天正是加西亚邀请了史考特·艾克立斯来做客,根据我们之前的推测,这只能证明他是有着为自己做不在犯罪现场证据的目的的。当天夜里,加西亚的心里有个念头,而且很明显是个坏念头。但是他却在付诸实践的过程里丢掉了性命。我这里提到了'坏'念头,是觉得,当且仅当一个人心里生有恶念时,他才会处心积虑地为自己制造不在现场的证据。可是,到底是谁谋害了他呢?显然应该是这个坏念头所指向的那个人。根据现在所知的,我认为我们的根据并无破绽。

"这样,我们还能解释为什么加西亚的仆人们突然全都失踪了。他们这些人都是一伙的,都是我们现在还不知情的罪行的参与者。要是加西亚的坏念头顺利得逞,那么,这个英国人所作的证词就会为他排除所有可能遇到的麻烦,一切都掩盖得很好。可是,这个尝试带有很大的危险性。倘若加西亚在一定的时间内没能回去,那就说明他极有可能送了命。所以,事情在之前早就安排好了:一旦遭遇以上情况,他的两个仆人就会藏到预先安排好的处所,躲开搜查,以便以后能继续干这件事情。全部的情况就应该是这样的,对不对?"

在我的头脑中,似乎所有凌乱的线都渐渐理出头绪。我也想以前的很多次经历一样奇怪,为什么在我的伙伴告诉我之前我总是没能看出来呢?

"可是,为什么偏偏有个仆人要单独返回呢?"

"对此我们能设想一下,当晚他们匆忙逃走时,某种十分珍贵的东西却忘了带走,他不想这件东西被丢下。这一点还恰恰证明了他有多固执,是不是?"

"嗯,可是下一步会怎么样呢?"

"下一步就和加西亚在用晚餐的时候接到的那封信有关了。这封信说明,他们在另一头还有一个同伴。可是,他们另一头的那个同伴究竟在哪儿呢?之前我们分析过,这个人只可能在当地的一所大宅里,而这里的大宅数量十分有限。因此来到村里的前几天,我借着散步的机会到处闲逛,做我的植物学研究,在这些空闲时间里,这里所有的大宅都被我查遍了,连住宅所有者的家世我都查清了。但是只有一家住宅让我很是怀疑。这家住宅就是海伊加布尔十分著名的老杰可宾庄园,在离奥克肖特河的差不多一英里的地方,距离悲剧发生的地方不到半英里之遥。别的宅子的主人都与世无争而令人心生敬意,和传奇生活丝毫不搭边。可是,海伊加布尔的亨德森先生却是个非常古怪且令人心生好奇的人,在他身上极有可能发生一些稀奇古怪的事。因此,我就在他及他家人身上倾注了全部的注意力。

"这个庄园住了一群奇怪的人,华生——他自己还是这群怪人里最奇怪的一个。我找了一个十分符合情理的理由想办法去见了他一次。但是,我似乎能在他那一双晦暗又深陷的沉思的眼睛中发现,我来这里的真正用意对他并不是个秘密。他看起来有五十岁左右,身体强壮,看起来也十分机灵,他的头发呈铁灰色,两道浓眉接到了一起,行动像鹿一样敏捷,风度优雅却宛如高贵帝王——一个十分凶狠霸道的人。一股好似火一般的精神就隐藏在他那如同羊皮纸一样的面容之后。他如果不是个外国人的话,就一定曾在热带地区长期居住过,因为他有着黄而枯槁的皮肤,可是却像马裤一般坚韧。他的朋友,也是他的秘书卢卡斯先生一定不是本地人,他有着棕色的皮肤,看起来如一只猫般又狡猾又文雅,他的谈吐刻薄却又不失礼貌。你瞧啊,华生,咱们已经和两伙外国人打过交道了——威斯特里亚公寓的是一伙,海伊加布尔居住的是另一伙——因此,我们发现的这两个缺口已经开始合拢起来了。

"整个家的中心就是这一对好友。但是,若是只就我的最直接的目的而言,这个家里的另外一个人应该更加重要。亨德森的家中还有两个小姑娘,一个年仅十一岁,另一个也不过十三岁。亨德森为她们请了一个家庭教师,也就是白娜特小姐,她是个英国妇女,大约有四十岁。此外,还有一个很受信任的男仆。这个完整的家庭就是由这样的一伙人组成,因为他们有时还会一起去各地旅行。亨德森先生可算是个大旅行家,时常外出旅行。大约在几个星期前他才打外地返回海伊加布尔,他差不多已经有一年时间没在家了。我还需要补充的一点是,他十分有钱。他几乎想要什么就能够很轻易地满足自己。除此以外,我还查到,有那么一大堆的管事、听差、女仆,甚至还包括英国乡村宅子中惯有的一群只吃饭、不干活的人员寄生在他家里。

"上述的这些情况,一部分得自村中的闲谈,另一部分是我亲身去观察得知的。关于这些情况,最好的人证其实是那些被辞掉而很受委屈的仆人。我就很走运地找到了其中的一个。尽管我这里提到了幸运,可是,要不是我坚持出去找,自然也不会等到这样的好运气自己上门。就像贝恩斯说的那样,我们都做了自己的安排和打算。我所作的安排引着我找到了曾在海伊加布尔做过花匠的约翰·华纳。他就是由于他那专横主人的一次盛怒被迫从那儿离开的。但有不少在屋里工作的仆人却和他保持同样的看法,这些人的共同特点就是既害怕又十分憎恨他们专横的主人。就这样,我终于发现了打开这家人秘密的一把钥匙。

"真是个怪人,华生!我并不觉得我已经把所有的情况都搞清楚了,但他的确是个极其古怪的人。他们家的住宅两边都是有厢房的,其中的一边住着仆人,另一边则由主人居住。亨德森的那个很受信任的仆人为全家开饭,除此以外,这两边厢房几乎没有任何联系。所要交换的每一样东西都必须拿到一个指定的门口,仅限这么一丁点儿联系。女教师与两个孩子只能去花园走走,几乎从不出门。从来没人见过亨德森单独出来散步。他与他那个深色皮肤的朋友兼秘书很少分开。仆人们都这样传说,他们的主人对某种东西害怕至极。'因为钱,他向魔鬼出卖了自己的灵魂,'华纳说道,'总有一天债主会来取走他的命。'究竟他们打何方来,他们到底是什么人,没有谁知道。不过他们凶暴至极。曾经有两次,亨德森拿他抽狗的鞭子打人，只不过因为他那鼓胀的钱包和数额甚巨的赔款，才使他能够从牢狱之灾中解脱。

"华生，现在再加上这些新调查到的情报，我们重新来判断一下所处的形势吧。我们姑且可以如此假设：是这个怪异的人家送去了那封信，让加西亚去做一件他们早就已经计划完备的任务。是谁写的这封信呢？是这个奇怪家庭中的某一个女人写下来的，那么情况一下就明朗了很多，除了那个女家庭教师白娜特小姐以外，还可能是谁呢？从表面看我们所设想的全部结论都指向了这样一个可能。但不管怎样，这都是我们的一种可能的设想，看它会朝着怎样的方向发展。再补充一句，以白娜特小姐的年龄与性格而言，我最终否定了刚开始时我认为的这个案子中也许夹杂有爱情的想法。

"倘若信是她执笔的，那么，她和加西亚应该是朋友或者同伴吧。要是他已经死去的消息被她得知，她应该会做些什么呢？倘若他当时是在干某一种并不合法的勾当，结果却遇害身亡，那么她当然会守住这个秘密。但是，她在心里肯定极其痛恨那些把他害死的人，她也许会不计一切后果地向那些杀死他的人复仇。可不可以去见见她？想想办法去见她？我最开始确实是这样想的。现在我所碰到的形势并不太好。自打谋杀案在那个夜晚发生后，一直到现在都没有任何白娜特小姐的消息，没有人看到过她，从那个夜晚起，她就消失了影踪。她是否还活着？或者她就像她写信召唤的同伴一样，一起在那个夜晚惨遭杀害？又或者说，她其实仅仅只是个囚犯？这一种情况尚需加以确认。

"这种困境我想你也能体会得到，华生。我们没有充足的材料，无法要求去搜查。要是我们把所有计划都拿去给地方法官看，他一定会觉得这纯属异想天开。这个女教师是不是失踪不能说明任何问题，毕竟在这样一个十分特殊的家庭中，任何人一个星期没见面也不会令人大惊小怪。但现在她的生命极有可能面临很大的危险。我能做的一切就是仔细把这所宅子监视好，我的代理人华纳已经被我留下来看守大门。我们没法放任这样的情况继续下去了。要是法律没法惩治他们，我们就只能自己来做这件风险很大的事了。"

"你想要怎么做呢？"

"她的房间我是知道的。从外边的一间屋的屋顶就能爬进去。我的计划是我们今晚马上行动，看是否可以一下接触到这个神秘事件的中心。"

我不得不承认，这件事的前景并不那么乐观。我们要去的这座老宅杀气弥漫，其中的住户奇怪而可怕，我们无法预料探索中可能遇到什么样的不测，以及我们所处的与法律相违背的位置，这综合在一起的一切让我的热情并不那么高涨。但是，总有一种东西包含在福尔摩斯那冷静睿智的推理中，这让人觉得拒绝他提出的这种冒险而胆小退缩是不可能的。我们都十分清楚地知道，找到答案的方法有且只有一个。我一言不发地握了握他的手。事已至此，已不容我再有退缩之心。

不过，我们最终调查到的结局却是那么的离奇，这是最初我们都无法想到的。差不多到了五点钟，三月傍晚的阴影正在迅速降临时，一个乡下佬匆匆忙忙地闯入了我们的房间。

"他们都出发了，福尔摩斯先生。是乘坐最后一趟火车离开的。那位女士从他们中挣脱了。她现在被我安顿到了楼下的马车里。"

"太棒了，华纳！"福尔摩斯大喊着，一下跳了起来。"华生，我很快就能把缺口合上啦。"

马车中的那个女人因为神经衰竭已经呈现半瘫痪的状态了。她的脸瘦削而憔悴，明显还残留着最近这场悲剧带给她的印迹。她的头毫无生气地在胸前垂着。当她把头抬起，用她迟钝而无神的双眼看向我们时，我看到她的瞳仁已经成了浅灰色，虹膜里有两个小小的黑点。她应该吞食过鸦片。

"遵照您的吩咐，我就在大门口守着，福尔摩斯先生。"我们的代理人，那位遭到解雇的花匠说道。"马车从宅子离开后，我就一直在后面跟着，到了车站。她就像是在梦游，但正当那些人打算把她往火车上拉时，她突然醒了过来，拼力往外挣扎，他们推她进了车厢，她又挣脱开。我就上去拉开了她，送到一辆马车上带到了这里。我现在还忘不了当我把她拉开时那个车厢的窗子映出的那张面孔。如果他得逞，我也许就没命来这儿了——那个瞳孔漆黑、怒视着我的黄鬼。"

我们扶着她上了楼，让她在沙发上躺下。她那因为药物而迟钝模糊的大脑很快在两杯浓咖啡的刺激下清醒过来。福尔摩斯随后请来了贝恩斯。一见这情景，他马上就对发生的事情有所了解了。

"哈，先生，我一直在找的证人原来被你找到啦，"探长十分热情地握住我同伴的手，说道，"从最开始的时候，我们寻找的线索就是同一条。"

"你说什么！你要找的那个人也是亨德森？"

"没错，福尔摩斯先生，那些天你总是漫步在海伊加布尔的灌木丛里，当时我就在庄园中的一棵大树上注视着你。问题是看我们谁能够先找到他的证人。"

"好吧，可是你又为何把那个混血儿抓了起来呢？"

贝恩斯十分得意地笑了出来。

"有件事十分肯定，就是那个称自己为亨德森的人已经预感到自己成了嫌疑人，而且一旦他觉得危险已经降临到头上，他就会立即躲起来，停止行动。我故意抓错人，就是想令他相信他已经不再是我们注意力的集中点了。我认为，他极有可能趁机溜掉，这样我们去寻找白娜特小姐就成了可能。"

福尔摩斯伸出手来抚了抚探长的肩膀。

"你一定能够高升。你很有能力，直觉很棒。"他说。

贝恩斯一脸笑容，兴奋异常。

"这一个星期以来，一个便衣在我的命令下一直在车站守着。无论海伊加布尔家的人去哪里，都逃不过便衣的眼睛。但是，当白娜特小姐从车上挣脱时，便衣肯定对这件事有些不知所措，不知该怎么做。无论如何，她还是被你的人找到了，并没出什么乱子。要是得不到她的证词，我们根本无法抓人，这一点再清楚不过了。因此，我们越早拿到她的证词情况就越有利。"

"她的神志在渐渐恢复，"福尔摩斯一边说着，一边注视着女教师。"和我说说吧，贝恩斯，这个亨德森到底是谁？"

"亨德森，"警长回答道，"他就是著名的唐·麦亚罗，曾经被称作圣佩德罗之虎的那个人就是他。"

圣佩德罗之虎！我眼前一下子就浮现出这个人的所有故事。在一些喊着文明的口号却以残酷的手段统治国家的暴君里，他向来以最荒淫最残忍而著称。他身体强壮，毫无敬畏，精力十分充沛。他自负至极，在长达十一二年的时间里以他残暴的手段实现了对一个胆小怕事民族的统治。在整个中美洲，他的名字就意味着恐怖。他统治时期的最后几年，全国范围内都爆发了推翻他统治的起义。但是，这家伙又残酷又狡猾，仅仅听到那么一点风声，就立即将他的财产悄悄地转移到了一艘他的那些忠实追随者已经控制了的船上。到了第二天，起义者攻入了他的宫殿，但那里已经人去屋空。这个残暴独裁者已经和他的两个孩子、秘书带着数不清的财物逃离了那里。自那以后，这个世界上就没有了这个人。但在欧洲报纸上却经常能发现评论他的文章。

"没错，先生，那个圣佩德罗之虎就是唐·麦亚罗，"贝尼斯说。

"要是你去查找一些资料，就会知道圣佩德罗的旗帜就是由绿和白两种颜色构成，这和那封信的说法保持一致，福尔摩斯先生。亨德森只是他的自称，但我查了一下他的过去，从巴黎到罗马再到马德里一直到巴塞罗那，一八八六年他的船才抵达巴塞罗那。为了复仇，人们都在千方百计地寻找他。然而，一直到现在，他的行踪才渐渐为人们所察觉。"

"大约在一年前，他就被他们发现了。"白娜特小姐说道。她已经从沙发上坐起来了，正集中注意力听他们的谈话。"其中的一次，他们差点要了他的命，但他却被某种不洁的精灵给救了。如今的情况也没什么不同，高贵而又豪侠的加西亚死去了，可是那个魔鬼却安然离开。以后，还会有后来人不计后果地接连倒下，直到有一天正义最终得以伸张。我对这一点深信不疑，就好比太阳在明天依旧升起一般。"她那瘦削的双手紧紧地攥着，因为仇恨的刺激，她那憔悴不堪的面孔变得苍白。

"可是，白娜特小姐，你又是怎样牵涉进里面的呢？"福尔摩斯问道，"你这样一位英国女士何以会和这样一件凶杀案产生关联呢？"

"我之所以参加这件事是因为正义已经无法在这个世界上得到伸张。几年以前，圣佩德罗成了鲜血的海洋，英国的法律可曾管了什么？这个人所有盗窃来的财物都被船运走了，英国的法律可曾管了什么？在你们看来，这样的滔天罪行和在别的星球上发生并无区别。但是，我们却什么都知道。在无尽的悲哀与苦难中，我们发现了真理。我们所有人都深知，即使在地狱，也找不到能和唐·麦亚罗相提并论的魔鬼。只要曾在他手下受过迫害的人依然没有忘记复仇的话，那么生活就不可能一帆风顺。"

"没错，"福尔摩斯说道，"他的的确确是你说的那样的人。传说他残暴至极。可是，你又是如何受到他的摧残了呢？"

"所有的事情我都和你们说了。这个浑蛋所做的一切就是寻找种种理由，杀光一切可能成为他的强有力对手的人。对了，我其实是维多·杜伦多太太，我的丈夫就是驻伦敦的圣佩德罗公使。我和他在伦敦相识，之后又在那里结为夫妻。这世上也少有他那样高尚的人。但是悲剧却在酝酿，他的崇高品质为麦亚罗所忌恨，于是他找了个借口把我丈夫召了回去，枪杀了他。对于这个灾难他是有预感的，因此并未带我一同回去。他的全部财产都被充公，我能有的仅仅是微薄的收入及一颗难以修补的心。

"后来,暴君的统治终于垮台。正如你刚刚说的一样,他却溜走了。然而,无数人的生命却都毁在他的手里了,他们的亲友也都受尽他的折磨,不堪忍受而死去,生者怎么会就此善罢甘休?为此,他们成立了一个协会。只要这个暴君还在这世上存在一天,这个协会就将永不撤销。当这个早已改头换面的亨德森被我们发现就是那个下了台的暴君之后,我就负责打进这个浑蛋的家里,以便他的行动都为我们所了解。我只有成功保住他家中的女教师的位子,才可能完成这个任务。他也许从没想到过,每餐饭都在他面前出现的这个女人,她的丈夫就是那个曾被他找个借口迫不及待地杀死了的人。我对着他笑,认真教他的孩子,等候时机。在巴黎时等到过一次机会,但失败了。我们飞速地绕着欧洲东绕西拐地跑了一圈,那些追踪我们的人都被甩掉了,最后才返回了这座他刚到英国时就买下来的宅子。

"但是,却还是有司法官员在这里等着。昔日圣佩德罗的最高神职官员的儿子就是加西亚。当麦亚罗要回到那儿去的消息为加西亚所得知时,加西亚就与两名地位不高的忠诚伙伴等待着他。复仇的火焰在三人的胸中熊熊燃烧。白天里,加西亚难以下手,因为麦亚罗一向都十分小心谨慎,他的随从人员卢卡斯——这家伙在他得意的时候还叫罗伯斯——只要不和他在一起,他是从不外出的。但是到了晚上,他就会单独过夜,因此报仇的人能更容易找到他。那个黄昏,根据事先所做的安排,我把最后的确定消息送去给我的朋友,因为这个暴君无时无刻不在高度警戒着,他会不断地调换自己过夜的房间。我需要注意的是打开所有的房门,然后在对着大路的那个窗口亮起绿色或者白色的光当作信号,告知我的朋友一切顺利或是行动需要延期。

"然而,从最开始就出了问题。秘书洛佩斯对我并不放心。我刚刚把信写完,他就突然从背后朝我猛扑过来。我被他和他的主人拖进我自己的房间,他们认定我是一个罪大恶极的女叛徒。要是他们想到逃避杀人后果的法子的话,我也许早就成了他们的刀下亡魂。最终,一番争论过后,他们都觉得杀掉我实在太过危险。不过,他们决定要把加西亚干掉。他们塞住了我的嘴,麦亚罗更是扭住了我的胳膊,一直到从我嘴里问出了地址。我可以发誓,要是我早就知道这会对加西亚造成什么后果,那么,当时我会任由他们扭断我的胳膊的。洛佩斯把地址写到我的信上,然后拿袖扣把口封上,并交由仆人荷西送了过去。我并不清楚他们是如何杀死加西亚的,我能知道的只是麦亚罗亲手击倒了他,因为留在这里看着我的人是洛佩斯。我能想到,他肯定是在金雀花的树丛中埋伏着。有一条曲折的小路从树丛中穿过。等到加西亚打这里经过他就上去击倒了他。开始的时候,他们想把加西亚放进屋里来,然后就像干掉一个已遭追缉的盗贼一样干掉他。可是,他们俩出现了分歧。要是他们惹上了一场审讯的麻烦,他们的身份很快就会被公之于众,这样只会让他们遭受进一步的打击。但加西亚只要死掉,追踪就难以进行下去,而且这样能够把一些别的人吓退,使他们不再继续自己的计划。

"倘若不是由于我知道这群浑蛋的所作所为,他们直到现在也都是平安无事的。我丝毫没有怀疑,我的生命有好几次都面临着死亡的危险。我被困在房里,面对最为可怕的威胁,我的精神在遭受着残酷的虐待——看看我肩头的这块刀疤以及手臂上一条条的伤痕——记得一次,我在窗口那里喊叫,他就塞了一件东西到我嘴里。我就被这么残酷地关押了五天,没有一天能吃饱,很难活下去了。到了今天下午,他们给我弄了一份十分丰盛的午餐。等我都吃光了，才知道吞进去了毒药。我似乎进入了梦里，被人硬往马车里塞，然后又被塞进火车里。火车就快要启动时，我才猛地意识到我已经能拥有这难得的自由了。我从车上跳了下来。他们打算拖我回去。如果不是遇到这位好心人，拉我进了一辆马车，我想无论如何我都逃脱不了。感谢上帝，我终于还是从他们的手心里逃出来了。"

我们都集中注意力听她讲述这段十分不平常的经历。最终福尔摩斯终结了沉默。

"我们还没能完全克服困难，"他摇了摇头说道，"虽然我们已经完成了侦查任务，可是，我们更为重要的法律工作却刚刚开始。"

"是的，"我说，"一个能言善辩的律师就能把这次谋杀变成是一次自卫行为。倘若背景是这样的，也许需要犯上一百次罪，也只有那样的案子才能在这件事上被判罪。"

"才不是哩，我看可不是这样的，"贝恩斯兴奋地说道，"我可没觉得法律有那么没用。自卫是一码事，抱着谋杀的目的去诱骗并杀死一个人，却是另一码事，无论是不是你害怕在他那儿遇到什么样的威胁和危险。别，别，等下一次我们在吉尔福德的巡回法庭上遇到海伊加布尔的这几个浑蛋房客时就能够证实我们的想法并没有错了。"

但是，这始终是个历史问题，圣佩德罗之虎会不会得到应有的惩罚，还必须要等一段时间。他与他的伙伴又狡猾又大胆，他们曾流窜到了爱蒙顿街的一个公寓，然后又打后门溜了出去，来到古街广场，那些追捕的人就都被甩掉了。自从那天后，英国就再也没出现他们的身影了。差不多又过了半年，蒙特华侯爵与他的私人秘书和好友鲁利先生都被谋杀在了马德里的爱斯可乐旅馆中。有人认为无政府主义是这桩案子的根由，但是这件案子的谋杀者却一直都没被抓到。贝恩斯警长到贝克街来探望我们，同时还带来了一张那个秘书的黝黑面容的复印像，以及一张他的主人的画像：面貌十分老成，漆黑的双眼和两簇浓眉都彰显着丰富的魅力。我们丝毫不怀疑，虽然并不是很及时，但正义最终还是得到了应有的伸张。

"我亲爱的华生，这桩案子可真是太混乱了，"在一个黄昏，福尔摩斯一边抽着烟斗，一边对我说。"没法称心如意地将一件事看得如此简洁。这案子跨了两个洲，和两群神秘人都扯上了关系，再加上咱们可爱可敬的朋友史考特·艾克立斯的出现，令案情更进一步地复杂了。这种情况让我们明白了，死者加西亚是十分有智谋的，自卫本领也丝毫不差。结果很是令人欣慰，我们能够和这样一位精神可嘉的探长合作，在数不清的复杂疑点中抓住了这故事的关键，终于能够沿着那条虽然蜿蜒曲折却一直通向前方的小径前进。关于这件案子，你可有不明白的地方吗？"

"那个混血儿厨师为什么要回来呢？"

"我认为，这个问题的答案和厨房里的那件奇怪的东西有关。回来的厨子是圣佩德罗原始森林中的土著。那件东西也许是他族中的神物。当他与同伙赶到事先准备好的撤退地点后——已经有人在那儿守候，应该是他们的同伙之类的——他的那些同伴应该曾劝他不要再去找这件极易受连累的东西。但是，这个混血儿却无法置他的心爱之物于不顾。到了第二天，他没能忍住，就又回来了。那晚他从窗口向里张望，瞅见了还在当班的警官华特。他捺着性子等了三天。因为这样的一种虔诚，他决定再尝试一次。看起来十分机灵的贝恩斯警长曾当着我的面瞧不起这件案子，但后来他也知道了这案子案情的重大，因此就布了个圈套俘获了那家伙。还有什么其他问题吗,华生?"

"那只被撕碎了的鸟,一大桶血和被烧焦了的骨头,以及那间怪异厨房中的一切神秘事物又该如何解释呢?"

福尔摩斯一边笑着,一边翻开了笔记本的一页。

"在大英博物馆,我一直耗了整个上午,就是研究这一点以及一些别的问题。以下是从爱克曼写的《巫术教与黑人宗教》这本书里摘录出来的一小段话:

> 一个虔诚的伏都教徒无论要做什么重大事情,都必须向他们那并不洁净的神献上祭品。在一些极端情形下,杀人作为奠祭然后吃掉人肉的方式也并非不可取。但正常情况下,祭品往往是一只被活活撕成碎片的白公鸡,也可以是一只黑羊,把喉咙割开,然后焚化躯体。

"因此你瞧着吧,咱们的野人朋友可是并没在仪式方面马马虎虎。这倒是颇为怪诞,华生,"福尔摩斯又嘟囔了一句,然后慢慢地把笔记本合上了,"可是,由怪诞到可怕只差一步的距离,我这样说并不是信口开河的。"

硬纸盒

　　为了找一些足以显示我的伙伴夏洛克·福尔摩斯的卓越才智的典型案子,我不得不放弃了一些耸人听闻的案件,而只选取了一些最能代表他才能的案子。然后,很不幸,很多时候耸人听闻的标签并不那么容易与犯罪截然分开。我对此深感为难,要么就不得不牺牲一些关于他叙述不能缺少的细节,进而让问题留给读者一个更加虚构的印象,要么就只好用到机缘而不能选取那些已得的材料。在这么一番并不太长的开场白后,我将继续我之前的记录,来讲述这一连串十分可怕又同样很是离奇的事情。

　　那是八月的一天,骄阳似火。贝克街宛若一座火炉。街对面的房子的黄墙把阳光反射过来,人们的眼睛都被刺得发痛。冬天的时候隐约在朦胧的迷雾中出现的也是这样一些黄色的砖墙,这样的光景委实让人难以置信。我们放了一半百叶窗下来,福尔摩斯在沙发里蜷缩着,看了很多遍早班邮差送过来的一封信。因为曾在印度工作过,我的身体已经成了怕冷不怕热的典型,就算气温高到华氏九十度我也耐得住。晨报十分枯燥无味。议院也已经散会。很多人都出了城,我也打算去新森林或是南海海滨转转,但银行存款已经所剩无几,没办法,我的假日只能推迟。对我的同伴来说,乡下与海边从来就不是他的兴趣所在。他更愿意留在五百万人之中,将他的触角伸向他们,思维锐敏地对每一个需要侦破的谣传和疑点做出回应。他有着极高的天赋,但却对自然并不那么欣赏。也只有乡下的恶棍把注意力从城市中转移时,他才会考虑要不要去乡下换换空气。

　　眼见福尔摩斯一幅全神贯注并不想说话的样子,我只好丢开枯燥乏味的报纸,靠到椅子上想一些事情。就在此时,我的思路却被我同伴的声音一下打断了。

　　"你做得很好,华生,"他说,"这看起来可算是一种十分荒谬的解决纷争的方法。"

　　"十分荒谬!"我惊呼一声,突然一下觉得他把我内心深藏的最想说的话说了出来。我一下从椅子上站起身来,一脸惊讶地盯着他。

　　"这到底是怎么回事,福尔摩斯?"我对他喊,"我可真是没能料到。"

　　见我始终想不明白,他爽快地笑了起来。

　　"你还有印象吗?"他说,"前不久我曾经读了一段爱伦·坡的短文里的一段给你。其中的一个人就将他的同伴所有没说出的想法全都推论了出来。你当时还觉得,这仅仅是作者利用的一种十分巧妙的手法罢了。我告诉你,我偶尔也会有这样的推理习惯,你听了之后很不以为然。"

"这是哪儿的话!"

"虽然你可能没有直接这么说,亲爱的华生,但不可否认的是你的眉毛这么说了。因此,当我见你把报纸丢下进入沉思的时候,我很欣慰有这样的机会对这件事加以推论,并且最终把你的思索打断,以证实我对你的无比关注。"

但是我还是不太满意。"在你读给我听的那个故事里,"我说道,"那个推论者是在审视他的同伴的一举一动中才得出结论的。要是我的记忆没有出错的话,一堆石头把他的同伴狠狠地绊了一跤,他抬起头望向星星,像这样的事情。但我却始终都安安静静地在我的椅子里坐着,你又能从这上面得到什么线索呢?"

"这你可是让你自己有些冤枉了。人们在表达感情时,最热烈的方式就是面部表情,面部表情其实相当于你的忠实的仆人。"

"你的意思是说,我的思路都能被你在我的面部表情上读出来?"

"在你的表情里,尤其是你的双眼。你到底是如何进入沉思的,可能连你自己都并不清楚了吧?"

"是的,已经想不起来了。"

"那么就让我来替你分析吧。你把报纸丢下,我对你的注意就开始于这个动作。你在那里面无表情地坐了差不多半分钟。接着你的目光落到了你刚配了镜框不久的高登将军的照片上。这时,你的面部表情的变化让我看出来你已经进入思考了。但是想得并不算很远。你的目光随即又转移到了在你的书上放着的那张尚未配上镜框的亨利·华特·毕奇尔①的照片上。随后,你又把头抬起来望向墙,你的意思显然是很明确的。你当时脑中在想,要是这张照片也被装到镜框里,就正好把那面墙的空白给盖上,与旁边的戈登的照片正好相称。"

"你把我观察得可太透彻了!"我十分吃惊地回答说。

"但到了那时,我还并没完全看清。但很快,你的思路重新又回到了毕奇尔的照片上去了。你的目光一直在审视他,就像是在研究他的那些相貌特征。不久,你的眼神渐渐松弛,但是你并没停止望着,一脸思考的神色。你的脑海中重放着毕奇尔的战绩。我对此十分清楚,一旦这样想,你就肯定会对内战时候毕奇尔所代表的北方所承担的使命印象深刻,因为我曾听你说过,你觉得我们的人民对他的态度太过粗暴,你对此怀有深深的不满。这件事让你的感受非常强烈,所以我知道,只要一想到毕奇尔你肯定会思考这些。又过了一小会儿,我发现你的目光从照片上离开了,我猜你头脑里的思路已然向内战方面转移。这时你紧闭嘴唇,眼睛闪着光彩,两手攥成拳头,这些都落进我眼里,所以我断定你一定想到了那场殊死的搏斗以及双方在搏斗中体现出的英勇气概。但是没过多长时间,你的脸色转为了阴暗,你轻轻摇了摇头。悲惨、恐怖以及无谓的牺牲占据了你的大脑。你的手朝着身上的旧伤摸去,嘴角也颤动出了一丝微笑,这些都告诉我,你的想法已经完全为这种有些荒谬的解决国际纷争的方法所占领。这样的一点,我对你的看法完全赞同:那该有多么愚蠢。我就很兴奋地发现,自

---

① 亨利·华特·毕奇尔(1813—1887),美国牧师及著名演说家。

己的全部推论都一一命中目标。"

"丝毫没错！"我说道。"但是你现在已经解释清楚了，可我不得不承认，我的不理解与刚才并没有什么不同。"

"华生，这的确没有想象中那么复杂。要不是那天你那有些不相信的态度，我也没有想用这样的一件事来打断你的思考。只是，我的手里遇到了一个小麻烦，要把它解决，肯定比我从思维解释的方面做的这些小尝试要困难不少。报上登了这样一段报道，说在克洛顿十字大街住的柯心小姐接到了一只盒子，装在这盒子里面的东西却实在不那么寻常。你可曾对此有所留意？"

"还没。我没看到这条消息。"

"嘿！我想你一定是没看全。把报纸给你。就在这里，金融栏的下边。麻烦你大声地念出来。"

我捡起了他丢过来的报纸，把他指给我的那一段念了出来。这篇消息的标题是《一个吓人的包裹》。

苏珊·柯心小姐就居住在克洛顿十字大街。最近她成了一次十分恶心的恶作剧的不幸受害者，否则就是这件事另有不可告人的险恶用心。在昨天下午的两点左右，邮差把一个用牛皮纸包好的小包裹送给了她。包裹中装了一只硬纸盒，盒中被粗盐装满。柯心小姐把粗盐一层层拨开，结果却给吓得不轻，因为硬纸盒里赫然装着很明显是刚割下没多久的两只人的耳朵。这个包裹于昨天上午自拜佛斯特寄了出来。寄件人是谁未曾标注。让这个问题陷入神秘的是，柯心小姐不过是个年届五十的老处女，过着近乎隐逸的生活，平日也很少与友人或是别的通信者联系，收到邮包实属极不寻常。不过在几年前，那时她还卜居庞吉，曾把自己的几个房间租给过三个医学院的学生。后来由于不堪忍受他们吵闹而又不规律的生活方式，她不得不赶走了他们。警方对此的看法是，柯心小姐所雇遇的如此粗暴行为，与这三名青年颇有关系。这三个家伙出于怨恨，遂寄了一些解剖室的遗物给她，以起到恐吓的目的。有一些别的看法，认为在这几个青年中有一位就在爱尔兰北部，而在柯心小姐的回忆下得知，这个人就是拜佛斯特人。目前警方正在积极调查这件事情。卓越的侦缉官员之一的雷斯垂德先生将会负责此案的办理。

"《每日记事》报记载的就只有这么多，"在我把报纸读完后，福尔摩斯说道，"现在咱们来聊聊我们的朋友雷斯垂德吧。这封信就是今早他寄来的。信中说道：

我认为此案正在你十分在行的范围之内。我们警方正在极力调查此事，但工作确已陷入困难之中。我们按常理已经电询拜佛斯特。但在那天所交寄的包裹十分繁多，单一对寄件人姓名的辨认和回忆依然无法进行。这不过是只半磅装的甘露烟草的盒子，我们并没能看出什么名堂。我们仍将希望寄托于医学院学生之说，但要是你能够抽几个小时出来，我会十分高兴地在这里恭候你的到来。我一整天只会在这宅子或是警察局里。

"你觉得如何，华生？可不可以耐着酷热随我去一趟克洛顿，以在你的记事本上增加一页内容？"

"我也正打算做点什么呢。"

"事情马上就来了。你去按一下铃吧，让他们拿我们的靴子进来，再去喊一辆马车来吧。我把衣服换好，再装满烟丝盒子，随后就来。"

我们一上了火车，外面就下了一阵雨。克洛顿倒是没有城里的暑气逼人。事前，福尔摩斯已经把电报发了过去，因此雷斯垂德早就在车站等着我们了。他还是像往常一样聪明能干，摆足了侦探的派头。走了差不多五分钟，我们就到了柯心小姐居住的十字大街。

这条街不短，街的两旁都盖了两层楼的砖房，既清洁又整齐，屋子前面的石级都已经被踩成白色，腰上扎着围裙的妇女聚成堆在门口闲聊。走了近半条街的距离后，雷斯垂德停下来敲了敲一户人家的大门。一个年龄不大的女仆把门打开。我们随后被引进了前厅里，就见柯心小姐在那里坐着。她面相十分温和，有一双文静而温柔的大眼睛，淡灰色的鬈发在她的两鬓垂落。一只尚未绣完的椅套在她的膝上搁着，她的身边还放着个装满了各色丝线的针线篮子。

"外屋就放着那个可怕的东西，"雷斯垂德一进屋去，她就说道，"我希望你能把它们全都拿回去。"

"我们会把它拿走的，柯心小姐。我把它留在这儿，就是想让我的伙伴福尔摩斯先生能够当着你的面瞧一瞧。"

"为什么非要当着我的面呢，先生？"

"也许他会就这件事情提出几个问题。"

"我已经说了，关于这事我并不清楚，问了我又能有什么用处？"

"的确是这样的，太太，"福尔摩斯以一种安慰的口吻说道，"我丝毫不怀疑，这件事已让你够生气的啦。"

"没错，先生。我生性就十分喜欢安静，过着与世无争的生活。竟然在报纸上看到我的名字，还有警察光临我的家，对我来说这都是十分新鲜的事情。我不想让这东西在我这里多待一会儿，雷斯垂德先生。要是你们想看，就请去外面的屋子看吧。"

外屋其实是间小棚子，就在刚刚那间屋子后面的小花园中。雷斯垂德走进去拿了一个黄色的硬纸盒出来，此外还有一张牛皮纸及一段细绳子。小路的尽头有个石凳，我们就都走过去在石凳上坐了下来。这时，福尔摩斯将雷斯垂德拿来的东西一一进行检视。

"绳子可并不寻常啊，"说完他就把绳子举到亮一点的地方，还仔细闻了闻。"你觉得这绳子曾经做过什么，雷斯垂德？"

"应该涂过柏油。"

"完全正确，这是条涂过柏油的麻绳。很明显，你也发现了，柯心小姐是拿剪刀剪断的绳子。这一点都能自绳子两端的磨损上瞧出来。这非常重要。"

"我可没看出这有任何重要的意义。"雷斯垂德回答说。

"重要的意义在于绳结一直原封不动。而且,这个绳结可是打得十分不寻常。"

"打得十分精致吧。这一点还没逃过我的注意。"雷斯垂德有些得意地说。

"好吧,关于绳子我们就聊这些吧,"福尔摩斯笑着回答说,"现在让我们来检查一下包裹纸。牛皮纸上沾了一股非常明显的咖啡味。怎么,难道还没检查过?肯定还没做过任何检查。地址的字迹十分零乱:'克洛顿十字大街 S·柯心小姐收',这是用一种笔头非常粗的钢笔写就的,可能是一支 J 字牌的,墨水也不好。'克洛顿'一词最初被拼写成了字母'i',后来才又被勾画成了字母'y'。很明显,寄这个包裹的人并不是女人——从字体就能判断出来——这个人所受的教育极其有限,也并不熟悉克洛顿镇的规划。截至目前还没遇到什么麻烦。这是一个半磅装的甘露烟草的盒子。只有盒子的左下角有一块指印,除此以外没什么明显的痕迹。盒子里填充的是常用来贮藏兽皮或是别的一些粗制商品的粗盐。那奇怪的东西就在盐中埋着。"

他一边说着,一边把两只耳朵取出来放到膝上认真地观察。与此同时我和雷斯垂德就各站一边低下头,一会儿瞧瞧这盒子中可怕的遗物,一会儿又忍不住注视我们同伴的深沉且又急切的面孔。最后,他拿起耳朵放回了盒子,又在原地沉思了一小会儿。

"你们应该也都发现了,"他最后开口说道,"这并不是同一个人的两只耳朵。"

"是的,我们也曾注意到。只是,要是真的是解剖室的那些学生们弄出来的恶作剧,那么也许,他们找出两只并不成对的耳朵搭配起来也并不是件难事。"

"这没错。不过这根本不是一场恶作剧。"

"你那么肯定吗?"

"根据我的推测,已经排除了恶作剧的可能。尸体在解剖室中都会注射一定量的防腐剂。但我却没在这两只耳朵上发现有这样的痕迹,它们都是新鲜的,而且是被一种并不锋利的工具硬剪下来的。倘若是学生们所为,并不会出现这样的情况。更何况,学医的人只知道使用苯酚或是蒸馏酒精来进行防腐处理,他们可不懂得使用粗盐。我可以再重复一遍,这根本不是一场无聊的恶作剧,我们现在是在对一桩十分严重的犯罪案件进行侦破。"

福尔摩斯的一番话,以及他变得越来越严肃的脸色,都让我禁不住打了一个寒战。我的心里似乎被这一段冷酷的开场白造成了一种怪异得难以诉说的恐惧阴影。可是,雷斯垂德却只是摇摇头,对此似乎并未深信。

"有些事明摆着,恶作剧的说法确实说不过去,"他发表看法说,"但另外的那种说法看起来就更加难以成立了。我们都很清楚,在庞吉,这个妇女过的是一种既平静又体面的生活,最近的二十年来从没改变过。在这段时间中,她差不多从没有离开过自己的家。可是罪犯偏偏为何非要将犯罪的证据寄给她呢?更为特别的是,她与我们并没什么两样,对这件事也是毫不知情,否则她可真算是个非常高明的女演员。"

"我们现在需要解决的问题就是这个,"福尔摩斯回答道,"倒是我嘛,我会这么做。我觉得我的论据并没什么纰漏,这的确是一桩涉及两个人的谋杀案。其中的一只耳朵是个女人的,形状十分纤巧,且穿着耳环。另一只属于一个男人,晒得黝黑,颜色都变了,也曾经穿着耳环。这两个人活着的可能性已经不大了，否则他们的遭遇早就应该为很多人所熟知了。今天周五，周四的上午包裹寄出。因此这场悲剧发生的时间应该是周三或周二，也许还可能更早些。要是这两个人已经被杀死，那么，能把这个谋杀的证据寄给柯心小姐的不是那个谋杀者又能是谁呢？也许我们能够做这样的设想，我们要找的就是那个寄包裹的人。但是，他将这个包裹寄给了柯心小姐，这里面肯定不会没有原因。只是，这个道理是什么呢？肯定是想让她知道，事情都办完了！或者以此来让她伤心难过。如果这样的话，这个人到底是谁她是应该知道的。可是她知道吗？我也并不清楚。她若是知道，为何还要报警呢？她完全可以把这两只耳朵埋起来，谁都查不到。她可以这样干，要是她真的想让罪犯逍遥法外的话。可是，倘若她不打算包庇他，那她就应该把他的姓名说出来。最关键的症结就在这里，我们必须要想办法查明。"他刚刚说话时声音又高又急，眼神茫然地看着屋外的花园篱笆，但是此刻，他站起来脚步轻快地朝屋里走去。

"我想和柯心小姐了解几个问题。"他说。

"好吧，那我就先告辞了，"雷斯垂德说道，"我正好还有几件小事要处理。我觉得我没什么需要再向柯心小姐了解的了。你要找我可以去警察局。"

"我们去坐火车时，会顺便去找你的。"福尔摩斯回答道。过了些时候，我们才回到前屋，那位并不是很热情的女士还是在那里沉默地绣她的椅套。看到我们进了屋，她才将椅套搁到膝上，用她十分坦率又深含探索之意的蓝眼睛盯着我们看。

"先生，我知道，"她说，"这不过是个误会罢了，包裹本来一定不是打算寄给我的。关于这件事，我对苏格兰场的那位警官已经说过不少次了，但他对我的说法总是一副不以为然的样子。没有人比我更清楚，在这世上，我根本就没有敌人，怎么会有人要用这种方式作弄我呢？"

"我和你想得一样，柯心小姐，"福尔摩斯说道，随即坐到了她旁边的椅子上，"不过我想也许我有比这更可能的——"他突然顿住了。我吃了一惊，就见他目不转睛地盯着这位小姐的侧脸。在那么一刹那，惊异和满意的神色一下从他那急切的脸上显露出来。就当她把头抬起来查看他之所以停住说话的缘由时，那原本平静却又认真的神态已经在他的脸上重现。我细细地看了看她那光滑却又灰白的头发，整齐干净的便帽，以及金色的小耳环衬托着的温和面庞，可是，我却始终没发现有什么能够令我的同伴如此激动。

"我还想问一两个问题——"

"啊，又是那些令人厌倦的问题！"柯心小姐十分烦躁地说。

"我猜，你还有两个妹妹。"

"你是如何知道的？"

"在进屋的瞬间，我就瞥见壁炉架那里放了一张三个女士合影的照片。其中的一位是你，剩下的两位和你长得很像，你们三个的关系还是十分明显的。"

"是的，你说得没错。她们和我是姊妹关系，萨拉和玛瑞。"

"我的身旁还摆着一张照片，应该是你妹妹从利物浦拍摄的。这个与她合影的男子，由制伏来看，应该是一艘海轮上的船员。依我看，那时她还并未结婚。"

"你的观察力可真是敏锐得很呢。"

"我的职业而已。"

"是的,你说得没错。后来过了没几天她和布朗纳先生结婚了。这张照片拍摄时,他还在南美洲的航线上工作。但他爱她爱得发疯了,不愿意离开她久一些,于是他就转而来到利物浦—伦敦这条航线上工作。"

"哦,我猜应该是'征服者'号吧?"

"不是的。我记得应该是在'五朔节'号上工作。吉姆①也曾来拜访过我一次。那时他还没有开戒。后来他只要登上岸就只会喝酒,喝了酒就撒酒疯。唉,自打他重新把酒杯捡起来之后,日子就再没好过了。最初,他并没和我来往,后来他就和萨拉吵嘴,到了现在他也不再给玛瑞写信了,我们没有人知道他们情况如何。"

很明显,柯心小姐说到了一个让她感触颇深的话题了。与大多数独自一人过着单身生活的人差不多,最初时她有些害臊,后来就变得相当健谈了。她和我们说了很多和她那个在船上工作的妹夫有关的事情,之后又将话题转移到了她原来的那几个学医的学生房客上面,说了很长时间和这群学生有关的问题,甚至连他们的姓名以及工作在什么医院都包括在内。福尔摩斯集中注意力听着,一个字都不漏掉,间或提一些问题。

"和你的第二个妹妹萨拉有关,"他说,"既然你们俩都选择了未婚,可是为什么你们没有想住在一起呢?"

"哎呀!那是你不知道萨拉的脾气,要是知道了,就没什么奇怪的了。来到克洛顿后,我和她也试过住在一起,一直到差不多两个月前才只好分开。我并没想说什么关于我亲妹妹的坏话,但她总是爱管闲事。萨拉是非常难伺候的。"

"你刚才说她和你在利物浦的亲戚曾吵过架?"

"没错,但有那么一段时间他们是极要好的朋友。唉,最初到那儿去住,她本是打算和他们亲近亲近。可是到了现在,对吉姆·布朗纳,她根本没任何好话。后来在我这里住的半年时光里,她只是反反复复说他喝酒及爱耍种种手段。我觉得,说不定是他发现了她那爱管闲事的性格,然后骂了她一次,结果事情就再也收不住了。"

"很感谢你,柯心小姐,"福尔摩斯把话说完,就站起来朝她点点头,"我觉得,你刚刚说你妹妹现在在惠林顿的新街居住,是吗?再会吧。就像你刚才所说,你被和你没有任何关系的事缠上了,弄得如此苦恼,我也对此感到十分不安。"

我们走到门外,恰好一辆马车赶了过来。福尔摩斯把马车拦住。

"这里离惠林顿多远?"福尔摩斯问道。

"半英里左右,先生。"

"不错。上车吧,华生。我们最好趁热打铁。尽管案情并不复杂,但是却有与这件案子有关的一两个十分意义重大的细节。车夫,请在电报局门口停一下车。"

福尔摩斯把一封十分简短的电报发了出去,之后就把头靠到车座上,把帽子斜放到了鼻

---

① 吉姆:布朗纳是姓,吉姆是名字。下文吉米是吉姆的昵称。

梁上以挡住迎面照过来的阳光。车夫将马车停到了一所住宅的前面。这座房子与我们刚刚走出来的那座很是相似。我的同伴嘱咐车夫守在这里,他举起手来刚想叩门环,门一下就开了。一位身着黑衣、头上戴了一顶有些光泽的帽子、态度颇为严肃的年轻绅士在台阶上出现了。

"请问柯心小姐在家吗?"福尔摩斯询问道。

"萨拉·柯心小姐生了很厉害的病,"他说。"昨天她气得害了脑病,严重极了。我是她的私人医生,我不希望任何人来拜访她。十天后你再来吧,要是你还想来的话。"他把手套戴上,带上门,朝着街头快步走去。

"很好,不见就不见,又能怎样。"福尔摩斯十分愉快地说道。

"说不定她不想也不打算和你说什么事情呢。"

"我可也没指望她会和我说什么事情。我只是想来瞧瞧她。但是,我觉得我想知道的一切都已经知道了。车夫,找一家好一点的饭店送我们去。我们就去那里吃午饭,之后再去警察局找我们的老朋友雷斯垂德。"

那顿午餐我们都吃得十分愉快,在吃饭时,福尔摩斯只是和我聊小提琴,只字不提案子的事。他兴味十足地和我说起他是如何把他的那把斯特拉迪瓦里提琴①买下来的。那可是把至少也要值五百个畿尼的提琴。但我的同伴只是花了五十五个先令就从托特纳姆宫廷路的一个犹太商人那里买了来。从提琴他又开始聊帕格尼尼②。在那儿我们待了差不多一个钟头,他只是一边品着红葡萄酒,一边和我说着这位著名人物的种种轶事。下午在不知不觉中过去,柔润的晚霞取代了刺眼的阳光,我们动身去了警察局。雷斯垂德已经等在了门口。

"这有你的电报,福尔摩斯先生。"他说道。

"哈,已经接到了回电!"他把电报撕开瞧了瞧,然后就攥成一团放到了口袋里。"看来这都没错。"他说。

"你都查到了些什么?"

"一切都查清了!"

"你说什么?"雷斯垂德一脸惊讶地瞧着他,"你没有开玩笑吧。"

"我可是从来都没这么严肃过。这个案子可算是十分惊人的,不过我觉得我已经把握住了这案子的各个环节。"

"可是罪犯呢?"

福尔摩斯拿出一张名片,随手在背后写下几个字,然后交给了雷斯垂德。

"姓名就是这个,"他说道,"不过就算你最快也要明天晚上才能把他抓住。重新回到这案子,我是很希望你不要让别人知道我的名字,因为我只对那些办案方法较为复杂的案子感兴趣。咱们走,华生。"我们离开警察局向车站的方向走去,把雷斯垂德留在了原地。雷斯垂德一脸的高兴之情,仍在拿着福尔摩斯交给他的纸片看个不停。

"这个案件,"当天晚上我们回到贝克街的居所坐着抽雪茄聊天时,福尔摩斯开口说道,

---

① 斯特拉迪瓦里提琴:意大利著名的提琴之一。斯特拉迪瓦里(1694—1737),意大利小提琴制造家。
② 帕格尼尼(1782—1840):18到19世纪时意大利著名的小提琴手。

"就像你之前写《血字的研究》与《四签名》时所用到的侦查手法一样，我们不得不由事情的结果往回去推测起因。我已经给雷斯垂德写了信，让他把咱们现在所需的详细情况都告知我们，但这些情况只能在他把罪犯抓获之后才能够获得。这样的工作他做起来是十分安全可靠的，尽管他可算是没有一点推理能力，但只要他知道自己能做些什么，他就会像一条哈巴狗一样坚韧顽强地去做的。而且，正是凭借着这样的犟劲，他才能够在苏格兰场这样的地方往上爬。"

"如此说来，这个案件其实还不能算是完成了？"我问道。

"已经基本能说成是完成了。对于这个犯罪事件的作案人我们已经知晓，虽然这件案子里的其中一个受害者此时的情况我们尚不能确定。理所当然的，你心里也有了你自己的想法了。"

"我猜，你怀疑的那个对象就是利物浦海轮上的服务员吉姆·布朗纳吧？"

"嗯！不仅仅是怀疑。"

"不过，我可是什么都没瞧出来，除了那样一些并不太明确的线索以外。"

"恰恰相反，这一切都再清楚不过了。我和你简单说说这些主要的步骤吧。你应该还记得，在我们最初接到这个案子时，心中一点主意都没有。但这其实算不得是个不利条件。我们头脑中并未形成一定的观点，这样就能最客观地进行观察，并在观察中得出一定的推断。我们在观察中最先发现的是什么呢？一位温和而又可敬的女士，她似乎并没打算守住什么秘密。之后我们就见到了那张让我们知道她还有两个亲妹妹的照片。我的脑中在一瞬间闪过了这样的一个念头：他们三姐妹中的某一个才是那只盒子要寄的对象。我并没有多肯定这个念头，它可以随时被推翻，当然也可以肯定，只要我们发现更多的东西。接着我们去了花园，你是不是还有印象，在那个黄纸盒子中我们见到了很是奇怪的东西。

"只有海轮上的缝帆工人才会用那种绳子。在调查的过程中，我们还曾闻到了一股海水的味道。而且绳结的系法也是通常水手用来打结的结法；由一个港口寄出的包裹；那个男人的耳朵上还打了耳环，在水手里，打耳环的要比在岸上干活的人普遍得多。所以我有理由相信，在这场犯罪活动里出现的所有男性都该从海员里面去找。

"然后我注意到了包裹上面的地址，结果发现这个包裹是要寄给S·柯心小姐的。我们已经知道这三姐妹里的老大就是柯心小姐。尽管她名字的缩写字母也是"S"，但是这个名字同样可以是剩下的两个妹妹中的一个的名字。根据所知的这些情况，我们所做的调查只好在一个全新的基础上重新开始。所以我选择了登门拜访，准备把这一点弄清楚。就在我正打算对柯心小姐保证，说我认为这其中必定存在误会时，你应该还能记得，我一下停了口。当时的情况是，我突然发现了某种东西，那东西让我感到惊讶极了，而且这又很大程度地缩小了咱们所要查询的范围。

"华生，你是个医生，你也知道，人身上的任何一个部分都赶不上耳朵种类的丰富多彩。每个人的耳朵都绝不相同，常理如此。去年我就曾在《人类学杂志》上发表了两篇论文，它们都是关于这个问题的。这样，我就用一个专家的眼光对纸盒中的两只耳朵做了一番审视，还十分认真地观察了在解剖学上这两只耳朵的异同。那时我注视着柯心小姐，却发现她的耳朵与我刚刚观察过的那只女人的耳朵相似至极，你是能够想象得到我当时有多么惊讶了。这可不是一件能够用巧合解决的事。她们的耳翼都非常短，上耳有着很大的弯曲度，内耳软骨旋转的形状也十分相似。这样相似的特征，甚至说是同一只耳朵也没多大问题。

"那时我一下就想到这个发现该有多么重要。她和受害者有着十分明显的血缘关系，极有可能还是非常近的血缘关系。于是我就和她说起了她的家庭，你也许有印象，她马上就说了很多非常有价值的详细情况给我们。

"首先我们知道，她有个叫萨拉的妹妹，不久前她们俩的住址一直是一样的，因此我们就已经很清楚了，误会到底从哪里来，谁是这个包裹最初要寄的对象。随后，我们又知道了老三嫁给了那个海员，而且知道海员曾经与萨拉小姐关系十分要好，因此她才去了利物浦与布朗纳一家人住到了一起。后来，他们的关系因为一场争吵破裂，然后分开，这几个月他们的一切通信都中断了。因此，要是布朗纳打算给萨拉小姐寄包裹，他一定会寄到她之前的旧址。

"如今，一切都真相大白了。我们对这个海员已经颇为熟悉了，这个人感情丰富，十分容易冲动——你应该也记得，为了能够与妻子生活在一起，他不惜放弃了一个十分优厚的差事——而且时常会嗜酒如命。所以我们可以做出设想，他的妻子已经被害，而且还包括一个男人——可以假想是一个海员——同时也被人杀死了。很明显，这样的情况马上就让人想到了一种可能，妒忌就是嫌疑人犯案的动机。然而，这次凶案发生的证据为什么要寄给萨拉·柯心小姐呢？我猜很有可能是她在利物浦暂住的时候，曾对这一悲剧事件的发生起到过助益作用。你是知道的，船只在那条航线上只会在拜佛斯特、都柏林和沃特福德等地停留，所以，我们假设布朗纳是犯罪嫌疑人，在作案后马上登上了'五朔节'号，那么，他可以把他的那个散播恐怖的包裹寄出去的第一个码头就是拜佛斯特。

"在这段时间里，很明显还可能存在第二种答案，更何况，尽管我并不认为这有任何可能，但我想在继续进行下去之前先把它说清楚。或者说他们的某个失恋情人杀害了布朗纳夫妇俩，那么那个男人的耳朵一定是丈夫的。很多人都会坚决反对这样一种说法，不过对于真相来说却并非是不可想象的。因此我就给我在利物浦警界工作的朋友阿格拍了一封电报，拜托他去查清布朗纳太太是不是在家，布朗纳是不是已经乘'五朔节'号离开了。之后，我就和你前去惠林顿探望萨拉小姐了。

"最开始，我急于想知道，这家人是不是耳朵都极为相似。当然，也许她还会告诉我们一些很重要的情报，可我最初并没抱什么希望。因为在前一天，她一定也知道了这个案子，当时整个克洛顿已经闹得满城风雨，更何况确切知道这个包裹到底是要寄给谁的人只有她自己。要是她想要和司法部门合作，那么她也许早就向警方报告了。这样看来，我们去拜访她实在是十分有必要，所以我们就去了。我们得到的结果是，包裹一送到——她很快就病倒了——可见她确实受到了极大的影响，甚至足以令她患上脑病。这件事进一步告诉我们，她懂得寄包裹这件事的所有含义，而且我们还能知道，必须要等上一段时间我们才会获得她的帮助。

"可是，实际上我们也许用不上她的帮助。在警察局，我们需要的答案已经在等着我们了，我已经和阿格说好让他把答案送来。这难道不是已经非常明确了吗？布朗纳太太的居所已经三天多没有打开过了，邻居们都以为她去看南方的亲戚了。轮船办事处那里也得到了消息，布朗纳已经乘坐'五朔节'号离开了。据我猜测，明晚这艘轮船将会抵达泰晤士河。只要布朗纳一上岸,虽然迟钝却十分果断的雷斯垂德肯定不会给他好果子吃。我对此十分确定,全部真相将会很快为我们所知晓。"

事情的结果并没有让夏洛克·福尔摩斯失望。两天后,他接到了一个大信封,里面装着雷斯垂德探长写的一封信以及一份好多张纸的文件。

"那个人已经被雷斯垂德抓住啦,"福尔摩斯瞧了我一眼,说道,"给你念念他都说了什么,说不定你也会感兴趣的。"

> 亲爱的福尔摩斯:
>
> 依照我们最初所主张并制订的有待检验的计划(华生,你是不是也觉得这个"我们"用得十分有趣,是吧?),昨天下午六时我来到亚伯特码头进入"五朔节"号轮船。这艘轮船隶属于利物浦、都柏林、伦敦轮船公司。据了解,船上确有一名为吉姆·布朗纳的服务员,但他由于在航行途中举止怪异,已经被船长勒令停止了工作。我于是来到他的舱位,就见他在一只箱子上面坐着,双手支着脑袋,在那里摇来晃去。这个人身材十分高大,胡子刮得非常干净,皮肤稍有点黑,这样子倒是神似曾在冒牌洗衣店那个案件中曾对我们有过帮助的那个爱尔爵士。我把我的来意一说,他一下就蹦了起来。我立即把警笛吹响,两名守在外面角落里的水警赶了进来,但他看起来并不十分在意,没怎么挣扎就束手就擒了。我们就带着他以及他的那口箱子一起进了密室,我最初以为所需的罪证就在那口箱子里,可是除了水手一般都会有的一把大尖刀以外,箱子里什么都没有。可是我们之后发现,也许我们并不是很需要那些证据,因为刚刚被带进警察所,一审讯,他就什么都招了。根据他说的供词,速记员做好了记录,并一式三份地打了出来。现随信奉上其中一份。事实最终证明,我的预料没出任何差错,本案十分简单。在本案的调查过程中,多承阁下颇多帮助,在此表达深深谢意。
>
> 你忠实的朋友
> G·雷斯垂德上

"嘿!调查可是真简单啊,"福尔摩斯说道,"只是,当他最开始把我们找去的时候,我可不觉得他的想法是这样的。也许来看看吉姆·布朗纳所作的供词会更有价值吧。这是本案的嫌疑人在谢德威警局向蒙哥马利探长口述供词的完整记录。"

> 我到这地步还能说什么呢?是的,我要说的话有很多。我要全部都说出来。把我送上绞刑架也行,或者不管我,或者狠狠打我一顿都可以。我和你说,自打我失手做了那件事后,我连睡觉时都难以闭上眼睛,也许我再也不会闭眼睛了,一直醒着。偶尔我会看到他的脸,但更常出现的却是她的脸。他们总是在我眼前乱晃,他或者她。他的眉头紧皱着,就像个黑人,而她的面容却总是一副害怕极了的神色。唉,这只雪白的小羊,从前那是一张多么爱她、满是爱意的脸啊,所以当她看到那脸上杀气弥漫时,她该有多

么吃惊啊。

而这一切都怪萨拉,但愿一个被她毁掉的人的诅咒能够让她遭殃,腐坏那尚在她血管里流动的血!我说这些并不是要洗刷自己的罪名。我知道只要我喝酒,就与一头野兽无异。可是,我会被原谅的,要不是那个恶毒的女人来到我家,她和我还是会紧密生活在一起,就好比拴在滑轮上的绳子一样。因为萨拉·柯心爱的人是我——事情的根源就是这样——她爱的人是我,但是后来她终于知道,对我来说,我妻子踩在泥地上的脚印都要比她的全部肉体和灵魂都更让我着迷,于是她那满腔的爱情就立刻变成了彻底的仇恨。

她们姐妹三个。老大非常老实,老二就如魔鬼一般,老三却是个十足的天使。萨拉那年三十三岁。嫁给我的时候,玛瑞二十九岁。我们组成了一个家庭,每天都过得十分幸福。利物浦的所有女人没一个能赶得上我的玛瑞。不久之后,我们邀请萨拉来家中小住,本是一个星期,渐渐拖成了一个月,直到后来她差不多成了我家里的人。

我那时已经不再喝酒,也存了些钱,一切都朝着好的方向发展。上帝啊,当时谁又能想到会到了这步田地?做梦都不会这样的啊!

每个周末我常常都在家里度过,偶尔赶上船要等候装货,我就能一整个星期都住在家里,因此我也总是能见到我的妻姐萨拉。她瘦瘦高高的,肤色有些深,动作十分敏捷但性情极其暴躁,她总是扬起头,看起来十分傲慢,眼神就如同火石上打出来的火花。不过,我敢发誓,只要我的玛瑞还在身边,我可是从未想到过她,天哪,上帝请宽恕我吧。

有时,她似乎很愿意和我单独待在一起,又或者哄我与她一同出去,但我却是从没想过要怎么样。直到那个晚上,我才恍然大悟。那天夜里,我从船上回到家,玛瑞出去了,只有萨拉在。

"玛瑞去哪了?"我问。

"她去付账了吧。"

我心里很烦,就来来回回地在房间中走。"五分钟没见到玛瑞就坐立不安了,吉米?"她说,"就连这么一小会儿你都不想和我待在一起,这真是太让人感到难为情了。"

"我没别的意思,姑娘。"一边说着,我略带安慰地把手朝她伸去,她马上用双手把我的手紧紧握住了。她的手在发烧,像火炭一样热。我望着她的眼睛。一切都在那上面写得分明,根本不需要她再说什么,当然,我也不知道该说什么。我不由得皱起了眉头,抽出了手。

她沉默着在我身旁站了一小会儿,然后用手轻轻摸了摸我的肩膀。"吉米你可真是稳重啊!"说完,她嘴角挤出一抹带着嘲弄的笑容,回到她自己屋去了。

唉,打那往后,萨拉算是把我恨透了。她可真的是一个非常会恨人的女人。我怎么那么傻,就放任她继续和我们在一起住,我才真的是个最大最傻的傻瓜。但我却没把实情和玛瑞说哪怕一丁点儿,因为那样一定会让她伤心的。所以一切又都和往常没什么分别。一段时候过后,我就察觉到玛瑞有些变了。从前她对人是极为信任的,非常天真,可是如今她变得十分古怪、多疑,我去了哪里,我到底去干什么,是谁给我写的信,我口袋中都装了什么,还有很多这样莫明其妙的事,她都一定要问清楚。她的脾气日渐古怪,越来越容易发脾气。根本不需要任何原因,我们就不停地吵架。这让我感到不知所措。而且,萨拉也总是避开我,但她却与玛瑞几乎形影不离。我终于知道,一切都是她在挑拨,在欺骗她,是她的调唆让玛瑞和我作对。但是那时,我却像个瞎子一样,竟然什么都没有瞧出来。于是我整日愁眉苦脸,又开始喝酒,但是要是玛瑞还是像以前那样对我,我根本不会再喝酒的。她就更加讨厌我了。我们俩的隔阂变得越来越深。这时又有个叫艾立克·费尔班恩的人插了进来,一切就糟糕透了。

最初的时候,他来我们家探望萨拉,但没过多久就是来看我们了。这个人具备一套十分讨人喜欢的法子,无论走到哪儿,都会把人变成他的朋友。他又时髦又傲慢,是个长了一头鬈发的漂亮小伙子。他去过很多地方,见闻广博且又十分健谈。我不得不承认,他十分风趣。像他这样举止斯文的海员,我猜他一定在船上做的是高级职员而非一个普通的水手。差不多有一个月,他经常出入我们家,我压根没想到这个不速之客那又温和又机智的风度中隐藏有恶意。但一些事情的发生终于让我开始怀疑。自那天往后,我的心终于失去了平静。

其实那也只是件小事罢了。我一次无意中来到客厅,刚刚进门,见玛瑞的脸上一副惊喜的神色,但是当她认清来的人是谁后,那神情随即就消失了。带着那一脸失望的神情,她转身离开了。我的心一下子沉下去。也许她是错把我的脚步声当成了艾立克·费尔班恩的,应该不可能是别人。要是我当时就见到他,我一定早就干掉他了,因为我只要一发怒就和个疯子无异。一定是在我眼里瞧见了魔鬼一般凶恶的目光,玛瑞跑过来双手紧紧拽住我的衣袖。

"不要这样,吉米,不要!"她说。

"萨拉去哪啦?"我问道。

"在厨房里。"她说。

"萨拉,"我说着话,一边进了厨房,"费尔班恩不再被允许进这个家的家门了。"

"为什么要这样?"她问道。

"因为我不想再让他来了。"

"哈!"她说道,"如果我的朋友配不上进你们家,那我也没什么分别啦。"

"你喜欢怎样就怎样做好了,"我说,"但是,如果费尔班恩再在我家里出现,我一定会割下他的一只耳朵送给你作纪念。"也许是我当时的脸色把她给吓坏了,她一句话都没说,当天夜里就从我家离开了。

唉,到底只是这女人施展的魔法呢,还是她觉得只要唆使我妻子移情别恋,就能够让我们夫妻俩作对,一直到现在我都并不清楚。总之,她搬出去后就租了一个距离我家只有两条街的房子暂住。费尔班恩经常会去那里,玛瑞偶尔也会绕道去与她姐姐和他喝茶。我也不知道玛瑞隔多长时间会去一次。直到有一天，我在她后面跟着，然后突然闯进门去，费尔班恩就从后花园的墙跳过去跑了，那样子就像一只吓坏了的臭鼬。我对我的妻子赌咒说，要是我再见到她和他在一起，我马上就杀了她。玛瑞被我带回了家，哭个不停，浑身瑟瑟发抖，脸就像纸一样白。她对我再也没有一丁点儿爱情了。我都能瞧出来，她是那么恨我，怕我。一想到这儿，我就不停喝酒，她依旧鄙视我。

唉，萨拉也知道自己无法在利物浦住下去了，就离开了。我当时知道，她回到了克洛顿与她的姐姐住在一起。至于我家里的事情，依旧没有任何改观地拖下去。不久，也就是上个星期，所有的苦难终于降临了。

事情的经过是这样的：我所在的"五朔节"号出海一直航行了七天。后来船上的一个大桶有些松动了，其中的一个横梁脱了节，我们的船也只能进港暂停十二小时。我下了船就回家了，心想也许这样能给我妻子一个惊喜，并且憧憬着她能够见我回来得比预期早了很多，说不定会高兴起来。心里这样想着，我已经走到了我家所在的那条街道。就在这时，一辆马车打我的身旁驶过。马车里面坐着她，和费尔班恩紧紧挨在一起。两个人言笑晏晏，丝毫没有察觉到我的存在，而这时我就在人行道上站着瞧着他们。

我告诉你们，也希望你们相信，从那一刻起，我就已经不归自己控制了。如今回忆起那件事来，就如同一场噩梦一般。这些日子，我拼命地喝酒。这些已经发生的事情把我搞得晕头转向。现在，就像一个水手在用铁锤敲我的脑袋，我的头似乎被一个什么东西敲打，而在那个上午，我耳朵里就像是整个尼亚加拉瀑布在轰鸣。

当时，我就小心翼翼地跟着那辆马车。我手中拎着一根十分沉重的橡木手杖，眼睛愤怒得像是能冒出火来。跑的时候我还是十分仔细的，在马车后面稍微远一点的地方，这样我可以看到他们，而他们却没法看到我。很快，他们进了火车站。在售票处的附近，人群摩肩接踵，因此尽管我离他们不远，他们也没发现我。他们买的车票是去新波顿的。我也买了一张同样的。我的座位就在他们后边，隔了三节车厢。到了那里之后，他们顺着阅兵场向前走，我总是和他们保持不超过一百码的距离。后来，我见他们去租了一条船，准备去划船。那天气温很高，他们准是觉得水上会凉快点。

瞧这样子，他们一定是逃脱不了我的手心了。后来起了些雾，能见度只有几百码。我在他们后边也租了一条船，跟着他们。我能够隐约瞧见他们的那条小船，但他们的船划得很快，和我的船差不多，如果我不马上赶上去，他们一定离岸边只有一英里了。雾气就像是一块幕布一样在我们身边笼罩着，在那里面就只有我们三个人。上帝呀，我又如何能忘掉当他们瞧见朝他们划去的小船中的人到底是谁时，他们俩的那两张脸啊！她大声尖叫起来，而他一边不停地骂我，一边用桨用力戳我，我知道，一定是他看出了我眼里腾腾升起的杀气。我躲开了他打来的桨，拿手杖狠狠给了他一下，他的脑袋就像鸡蛋似的碎了。虽然我当时已经发了狂，说不定会饶了她，但她当时却一把把他抱住，还直喊"艾立克"。我于是就给了她一下，她马上就倒在他身旁了。那个时候，我就如一头发狂的野兽。我可以对天发誓，要是萨拉当时也在，她肯定也会被来那么一下子。我把刀子拔了出来，然后——唉，不说啦！我已经说得够多啦。我只要一想到萨拉见到因为多管闲事而最终给她带来这样的礼物时所产生的感觉，就会给我一种动物般原始的快乐。之后，两个尸体都被我捆到了船里，我把其中的一块船板打穿，看着船一直沉下去，这才离开。我心里明白船老板一定觉得他们在雾中迷了路，结果划出海去了。我把我的衣服重新整理了一下，上了岸走回到我的船上，没有人看到，没有人会猜疑这里发生过什么。那天夜里，打算寄给萨拉·柯心的包裹就已经被我包好了，第二天从拜佛斯特寄了出去。

事实的真相你们都已经知道了。你们绞死我吧，或者随便怎样的处罚都行，不过，我不允许你们用我已经得到的惩罚来处置我。我无法闭上眼睛，只要一闭眼那两张盯着我的脸就会出现——就好像我的小船从雾气中穿过时，他们那种盯着我的样子。我是那么干干脆脆地杀死了他们，可他们却是慢慢腾腾地折磨我。我再也不能过哪怕一个这样的夜晚了，等到天亮，我要么疯掉，要么死掉。您应该不会将我一个人丢到牢房里吧，先生？求您可怜可怜我，不要那样，我多希望你们此时对待我就像你们在苦痛来到的时候所受的对待一样啊。

"这到底意味着什么呢，华生？"福尔摩斯把供词放下，十分严肃地说，"这全部的痛苦、暴力与恐惧，到底都意味着什么呢？这一定是有所指向的，要不然，我们生活的这个世界就是一个由偶然支配的世界了，多么难以想象啊！可是，这都意味着什么呢？恐怕是个依靠个人的智慧永远无法解答的而又一直存在的大问题。"

赤环会

"啊，华伦太太，不知道还有什么其他的原因令你如此不安；我也并不清楚，我的时间非常宝贵，怎么还可以干预那么多的事情。我真的还有其他的事情要做。"夏洛克·福尔摩斯如此说道，然后转身去继续瞧他那册可不算小的剪贴册。最近搜集到的材料都被他剪下来收到了那里面，并且还加了索引。

但是房东太太依旧十分执拗，还用上了颇为巧妙的女性特有的技巧。她没有丝毫让步。

"去年的时候您为我的一个房客做过一件事，"她说道，"就是那个费戴尔·霍布斯先生。"

"噢，没错——那事情挺简单的。"

"可他总是一个劲地说啊说的——说您愿意帮忙，先生，说您连那样没头没尾的事都能查得出来。后来每当我感到怀疑或是遇到搞不清的事的时候，我一下就想起他说的来了。我都知道，要是您愿意，没有什么您办不到的。"

面对恭维，福尔摩斯很少有不好说话的时候，并且只要一个人十分诚恳地对待他，他一定会去竭力主持公道。这样的两股力量让他只好叹了口气以示同意，并把胶水刷子放下，拖了张椅子过来。

"好啦，好啦，华伦太太，那就把你的事儿说来听听吧。我抽烟你不会介意吧？太感谢你了，华生——火儿！我是知道的，你一直没瞧见你那待在房间里的新房客，你为此而感到发愁是吧。那又能如何呢，上帝会保佑你的，华伦太太，要是你的房客是我，准保你一连好多个星期都没法看到我。"

"你说的没错，先生，但这回可是有不一样的情形啊，让我感到害怕，福尔摩斯先生，吓得我都睡不着觉。总是听他那急促的脚步自清早走来走去一直到深夜，但就是从没看见过他的人影——这让我怎么受得了。我丈夫也是一样的担惊受怕，但他好在一整天都在外面工作，可是我呢，怎么都躲不开。他有什么事隐瞒了吗？他每天都干什么呢？除了一个小姑娘，可就是只有我和他在屋里了。我都快发疯了！"

福尔摩斯俯下身子，朝前探去，用他那又细又长的手指轻轻抚摸房东太太的肩膀。要是他愿意，他那安慰人的技巧甚至有催眠术一样的力量，很快她那写满恐惧的目光镇定下来，紧张的神色也渐渐缓和，常态恢复到她的脸上。她这才坐在了福尔摩斯刚刚拖过来的椅子上。

"要是让我办，就必须让我知道每一个细节，"他说，"不要急，好好想想。就算是最小的细节也不要放过，这都很重要。你之前说，是在十天前这个人搬进来的，给了你两周的住宿费和伙食费？"

"他问我多少钱，先生。我说五十个先令一周，包括一间不大的起居室和卧室，东西十分齐全，在顶楼的位置。"

"此外呢？"

"他就说：'我付你一周五镑，只要我能够按照我自己的意愿行事。'我一直都很穷，先生，华伦先生挣不了几个钱，钱从来都被我看得非常重要。他就递了一张十镑的钞票给我，当时就付了钱。'要是你可以满足我的所有条件，在以后很长的一段时间里，每半个月你都能拿到一样的钱数。'他说，'要不然，我可没法将就你了。'"

"都是些什么条件？"

"嗯，先生，条件就是他要拿到这房子的钥匙。这倒没啥，很多房客都要求有钥匙的。另外的一个条件是，他在这里可以完全自由，任何人都不能找什么借口去骚扰他。"

"这里面看起来似乎不会有什么问题吧？"

"从常理来说确实没什么。但这其实却是根本没什么道理的。他在这里住了有十天，华伦先生、我以及那个小姑娘从来都没看见过他。每天早、午、晚，只是听到他十分急促的脚步来来回回地走着。可是除了他来的第一天的夜里以外，他从来都没出过屋门。"

"哦，你是说第一个夜晚他出去过？"

"没错，先生，而且一直到很晚才回来——那时我们都已经睡了。他那天刚住进来就曾告诉过我，他会很晚回来，让我别闩大门。我听到他回来的时候，已经是午夜时分了。"

"他怎么吃饭呢？"

"他特意嘱咐过我，只有他按铃，我们才可以将他的那份饭放到他门外的那把椅子上。他吃完以后会再按铃，我们再把那些东西从同一把椅子上拿走。要是他需要其他的东西，就使用印刷体写到一张纸上。"

"使用印刷体书写？"

"没错，先生，拿铅笔写下的印刷体，没有其他的了，只有一个词。我还给您带来了一张——肥皂。另外一张写的是——火柴。第一天早上他写的是这个——《每日新闻》。每个早上我都会把报纸及早餐一同放到那儿。"

"天啊，华生，"福尔摩斯说着，一脸惊奇地瞧着房东太太刚刚递给他的那几张大纸片，"这可真是不那么正常。深居简出尚且容易理解，可是干吗要用印刷体书写呢？写印刷体可不是什么巧办法。为什么不能随意写呢？这有什么意思呢，华生？"

"也许说明他不想别人看见自己的笔迹。"

"可是为什么呢？对他来说，就算房东太太看到他的字迹，又能产生什么影响呢？也许你说的没错。可是，还有，为什么要把通知写得如此简单呢？"

"我想象不出。"

"这些做法可是很耐人寻味啊。写字用的笔就十分特别，紫色，而且粗笔头。你瞧瞧，写完后，是从这里把纸撕开的，因此'肥皂（soap）'这个词中的'S'被撕掉了一块。这到底都意味着什么呢，华生？"

"足以说明这个人非常谨慎吧？"

"完全正确。很明显还应该有些记号、指纹或是其他别的东西能够提供一些线索，来查清这个人是谁。华伦太太，你说过这人身材中等，肤色很深，有一副胡子。他有多大年纪？"

"挺年轻的，先生，应该还没有三十岁。"

"唔，你也不知道更多的情况了吗？"

"他说一口流利的英语，先生，但从他的口音判断，我认为他是从外国来的。"

"他穿得讲究吗？"

"十分讲究，先生，一副绅士的打扮。黑衣服——我也没瞧出有何特别之处。"

"他也没说他叫什么？"

"没，先生。"

"也没有信件，或者什么人来找他吗？"

"从来没有。"

"你或是同屋的那个小姑娘，没有趁某个早上进去过他的房间看看吗？"

"从没进去过，先生，屋里的一切全都由他自己处理。"

"哦？这可真奇怪。没有行李吗？"

"随身他带了一个棕色的大手提包——此外就没什么别的东西了。"

"唔，看来还真的没多少对我们有利用价值的线索。你刚刚说从没有什么东西是从他的房间里被带出来的——一样都没有是吗？"

房东太太从钱包中拿出了一个信封，又从信封中拿了两根点着过的火柴及一个烟头放到了桌上。

"这些东西都摆在今天早上他的盘子中。我拿来给你看，我听别人说即使从一件很小的东西里你都能瞧出大问题。"

福尔摩斯耸了耸肩。

"这里面什么都没有，"他说道。"用来点着香烟的当然就是这些火柴，因为这火柴棍都烧得就剩那么一小段了；点一斗烟或者点一根雪茄都能烧去一半。但是，唉，这个烟头可是有些特别。你之前说了，这位先生的嘴唇和下巴上都长满了胡子？"

"没错，先生。"

"这可让人迷惑不解了。依我看，只有剃光了胡子的人才能抽烟抽到这个程度。嘿，华生，就算是你嘴巴上的那么一丁点胡子也都会被这烟头烧焦的。"

"说不定是用烟嘴儿的？"我说出了我的想法。

"不，不会那样。烟头都被咬破了。华伦太太，我想不会有两个人在那房间里吧？"

"不会的，先生。他吃得非常少，我总是很担心他吃那么点东西到底能不能活下来。"

"唔，我觉得我们必须得找到更多的材料才行。不过，你也不必抱怨什么。你已经得到租金，尽管他确实不太正常，但也并非是一个给你惹出麻烦的房客。他给了你很多钱，要是他打算隐瞒些什么，和你也不会产生什么直接的关系。别人的私事我们是没理由进行干预的，除非我们找到证据认为他在犯罪。我既然答应了要调查这件事，就绝对不会坐视不管。若是发生了什么新情况，就来告诉我吧；倘若你需要，随时都能得到我的帮助。"

"这里面的确有十分有趣的几点内容，华生，"房东太太从我们这儿离开后，他说道，"当然，说不定只是小事，属于个人的怪癖，不过也极有可能比表面看起来的要奇怪得多。首先我想到了这样一种十分明显的可能，此时住在房里的，说不定根本就是两个人。"

"你为什么会这样想呢？"

"嗯，你瞧，除了那个烟头外，在租下这间房间后，这位房客立即就出去了一次，而且仅此一次，这已经说明了一个问题。那就是夜里他回来时——说不定是某个人回来时——当时是没有任何一个见证人在场的。我们可并不确定，那个回来的人一定就是出去的那个人。而且，租房间的人说了一口流利的英语，但写字的那个人却把本应写成'matches'的词写成了'match'。我给出的假设是，写字的人是从字典中找出的这个词。字典里面只有名词，并不给这个词的复数。而用如此简短的方式交流就是为了掩饰不会英语。华生，我们是不是得到了充分的理由怀疑我们的房客被人顶替了呢？"

"可是为什么要这样呢？"

"啊！我们要调查的就是这个。可以使用一个十分简单明了的调查方法。"他把一本大书拿了下来，书里保存了平日里他摘录下来的伦敦各个报纸的寻人广告栏。"我的上帝！"他一边翻阅书页，一边感叹道，"这简直是个集呻吟、喊叫和废话于一体的大合唱！简直就是一堆奇闻怪事的集合！不过这恰好是一个不同寻常的学者的最宝贵的捕猎场！这个人看起来和外界失去联系，写信这种方式势必要泄露他的机密。那么他又如何能接到外面传给他的消息和通信呢？报上的广告看起来是唯一可行的办法，其他的办法都不是很好。而且看来我需要注意的不过是一份报纸而已。这些就是最近两周《每日新闻》上面的摘录：'王子滑冰俱乐部里戴有黑色羽毛围巾的女士'——这没什么价值。'吉米一定不会让他母亲伤心难过的'——这和我们没关系。'要是这位在布克斯顿的公共汽车上昏倒的女士'——她，我可没什么兴趣。'每天我内心都在渴求'——没什么用，华生——全都是废话！哈，这里有一段很像。你听听：'再耐心些。将找到一种更为可靠的通信办法。现在仍用此栏。G.'就在华伦太太的房客搬进来两天后这则消息就刊登了。这难道不是有些联系吗？这个奇怪的客人并不是不懂英语，虽然他不怎么会写。瞧瞧，说不定我们还能找到别的线索。还有，就在这儿——三天后刊登的：'正在做有效安排。请耐心谨慎等待。乌云终将散去。G.'之后的一周都没有什么动静。这个消息就十分露骨了：'道路已经清除。若有机会，即发信号，记住所定暗号——一为A，二为B，就是如此。很快你将听到消息。G.'这则刊登在昨天的报纸上。今天的报上又什么都没有了。华伦太太那位房客与这里所说的种种情况都十分符合。华生，要是我们再耐心一些，我觉得事情肯定会变得更加清楚了。"

我的朋友所料不错。早上的时候，我就见福尔摩斯背对着炉火在火炉边上的地毯上站着，脸上的笑容十分开心。

"这个如何，华生？"他对我喊道，然后把桌上的报纸拿了起来。"'红色的高房子，白石的门面。三楼左面的第二个窗口。傍晚时分。G.'这不是够明确了嘛。我打算吃完早饭我们就必须去查查华伦太太的那位房客。哈哈，华伦太太！这么早来你又想给我们带来什么样的好消息呀？"

我们本案的委托人突然怒气冲冲地跑了进来，这也意味着，事情似乎取得了很大进展。

"这事必须要找警察啦，福尔摩斯先生！"她喊道，"我可真的是受够了！让他带着他的提包滚蛋吧。我本打算直接和他说，让他赶紧走，但我一下想到也许应该先听听你的意见。但我真的是忍到头啦，老头子被打了一顿，这时——"

"华伦先生被打了？"

"反正是十分粗暴地对他。"

"谁那么粗暴？"

"哎呀！我也想知道呢！就在今天早晨，先生。华伦先生在托特纳姆宫廷路莫顿卫莱公司做计时员。每天他都会在七点钟之前出门。可是，今天早晨，他离开家还没走出多远，就从后面跑过来俩人，拿一件衣服把他的头蒙住了，然后把他捆起来丢进了旁边的马车。他们拉着他一直跑了有一个钟头，这才把车门打开，把他扔了出来。他在路上躺着，魂都吓没了，也没看见马车到底是怎么一回事。等他一点点站起来后，才发现已经到了汉普斯丹荒地。他乘坐公共汽车才回到家，这时候估计还在沙发上躺着呢。我立即就来这儿把这事儿告诉你们。"

"有趣得很，"福尔摩斯说道，"那两个人的脸他看到没有，或者有没有听见他们说话？"

"都没有，他被完全吓傻了。他唯一记住的就是，他被抬起来，他被丢下去，都像变戏法似的。少说也有两个人，可能是三个。"

"你认为这次袭击和你们的房客有关系？"

"是啊，我们住在这里差不多十五年了，可从没有过这种事。让他走吧，钱也没那么重要。天黑前，我准叫他从我的房子离开。"

"不要急，华伦太太。千万别莽撞，我有预感这件事情也许比我最开始认为的情况要严重很多。再明白不过，你的房客正面临着某种危险。而且与此差不多，他的敌人就在你房子周围躲着等候他。早上的时候，他们恍惚中认错了人，将你的丈夫当成是他，结果却发现抓错了人，于是你的丈夫就被放了。如果没有看错人，那他们又会干些什么呢？对此我们也只能去推测。"

"可是我该干些什么呢，福尔摩斯先生？"

"你能不能带我去见见你的那位房客，华伦太太？"

"我也不知道能不能安排，除非你突然闯进去。每次我把盘子留下下楼的时候，就总能听到他把锁打开的声音。"

"他是把盘子拿到自己屋去。我们应该可以在某个地方躲着瞧他拿盘子。"

房东太太思考了一会儿。

"好吧，先生，那屋子对面是个放箱子的小房间。我准备一面镜子，要是你们在门后躲着说不定可以——"

"真不错！"福尔摩斯说，"他吃午饭的时间一般是什么时候？"

"差不多一点钟，先生。"

"华生会和我准时赶去的。至于现在嘛，华伦太太，这就再见吧。"

十二点半的时候，我们已经到了华伦太太住宅的台阶之上。这是一栋又高大又单薄的黄色的砖房，就位于大英博物馆东北方向的一条不太宽的街上。尽管它只是在大街的一角，但由它那儿一眼望过去，仍能瞧见霍伊大街及街上十分华丽的建筑。福尔摩斯微笑着指了指一排公寓住宅中的一幢房屋。因为他瞧见了这房屋的设计式样。

"看呢，华生！"他说道，"'红色的高房子，白石的门面。'信号的地点也没错。地点和暗号都为我们所知晓了，因此我的任务将变得十分简单。那扇窗口中放了一块'欲出租'的牌子。很明显，那伙人就是从这套空着的住房中来回进出的。啊，华伦太太，不知道现在怎么样了？"

"我都已经为你们准备好了。如果你们两位都上来，就把脱下的鞋子放到楼下的楼梯平台上就行。我马上带你们上去。"

那个藏身之所她安排得很好。镜子也放得恰到好处，坐在阴影里，我们就能清楚地瞧见对面的屋门。我们尚未来得及安顿好，华伦太太前脚刚走，就听到远处传来了这位奇怪邻居拉响的叮当的按铃声。过不多时，房东太太就手拿盘子过来了。盘子就被她放到了关着的屋门边上的一把椅子上，然后她就踩着沉重的步子走开了。我们在门的角落里蹲着，眼睛牢牢盯紧镜子。待到房东太太的脚步声没了之后，突然有钥匙转动的声音响起，门把跟着扭动了，两只细长的手快速地伸出了门，把盘子从椅子上拿走了。又过了一小段时间，盘子被放回了原处。在那一瞬间，我瞧见了一张阴郁、美丽却又惊慌的面孔在盯着放箱子的房间开着的那一丝门缝。之后，房门就猛地带上，钥匙随即转动一下，一切又都恢复了平静。福尔摩斯拽了拽我的袖子，我们俩就悄悄地下了楼。

"晚上我会再回来，"福尔摩斯和房东太太说道，"我觉得，华生，咱们还是回去再好好讨论一下这件事吧。"

"你瞧，我的推测没有错，"他在安乐椅里坐下后说道。"那个房客被人顶替了。但我没想到的是，那屋子里竟然住着一个女人，而且是个不一般的女人，华生。"

"她发现咱们了。"

"是的，她看到了一些让她感到惊慌的事情，这是确定无疑的。我们已经弄清了这事情的脉络，是不是？一对夫妇来到伦敦避难，试图躲避极其可怕而紧急的危难。他们防备得如此严谨，已经说明遇到了多么大的危险。男的要去办急事。但在他办急事时，不想让女的受到侵害。这问题很难办，但他却用了一种十分新颖的办法来解决这个难题，效果也非常好，就连每天送饭给她的房东太太都不清楚她的存在。现在一切都很明显，之所以用印刷体写便条是不想让其他人在字迹上看出她是个女的。男的没法接近女的，只要一接近就会把敌人引来。他没法与她直接联系，因此就利用报纸上的寻人广告栏。到目前为止，这一切应该就是这样的了。"

"可是，为什么要这样呢？"

"是啊，没错，亲爱的华生——你总是能问到这样严肃的实际问题！到底为什么要这样？华伦太太的态度问题使这件事情最终扩大化了，而且在我们的调查过程中一个更为阴险的方面出现了。我们甚至可以这样说：这并非是一般的爱情冲突。你也瞧见那个女人预知危险的迹象时瞬间的神色啦。我们也知道房东先生遇到袭击的事情，这根本就是对付这位房客的。那位房客的惊恐和拼命保守秘密都能够说明这件大事生死攸关。华伦先生遭袭事件进一步说明，他们的敌人，无论这些人是谁，尚且不知道这位男房客已经被一位女房客所顶替了。这件事可真是相当离奇，华生。"

"那你干吗要继续下去呢？从中你能得到什么呢？"

"没错，到底为什么呢？算是为艺术而这么做吧，华生。当你为人诊病的时候，我想你不大会想到出诊费，而只会在乎病情吧？"

"因为从中能够得到教育，福尔摩斯。"

"教育的确是无止境的，华生。课程总是多种多样，务必精益求精。这件案子的启发性很强。这里其实既没有现钱也没有存款，可是我们必须要查个清楚。等到天黑时，我们就会得知我们的调查又有了很大进展。"

进入冬天，伦敦的黄昏总是更加朦胧，四周都好像笼罩在一块灰色的帷幕中。我们这时回到了华伦太太的住处，天空中灰蒙蒙的单调颜色恰为窗户上透出的明亮的黄色方玻璃和煤气灯的昏暗光晕所打破。当我们从寓所的一间黑咕隆咚的起居室朝外窥视时，昏暗里又有一束略微暗淡的灯光高高亮起。

"有人在那个房间里走动，"福尔摩斯悄声说道，他那急切又瘦削的脸向窗前探去。"没错，我能看到他的身影。他再次出现了！手里擎着蜡烛。他在朝四周窥视，肯定是严加戒备。此时他开始晃着灯光发送信号了。晃一下，这一定是 A。华生，你也记着，等到记完咱们再核对一下。你刚刚记着的是几下？二十。没错，我的也是。二十应该是 T。AT——这应该没错的！还是一个 T。一定是开始写第二个词了。这个是——TENTA。没了。这应该还没完吧，华生？AT-TENTA 没什么意义啊。第三个字了——ATTEN，TA，这也没什么意义啊。难道 T、A 其实是一个人姓名的缩写？又晃了！这次是什么？ATTE——哈，都是重复的内容。可真怪，华生，太怪了！他停了下来！AT——嗯，已经第三次重复了，三次都晃了 ATTENTA！他打算重复几次？终于没了。他从窗口离开了。华生，你觉得这到底是怎么回事呢？"

"应该是些密码，福尔摩斯。"

我的同伴一下发出了得意的笑声。"而且是不怎么晦涩难懂的密码，华生，"他说，"没错，是意大利文！这几个字母的意思是说信号 A 应该发给一个女人。'小心！小心！小心！'没错吧，华生？"

"我想你一定没错。"

"是的，毋庸置疑，这是个十分紧急的信号。连续重复三次，足以说明这种急切的心情了。是让她小心什么呢？等等，那个人又回到窗口来了。"

我们的视线中又出现了一个人蹲伏着的十分模糊的侧影。很快一点小火苗又来回在窗前晃动了，这说明信号又重新开始了。只是这次信号比刚刚那次还要快得多——快得我几乎已经难以记下来了。

这时亮光一下子灭了，那个发亮的窗格同时消失了，由于其余各层都亮着光，这第四层楼瞬间成了本幢楼的唯一一道黑暗的地带。那预警的危急呼叫就这样中断了。到底是怎么回事？是谁打断了他？我的脑海里瞬间蹦出了这样的想法。福尔摩斯本是在窗户边上蹲着的，这时猛地一跃而起。

"事态严重了，华生，"他叫道，"出了什么事！信号怎么会就这样中断了？我必须把这件事报告给警察厅——不过，时间有点紧，我们没法走开。"

"我能自己去吗？"

"我们一定得把事情弄得更清楚一些才行。说不定我们能得到某种更加明确的解释。走吧，华生，咱们俩亲自出马，看到底有什么办法。"

我们在霍伊大街上走着，这时我回过头瞧了瞧我们刚刚离开的这座建筑。在顶楼的一个窗口中，我隐约发现有个头影，那是一个女人的正面头影，似乎紧张而又木然地瞅着对面的建筑，正在十分焦急地等待那突然中断的信号再次亮起。霍伊大街公寓的门道那边，有个人倚在栏杆上，他围着一个围巾、穿着大衣。门厅的灯光照过来，我们的脸变得明亮，这个人突然吃了一惊。

"福尔摩斯！"他叫道。

"嘿，葛里格森！"我的朋友回应道，然后和苏格兰场的这位侦探握了握手。"还真的是不是冤家不聚首啊。是什么风把你吹也到这儿来了？"

"我猜，和你没什么不同，"葛里格森说。"我还真想不明白你是如何得知这件事的。"

"线索有好几根，头就一个。我在记这些信号。"

"你是说信号？"

"没错，就在那个窗口。发了一半，但信号停了。我们打算去查查是什么原因。既然你也在办理这案子，肯定没什么差错，我觉得用不着我们再插手了。"

"等一下！"葛里格森十分热情地说道，"我要和你说一句实话，福尔摩斯先生，我在办案时，只要有你相助，每一次都会让我觉得踏实很多。这房子里只有这唯一一个出口，因此我确定他跑不掉。"

"你是说谁？"

"哈，福尔摩斯先生，我们这一回可是先走了一步。这一次，你可是落在我们后边了。"他举起手杖朝地上用力地敲了那么一下，紧接着就有一个车夫拿着马鞭从街那头的一辆四轮马车旁走了过来。"我可以将你介绍给福尔摩斯先生认识吗？"他朝那车夫说道。"这位先生就是平克顿美国侦探社的李佛顿先生。"

"是侦破长岛山洞秘案的那个英雄吗？"福尔摩斯说道，"真是幸会，先生。"

这是个看起来十分沉静、精明的青年，下巴尖尖，胡子剃得十分干净。福尔摩斯的这一番赞扬的话让他禁不住满面通红。"不过是为生活奔波，福尔摩斯先生，"他说道，"要是我能够把柯奇安诺抓住——"

"你说谁！是赤环会的那个柯奇安诺吗？"

"嘿，在欧洲，他也是十分著名的人物，是吧？在美国，我们也知道了他的事情。我们都知道他和五十件谋杀案有关，但我们想不出什么法子把他抓住。我从纽约一直跟着他。到了伦敦，我整整一周时间里都在他周围，就是在等待机会亲手抓住他。葛里格森先生与我一直追踪他来到这个公寓，据我所知这里的出口只有这一个，他是逃不掉的了。他从这儿进去后，只有三个人从里面出来过，但我敢肯定，他并不在这三人之中。"

"福尔摩斯先生提到了信号，"葛里格森插口说，"我认为，与往常没什么不同，他知道很多我们并不知晓的事情。"

福尔摩斯将我们刚刚见到的情景，作了一番十分简短的说明。这个美国人突然把手一拍，似乎十分气恼。

"那是我们的行踪被他发现啦！"他喊道。

"你怎么会这样想呢？"

"唉，难道情况不是这样的吗？他那是在给他的帮凶发送信号——在伦敦他有一伙人。就像你刚才说的那样，他打信号告诉他们小心，接着就中断了信号。他在窗口时要么是突然看到我们就在街上，要么就是猛地意识到自己面临危险，要是他打算摆脱险情，就必须马上采取些行动。除了以上这些情况，难道还会有别的什么隐情吗？你说呢，福尔摩斯先生？"

"因此我们必须马上上去，亲自查一下才行。"

"可是我们并没有逮捕证。"

"他的情况十分可疑，又是在没有人居住的房间里，"葛里格森说，"现在，这应该就够了。那时我们还在毫不放松地盯着他，我们就询问过纽约方面能否帮助我们把他拘留。而目前的情形，我就可以对逮捕他负责。"

尽管我们中这个官方侦探也许在智力方面尚有缺陷，但在勇气上面似乎并非如此。葛里格森爬着楼梯去抓捕那个亡命徒了。他还是一副惯常的毫不慌乱的沉着神情。也许就是这样一副神情，在苏格兰场，他的官位才能节节攀升。那个来自平克顿的人一度想超过他，但葛里格森却早就十分坚决地将他甩在了后面。对于伦敦的危险来说，伦敦的警察享有负责的优先权。

四楼位于左边的屋子的门半掩着。葛里格森把门开大了些。里面依旧一片漆黑。我把一根火柴划着，点亮了这位侦探的手提灯。就在此时，灯光照亮了房间后，我们所有人都十分吃惊地倒吸了一口凉气。在并未铺地毯的地板上，有一条十分鲜明的新鲜血痕，红色的脚印一直延伸到一间里屋内。里屋的门完全关着。葛里格森撞开了门，举起灯照亮了前面，我们所有人都从他的肩膀上面焦急地向里张望。

里屋的地板正中央躺了一个身材十分魁梧的人，他那剪剃得十分干净的深色脸膛扭曲成了一个奇形的怪状，十分骇人；头顶上是一圈鲜红的血痕。尸体就在一块白色木板上的一个很大的湿漉漉的环形物上躺着。他双膝弯了下去，双手十分痛苦地摊开着，他那又粗又黑的喉咙正中插着一把白柄的刀子。这个人的身材如此魁梧，在他最后被这致命一击袭击之前，他肯定曾像一头被斧子砸倒的牛一样在地上躺下了。一把极其锋利的两边都开着刃的牛角柄匕首就在他右手边的地板上搁着，匕首的边上还有一只黑色的小山羊皮制的手套。

"哎呀！这个人就是柯奇安诺啊！"美国侦探突然喊道，"看来这回，赶在咱们前头的另有人在了。"

"窗台上有蜡烛，福尔摩斯先生，"葛里格森说道，"啊，你在那里干什么？"

福尔摩斯已经走了过去把蜡烛点着了,并在窗前晃了一会。接着他朝黑暗中不断探望,最后把蜡烛吹灭,扔到了地板上。

"我认为这样做应该会对咱们有些帮助的,"他说道。他走到这边来,在那里站着沉思。此时两位专职人员开始对尸体做一番检查。"你刚刚说,你们还等在楼下时,曾有三个人从房里走出去,"他终于开腔说道。

"你有没有瞧清楚他们?"

"十分清楚。"

"那里面是不是有个三十岁左右的青年,胡子和皮肤都很黑,一副中等的身材?"

"有的。就是最后从我身边走过去的那个人。"

"我认为,你要找的那个人就是他。我能够对你明确说出他的模样来,这里还有那个人的非常清晰的一个脚印。对你来说,这些应该够了。"

"并不完全够,福尔摩斯先生,伦敦可是个有几百万人的城市呐。"

"可能是不太够。所以,我觉得最好还是请那位太太来帮帮你们。"

听到了这句话,我们一齐转过了身,就见门道上站了一个个子很高且非常美的女人——华伦太太的那个神秘房客。她缓缓地走了过来,脸色十分苍白,神情忧郁至极,双眼直瞪着,把她惊恐的目光投射在地上的那个黑色的躯体上。

"是你们杀死了他!"她自言自语地说,"天哪,上帝哪,是你们杀死他啦!"然后,就听到她一下子长出了一口气,突然就跳了起来,嘴里都是十分欢快的笑声。她在房间中转圈,拍着手,跳着舞,又黑又大的眼睛里都是极其惊喜的神色,口中则涌出了成串成串的优美的意大利语中的感叹词。见到如此可怖的场景,一个如花美妇竟然表现得如此欣喜若狂,未曾经历的人,怎会明白这情景是多么的可怕而令人惊奇啊!她又猛地停下来,以一种询问的语气对我们说道:

"是你们!你们都是警察吗?是你们把乔西比·柯奇安诺杀死的,是吗?"

"我们的确都是警察,夫人。"

她的眼神在房间四周的阴暗角落里扫过一圈。

"可是,吉那柔呢?"她问道,"就是我丈夫——吉那柔·路卡。我是艾美莉亚·路卡。我们俩都是从纽约过来的。你们知道吉那柔在哪儿吗?是他刚刚在那个窗口让我过来的,我就赶忙跑了过来。"

"是我让你过来的。"福尔摩斯平静地说。

"你?不可能的!"

"你们的密码没那么晦涩难懂,夫人。很高兴你能过来。我知道,只要我晃出'VIENI①'这个信号,你就肯定会过来。"

这位漂亮的意大利女人十分惊讶地望着我的同伴。

"我可不太懂,你是如何知道这些密码的,"她说,"乔西比·柯奇安诺——他是如何——"

---

① 意大利语,"来吧"的意思。

她突然停了下来，脸上随即换上了一副十分骄傲而喜悦的神色。"我可是都明白了！我亲爱的吉那柔呀！我那了不起的、帅气的吉那柔啊，是他保护着我，让我并未受到伤害，就是他，没错，他用他那么多么有力的手把这个魔鬼杀死了！啊，吉那柔，你真是太好了！有哪个女人能够和这样的男子相配啊！"

"喂，路卡太太，"感到十分没趣的葛里格森说道，一边用手扯了扯这位女士的袖子，面无表情，就像眼前的这个女人是诺丁希尔的女流氓一般，"你到底是谁，你来这里干什么，我可不是很清楚；但根据你说的这些，我已经掌握了大致的情况，麻烦你随我们去厅里走一趟。"

"等等再说，葛里格森，"福尔摩斯说道，"我倒认为，就像我们十分想知道这件事情的真相一般，这位女士正打算把她所知道的情况和我们说呢。夫人，你已经知道，在我们前面躺着的这个人被你丈夫杀死了，因为这件事，你的丈夫一定会被抓起来审判的。但你说明的情况将来是能够作证词的。可是，要是你觉得他这么做并非出于违反法律的动机，只是他试图要调查真相的动机，那么，把这件事发生的前前后后的经过告诉我们是你帮他的最好办法。"

"反正柯奇安诺已经死了，我们还有什么可怕的呢？"这位女士说道。

"这家伙就是个妖魔鬼怪。我想，这世上没有任何一个法官会因为我丈夫杀掉这样一个坏蛋而对我丈夫进行处罚的。"

"既然如此，"福尔摩斯说道，"我希望我们锁上这间房门，把这一切都原封不动。我们就随这位女士一同前往她的房间。等她向我们讲述完这一切经过之后，再作一番打算。"

半个钟头后，我们四人已经来到了路卡太太的那间小小的起居室，并坐了下来，听她说起那些十分奇特的凶险案件。至于这件事情的结尾，我们刚刚已经碰巧见到了。她的那口英语既快，又十分流利，只是不太正规。为了读者能够看清事实的原貌，我姑且作了一些语法上的修改。

"我是在那不勒斯附近的波西黎坡出生的，"她说，"当地的首席法官奥古斯多·巴瑞里就是家父。我父亲还曾做过当地的议员。吉那柔当时就在家父手下做事。后来，我们相爱了。也一定会有其他女人爱他的。虽然他没钱，地位也很低——他几乎一无所有，除了美貌、力量与活力——因此我父亲并没有同意我们的婚事。于是我们私奔了，来到巴黎结了婚。后来就变卖首饰，靠着这笔钱我们来到美国。那已经是四年前的事情了。自那往后，我们一直都生活在纽约。

"最初，我们的运气不错。吉那柔帮了一位同样从意大利来到这里的先生——那是在一个叫波温瑞的地方，他从几个暴徒手中把这位先生救了出来，就这样他有了一个势力很大的朋友。这位先生名为迪托·卡斯特罗蒂。他是卡斯特罗蒂及桑巴公司的重要合伙人。在纽约，这家公司是最主要的水果进口商之一。桑巴先生有病在身，因此由我们新认识的这个朋友卡斯特罗蒂全权管理公司。这家公司有三百多名职工。他就在公司中为我丈夫安插了一个工作，而且让他做了一个门市部的主管，在很多方面，他都对我丈夫很照顾。卡斯特罗蒂先生是一个单身汉，我感觉，他已经把吉那柔当成了他的儿子，我与我丈夫都十分敬爱他，也把他当成我们的父亲那样看待。后来我们还在布鲁克林购置了一幢小房子，这时我们都对即将到来的明天充满希望。可是后来，天空中忽然有了乌云，并且很快就遮盖到了我们头上。

"那是在一天傍晚,吉那柔下班回来时,还带来了一个同乡回来,叫柯奇安诺,也来自波西黎坡。这个人身材十分高大,你们都能够验证,因为你们刚刚还见过了他的尸体。而且他并不仅仅是块头大,什么都很怪,让人禁不住害怕。在我们的屋间小屋里,他的声音就像打雷一般。一起说话时,他那巨大的手臂总是不能在我们屋里完全挥动开。他的思想和情绪也都是既强烈又奇怪的,他总是很用力地说话,那样子简直就像在吼叫一般,和他聊天的人也只能乖乖坐着听他滔滔不绝地讲话。只要他的眼睛瞧着你,你就不得不听凭他摆布。他是个极其可怕的怪人。真是感谢上帝,他终于死啦!

"他一次又一次地来我家。但我能看得出来,吉那柔见到他和我看到他差不多是一样的不高兴。我可怜的吉那柔只是原地坐着,脸色苍白,垂头丧气地听着我们客人的讲话。他只是毫无止境地胡言乱语,内容无外乎都与政治和社会问题有关。吉那柔常常不发一言,我呢,我对他很了解。在他的脸上,我能看到某种我之前从来都不曾见到过的神情。最开始,我以为不过是厌恶。但是后来,我就渐渐知道了,这不只是讨厌,而是惧怕———种深藏内心的、不可排遣的惧怕。当天夜里——就是我终于瞧出他心中深藏恐惧的那天夜里——我把他抱在怀里,用他对我的爱来请求他把这一切告诉我,用他什么事情都不曾隐瞒我的感情来请求他和我说说,为什么他会被这样一个大个子弄得如此的痛苦难当。

"于是他和我说了一切。我听到后心里就冷得像冰一般。我那可怜的吉那柔呀,在之前的那些混乱的日子中,全世界都在和他过不去,他被那有失公道的生活逼得快要发疯。于是在那些时候,他和那不勒斯的一个团体混在了一起,那个团体就是赤环会,与老烧炭党①差不多是同样的组织。这个组织有着可怕的誓约和秘密,而且只要加入进去就别再想活着退出。我们后来逃到美国时,吉那柔以为那个组织不会再和他有什么关系了。但是一天傍晚,他在街上遇到一个人。这个人就是以前在那不勒斯时,把他介绍进那个组织的大块头柯奇安诺。在意大利的南部,他被人们称作'死亡',因为他的双手沾满了鲜血!他来到纽约就是为了不被意大利的警察抓到。在他新定居的地方,他还建了这个可怕组织的分会。吉那柔将这一切都和我说了,并且还给我看了他那天接到的一张通知。那张通知的上面画着一个红圈。通知上告知他这个组织会在某一天集会,他必须要听命前往。

"这感觉真是糟糕极了。可是更糟的情况还没发生。我还发现了这样的一些情况,柯奇安诺总是在晚上来我们家,来了之后老是和我说话。虽然他偶尔也会和我丈夫说话,但他那野兽一样恐怖的双眼却总是瞧着我。在一个晚上,他终于把他的秘密泄露了。他眼中所谓的'爱情'——畜生与野蛮人的感情——终于为我知晓。那天他来了后,吉那柔尚未回家。他一走进屋,就用他那宽大的手把我抓住,搂到他那像熊一般的怀里,拼命地吻我,并且让我和他一起走。我不停地喊叫挣扎,吉那柔回来了,马上朝他冲过去。结果他打晕了吉那柔,逃了出去。自那以后,他再没来过我们家。那个夜晚之后,我们和他成了死敌。

"几天后,他们那个组织开会。吉那柔回来后,我一见他的脸色,就知道都有什么可怕的事发生了。它甚至已经大大出乎我们之前的预料。赤环会的组织基金是靠敲诈那些有钱的意

---

① 19世纪时在意大利、法国和西班牙秘密活动的政治组织。

大利人得来的，要是他们不给钱，这个可怕的组织就用暴力相威胁。瞧那样子，他们已经看上了我们的好友和恩人卡斯特罗蒂了。他没有屈从于这种威胁，而且还把信给了警察。于是赤环会就决定给他一些教训，以警告其他的受害者不要反抗。会上做出决定，用炸药将他与他的房子全都炸飞。到底谁去干由抽签决定。吉那柔将手伸到袋子里去抓签时，就看到我们的仇人那张无比丑陋的脸在对他奸笑。毫无疑问，事先的某种安排决定了这个抽签，因为只要签上有个可怕的红色圆圈，就得到了杀人的指令，最终他被安排着抽到了那只签。他要么就去把自己好友杀死，要么只好任由他和我遭到组织的迫害。凡是他们恐惧的人，他们憎恨的人，都将受到他们的惩罚，伤害不仅涉及这些人本人，而且还会波及那些他们所爱之人。这已经成了这个邪恶组织的丑恶规则的一部分。我那可怜的吉那柔被这种恐怖压得抬不起头，他被逼得寝食难安，几乎都要发疯了。

"我们整夜整夜地在一起坐着，胳膊互相挽着，准备一起面对即将降临的苦难。第二天的夜里就是约定的动手时间。正午时分，我丈夫和我就赶往伦敦来了，但是却没能及时通知我们的恩人他正面临危险；当然也没能把这些情况及时报告给警方，以让他将来的生命得到安全的保障。

"先生们，剩下的事情，你们都调查得差不多了。我们只知道，我们的克星像影子一般跟在我们后面。柯奇安诺的报复确实有他私底下的缘由，但无论怎么说，我们都知道这家伙究竟是个多么残酷、狡猾的人。在意大利和美国，他那恐怖的势力都为人们所谈论。要是说在什么时候他的势力已经得到证明的话，那就是此刻。利用出发以来少有的这几天好天气，我最爱的丈夫为我找了这么一个安身之地。在如此危急的情况下，也能让我不致遭受任何危险。而他本人，也很想摆脱他们的跟踪，以便与美国及意大利的警方人员及时联系。我现在也不清楚他究竟住在哪儿，如何生活。我都是从一份报纸的寻人广告栏里得到所有消息的。一次，我向着窗外张望，就见两个意大利人在盯着这所宅子。我就知道，我们的行踪已经为柯奇安诺所发觉。后来，吉那柔又借助报纸告诉我，他会在哪个窗口对我发信号。但信号最终出现时，却只是警告，并没其他的内容，之后又突然中断。现在我都清楚了，他知道自己被柯奇安诺盯住了。真是感谢上帝！这个家伙找到他时，他已经做好了准备。先生们，现在我想你们告诉我，若是持法律观点，我们是不是有什么要害怕的，这世上会不会有哪个法官会为了吉那柔做的这些事情而惩罚他呢？"

"嗯，葛里格森先生，"那位美国人说道，同时瞟了警官一眼，"我不太清楚你们英国的法律会有怎样的看法，但在我们纽约，我敢保证这位太太的丈夫势必会赢得普遍的赞赏。"

"她还是要和我去见见局长，"葛里格森回答道，"要是她说的事情全部属实，我并不觉得她或是她的丈夫需要害怕什么。只是，我依旧不太清楚的是，福尔摩斯先生，你又如何会搅进这起案件里呢？"

"是教育，葛里格森，教育，还仍然想在这所老大学中学到一些知识。很好，华生，你的书里又多了一个离奇而又悲惨的故事啦。对了，八点钟还不到，今晚考汶花园那儿会演出瓦格纳的作品，如果我们立即就去，说不定还能赶上第二幕。"

布鲁士—巴丁登计划

那是一八九五年十一月的第三周，伦敦掩映在了浓雾之中。我在想，从星期一一直到星期四这期间，我们还能不能从贝克街这边的窗口看出对面屋子的轮廓，对此，我深表怀疑。第一天，一整天福尔摩斯都在为他那册篇幅浩大的参考书编索引。第二天与第三天他都十分耐心地把时间消磨在了他近来才迷上的一个项目上——中世纪的古典音乐。第四天的时候，我们用过早餐，将椅子推回桌下，屋外空气中湿漉漉的雾气一阵阵地冲进来，窗台上都凝成一个个油滴状的水珠，这时我的朋友那急躁活泼的性格再也无法忍受如此单调的场景了。他捺着性子，在起居室中来回不停走着，不时咬一下指甲，敲一敲家具，看来这种毫无生气的氛围令他十分恼火。

"华生，最近报上登过什么有意思的新闻吗？"他终于开口问我。

我十分清楚，福尔摩斯口中的有意思的事情，无外乎指犯罪事件。报上都杂乱地报道了和革命有关的新闻、和打仗有关的新闻，以及政府即将被改组的消息。但这些，无一例外，都不在我同伴关注的范围里。我也看到了几个犯罪报道，但案情全都平淡无奇。福尔摩斯叹息了一声，继续他漫无目的的踱步。

"伦敦的罪犯可真是差劲啊，"他开始抱怨，就像一个在比赛里被排挤的运动员。"华生，你瞧瞧窗外，人影都朦朦胧胧的，浓雾里面什么都看不清。天气如此适宜，盗贼与杀人犯尽可以游荡在伦敦的任何角落，就像回到山里的老虎一般，谁都看不到他们，除非他朝着受害者扑上去。就算如此也只有受害者才能够瞧清楚。"

"街上小偷还是不少啊。"我说道。

福尔摩斯从鼻子里轻轻地哼了一声。

"如此阴沉诡谲的舞台，怎么可能是为如此不重要的事情所设置的？"他说，"我没有成为一个罪犯，可真算是此间社会之万幸。"

"确实如此啊！"我真心实意地说。

"要是我作为布鲁克斯或者伍德豪斯，又或者是作为那些有着充足理由杀掉我的那五十个人中的任意一个，让我来追踪我自己，我又能在这世上幸存多久？也许一张传票，也许一次伪造的约会，也不需要更多的了。所以幸亏那些拉丁国家——暗杀的国度——总是缺少雾天，否则——哈！你瞧瞧，终于有事情来把咱们的单调沉闷给打破了。"

女仆拿了一封电报走进来。福尔摩斯把电报拆开,就开始笑个不停。

"好哇,真是太好啦!还需要更多的吗?"他说,"我哥哥麦考夫就快来咱们这儿啦。"

"为什么是快要来?"我问道。

"为什么是快要来?这似乎和在乡下的某条小路上遇到了电车没啥区别。麦考夫有他自身的轨道,在他的轨道上他任意奔驰。他的活动圈子也就是位于蓓尔美尔街的他的住所、戴奥尼斯俱乐部,或者白厅,如此简单。他只来过这儿一次,唯一一次。不知道这次又因为什么事让他从他的圈子出来呢?"

"他没告诉你吗?"

福尔摩斯顺手就把他哥哥发来的电报递了过来。只见上面写着:

因卡多甘·卫思特事必须与你详商。即来。

麦考夫

"是卡多甘·卫思特?我似乎听到过这个名字。"

"我可是毫无印象。但是麦考夫为此突然要赶来,可并不正常!虽然星球也可能从轨道脱离。对啦,你可知道麦考夫都干过些什么吗?"

我隐约有些记忆。在"希腊译员"案的办理过程中就曾听说过他。"你曾经和我说起过他,他好像是在英国政府中做一些小差事。"

福尔摩斯听完就大笑起来。

"那时,我还不是很了解你。一旦说起国家大事,就没法不谨慎一点。你说他为英国政府做事,倒也不错。要是你说有时他就代表英国政府,从某个角度来说你也没有错。"

"哈,亲爱的福尔摩斯!"

"我早就预料到我会让你感到惊讶的。麦考夫的年薪只有四百五十英镑,与一个小职员无异,他没什么野心,对名利也没什么概念,但对于我们这个国家来说,却是最必不可少的那种人。"

"到底是怎么回事呢?"

"唔,他有着非同一般的地位。而且这地位全凭他自己获得,从前几乎没有这种事,以后也基本不可能再有。他头脑清晰缜密,做事极有条理,记忆力也超强,这一点谁都赶不上他。我和他拥有相同的才能,只不过我以此来侦缉破案,而他却应用到别的一些特殊事务上而已。每个部门得出的结论都要送往他那儿,他相当于中心交换站或者票据交换所,这一切的平衡都由他控制。别人一般都不过是专家,而他的特点却是无所不知。如果一位部长急需一份情报,这份情报是和海军、印度、加拿大以及金银复本位制问题等方面有关的,他的任务就是从那些不同的部门分别获取毫不相关的看法。其实也只有麦考夫这样的人才能有法子将这些意见重新汇总,并即时将所有这些因素间产生的影响阐述出来。最初,他们只是将他看成是捷径或者方便的手段来加以利用;不过如今他已然成了政府不可或缺的关键人物了。他有着一个了不起的大脑,在那里所有的事情都分类进行保存,并且随时能够拿出来用。他的话常常能够决定这个国家所作的政策。他就在这其中生活。除非我偶尔去找他,向他请教一些我遇到的一两个小问题,他才借此稍稍让自己智力缓和一下,别的事情他一概都不关心。不过麦考夫今天却从天而降。究竟有什么事发生呢?这个卡多甘·卫思特是谁呢?他又和麦考夫有何关系呢?"

"我知道这个人,"我突然喊道,同时扑到沙发上摆着的那堆报纸上,"没错,没错,就在这里,一定是他!卡多甘·卫思特是个年轻的小伙子。周二早上他被发现死在了地下铁。"

福尔摩斯立即坐了起来,注意力十分集中,甚至烟斗都停在了离嘴边不远的位置。

"这事情肯定很严重,华生。我哥哥的习惯竟然会因为一个人的被杀而改变,看来的确非同寻常。他到底和这件事有什么关系呢?我知道的是,事情还没取得什么进展。表面来看,这个小伙子是从火车上掉下去后摔死了。他并未遭到任何抢劫,而且也无特殊理由能够怀疑这其中包括的暴力行为。难道还另有隐情吗?"

"尸体验过了,"我回答说,"又有很多新情况发现。再好好想想吧,我感觉这一定是个非常离奇的案子。"

"就这件事对我哥哥产生的影响来看,我也觉得这件事没那么简单。"他重新蜷伏进他的扶手椅里,伸着懒腰对我说道,"华生,我们重新来研究一下这事情的经过吧。"

"这个人的全名是亚瑟·卡多甘·卫思特,今年二十七岁,尚未结婚,是乌尔威奇兵工厂的职员。"

"也是政府的雇员。看看,这就和麦考夫有些联系啦!"

"星期一的夜里他突然从乌尔威奇离开,他的未婚妻凡莉特·魏思柏小姐是最后见到他的人。那个夜里的七点半钟左右,外面大雾弥漫,他却突然从她身边离开了。他们俩当天并没发生任何口角,至于他为什么离开她也并不清楚。我们现在所知道的和他有关的第二件事是,他的尸体被一个名为梅生的铁道工人在伦敦地铁旁的艾得门车站外给发现了。"

"何时发现的?"

"星期二早上六点左右,当时他的尸体就躺在那条向东去的路轨的左边,离车站不是很远,铁道就在那个地方从隧道下面穿出来。头已经裂了,伤势非常重——极有可能是从火车上摔下造成的。身体应该只能是从火车上摔下来的。很显然尸体不可能是从这附近的某条街运来的,因为那必须要经过站台,总是有检察人员在站台口那儿的。这一点应该没什么疑问。"

"不错。情况已经很明确了。这个人,不管死活,要么是在火车上失足掉了下去,要么就是被人丢下了火车。我已经明白了。你继续说吧。"

"尸体旁边的铁轨上开过的火车都是从西向东开的列车,以市区火车居多,有些还从威尔斯登或者附近车站开来。能够确定的是,那天夜里很晚的时候,这个被害的青年坐的车就是朝着这个方向驶去的。但是,目前还不清楚他到底是在哪一站上的车。"

"车票。只要看看车票就能知道这一点了。"

"没在他的口袋中找到车票。"

"没找到车票!嘿呀,华生,这可真奇怪。据我所知,若是没出示车票是不允许进入地铁月台的。要是他买了车票,是不是说,车票被人拿走是不想让人知道他是在哪个车站上车的吗？很有可能是这样的。说不定车票会丢在车厢中？也不是没可能。这一点倒是挺奇怪，十分有趣。我想应该没发现有任何被盗的痕迹吧？"

"很明显没有。他随身带着的物品还被列了一个清单。有两镑十五先令在他的钱包里。此外，他的钱包中还有一本首都及郡银行乌尔威奇分行的支票本。从这些东西判断，他的身份应该就能判断出来了。另外则是两张当晚的乌尔威奇剧院的特座戏票，以及一小捆技术性文件。"

福尔摩斯一副满足的神色，和我说道：

"华生，你看，一切都齐啦！从英国政府到乌尔威奇，从兵工厂到技术文件，这些环节都和麦考夫兄长联系到了一起。但是，要是我的耳朵没出问题，他自己已经要来告诉我们了。"

过了不长时间，麦考夫·福尔摩斯那高大的身躯就被带到房里来。他长得十分魁梧，瞧上去并不怎么灵活，但在这看似笨重的身体上长出来的脑袋，却有一股威严神色在眉宇间尽显无疑，铁灰色的眼睛深沉而机警，嘴唇显得果敢坚毅，表情却又十分敏锐，这一切甚至让人在看过他一眼后，就立即会把他与他那粗壮的身体区分开，而只对他那无与伦比的智力印象深刻。

在他后面跟着的，就是我和福尔摩斯的老朋友，苏格兰场的警探雷斯垂德——他依旧干瘦、严肃。他们都面色阴沉，这一切都表明了问题的严重性。握手时，这位侦探始终沉默着。麦考夫·福尔摩斯则用力把外衣脱下，拉过一把靠椅就坐了下来。

"这事可真是很伤脑筋，夏洛克，"他说，"我是最不想改变自己的习惯的，但当局却非说不可以。就当前暹罗的情况来说，我还真的是最好不要离开办公室。但这的确可算是一个很大的危机。首相如此惶惶不安的样子我之前还从未见过。而海军部呢，就如同一个被人捅翻了的蜜蜂窝一样闹哄哄的。你也知道这案子了吗？"

"刚刚看过。那个技术文件是些什么？"

"对了，就和这个有关！所幸尚未公开。倘若公开了，报界一定会乱成一团。因为布鲁士—巴丁登潜水艇计划就在这个不幸的青年的口袋里。"

麦考夫·福尔摩斯在说这句话时，神情非常严肃，可见他对这个问题的严重性是有着足够的认识的。我的朋友和我坐下来等他继续说下去。

"你们一定都听说过吧？我想你们大家应该都听说过了。"

"不过是听过这个名字而已。"

"这份计划是极其重要的，属于政府最需要严格保守的秘密。我能大致和你们说一下，只要处于布鲁士—巴丁登的效力范围之内，任何海战根本都不需要进行。那是在两年前，政府秘密从财政预算里拨出很大一笔款项，用来进行这项专利的发明，并尽可能采取了更多的措施来对这一计划加以保密。这项计划非常复杂，包括的单项专利达三十多个。对于整个计划而言，每一个单项专利都是不可或缺的，都极为重要。最初，这份计划就在与兵工厂挨着的机密办公室中的一个特意为此打造的保险柜中放着，办公室的门窗都有防盗功能。无论情况如何，都不能将计划从办公室中拿走。就算是海军的总技师打算查阅这份计划，也不得不前往乌尔威奇办公室。但是，我们却从伦敦中心区的一个被害的小职员的口袋中见到了这份计划。官方对此深感可怕与忧心。"

"但是你们不是已经把计划找回来了吗？"

"没有，夏洛克，没找回来！这就是危险之所在。我们并未把计划找回来。乌尔威奇那里丢失了十份计划。但是卡多甘·卫思特的口袋中却只有七份。另外最为重要的三份没有了——被盗了，不见了。你最好把所有的事情都放下，夏洛克。不要再像以前那样只是为一些警局里的小事伤脑筋。你现在务必要解决一个十分重大的国防问题。卡多甘·卫思特把文件偷走的动机是什么？找不到的那几份文件去哪儿了？他的死因是什么？尸体为什么会去了那里？如何把这场灾祸消弭于无形？只要能够将这些问题的答案找出来，无论为国为民你都做了一件好事。"

"为什么你不亲自来解决这问题呢，麦考夫？我能发现的，你也一定能发现。"

"我觉得是这样的，夏洛克。如果只是查明细节的问题，只要你告诉我所有的细节，我就能坐在一把靠椅中和你说说一位专家得出的准确意见。若是需要四处奔走，向路警询问事情，拿着放大镜观察——这都不是我所擅长的。我也没法干。你一定可以查清真相。要是你愿意看到自己的大名在下一次的光荣名册中出现的话——"

"我会干的，但仅仅是为了干而干罢了，"我的朋友摇摇头，微笑着说，"而且这问题的确十分有趣，我也很愿意做一番研究。要是可以的话，你再给我提供些情况吧。"

"我把一些更加重要的情况都写在了这张纸上。这上面还包括几处地址，等过段时间你会用得到的。政府中的著名专家詹姆士·华特爵士就负责管理这些文件。他有很多荣誉和头衔，在人名录中足足占了两行。就职务上而言，他是个老手，也是一位绅士，一位在上流社会出入并且颇受人欢迎的客人。除此以外，没有人能够质疑他的爱国主义。持有保险柜钥匙的人一共有两个，其中的一个就是詹姆士爵士。而且，在整个星期一的工作时间中，文件一定还在办公室中放着。三点钟左右的时候，詹姆士爵士出发去了伦敦，同时带走了钥匙，案件发生那天的整个晚上，他都在巴克利广场的辛克莱海军上将家中度过。"

"这一点是经过证实的吗？"

"已经得到证实。他的弟弟凡蓝丁·华特上校能够证实他的确从乌尔威奇离开了；辛克莱海军上将则可以证实他确在伦敦。因此这一问题已经并不能和詹姆士爵士产生任何直接的关系了。"

"还有一个持有钥匙的人是谁？"

"是薛尼·强森先生。他是这里的正科员，也是绘图员，四十岁，已经结了婚，并育有五个孩子。平日里他总是沉默少言。但总体来讲，在公事的各个方面，他都表现得十分在行。他与同僚们很少来往，但工作非常认真。曾有人听他说过，星期一那天下班之后他一整晚都待在家中，钥匙就在他的表链上挂着，他的妻子能够证明他说的这些话都是真的。"

"那我们还是聊聊卡多甘·卫思特吧。"

"嗯，他已经在这里工作了十年，一直干得很优秀。他的性格有时比较暴躁，易冲动，但却颇为忠厚直率。我们一直对他印象很好。在办公室中，他只比薛尼·强森略逊一筹。他的工作让他不得不每天单独去和这些计划接触。此外，别的人都没有掌管这些计划的机会。"

"当天夜里锁存计划的是谁呢？"

"就是正科员薛尼·强森先生。"

"哦，如果情况如此，计划到底是被谁拿走的就应该十分清楚了。事实上是，最终在副科员卡多甘·卫思特的身上找到了这些计划。难道不是这样吗？"

"没错的，夏洛克，只是与此相关的许多情况都未能得到合理的解答。第一个问题就是，为什么他要将计划取出去？"

"我猜是和计划很值钱有关吧？"

"那他倒是非常容易就能弄到几千镑。"

"除了要把计划拿去伦敦卖以外，你还能想得到其他的他可能这样做的原因吗？"

"不，应该没有了。"

"好吧，以目前的情况，我们就将这个假设看成是我们破案的前提吧。小伙子卫思特要想拿走这份文件，就必须得仿造一把钥匙才可以办到——"

"应该要仿造几把钥匙才可以，大楼和房门都是需要钥匙打开的。"

"也就是，他就必须得有几把仿造好的钥匙。他把文件带到伦敦去卖，目的应该就是打算在人们尚未发现计划已经丢失前，于第二天清早将计划放回到保险柜中。但就在他去伦敦完成他的这个叛国使命时却丢了性命。"

"何以见得呢？"

"我们可以假设，他当时正在回乌尔威奇的车上，结果被人杀害并从车厢中丢了出去。"

"尸首最终是在艾得门附近被发现的。这地方其实距离前往伦敦桥的车站已经不近了，很有可能他是由这条路前往乌尔威奇的。"

"我们甚至能做以下设想，他在经过伦敦桥时会发生什么样的情形。举个例子来说，在车厢中，他和某一个神秘人物偷偷会面。结果并未达成什么共识，话不投机进而动武，他就被杀死了；或者他当时想从车厢离开，结果意外掉到了车厢外的铁道上摔死了。那个人随即把车门关上。当时雾很大，这一幕很难被人瞧见。"

"就我现在知道的情况而言，这应该是最好的解释了。不过，夏洛克，你最好再想想，你还没考虑到哪些你不得不解决的问题。就研究来说，我们可以猜测卡多甘·卫思特这个年轻人早就打好了要将这些计划带去伦敦的主意。那么自然而然的，他已然与外国特务有约在先了，并且还要设法在当天晚上不被人怀疑。但情况似乎与这并不符合，他随身带了两张戏票，打算与未婚妻去看戏，结果却在半路上忽然失踪了。"

"纯粹是瞎猜。"雷斯垂德插嘴说。他在边上坐着，一直听他们俩谈话，看起来已经颇有些厌烦了。

"这个想法倒是十分特别。这可以算作是没能解决的第一个问题。尚未解决的第二个问题是：我们可以假设他已经去过了伦敦，并且和约好的外国特务会了面。他想赶在早上之前送回文件，否则就会留下隐患。他当时带走了十份，但被发现时口袋中只剩了七份。另外的三份去哪儿呢？能确定的是，他肯定不愿丢下那三份。可是，他叛国所得的赏钱又去了哪儿呢？按常理，他的口袋中总应该能发现不少钱吧。"

"我觉得这事儿再清楚不过了，"雷斯垂德说道，"这些发生的事情都是明白无误的。他拿着文件去卖，然后和那个特务会面了。但是他们就价钱问题产生了分歧，他就回来了。但特务却没有放过他，而是跟着他上了火车，并杀了他，把重要文件抢走了，把他丢到了车外。这一切难道不是挺明显的吗？"

"可是他的车票去哪了呢？"

"车票能够暴露哪个车站距离特务的居处最近，因此他就从被害者的身上搜出了车票并带走了。"

"很好，雷斯垂德，你分析得很好啊，"福尔摩斯说道，"你的说法十分有用。但是，要是果真如此，这案子就没什么需要调查的了。从一方面来讲，叛国者已被杀掉；另一方面来说，这个时候布鲁士—巴丁登潜水艇计划应该已经抵达欧洲大陆。我们又能为此做些什么呢？"

"马上采取行动，夏洛克——立即！马上！"麦考夫喊道，同时一下子从椅子上跳了起来。"我的直觉告诉我这个解释是行不通的。让我们瞧瞧你的本事吧！赶快去作案现场！问问与这件事有关的人！找出一切可能的办法来进行吧！也许终你一生，都难得遇到如此好的机会能够为国尽忠哩。"

"是啊，是啊！"福尔摩斯耸了耸肩膀，说道。"过来，华生！还有雷斯垂德，劳驾你陪我们走开一两个钟头，我们马上就从艾得门车站着手调查。再见了，麦考夫。傍晚前，我们就能给你一个报告，但我把话说在前头，你可不要抱有多乐观的想法。"

一个钟头后，福尔摩斯、雷斯垂德和我，抵达了隧道与艾得门车站交汇处的地下铁路。代表铁路公司接待我们的是一位神色谦恭的、面色红润的老先生。

"这里就是那个年轻人的尸体被发现的地方，"他用手指着距离铁轨差不多三英尺的一个地方，说道。"这怎么可能是从上面掉下来的呢？你们瞧啊，这里都被没有门窗的墙挡着。所以，只有从列车上来的说法才准确，照我们看，这辆列车应该就是在星期一的午夜时分从这里通过的。"

"你们检查之后，有没有在车厢中发现打斗过的痕迹呢？"

"没发现，连车票都没找到。"

"那么也没有发现车门是打开着的？"

"没发现。"

"我们今天早上又拿得了一些新的证据，"雷斯垂德说道，"星期一晚上的十一点四十分左右，有个乘客乘坐一列普通地铁列车，从艾得门车站经过。他说那是在列车就快要到站的时候，突然听到咚的一声，似乎是什么人摔到了铁路上。当时雾非常大，什么都瞧不见。他当时就没报告。嘿！福尔摩斯先生出什么事啦？"

我转过头去，我的朋友就在原地站着，神情紧张，看着从隧道中弯伸出来的铁路。艾得门作为一个枢纽站，是有个路闸网的。他那又急切又疑惑的目光盯着路闸。在他那机灵而警觉的面容上，我看到嘴唇紧闭、鼻孔颤动、双眉紧锁的神情，这些对我来说都是那么熟悉。

"都是路闸啊，"他自言自语地说，"路闸。"

"路闸什么？你想要说什么呢？"

"我可没在别的路段上见到过如此多的路闸！"

"是的，都没有这么多。"

"还有铁路的弯曲度。从路闸到弯曲度。说实话！要是仅仅如此就没问题啦。"

"你发现了什么，福尔摩斯？是有线索了吗？"

"仅仅是个想法——迹象罢了，仅此而已。但是，案情却因此更加有意思了。不同寻常，非常不同寻常。为什么会那么不同寻常呢？因为我没在路上瞧见任何血迹。"

"确实没发现血迹。"

"但我知道他受了很重的伤。"

"摔碎了骨头，但是外伤并不重。"

"那也应该会有血迹的。我可不可以检查一下那个当天在大雾里听到落地的碰撞声的那个旅客所乘的那列火车呢？"

"怕是不成了，福尔摩斯先生。列车都被拆散了，车厢都被重新分给各列火车了。"

"我可以对你保证，福尔摩斯先生，"雷斯垂德说道，"我们已经非常仔细地检查了每一节车厢。我都亲自察看的。"

对于那些没有他警觉性高、智力也不及他的人，我的朋友总是缺少一些耐性，这也可以算作他最为显著的缺陷之一。

"极有可能确实如此，"说着，他就转身走了几步。"由事出情形来判断，我并不是那么想察看车厢。华生，能在这儿做的我们都已经做过了。雷斯垂德先生，我想我们不需要再劳烦你啦。我以为我们此时务必去乌尔威奇瞧一瞧啦。"

来到伦敦桥，福尔摩斯就发了一封电报给他的哥哥。在尚未发出时，他把电报拿给我。我见电报上写了：

黑暗中已现一丝光亮，但随时都会熄灭。请立即派通信员将已知的在英国的所有外国间谍或是国际特务的名字与详细住址送至贝克街。

夏洛克

"我想这会对我们有帮助的，华生，"他说道，此时我们已坐在了乌尔威奇列车的位子上了。"能够将这样一件十分不平常的案子交付给我们，我们必须要十分感激我的哥哥麦考夫。"

他那神态颇为急切的面孔依旧是一幅十分紧张却又精力充沛的神情。这都告诉我，一种带有某种启发意义的新情况已经在我的朋友脑中打开了一条振奋人心的思路。那就像一只猎犬一般，若是它懒懒地在窝中躺着时，它的耳朵耷拉着，尾巴向下垂着，但同样是那只猎犬，如今却圆瞪着双眼，绷紧浑身的肌肉，正顺着猎物强烈的气味不停地追索前进。从今天上午一直到现在，福尔摩斯所发生的变化就是如此。还在几个小时前，他还精神懈怠，郁闷无聊，在朦胧的雾气中穿着灰色睡衣在房间中来来回回地踱步。前后对比，简直不像是同一人所为。

"这里就是材料，而且有充足的活动余地，"他说，"我之前可真笨啊，就没在它上面看出什么希望。"

"哪怕到了现在,我都并不十分清楚。"

"我现在也弄不清结局,但我想到一个主意,说不定能让我们更进一步。也就是那个人被害死在别的什么地方,而他的尸体却被放到了一节车厢的上面。"

"车厢的上面!"

"很让人吃惊,是吧?你可以想想当时的情景。尸体被发现的地方恰好就在列车从路闸开过时发生剧烈颠簸的地方,这难道只是巧合吗?车厢上面放着的东西难道不会从这个地方掉到下面来吗?路闸是不大可能影响到车厢里面的东西的。尸体只能是从车厢上面掉下来,否则就必须是某种十分奇妙的巧合。现在,再想想血迹的问题吧。要是身体中的血在其他什么地方流过了,那么路轨上一定就没什么血迹了。每件事都包含有一定的启发性,虽然很小,但积到一起,力量就一下子大了很多。"

"那当然也能解释车票的问题喽!"我十分惊讶地问道。

"当然可以,别的可能还难以解释没发现车票的原因,而这样一种想法却能对此有个合理的解释了。所有的事情都是相吻合的。"

"但是,就算如此,对于他的被杀之谜,我们仍是远远没有解开。而且,事情并未因此而变得简单一些,反而朝着更加离奇的方向发展了。"

"你说得很有道理,"福尔摩斯心不在焉地说道,"说不定是这样的。"他接着就沉默下来,陷入了沉思中,一直到本次列车慢吞吞地到达乌尔威奇车站。他拦住一辆马车,从口袋中掏出了麦考夫的字条。

"我们得利用今天下午的时间去好几个地方,"他说。"我觉得,我们最先应该去拜访的就是詹姆士·华特爵士吧。"

这位十分有名的官员所住的地方是一幢非常漂亮的别墅,一片绿油油的草地一直延伸到了泰晤士河岸。我们来到他家的时候,雾气已经减弱了很多,一道还很微弱的带着水气的阳光射了下来。管事的听到铃声,出来打开了门。

"先生!"他脸色一下严肃起来,说道,"今天早上,詹姆士爵士已经去世了。"

"我的天哪!"福尔摩斯禁不住惊呼一声,"他是怎么死的?"

"先生,也许您想进来和他的弟弟凡蓝丁上校见上一面吧?"

"好的,最好能见见。"

我们随后就被带到了一个光线很弱的客厅。过了没多长时间,一个约有五十岁的个子很高的人走到了我们面前,他容貌英俊,稍稍有些胡子。看来他就是那位刚刚去世的科学家的弟弟。他那不安的眼神、尚未来得及洗净的面颊以及蓬乱的头发都告诉我们,这场突如其来的事故对这家人打击很大。他说起这件事来,声调也并不十分清晰。

"这桩丑闻实在是太可怕了,"他开口说道,"我哥哥詹姆士爵士有着非常强的自尊心。他是经受不住这种事的打击的,为此他伤心不已。他常常自豪于他所主管的那个部门的工作效率,这次的打击简直是致命的。"

"我们本希望在他这里能够找到一些我们需要的线索,以便能够更快地查清此案的。"

"我可以向你们保证,对他来讲,这件事就像对你或者对我们大家没什么不同,完全是一个谜。他所知的都已经原原本本地报告给警方了。毋庸置疑,卡多甘·卫思特犯了罪,这没什么可说的。但除此以外的一切都太让人惊讶了。"

"对这件事,你有什么新的看法吗?"

"除了这些天我看在眼里的和听在耳里的外,我本人对此是一无所知的。我也很讨厌失礼,但还是希望你能够谅解,福尔摩斯先生,我们目前的处境十分糟糕。因此,我希望你们能够尽快结束本次访问。"

"真是没想到事情会朝着这个方向发展,"当我们再次回到马车上时,我的朋友对我说道。"我对他是否属于自然死亡深表怀疑,说不定这个老家伙是自杀的。倘若是后者,这难道是他由于失职而自谴的一种体现?我们还是先别想这个问题了。接下来我们会去访问卡多甘·卫思特一家。"

位于郊区的一座颇为小巧却又维护得十分好的房子中住着被害者的母亲。但老太太因过于悲痛,有些神志不清,并没给我们任何帮助。但在她的身边还站着一个面色苍白的女子,她自我介绍说是凡莉特·魏思柏小姐,被害者的未婚妻。也就是她,在他遇难的当天晚上见过了他最后一面。

"我也不知道为什么会是这样,福尔摩斯先生,"她说道,"自从发生了这个悲剧,我没有能闭上眼,白天在想,晚上也在想,想呀,一直想呀,到底为什么会是这样。亚瑟是这世间头脑最纯真、最侠义,也是最最爱国的人。要是他会把交付给他严加看管的国家机密卖掉的话,那他自己都早就会砍断自己的右手的。凡是对他有所了解的人,都觉得这件事荒谬极了,完全没可能,不正常。"

"但事实又如何呢,魏思柏小姐?"

"是啊,没错,我知道我也没法去解释。"

"他最近有钱的需求吗?"

"没有,他不怎么需要钱,况且他的薪水也不低,他攒下了有几百英镑。我们打算在新年的时候结婚。"

"也没曾受到过什么精神方面的刺激吗?嘿,魏思柏小姐,你不妨对我们直说吧。"

我朋友的那双敏锐的眼睛显然对她态度的细微变化有所察觉。她的脸色一下变了,显得十分犹豫不决。

"好吧,"她终于开口了,"我总是觉得他心里藏着什么事。"

"这种感觉很久了吗?"

"差不多是最近这个星期的事儿。他总是一副忧心急躁的样子。一次,我忍不住追问他,他就承认自己有事,而且这件事关系到他的公务。'对我而言,这简直太严重了,没法说,就算和你都不能说。'他说道。关于这件事我什么都没问出来。"

福尔摩斯的面色沉重起来。

"接着说,魏思柏小姐。哪怕事情对他不那么有利,也请继续说下去。至于这会引起什么样的后果,现在我们都说不好。"

"确实,我确实没什么可再说的了。好像有那么一两次,他似乎想和我说一些什么。记得一天晚上，他提到了这个秘密有多么重要。我就记着他当时说过，毫无疑问外国间谍肯定会出高价钱的。"

我的朋友的表情愈发阴沉了。

"还有别的吗？"

"他认为我们并没有很认真地对待这种事——叛国者并没那么难取得计划。"

"就是最近他才说的这些话吗？"

"没错，就在这几天。"

"现在你和我们说说最后的那个夜晚吧。"

"我们本来计划着要去剧院的。当时雾非常大，甚至马车都无法乘坐。我们只好步行，就当我们来到他办公室附近时，他突然丢下我跑进了雾里。"

"他当时没说什么话吗？"

"只是惊叫了一声，仅此而已。我只好等在原地，但从那以后他就没再回来了。之后我就回了家。第二天清早，办公室开了门后，他们就到我家来调查了。十二点左右的时候，我才知道这个可怕的消息。啊，福尔摩斯先生，如果你能挽回他的荣誉那该有多好呀！对他而言，荣誉可是最大的事情。"

福尔摩斯十分沉痛地摇了摇头。

"走吧，华生，"他说，"我们去别处想想办法，下一站就去文件被盗的办公室看看吧。最初的情况就已经对这个年轻人非常不利了，但我们此番询查的结果却让情况对他更为不利了。"他说着话，马车已缓缓地驶离这里。"他那邪恶的犯罪念头就是因即将到来的婚事而起的。钱对他当然十分重要。既然他知道了资料和钱的关系，他的心里就起了波澜。他曾把他的计划和她说了，这差一点就让她也变成了他叛国的帮凶。情况简直糟透啦。"

"可是，福尔摩斯，有些问题也应该是性格所引起的吧？而且，又怎么解释他为什么要将这个姑娘独自丢在大街上，自己却跑去进行这桩罪行呢？"

"说得没错！这的确是有些没法说得过去。但是，他们当时所遇的是十分难以应付的情况。"

正科员薛尼·强森先生在办公室中和我们见的面。他十分恭敬地把我们迎了进去，通常情况下，我同伴的名片往往能带来这种情形。他的身材很瘦，是个有些粗鲁的、脸上长了些斑点的中年人，面容稍显憔悴。或许是因为精神过于紧张，他的两只手自始至终都在抽搐着。

"太糟糕了，福尔摩斯先生，这可真糟糕！主管也死了，你已经知道了吧？"

"我们也是刚从他家过来。"

"这地方一下子可真乱啊。主管死了，卡多甘·卫思特也死了，文件被偷了。但是在星期一的晚上我们把办公室的门关上时，我们所在的办公室都是与其他政府部门的办公室一样非常有效率的，我的天哪，真是想想就可怕！同样是我们这些人中，这个卫思特怎么会干出这样的事来！"

"也就是说，你对他有罪是很确定的啰？"

"我是觉得没什么其他方法能够解释这件事。对于他，我可是像对我自己一样信任的。"

"你们是在星期一的几点钟关的办公室的门?"

"是五点钟。"

"你亲自关的门吗?"

"没错,我往往都最后一个出来。"

"计划在哪里放着?"

"保险柜里啊。我都是亲手把它放进去的。"

"在这屋里难道没有看守吗?"

"有的。但他同时还要照看其他几个部门。这个看守曾经当过兵,绝对诚实可靠。当天夜里,他什么都没发现。当然,这也和雾很大有关。"

"也许卡多甘·卫思特是计划在下班之后重新溜进来,不过他是不是必须有三把钥匙才能把这些文件拿到手?"

"没错,需要三把。外屋有一把,办公室要一把,保险柜也要一把。"

"这些钥匙只有詹姆士·华特爵士和你才有的,是吗?"

"我没有门的钥匙——我有的只是保险柜的。"

"平时,詹姆士爵士做事很有条理吗?"

"是啊,我觉得他是。据我所知,他把这三把钥匙一同拴到了一个小环上。我常常看到这些钥匙在那个小环上吊着。"

"他去伦敦也会带着这小环吗?"

"他说是这样的。"

"你确定你的钥匙从未离过手?"

"确定。"

"要是卫思特是嫌疑犯,他就必须有一把伪造的钥匙,但我们并没在他身上找到这把钥匙。还有一点:要是这个办公室中的某一名职员故意把计划卖出,复制这些计划难道还比不上像实际中所要做的那样将计划原本带走更为简单吗?"

"复制一份准确的计划,必须要有足够的技术知识才能成行。"

"但是,我想无论詹姆士爵士,还是你,或者是卫思特,都不会缺乏这种技术知识的,是吧?"

"那倒没错,我们都明白的。但是,请你不要将我朝这件事上面拉,福尔摩斯先生。我们都知道事实是,卫思特身上带着计划的原件,像这样,我们只是东猜西想的又能有什么帮助呢?"

"是的,他其实完全能毫无风险地复制一份计划,他完全能够达到同样的目的,可是他却没有这样做,而是要冒着风险去偷盗计划原件。这可真是奇怪啊。"

"确实很奇怪,可是不影响实际情况——他已经这么干了。"

"每多调查一次,就总是能在案情上找出一些让人难以理解的地方。如今还有三份文件依然没能找回来。就我知道的情况看,这些文件都极其重要。"

"没错,是这样的。"

"你是不是想表达这样的意思,就是说,只要谁拿到了这三份文件,即使没有另七份文件也能造出来一艘布鲁士—巴丁登潜水艇了?"

"我已经对海军部报告了这一点。但是今天,我又拿出图纸翻阅了一下。我发现自己现在并不能那么确定了。在另外一张已经找回来的文件上,我发现了双阀门自动调节孔的图纸。我相信国外还没法造出这样的船来,除非他们已经自己发明了出来。不过,也许他们能在一定时间里就会克服这个问题带来的麻烦。"

"我想知道未找回的那三份图纸是最重要的吗?"

"毫无疑问是的。"

"只要你允许,我想在办公室里随处转转。之前我想咨询的问题,现在一个都没能想起来。"

他把保险柜的锁和房门都检查了一番,然后又检查了一下窗户上的铁制窗叶。接着我们就来到了屋外的草地上,这个地方似乎颇能让我的朋友感兴趣。窗外长着一丛月桂树。其中的几根树枝似乎都有曾被攀折过的痕迹。他拿出放大镜,十分细心地检查了树枝,然后又盯着树下面的地上的那几个不甚清楚的记号看了一会儿。最后,他就让那个高级办事员把铁百叶窗关上了。他指着窗子让我看,百叶窗的中间并不能关严,窗外的人是能够瞧见室内的情形的。

"只耽误三天时间,这些迹印都被破坏了。迹印可能会说明一些问题的,不过也许什么问题都说明不了。就这样吧,华生,我认为乌尔威奇已经没什么可能进一步帮助我们啦。我们收获甚微,看去伦敦能不能干得更好点。"

但就在我们要从乌尔威奇车站出发之前,我们又有了一些收获。售票员非常肯定地告诉我们,他见过卡多甘·卫思特——他仍然记着他——那是在星期一的晚上,他乘坐八点一刻的列车前往伦敦。当时他只有一个人,买的是一张三等单程车票。当时他的举止惊慌失措,给了售票员很深的印象。他抖得很厉害,就连找回去的钱他都拿不住,还是售票员替他拿的。由时间表可以看出,七点半钟左右,卫思特从那个姑娘身边离开,之后的这趟八点一刻的车应该是他能够乘坐的第一趟车。

"咱们重新思考一下吧,华生,"过了半个钟头,福尔摩斯才开口说道,"我想不出在咱们俩一同进行的调查里,还有什么案子比这件更加棘手。每前进一步,就会在我们前进的路上出现新的阻碍。但是,我们也确实取得了一些令人欣慰的进展。

"在乌尔威奇,我们调查得出的结论,很多都是不利于年轻人卡多甘·卫思特的。但在窗下发现的迹印为我们提出了一个不同寻常的假设。比如说,我们假设他曾和某个外国特务有过接触。在这件事上也可能达成过共识,他不能说出去,但在思想上,他多少还是受了些影响,他和未婚妻说的那些话就是明证。好的,现在我们假设,当他和这位姑娘一同去剧院时,在雾里他突然见到那个特务朝着办公室的方向走了过去。他性情十分急躁,很快做出了决定,为了尽到自己的责任,他顾不了那么多了。他就和那个特务赶到办公室的窗前,却发现有人在偷文件,就进去捉贼。若是这样,就能解释为什么在明明可以复制的情况下不去复制而是偷走原件的情况了。这个外来人把原件偷走了。到此之前,所有的事情都能说得通。"

"但接下来呢?"

"之后我们就遇到问题了。若是情况如此,照理说,卡多甘·卫思特应该先进去把那个坏蛋抓住,同时报警。可是为什么他并没这么做呢?难道拿走文件的会是一名他的上级吗?若是这样,卫思特的行动就能够很好地解释了。在雾里,会不会是这个主管人把卫思特甩掉了,卫思特马上前往伦敦,赶去他的居所拦截他,如果卫思特知道他的居所在哪儿的话?当时情况肯定非常急,因此他才会丢下未婚妻不管,任由她一直等在雾里,却没时间和她说些什么。到这里,线索就没了。我们假设的情况仍与在地铁火车顶上放置的、口袋中装了七份文件的卫思特的尸体之间,有相当大的差距。现在直觉告诉我,应当从事情的其他角度着手。要是麦考夫给了我们名单,说不定我们能找到那个我们需要的人,从两头开始,而不是像现在这样单线进行。"

福尔摩斯所料不错,在贝克街,已经有一封信在等着我们了,一位政府通信员加急把它送了过来。福尔摩斯瞧了一眼,随即丢给了我。

> 有很多无名小卒,能够担当这等重任的人极少。数得上的只有阿道夫·梅叶,在西敏寺,乔治大街13号住;路易斯·拉瑞西尔,居所在诺丁山,坎普登庄园;休葛·欧布斯坦,在肯辛顿的考夫花园13号住。据调查,星期一的时候后者还在城里,现已离开。很高兴听说你已经找到一些线索,内阁急切盼望收到你最后的报告。关于最高当局的查询急件已经到达。若是需要,全国警察都能作为你的后盾。
>
> 麦考夫

"也许,"福尔摩斯笑着说道,"即便女王的所有人马都无济于事。"他把伦敦大地图摊开,俯下身子快速地查找着。"很好,很好,"过不多时,他终于得意地喊出声来,"事情终于开始向我们的方向转过来了。哈哈,华生,我信心十足,最后的胜利者一定是我们。"他一下子高兴起来,拍了拍我的肩膀。"现在我得出去一下,但仅仅是去侦查一下。要是我的忠诚伙伴兼传记作者没在我身边,我才不会去做危险的事儿。你就在这里等着吧。差不多一两个小时之后你就能再次见到我了。要是耽搁了时间,你就把纸和笔取出来,开始写咱们是怎么拯救这个国家的。"

我的情绪已经被他的这个欢乐心情所扰动,因为我比谁都更清楚,他就算一反平时的严肃态度,也不会达到这样的程度,除非这种高兴背后隐藏了很多缘由。十一月的这个黄昏无比漫长,我一直等待着,急切地等待他回来。终于,刚到九点钟,信差就把一封信送来了:

> 我现在在肯辛顿格劳斯特路的哥尔多尼饭店用餐。务必速来此地,并带上铁锹、提灯、凿子、手枪等杂物。
>
> S.H.

若是一个一贯体面的公民,携带这些乱七八糟的东西从昏暗而雾气笼罩的街道穿过,那感觉绝对妙不可言。我小心翼翼地将自己裹到大衣中从这些街道穿过，驱车赶往约定的地点。这是一家十分豪华的意大利饭店，我的朋友就在门口周围的一张小圆桌边上坐着等我。

"你吃什么东西了吗？和我喝一杯店里的咖啡和柑橘酒吧，再尝尝饭店老板的雪茄。和人们想的不一样，这种雪茄是没什么毒的。工具都带了吗？"

"都在这里，我的大衣里。"

"太好啦。我现在就把刚刚做过的事以及根据种种迹象我们即将做的事简略地和你说说。华生，现在你应该已经知道了，那个小伙子的尸体就在车顶上放着。当我确定尸体当时就在车顶上而并非从车厢中摔下去时，这些就已经明白无误了。"

"没有可能是从桥上摔下去的吗？"

"我觉得没可能。要是你曾察看过车顶，你就能发现车顶稍稍有些拱起，四周并没栏杆。所以说，能够肯定的是，卡多甘·卫思特是被别人弄上去的。"

"怎么能放到那里呢？"

"我们需要解决的问题就是这个。可能性只有一种。要知道，在西区的某几个地方，地铁是没隧道的。我依稀记着，一次我乘地铁，恰巧看到我的头顶上面就是外面的窗口。假设这样的窗口下面停了一列火车，那么往车顶上放一个人难道会很难吗？"

"似乎可能性不大吧。"

"那我们只能依靠那句流传至今的格言了：当其他的可能性全部不对时，所剩下的那个一定没错，无论它有多么的不可能。在这件事上，其他的可能性都已经无法进展了。那个不久前才从伦敦离开的国际大特务就在地铁边上的一个房子中住着，当我得知这一点时，我简直太高兴了，而且我竟然发现你对我那突如其来的失常举动有些惊讶。"

"啊，我是这样的吗？"

"是的，是这样的。我现在的目标是在考夫花园13号住的休葛·欧布斯坦先生。在格劳斯特路车站，我着手进行我的工作。站里的一位公务员对我帮助很大。他陪着我沿铁轨检查，并且让我知道考夫花园的后楼窗子是朝向铁路开的这个情况，并且更加重要的是，因为那儿是其中一条主干线的交叉点，通常情况下，地铁列车都会在这一站多停几分钟。"

"太厉害了，福尔摩斯！你做得太对了！"

"说不定仅仅是到目前为止——目前为止啊，华生。咱们出发了，但还没到目的地。就这样，我看完了考夫花园的后边，我又瞧了瞧前边，得知那个家伙已逃走了。这座宅子非常大，里面几乎没什么陈设，据我猜测，他应该在最上面一层的房间中住。欧布斯坦只留下一个随从和他一起住，这个人应该就是他的心腹。我们一定要记住，欧布斯坦前往欧洲大陆是为了交赃物，他不会想逃走，毕竟他没理由害怕被抓，他也根本想不到会有人借助业余工作者的身份搜查他住的地方。然而，我们要做的却恰恰就是这件事。"

"为什么我们不可以弄张传票，按照程序来办呢？"

"根据已有的证据，还不能这么做。"

"那我们还需要做什么呢？"

"不清楚他屋中会不会有信件。"

"我不太喜欢这么做,福尔摩斯。"

"华生,你就在街上望风。犯法的事让我来做,现在已经顾不得考虑小节了。想想麦考夫吧,想想海军部,再想想内阁以及那些都在焦急等待消息的绅士吧。咱们必须去。"

对此,我的回答就是从桌边站了起来。

"你说得没错,福尔摩斯。我们必须去。"

他一下跳起来,把我的手一把握住。

"我就知道你一定不会退出的。"他说道。有那么一瞬间,我似乎看到他的眼中闪着颇为温柔的目光,但只一小会儿,他就又摆出了平时的样子,沉稳严肃,讲求实际。

"差不多有半英里路,但我们不需着急,走着去就行,"他说道,"你可别把那些工具掉出来。你要是被当成嫌疑犯抓起来,那可不太妙了。"

考夫花园周围的房子都有着扁平的柱子和门廊,位于伦敦西区,堪称维多利亚中期最为出色的建筑。旁边的一家,看着似乎是儿童在联欢,孩子们那欢乐的呼喊声与悠扬的钢琴声都氤氲在夜色里。周围的浓雾似乎也十分友好,将我们都遮蔽进阴影里。福尔摩斯把提灯点燃,灯光就照到了那扇很厚的大门上。

"这件事情非常严肃,"他说,"很显然,门锁了,而且上了闩。我们到地下室那边的空地上去要更好一些。有个拱道就在那边,可以防止某个过分热心的警察闯进来。你帮帮我,华生。我也帮你一下。"

过了不长时间,我们俩走到了地下室的门道那儿。我们刚刚进到暗处,就听到有警察的脚步声从我们头上的雾中传来。我们等了一会,那阵节奏分明的脚步声渐渐远去,福尔摩斯这才着手撬地下室的门。就见他弯下腰用力一撬。于是门就咔嚓一声打开了。我们跳到了黑咕隆咚的过道里,转过身关上了地下室的门。福尔摩斯走在前边带路,我拐来拐去地跟着他,走了一段没有铺地毯的楼梯。他提着的那盏发着黄光的小灯终于照到了一个矮矮的窗子上。

"这就是了,华生——这个肯定是。"他把窗子打开,就在这时,一阵低沉刺耳的吱吱声传来,但过不多时就已经变成了轰轰巨响,在黑暗中,一列火车疾驰而过。福尔摩斯用灯照亮窗台。来来往往的机车开过去时在窗台上积下一层厚厚的煤灰,但其中的几处煤灰已经被人抹去。

"你现在能看到他们把尸体放在哪儿了吧。嘿,华生!瞧啊,这里是什么?很明显,这是血迹。"他用手指着窗框上的那片痕迹说道,"这里有,楼梯石那边也有。证据都完备了。我们就在这里等列车停下来。"

我们并没等多长时间。下一趟火车就和往常一样从隧道穿过呼啸着驶来,到隧道外边才开始减速,然后煞车发出吱吱的响声,恰好停到了我们下边。车厢距离窗台还没到四英尺。福尔摩斯小心地把窗子关上。

"到目前为止,我们的看法完全正确,"他说,"你对此有什么看法,华生?"

"堪称杰作,非常了不起的成就。"

"我还不能同意这点。我猜尸体是被搁到车顶的——这一想法显然没那么深奥——当我脑中闪现这个想法时,其他的一切就都难以避免了。要不是由于案情异常重大,我也并不觉得这点有多么大的意义。我们还有问题没能解决。但是，说不定我们能在这里找到一些能够帮助我们的东西。"

我们爬上厨房那边的楼梯，然后进入到二楼的几间房间里。其中的一间是餐厅，陈设十分简单，没什么能吸引人的物品。第二间屋子是个卧室，里面空空如也。只有最后一间看起来有点希望，因此我的朋友停下来开始细细的检查。书本和报纸摆满了屋子，显然这是一间书房。福尔摩斯快速却又极有条理地逐一搜索每个抽屉和小橱中的东西，不过看来并不怎么顺利，因为他始终紧绷着脸。一个小时过去后，他的工作依然没什么进展。

"这个浑蛋真是太狡猾了，所有的踪迹都被他遮掩起来了，"他说道，"看起来他没有留下任何一件能让他落入法网的东西，有嫌疑的信要么被他销毁了，要么就被他转移走了。这个东西是我们最后的机会了。"

一个装现金用的小铁匣被他放到了书桌上。福尔摩斯拿凿刀用力撬开了它。只见里面包含了几卷纸，纸上都是些图案以及计算的数字，看不出什么意思。"水压"和"每平方英寸压力"这些字眼多次出现，这就说明这些纸与潜水艇说不定有什么关系。福尔摩斯十分不耐烦地把它扔到了一边。匣子中只剩下一个信封以及几张报纸的碎片。他把这些东西拿出来放到了桌上。我一见到他那无比急切的脸色，就马上知道我们的希望增加了不少。

"咦，这都是些什么，华生？你瞧，这是什么东西？一张报纸上登了几则代邮。由印刷与纸张上能看出来，这是《每日电讯报》上的寻人广告栏，就在报纸的右上端占了一角。上面没有日期——但这是因为代邮本身就有编排。这一段就应该是开头：

  希望尽快得到消息。条件已经讲妥。依名片地址详告。

比诺特

"第二则是：

  十分复杂，无法说清。需详尽报告。交货时就给东西。

比诺特

"然后是：

  情况十分紧急。需收回要价，除非已定合同。望函约，切盼广告。

比诺特

"下面是最后一则：

  星期一夜里九点后。敲门两声。皆为自己人。不必过分猜疑。交货后将付硬币。

比诺特

"记载得非常完整,华生!要是我们能在另一头把这个人找出来就好了!"他沉默着,沉思起来,手指在桌子上敲着。最后他一下蹦了起来。

"哈,这其实也不那么困难。这里应该没什么有价值的事做了,华生。我觉得咱们应该去请《每日电讯报》帮一下忙,咱们今天的辛苦工作就结束吧。"

第二天早饭后,麦考夫·福尔摩斯与雷斯垂德依约前来。夏洛克·福尔摩斯将我们前一天的动作说给他们听。我们对夜盗行为的坦白让这位警官屡屡摇头。

"我们的警察可不会这么做的,福尔摩斯先生,"他终于忍不住说道,"难怪你能取得我们没法获得的成就呢。但我相信你以后会走得更远些,你会发觉你自己与你的朋友完全是自找麻烦。"

"为了我们的英国,为了所有的家庭与美好——嘿,是吧,华生?我们情愿做祖国祭坛上的殉难者。而你又是如何看的呢,麦考夫?"

"真是太棒啦,夏洛克!太令人惊讶了!可是,你又想如何利用这些呢?"

福尔摩斯将桌上放着的《每日电讯报》拿了起来。

"你们有没有见到比诺特今天登的广告?"

"你说什么?还有广告?"

"是的,就在这里:

今夜,相同时间,相同地点。敲两下。十分重要。和你本人关系极大。

比诺特"

"是真的!"雷斯垂德一下叫了出来,"他如果回话,咱们早就把他抓住了!"

"我最初也是这么想的。要是你们俩方便的话,请随我们一同去考夫花园走一趟吧,八点钟的时候,我们很有可能会取得决定性的进展。"

夏洛克·福尔摩斯的最令人惊讶的特点就包括,他可以让自己的脑子随时停止活动,并在他觉得自己的工作无法进展下去的时候,将自己的全部心思都向轻松的事情转移。我还记得,那是十分难忘的一天,他一整天都在认真撰写一篇和拉索斯的和音赞美诗有关的专题文章。反倒是我自己,并无他那种绝对超脱的本事,因此对我来说,那一天好像根本看不到尽头。对我们国家来说,这个问题极其重大,属于当局的最高悬念,再加上我们即将进行的行动毫无规避的性质——混合在一起,对我的神经产生了极大的刺激。直到一顿相对轻松的晚饭过后,我才长出了一大口气,因为我们终于上路了。依照约定,雷斯垂德与麦考夫就在格劳斯特路车站外等待我们。前天夜里我们已经撬开了欧布斯坦的地下室的门,但因为麦考夫·福尔摩斯不想爬那个栏杆,就只好让我进去把大厅正门打开。九点钟的时候,我们已经进到书房里等我们的客人前来了。

一个钟头过去了,接着又一个钟头。十一点的钟声已经敲过,大教堂那节奏感很强的钟声似乎在为我们抱有的愿望唱着哀歌。雷斯垂德与麦考夫焦躁不安地坐在那儿,平均一分钟要看两次表。福尔摩斯则十分沉着地坐着,沉默着,眼睛半闭,但警惕性十足。他突然猛地转过身。

"有人来了。"他说道。

一阵脚步声轻轻地从门前走过,之后又走了回来。我们听到外面的脚步声,接着门上就有门环重重地敲响了两声。福尔摩斯站了起来,给我们打手势让我们在原处坐着。大厅中的煤气灯只有豆大的一点火花。他把外门打开。一个黑影悄悄地从他身边走过的时候,他把门关上,然后又把门闩上了。"往这边走!"我们听他说道。过了没多久,来客就已经站到了我们面前。福尔摩斯紧紧在他后面跟着。就在这时这个人突然一声惊呼,转身就跑,但福尔摩斯似乎早有准备,一把把他的衣领抓住了,随即又将他丢回了屋里。他还尚未从惊慌里恢复过来,门就被福尔摩斯关上了,我的朋友就背靠着门站着。这个人睁开眼睛四下里瞧瞧,但还是摇摇晃晃,最后倒在了地上,晕了过去。在惊慌中,他戴的宽边帽子从头上掉下来了,从他的嘴边,领带也滑开了,凡蓝丁·华特上校那长长的淡色胡子覆盖着的清秀英俊的面孔露了出来。

福尔摩斯十分吃惊地"咦"了一声。

"你们可以觉得我很蠢,华生,"他说道,"这家伙可不是我们要找的人。"

"这个人是谁?"麦考夫焦急地问道。

"潜水艇局的局长、刚刚过世的詹姆斯·华特爵士的弟弟。是啊,是啊,我看到底牌了。他一定会来的,你们就让我去查问他一番吧。"

我们将这个已经软作一团的家伙丢到了沙发上。就在这时他坐起来了,一脸慌张向周围望着,又伸出手摸了摸自己的头,似乎有些不太相信眼前的一切。

"这到底是怎么回事?"他问道,"我要拜访的是欧布斯坦先生。"

"所有的事情都再清楚不过了,华特上校,"福尔摩斯说道,"一位英国的绅士竟然做出这样的事来,真是太让我吃惊。对于你和欧布斯坦之间的交往和关系我们都已经全部掌握了,也知道和那个年轻人卡多甘·卫思特死亡有关的情况。我劝你别辜负我们给予你的那一丁点信任,你务必坦白悔过,因为其中的一些细节,我们必须在你口里得知。"

这个家伙深深地叹了口气,双手把脸蒙住。我们等待他开口,可他却始终沉默着。

"我就和你明说了吧,"福尔摩斯说道,"这案子的每个重大情节都已明白无误。我们都清楚你需要很多钱,于是你就仿造了一份你哥哥保管的钥匙,并和欧布斯坦搭上了关系,他经由《每日电讯报》的广告栏给你发消息。我们也知道在星期一的夜里你趁着大雾去办公室的。可是,你却被那个年轻人卡多甘·卫思特发现,他一直跟着你。说不定他早就怀疑了你。他见到你偷了文件,但他却没法报警,因为说不定你是要将这些文件拿去给你身在伦敦的哥哥。他没有再计较他的私事,而是正像一个好公民应该做的那样,冒着大雾跟踪你,直到你抵达那个地方。他干预了你的事。华特上校,除了叛国罪外,你还犯了更加令人不齿的谋杀罪。"

"没有!我没杀他!我可以对上帝发誓,我没杀他!"这个可怜却又可恨的罪犯喊道。

"和我们说吧,在卡多甘·卫思特被你们放到车厢上面以前,他是如何被害的?"

"我说,我全都说。我可以发誓,我坦白,别的事情都是我做的,你刚刚说的那些都没错。我必须还上股票交易所欠下的债。我非常需要钱。欧布斯坦答应出五千，省得我被毁灭掉。但是谋杀，我和你们没什么不同，我是无辜的。"

"后来怎么样了？"

"卫思特对我早就怀疑了，他尾随我，和你说的没什么不同。但直到这个门口我才发现他就在后面跟着我。当时雾很大，连三码外的东西都看不到。我敲了两下门，欧布斯坦赶来门口。卫思特随即冲了上来，问我们为什么要偷文件。欧布斯坦总是会随身带一件护身武器，正当卫思特尾随我们冲到屋里来时，欧布斯坦对着他的头部猛击了一下。就是这一击杀死了他。五分钟不到他就没气了。他就在大厅中躺着，我们对此都不知道该怎么办。欧布斯坦想起了在后窗下停着的列车。但是，他还是先查看了我带过来的文件。他说其中的三份非常重要，让我给他，'不可以给你，'我说道，'如果不把文件送回去，乌尔威奇肯定会闹翻天的。''必须给我，'他说，'这些文件技术性很强，立即复制是不行的。'我说：'但是，今晚我必须把全部文件都还回去。'他思考了一会儿，说想到办法了。'我带着这三份，'他说，'剩下的都塞到这个年轻人的袋子里。要是他被人发现了，这事准保就扯到他头上来啦。'没有别的办法，就只好按照他说的做了。在列车停下以前，我们一直在窗前等了有半个钟头。雾很大，什么都看不到，因此将卫思特的尸体放上车顶一点都不麻烦。和我相关的事情就只有这些了。"

"你的哥哥呢？"

"他什么都没说。一次，我把他的钥匙拿走了，他都看到了。我想，他已经开始怀疑了。这都从他的眼神中显现出来，他开始怀疑了。就像你已经知道的，他不会再抬起头了。"

房间中静极了。终于，麦考夫·福尔摩斯打破了这种死寂。

"你可以想个办法补救一下吗？说不定能够减轻你良心上所受的谴责，也许能够减轻你所要受到的惩罚。"

"我又如何补救呢？"

"欧布斯坦拿着这些文件去哪儿了？"

"不清楚。"

"他难道没有给你留地址？"

"他只说信要寄往巴黎罗浮旅馆，这样他就能收到。"

"你完全能够决定要不要补救。"福尔摩斯说。

"只要我力所能及的，我都可以去做。对这家伙，我没有任何好感。他把我毁了，我因此而身败名裂。"

"给你笔和纸。来桌边坐下。我口授，你都写下来。先写上地址。好，现在就写信。

亲爱的先生：

　　和我们的交易有关，毫无疑问，你应该已经发现，还缺少一份重要的分图。我这里的一份复印图恰好能够让计划完善。但我已因此事招来诸多麻烦，只好再向你加价五百镑。我不信任邮汇，必须是黄金或者英镑，其他的一概不要。本打算出国找你，但若此时出国势必引起不必要的怀疑。故此希望与你于星期六中午在查令十字街饭店的吸烟室中会面。务必是黄金或英镑,切记。

"这招挺不错的。如果这回我们都抓不住我们要找的人,那可真是奇怪呢。"

效果很明显!这本是一段历史,属于一个国家的秘史。相比于这个国家其他公开的大事,这件事不知道要亲切多少,也更有趣多少——欧布斯坦处心积虑地想要做成这笔他一生中的最大交易,结果却被骗入罗网,身遭束缚,在英国坐了十五年的牢。这份价值连城的布鲁士—巴丁登计划也从他的皮箱中搜了出来。他还曾带着这份计划来到欧洲各个海军中心进行公开的贩卖。

在审判后的第二年的年底,华特上校死在了狱中。而福尔摩斯嘛,他重新又饶有兴致地研读拉索斯的和音赞美诗了。他的文章得以出版后,在某些私人圈子中流传很广,据一些专家称,它完全可算是这方面的权威之作。几个星期之后,一次偶然的机会,我听说我的朋友去温莎逗留了一天,回来时就多了一枚十分漂亮的绿宝石领带别针。我问这是否是他买的,他说是件礼物,是某位十分殷勤的贵妇人送给他的。他曾十分荣幸地帮了这位贵妇一些忙。至于别的,他压根闭口不言。但是我想,这位贵妇姓甚名谁对我并不是个秘密,而且我并不怀疑,这个布鲁士—巴丁登计划的惊险故事将会因为这枚宝石别针而永远令我的朋友常常忆起。

垂死的侦探

一直以来,夏洛克·福尔摩斯的女房东赫德森太太吃了很多苦头。且不说她的二楼总是会有奇怪而又往往不受人喜欢的客人光顾,即使是她的这位有名的房客自身的生活也堪称怪癖而无规律,凡此种种,都严重考验着她的耐心。他有着令人难以想象的邋遢:习惯在奇怪的时候听音乐;偶尔在室内锻炼他的枪法;做一些奇怪的甚至发出臭味的科学实验;还有随时充斥在他身边的暴力与危险的气息,哪怕是在整个伦敦,他都堪称最糟糕的房客。唯一让人欣慰的是,他可以出很高的房钱。毋庸置疑,我与福尔摩斯在同一个屋檐下的那几年,他支付的租金完全能把这座宅子买下来了。

房东太太似乎很怕我的朋友,即便他的举动非常让人无法接受,却从不敢有所干涉。她也是喜欢他的,因为对待妇女,他是非常绅士的。他对女性既不喜欢也不相信,但他对骑士精神却永远持反对的态度。因为我知道她对他的确是真心的关心,因此在我结婚后的第二年,当赫德森太太到我家来和我说我那不幸的朋友如今的悲惨处境时,我非常认真地听了她和我说的事儿。

"他就要死啦,华生医生,"她说道,"都重病卧床三天了,估计已经难以活过今天啦。他不让我找医生来。今儿早上,我见他脸上的颧骨都凸了出来,两只眼睛睁大瞧着我,我可没法再忍受下去啦。'你愿意也好,不愿意也好,福尔摩斯先生,我马上就去把医生找来。'我说道。'那你就去找华生吧。'他说。为了能救救他,别浪费时间了,先生,否则,你可能没法在他还活着的时候见他一面了。"

我吃了一惊。我对他生病的事一无所知。我没再问什么,赶紧穿衣戴帽。上路之后,我才听她和我说了一下详细的情况。

"我刚刚说的都差不多了,先生。他这段时间都在罗塞西斯调查一种病,就在河边的一条小胡同住。他从那儿回来后,也带回来了这种病。星期三下午就卧病在床了,始终没走动过。已经三天了,水米未进。"

"上帝哪!你为什么不去请医生?"

"他不让,先生。你是知道他那专横脾气的。我怎么敢违背他。在这世上,他没多长时间了。你只要看到他,就都明白了。"

他那样子的确凄惨得厉害。十一月的天气,雾气蒙蒙,光线不足,这件不大的病房更是显得阴沉沉的。但真正让我觉得害怕的，在病床上，是那张盯着我瞧的瘦削而干瘪的脸。由于发烧，他的眼睛红得厉害，两颊也是红的，黑皮在嘴唇上结了一层。床单上搁着的那双手始终在抽搐着，他的声音也是喑哑而急切的。我走到房里时，他无精打采地躺着。看到我，眼中闪过一丝认出我的神色。

"唉，华生，看起来不吉利的日子找上我们啦，"他说话声低沉微弱，但仍听得出来那种惯有的不屑的味道。

"我亲爱的朋友！"我喊着，朝他走了过去。

"站住！快走开！"他突然说道。以前我只在极度危险的情况下见过他如此紧张的神情。"你如果走近我，华生，我就马上让你出去。"

"怎么了？"

"我想这样还不行，还不够吗？"

没错。赫德森太太总结得很对。相比于以往的任何时候，他都更加专横了。但是我又怎么能眼看我的朋友如此难受呢？

"我就想帮你好起来，"我解释说。

"很好，那我让你怎么干你就怎么干，要是帮我就这么做。"

"好的，福尔摩斯。"

于是他那严肃的态度好了些。

"你不会生气吧？"他喘着粗气问我。

"我可怜的朋友，你在床上躺着受罪，我怎么可能会生你的气呢？"

"我这么做其实是为你着想的缘故，华生。"他嘶哑着声音说道。

"为我着想？"

"我是知道我的情况的。我得的是由苏门答腊传过来的一种苦力病。荷兰人会比我们更清楚这种病，但他们直到今天也还是毫无办法。有一点是确定无疑的，这种病足以致命，而且极易传染。"

他说话很没力气，似乎在发着高烧，他的两只大手抽搐着向我挥动，示意我走开。

"只要接触就会传染的，华生——没错，是接触。你站远一点就好了。"

"我的天哪，福尔摩斯！你觉得你这样就能把我一下拦住吗？就算是根本不相识的人也不能阻拦我。你以为你这样就能让我放弃对我的老朋友的职责和义务吗？"

我说着就又朝前走了走，但他突然喝住我，很显然是发了很大的火。

"要是你停在那儿，我就和你说。要不然，你就马上从这房间离开吧。"

福尔摩斯的崇高气质总是让我非常尊重，他的话我很少拒绝，即便是我不那么理解。但现在，职业的本能刺激着我。如果是别的事，他怎么支配都行，但在病房中，他必须由我支配。

"福尔摩斯，"我说道，"你病得很重。病人就该像孩子那么听话。我是来为你看病的。无论你是否愿意，我都必须要检查你的病状，以便对症下药。"

我的朋友的眼睛狠狠地盯着我。

"要是我非要看医生,那至少这人也必须让我信得过才行,"他说。

"你说什么,你难道信不过我?"

"我当然不会怀疑你的友情。不过,话说回来,这也是事实,华生,你也不过是个普通的医师罢了,经验不足,资格不够。我知道说这些让人很不痛快,但你逼得我没办法。"

这话深深地刺痛了我。

"这些话和你极不相称,福尔摩斯。你的精神状态已经在你的话里清楚地显现出来了。如果你信不过我,我不会让你为难。我这就去请杰士柏·米克爵士或彭罗斯·费舍,或是伦敦别的好医生。不管怎么说,你必须要看医生。要是你觉得,我能在这儿老实站着,见死不救,也不去找其他医生给你看病,那你可是看错你的朋友啦。"

"我知道你的好意,华生,"病人说道,听起来又像呜咽,又像呻吟。"难道你的无知还要我来指出吗?你自己说,你知道打巴奴里①热病吗?你听过福摩萨②黑色败血症吗?"

"这两种病我都没听过。"

"在东方,华生,有很多疾病,有很多不同寻常的病理学现象,"他每说一句,就停顿一下,似乎是在积聚他十分微弱的力气,"这些日子我就在做一些和医学犯罪有关的研究,在其中也学到了不少知识。也就是在研究过程中,我得了这种病。你是没办法的。"

"说不定是这样的。但是,我刚好得知爱斯帝博士目前就在伦敦。目前还活在世上的热带病权威就有他。别拒绝啦,我的朋友。我马上就去把他请来。"我坚定地转过身,朝门口走去。

以前我也许从没这样吃惊过!病人竟然像一只老虎一般从床上跃起,拦住了我。我听到锁孔里的钥匙咔嗒一响。之后,病人就又摇晃着回到床上了。这样的一番动作消耗了他大部分的体力,他已经虚脱似的躺在床上大口喘气。

"你一定不会把钥匙硬从我手中夺走的吧,华生,我留住了你,我的朋友。我不想你走,你就不可能走。但我一定听你的。"他是喘着说这些话的,每说一句就大口大口地吸气。"你做这些都是为我着想,我当然清楚这一点。你自便吧,但请给我些时间,让我体力恢复一些。现在,华生,现在可不行。马上四点钟了。等到六点钟,六点钟我就让你走。"

"你发疯了吧,福尔摩斯!"

"两个钟头而已,华生。等到六点钟我就让你走。你就等等吧。"

"这么说来,我是没什么别的办法啦?"

"一定没有的,华生。谢谢你,我不需要你帮我整理被褥。你离我远一点就好了。华生,你必须还得答应我一个条件。你去找人来为我看病可以,但绝不可以去找你刚刚提到的那个人,你必须在我挑选的这些人里去寻求帮助。"

"完全没问题。"

"从你进到房间以来,你说出的第一句还算通情达理的话就是'完全没问题'这几个字,华生,那边有书。我一点劲都没有了。要是一组电池的电全都输进一个非导体里,我想不明

---

① Tapanuli,印尼的地名。
② 个别外国人沿用的16世纪时葡萄牙殖民主义者对我国台湾省的称呼。

白这组电池会是什么感觉。等到六点钟,华生,咱们再谈。"

然而,毋庸置疑,我和他在六点钟远没到来的时候就重新开始了交谈,而与他刚才跳到门前那次一样,这次的情况同样让我大吃一惊。我曾站起来待了一小会儿,瞧着他在病床上沉默的样子。他的脸几乎被被子全都遮住了,似乎已经睡着。我没法静下心来看书,于是就在屋里来回踱步,瞧着在四周墙上贴着的那些著名罪犯的照片。我毫无目地地走来走去,最后停在了壁炉台前。台上乱七八糟地放了烟斗、烟丝袋、注射器、小刀、手枪子弹和其他一些杂乱的东西。其中还有个黑白两色的象牙小盒,一个活动的小盖盖着它。这个小东西十分精致,我伸手把它拿了起来,正要仔细看时——我的朋友突然大叫起来——我敢说这声喊叫即使在街上都能听到。这一声可怕的嘶叫让我浑身冒冷汗,毛骨悚然。我转过头去看他,就见到一张扭曲的脸和两只惊惶不定的眼睛。我手中拿着小盒愣在了原地。

"把它放下!快点放下,华生——你马上把它放下!"他的头重新躺回了枕头上。我将那个小盒放回到壁炉台上,这时他才长吁了一口气。"我不喜欢别人碰我的东西,华生。我很不喜欢这样,你都清楚的。我没法忍受下去了。你这个医生——你难道想把病人往避难所赶吗?快点坐下,老兄,让我好好休息!"

这件事虽很意外,却给我留下了非常不快的印象。粗暴与毫无缘由的激动,说话的态度也是那么粗野,这可不是平时那个态度和蔼的福尔摩斯。由此可见,他的头脑该有多么混乱。无论什么样的灾祸,都没有高贵的头脑被毁掉这般让人痛惜。我沉默着,情绪很差,就一直坐着等规定的时间到。我不停地看钟,他似乎也是,因为六点刚过,他就开口说话了,与之前一样极有生气。

"现在,我的华生,"他说,"你的袋子里有零钱吗?"

"有的。"

"那么银币呢?"

"也不少。"

"有几个是半克朗的?"

"五个。"

"嘿,真是太少啦!太少啦!可真是不幸啊,华生!虽然只有这些,你还应该把它放进你的表袋里,剩下的钱就放进你左边的裤子口袋中。谢谢你。如此一来,你就又能保持平衡了。"

完全是在胡说八道。他又开始颤抖起来,发出的声音既像咳嗽,也像呜咽。

"现在你去点上煤气灯,华生,不过要小心,只可以点一半。我求你一定要小心,华生。太感谢了,太好了。不,不,你别把百叶窗拉开。麻烦你把信和报纸都放到这张桌子上,我能够得到就好。太谢谢你了。壁炉台上的那些杂乱的东西也拿一些过来好了。太棒了,华生!还有一个方糖夹子在那上面。你就用夹子将那个象牙小盒夹起,然后放到这几张报纸里。好了!现在,你就去下柏克大街13号把柯佛登·史密斯请来吧。"

其实我已经对请医生没什么热情了,因为看到我那可怜的朋友神态如此混乱,离开他真怕发生什么危险。可是,此刻的他却一定要刚才我说过的那个人来为他看病,如此迫切的心情,与他刚才突然跳下来阻止我去找医生的固执态度没什么大分别。

"这个名字我可从来都没听说过。"我说道。

"也许你是对这个名字十分陌生，我的好华生。我若是和你说了，保不准你会吃惊的，治我这种病的专家不是医生，而是一个种植园主。在苏门答腊，柯佛登·史密斯先生可是著名人士，他如今就在伦敦访问。他的种植园中曾经出现了一种疫病，因为没有医药救护，他就只好自己动手研究，却也因此而取得了很大的进展。他本人是个非常讲究条理系统的人，我之所以不让你在六点钟之前去，是因为在这之前我确定你没法在他的书房中找到他。要是你能请来他，凭他医治这种病那得天独厚的经验——他研究这种病已经成了他最大的嗜好之一——我丝毫不怀疑，他会帮我看病的。"

这一段话福尔摩斯说得还算连贯、完整，可是我不太想形容喘息曾经多少次打断他说话，更不想形容他的双手被病痛折磨得又抓又捏。从我来到这屋子几个小时后，他的身体却是每况愈下了：热病的斑点显著了很多，目光从深陷进去的黑眼窝中射出更加怕人，额头上也全是冷汗。不过，这并没对他说话时的那种怡然自得的风度有所影响。即便到了奄奄一息之时，他仍然是以支配者的姿态存在的。

"告诉他，你离开后我的情况，详细一些，"他说，"要说出你心里全部的印象——病入膏肓——对，还有神志昏迷。嘿呀，真想不出，怎么海滩不会变成一整块产量丰盛的牡蛎呢。天哪，我又糊涂啦！可真奇怪，脑子必须要被脑子控制！我说什么了，华生？"

"让我去找柯佛登·史密斯先生。"

"是啊，没错，我记着了。我的性命只有他能治了，去求求他，华生。我和他之间没什么交情。他还有个侄子，华生——我一度怀疑过这里面有什么不法的勾当，我也让他知道了这一点。那孩子死得很惨。史密斯非常恨我。你必须要把他的心说动，华生。恳请他，乞求他，想一切办法把他弄过来。只有他能救我——只有他！"

"如果是这样的话，那我就将他拽到马车里好了。"

"这样是不行的。你必须得说服他，让他肯来。然后你最好能在他来之前先回来一下。随便找一个借口就行，别和他一起来。记住了，华生。我知道你不会让我失望的。你可从没让我失望过。生物的繁殖必然有天然的敌人限制。华生，咱们来都尽了自己的本分。你说，繁殖过密的牡蛎会不会把整个世界都淹没呢？不会的，不可能的，太可怕了！你要表达出你心里的一切想法。"

我就这么听任他像个孩子似的絮絮叨叨，喋喋不休。他给了我钥匙，这让我很高兴，赶紧把钥匙接了过来，否则他一定会再把自己反锁在屋的。过道里，赫德森太太在焦急地等待着，能看得出她刚刚哭过。我从套间走出来，后面还能听到福尔摩斯在屋里胡言乱语的细细的嗓音。刚刚走到楼下，就在我叫马车时，从雾中走过来一个人。

"先生，福尔摩斯先生情况好些了吗？"他问道。

原来是我们的老相识，苏格兰场的莫顿探长。他穿了件花呢便衣。"他病得不轻。"我回答说。

他看我的眼色是十分奇怪的。如果不是觉得这样太过恶毒，我倒是觉得车灯下的他的脸一定是十分得意的。

"我听到了一些和他生病有关的谣传。"他说。

这时马车走了,我没有回答他。

下柏克街就在诺丁山与肯辛顿交界的那个地方。这附近的房子很棒,虽然界限有些不太清楚。马车最终停在了一座住宅前。这房子带有一种体面而严肃的高贵气派,这些都从那老式的铁栏杆、双扇大门以及闪光的铜件上散发出来。在淡红色电灯光的照耀下,一个十分严肃的管事接待了我。他倒是与这里的一切很相配。

"柯佛登·史密斯先生就在内室,华生医生!好的,先生,我会将你的名片交给他的。"

我是个无足轻重的人物,柯佛登·史密斯是不会注意我的。房门半开半掩着,我因此能听到一个嗓门很高的暴躁刺耳的声音。

"这人是谁啊?他想干什么啊?我说史丹博,我和你说过很多次了,不要让人打扰我,尤其是我在做研究的时候!"

管事就温言安慰了他一番,不过更像是在解释。

"哦,我没法见他,史丹博。我不能中途丢下自己的工作不理。说我没在家。你就这样和他说就行。如果非要见我,就让他明天来。"

我想到病床上的福尔摩斯辗转难安,他在一分一秒地数着,等我最后回去帮他。现在没法讲客气和礼貌。他的生命就得看我是不是办事及时。那个对主人解释不通的管事还没出来传达主人给我的口信,我就从他身边闯进了屋里。

在火旁的一把靠椅上,一个人猛地站了起来,发出愤怒的叫喊。他有着一张淡黄的面孔,满脸的横肉,油腻不堪;双下巴又肥又大;浓密的茶色眉毛下是一双阴沉吓人的灰色眼睛,而且正在盯着我看;一顶天鹅绒的吸烟小帽就故作时髦地斜压在光秃秃的脑门边上的红色鬈发上。他的脑袋很大,但当我低下头一看,却禁不住吃了一惊,这个人有一副又小又弱的身躯,双肩及后背弓弯,似乎在很小的时候就患过佝偻病。

"你想干什么?"他厉声尖叫道,"你闯进来是想干什么?我难道没有传话给你,让你明早来吗?"

"不好意思,"我说,"事情没法耽搁。夏洛克·福尔摩斯先生——"

一听到我朋友的名字,这个矮小人物的变化是极其明显的。愤怒从他的脸上一下消失了,取而代之的是紧张而警惕的神色。

"你从福尔摩斯那里过来的?"他问我说。

"我刚刚从他那儿过来。"

"福尔摩斯近况如何?他过得好吗?"

"病入膏肓了。我就专程为此事而来。"

他把一把椅子指给我,他自己也在靠椅上坐了下来。恰好在这时,壁炉的墙上的一面镜子照出了他的脸。我敢肯定,那脸上十足有恶毒而阴险的笑容。但我随即安慰自己说,肯定是我的不小心让他的某种神经过于紧张了,因为只过了一小会儿,他再转身瞧我的时候,脸上已经是一种真诚关怀的神情了。

"很难过听到这样的消息,"他说,"我是在做几笔生意时才和福尔摩斯先生相识的。但我非常看重他的才华与性格。他平时研究犯罪学，我平时研究病理学。他和坏人作对，我和病菌作对。这些都是我的监狱，"说着，他指了指一个小桌子上的瓶瓶罐罐，"这里面正在培养的胶质里，就有这世上最为凶恶的罪犯在服刑呢。"

"正因为你具备如此特殊的知识，福尔摩斯才让我来找你。他对你的评价非常高。他和我说，在伦敦，能帮他的只有你。"

这个矮小的人物显然有些吃惊，他那顶时髦的吸烟帽都滑到了地上。

"这是为什么呢？"他问道，"福尔摩斯为什么会觉得我能帮他解决困难呢？"

"因为你对东方的疾病懂得很多。"

"为什么他会觉得他染上的是东方的疾病呢？"

"因为，他在做自己职业方面的调查中，曾和中国水手在码头一起工作过。"

柯佛登·史密斯先生十分欣慰地笑了，并把他的吸烟帽捡了起来。

"嘿，若是这样——嗯？"他说，"我觉得你把这件事想得严重了。他病了多长时间了？"

"大约三天。"

"神志清醒吗？"

"多数时候是昏迷的。"

"啧！啧！看不出来还挺严重。要是不同意他的要求去瞧瞧他，应该很不人道。但让我丢下工作我又极其不愿意，华生医生。但是，这事自然不能等闲视之。我这就和你一起去。"

我蓦然想起福尔摩斯在我临走前的嘱咐。

"我还有个别的约会。"我说。

"好的，那我一个人去。我这儿有福尔摩斯的地址。你放心好了，最迟半小时我就会到。"

我心里七上八下地回了福尔摩斯的卧室。我很怕我不在时他会出什么事。但看起来，他好了不少。我这才放下了心。他的脸色依旧惨白，只是已没了神志昏迷的症状。他说话时声音仍很虚弱，但较往常要清醒不少。

"唔，华生，你见到他了吗？"

"见到了。他说很快就来。"

"太好了，华生！真是太好了！你是我最好的信差。"

"他想和我一块来。"

"那可不行，华生。显然那是不可能的。我生的是什么病，他有问吗？"

"我和他说是和东区[①]中国人有关的事情。"

"没错！很好啊，华生，好朋友的责任你已经尽了。现在你退场就行了。"

"我要在这儿等，我必须听听他的意见，福尔摩斯。"

"那是自然。只是，要是他觉得只有我们两个人在这里，我想他的意见一定会更加坦率些，也更有价值些。我床头的后边刚好有个地方，华生。"

"福尔摩斯！"

---

① 东区：伦敦的东区，劳动者聚居地。

"我看也没其他办法了,华生。那地方不太好躲人,但也不容易让人怀疑。你就在那儿躲着吧,华生,我觉得挺好。"他一下坐了起来,憔悴的脸上却十分严肃而全神贯注。"听到车轮声了,快点,华生,快呀,老兄,要是你真的是我的好友。千万别动,无论出了什么事,你都不要动,听到了吗?不要说话!不动!只是听着就好了。"转眼之间,他那突如其来的精力就消失了,果断而老练的话音霎时变成神志昏迷的十分微弱的咕噜声。

我赶紧躲了起来。我听见脚步声在上楼,之后就是卧室的开门声与关门声。后来,我开始摸不着头脑:很长时间的鸦雀无声,除了病人那急促的呼吸与喘气声。我凭着想象,觉得我们的客人应该就站在病床旁边观察病人。终于,寂静被打破了。

"福尔摩斯!"他突然喊道,"福尔摩斯!"我想打算叫醒睡着的人也是这么迫切的声音。"你听得见我说的话吗,福尔摩斯?"接着有沙沙的声音传来,似乎他在用力摇病人的肩膀。

"是史密斯先生来了吗?"福尔摩斯用极其微弱的声音问道,"我都不敢想,你能来。"

那人却笑了。

"我可并不这么觉得,"他说,"你瞧瞧,我这不是来了。什么叫作以德报怨,福尔摩斯,这就是以德报怨啊!"

"你可真好——太高尚了。我对你拥有的特殊知识十分欣赏。"

我们的客人咻地笑了出来。

"你懂得欣赏。但可幸的是,整个伦敦,只有你对此表示欣赏。你得了什么病,你自己知道吗?"

"一样的病。"福尔摩斯说道。

"啊!你竟然知道这症状?"

"非常清楚。"

"唔,这并不能让我感到奇怪,福尔摩斯。要是一样的病,我是不会觉得奇怪的。要是一样的病,你就得担心自己的前途了。维多那么不幸,得病四天后就去世了——他可比任何年轻小伙子都身强力壮、生龙活虎啊。就像你说的,在伦敦的中心区,他居然得了如此罕见的亚洲病,这多么让人惊奇啊!我也曾对这种病做过专门的研究。绝妙的巧合啊,福尔摩斯。你也注意到这件事了,你可真棒。但还必须冷静地指出,这其中并非没有因果关系。"

"我知道你干的这件事。"

"哦,你竟然知道了?但你终究没办法证实了。你四处替我传谣言,结果如今你也得了病,还来求助我,你心里可得怎么想啊?这究竟玩的是什么鬼把戏——嗯?"

我听到病人又急促又吃力的喘气声。"把水给我!"他气喘吁吁地说。

"你很快就完蛋了,我的朋友。但是,我可要让你听完我的话再死。所以我这就给你水。好好拿着,别撒出来!嘿,我说的话你都明白了吗?"

福尔摩斯开始呻吟起来。

"好好帮帮我吧。别再计较过去的事了,"他低沉着嗓子说道,"我肯定能忘掉我说的话——我可以发誓,我一定能。只要请你治好我的病,我准能忘掉它。"

"你要忘掉什么?"

"哎，把维多·沙维吉是如何死的忘掉。其实你刚刚已经承认了，是你干的这件事。我肯定能忘掉它。"

"你忘了也好，不忘也罢，只要你愿意。我是不可能在证人席上再看到你了。我可以和你说这话，福尔摩斯，就算见到你，也一定是在另一个情况截然不同的席位上了。即便我侄子是如何死的被你知道了，你又能拿我怎么样呢。我们正在说的是你，不是他。"

"是的，是的。"

"来我家找我的那个人——名字都被我忘了——和我说，你是因为和东区水手接触才染上这种病的。"

"我也只能想到这些。"

"你总觉得自己的脑子厉害，对不对？福尔摩斯，你总觉得自己有多高明，对不对？不过这回，可是有比你高明的人被你遇到了。你好好想想吧，福尔摩斯，会不会有别的原因让你得了这个病呢？"

"我没法思考了。我的脑子不行了。瞧在上帝的份儿上，请帮帮我！"

"是啊，我会帮助你的。我会帮你弄清楚你如今的处境和你到底是如何到了这步田地的。反正你要死了，我会让你弄清楚的。"

"快给我些什么，别让我这么痛苦了。"

"你觉得痛苦吗？是啊，苦力们要断气时总会发出那么几声嚎叫的。我瞧你可能是抽筋了吧。"

"是啊，是啊，我抽筋了。"

"嗯，很好，你居然还能听清楚我说了什么。现在听好了！你还记得吗，你最开始有这些症状出现时，有什么不平常的事被你遇到了吗？"

"没，没有啊，肯定没有。"

"再好好想想。"

"我病得糊涂了，什么都想不起来啦。"

"哦，那我就来帮帮你。你收到过什么邮件吗？"

"你说邮件？"

"无意间收到了一个小盒子？"

"我头痛死了——我活不下去了！"

"好好听着，福尔摩斯！"跟着发出了一阵响动，似乎来客正在摇晃即将死去的病人。我却只好沉默着躲在那里。"你要听我说。你必须要听我说。你记着那个盒子——一个象牙的盒子吧？星期三那天送来的。你打开了它——你能想起来不？"

"是啊，是啊，我打开了它。那里面还有个相当尖的弹簧。一定是开玩笑——"

"开玩笑？你被骗了，你这个彻头彻尾的傻瓜，真是自作自受。谁让你招惹我的呢？要是你不和我作对，我是不会伤害你的。"

"我记着呢，"福尔摩斯喘着粗气说道，"就是那个弹簧！把我一下刺出了血。那个盒子——就是桌上的那个。"

"是那个，没错！我走前会把它放进口袋带走的。你死了，可是却一点证据都没有。现在你终于知道真相了，福尔摩斯。你已经知道了，你是被我害死的，你去死吧。你完全知晓维多·沙维吉的命运，因此我就让你来分享他的厄运。你就快死了，福尔摩斯。我就在这儿坐着，亲眼瞧着你死。"

福尔摩斯那微弱的声音简直小得无法听见。

"你在说什么？"史密斯问道，"开大煤气灯？是啊，已经傍晚了，是吧？好的，我去开。这样我还能瞧你瞧得更清楚些。"他穿过房间，一下子灯火通明。"你还需要我为你做些什么吗，我的朋友？"

"火柴和香烟。"

我心里别提有多惊喜，险些叫了起来。他的说话声终于恢复了他本来的声音——可能有些虚弱，不过却正是我最熟悉的声音。很长时间的沉默。我感觉柯佛登·史密斯正愣在地上，十分惊讶地瞧着他的同伴。

"你到底什么意思？"终于，我听到他打破了沉默，声音却是既焦躁又紧张。

"要想演好一个角色，最好的办法就是自己来演那个角色。"福尔摩斯说道，"我和你说，这三天以来，我水米未进，还得多谢你的好意，倒了杯水给我喝。可是，让我最觉得难受的莫过于戒绝烟草。哈，这里还有香烟。"我听到火柴划着的声音。"这可真不错。喂！喂！是有一位朋友的脚步声传过来了吗？"

脚步声从外面响起。门被突然打开，莫顿警长出现在门口。

"很是顺利，这个人就是你要找的。"福尔摩斯说道。

于是警长发出了惯常的警告。

"我因你涉嫌谋害维多·沙维吉的罪行逮捕你，"他最后说道。

"也许你加一条也可以。他还曾对一个名叫夏洛克·福尔摩斯的人下过手，"我的朋友微笑着说道，"为了给一个病人治病，警长，可没人比柯佛登·史密斯先生更够意思了，他把灯光扭大，为我们发出信号。对了，那个小盒子就在犯人上衣的右边口袋里。你最好能脱掉他的外衣。很感谢你。要是我是你，我一定会非常小心地拿好它。放到这儿，这东西会在审讯时派上用场的。"

紧接着就是一阵哄乱与扭打，然后是铁环相撞声和一声苦叫。

"挣扎只会让你自讨苦吃，"警长说道，"站着不要动，听到没有？"手铐"咔"的一声锁住了。

"真是绝妙的圈套啊！"来客发出了吼声。"福尔摩斯才应该上被告席，而不是我。他求我来为他看病。由于担心他，我就来了这里。他一定会推脱，说他编的那些话都是我说的，以此来解释他那神志不清的猜测。福尔摩斯，随便你怎么去撒谎好了。你的话和我的话没什么不同，都是可信的。"

"我的天哪！"福尔摩斯一下叫起来，"我都快把他给忘了。华生，亲爱的朋友，真是太抱歉了。我居然完全忘了你！不用和柯佛登·史密斯先生介绍你了，因为你们早就已经互相见过了。马车在外面吗？我把衣服换好就和你一起去，因为我还要去警察局帮帮忙。"

"我再也不需要这样一副打扮了,"福尔摩斯说道。就在梳洗的间隙,他干了一杯葡萄酒,又吃了些饼干,精神一下好了很多。"但你知道,我本就没那么规律的生活习惯,所以并不忌讳这一套,但别的一些人就不行。最关键的是要让赫德森太太完全相信我的情况,因为我的情况只有她能转告你,再通过你转告给他。希望你不要见怪,华生,你也知道,你的伪装能力没那么强,要是你洞悉了我的秘密,你是不可能会如此心急火燎地去找他的,而整个计划的关键就在这里。我知道他想报复我,因此我猜到他会想来瞧瞧自己的手艺的。"

"但你的外貌,福尔摩斯——为什么你的脸是如此的惨白可怕?"

"绝食三天可是不会丝毫没有影响的,华生。至于剩下的,一块海绵就能把这些问题通通解决掉。抹些凡士林在额头上,眼睛中再滴点颠茄,颧骨上抹一些口红,再涂一层蜡在嘴唇上,效果堪称绝妙。有的时候,我就很想写一篇关于装病这个题目的文章。偶尔说些诸如半个克朗啦、牡蛎啦,以及其他的毫无关联的话题,神志昏迷的效果就出来了。"

"既然你根本没有被传染,为何你还不准我走近你呢?"

"你想知道这个啊,我亲爱的华生,你难道以为我真的看不起你的医术?不管我这个病入膏肓的病人如何虚弱,可是我的脉搏正常,温度正常,难道这些能逃得过你那敏锐的判断吗?和你隔着四码,才可能瞒得住你。我如果没能做到这点,谁又能完成将史密斯带进我的掌握之中的任务呢?没谁可以,华生。我不可能动那个盒子。当你把盒子打开,由盒子边上瞧时,你就能看到那个弹簧会像一颗毒蛇的牙齿那样弹出来。沙维吉在,那个魔鬼就没法继承财产,我能想得到,可怜的沙维吉就是被他用这样的诡计害死的。你是知道的,送到我这儿的邮件五花八门,只要是写着我收的包裹,我都十分警惕。我一直很清醒,我装作他的诡计已然奏效,这样我才有攻其不备的机会,逼他招认。这次装病是我以专业艺术家的认真精神完成的。很感谢你,华生,你还要帮我把衣服穿上。等我办完了警察局的事,我想去辛普森饭店吃一些有营养的美味应该比较合适吧。"

法兰西斯·卡法克女士的失踪

"怎么会是土耳其式的?"夏洛克·福尔摩斯双眼瞅着我的靴子问道。此时我就在一把藤靠背椅上躺着,他突然对我伸出的两脚感到了兴趣。

"这是英国式的,"我有些惊奇地答道,"是从牛津大街的拉提莫鞋店那里买的。"

福尔摩斯很不耐烦地笑着。

"又是澡堂!"他说,"澡堂啊!土耳其浴又费钱,又让人懈怠,有什么可洗的呢?干吗不按照本国式洗个澡提神呢?"

"可是我的风湿病最近又犯了,感觉很衰弱。对我们而言,土耳其浴可算是种行之有效的疗法,为人提供一个新起点,还能清洁躯体。"

"还有,福尔摩斯,"我继续说道,"我心里明白,对于头脑周密的人来说,一眼就能看出靴子和土耳其浴有什么关系。只是,你若是能告诉我原因,我是十分感谢的。"

"这道理也没那么深奥,华生,"福尔摩斯说,同时还俏皮地眨了眨眼。"不外乎我的那套推理法。你和我说,今天早上,你坐车回来时,谁和你坐同一辆车。"

"我可不觉得一种全新的例证就需要一种解释。"我有些讽刺地说。

"不错嘛,华生!是个又庄严又合理的抗议。我觉得吧,问题会在哪儿呢?完全反过来讲吧——马车。你瞧瞧,有泥点溅到了你的左衣袖上和肩上。要是你当时在车子中间坐着,应该就不会这样了。要是你在车子中间坐着,就算有泥浆也是在两边有。因此说,你一定坐在车子边上,这明白无误。你不是一个人,这也很明白。"

"这都很容易看出来。"

"是很平常,对不对?"

"不过靴子和洗澡?"

"也很简单。你是有自己习惯的穿靴子的方法的。现在我看到了,你的靴子系了双结,打得非常细致,这和你向来的系法迥然不同。说明你脱过靴子。可是谁系的靴子呢?鞋匠——否则就是澡堂里的男仆。鞋匠基本不可能,毕竟你的靴子没穿几天。喔,还剩什么了呢?洗澡。十分太荒唐,是不是?可是,洗土耳其浴也并非全无目的。"

"我有什么目的呢?"

"你说你都洗完了土耳其澡,因为你打算换个洗法。试试我建议的这个吧。亲爱的华生,去趟洛桑如何？头等车厢，所有开销都非常气派。"

"好啊！可是，什么事呢？"

福尔摩斯躺回到安乐椅上，从口袋里拿出笔记本。

"有一种世界上最为危险的人，"他说，"就是漂泊流浪的女人。本身她是无害的，并且其实往往还很有用，不过却常常是引人犯罪的重要因素。她无所依靠，四海为家。她的财产能够让她由一个国家去到另一个国家，在异乡不同的旅馆逗留。她常常迷失在偏僻的公寓或是寄宿栈房的迷宫中。在狐狸的世界里，她是一只迷失的小鸡。若是她被吞没，也绝少有人会想她。我所担心的就是法兰西斯·卡法克女士是否已经罹遇不幸。"

从抽象突然直接概括到具体的问题，这让我感到十分欣慰。福尔摩斯开始查阅他的笔记。

"法兰西斯女士，"他继续说道，"在已经去世的鲁福顿伯爵的直系亲属里，她是唯一的幸存者。你也许还记得，他的遗产都分给儿辈，只给她留下了一些十分稀奇古怪的旧的西班牙银饰珍宝以及琢磨得十分巧妙的钻石。她对这些东西十分喜爱，简直是爱不释手，连银行家那里她都不愿存放，总是随身携带。法兰西斯女士性格十分敏感，而且十分貌美，仍然处于精力旺盛的中年，但是，因为一次严重的意外，她成了二十几年以前一支十分庞大的舰队的最后幸存者。"

"那在她身上发生了什么事呢？"

"咳，法兰西斯女士怎么样了？是否在世？这都是我们急需搞明白的问题。这四年来，每隔一个星期左右，她都会给她以前的家庭女教师杜柏妮小姐写一封信。这都成了某种习惯，风雨无阻。杜柏妮小姐已经退休了，现在就在坎伯韦尔居住。就是这个杜柏妮小姐来找我办事的。已经过去五个星期了，但是音信全无。并且是从洛桑的国家饭店寄了这封信出来。好像法兰西斯女士已经从那儿离开了，没留下任何地址。一家人都非常着急。他们说钱不是问题，要是我们能够将事情的真相查个水落石出，他们会以重金酬谢的。"

"只有杜柏妮小姐是能够提供一些细节情况的人吗？这位女士也一定给别人写过信吧？"

"能确定的是有一个通信者，华生，那就是银行无疑。单身女人也要过活。她们的存折成了她们日记的缩影。她的钱都在修维斯特银行里存着。我曾检查过她的户头。她取钱时的最后那张支票，都写了为了付清洛桑那边的账目，不过数目不小，现款应该就在她手上。从那之后，她就只用过一张支票而已。"

"是给谁的？什么地方开的？"

"是为玛瑞·戴文小姐开的。开去什么地方也并不清楚。差不多三个星期前，这张支票最终在蒙比勒的洛桑银行得以兑现。总共是五十镑。"

"谁又是那个玛瑞·戴文小姐呢？"

"这个我已经查了出来。玛瑞·戴文小姐曾经做过法兰西斯·卡法克女士的女仆。我们现在还无法知道为何会将这张支票给她。但能够确定的是，这个问题将会因为你的研究工作而很快得到解决。"

"你是说我的研究工作？"

"因为这个才得去洛桑作一番恢复疗养的探险啊。你也知道，老亚伯罕是那么怕死，我可离不开伦敦。而且，正常情况下，我还是不去国外为好。如果少了我，苏格兰场一定会很无助的，说不定还将在犯人中引起什么不好的激动。亲爱的华生，你自己去吧。要是我的愚见值得每字两便士的价钱，那即便是在大陆电报局的另外一头，它也会日夜听凭你的召见的。"

两天之后，我已经抵达洛桑的国家饭店，那位赫赫有名的经理莫什尔先生亲自接待了我。从他口中得知，法兰西斯女士确实曾在这里住了几个星期。见过她的人很少有不喜欢她的。她还不到四十岁，风韵犹在，可见她年轻时该是怎样一位倾国倾城的美人。莫什尔对于珍贵珠宝的事儿毫不知情。只是茶房曾经注意到，在那位女士的卧房里有一只总是锁着的沉甸甸的皮箱。和她的女主人差不多，女仆玛瑞·戴文也和众人保持着很好的关系。她还和饭店中的一个茶房领班订婚了，想知道她的地址也并不很难，就在蒙比勒的图罗真路11号。我把这些情况都仔细记录下来。我心想即便是福尔摩斯自己，也不过就能收集到这些情况而已。

只是有一点我不太明白。这位女士为什么会突然离开，我始终有所疑惑。在洛桑，她过得十分愉快。很多情况都表明，她本来是打算在这个高踞湖滨的奢华房间中过完整个季节的，可是，在订房之后，她只过了一天就消失了，白白支付了一周的房款。女仆的情人裘乐斯·范伯特为我提供了一些情况。他认为这种突然离去与前两天一个又高又黑、蓄有胡子的人来探望有关。"是个野蛮人——完全的野蛮人！"裘乐斯·范伯特嚷道。这个人就在城里的某个地方住着。还有人见到过他曾和这位女士在湖边的游廊那边认真地交谈过。后来他就来这里探望她。但她没有见他。他来自英国，可并没留下姓名。不久这位女士就从这地方离开了。裘乐斯·范伯特，还有更加重要的裘乐斯·范伯特的情人，都觉得女主人的离去完全是因为这次访问。裘乐斯说他不能说一件事，就是为何玛瑞要从她的女主人身边离开。他表示他不能也不愿就这一点说些什么。要是我想弄明白，我就必须去蒙比勒亲自问她。

我调查的第一部分就这样结束了。第二部分要说说法兰西斯·卡法克女士从洛桑离开后可能会去的地方。在这一点上，似乎和某种秘密关系极大，她是为了躲开某个人才去那个地方的。要不然，她的行李上完全可以公开贴上拜登的标签。她自己与行李都是绕道之后送来莱茵河的游览区的。我在当地库克办事处的经理那儿得知了这些情况，随后就发电报给福尔摩斯，将我这里的全部情况都和他说了，并且很快就收到了他的回电。他半开玩笑地夸奖了我一番。之后，我就去了拜登。

在拜登倒是很容易追寻线索。因为在英国饭店，法兰西斯女士住了有半个月之久。在那儿她还结识了从南美来的传教士西林桑格博士与他的妻子。与其他的单身女子一样，法兰西斯女士也从宗教中得到慰藉。西林桑格博士那超凡的人格，一心一意的献身精神，甚至他因为传教而得了病，现在正慢慢恢复健康这些事，都深深感动过她。她因此曾协助西林桑格太太照顾这位慢慢康复着的圣者。经理和我说，白天博士会在游廊的躺椅上度过，身边总是站有一个服务员。他当时正忙于绘制一幅和麦丹尼恩天国圣地有关的地图，同时还在撰写一篇与此有关的论文。后来，等到他完全康复了，他就带妻子前往伦敦去了，法兰西斯女士也与他们一起走了。这还是三个星期前的事儿。后来，这个经理就没再听到些什么了。倒是女仆玛瑞曾和别的女仆说自己再也不会干这行了。在之前几天，她大哭了一场就离开了。西林桑格博士离开这儿之前，为他的那些人都付完了账。

"哦，还有，"经理最后说道，"法兰西斯·卡法克女士离开后打听她的人不止你自己。一个星期前，还有人曾来这儿打听过她。"

"他说过他的姓名没有？"我问。

"没有，但知道他来自英国，尽管样子有些特别。"

"是个蛮汉？"我说道，学着我那位著名的朋友的样子将我知道的事儿都联系起来。

"是啊，你说他是蛮汉倒十分恰当。这家伙是个大块头，蓄了胡子，皮肤晒得很黑，瞧这样子，他应该习惯在农村客栈住，而不是在我们这样的高级饭店。这人脾气很凶，看起来就挺怕人的。"

秘密的真相渐渐显露，云雾慢慢散去，人物都开始变得清楚起来。这位善良而虔诚的女士正在被一个凶险的家伙追逐，她每去一处，他就追过去。她很怕他，否则也不至于逃离洛桑。他还在继续跟踪，早晚他会把她追上。说不定他已经追上她了，是否她一直保持缄默的原因就在这儿？为何和她在一起的那些善良之人不对此加以掩护，以让她免受暴力或是讹诈的侵害？这个蛮汉的长途追逐到底隐藏了什么惊人的目的、什么难解的企图呢？我务必要解决这些问题。

我再次写信给福尔摩斯，和他说我已经十分迅速且确定地查知了这案子的根由。但我接到的回电却问我西林桑格博士有着什么样的左耳。福尔摩斯的新奇想法总是让我有些莫明其妙，感到他也许有些冒失。现在可没到开玩笑的时候，所以我并未理会。而且，其实在接到他的电报前，我已经追着女仆玛瑞来到了蒙比勒。

找到这个被辞退了的女仆并了解她知道的情况并不如何难。她十分忠诚。她之所以要从女主人身边离开，只是觉得她已经确信她的主人有了其他的可靠之人照料，而且她的婚期已经快了，总有一天要离开主人。她还难过地承认，就在拜登住的时候，她的女主人曾向她发了很大的脾气。甚至有一次对她不停追问，似乎女主人已经开始怀疑她的忠诚。这样的情况反倒更利于分手，要不然定会难舍难分。作为结婚礼物，法兰西斯给了她五十镑。与我差不多，玛瑞也十分怀疑那个令她的女主人不得不从洛桑离开的陌生人。她亲眼见到他在湖滨游廊那边不顾影响地狠狠抓着这位女士的腕子。这家伙十分凶狠可怕。玛瑞觉得，法兰西斯女士答应随西林桑格夫妇一起去伦敦，就是为了躲开这个人。有件事，她从未对玛瑞说起过，但是这位女仆却从很多细小的迹象中得知，她的女主人始终都在一种精神忧虑的状态下生活着。刚刚说到这儿，她就从椅子上猛地跳了起来，神色惊恐。"瞧！"她喊道，"那个恶棍已经偷偷跟到这儿了！我说的那个人就是那家伙。"

透过客厅那打开着的窗子，我看到一个蓄了黑胡子的黑大汉正在十分缓慢地向街中心踱着，不停查看着门牌号码。很明显，他也和我一样追寻女仆的落脚点。我一时兴起，就跑到街上，上去和他说话。

"你从英国来？"我问道。

"是又如何？"他反问我，一脸怒气。

"我能够知道你的尊姓吗？"

"不，不，这没必要。"他断然拒绝说。

这种处境非常尴尬。但最直接的方式往往却是最好的方式。

"你知道法兰西斯·卡法克女士在哪儿吗？"我和他说道。

他吃惊地瞧着我。

"你想把她怎么样？你为何要追着她？你要回答我！"我说。

这个家伙大叫一声，就像一只老虎一样朝我猛扑过来。我也经历过很多格斗，都能承受得住。可这家伙的两只手就像铁钳，像个魔鬼一般疯狂。他用手紧紧掐着我，使我几乎没了知觉。这时一个一脸胡子、穿着蓝色工作装的工人从对面街上的一家酒店中冲了过来，他手持短棍，一棍子打在了向我施暴的那家伙的胳膊上，让他松开了手。这家伙突然愣住了，生气极了，不知道此事是否会就此罢休。之后，他大叫了一声，就离开了，进了我刚刚从那儿出来的那座小别墅。我转过身，打算对我的保护人道谢，他就在路上站着，站在我边上。

"嘿，华生，"他说道，"事情被你搞砸啦！我觉得最好你和我坐今天晚上的列车一同回伦敦吧。"

一个小时之后，身着惯常的服装、风度气质俱已恢复的夏洛克·福尔摩斯已在我饭店的房间中坐着了。他和我解释说，之所以他会及时出现，道理非常简单，因为他觉得他已经是时候从伦敦离开了，于是他就决定赶在我旅程的下一站前拦住我，而下一站的确十分明显。他伪装成一个工人在酒店中等着我出来。

"亲爱的华生，你能如此认真地做调查工作，很不错啊，"他说。"我现在还想不出任何你有可能出现的疏忽。你做的事情的全部效果就是四处发警报，但却没发现任何事。"

"就是你自己调查，也不见得比我强。"我有些委屈地抱怨说。

"并非'不见得'了，我已经更有成效了。那位菲利浦·格林先生就在这儿与你住在相同的一家饭店里。我们能够肯定的是，在他身上能够进行更有效果的调查。"

托盘上放了一张名片被送了进来。随即有个人跟着进来了，恰好就是刚刚在街上打我的那个蛮汉。他见是我，很吃了一惊。

"这到底是咋回事，福尔摩斯先生？"他问道，"接到你的通知后，我就赶来了。但与这个人有什么关系？"

"这位是我的朋友和同行华生医生。他和我一同在调查此事。"

这个蛮汉伸出了一只晒得黝黑的大手，连声向我道歉。

"希望不会伤到你。你说是我把她伤害了，我一下就火了。说真的，这几天我没法负责任的。我的情绪好像带电的电线一样激动。但这样的处境让我没法理解。福尔摩斯先生，你能不能告诉我你们究竟是如何打听到我的？"

"我曾与法兰西斯女士的女家庭教师杜柏妮小姐联系过。"

"就是那个戴了一顶头巾式的女帽的老苏珊·杜柏妮吗？我对她有印象。"

"她也还知道你。就是在几天前——那时你还觉得最好去南美。"

"啊，你把我的事都弄清楚啦。那我也不用对你隐瞒什么了。我可以发誓，福尔摩斯先生，这世上没有任何一个男人爱女人就像我爱法兰西斯女士那么的诚实。我不太懂得礼节，我知道——但我丝毫不比别的小伙子差。但她的心好似雪那么洁白。她没法忍受一点粗鲁。因此，当她知道我干过什么事后,就不再搭理我了。可是她是爱我的——就是这么奇怪——她是如此的爱我,也因为我,在那些无比圣洁的时间里,她始终都保持独身。几年后,我在拜登挣了些钱。这时,我满以为自己能够找到她,把她感动。我知道她一直都没有结婚。我终于在洛桑遇到她,并且尽了自己的最大努力。我觉得她变衰弱了,可她的意志却无比坚强,等我再次去找她,她就从洛桑离开了。我只好追着她来到拜登,过了没多久,我知道她的女仆还在这儿。我知道我很粗野,刚离开粗野的生活没多久,所以华生医生那么一问我,我突然就没法控制自己了。瞧在上帝分上,请和我说说吧,法兰西斯女士现在如何。"

"我们必须进行一番调查,"福尔摩斯极其严肃地说。"你住在伦敦哪里,格林先生?"

"你们可以去兰姆饭店找我。"

"我建议你现在就回那里,别轻易离开,要是有事,我们就会找你,好不好?我不能让你抱有什么希望,不过请你相信,只要法兰西斯女士安全,我们凡是能做到的,就一定会去做,为此在所不惜。现在我没什么话需要交代了。你拿着我的一张名片,以便咱们能始终保持联络。华生,把行装整理一下,我去给赫德森太太拍电报,请她在明天七点半钟左右给两个饥饿的客人备好一顿美餐。"

当我们再次返回贝克街的寓所时,已经有一封电报早就送到了。看了电报,福尔摩斯惊喜交集。他将电报丢给我。上面写了"有个缺口或是曾被撕裂过"。电报拍出的地点是拜登。

"这是?"我问道。

"这就是全部,"福尔摩斯回答道,"你应该有印象,我曾问过你一个看起来和本案关系不大的问题——那位传教士有着什么样的左耳。你却没回答我。"

"我早就从拜登离开,没法询问。"

"是啊。就因为这样,我将一封内容一样的信给英国饭店的经理寄去了。他的答复就是这个。"

"这能告诉我们什么呢?"

"这能告诉我们那个对手是个极其狡猾而危险的人物,亲爱的华生。南美的传教士只是那个西林桑格博士的伪装,他本名是亨利·彼得斯,曾出现在澳大利亚的最阴险的流氓之一——很多道貌岸然的家伙已经在这个年轻的国家里出现。他擅长的就是如何诱骗那些孤身妇女,对她们的宗教情感加以利用。他的搭档就是那个所谓的他的妻子,是个名为弗蕾塞的英国人。我是凭他的做法的性质认出了他的本来身份,以及他身体上的特征——他曾于一八八九年在阿得雷德的某个沙龙中和人格斗过,在这场格斗里,他被暴打了一顿——都将我的怀疑证明。是这样一对几乎没什么干不出来的恶魔般的夫妇控制了这位不幸的女士,华生。极有可能,她已经被杀了。或者就算没死,也肯定遭到了软禁,她已经没有给杜柏妮小姐及其他朋友写信的自由了,她也压根没到伦敦,极有可能是这样的,否则就是已从伦敦离开了。但第一种可能其实很难成立,因为在欧洲大陆存在一种登记制度,外国人很难对大陆警察要什么手段。第二种情况也并不现实,因为这群流氓要想轻易把一个人软禁起来其实并不那么容易。我有一种直觉,就是她尚在伦敦,只是我们目前没法找出她具体在哪里,所以我们只能依靠当前的对策,好好吃饭,养好精力,耐心地等待。晚上的时候,我会顺路去苏格兰场看看我们的朋友雷斯垂德,和他谈一谈。"

无论是正规警察,还是福尔摩斯的高效小组,都没法将这一秘密揭露。伦敦的人口何止数百万,而我们要在茫茫人海中找到这三个消失掉、似乎根本不存在的人。试了登广告,没有效果;追踪线索,却毫无所获。推断西林桑格可能会去的作案地点,仍然无济于事。监视他的那些老同伙,但他们却从不去找他。一个星期毫无进展,徒然过去,这时却忽然有了一线光亮。在西敏寺路的波凡登当铺中,有人来这儿当了一个西班牙的旧式银耳环。当耳环的那个人身材高大,脸刮得很干净,很有教士的派头。经了解,他使用了假的姓名和地址。他的耳朵没有引起别人注意,但根据这些情况,能够看出这个人就是西林桑格。

我们的那个在兰姆饭店住的络腮胡子朋友一共来过三次打问消息。在他第三次来时,距离这个新发现甚至都不足一个小时。衣服在他那强壮的身上显得愈加肥大了。因为焦虑,他看起来正在一点点衰弱下去。他常常恳求说:"能不能让我帮帮忙啊!"后来,福尔摩斯只好同意了他的请求。

"他已经当首饰了。我们现在应该把他逮捕。"

"那是不是说他们已经害了法兰西斯女士了?"

福尔摩斯相当严肃地摇了摇头。

"她目前应该是被看管起来了。这点很好说,一旦她走了,他们离灭亡就不远了。我们得准备好,说不定最坏的情况也会出现。"

"我可以做些什么呢?"

"你和那些人照过面吗?"

"没有。"

"他以后说不定会去其他当铺。要是情况是那样的,我们就只好从头开始。但事实上,他获得了很公道的价格,而且没人询问他,因此要是他急需要现钱,说不定他还会去波凡登当铺。我给你写张便条吧,你拿去给他们看,他们会允许你在店中等候。要是这个家伙又来了,你就跟住他,找到他的住地。切不可鲁莽,严禁动武。你必须对我保证,没接到我的通知或是许可,你不能擅自行动。"

其后的两天,我们的朋友菲利浦·格林(我必须提一下,他的父亲是一位著名的海军上将。在克里米亚战争中,这位海军上将曾做过亚述海舰队的指挥)并未给我们带来什么消息。到了第三天夜里,他冲到我们的客厅里,脸色惨白,浑身颤抖,强壮身体上的每一块肌肉都因为兴奋而颤动着。

"我见过他了!我见过他了!"他喊道。

他激动极了,连话也不怎么连贯。福尔摩斯安慰了他几句话,把他推在了椅子上。

"说吧,现在把你看到的都和我们说一下吧。"他说道。

"一个钟头前她来了这里。这次来的是他老婆,可是,这次她来当的耳环和前几天当的那只耳环是一对。她个子很高,脸色有些苍白,一对眼睛很像老鼠。"

"就是那女的,没错。"福尔摩斯说道。

"她从商店离开后。我就跟上了她。她走的方向是朝肯辛顿路,我就在她后面跟着。她接着就进了一家店。福尔摩斯先生，这家店铺是承办丧殡的。"

我的同伴一下僵住了。"是这样吗？"他的问话有些颤抖，可见在那表面冷静苍白的面孔下内心是多么的焦急。

"我走进去的时候，她还在和柜台中的一个女人交涉。我似乎听到她说什么'太晚了'或是其他这种意思的话。店中的女人则不停解释着。'应该早点送过去的，'她答道。'但时间有些长，和普通的不太一样。'她们不再说话，转过头看着我。我只好随便问了两三句话就从商店离开了。"

"干得很好。之后呢？"

"她从商店出来，我就躲到了一个门道中。她似乎对什么起了疑心，就不停地朝四周张望着。接着她拦住一辆马车坐了进去。所幸我也拦住一辆马车在她后面跟着。她后来就在布里斯顿的波特尼广场36号下车了。我从那个门口驶过，让车停到了广场的拐角那儿，盯着这座房子。"

"你看到什么了吗？"

"除了最下面那层有个窗户外，剩下的都是漆黑一片。百叶窗拉了下来，里面的情形完全看不到。我原地站着，不知道自己该怎么做。这时，一辆有篷的货车开了过来，有两个人跟车。车停后，两人从车上下来，并从货车中抬了一件东西放在了大门口的台阶上。福尔摩斯先生，那是口棺材！"

"啊！"

"我当时险些就冲了进去。就在这时，有人打开门，把那两个抬棺材的人放了进去。就是那个女人开的门。我在那儿站着，她瞅了我一眼，也许是被她认了出来。我见她很是吃了一惊，赶紧关上了门。我突然想起你嘱咐我的话，就赶紧来这儿了。"

"你的任务完成得非常出色，"福尔摩斯一边说着，一边随手在半块小字条上写下几个字。"我们没有搜捕证，就不能合法行动。你最好去做这件事，你去警察局送这张便条，并带回一份搜捕证来。说不定会遇到些困难，但我觉得出售珠宝这件事就已经够了。这些细节都会被雷斯垂德考虑进去的。"

"但是，说不定她现在就他们杀害了。否则棺材有什么用呢？除了她，他们还会为谁准备呢？"

"我们会尽全力的，格林先生。一分钟都不可以耽搁了。咱们尽全力处理这件事吧。华生，现在，"等到我们的委托人匆匆离开后，福尔摩斯继续说道，"正规的人员会由雷斯垂德调动。而咱们就和平时一样，作为非正规的力量。我们最好马上开始我们的行动。情况非常紧急，即使最极端的手段也得用上了；我想这也并非就不是名正言顺的。立即去波特尼广场吧，一点都不要耽搁。"

"我们一起来简单分析下情况，"他说道，此时我们的马车正在议会大厦和西敏寺大桥前飞驰。"首先，法兰西斯女士在那群匪徒的挑拨下已经和她那忠心耿耿的女仆分开了，并且这位可怜的女士已经被骗到了伦敦。就算她也曾写过信，也肯定被他们扣下了。借助于同伙，他们租了一座有家具的房子。住进去之后，他们就关起了她。而且那批十分贵重的珠宝首饰也被他们抢走了。最初,他们就是想骗到这些东西。而现在他们开始卖其中的一部分了。他们认为这绝对安全,因为在他们看来这位女士的命运并不会有人关注。要是她活着,他们肯定会被告发。因此他们是不会放过她的。但是,他们又不能一直关着她。因此就只剩了谋杀这个办法。"

"这似乎已经十分明确了。"

"那我们再从其他的线索来思考一下。要是你从两条互无关系的思路思考问题时,华生,你就会知道,最接近真实的情况往往就是这两条思路的某一个会合点。现在我们先不考虑这位女士,而是由棺材入手,反过来做一个论证。这个意外事件告诉我们,这位女士确实已经被害了,而且葬礼还是按照惯例来安排的,有医生开的证明,批准的手续也是正式的。要是这位女士看起来就是被谋杀的,他们应该将她埋到后花园才是。可是,如今这一切全都公开而正规地进行。这能说明什么呢?我的看法是,他们是以其他的某种方法害死了他,混过了医生,让其觉得她是自然死亡的——极有可能是毒死的。只是,这也并不正常,他们竟然会让医生和她接近,除非他们有个医生同伙。可是这种假设不是很可靠。"

"他们有没有伪造一份医生证明呢?"

"这很危险,华生,相当危险。不对,我不觉得他们会这么干。车夫,把车停下!我们已经从那家典当铺经过了,显然,那家承办丧葬的店就是这家。你可以进去看看吗,华生?你出面更好一些。去问一下波特尼广场那户人家明天什么时候举行葬礼。"

看店的女人十分坚定地和我说会在早晨的八点举行葬礼。"瞧瞧,华生,一点都不遮掩,所有的都完全公开!无疑他们取得了合法的表格,因此并不怎么怕。只能这样了,现在没什么其他办法,只能直接正面进攻了。你做好武装了吗?"

"我有手杖!"

"很好,很好,已经足够了。'武装充分,才能取得斗争的胜利。'咱们可不能寄希望于警察,也别受法律的条框限制。车夫,这就走吧。华生,我们一起的时候总是很幸运的,以前的时候我们两人合作就是这样。"

波特尼广场中心的那栋黑漆漆的大厦的门铃被我们使劲摁着。门随即打开了,在过厅中暗淡的灯光下,一个个子很高的女人出现了。

"你想干吗?"她尖声问道,黑暗中她的眼光在瞧着我们。

"我想和西林桑格博士聊聊。"福尔摩斯说道。

"这里没这个人。"说完,她就要把门关上。福尔摩斯一下用脚抵住门。

"我想见见在这里住的人,无论他自称是谁。"福尔摩斯十分坚定地说。

她有些犹豫,但还是把门打开了。"啊,那请进吧!"她说,"我的丈夫可不怕见这世上的任何一个人。"她随即把身后的门关上,带我们进了大厅右手边的一个起居室,把煤气灯扭亮之后就离开了。

"彼得斯先生随后就来。"她说道。

她的话果然非虚。我们尚未来得及看看这间布满灰尘、破烂不堪的屋子,就见门开了。一个十分强壮的、脸刮得很干净的秃头男人轻轻走进屋里。他有一张又大又红的脸,腮帮子向下垂着，道貌岸然。可是那张凶残险恶的嘴却将他的这副神态整个破坏了。

"这里面有些误会，亲爱的先生们，"他以一种十分油滑而自得的语调说道，"我觉得你们没有找对地方。要是你们去街那边问问说不定——"

"那倒也不错，但我们可没什么时间能浪费了。"我的同伴依旧坚定地说道，"在阿得雷德，你是亨利·彼得斯，后来在拜登，你又成了南美的牧师西林桑格博士。我对此非常肯定，就像我对自己的姓名叫夏洛克·福尔摩斯一样肯定。"

我现在要说的是这位自称彼得斯的人大吃一惊，狠狠盯着他的这个并不好对付的追踪者。"你的大名我并不觉得能吓到我，福尔摩斯先生，"他十分不在乎地说道，"一个人只要心态平和，你是没法让他生气的。请问你来我家到底有何贵干？"

"我想知道，对于法兰西斯·卡法克女士，你是怎样处置了，她是被你从拜登带来这里的。"

"如果你能和我说，这位女士去了哪里，我倒是十分高兴，"彼得斯依旧不在乎地回答道，"她还欠了我不少钱，差不多有一百镑，却只抵给我一对不怎么起眼的耳环，什么都没给我。商家可是不怎么认同这对耳环。在拜登，她是和彼得斯太太及我一起待过——那时我用了别的姓名，这没错——她不舍得从我们身边离开，就随我们来了伦敦。我付了她的账单和车票。但到了伦敦，她就偷偷离开了，而且还把这些过了时的旧首饰抵给了我。你要是能把她找出来，福尔摩斯先生，我可是十分感谢你。"

"我是想把她找出来，"夏洛克·福尔摩斯说道，"我如果搜搜屋子肯定能找到她。"

"你有搜捕证吗？"

福尔摩斯把口袋中的手枪掏了一半出来。"在搜捕证没来以前，我想这与搜捕证无异。"

"这么说来，你还是个强盗。"

"这样称呼我也没错，"福尔摩斯兴奋地回答道，"我还有个危险的暴徒伙伴。我们要一同搜搜你的房子。"

我们的敌人把门打开来。

"快去找个警察来，安妮！"他说道。过道中随即传来一阵妇女奔跑时衣裙的响动，大厅门跟着打开，然后又关上了。

"我们的时间不多了，华生，"福尔摩斯说道，"要是你打算拦住我们，彼得斯，你一定会吃些苦头的。那个搬进来的棺材呢？"

"你找棺材干吗？已经用了。里面装了尸体。"

"我要看看尸体。"

"未经我同意，绝对不可以。"

"你的同意没用。"福尔摩斯动作十分敏捷，猛地将这个家伙推到了一旁，进入了大厅。我们的眼前就是一扇半掩着的门，进去后就是餐室。棺材在那里面的一张桌子上停放着，一盏半亮着的吊灯就在上面。福尔摩斯扭亮灯，把棺盖打开来。一具十分瘦小的尸体躺在棺内。在来自头顶的光的照射下，一张有些干瘪的老年人的脸露了出来。纵然受尽折磨、饥饿和疾病摧残，也没有人会将这个枯瘦的躯体认成是依旧美丽优雅的法兰西斯女士。福尔摩斯脸上现出又惊又喜的表情。

"感谢上帝！"他说，"这不是她！"

"哈，你这次的错误可是犯大啦，夏洛克·福尔摩斯先生，"彼得斯已经随着我们进了屋里，他这时说道。

"那这个去世的女人是谁？"

"唔，要是你真的很想知道，她叫柔丝·史班德，是我妻子的老保姆，在布里克斯顿的救济院附属诊所中，我们发现了她，就将她搬到这儿来了，并请费班克别墅13号的贺森医生——这个地址，福尔摩斯先生，你可要记好喽——好好照顾她，以不负基督教友应尽的责任。没三天时间，她就去世了——医生在证明书上认为这属于年老体衰而死——医生的看法就是这样，你应该明白的。我们找了肯辛顿路的史帝门生公司处理丧事。明早八点会准时安葬。你能从这其中挑出什么不对吗，福尔摩斯先生？你犯的错误非常可笑，你最好还是老实承认这一点。你把棺盖打开，本打算见到法兰西斯·卡法克女士，结果却见到了一个九十岁的不幸的老太婆。如果你当时那目瞪口呆的惊讶神情被我用相机拍下，可是十分有欣赏价值的。"

虽有仇敌的嘲弄，但福尔摩斯的脸色依旧如平时那般冷漠。唯有他那攥紧的双拳显示了他有多么怒不可遏。

"我要把你的房子好好搜搜，"他说。

"还想搜！"彼得斯大喊道。就在此时，一个女人的声音以及过道里沉重的脚步声传了上来。"谁是谁非我们马上就能弄清楚了。请来这边，警官们。他们两人闯到我家里来，我没法赶他们走，请你们帮我赶出他们吧。"

一名警官及一名警察就在过道里站着。福尔摩斯把名片出示了一下。

"我的姓名与地址就在这上面。这位是我朋友，华生医生。"

"哎呀，先生，真是久仰，"警官说道，"但你没有搜捕证，你待在这里是不合法的。"

"当然是的。我对此很是清楚。"

"把他抓起来！"彼得斯喊道。

"要是需要，我们很清楚该如何下手，"警官严肃地说道，"但你得从这儿离开，福尔摩斯先生。"

"是啊，华生，咱们得从这儿离开啦。"

过了没多长时间，我们就回到了街上。福尔摩斯与往常一样，并不在乎，但我却十分气馁，一肚子火气没处发。警官就在我们后边跟着。

"不好意思，福尔摩斯先生，只是，法律只能如此。"

"没错，警长，你确实没有其他法子。"

"我想你肯定不会无缘无故地来这儿，要是有什么事需要我——"

"是个失了踪的女士，警长。我们觉得她应该就在这房子中。我在等搜捕证，随后就到。"

"那我就在这儿监视他们吧，福尔摩斯先生。一旦有风吹草动，我就通知你。"

此时才仅仅九点钟。我们马上全力出发去追查线索。我们先是去了布里克斯顿救济院。我们在那儿得知，几天前的确来过一对慈善夫妇。他们得到允许并领走了一个他们声称是以前仆人的呆头呆脑的老太婆。听说她被领走就死了的消息后，救济院的人并未有什么惊异。

第二条线索当然是那位医生。他确实曾被召去过，查知那个女人极其衰老，并且的确看到她死了，所以就签署了正式的诊断书。"我可以对你们保证，全都正常，这件事是没法钻空子的，"他说道。他的屋子也没什么能让人怀疑的，不过像他们这样的人家居然没有用人，这却是很值得思考的。医生也仅仅提供了这些情况，再没有更多的了。

最后，我们赶到了苏格兰场。开具搜捕证，手续并不简便，只好耽搁一段时间。要到第二天才能拿到治安官的签字。要是福尔摩斯可以在九点前往拜访，他就能与雷斯垂德一同去办搜捕证。这一天就在匆忙中过去。在差不多半夜的时候，那位警长朋友来通知我们说，他见那所黑漆漆的宅子的窗口中似乎有灯光在闪烁，不过并未看到有人出来，也没人进去过。我们只能静下心来等明天来临。

夏洛克·福尔摩斯有些急躁，沉默却坐立不安，始终没有睡觉。我离开了一会儿，见他用力吸着烟斗，双眉紧锁，修长的手指神经质地在椅臂上敲着。每当这时，他的脑海中往往翻腾着解答奥秘的方法。一整个晚上，我都听到他在屋里不停地徘徊。最后，清晨来临，我刚刚醒来，他就跑了进来。他披着睡衣，苍白的脸色以及深陷下去的眼睛却都告诉我他整晚都没睡。

"几点钟安葬？是不是八点？"他语调快速地问道，"唔，已经七点半了。上帝哪，华生，难道上天赐给我的头脑锈住啦？快点，老兄，快点吧！人命关天——千钧一发。如果去得晚了，我是永远都不会原谅自己的，我说的是永远！"

五分钟不到，我们已上了马车从贝克街飞驰离开。就算如此，当我们从伦敦钟经过时也已经差二十五分八点了，等到赶到布里克斯顿路时，八点钟恰好敲响。但对方似乎与我们情况相同，也迟到了。八点十分的时候，柩车依旧在门边停着。就在我们那跑得满嘴都是白沫的马停下时，在门口，三个人抬了棺材出现了。福尔摩斯随即蹿上去把他们拦住了。

"赶紧抬回去！"他命令道，一只手在走在最前面的抬棺材的那人胸前一按。"立即抬回去！"

"他妈的，你想干吗？我再和你说一遍，你有没有搜捕证？"彼得斯怒气冲冲地喊道，那张又大又红的脸朝着棺材的另外一头张望着。

"搜捕证随后就到。把棺材抬屋里面去，等搜捕证。"

抬棺材的人显然被福尔摩斯的威严语调震慑住了，彼得斯见此情景也溜进了屋里，他们就没对这些新命令有何异议。"快点，华生，快点干！给你螺丝起子！"当棺材被放上桌子后，他和我说道，"老兄，给你这把！一分钟内要把棺盖打开，赏你一镑金币！不要问啦——快点干！真棒！再来一个！快点一个！现在，一起用力！马上开了！唔，打开了。"

我们一起用力把棺盖打开了。棺盖被掀开时，一股十分强烈的让人昏迷的氯仿气味从棺中冲了出来。棺里躺了一个躯体，一条浸了麻药的纱布在她头上缠着。福尔摩斯把纱布除去，一个中年妇女的脸露了出来，美丽而优雅，宛如塑像一般。他马上伸手将她扶了起来。

"她死了吗，华生？还在呼吸吗？看来我们来得并不晚！"

看来我们来得还是有些晚，虽然努力了半个小时，但因为窒息和有毒的氯仿气味，法兰西斯女士看起来完全昏迷了。最后，我们对她进行人工呼吸，然后注射乙醚，种种的科学办法都用过了。终于她有了一丝生命迹象的颤动，眼睑有了抽搐，眼睛也渐渐显露出一些光泽，所有这一切都说明生命终于复苏。一辆马车随即赶到，福尔摩斯把百叶窗推开朝外面望去。"是雷斯垂德，他带了搜捕证来，"他说，"他会发现那个他想抓的人已经不在了。但是，还有另外一个人也一起来了。"当一阵又沉重又急促的脚步声从过道传过来时，他继续说道，"很显然，照顾这位女士的权利更应该属于他。早上好啊，格林先生，我觉得我们应该尽快送走法兰西斯女士，尽快才行。而且葬礼能举行了。那个还在棺中躺着的可怜的老太婆终于能够独自去她最后将会安息的地方了。"

"亲爱的华生，要是你想要将这件案子也记录进你的本子里面去，"当天晚上，福尔摩斯对我说道，"也最好将其看成是一个暂时受到蒙蔽的例子，就算是最善于思考的头脑也难免会犯错。这种过失再正常不过了，较为难得的是可以认识并做到补救。至于这次难得能够挽回声誉，我还打算作些补白。那天夜里，一种想法把我纠缠住了。我就想，在什么地方有过一些线索曾被我发现过，或是一句并不正常的话，或是一种不正常的现象，但都被我轻易放弃了。后来，天快要亮时，我一下想到了几句话，你还记得吗？格林曾和我说他听到的丧葬店女老板说过的话。她说：'应该早点送过去的，但时间有些长，和普通的不太一样。'她指的就是这口棺材。为什么会和普通的不一样呢？唯一的解释就是，棺材的尺寸并不普通。但为什么呢？为什么要这样呢？我猛地想起：棺材很深，可是却只装了一个枯瘦的人。为什么这么小的尸体要用这么大的棺材呢？目的就是把地方腾出来再放一具尸体。证书是同一张，要埋葬的尸体却有两具。要是我的视野未被蒙蔽，这一切本是清清楚楚的。安葬法兰西斯女士的葬礼会在八点钟举行。我们只能在棺材没被搬走的时候截住他们。

"也许她还没有死，虽然这样的机会十分渺茫，但结果证明，一点机会我们也要争取。我知道，这些人对于杀人的事颇为抵触。就算到了最后关头，他们也尽量不去用直接的暴力。他们葬了她，她的死因就不会露出任何痕迹。就算是她会被从地里掘出来，他们能够逃脱的机会也是很多的。我想他们是能够接受这样的想法的。你最好再好好想想当时的情景，楼上的小屋里，你也看到了，这里面长期关押着这位不幸的女士。他们闯了进去，拿氯仿把她的嘴堵住，把她丢进棺材里，再在棺材里铺上氯仿，让她没法醒来，然后把棺盖钉上。这个法子不是很聪明吗，华生？我在犯罪史中也是头一次见识到。要是咱们的前任牧师朋友们能够逃出雷斯垂德的手心，那么，以后说不定还会有什么精彩节目上演呢。"

魔鬼的足迹

在对我与我的老朋友夏洛克·福尔摩斯的那些奇特的经历以及有趣的往事的记录中，因为他本身的不想公之于众而常常让我感到颇为为难。他的性子沉郁，不喜欢俗套，也不太在意对人们的赞扬。每当案件完结，他都对要将破案报告交给官方的做法嗤之以鼻，而不太想装出一副笑脸去聆听那些并不真诚的齐声道贺。对我的朋友来说，态度无非如此。而且，后来的一些较为有趣的材料也促使我公开发表了极少数案情。其中几次冒险事件我还是亲身经历的，这可算是我所特有的条件，但却让我更需慎重考虑，细心斟酌。

上星期二的时候，我相当意外地接到一封福尔摩斯拍来的电报——只要可以拍电报，他是绝不会写信的——电文是这样的：

怎么不把我承办的那件最为奇特的康威郡恐怖事件奉送给读者？

我想不通是怎样的回忆让他在过去的思绪中触及了这桩事，或是别的什么怪念头令他想让我公开此事。在他说不定发另外一封要求取消这个要求的电报前，我立即翻出之前的笔记。上面记载了本案的具体内容，谨在此向读者作如下披露。

一八九七年的春天。福尔摩斯夜以继日地操劳，他那本是铁打的身体也渐渐吃不消了，再加上他平时对身体并不注意，健康情况逐渐恶化。三月份的时候，在哈里街住的莫尔·艾加医生——关于他是如何认识福尔摩斯的戏剧性情节可以改日再叙——明确要求我的朋友把他的全部案件都放下，好好休息一番，要是他不想身体彻底垮掉的话。他全心全意地工作，完全没考虑自己的健康情况。可是，为了以后能够长期工作，他还是听从了劝告，决定换个环境，呼吸新鲜空气。所以就在当年春天，我们一同前往康威郡半岛的尽头，到波尔都海湾边上的一座别墅小住。

这个地方是相当奇妙的，尤其适合我的朋友那病后恶劣的心情。我们这所刷了白漆的宅子就位于一处绿草茂盛的海岬上。由窗口朝下面看去，能够看到整个芒茨湾的半圆形的险要地势。在这地方，海船常常失事，周围那些黝黑的悬崖以及海浪日夜拍打的礁石都埋葬了很多海员。每当北风呼啸，海湾就变得平静又隐蔽，那些受风吹浪打的船只就会前来这里避风。

但风向会突然猛转，西南风跟着刮起，铁锚都会被拖曳着，那些背风的海岸，都会被滔滔白浪所淹没。经验老到的海员会早早离开这个险恶的是非之地。

我们周围的陆地往往与海上同样阴沉。这附近分布着起伏连绵的沼泽地，孤寂且阴暗，偶尔会有个教堂的钟楼出现，能看出这应当是一处乡村的旧址。沼泽地的旁边，也经常能发现处处早已消失的某个民族所遗留下来的痕迹。那个奇怪的石碑就是它唯一遗留下来的记录，死者的骨灰埋在那些零乱的土堆中，以及史前战斗使用的奇形怪状的土制武器。这个地方有着某种神奇的魅力，甚或是它特有的鲜为人知的与民族有关的不祥气氛，都让我的朋友深深沉醉。在沼泽地上，他常常散步到很远的地方，一个人陷入深思。他对古时的康威郡语也颇感兴趣。我还记得，他曾认为康威郡语与古巴比伦语十分相像，应当是从腓尼基商人那里传来。他已经弄到了不少和语言学有关的书籍，正安心对这一论题做一番研究。但是，突然有件事让我发起愁来，而他却对此深感高兴，因为我们发觉自己虽处于这梦幻之地，还依旧有些发生在家门口的怪异事情打扰着我们。相比于我们在伦敦遇到的那些问题，这件事情都更加紧张而吸引人，更加神秘。我们本来简单的生活与宁静安详的日常规律开始被严重扰乱，也因此被牵扯进一系列不但令康威郡震惊不已，甚至惊动了整个西英格兰的大事件。相当一部分读者应该还会记起一些和当时称作"康威郡恐怖事件"有关的情况，虽然伦敦报界发出去的报道非常不完整。事隔十三年的现在，我会把这个非常奇妙的怪事的真相揭露出来。

我曾描述过，教堂钟楼的分散说明康威郡附近是有一些零落的村庄的。其中离这里最近的村子就当属崔丹尼克·渥拉斯，在那儿，一个被青苔覆盖的古老教堂被几百户村民的小屋围了起来。朗德里先生就是这个教区的牧师，此外，他还是个考古学家。福尔摩斯认识他就是因为他懂考古。他仪表堂堂，是个十分和蔼可亲的中年人，学问深湛并且对当地的情况颇为熟悉。他曾邀我们去他教区的住宅喝茶，在那儿，我们又结识了一位自食其力的绅士——莫提摩·崔舍纳斯先生。他是牧师那座大而分散的宅子中的几个房间的房客之一，这多少能让牧师增加一些收入。因为一直单身，这位教区牧师倒也颇为喜欢这样的安排，尽管他与这位房客差别很大。崔舍纳斯先生身材瘦而且黑，戴了一副眼镜，腰弯着，让人能感到他的身体相当别扭。我还记着，我们那次的拜访虽然短暂，牧师却始终喋喋不休，而他的房客却一直沉默着，愁容满面，在那儿坐着，心不在焉，很明显他在想着自己的心事。

三月十六日是星期二，用过早餐，我与福尔摩斯在一起坐着吸烟，就在准备去沼泽地作每天习惯性的游逛时，他们二人突然来到我们那小小的起居室。

"福尔摩斯先生，"牧师激动地说道，"昨晚发生了一件最离奇悲惨的事情，我几乎从没听过这样的事。现在万幸您还在，这绝不仅仅只是巧合，整个英格兰，我们现在最需要的人就是您。"

我瞧着这位破门而入的牧师，眼神并不友好，但福尔摩斯却把烟斗从嘴边抽了出来，从椅子上坐了起来，那样子活像一只猎犬听到了呼唤它的声音。他指了指沙发。我们那激动难言的来访者与他那十分不安的同伴在沙发上紧挨着坐了下来。看起来莫提摩·崔舍纳斯先生要更加镇定一些，但他那不停抽搐的双手，炯炯发光的黑色眼珠，却明白无误地表明这二人的情绪无甚分别。

"咱们俩谁先说呢？"他问牧师道。

"唔，无论如何，事情是你最先发现的，牧师的消息也来自你这里。我看最好你先说吧。"福尔摩斯提示道。

我瞧了瞧牧师，见他的衣服穿得很匆忙。而他身旁端坐的他的房客，却衣衫整齐。几句极为简单的推论，他们看着福尔摩斯的眼神里就充满惊讶，我看着就觉得好笑。

"我先说说我知道的情况吧，"牧师说道，"之后您再判断是不是还要崔舍纳斯先生说说更具体的情况，或者咱们是不是应该马上去这桩怪事发生的现场看看。我要说的是，昨天晚上我们的朋友与他的两兄弟欧文和乔治及他们的妹妹布兰塔都在崔丹尼克华沙的房子中。这个房子就位于沼地里的一个石头十字架旁边。因为兴致很高，他们就在餐桌上玩起牌来。十点钟刚过，他就和他们分开了。他总是起床很早。今天早上还没用早餐，他就往那个方向走去。正好在前面遇到了赶着马车的理查德医生。理查德医生表示刚刚有人请他去崔丹尼克华沙看急诊。于是莫提摩·崔舍纳斯先生就与他一起走了。他刚刚抵达崔丹尼克华沙，就遇到了怪事。就像他离开时一样，他的两兄弟和妹妹还是围坐在桌边，纸牌也在他们面前放着，蜡烛已经一直烧到了烛架的底端。可是他的妹妹却僵死在了椅子上，而那两兄弟则在她的两旁又笑又叫，疯疯癫癫地唱着歌。他们三人——两个发狂的男人和一个死了的女人——脸上都现出一种极为惊恐的神情，那惊惧的样子甚至让人不敢去看。除了厨师和管家波特太太外，没有别的人来过。波特太太则表示她睡熟了，晚上什么动静都没听到。所有的东西都在，屋里也没被人翻过的痕迹。不知道是怎样的恐怖能将一个女人吓死，将两个强壮的男人吓得疯掉，真是难以理解。简单来说，事情就是如此，福尔摩斯先生，要是您能侦破这件案子，那可真是做了一件大事啊。"

我最初满心觉得能用别的方式引开我同伴的注意，以保持我们来此旅行的平静目的，但他那一脸兴奋、双眉紧皱的样子一入我眼，我就彻底知道这种希望已经破灭了。他沉默着坐了一会儿，神情专注地思考这桩将我们的平静打破的怪事。

"让我好好想一下，"他开口说道，"表面看来，这案子和别的案子的性质很不一样。你亲自去了那儿吗，朗德里先生？"

"没去过，福尔摩斯先生。崔舍纳斯先生一回到我们的教区住宅，他就和我说了这个奇怪的情形，我接着就马上与他往这儿赶来了。"

"那个奇怪情形发生的地点离这儿多远？"

"要向内地走，大约有一英里。"

"那我们一同走着去吧。但在咱们出发前，莫提摩·崔舍纳斯先生，你最好先回答我几个问题。"

崔舍纳斯始终沉默着。但我能瞧出他在竭力抑制着情绪，其强烈程度要较牧师更甚。他在那儿坐着，脸色惨白，满是愁容，眼神不安地瞧着福尔摩斯，一双瘦手痉挛一般地紧握着。他在边上听牧师描绘他的家人所遭遇的那种可怕的经历时，苍白的嘴唇在不停地微微颤动着，看得出来，他黑色的眼睛好像对当时的情景感到莫名的恐惧。

"你有什么问题就尽管问吧，福尔摩斯先生，"他诚恳地说，"虽然说起来这是件非常倒霉的事儿，但我会实话实说的。"

"说说昨晚发生的情况吧。"

"好的,福尔摩斯先生。我是在那儿用的晚餐,就像刚刚牧师所说,我的哥哥乔治建议玩一会儿桥牌。九点左右的时候,我们开始坐下打牌。后来到了十点一刻,我就离开了。在我离开时,他们仍然在桌边围着,十分高兴。"

"谁把你送出去的?"

"当时波特太太睡了,我是自己开门走的。我关上大门,看到他们所在的屋子的窗子是关上的,但没放下百叶窗。今早我过去看时,门窗没有任何改变,没有其他人进去的迹象。但是,他们都还原地坐着,却被吓疯了,布兰塔直接被吓死,脑袋在椅臂上耷拉着。只要还活着,那间屋中的恐怖景象就将永远没法在我头脑中消除。"

"你确实谈了一种极其奇怪的情况,"福尔摩斯说道,"而且我认为你本人其实也不知道怎么解释已经发生的这些情况吧?"

"魔鬼干的,福尔摩斯先生,一定是魔鬼!"莫提摩·崔舍纳斯大声喊道,"这个世界是不会发生这种事的。一样东西偷偷进到那个房间里,将他们的理智之光全部扑灭。渺小的人类怎么可能有什么力量这么做呢?"

"我非常担心,"福尔摩斯说道,"要是人力没法做到这件事,当然也包括我。但是,在必须相信这样的说法之前,我们还应该尽力利用种种与自然相符合的解释。倒是你自己,崔舍纳斯先生,我猜你与他们应该分家了吧,毕竟他们在一起住,你自己却有其他住处?"

"事情是这样的,福尔摩斯先生,尽管已经过去了,结束了。我们一家人本在瑞鲁士住,是锡矿的矿主,但后来我们嫌这个企业过于冒险,就转卖给了别的公司,放弃这一行了,因此手头还比较宽裕。我也承认,在钱的分配上,在一段时间内,我们的感情不是很和睦,但时过境迁,我们都已达成了谅解,不放在心上了,现在我们和好如初。"

"想想你与他们一起度过的那个夜晚吧,你是否能记起什么足以导致这场悲剧的迹象?好好想想,崔舍纳斯先生,任何一条线索都将有助于破案。"

"想不起什么了,先生。"

"你亲人的情绪一直都正常吗?"

"是的,完全没问题。"

"他们会不会都有些神经质?最近是不是有过对某种危险产生的忧虑?"

"不可能有。"

"你还有什么能够帮我的话吗?"

莫提摩·崔舍纳斯仔细地想了想。

"我突然记起一件事,"他说道,"那时我们在桌边坐着,我背对着窗子,我哥哥乔治打牌与我一组,他朝着窗户。一次,我见他不停地朝我的后面瞧着,所以我也回过头去看。窗子虽然关着,百叶窗却没放下来。我发现草地里的树丛中好像有什么东西在动。但我没看清是人还是动物,但我能肯定自己看到了什么东西。我就询问他有没有看到什么,他说他也看到了同样的东西。我能想起来的就是这些。"

"你当时没去看看吗?"

"没,当时根本没当回事。"

"之后你与他们分开时,也没有什么凶兆?"

"没有。"

"我想不通你为何今天早上会在那么早的时候就得知消息。"

"我已经习惯早起了,每天都会在早餐前出去散步。今天早上我刚刚准备出发去散步,就见医生驾着马车赶过来。他告诉我说,是波特老太太托一个孩子捎信给他的。我跳上马车,在他边上坐下,然后就上路了。到了那儿,我们朝那间悲剧发生的房间瞧去。早在几个小时前,蜡烛和炉火已经熄了。就是在黑暗中,他们三人一直坐到天亮。医生检查认为布兰塔已经死了超过六个钟头了,看不出任何施暴的痕迹。她在椅臂上斜靠着,脸上的恐怖表情凝固了。乔治和欧文一直在咿咿呀呀地唱着歌,或是结巴着说些什么,如同两只猩猩。唉,那情景简直太可怕了!我难以忍受,医生的脸更是白得像纸一般。他突然头晕,在椅子上倒了下来,我又差点儿要去照顾他。"

"奇怪!这可真是太奇怪了!"说着,福尔摩斯站了身来,随手拿起帽子,"我觉得,最好的办法还是去崔丹尼克华沙跑一趟吧,别耽搁了。我不得不承认,我很少能遇到在最开头就有这么奇怪状况的案子。"

当天早上的行动并未给我们的调查带来任何实质进展。但值得说一下的是,调查刚开始,我的头脑中就因为一件意外而产生了不吉利的印象。我们当时正走在一条通往悲剧发生地点的狭窄曲折的乡村小道上,突然听到一辆马车吱吱嘎嘎地朝我们驶来,我们都靠到路边,给它让路。就在马车驶过去时,我突然在关着的车窗中看到一张扭曲得吓人的龇着牙的脸在朝我们窥视,那盯视的目光和咬紧的牙齿在我们眼前一闪而过,留下一个恐怖的幻影。

"那是我的兄弟们啊!"莫提摩·崔舍纳斯突然叫道,嘴唇被吓得惨白,"他们要被送去赫斯顿疯人院了。"

带着恐惧的情绪,我们目送这辆黑色的马车渐渐远去。然后转过身来,我们继续朝着他们遭遇不幸的那座凶宅进发。

这座宅子又大又明亮,是座小别墅而并非是间村屋。院子里有一个相当大的花园,康威郡气候宜人,花园中早已是春色无限了。起居室的窗子就对着花园。莫提摩·崔舍纳斯曾说过,那个魔鬼一般的东西就曾在花园里出现过,眨眼间就将他的兄弟们吓疯了。福尔摩斯在花园中低头走着,想着事情,沿小路检查,之后我们走进门廊。我还记着,他非常专心,结果差点被浇花的水壶绊倒。壶里的水都翻在地上,把我们的脚与花园小径都打湿了。进到屋里,我们就碰上了在一个小姑娘的协助下处理家务的管家波特太太。她非常配合地回答了福尔摩斯提出来的问题。当天晚上,她没听到任何动静。而且她的东家最近心情都很好,似乎从没这么高兴过。当今早她进屋去,看到围在桌子边上的那三人的可怕样子时,她直接吓得晕倒了。后来她醒过来,就把窗子推开,换换清晨的空气,然后跑到外面的巷子里,打发了一个村童帮忙去请医生。要是我们想瞧瞧那个死了的女人,她就在楼上房间的床上躺着。她又找了四个强壮的小伙子才将这兄弟二人抬到去精神病院的马车里。她已经不想在这儿哪怕多待一会,下午的时候她就想回到圣艾佛斯与家人团聚。

我们几人上楼检查尸体。尽管布兰塔·崔舍纳斯小姐已经到了中年，但仍不失为一位相当标致的女郎。虽然人死了，但那张清秀的脸依旧俊俏，只是脸上永恒地留下了某种极度惊惧的表情，这也成了她死前唯一的最后一丝人类情感。从她的卧室离开，我们下楼进入起居室，悲剧就是在这儿发生的。炉栅里还残留着隔夜的炭灰。四支早已烧尽的蜡烛在桌上放着，纸牌也散放在桌上。除了椅子搬了回去靠在墙壁上，其他的东西依旧是昨天夜里的样子。福尔摩斯在屋里轻快地来回走动。在那三把椅子上，他都坐了坐，将椅子拖一下然后再放回原处。他试试自己能瞧见窗外花园多大的范围，然后才对地板、天花板和壁炉做逐一的检查。但每次我都没能捕捉到他的那种双眼猛地发亮、嘴唇紧闭的神情。而这样的神情往往意味着，虽然前途依旧黑暗，但他依然发现了一丝光明。

"为何要生火呢？"他突然问道，"在这样春天的夜里，他们总是会在这间小屋中生火吗？"

莫提摩·崔舍纳斯对此解释道，当天夜里又冷又潮湿，因此他来了后就把火生起来了。"您现在有什么打算吗，福尔摩斯先生？"他问道。

我的朋友笑了笑，用手按着我的胳膊。"华生，我想我不得不又要研究你常常为此指责我并且指责得非常正确的烟草中毒了，"他说道，"先生们，要是你们同意，我们这就回我们自己的住宅了，我已经不觉得这里能为我们提供任何值得注意的新线索了。我会好好思考一下这里的情况的，崔舍纳斯先生。如果有什么问题，我一定会知会你和牧师的。而现在，祝你们二位早安。"

我们返回波虎别墅没多长时间，福尔摩斯就不再像他过去那样保持惯常的沉默了。他在靠椅上蜷缩着，那张憔悴严肃的面容都隐进了烟草缭绕的青烟中。他的两道浓眉深锁，额头皱着，双眼有些茫然。终于他把烟斗放下，突然跳了起来。

"这样是不行的，华生！"他笑着和我说道，"我们一同顺着悬崖走走吧，找找火石箭头。相比于找这件案子的线索，我宁可去找找火石箭头。在材料根本不够的情况下就开动脑筋，就好比引擎空转，早晚会转碎的。华生，大海上的空气和阳光，以及耐心，都会让我们放下心情，拥有一切的。

"现在，咱们好好来研究一下我们所处的境况吧，华生，"我们一面顺着悬崖走下去，他一面继续说道，"我们必须紧紧抓住那些我们确实已了解的情况，这样的话，一旦有什么新情况发生，我们很快就能和它们接上头。第一，我觉得咱们俩都不会对什么魔鬼为害世人的说法表示赞同。我们会完全排斥掉这样一种想法，之后再开始咱们的工作。没错，这三人应该遭受了某种或是有意或是无意的人类某种动作的严重打击。事实都明摆着的。可是，到底发生在什么时候呢？要是莫提摩·崔舍纳斯先生所说的情况全部属实，那么很明显，他从那房间离开没多久这事就发生了。这一点相当重要。假设说这是在他走几分钟内就发生的事。牌还在桌上放着，已经过了他们平时睡觉的时间，但他们却仍然没改变位置，也并未将椅子推进桌子下。我再重复一遍，这事在他刚刚离开就立即发生了，不会晚于昨晚的十一点钟。

"我们接下去就应该好好查查莫提摩·崔舍纳斯先生从那儿离开后都干了什么。这倒不难，而且基本不用怀疑。你对我的方法应该很清楚。你应该意识到了我蠢笨地打翻浇花水壶的用意。是的，我用这种方法获得了他的脚印，而且这比其他办法拿到的脚印要清楚很多。在湿润的沙土小路上清晰地印着，多妙啊，你应该知道昨晚路上也很潮湿，也能得到脚印的标本，这样就能从别人的脚印里鉴别出他的行踪，进而判断他的行为，这很简单。结果是，他后来朝着牧师住宅的方向很快地走了。

"要是莫提摩·崔舍纳斯当时并不在现场，而是外面的其他人把玩牌的人惊动了，那这个人我们又如何来证明呢？又是如何表达了如此恐怖的一种印象呢？波特太太应当和这件事毫无关系，很明显她是无辜的。难道是花园的窗口那儿爬上了人，用某种特别的方法制造了极其可怕的效果，结果看到的人都被吓疯了，有这方面的证据吗？唯一和这方面有关的想法来自莫提摩·崔舍纳斯先生本人。他说他哥哥发现花园里有什么动静。这就很奇怪了，当天夜里下了雨，多云，外面很黑才对，如果这人有意想要吓唬他们几个，那最好的方式就是在别人没发现他的时候将脸紧贴到玻璃上，但我们并未找到脚印的痕迹。最难解决的问题是，外面的人是如何让屋子里的那三人产生这么可怕的感觉；更何况我们还找不出如此煞费苦心的怪异举动的动机到底是什么。你能知道咱们遇到的困难了吗，华生？"

"应该没法再清楚了。"我诚实地回答道。

"不过，要是我们能有更多的材料，说不定能证明这些困难并非没法排除。"福尔摩斯说道，"你那内容芜杂的案卷终于能有些用了，说不定可以找到一些与此相似的案卷吧。现在，就让我们把这件案子放在一旁吧，等到已知的材料更加确切了再说。趁着上午还有些时间，咱们就探讨一下新石器时期的人类吧。"

我本打算描述一下我朋友集中精神考虑问题时的那种毅力，但在康威郡这个春日的早上，整整两个小时，他一直都在和我谈论石凿、箭头和碎瓷器，神情轻松愉快，似乎压根就没有什么奇怪的秘密在等着他想法去揭露似的，这让我十分惊奇。下午的时候，我们返回湖边的住所，发觉已经有位来访者正在等我们了。他随即就将我们的思路转移回了正在办的那件案子上。根本不需要别人告诉，我们俩就能看出这位来访者的身份。他身材非常魁梧，皱纹密布的脸上神色严峻，一对眼睛十分凶狠，鹰钩鼻，头发灰白，几乎都要擦到了天花板，腮边的胡子呈现金黄色——烟斑附近嘴唇上的胡子是白色的，这一切的一切，在伦敦就像是在非洲一样都为人们所熟知，因为这就是伟大的猎狮人和探险家尼昂·史登岱尔博士的形象。

我们都已听说他到这一带来了，甚至有那么一两次还曾在乡间的路上看到过他那高大的背影。他没朝我们走近，当然，我们也没想和他打招呼，他十分喜欢隐居生活，这几乎人所共知。在他旅行的间歇期，他往往都会在波浅浦阿瑞昂斯森林中的一间小屋子里住着，书堆和地图堆陪伴他度过那些绝对孤独的日子，他只顾着满足自己那最为简朴的欲望，而对左邻右舍之事从不挂怀。所以当我听到他用相当热情的语调询问福尔摩斯是否在这个神秘插曲的调查方面取得进展时，我心里的惊讶就别提了。"郡里的警察根本没用，"他说道，"但你不一样，你经验丰富，说不定能作出某种更现实一些的解释。我认为你完全能将我当成知己，因为我常常会回到这里，也很了解崔舍纳斯一家——说实话，我的母亲就是康威郡人，要是从我母亲这边来看，我和他们还有亲戚关系呢。我为他们遭遇的不幸感到震惊。我完全能实话实说，本来我已经要去非洲了，都到了普利茅斯了。但今早知道这个消息后，我才又赶了回来，帮忙打听些情况。"

福尔摩斯突然把头抬起来。

"这岂不是让你误了船期了吗?"

"我可以赶下一班。"

"哎呀!真是患难见真情啊。"

"我已经都对你说了,我们是亲戚哩。"

"对了——是你母亲的远亲。你的行李都上船了?"

"其中的几样而已,但主要的行李依旧放在旅馆里。"

"我明白了。可是,难道这件事这么快就已经登上了普利茅斯晨报了吗?"

"还没呢,先生,我接到了电报。"

"请问这电报是谁发的?"

这时一丝阴影在这位探险家那瘦削的脸上一闪而过。

"真是追根寻底的精神呀,福尔摩斯先生。"

"职业习惯罢了。"

史登岱尔博士定了定神,重新镇静下来。

"不妨和你说吧,"他说道,"给我发电报让我回来的是牧师朗德里先生。"

"很感谢你。"福尔摩斯说,"我已经能回答你刚来时的问题了:对于本案的主题,我还并没能完全弄清楚,不过,还是很有希望得出某种结论的。只是对于更多的说明而言,现在还为时尚早。"

"要是你已经能将怀疑更具体一些了,那么你应该不会不想和我说说吧?"

"不一定,这很难说。"

"看来,我不过是浪费时间而已。那就再见吧。"这位赫赫有名的博士从我们的住宅走了出去,看起来颇为扫兴。五分钟后,我的朋友就跟上了他。晚上的时候,福尔摩斯才拖着疲惫的步子,脸色憔悴地回来了。我能看出来,他的调查并未取得多大的进展。他看了一眼那封早就在等他的电报,丢进了壁炉。

"是普利茅斯的一家旅馆发来的电报,华生,"他说道,"我去牧师那儿问到了旅馆的名字,然后就拍了封电报去,核对尼昂·史登岱尔博士刚刚所言是否属实。事实是,他昨晚的确一直在旅馆中,而且确曾将一部分的行李送到船上运往非洲,然后他自己回来打听情况。关于这一点,华生,你有什么想法?"

"这件事应该和他有着很大的利害关系。"

"很大的利害关系——是的,我们还有一条线索没能掌握,而它说不定能直接引导我们解开谜团。振作点吧,华生,这样我们才能找到全部材料呢。只要找到了,咱马上就能将困难丢到后边了。"

我并没想过,福尔摩斯的话要多长时间才能实现,又会有怎样的奇特而险恶的新发现能够为我们的调查画上句号,所有的这些,我都没想过。我早上起来在窗前刮胡子时,突然有嗒嗒的蹄声传来。我向外面看去,就见一辆马车朝我们这儿奔驰而来,最后停在我们门口。我们的那位牧师朋友从车上跳下,朝花园小径跑了过来。福尔摩斯已经把衣服穿好了,于是我们就上去迎住他。

我们的来访者已经激动得说不清话了，他只是喘着粗气，不停地说着另一件可悲的故事。

"魔鬼把我们缠住了，福尔摩斯先生！魔鬼已经把我这个可怜的教区给缠住了！"他大喊道，"这妖法是撒旦施的！我们没有谁能够逃出他的魔掌！"他挥舞着手脚，心情非常激动。要不是因为脸色苍白和眼神恐怖不安，他那样子可是相当滑稽的。一直到最后，他才说出他认为可怕的事情。

"昨晚莫提摩·崔舍纳斯先生也死了，身体的征候与那三人完全一样。"

福尔摩斯一下神情紧张了起来。

"你的马车能带上我们俩吗？"

"没问题的。"

"华生，咱们没法吃早餐了。朗德里先生，我们现在全听你的安排。尽快，趁着现场未被破坏之前赶到。"

牧师住宅的两个房间被这位房客占了，上下各有一间，都位于角落。下面的是间很大的起居室，上面的则是卧室。由这两间房向外望去，能看到一块打槌球的草地，一直延伸到窗前。我们所幸先于医生和警察到达，因此现场的状况得以保留如旧，并未动过。这是三月里一个多雾的早晨。让我先将我们看到的景象描述一下吧，一直到后来，我脑中的印象仍长久地无法抹去。

房间中的气氛恐怖又阴沉，闷热至极。最先进屋的仆人把窗子推开，否则将会更加让人难以忍受，其中的很大部分原因在于屋子正中的桌上还有一盏冒烟的灯在燃烧。桌子旁边就是死者，他仰靠在椅子上，有些稀疏的胡子根根竖立，眼镜已经推到了前额上，黑瘦的脸向着窗子。他的脸因为恐惧已经扭曲得不成样子，与他死去的妹妹并无什么区别。他的四肢痉挛着，手指紧握，似乎死时曾极度的恐惧；衣服倒是很完整，看不出他是慌忙把衣服穿好的。据了解，他那时已经上了床。凌晨左右，他就被害了。

若是瞧见了福尔摩斯在刚走进房中那一刻发生的剧烈变化，你就会明白尽管他表面上十分冷静，可是内心却在有力地波动着。他一下变得又紧张又警惕，双眼神采飞扬，面孔板着，四肢因为过分的激动而颤抖着。他时而去外面的草地上瞧瞧，时而又从窗口钻到屋里来，时而又去房间的四周巡视，时而又返回到楼上的卧室中，那样子很像一只猎犬突然在隐蔽处审了出来。他朝卧室中迅速地扫了一圈，这才把窗子推开。看起来，这好像又带给他某种新的刺激，因为他突然将身体探到窗外，高声欢叫。接着，他一下冲到楼下，由开着的窗口那儿钻了出去，俯下身子将脸贴到草地上，然后站起来，再回到屋里，这种充沛的精力，我只在发现猎物踪迹的猎人那里见过。那不过是一只普通的灯，他细细检查了一番，把灯盘的尺寸量了量。他还拿放大镜非常仔细地查看在烟囱顶上盖着的云母挡板，接着又把在烟囱顶端的外壳上附着的灰尘刮了下来，小心翼翼地装进信封，夹到他的记录本里。最后，就在医生与警察出现后，他招手将牧师叫了过来。我们三个人就漫步到了外面的草坪上。

"很欣慰，我的调查并不是一点结果都没有，"他说道，"我没法留下来和警官探讨这件事，不过，朗德里先生，要是你能代我向检查人员问好，并提醒他对卧室的窗子与起居室的灯多加注意的话，我会很感谢你的。卧室的窗户给了我很大的启发，起居室的灯的效果也一样，联系起两者来，差不多结论就出来了。要是警方想对这一事件做进一步的了解，我会很愿意在我住的地方与他们见面的。华生，我觉得现在最好去别的什么地方看看。"

也许是警察不满于像福尔摩斯这样的私人侦探插手，也说不定是有自己的一番主意，总之，能肯定的是，在接下去的两天中，我们没有得到任何与警察有关的消息。而在这段时间中，福尔摩斯最多就是在小别墅里待着抽烟。其余的时光都打发在在村里独自散步上，一走往往就要几个钟头，回来后也不会对自己去过哪里向我说明。我们还进行了一次实验，这让我多少对他的调查进展多了一些信心。他买来了一盏灯，与悲剧发生的早上在莫提摩·崔舍纳斯的房中发现的那盏一样。在灯里，他装了很多牧师住宅用过的那种油，而且还十分细致地记录了灯火烧尽的时间。而之后做的另外的实验却让人非常难受，我这辈子都不会忘掉的。

"华生，你应该有印象，"一天午后，他和我说道，"我们虽然接触了许多迥然有异的见闻，但他们之间是有一处共同相似之处的。这一处就是我们刚刚进到案发房间时都会感觉到一种莫名的气氛。莫提摩·崔舍纳斯在描述他最后那次去他哥哥家时就说那个医生刚刚进到屋子里就头晕，倒在了椅子上。你还有印象吗？难道忘了？我认为我现在能解答这一点了。是这样一种情况：你应该还记得，女管家波特太太进屋时也晕倒了，这她都曾对我们说过，后来她才把窗子打开。第二个案子——莫提摩·崔舍纳斯死的那件案子——你也应该有印象，我们一进屋就觉得非常闷，虽然仆人已经把窗子打开了。后来，据我所知，那个仆人因为身体不适已经去睡觉了。我们必须承认，华生，这些事实常常带有某种启发性，也就是说这两个作案地点中都含有有毒气体，而且这两处作案的屋子中也都燃烧着一些东西——前一个是炉火，后一个是灯。烧炉子很有必要，可是点灯——想一想耗油量就很明白了——都已经到了白天，为什么还要点灯呢？燃烧物，闷人的气体，以及那几个可怜的人或者发疯或者死亡，这三件事之间必然存在某种联系。这难道不是很清楚的吗？"

"确实很有道理。"

"这至少应该成为我们提出的一种非常有用的假设。之后，我们假设说，有一种气体被两件案子里所烧的那种东西放了出来，因此而产生了极为奇特的中毒效果。很不错。第一件案子里——崔舍纳斯家里——炉子里放了这东西，因为窗子关着，烟雾自然顺着炉火从烟囱扩散不少。因此中毒的效果就没有第二件案子那样严重，第二件案子的房间密封性很好，烟雾没法扩散。如此说来，情况应该就是这样的，第一件案子中，只有那个女人死了，这应该是由于女性机体的敏感程度要高于男性，而另外两个男的只是精神错乱了。不管是暂时性的精神错乱抑或是永远的精神错乱，很明显不过都是毒药的初步作用而已。第二件案子里，它的效果得到了充分的发挥。所以说，这些情况都说明是因为燃烧而产生的毒气所导致的。

"这一系列的推断在我脑中进行了一遍后，我就在莫提摩·崔舍纳斯的房间中仔细地查看了一番，我找是否有残留的东西能帮到我们。油灯的云母罩或是防烟罩是最容易找到的地方。果然是这样，在那上面，我找到了一些灰末，灯的边缘那儿又发现了一圈并未烧尽的褐色粉末。当时你应该都看见了，我抠下来一半放进了信封。"

"为什么只拿一半呢，福尔摩斯？"

"亲爱的华生，我必须不能影响到官方警察的行动。我将我找到的全部证物都给他们留下。云母罩上还残留了一些毒药，只要他们的能力足够找到。华生，现在我们点上灯吧，但最好先把窗子打开，以免在这屋里的两个优秀公民过早夭折。你离开着的窗子近点，在靠椅上坐着，除非你聪明到对这样的实验不屑一顾。喔，你会和我一同参加的，是吧？我想我对我的华生还是十分了解的。这把椅子我就放在你对面吧，我们俩就面对面地坐着。咱俩最好和毒药都保持一样的距离。房门半掩着就行，我们互相看着。只要没有危险的症状发生，我们就继续进行实验。你明白了吗？好的，我马上就把药粉——说剩下的药粉也行——从信封中拿出来，放到灯上点燃。现在好啦！华生，我们老实坐着吧，看看情况会如何发展。"

事情过了没多久就有变化了。我刚刚坐下来就有一股浓厚的麝香气味传来，微妙得让人作呕。第一阵气味传过来，我就管不住自己的脑筋与想象力了。一片浓重的烟雾出现在我眼前，但我心中却十分明白，这种黑烟虽然没有办法看清，但却猛地冲击着我受惊的理性，而世间一切极为恐怖的、怪异而难以言说的邪恶东西都在其中。在浓黑的烟云中，模糊的幽灵在游荡，每个幽灵都代表了一种威胁，似乎预示着什么东西会马上出现。门前猛地出现了一个我从未见过的人影，我的心几乎都被震裂了，一种极为阴冷的恐怖抓住了我。我觉得自己的头发全都立了起来，眼睛朝外面凸出，嘴巴大张着，舌头变得又麻又硬，脑袋里的东西不停地翻滚着，似乎有什么东西被折断了。我想要叫出来，可是听到自己的声音却嘶哑得厉害，好像离我非常遥远，并不属于我。此时此刻，我猛地意识到自己应该马上跑开，随即从那令人绝望至极的黑烟中冲了出来。我见福尔摩斯的脸由于恐怖已经变得苍白、僵硬且呆板，像一个死人一般。这个景象在一刹那就将我拉回到了现实，让我获得了求生的力量。我将椅子一把丢开，冲过去拉住福尔摩斯。就这样，我们俩一起晃晃悠悠地走出了房门。时间渐渐过去，我们在屋外的草地上躺着，就在这时，困扰我们的恶魔状的恐怖烟云才一点点被明媚的阳光赶走。又过了一段时间，我们的心灵才在烟雾里逃离出来，很像是雾气渐渐消失在山水间一样，平静与理性重现我们身上。我们依旧在草地上坐着，但已经开始擦我们被冷汗浸湿的额头。我们的心中都满怀忧虑，互相打量着，仔细瞧着这次实验留给我们的痕迹。

"实话实说，华生！"福尔摩斯开口说道，他的声音还在不停打战，"我要谢谢你，而且也非常抱歉，就算是对我自己来说，这个实验也并不是十分应该的，而对一位朋友而言，这更加有失妥当。我真的很抱歉。"

"你是知道的，"我十分激动地回答道，因为对于福尔摩斯的内心的了解，我还从未有现在这么深刻，"能够帮到你，这让我非常高兴，也非常荣幸。"

而他那种半是幽默半是挖苦的神情随即恢复了，对于他周围的人来说，他惯有这样的态度。"亲爱的华生，是不会有什么意外让我们两人同时发疯的，"他说道，"咱们在着手进行这么危险的实验前，早就有那么诚实的观察者认为我们疯了。我不得不承认，这么突然而猛烈的效果是我当初始料不及的。"他冲进了屋里，然后又跑出来了，手里提着那盏尚未熄灭的灯，手臂直直地伸着，以便灯能距他稍远一些。他随即将灯丢进了荆棘丛里。"屋子里必须得换换空气了。华生，我想你也已经十分肯定这几起悲剧了吧？"

"非常肯定。"

"不过,仍对起因不很清楚。我们还是去那个凉亭探讨一下吧。那个恶心的坏东西似乎还在我的喉咙里卡着。我们没法不承认,是莫提摩·崔舍纳斯干了这一切。在第一次悲剧里,他是罪犯,而在第二次悲剧中,他是受害者。我们首先就要记住,他们家曾起了很大的纠纷,后来关系才渐渐复苏。但当时纠纷如何,后来关系又恢复得如何,我们并不清楚。每当莫提摩·崔舍纳斯在我脑海中出新,他镜片后的那两只阴险狡诈的小眼睛,以及那张油滑的脸都没法让我和任何与忠厚有关的词联系起来。他压根不是那样的人。而且,你还有印象吧,他曾说花园中的动静这一类的话,打算把我们的注意力引开,进而让我们对悲剧的真正起因视而不见。他就是想将我们带入错误的方向。而且,倘若不是他从房间离开时将药粉丢进火里,那还能有谁呢?在他刚刚离开,事情就发生了。要是还有别人进来,屋里的人肯定都会在桌边站起来。更何况,康威郡如此安静,晚上十点钟之后,人们都是极少会外出做客的。因此,我要说的是,一切的证据都证明了莫提摩·崔舍纳斯就是本案的嫌疑犯。"

"那他的死就应该是自杀喽!"

"唔,华生,表面看起来,这种假设的可能性相当大。一个人肯定会愧疚于为自己家带来了这么深重的灾难,甚至会因悔恨而自杀的。不过,是有不可置疑的理由能够将这个假设彻底推翻。所幸的是,在英格兰了解全部情况的还有一个人。我已经制定好计划了。今天下午,我们就能听他亲自讲出实情。哈!他提前到了。请这边走,尼昂·史登岱尔博士。我们刚刚在屋子里做了一次化学实验,这让我们的小屋不太适合接待如你一般的贵客。"

花园的门那边咔嗒一响,伟大的非洲探险家那威严的身影就在小路上出现了。他似乎很是吃惊,转过身,朝我们坐着的凉亭走了过来。

"福尔摩斯先生,约在一个小时前我接到你的信,是你叫我来的吗?我就赶来了,尽管我并不知道你找我来到底是为了什么。"

"说不定在分手之前,我们能将这件事情澄清。"福尔摩斯说。

"你现在以礼相待,光临鄙舍,我很感激。室外接待多有不周,还请原谅。我的伙伴华生与我将要为名为《康威郡的恐怖》这篇文稿增加新的内容,现在我们需要新鲜空气。因为即将讨论的事情和你本人说不定有着十分密切的关系,因此我们觉得有必要选一个没有人可以偷听的地方。"

探险家把雪茄从嘴里取出来,脸色铁青,瞧着我的同伴。

"我不太清楚,先生,"他说,"你要讨论的事情与我有什么密切的关系。"

"是和莫提摩·崔舍纳斯的死有关。"福尔摩斯说。

在那么一瞬间,我很希望自己此时全副武装。史登岱尔的面孔突然变得狰狞而绯红,双眼直瞪,额上鼓胀出一节节的青筋。他握紧拳头朝我的同伴扑去。但很快他站住了,努力让自己的内心恢复平静。但那样子看起来要比他直接发火更加危险。

"我总是和野人为伴,法律束缚不了我,"他说,"而且,我的法律就是我自己,我对此习以为常了。福尔摩斯先生,我请你最好不要忘了这一点,因为我对你并没有加害之心。"

"我对你也没有恶意,史登岱尔博士。我能证明,虽然这一切我都知道,但我却仍是找来了你,而没去报告警察。"

史登岱尔喘着粗气,坐了下来。他害怕了,在他的整个冒险生涯里,这说不定是第一次吧。福尔摩斯镇静自若的神情能给人一种无法抗拒的感觉。我们的客人因此而张口结舌,焦躁得双手不时放开或是紧握。

"你到底想说什么?"他开口问道,"要是你想威胁我,福尔摩斯先生,你可没有找对实验对象。不要再拐弯抹角了。你到底想说什么?"

"和你说了吧,"福尔摩斯说,"之所以我只请来了你,是想告诉你我愿意以坦率换坦率。你辩护的性质将决定我下一步该如何做。"

"你是说我的辩护?"

"没错,先生。"

"我要为什么辩护呢?"

"关于杀死莫提摩·崔舍纳斯控告的辩护。"

史登岱尔拿出手绢抹了抹前额。"说实话,你逼得越来越近了,"他说,"就是这种夸张的虚张声势的力量造就了你如此的成就吗?"

"是你在虚张声势,"福尔摩斯十分严肃地说道,"尼昂·史登岱尔博士,并不是我。我和你说几个我的结论,让你知道都有哪些证据。关于你为什么从普利茅斯赶回来,并且将大部分财物都运往非洲,对此我只说一点,也就是这首先使我知道,对于这一戏剧性十足的事件,你是最重要的因素之一——"

"我回来是——"

"我知道你回来是要干什么,我很清楚,但这并不能让人信服,并不充分。且不说这个。你问我的怀疑对象是谁,我当时没答复你,你去找了牧师,并且在牧师家的外面等了一小段时间,之后你才回了你的住处。"

"你是怎么知道的?"

"我就跟在你后面。"

"但我没发现有什么人。"

"我既然打算跟着你,肯定是不会让你看见的。在屋里,你整个晚上都坐立难安。你制定了计划,想要在第二天早上执行。天刚亮,你就从家里出来了。有一堆淡红色的小石子在你的门边放着。你顺手拿了几粒放到口袋里。"

史登岱尔突然愣住了,十分惊讶地瞧着福尔摩斯。

"你的住地距离牧师家有一英里。你很快就走完了这一英里的路。我还发现,你当时就穿了你现在脚上穿的那双起棱的网球鞋。你从牧师家的花园和篱笆经过,在崔舍纳斯房间的窗下停了下来。此时天已经亮了,但屋里却没什么动静。你从口袋里拿出那些小石子,朝窗台上丢了过去。"

史登岱尔猛地站了起来。

"你干得就像魔鬼那么棒!"他叫道。

福尔摩斯对此种赞许微微一笑。"在崔舍纳斯还没有到达窗户前面之前,你丢了两把,也许是三把小石子。你将他叫下楼。他赶快穿好衣服,来到楼下的起居室。你是通过窗子进到屋子里的。你们见面的时间不长。会面时,你在屋里来来回回地走着。接着,你离开了屋子,将窗户关上,之后一直就在外面的草坪上站着,抽着雪茄盯着屋子里发生的一举一动。最后,直到崔舍纳斯停止了呼吸,你就按照来时的路返回。现在,史登岱尔博士,你如何证明你这样的行为是合法的呢?行为的动机又是什么呢?要是你不说实话,或者是胡编乱造,我可以保证,我绝对不会再过问这件事了。"

客人听到控诉人的这一席话,脸色变得惨白。他坐在那里陷入深深的思考,两只手挡在脸上。突然一阵激动,他从胸前的口袋中拿出一张照片,丢在我们面前的一张十分简陋的石桌上。

"就是因为这个,我才那么做的。"他说。

桌子上是一张半身照相片。相片上一个美丽动人的女人微笑着。福尔摩斯弯下腰看那张相片。

"布兰塔·崔舍纳斯。"他说。

"是的,布兰塔·崔舍纳斯,"客人跟着说了一遍,"这么多年以来,我爱她。这么多年以来,她爱我。这就是让人们吃惊的我在康威郡隐居的原因。隐居让我靠近这世界上我最最心爱的一件东西。我不能将她娶回家,因为我有妻子。虽然我的妻子多年之前就离开我了,但是这该死的英格兰法律,导致我无法与妻子离婚。布兰塔等了好多年,我也等了好多年。现在,我们等来的居然是这样的结果。"一阵悲痛的呜咽伴随着他那庞大身躯的颤抖传来。他用一只手紧紧抓住他那隐藏在花白胡子之下的喉咙。他又极力地控制自己的情绪,接着说下去:

"牧师清楚。他洞悉我们的秘密。他会把事情都讲给你听,她是一个落入凡间的天使。所以,牧师发电报通知我,我就返回来了。当我知道我的爱人遭遇了如此的惨剧的时候,行李以及非洲对我来说都算不上什么。在这一点上,福尔摩斯先生,你是知道了我行动的规律的。"

"继续说。"我的朋友说。

史登岱尔博士从口袋里拿出一个纸包,放在桌子上。纸上写着"Radix pedis diaboli"几个字,下面有一个很明显的红色标记,显示有毒。他将纸包推到我面前。"我知道你是医生,先生。你听说过这种制剂吗?"

"魔鬼脚根!没有,从来没听过这个名字。"

"这怪不得你的专业素养,"他说,"整个欧洲不过就有那么一个标本存放于布达的实验室中,再没有其他的了。无论是药典还是毒品文献上都不会找到关于它的记载。这种根,长相十分奇特,看上去好像一只脚,只不过一半是人脚,一半是羊脚,一位专门研制药材的传教士就给它冠了这么一个有意思的名字。在非洲西部一些地区的巫医将它们当成试罪判决法[1]的毒物,严加保管。我是在极其特殊的情况下从乌班基河[2]获得这一珍贵的样本的。"他一边说着一边将纸包打开。纸包里包裹着的是一堆如同象鼻烟一般的黄褐色的粉末。

"此外呢,先生?"福尔摩斯认真地问道。

---

[1] 古时的一种判罪法,令被告服毒,视其结果作为神之判决。
[2] 乌班基河:在刚果境内。

"福尔摩斯先生，我把全部事实告诉你，你都已经清楚了，很明显事情关乎我的利益，应该让你了解所有细节。我和崔舍纳斯一家的关系，我之前都说过。我与他们兄弟几个相处得很融洽，是因为他们的妹妹。他们家里曾因为钱的关系发生过争执，所以让莫提摩与大家疏离了很多。听说又重修旧好了，所以后来我与他相处，就如同我与其他几个兄弟相处一样。他狡诈阴险，一肚子坏水儿，做了好几件事导致我对他不再信任，可是，我却没有任何与他正面争执的理由。

"就在两个星期之前，有一天，他来我住的地方找我。我向他展示了一些非洲的古玩。同时也给他看了这种药粉，也将它的神奇效果告诉他了。我告诉他，这种药是怎么刺激到那些控制恐惧情绪的大脑中枢，并且告诉他，当非洲的那些倒霉的土著人受到部落中祭司试罪判决法的迫害时，他们不是被吓得发狂就是当场被吓死了。我还告诉他，欧洲的科学家也没有办法检测分析它。他是怎么拿走的，我不知道。因为我一直都在房间里。但有一点是毋庸置疑的，他肯定是趁我拉开橱柜，弯下腰去找箱子的时候，偷偷地拿走了一部分魔鬼脚根。我清楚地记得，他几次三番地问我投放多少可以产生效果以及所需花费的时间。但是，我是无论如何都没有想到他问这些的目的是如此恶毒。

"对于这事，我并不会一直想着。我在普利茅斯接到牧师发给我的电报，才记起这一点。这个浑蛋认为我还不知道消息之前，就已经出海远航了，而且觉得我一旦去了非洲，怎么也会几年音信全无。但是，我很快就返回了。我一听说具体情况，就确定是采用了我的毒药。我来找你，希望你可以给出一些别的解释。但是，这是不能有的。我深深地相信凶手就是莫提摩·崔舍纳斯；我确定他会为了钱财而谋害他人。要是家中的人精神都不正常了，他就变成全部财产的仅有的监护人。他对他们投放了魔鬼脚根，导致疯了两个人，将他的妹妹布兰塔也给害死了——那是我的最爱，也是世界上最爱我的人。他犯了法，应该如何惩处他呢？

"我应当寻求法律的帮助吗？我有证据吗？我清楚事情真正发生的经过，但是我怎么会让一个由乡亲们所组成的陪审团也去了解这样一段不合常理的故事呢？也许可以，也许不可以。但是我不能失败。我的心灵告诉我一定要复仇。我曾经和你说过，福尔摩斯先生，我的前半辈子没有遭受法律的束缚，到最后我有了自己的法律。现在就是这样。我认准了，他让别人遭受的不幸同样该落到他自己的头上。否则的话，我就自己去主持公道。目前，我是全英格兰最不在意自己性命的人了。

"我将事情的全部经过都讲给你听了。其他的情况是你自己提供的。就像你说的，我度过了一个异常难熬的夜晚，很早的时候就走出了家门。我估计，将他叫醒是一件很困难的事，所以我在你说过的石堆中拿了一把小石子，用来丢到他的窗子上。他走了下来，叫我通过起居室的窗户钻到屋子里去。我当面将他的罪行全部揭发出来。我告诉他，我来找他，同时就是法官和死刑执行者。这个无耻的浑蛋倒在椅子上。他看到我手里的手枪，吓得腿都软了。我点亮了灯，倒上药粉。我就在窗户的外面站着看着他，要是他有逃跑的打算，我的枪可不是吃素的。还没有五分钟他就停止了呼吸。哦，上帝哪！他死啦！但是，我的心如铁石般坚硬，那是因为他所经历的痛苦，正是我那可怜的爱人先于他所承受的痛苦。我的故事就是这样，福尔摩斯先生。要是你坠入爱河，也许你会和我做同样的选择。无论如何，我听从你的处置。随便你选择什么样的步骤。我已经说了，我是最不惧怕死亡的人。"

福尔摩斯一句话也没有说，静静地坐了一会儿。

"你有什么计划？"他最后问道。

"我原本计划将自己的尸骨埋葬在非洲的中部。我在那里的工作还有一半没有完成。"

"继续你未完成的工作吧，"福尔摩斯说，"至少我并没有阻碍你的想法。"

史登岱尔博士将他那魁梧的身躯伸直，十分庄重地点了点头表示敬意，转身离开了凉亭。福尔摩斯将烟斗点燃，把装着烟丝的袋子交给我。

"不含毒素的烟可以改变一下口味，让人愉悦，"他说，"华生，我想你一定会认同，我们没有必要再去干涉这起案件了。我们所进行的调查是自愿的，我们的行为也是自愿的。你不会去揭发这个人吧？"

"当然不会。"我回答说。

"华生，我从来不知道恋爱是什么样子的。但是，要是我谈过恋爱，而我深爱的女子遭受如此悲剧，可能我也会像我们这位无视法律的猎狮人一样去做的。谁知道呢？喔，华生，有些事情十分明显，我不想再说了，以免给你的思想增添麻烦。窗子上的小石子毫无疑问是开始研究的起点。在牧师家的花园中，小石子明显非同一般。当我的注意力专注于史登岱尔博士以及他所居住的村舍的时候，我才发觉与小石子非常类似的东西。在这一条十分清晰的线索上，白天燃烧的灯与灯罩上残留的药粉是另外两个重要的节点。亲爱的华生，现在，我认为我们没有必要再去插手这件事了，可以无愧于心地回去继续钻研古巴比伦语的词根了，而这些词根毫无疑问可以在伟大的塞尔特方言的康威郡分支里去探索。"

福尔摩斯退场

八月二日晚上的九点钟——这个世界历史上最为恐怖的八月。人们可能已经想到了，在上帝的诅咒下，这个堕落的世界显得非常无聊、沉闷，这是因为，闷热的空气中存在着一种令人恐怖的静寂、绝望的感觉。太阳早已落山了，不过还有一道血红色的斑痕留在天边，像一道撕裂的伤口，低低地挂在遥远的西边天空。天上星光闪耀，下面海湾里船只上的灯光闪耀。在花园人行道的石栏旁站着两位著名的德国人。他们的身后是一大长排人字形房屋，低矮而沉闷。他们在往下看着白垩巨崖脚下的那一片广阔的海滩。波克本人曾像一只四海为家的山鹰，在四年前栖息在了这处悬崖上。他们站在那里，紧紧地挨着，小声密语。从下面看，那两个闪着红光的烟头，就好像是恶魔的两只眼睛，在一片黑暗中窥视着什么。

波克是个优秀的人物。在德国皇帝手下的谍报人员当中，他算得上首屈一指。正因为他的才干突出，他才被派往英国执行一项非常重要的任务，不过，自从他将那个任务接下来以后，世界上知道真相的那么五六个人，才对他的才干有了越来越深入的了解。他现在的同伴、公使馆一等秘书拜伦·何林男爵就是其中之一。这时，男爵的那辆一百马力的宾士轿车正堵塞在乡间的小路上，等着送他的主人回伦敦去。

"据我对这个事件发展的判断，你大概本周内就能回柏林去了，"秘书在说，"亲爱的波克，等你去了那边，我想，你会非常惊讶于你将受到的欢迎。我曾听说过一些这个国家的最高当局对你工作的看法。"这个高大的秘书说话缓慢而深沉，这向来是他从政历史中的主要资本。

波克听完就笑了起来。

"骗过他们挺容易的，"他说道，"他们是最温良而又单纯的人了。"

"这个嘛，我倒不清楚，"秘书好像若有所思，"他们有一些古怪的限制，我们得适应这些限制。对于一个陌生人来说，他们这种表面上的简单，才是可怕的陷阱。人们对他们的第一个印象，他们真是太温和了。然后，你将突然遭遇特别严厉的事情，你此时就会知道，你已经达到极限了，必须让自己去适应眼前的事实。举个例子说，他们的习俗有些偏执，那是一定要遵守的。"

"你指的是'良好的礼貌'这类事情吗？"波克长叹一声，好像他吃过这样的苦头。

"我指的是表现出来的种种英国式的、稀奇古怪的偏见。就拿我犯过的一个最大的错误当例子吧——我当然有资格说我自己的错误，因为如果对我的工作有充分的了解，就会对我的成就有所了解了。那时我刚来这里,被邀请去参加一次周末聚会,在一位内阁大臣的别墅里举行的。谈话随便得令我瞠目结舌。"

波克点了一下头。"我去过那儿,"他不太关心地说。

"我当然向柏林简单地汇报了这个情况。不幸的是,我们的那位杰出的首相对这类事情太大意了,他在广播中发表的演讲表明,这次所谈的内容他已经知道了。这样一来我自然就脱不了干系了。你不知道我这次吃的亏。我跟你说,我们的英国主人,在这样的场合可不是温和和气的。我为了将这次的影响消除,花掉了两年的时间。眼下,像你这副运动家的姿态——"

"别,别,别叫它姿态。姿态是人做出来的。我这是非常自然的。我是个天生的运动员。我爱好这个。"

"可以,那样效果就会更好了。你和他们一起赛艇,一起打猎,一起打马球,你可以在各种运动中跟他们比一比,你的单人四马车赛可是在奥林匹亚拿过奖的。据说你甚至还和青年军官比赛过拳击。结果又如何呢?谁也没有把你放在眼里。你是个'运动老行家','作为德国人来说比较体面的家伙',一个酗酒、泡夜总会、在城里四处闲逛、天不怕地不怕的小伙子。你这所安静的乡村住宅从来是个焦点,英国一半的破坏活动都是发生在这儿。而你这位酷爱体育的乡绅,居然是欧洲最聪明的特工。天才,我亲爱的波克——真是天才呀!"

"您过奖了,男爵。不过我敢这么说,在这个国家的这四年,我没有虚度时光。您还没看过我那个小小的库房呢。您想进来待一会儿吗?"

台阶直通书房的门。波克推开门,在前面领路。他咔嗒一声将电灯打开,然后关上了门,那个大个子跟在他的后面。他仔细将花格窗上厚厚的窗帘拉严实了。等做好了这一切预防措施,他才将他那张晒黑的鹰脸冲向他的客人。

"有些文件已经不在这了,"他说,"昨天,我妻子和其他家人从这儿离开去佛莱新了,那不太重要的文件已经让他们带走了。剩下的一些,我当然会要使馆提供保护。"

"你的名字已经以私人随员的身分儿上了名单了。你和你的行李没什么困难。当然,我们也可以选择不离开,这也不是不可能的。英国可能抛下法国让其听天由命。我们敢确定,英法没有签订有任何约束力的条约。"

"那么比利时呢?"

"也是一样。"

波克晃了晃脑袋。"我真不搞不清楚怎么能这样。明明条约已经摆在那儿了。比利时再也别想摆脱这一屈辱了。"

"她至少可以和平一阵子。"

"那么她的荣誉又怎么办呢?"

"嘘!亲爱的先生,我们现在生活在一个功利主义的时代,荣誉,那是属于中世纪的概念了。另外,英国没做好准备。我们有高达五千万的战争特别税,人人都能看出来我们的目的,就像在《泰晤士报》头版上登了广告一样,已是尽人皆知,但是却偏偏没有将英国人从梦中唤醒,这实在是不可思议。到处都在说这个问题,寻找答案就是我的任务。到处也都是一股怒气涌动,平息怒气就是我的任务。不过,我能跟你保证,英国在最主要的一些问题上——

比如军需品储备，潜水艇袭击准备，烈性炸药的生产安排——都是毫无准备的。尤其是我们挑起了爱尔兰的内战，将那里闹得一塌糊涂，英国已是自顾不暇，她怎么还会参战呢？"

"她一定会为自己的前途着想啊。"

"啊，那就是另外一码事了。我想，我们将来对英国是有十分明确的计划，而你的情报对我们来说非常重要。对于约翰·布尔先生来说，不是今天的事，那就是明天的事。如果他想在今天，那我们已经准备好了；如果明天，那我们的准备更充分不过了。我倒这么想，英国应该放理智一点，不参加同盟国作战要比参加好。不过那是他们自家的事。这个星期是决定他们是什么命运的一个星期。不过你刚才说到了你的文件。"他坐在靠椅里，悠然自得地瞅着雪茄烟，灯光照在他光秃秃的头顶上。

这个大房间镶着橡木护墙板，四壁都是书架，远处的角落挂着幕帘。将幕帘拉开便露出后边的一个黄铜大保险柜。波克在表链上拿下一把小的钥匙，在锁上拨弄一番，将沉重的柜门打开了。

"看！"他说着，站在一边，用手指着里面。

保险柜的里边被灯光照得雪亮，使馆秘书全神贯注地盯着保险柜里一排排塞得满满当当的分类架看。每一个分类架上都贴着一个标签，一眼望去，一长串标题映入眼帘："浅滩"、"港口防御"、"飞机"、"爱尔兰"、"埃及"、"朴次茅斯要塞"、"海峡"、"罗西"等等。每一格里满满的都是文件。

"真了不起！"秘书说，放下了手中雪茄烟，两只肥胖的手轻轻地拍着。

"都是这四年里弄来的，男爵。对一个嗜好声色犬马的乡绅来说，还可以吧？不过我收藏中的珍品马上要来了，我已经给它腾出了位置。"他的手指着一个空格，上面印着"海军信号"的标签。

"不过你这里不是已经有了一份卷宗材料了嘛。"

"失效了，已经是一张废纸了。海军部已经察觉，换了密码。男爵，这对我来说是一次打击——我所有战役中最为严重的失败。幸好我有存折，还有好帮手爱特蒙。今天晚上将会非常成功。"

男爵看了一眼表，有些失望，叹了一口气。

"唉，我不能再这么等下去了。现在，事情正在卡尔顿大院里进行着呢，你能想象到这一点。我们得各就各位。我本来合计可以带着你大获成功的消息回去。爱特蒙没有说一个准确时间吗？"

波克取出来一封电报。

> 今晚必将带火花塞来。
>
> 爱特蒙

"火花塞，嗯？"

"你了解的，他伪装成一个品车行家，我开着汽车行。我们说的都是汽车的零部件，其实那是我们的联络暗号,散热器指的是战列舰;油泵则是巡洋舰,差不多这样的。火花塞指的就是海军信号。"

"这是中午从朴次茅斯发来的,"秘书边说边看着姓名和地址,"对了,你准备给他些什么?"

"事成之后,给他五百镑。当然他还有工资的进项。"

"真是个贪婪的浑蛋。他们这些卖国贼对我们是有用处的。但是给他们一笔杀人的赏金,我总觉着不甘心。"

"我可以给爱特蒙任何东西。他是个出色的工作者。用他的话来说,只要我给的钱足够多,他可以交来任何货。另外,他不是卖国贼。我跟你保证,跟一个真正的爱尔兰血统的美国人相比,我们最激进的泛日耳曼容克贵族,在对英国的感情上也不过是一只雏鸽而已。"

"哦,他是有爱尔兰血统的美国人?"

"你要是跟他说过话就不会对这一点有怀疑了。我有时候不能理解他。他好像跟英国人宣战了,也跟英国的国王宣战了。你非要走不可吗?他说不定什么时候就可能来了。"

"我不等了,不好意思,我已经超过不少时间了。明天清早我们等着你来。你将约克公爵台阶的小门里的那本信号簿拿到手,你在英国的经历就会以胜利告终了。哟!匈牙利葡萄酒!"他用手指着一个封得紧紧的、满是尘土的酒瓶。两只高脚酒杯放在酒瓶一边的托盘里。

"在您走以前请您喝上一杯吧?"

"不了,谢谢你。看来你准备开怀痛饮一番了。"

"爱特蒙非常爱喝酒,尤其喜欢我的匈牙利葡萄酒。他是个急性子,有些小事情我得敷衍一下。我跟你保证,我是不得不对他细加观察。"他们又来到外面的台阶上。台阶的另一头,男爵的司机踩下了油门,那辆大轿车隆隆地发动了起来,晃动着。"我看那是哈维琪的灯火吧,"秘书一边说一边披上了他的风雨衣,"所有的一切都显得非常寂静太平。一个星期之内,可能就有另外的火光出现,英国的海岸就不会是那么安静啦!如果齐柏林①答应我们的事变成了现实,那么即便是天堂也不会安静了。咦,那是谁啊?"

他们的身后,只有一个窗口映出了灯光。屋里点着一盏灯,一个脸色红润的、上了年纪的妇女坐在桌旁,头上戴着乡村小帽,正弯着腰织着东西,时不时停下来,抚摩着她身旁凳子上的一只大黑猫。

"这是玛莎,唯一被我留下的仆人。"

秘书发出了笑声。

"她几乎算得上不列颠的化身了,"他说,"专心致志,悠然自得。好了,再见,波克!"他招了招手,就钻进了汽车。车前的大灯射出的两道黄色的光柱射穿了黑暗。秘书仰着头靠在豪华轿车的后座之上,满脑子想的都是欧洲即将降临的悲剧。当他的汽车行驶在乡村小街上时,他甚至没有注意过迎面开过来一辆福特小汽车。

车灯的光亮在远处消失了,波克这时才慢慢走向书房。当他经过那个小屋时,注意到老

---

① 齐柏林:指德国人齐柏林发明的"齐柏林飞艇"。

管家已经关灯睡觉了。他那非常庞大的住宅里一片黑暗、寂静，这让他产生了一种新的感觉，他的大家业让他家里的每个人都平安无恙。除了在厨房里磨蹭的那个老妇人以外，他是独占这个地方，想到了这里，他又感到一丝欣慰。书房里还有不少东西等着他整理，于是他开始动手干起来，直到他那漂亮的脸被焚烧文件的火光映得通红。一个旅行提包放在桌旁。他开始仔细而清晰地整理着贵重的东西，准备将它们放进皮包。当他刚要开始进行这一项，远处的汽车声被他那灵敏的耳朵捕捉到了。他立刻满意地长出了一口气。他拴好皮包上的皮带，把保险柜门关好又锁上，然后快步走向外面的台阶。他来到了台阶上，正好看到了一辆小汽车的车灯。小汽车在他的门前停了下来，一个人从车里跳了出来，迅速走向他。车里的坐着的司机上了一点岁数，一脸灰白色的胡子，但是身体非常结实。他坐在那里的姿势好像他要在那里坐一宿似的。

"怎么样啊？"波克一边急切地发问，一边迎上了来访的人。

来人得意洋洋地向他挥动着一个黄纸的小包，以示回答。

"今天晚上你必须要欢迎我呀，先生，"他嚷着，"我终究是凯旋了啊。"

"信号？"

"就是我那封电报里说的东西。什么都有，信号机，灯的暗码，马可尼无线电报——不过跟你说，是复制件的，可不是原件，要原件太危险了。不过绝对是真货，你可以彻底放心。"他毛手毛脚地拍了几下德国人的肩膀，很亲热的样子，但是被德国人躲开了。

"进屋来吧，"他说，"屋里就我自己。我就等这个呢。复制品当然是比原件还要好的。要是他们发现原件丢了，就会全都更换的。你觉着复制品能信得过吗？"

这个爱尔兰籍的美国人走进书房，伸开他修长的四肢坐在了靠椅上。他个子高高瘦瘦，年纪约六十，清癯的脸上留着一小撮山羊胡子，非常像那个山姆大叔的漫画像。他嘴角叼着一支雪茄烟，已经抽了一半，被唾沫浸湿了。他坐下以后划亮一根火柴又点燃了烟。"准备搬走啦？"他边说边打量着四周。"喂，喂，我说先生，"他接着说，当时保险柜前面的幕帘是拉开着的，他的目光停留在了保险柜上面，"你的就放在这里？"

"为什么不可以呢？"

"唉，就放在这么一个打着开的新玩意儿里！他们会认定你是间谍的。嘿，一个拿着把开罐头的小刀的美国强盗就能打开它了。我要是早一点知道我的来信都被放在这样一个不安全的地方，我还给你写信，那我真成傻瓜了。"

"任何一个强盗也不能打开这个保险柜，"波克回答说。"随便你用什么工具，都不能将这种金属锯断。"

"那对锁下手呢？"

"也不好使。有两道锁。你清楚是怎么回事吗？"

"我可不清楚。"美国人说。

"你想打开锁，首先你得知道某一个字和几个数字。"他站了起来，用手指着钥匙孔周围的双层圆盘，"外面那层是用来拨字母的，里面那层是用来拨数字的。"

"哦，哦，挺好啊。"

"所以，它并不像你想的那么简单。这是我四年前专门找人做的。你觉得我设定字母和数字的办法怎么样？"

"我不知道啊。"

"哦，我设的字母是'八月'，数字是'一九一四'。你看这里。"

美国人脸上满是惊异和赞赏的表情。

"哎呀，真了不起！你这玩意儿真的很不错。"

"对，当时能猜出来这个日期的也没有谁。现在告诉你了。我明天一早就关门走人不干了。"

"那么，我觉得你也得安顿一下我呀，我可不想孤零零一个人留在这个国家里。依我看啊，一个星期，也许都用不了一个星期，约翰牛就要竖起后腿跳着大发雷霆了。我看我还是过海去观望观望好。"

"但是你是美国公民呀？"

"那又怎么样啊？杰克·詹姆斯也是美国公民呢，还不照样在波特兰蹲监狱。跟英国警察说你是美国公民屁用不顶。警察会这样说的：'这里由英国法律和秩序管辖。'另外说一句，提到了杰克·詹姆斯，先生，我认为你并没有尽全力掩护好你的手下。"

"你说这话是什么意思？"波克语气非常尖刻。

"嗯，你是他们的老板，是不是？你是不能允许他们失败的，但是他失败了。你何时救过他们？我们就说詹姆斯吧——"

"那是詹姆斯他自己的问题，这个你清楚的。他干起活儿来太喜欢自作主张。"

"詹姆斯是个傻子——这个我承认。还有赫立士呢——"

"那是个疯子。"

"噢，他最后是有点犯糊涂。他得从早到晚和一百来个家伙打交道，那些家伙都想用警察的办法对付他，这也够让人发狂了。但是现在是史丹耐尔——"

波克猛地一惊，脸色变白了。

"史丹耐尔怎么了？"

"哼，他们把他抓住啦，就是这样一回事。他们昨晚把他的铺子都抄了，他连人带文件一起进了朴次茅斯监狱。你是一走彻底了事，他这个倒霉蛋还得吃点苦头，能保住一条命就算不错了。因此，你一过海我马上也过去。"

波克是个坚强而自制力很强的人，但是显然，这一消息让他非常震惊。

"他们怎么能抓住了史丹耐尔的呢？"他喃喃自语，"这个打击真是太糟啦。"

"你差点儿就遇到更糟糕的事啦，因为我觉得啊，他们也快来抓我了。"

"啊，不能吧！"

"能的。我的房东太太福来屯已经被查问过了。我一听说就知道我也得快点了。但是，先生，现在我想知道一点，警察是如何知道这些事儿的？自从我签字替你办事那天起，史丹耐尔是你折进去的第五个人了。如果我不抓紧点，我很清楚第六个人是谁。这个你想如何解释呢？你眼瞅着手下的人一个个掉进去，就不觉得惭愧吗？"

波克面红耳赤。

"你怎么敢这么跟我说话?"

"我要是不是一个什么都敢做的人,先生,我就不会给你办事了。不过,我心里想的事我都跟你直说了吧。我听人说啊,对于你们这样的德国政客来说,每个谍报人员完成任务以后就会被甩掉,你们一点都不会觉得可惜。"

波克猛地从椅子里站了起来。

"你竟敢说我出卖自己的谍报人员!"

"我可没这么说,先生,反正总有那么一只冈鸟,或者是个圈套。这问题得由你们自己去查清楚。我反正是不再想玩命了,我这就出发要去荷兰了,马上就去,越快越好。"

波克压着怒火。

"我们已经是长期合作的了,我们不应该在现在这个胜利的时刻发生争吵,"他说,"你的活儿干得很棒,冒了不少风险,我不会忘记这一切。尽快设法去荷兰吧,从鹿特丹再乘船去纽约。下个星期其他的航线都不保险。我来拿那本书,和别的东西包到一起。"

那个小包拿在这位美国人手里,并没有表示出要交出去。

"钱呢?"他发问。

"什么?"

"现金。酬金。五百镑。那个枪手到最后他妈的翻脸不认账了,我只好答应再给他一百镑了账,否则对你我都没什么好果子吃。他说'没办法!'这也是实情。不过我给了这最后的一百镑事情就成了。从开始到最后我花了两百镑。这样,不给我钱就让我罢休,大概说不过去吧?"

波克苦笑着。"看来,你对我的信誉评价不怎么样啊,"他说,"你是要我先交钱,再把书给我是吧?"

"嗯,先生,咱们是在做交易嘛。"

"行,听你的。"他坐在桌旁,伸手在从支票簿上撕下来一张,在上面写了几笔以后,并没有递给他的同伴。"既然我们的关系弄到了这样的地步,爱特蒙先生,"他说,"既然你不信任我,那我也就没理由信任你了。懂不懂?"他补充了一句,回头看着站在他身后的那位美国人。"支票就在桌子上。在你拿钱之前,我有权先看下你的纸包。"

美国人递过纸包,什么都没说。波克将绳子解开,又打开包在外面的两张纸。他看见的是一本蓝色封面的小书,这让他有些暗暗吃惊:书的封面上印着一行金字:《养蜂实用手册》。这个间谍头子刚瞪眼看了一会儿这个和谍报工作风马牛不相及的奇怪书名,一只手就死死地卡住了他的后脖颈,紧接着一块浸有氯仿的海绵捂到了他那扭曲的脸上。

"华生,再来一杯!"福尔摩斯边说,边举起了一个帝国牌的葡萄酒瓶子。

坐在桌旁的那个健壮的司机立刻递过去了酒杯。

"酒真是不错啊,福尔摩斯。"

"当然是美酒,华生。我们这位躺在沙发上的朋友曾跟我说过一次,这酒绝对是从法兰士·约瑟夫在香柏宫的专有酒窖里运来的。劳驾你打开下窗子,氯仿的气味并不适合我们品尝美酒。"

保险柜的门半开着。福尔摩斯站在柜前，把里面的一本一本的卷宗拿出来，逐一查看之后整齐地放进波克那个提包。这个德国人正躺在沙发上鼾声如雷，两根皮带分别捆着他的胳膊和双脚。

"不用着急的，华生。不可能有谁来打扰我们的。请你按铃，好吗？这里现在只有玛莎。玛莎发挥的作用着实令人钦佩。我从一开始办这个案件，就告诉了她这里的情形。啊，玛莎，一切都很顺利。你听了肯定会非常高兴的。"

满面笑容的老太太出现在走廊上。她对福尔摩斯屈膝行礼，然后又笑了一下，但是，又有点不安地瞅了一下沙发上躺着的那个人。

"没事的，玛莎，根本没伤着他。"

"那就好那就好，福尔摩斯先生。从他的知识水平来说，他倒是挺和气的。他昨天要我和他的妻子一起去德国，那您的计划可就不行了，对吧，先生？"

"是不行了，玛莎。你在这儿我就大可放心了。今天晚上我们等你的信号等了挺长时间呢。"

"那个秘书在这里呢，先生。"

"那个我知道的，他的汽车和我们的汽车擦肩而过。"

"我还以为他要留下来不走了呢。我清楚的，先生，他在这里我就不能配合你的计划。"

"是这样的。我们差不多等了半个小时，才看到你房间里的灯光，就知道障碍已经没了。玛莎，你明天就去伦敦，可以在克莱瑞琪饭店跟我报告。"

"可以，先生。"

"我看你已经准备走了。"

"是的，先生。他今天一共往外寄了七封信。我都照样把地址记下来了。"

"非常好，玛莎。我等明天再好好看看。晚安。这些文件，"等老太太已经走远了，福尔摩斯又说，"不怎么重要，因为文件所能透露出的情报，自然早就到了德国政府的手里了。想把这些原件安全送出这个国家是不可能的。"

"这么说，这些文件就没什么价值了啊。"

"噢，那也不能这么说，华生。它们至少可以向我们的人表明，别人已经知道了什么，还不知道什么。有不少这种文件都是经我的手送过来的，那就不用说，绝对不可靠。能看见一艘德国巡洋舰参照我提供的布雷区情报航行在苏罗海上，那会让我的晚年荣耀之至。而你，华生——"他把手头的工作放下了，扶着老朋友的双肩，"我到现在还没见过你的真面目呢。你这几年过得如何？看起来你还像从前一样，还像个愉快的孩子似的。"

"我认为我年轻了二十岁，福尔摩斯。当我收到电报说你要我开车到哈维琪来见你时，我非常高兴，我好久没那样高兴过了。不过你，福尔摩斯——什么改变也没有啊——除了那撮小山羊胡子。"

"这是我为我们的祖国付出的一点牺牲，华生，"福尔摩斯说着还捋了一下他的小胡子。"明天，那就变成不愉快的记忆了。我理过头发，整理下仪表，明天再次出现在克莱瑞琪饭店时，肯定会恢复我扮演这个美国人之前的样子——在我扮演这个美国人的角色以前——原谅我，华生——我的英语已经长时期不用，好像不怎么纯了。"

"但是你已经退休了啊，福尔摩斯。据说你已生活在南部草原的一个小农场里，整天和蜜蜂和书本为伍，过上了隐士般一样的生活。"

"就是那样的，华生。这就是我的自在悠闲生活的成果——我最近几年来的杰作！"他伸手在桌上拿起一本书，将书的全名念了出来："《养蜂实用手册，兼论对蜂王隔离的研究》，这是我一个人的作品，我经过日夜操劳、苦心经营才取得这些成果。我对这些勤劳的小小蜜蜂进行观察，就像我一度对伦敦的罪犯世界进行观察一样。"

"哦，那你怎么又重新工作了呢？"

"啊，我自己也总觉得有点奇怪。光是外交大臣，我倒还能承受得起，但是首相也准备光临寒舍——是这么回事，华生，这位躺在沙发上的先生对我国人民真是非常非常好。他手下有一帮人。我们有不少事情都遭遇失败，但是就是找不到原因，我们的人对一些谍报人员产生了怀疑，甚至还抓了一些。但是，残酷的事实证明，有一支强大的、秘密的核心力量存在，对我们构成威胁，必须揭露他们。一股强大的压力让我觉得侦查此事责无旁贷。这花掉了我两年的时间，华生，不过这两年不是一点乐趣都没有。等我告诉你下面的情况，你就清楚事情有多么复杂了。我在芝加哥出发四处远游，在水牛城加入了一个爱尔兰秘密团体，给史济毕兰的警察找了挺多麻烦，最后我被波克手下的谍报人员注意到了。这个人觉得我挺有出息，就跟上面推荐了我。从那时起他们开始信任我。就这样，他的大部分计划都被我巧妙地弄得出了差错，他手下五名最优秀的谍报人员都被关进了监狱。华生，我盯着他们，他们熟了一个，我就摘一个。唔，华生，希望你依然如故！"

这最后一句话是跟波克说的。他在一阵喘息和眨眼以后，已经安安静静地躺在那里，听福尔摩斯说着话。现在他突然怒吼起来，用德语骂着些什么。他的脸气得都扭曲了。福尔摩斯在被他的犯人诅咒时，却在一旁迅速地对文件进行检查。

"德语虽然在音乐性的表达上不怎么样，但是也是所有语言中表达力最强的了。"当波克骂累了停顿下来时，福尔摩斯说道。"喂！喂！"他又说，这时他正在看一张他还没放到箱子里的临摹图的一角，"还应该再逮捕一个。我还不知道这位主任会计也是个无赖，虽然我监视他已经很长时间了。波克先生，你得回答不少问题呀。"

沙发上的俘虏挣扎着坐了起来，看着抓住他的人，神情奇怪，惊讶和憎恨兼而有之。

"爱特蒙，我要和你较量较量，"他缓慢而郑重地说，"即使要花去我这辈子的时间，我也在所不惜。"

"陈词滥调，"福尔摩斯说，"我过去听得都腻了。已故的伤心的莫里亚蒂教授也喜欢这个调子，塞巴斯蒂恩·莫兰上校也曾唱过。但是我还活着，还在南部的草原养着蜜蜂。"

"我要诅咒你，你这个双料的叛国贼！"德国人大喊道，使劲地拽着身上的皮带，狂怒的眼睛满是杀气。

"不是，不是，还不至于那么坏，"福尔摩斯一边笑一边说，"我来跟你说吧，芝加哥的爱特蒙先生，其实根本没有此人。我不过是使用他一下而已，他已经不见了。"

"那么你又是谁？"

"我是谁并不重要。你既然对这个感兴趣，波克先生，那我就不妨跟你说，我这不是头一回跟你家的人打交道了。我以前在德国做过大笔的生意。你也许对我的名字并不生疏。"

"我倒想知道。"这个普鲁士人口气很冷。

"在你的堂兄亨里希出任帝国公使时，让艾琳·艾德勒和前波希米亚国王分居的是我；将你舅舅葛凡斯坦伯爵从虚无主义者克劳普门的魔掌中救出的也是我。还有——"

波克已经惊讶地坐起来了。

"原来那些都是一个人。"他说着。

"完全正确。"福尔摩斯说。

波克长叹一声，又倒在了沙发上。"那些情报中的大多数都是经你的手的，"他嚷着，"那都值些什么？看看吧，我都干了些什么？这下我可毁啦，永远都毁啦！"

"当然是有一点靠不住的，"福尔摩斯说，"需要核对一下，但是你却没有时间进行核对。你的海军上将大概会发现，敌人新式大炮比他预期的要大么一点，巡洋舰也稍微快那么一点。"

波克绝望了，伸手掐住了自己的喉咙。

"有不少其他的细节，到时候自然就会水落石出了。不过，波克先生，你的身上有一种在德国人身上很少见的气质。那就是：你是一位运动员。当你觉察，你这位以智胜人者，最终反被人以智战胜时，你对我并没有什么恶意。无论怎样，你已经为你的国家做出了最大的努力，我同样也为我的国家做出了最大的努力，这不是最合乎常情的吗？再说，"他把手放在这位躺着的人的肩膀上，同时并没有带着不客气的语调说，"这总比栽在某些卑鄙无耻的对手手下要好吧。华生，文件已经准备好了。你如果能帮着我来处理下这个犯人，我想我们马上就可以动身去伦敦了。"

想把波克搬走真是一件不太容易的事。他身强力壮，又在拼命地挣扎。直到最后，我和我的朋友两人分别抓住他的两只胳膊，一点点将他拖到了花园的小道上。就在几个小时以前，在他接受那位知名外交官的祝贺的时候，他还是信心百倍、无比自豪地从这条小道走过。一阵奋力挣扎之后，他还是被捆住了手脚，塞到了那辆小汽车的空座之上。他那珍贵的旅行提包也被摆在了他的旁边。

"条件允许的话，我们会尽量让你舒服一点的，"所有的都安排妥以后，福尔摩斯说，"如果我把一支雪茄烟点燃放进你的嘴里，不算是无礼放肆吧？"

但是，对于这个怒发冲冠的德国人来说，什么照顾都是白费力气。

"夏洛克·福尔摩斯先生，我想你明白的，"他说，"你们如此对待我，如果是受你的政府之命，那就可以认定为战争行为。"

"噢，那么你的政府，和这所有的行为，又当如何解释？"福尔摩斯一边说，一边用手指轻轻地拍打着手提皮包。

"你是代表你自己的，你没有权利拘捕我。整个程序完全非法、粗暴。"

"完全。"福尔摩斯说。

"绑架德国公民。"

"还偷了他的私人文件。"

"哼，你们都干了什么你们自己清楚，你，还有你的同伙。等一会路过村子时，我如果呼救——"

"亲爱的先生，你要是干出这样的蠢事来，你大概会为我们提供一块路标——'挂着的普鲁士人'，由此扩大我们乡村旅店的两种有限的权利。英国人非常有耐心，不过他们现在有点恼火，所以，不要过分惹怒他们是明智的。波克先生，别这样。你还是放聪明点，老老实实地跟着我们去苏格兰场。你可以在那儿派人去请你的朋友拜伦·何林男爵，不过即便是这样，你会发现，你已不能把他替你在使馆随员里留着的那个缺儿填上了。至于你嘛，华生，你还是跟我们一同干你的老本行。伦敦不能离开你。来，跟我一起在这台阶上站一会儿吧。这大概是我们最后一次宁静的说话了。"

两个朋友亲切说了一会儿话，又一次回忆起以前的那些日子。这时，他们的俘虏想要挣脱捆绑，但是还是徒劳无功。当他们俩走向汽车时，福尔摩斯用手指着身后月光下的大海，若有所思地晃了晃头。

"要起东风了，华生。"

"我看不能，福尔摩斯。现在挺暖和嘛。"

"华生老兄！你真称得上是多变的时代里不变的时刻。东风会刮起来的。英国还从来没刮过这种风。这股风会非常冷的，非常厉害，华生。这阵风一刮起来，我们中的很多人可能就此会凋谢了。但是，这还是上帝的风。风暴过去以后，更美好、更纯洁、更强大的国土将会出现在阳光之下。华生，开车吧，我们该上路了。我还有一张五百镑的支票得赶紧去兑现，因为如果开票人能停付的话，他肯定会停付的。"

福尔摩斯新探案

作者序

我担忧福尔摩斯先生也会变得像那些受欢迎的男高音歌手一样,不懂得急流勇退,还要频繁地对仁慈的观众举办告别演出。现在,是应当收场的时候了,无论是对现实的事物还是无形的事物,福尔摩斯都应当退场。有人认为最好是能够有那样一个特定为虚构的人物而设置的奇异世界——一个奇妙的、无法真实存在的地方,在那里,菲尔丁创作的花花公子仍旧可以向理查逊的美貌女士求爱;司各特笔下的英雄们仍然能够耀武扬威,狄更斯笔下的欢乐的伦敦佬仍旧可以插科打诨,萨克雷笔下的市侩们则依旧胡作非为。说不定,就在这样一个世界中的某一偏僻角落里,福尔摩斯与华生医生也许能够找到安身立命之地,而将他们原本占据的舞台出让给某些更为精明的侦探及其头脑更迟钝的伙伴。

福尔摩斯的事业已经持续了不少年头了,这样说也许夸张了一些。但是,若一些老先生跑来告诉我,他们儿童时代的读物就是福尔摩斯探案集的话,那是无法得到我的恭维的。谁也不愿意将关乎个人年龄的事情这样地让人肆意编排。事实上,福尔摩斯是在《血字的研究》与《四签名》这两本书中崭露头角的,书的出版时间是 1887 年到 1889 年。此后问世的一系列短篇小说,第一篇是《波希米亚丑闻》,1891 年发表于《海滨杂志》上。小说出版之后,似乎非常受欢迎,需求量日增,读者呼声很高。于是从那以后,我在三十九年来断断续续所创作的故事,至今已有五十六七部,编集成《冒险史》《回忆录》《归来记》及《退场记》。其中近几年创作的十二篇,如今收编为《新探案》。福尔摩斯探案生涯的开始时间是维多利亚时代中叶,其间经历了短促的爱德华国王时期,即使是在那个狂热的年代里,他也没有中断自己的事业。因此我们可以说,那些在青年时代就阅读这些小说的人,现在又看到他们已经成年的子女在同一种杂志上阅读福尔摩斯的故事,由此也就可以想见不列颠公众的耐心与忠实了。

在完成《回忆录》时,我下定决心要终结福尔摩斯探案故事,我觉得不能让我的文学生涯局限在一条单轨上。这位面色苍白严峻而又懒散的人物,将我的想象力占去了太大的比例。于是,我就这么终结了他。幸亏没有验尸官去检验其尸体,所以,在事隔甚久后,我还能不太费力地响应读者的请求,毫无困难地掩饰了我的轻率行为。对于重操旧业,我并不感到后悔,因为事实上我并没有发现写这些轻松的故事对我钻研历史、诗歌、历史小说、心理学及戏剧等多样化的文学形式有妨碍，而且在钻研当中，我认识到了我的才力是多么有限。假如福尔摩斯压根儿就不曾存在过的话，我也未必会有更大成就，只不过他的存在有一些妨碍到人家看到我其他的严肃性文学著作而已。

因此，读者们，还是让福尔摩斯与诸位告别吧！我对诸君在过去给予我的信任怀有无限感激，在此谨希望我的作品能够带给诸君以欢乐，因为小说的幻境确实是避世消愁的良好途径。

阿瑟·柯南·道尔

狮鬃毛案

居然有一个如此奇怪难以解决的案子，其难度不亚于我此前所经历的任何案件，在我退休后降临到我身上，而且可以说是直接找上门来的。事情发生在我隐居沙塞克斯郡的小别墅以后，那时我已经彻底过起了恬淡的田园生活，彻底告别了侦探工作，这是生活在阴沉的伦敦时极为渴望的生活。自从退休后，华生几乎彻底从我的生活中消失了。偶尔来度过一个周末，这便是我与他的全部交往了。因此，我只好亲自来记录案情。假如他在场的话，他会怎样地去大肆渲染案情的紧张开端及我最终克服了重重困难并取得胜利啊！然而他毕竟不在我身边，所以我只能以我的方式来平铺直叙，将我在侦查狮鬃之谜的艰难道路上的每一个步骤记录下来。

我的别墅位于沙塞克斯郡的丘陵地带南麓，面对辽阔的海峡。在这个海角，整个海岸完全是白垩土的峭壁，想要下海去，只能通过唯一的一条漫长而又崎岖，陡峭湿滑的小径。在小路的尽头，就算在涨潮时，也有一百米长的布满卵石的沙砾地。但四处均有弯曲的凹陷地带，形成天然的优良游泳池，每次涨潮都会重新充满海水。在这样一条向两侧伸延数英里的海岸地带上，仅有一个地方即富沃斯村中断了海岸。

我的别墅周围很荒凉。我、老管家还有我的蜜蜂，就是这栋房子的所有居民。在半英里外，就是哈诺·史坦赫斯特的著名私人学校。那是一座很大的房子，学校建筑有山形墙，有几十名青年学生正在接受不同的职业训练，还有几名教师。史坦赫斯特在年轻时是一位著名的剑桥大学划船队队员，也是全能型的优秀学生。自从我迁居海滨以来，他与我的关系始终很好，也是我唯一能够不经邀请就在晚上彼此访问的好朋友。

在一九〇七年的七月底，飓风来袭，狂风从海峡吹向海岸，海水迅猛地冲刷峭壁，在潮退后留下一个大的海水池。我提到的这个早晨，风小了，空气被冲洗后极为清新。在如此美好的日子里，待在家里是无法安心工作的，我就在早餐前出来散步，感受新鲜空气。我沿着峭壁在不通向海滩的小路上散步。我听到背后有人在喊我，原来是史坦赫斯特在挥手欢叫。

"多好的早晨啊，福尔摩斯先生！我就知道会看到你外出的。"

"去游泳，对吧。"

"又来你那套推理了，"他笑了，用手指了一下鼓鼓的衣袋，"是的，麦格菲尔森清早就出来了，我也许能找到他。"

弗茨诺·麦格菲尔森是教科学的教员，一位非常优秀的青年，却因为患上风湿热并诱发心脏病使得他的健康状况日益恶化。但无论怎样他都是一个天生的运动员，在各种不太激烈的运动当中表现都很杰出。不分冬夏，他都始终坚持游泳，由于我也喜爱游泳，所以时常遇见他。

　　就在此时我们看见了他。他的头在小路尽头的峭壁边缘露出来，接着他的身影出现在悬崖上，犹如喝醉了一般不断摇晃着。突然他将两手朝头上一举，痛叫一声，向前倒下。史坦赫斯特与我急忙跑过去——相距有五十多码——扶他仰起身来。他显然是要死了。那失神而凹陷的眼睛与发青吓人的脸颊只能是死亡的预兆。在一刹那间，一丝生命迹象出现在他脸上，他喃喃地挣扎着说了两三个字，那声音极为含糊，但我听见他从嘴唇迸出来的最后的词是'狮鬃毛'。它的含义是非常不着边际、难以理解的，但我实在无法把它听成别的字音。说完后，他半抬起身体，两手一伸，侧身倒下——他死了。我的同伴被这情景吓得惊慌失措。而我，正如大家想象的，每一根神经全都警觉起来。这是必须的，因为事态非常明显，这绝非是寻常的案子。他只穿了雨衣、裤子以及没系鞋带的帆布鞋。倒地时，他那匆忙围到肩上的雨衣滑下来，露出他的身体。我们大惊。他的背上有很多暗红色的条纹，似乎被人用特别细的鞭子狠狠抽过。那导致创伤的鞭子肯定非常有弹性，因为围绕着他的肩部与肋部完全是肿起的长长鞭痕。他的嘴边朝下滴着血，他应该是在极度痛苦当中咬破了下嘴唇。他那痉挛而变形的脸说明了他曾经多么痛苦。我正跪在死者身边，而史坦赫斯特站在旁边时，有一个影子笼罩过来，原来是伊恩·默多克走到了我们身旁。他是一位数学教员，身材瘦高，肤色黝黑，因为沉默寡言与性情孤僻，很难说有谁是他的朋友。他似乎是生活在高超抽象的圆锥曲线与沉寂的世界当中，与日常生活毫无瓜葛。他被学生看作怪物，本来有可能成为他们嘲弄的对象，但是这人身上有一些异乡的气质，这不但表现在那墨黑色的眼睛以及黝黑的皮肤上，还表现在偶尔爆发的脾气上，他的脾气只能用"狂暴"二字来形容。有一次，他被麦格菲尔森的小狗惹烦了，他抓起狗来就把它从玻璃窗扔出去了。如果不是因为他在教学方面很优秀的话，就凭这一件事，史坦赫斯特早就解雇他了。就是这位复杂的怪人走到我们身边。看来他确实被死者的惨相惊呆了，尽管小狗事件说明他对死者缺乏好感。

　　"可怜的人！实在可怜！我能做什么？我能帮你忙吗？"

　　"刚才你和他在一起吗？你能告诉我们发生了什么事吗？"

　　"不在一起，今天我出来晚了。我还没去海滨呢。我刚从学校里出来。我能干些什么呢？"

　　"你可以尽快前往富沃斯分驻所去，马上报案。"

　　他没说什么，掉头就以最快的速度跑远了。我将调查这个案子的任务主动承担下来，而惊呆了的史坦赫斯特，还站在死者旁边。我采取的第一个措施自然是记下来都有谁在海滨。从小路的顶端我能望见整个海滨，连一个人影都没有，只有很远处的三两个人影向富沃斯移动着。搞清这一点后，我走下小径。白垩的土质当中夹杂着黏土与灰泥岩，我看到小径上有同一个人的上行以及下行的脚印。今早没别人沿着这条路去海滨。有一个地方，我见到了手指按到斜坡上的手掌印记，这只能说明可怜的麦格菲尔森在上坡时跌倒过。还有圆形的小坑，说明他多次跪下来过。在小径的下侧，是退潮时留下来的咸水湖。麦格菲尔森曾在湖边脱下衣服，因为在一块岩石上摆放着他的毛巾。毛巾是叠好的，还干着，看来他并没下水。当我在硬卵石之间进行搜寻时，有一两次我看到了他的帆布鞋印与赤足留下的脚印。这说明他已预备下水，虽然干燥的毛巾又表示他实际并没下水。

问题已经清晰地显现出来了——可以说是我平生所遇见的最怪异问题之一。当事人来到海滨不超过一刻钟。史坦赫斯特是从学校随后赶来的，因此这一点是没有疑问的。他去游泳，已经脱掉了衣服，这从赤足脚印可以推测出来。然后他突然披上了衣服——完全是凌乱没扣好的——没有下水或至少没有擦干就回来了。他改变主意的原因是他遭受了残酷的鞭打，被折磨到将嘴唇咬破的程度，他只剩下最后一丝力气爬离那地方就死去了。那么到底是谁干出如此残酷的事儿呢？不错，在峭壁基部是有一些小洞穴，但初升的太阳直照到洞内，根本没有可以隐蔽的地方。远处海滨还有几个人影，但他们距离太过遥远，不可能与案件联系起来，再说还隔着麦格菲尔森准备游泳的咸水湖，湖水一直蔓延到峭壁。在海上，有两三只渔船离得不算很远。等有时间可以去质询一下船里的人。目前有那么几条线索能够调查，但是没有一条是准确的。

当我最终返回死者身旁时，已经有几个人正围观。史坦赫斯特自然还待在那里，默多克刚把安德森——村里的警察——给找了过来。后者是一位高大、黄髭、迟钝而又强壮的史丹普尔顿类型的人——这种人通常在笨重沉默的外表下掩盖着极为精明的头脑。他一声不吭地倾听着，把我们所讲的要点都记下来，最后将我拉到旁边说：

"福尔摩斯先生，我需要你的教导。这对我来说是一个非常大的案子，假如我出差错，我的上级刘易斯就会发话。"

我建议他马上将他们的顶头上司找来，另外找一位医生，在他们前来之前，不要移动现场的任何一件东西，新脚印越少越好。趁着这个时候，我搜查了死者的所有口袋。里面有一块手帕，一把大折刀，一个可折叠的名片夹，里边露出纸的一角。我把它打开交给了警察。上面是女性的极为潦草的字迹：

我一定会来的，请你放心。

毛蒂

看来是情人之间的约会，但时间与地点都未明确。警察把纸放回到名片夹当中，连同其他东西一同又放到了死者雨衣的口袋里。由于没有其他情况，在建议彻底对峭壁基部进行搜查后，我就回家去吃早餐了。

一两个小时过后，史坦赫斯特走来告诉我尸体已转移到学校，将在那里进行详细验尸。他还带来一些非常重要而又明确的消息。正如我所预料的，针对的壁底搜查一无所获。但他检查了麦格菲尔森的书桌，发现了几封关系很密切的信，通信者是富沃斯村的毛蒂·贝勒米小姐。这样我们就找出了写他身上那张便条的人。

"信被警察带走了，"他解释道，"我无法把信拿来。但可以断定这是严肃而又认真的恋爱。不过，我看不出这件事儿跟那个横祸有何关系，除了那个姑娘与他订过一个约会。"

"但总不会在一个大家时常去的游泳场吧。"我说。

"今天只是因为偶然的情况那几个学生才没跟麦格菲尔森一同去。"

"真是出于偶然吗?"

史坦赫斯特皱起眉头开始沉思。

"默多克将学生留下了,"他说,"他坚持要在早餐之前讲解代数。这个人,他对今天的惨事极为难过。"

"但我听说他们两人并不很对头。"

"有一个时期是不正常。但是一年以来,默多克和麦格菲尔森可以说极为接近,默多克从来没和别人如此接近过,他的性情不是很随和。"

"原来如此。我似乎记得你对我说过关于虐待狗的吵架。"

"那件事早已过去了。"

"也许留下了怨恨。"

"不可能,我相信他们是真正的好友。"

"那咱们需要调查那个姑娘的情况。你与她相识吗?"

"谁都认识她。她是本地有名的美人,是真正的美人,无论到了何地,她都会备受注意。我知道麦格菲尔森追求她,但没想到已经发展到信上的那种程度。"

"她是谁呢?"

"她是老汤姆·贝勒米的女儿。富沃斯的游艇与浴室全是他的财产。他原本是个渔民,现在已经相当富有了。他与他儿子威廉一起经营着企业。"

"咱们要不要前往富沃斯走一趟,去见见他们?"

"有什么借口呢?"

"借口总是可以找到的。不管怎样说,死者总不会是自虐而死吧。总是有人手拿鞭子柄,假如真是鞭子抽打形成创伤的话。在这种偏僻的所在,他交往的人是极为有限的。假如咱们查遍了所有角落,总可以发现某种动机,而动机又会导致罪犯。"

要不是心情被亲眼看见的悲剧毒化了的话,在这有着麝香草的芳香的草原上散步本来是愉快的事情。富沃斯村坐落在海湾周围的半圆地带。在旧式的小村后面,盖了几座现代的房子。史坦赫斯特领着我朝这样的一幢房子走去。

"这就是贝勒米所谓的'港口山庄',就是建有角楼与青石瓦的那座房子。对于一个白手起家的人而言这就不错了——嘿,你看!"

山庄的花园门被打开了,走出一个人。那瘦高、嶙峋、懒散的身材不是旁人,正是数学家默多克。一分钟后,我们在路上与他打了个照面。

"喂!"史坦赫斯特招呼他。他点了一下头,用他那古怪的黑眼睛瞟了我们一眼,就要走过去,但校长把他拽住了。

"你上那儿干什么去了?"校长问他。

默多克气得脸都涨红了。"先生,我在学校里是你的属下,但我不懂我有何义务对你报告我的私人行动。"

史坦赫斯特的神经在经历了这一天的紧张刺激后已经变得极为易怒了，否则他会很有耐心的。但这时他完全无法控制脾气了。

"默多克先生，你这种回答实在太放肆。"

"你自己的提问也属于同一个范畴。"

"你已经一再表现出如此放肆与无礼。我无法再容忍了。请你尽快另谋高就！"

"我已经想离开了。今天我失去了那个唯一能让我愿意继续留在你学校里的人。"

说完他就大踏步走开了，史坦赫斯特愤恨地瞪着他。"你见过如此不成体统的人吗？"他气愤地大喊道。

给我印象最深刻的一点却是，默多克抓住了第一个能让他离开犯罪现场的机会。这时在我脑中开始形成一种模糊的怀疑。也许访问贝勒米家能够进一步搞清这个问题，史坦赫斯特打起精神，我们就进入了住宅。

贝勒米先生是一位中年人，留着火红的大胡子。他似乎非常生气，很快脸也变成火红色了。

"不，先生，我不想要弄清楚什么细节。我儿子，"他指了指屋子角落里的一位强壮、脸色阴沉的年轻人，"和我都认为麦格菲尔森先生对毛蒂的追求是一种侮辱。先生，结婚的话题他从来也没提出来过，但通信、约会却有一大堆，还有许多我们都不赞同的做法。她没有母亲，我们是她的保护人。我们决定——"

但这时小姐进来了，他便没有继续说下去。不可否认，她走到世界上的任何场合都会带来光彩的。谁会想得到，如此美丽的一朵鲜花竟会生长在如此的环境里与这种家庭中呢？对我这个人而言，女性从来不是一种吸引力，因为我的头脑总是可以控制住心灵，但是当我看到她那充满草原上的新鲜血色的、形象完美而又分外清晰的脸时，我相信任何一位青年在她面前都会成为她的俘虏。就是这样的一个姑娘推门走进来，睁着紧张的大眼睛，站到了史坦赫斯特面前。

"我已经获悉弗茨诺去世的消息了，"她说。"请不要有所顾虑，把详情告诉我。"

"是另外的那位先生将消息告诉我们的。"她父亲解释道。

"没有必要将我妹妹牵扯到这件事当中！"小伙子咆哮着喊道。

妹妹狠狠地瞪了他一眼。"这是我自己的事，威廉。请你让我依照自己的方式来处理这件事。从现在的情况看来，是有人犯下了罪行。假如我可以帮忙找出凶手，这就是我能为死者略尽的最微薄心意。"

她听我的同伴简要地讲述了情况。她那镇静而又专注的神色使我感到她不但有难得的美貌，并且有着坚毅的性格。毛蒂·贝勒米在我的记忆当中将永远是一个完美而又杰出的女性。看来她此前就知道我的身份，因为她后来对我说：

"福尔摩斯先生，请将这些罪犯找出来，让他们接受法律制裁吧。无论他们是谁，你都会得到我的同情与协助。"我仿佛感觉她一边说着，一边用挑战的眼神向她父亲与哥哥瞟了一眼。

"谢谢你，"我说，"我重视一位女士在这些事情上的直觉。你刚才说的是'他们'，你是否认为此事牵涉到不止一个人？"

"因为我非常了解麦格菲尔森先生,他是一个勇敢而富有力量的人,单独一个人估计伤害不了他。"

"我能否单独与你谈谈?"

"毛蒂,"她父亲生气地叫喊,"我告诉过你不要牵涉到此事当中。"

她无奈地望着我。"我能做些什么呢?"

"整个社会很快就会得知事实了,所以我在这里讨论一下也并没有坏处,"我说,"我本来是想单独与你谈谈,但假如你父亲不允许,他只好也参加到讨论中。"然后我谈到了死者衣袋当中发现的便条。

"这个便条在验尸时必然要公布。你能否作出一些解释?"

"这没有什么可以保密的,"她答道,"我们是订有婚约的。之所以还没宣布,仅仅是因为弗茨诺年老的叔叔可能会因此取消他的继承权,假如他不按叔叔的愿望去结婚的话。没有其他理由。"

"你早就应该告诉我们。"贝勒米先生咆哮道。

"爸爸,假如你能够表现出丝毫同情,我早就告诉你了。"

"我不赞同我女儿与社会地位不相配的人打交道。"

"正是由于你对他的偏见才让我们无法告诉你。至于那次约会——"她从衣袋里掏出一张揉做一团的便条,"那是我给这便条写好的回信。"

亲爱的:

星期二太阳落山时,在海滨的老地方。这是我唯一能够抽身出来的时间。

F·M·

"今天就是星期二。本来今晚我是准备去见他的。"

我翻过来看那便条。"这并非是邮寄来的。你是怎样拿到它的呢?"

"我不愿意回答这个问题。这实在与你侦查案情没有关系。一切相关的问题我保证会尽力回答的。"

她确实这样去做了。但没有什么有价值的信息。她并不认为她的未婚夫有暗藏的敌人,但她承认她有几位极为热烈的追求者。

"我可否问你一下,默多克先生是其中的一位吗?"

她脸红了,并且显露出极为慌乱的样子。

"曾有一段时期我认为他是。但当他得知弗茨诺与我的关系后,情况就彻底改变了。"

再一次,对于这个怪人的疑团变得越发肯定了。必须调查其档案。他的房间必须在私下进行一番搜查。史坦赫斯特自愿前来协助我,因为在他脑子当中也出现了怀疑。这样,我们就从港口山庄返回了,并感觉这团乱麻至少有一点头绪已经掌握在了我们手中。

一周过去了。验尸结果也没能提供什么线索,只能暂停审理,寻求新的证据。史坦赫斯特对他的下属进行了谨慎调查,也简单地查验了一下他的房间,但都没有什么发现。我本人又将整个现场仔细检查了一遍,也没有新的发现。读者会发现在我们的探案记录上从来没有一个案子像这样使我感到无能为力。连我的想象力都无法设想出一个有效的解决方案。后来发生了狗的事件。

这还是我的管家第一个从那个奇妙的无线电当中听到的,人们就是依靠它来收集乡村新闻的。

"先生,坏消息,麦格菲尔森先生的狗。"一天晚上她忽然说道。

一般来说,我是不鼓励这种谈话的,但麦格菲尔森的名字引起了我的注意。

"麦格菲尔森的狗怎样了?"

"死了,先生,因为对主人的悲痛而死了。"

"谁告诉你这件事的?"

"大家都在谈论这事儿。那狗非常激动,一个星期都没吃东西。今天学校的两位学生发现它已经死了——并且是在海滨,就在它主人死去的那个地方。"

"就在那个地方。"这几个字在我的记忆中极为突出。我脑海里有一种模糊的感觉,这必定是很重要的问题。狗死了,这倒也符合狗的善良而又忠实的本性。但在同一个地点!为什么这个荒凉的海滨对狗是有危险的?难道它也是仇人手下的牺牲品?难道——?是的,感觉还非常模糊,但在我脑海当中已经形成了一种想法。几分钟后,我就朝学校走去了,我在史坦赫斯特的书房当中找到了他。应我的请求,他将那两位发现狗的学生——沙伯瑞与布朗特找了来。

"是的,狗就躺在了那个湖边上,"一个学生说,"它肯定是寻着主人的足迹去了那里。"

后来我去瞧了那条忠实的小狗,是一只棕色白斑点的猎犬,它躺在大厅当中的席子上。尸体僵硬,两眼凸起,四肢痉挛,明显是极为痛苦的表现。

从学校我直接走到了湖边。太阳已下山,峭壁的黑影笼罩了整个湖面,那湖水闪烁着暗光,犹如一块铅板。这里没有人影,仅有两只水鸟在天空盘旋鸣叫。在逐渐昏暗的光线中,我依稀能够辨认出印在沙滩上的小狗足迹,就在它主人放置毛巾的那块石头四周。四面的暗影逐渐黑下来了,我站在那里沉思许久。我的头脑中思绪万千。任何人都经历过那种噩梦式的苦苦思考,你明知你所搜寻的是极为关键的东西,你清楚它就在你脑子里,但你偏偏就是想不出来。这就是那天晚上我独自站立在死亡现场时的精神状态。后来我转身慢慢走回家去。

我走到小径顶端时,突然记起来了。犹如闪电一般,我一下子想起了那个我苦思冥想的东西。读者都清楚,否则华生就白白写书赞扬我了,我这人头脑当中装了非常丰富的知识,是以科学的方法系统性地存储在脑内的,这些知识对我的业务是非常有帮助的。我的脑子就犹如一间贮藏室,里面装满了各式各样的包裹,数量之多,使得我本人对它们也仅有一个模糊的概念。我一直清楚我脑子当中有那样一个东西对目前这个案子是具有重大意义的。它依旧模糊不清,但我清楚自己有方法使其明朗化。它是极为离奇的,难以置信的,但始终是可能的。我要进行一个彻底的实验。

我家里有一个阁楼,装满了图书。我回家就进入了这里,翻腾了一小时。后来我捧着一本咖啡色印有银字的书走出来。我焦急地寻找着依稀记得的那一章。果然,那是一个不着边际与不大可行的想法，但我必须弄清楚它确实如此，否则我无法安心。我睡得非常晚，迫切地期待着明天进行的实验。

但是工作遭遇了烦人的干扰。我刚刚匆忙喝下我的早茶，要起身前往海滨，史丹普尔顿郡警察局的巴德尔警官已经到来了。那是一位沉着、稳健、冷静而带有深思目光的人，他现在极为困惑地看着我说：

"先生，我清楚你经验极为丰富。今天我来，是非正式性的拜访，也用不着多说。但是我对这个麦格菲尔森案已经有了想法。问题是，我是否应当进行逮捕呢？"

"你是指逮捕默多克先生吗？"

"是的。思来想去，确实没有其他嫌疑人。这是地处偏僻的优点。我们可以把可疑人物的圈子缩得非常小。假如不是他，又有谁呢？"

"你有什么证据来控告他？"

他的看法与我的想法近似。首先是默多克的性格还有他这个人的神秘性，他在小狗事件当中表现出来的火爆脾气，还有他过去曾与麦格菲尔森吵过架的事实，还有他可能怨恨麦格菲尔森与贝勒米小姐的恋情。他掌握我原本拥有的全部要点，但没有新东西，除了一点，就是默多克似乎正准备离开这里。

"既然这一切证据都不利于他，假如我放他走了，会把我置于何种处境呢？"

这位魁梧而又冷静的警官确实非常苦恼。

"请想一下，"我说，"你的设想有一些非常重要的漏洞。在出事的当天早晨，他可以提出不在场的证据。他与学生待在一起，一直到最后一刻。在麦格菲尔森出现后的几分钟，他就从后面那条路走过来遇见了我们。另外别忘记，他不可能独自一人对一个与他同样强壮的人行凶。最后，还有行凶所使用的凶器这个问题。"

"除了软鞭还能是什么？"

"你研究过伤痕吗？"

"我见到了，医生也见到了。"

"但是我用放大镜极为仔细地观察过了。有非常特别的地方。"

"有什么特点，福尔摩斯先生？"

我走到桌前拿出一张被放大的照片。"这是我处理此类案情的方法。"我解释着说。

"福尔摩斯先生，你做事确实非常彻底。"

"否则我也就无法成为侦探了。咱们来研究一下这条围着右肩的伤势。你看出特别之处了吗？"

"我没看出来。"

"显然这条伤痕的深度并不平均的。这里有一个渗血点，那里有一个渗血点。这里的一条伤痕也是如此。你说这提示了些什么？"

"我想不出来，你觉得呢？"

"我也许知道，也许并不知道。不久我或许能想出更明确的答案。凡是可以澄清渗血点的证据都能极大地有助于找出凶手。"

"我有一个滑稽的比喻，"警官说，"假如把一个烧红的网放在后背，血点就表明网线交叉之处。"

"这是一个非常奇妙的比方。或者我们能够更为恰当地说，是那种有着九根皮条的鞭子，上面有很多的硬疙瘩？"

"对极了，福尔摩斯先生，你猜得非常对。"

"但也可能是完全不一样的致创原因，巴德尔先生。无论怎么说，你逮捕的证据都非常不足。另外，还有死者临死前的话——'狮鬃毛'。"

"我曾揣测'鬃毛（Mane）'会不会是'伊恩（Ian）'，二者读音相近——"

"我也考虑过。但第二个字丝毫不像'默多克'。他是尖声喊出来的，我确定那是'狮鬃毛'。"

"你有其他设想吗，福尔摩斯先生？"

"有一点。但在找到更为确定的依据前，我不打算去讨论它。"

"那何时能找到依据呢？"

"一小时以后——或许还用不了那么久。"

警官摸着下巴，用怀疑的目光望着我。

"我真希望可以理解你头脑里的想法，福尔摩斯先生。也许是那些渔船。"

"不对，那些船离得太远了。"

"那，是不是贝勒米和他那个粗壮的儿子？他们对麦格菲尔森没有丝毫好感。他们会不会收拾他？"

"不，在我准备就绪之前我什么都不会说，"我含笑说，"警官先生，咱们均有自己的工作要处理，如果你中午来到这里——"

讲到此处我们受到重大的干扰，这也是本案终结的起始。

我外屋的门突然被推开，接着走廊里响起了跌跌撞撞的脚步声，伊恩·默多克跟跟跄跄闯了进来，面无人色，头发蓬松，衣服零乱，用瘦削的手抓住桌子才能勉强站直。"白兰地！快拿些白兰地来！"他艰难地喘息着说，说完就呻吟着躺倒在沙发上了。

他并非独自一人。身后进来的是史坦赫斯特，没有戴帽子，几乎如默多克一样衣衫不整。

"快拿点白兰地来！"他也喊着，"他已经奄奄一息了。我是尽全力把他弄到此处的，在路上他曾昏过去两回。"

半杯烈酒进肚后，产生了奇妙变化。他一手支撑着，抬起身子，将上衣甩下来。"快，拿油来，吗啡，吗啡！"他大喊道，"什么都可以，快治治这并非人类能够忍受的痛苦啊！"

一见到他背上的伤口，警官与我异口同声地大喊了起来。在这人的肩膀之上，纵横交错地全都是同样的红肿网状的鞭痕，正如麦格菲尔森身上的致死创伤一样。

那痛苦显然是极其恐怖的，而且绝非局部症状，因为他的呼吸时常停止，脸色转青，两手抓着胸口拼命喘气，额上冒出了大颗的汗珠。他随时可能丧命。不断地为他灌下白兰地，每次灌酒都能够让他重新复苏。用棉花蘸着菜油为他涂抹了伤口，这似乎使他的疼痛有所减轻。最后他的头沉重地倒在了垫子上。当生命的机能再次出现疲惫时，就躲到睡眠这个生命之库当中休息。他处在半睡眠与半昏迷的状态当中，但至少从痛苦当中解脱出来了。

问他话目前是不可能的，情况稍稳定之后史坦赫斯特就对我说：

"天啊！这发生了什么事，福尔摩斯，到底是怎么回事？"

"你在何处发现他的？"

"在海滨。就在麦格菲尔森死去的地方。假如他的心脏也如麦格菲尔森那样弱，他早就死了。在路上有两次我都感觉他已经不行了。到学校去实在太远，所以来你这儿了。"

"你看见他在海滨吗？"

"当听到他的叫声时，我正行走在峭壁的小径上。他站到海边上，摇晃得犹如一个醉汉。我马上跑下去，为他披上衣服，就把他扶上来了。啊，福尔摩斯，看在上帝的份儿上，请你使用一些办法为这里除害吧，这地方简直让人无法居住了。难道你这么有名望的人都束手无策吗？"

"我想我还是有好办法的，史坦赫斯特。跟我来！还有你，警官，都过来！我倒要看我能否捉住凶手。"

将昏迷的病人交给管家来照顾，我们三人前往致命的案发地。在石头上有一小堆毛巾与衣服。我缓慢地绕着水边走着，两个人依次跟着我走。湖的大部分地方都非常浅，但在峭壁下面海岸拐进去的地方足有四五英尺深。这是游泳者的必经之地，这里绿波清莹宛若水晶。在峭壁基部有一排石头，我沿着石头走过去，细看下边的水深处。就在水的最深最幽静的地方，我的眼睛最终找到了我所要搜寻的东西，我胜利般地大喊起来。

"毒水母！"我喊道，"毒水母！这就是'狮鬃毛'！"

这怪东西确实如同是从狮鬃上扯下来的一团毛。它生长在水下三英尺的一个礁石上，是一个随波逐流的古怪动物，在黄色毛束下边有诸多银色的触手。它缓慢而又沉重地进行着收张运动。

"这东西造孽太多了，应当来结果它了！"我喊道。"史坦赫斯特，帮我一下，结果了这个凶手！"

礁石上方恰好有一块大石头，我们用力把它推下去，"哗"的一声它沉入水中。等水波纹消失后，我们看到大石正好压在了礁石上，边上露出了黄色黏膜，说明水母被压住了。一股浓浓的油质黏液从石头下面被挤出来，污染了周围的水，然后缓慢升到了水面。

"嘿，这东西算是将我难住了！"警官喊道。"福尔摩斯先生，这究竟是什么？我是在这附近长大的，但从来没见过这种怪东西。这并非史丹普尔顿本地的产物。"

"没有它最好，"我说道，"或许是西南风将它吹到这里。请二位跟随我回家，我给你们讲一个人的可怕经历，他永远也忘不了在海上遭遇的可怕危险。"

返回书房，我们发现默多克已恢复到了能够坐起来的程度。他感到极度的头晕目眩，并发一阵阵的由于疼痛导致的痉挛。他断断续续地说，根本不清楚发生了什么，只晓得突然感到浑身剧烈性疼痛，拼了吃奶的力气才勉强爬上了岸。

"这里有一本书，"我说，"首次阐明了这个或许会永远无法搞清的问题。书名是《户外》，作者是著名的自然观测者 J．G．伍德。有一次，他遇到了这种动物，几乎死去，所以他运用自己丰富的知识对这种生物进行了详细阐述，并命名为毒细毛水母。这种有着巨大危害的动物的毒性不亚于眼镜蛇，而导致的痛苦更大很多。我来读一点相关摘要：

当游泳者见到一团蓬松的圆形褐色黏膜与纤维，犹如一大把的狮鬃毛与银纸时，那就要高度警惕了，这就是极其可怕的螫刺动物毒细毛水母。

"你看，这段描述还能更清楚吗？"

"下面他讲述了有一次在肯特海滨游泳时遇上一个这种动物的经历。他发现，这动物伸出一种肉眼几乎看不见的丝状体，长达五十英尺，凡是触碰到丝状体的人均有死亡的危险。尽管只是在远处触及，伍德也几乎丧命。

无数的丝状体使得皮肤出现红条纹，细看则是细斑或是小疱，每一个斑点犹如有一根烧红的细针刺向神经。

"他还解释说，局部疼痛不过是全部难言的痛苦当中最微不足道的一部分。

剧痛向整个胸部放射，使我出现了犹如中枪那样的扑倒。心搏骤然停止，随后继发六七次的狂跳，心脏宛若要冲出胸腔。

"他几乎死去，尽管他只是在波动的大海当中触及到毒丝，还并非在静止的湖中。他说，中毒后他连自己都无法认出自己的面目了，他的面色极度苍白、布满皱纹、憔悴至极。他猛喝白兰地，吞下了一整瓶，似乎由此得以侥幸生还。警官先生，我把这本书交给你，它已经充分说明了麦格菲尔森悲剧的原因。"

"而且同时也消除了我的嫌疑，"默多克插了话，脸上带有讥讽的微笑。"警官先生，我不责怪你，也不责怪你，福尔摩斯先生，因为你们的怀疑是能够理解的。我觉得，我只是因为分享了我可怜朋友的可悲命运，才在被捕的前夕成功消除了自己的嫌疑。"

"不对，默多克先生。我已经着手侦破这个案子了。假如我按预期的计划早一些到海滨去，我可能会使你免遭这场灾难。"

"但你是如何知道的呢，福尔摩斯先生？"

"我是一个喜欢读各种杂书的人，脑子里各个门类的知识都记得住。'狮鬃毛'这几个字始终在我脑子里不断盘旋，我知道我以前一定在什么古怪的记录上读到过它。你们都看到了，这几个字确实可以描述那个奇怪的动物。我确信，麦格菲尔森在看到它时，它必定是在水面漂浮着，而这几个字是他能够想出的唯一形容方式，来警告我们。"

"那么，至少我是得以洗刷冤屈了，"默多克说着缓慢站了起来。"不过我还有两句话想要解释一下，因为我知道你们怀疑过我。我确实是喜欢过那个姑娘，但自从她选择了我朋友麦格菲尔森作为爱人，我唯一的心愿便是帮助她得到幸福。我甘心作为他们的暗中联系人。我时常为他们送信。因为我是他们共同的知心朋友，因为对我而言，她是最亲近的人，我才匆忙赶去向她报告我朋友的死讯，我唯恐别人抢到我前边用突然及极为冷酷的方式将灾难告知她。她不愿把我们的关系告诉你，是怕你怀疑我而使得我吃亏。好，请原谅，我必须返回学校了，我需要休息。"

史坦赫斯特向他伸出手说："前两天咱们的神经都过于紧张了，默多克，请你忘记过去的误会。将来咱们会更好地了解彼此。"说完他们两人友好地牵着手走了出去。警官没有走，睁大了牛一样的眼睛盯着我。

"哎呀，你可真厉害啊！"最后他喊道，"我以前阅读过你的事迹，但我从来没有相信。你可真有能耐啊！"

我只好摇摇头，假如接受这种恭维，那等于自贬身份。

"开始时，我非常迟钝——可以说是有罪的迟钝。假如尸体是在水中被发现，我会马上破案。毛巾把我引向歧路，可怜的麦格菲尔森顾不上擦干身上的水，所以我就认为他没下过水。真的，这正是我犯错误的地方。哈哈，警官先生，过去我经常打趣警察厅的先生们是废物，这次毒水母几乎为警察厅报了仇。"

三个同姓人案

这个故事或许是喜剧，或许是悲剧。它使一个人陷入精神失常的境地，使我受了伤，使另一个人得到了法律的制裁。但这其中还是有一些喜剧的味道。好吧，让读者自己进行判断吧。

这个日期我记得非常清楚，因为那是在福尔摩斯拒绝接受爵士封号的同一个月内发生的事，他要被封爵位是由于立了功，这功劳日后也许有一天我还会记述出来的。我只是顺便提到了封爵的事，因为作为合作者的我应当谨慎从事，避免一切的冒失行为。但是这件事却让我牢记了上述的日期，那是一九〇二年的六月底，当时南非战争①刚结束。福尔摩斯在床上接连躺了几天，这正是他时常表现出的行为，但有一天早晨他却从床上坐起来了，手里拿着一份大页书写纸的文件，表情严峻，灰眼睛当中闪烁着讽刺的笑意。

"华生老兄，现在有一个能够让你发财的好机会，"他说，"你听说过葛莱德这个姓吗？"

我承认没听说过这个姓。

"假如你能抓住一个葛莱德，就能赚一大笔钱。"

"为什么？"

"那可就说来话长了——并且有点异想天开。我觉得在咱们所研究过的复杂人类问题当中，还没有过如此新鲜的事儿呢。这个家伙马上就要前来接受咱们的提问了，所以在他赶到之前我暂且不多说，但这个姓氏是咱们需要查清的。"

电话簿就放在我旁边的桌子上面。我不抱希望地将簿子翻阅着。但让我感到极为诧异的是电话簿上还确实有这个奇怪的姓氏。我得意地叫了一声。

"在这里！福尔摩斯，就在这里！"

他把簿子拿过去。

"葛莱德·N，"他念道，"小瑞达西路136号。抱歉，华生，这也许会让你失望，这是写信者本人。咱们需要再去找一个葛莱德。"

正说着，赫德森太太拿起托盘走了过来，上面有一张名片。我把片子接过来瞧了一眼。

"有了，在这里！"我惊奇地叫喊道，"这个人姓氏相同，名字不同。约翰·葛莱德，律师，

---

① 英国同荷兰移民后裔布尔人建立的南非共和国和奥兰治自由邦为争夺南非领土和地下资源而进行的一场战争。又称布尔战争。

美国堪萨斯州莫尔维市。"

福尔摩斯看到名片后就笑了。"我看你还得再去找一个出来才行，华生，"他说道，"这位也是计划当中的，不过我倒没想到他今天早上会过来。但无论怎么说，他可以告诉咱们很多我需要知道的事情。"

过了不久，他就走进来了。律师约翰·葛莱德先生是一位身材不高、健壮有力的人，一张圆圆的、气色非常好的、极为整洁的脸，就如同许多美国事务家所具备的特征那样。他总体形象是相当丰满与孩子气的，他给人的印象是一位笑容可掬的青年。他的眼睛是非常引人注目的，我很少看到一双如此反映出内心生活的眼睛，那么明亮，那么机警，那么迅速地反映出任何一点细微的思想变化。他的口音是美国腔调，但并不古怪。

"哪一位是福尔摩斯先生？"他在我们俩之间不住打量着。"不错，你的相片跟你本人很像，福尔摩斯先生，恕我冒昧。据我所知，我的同姓者写了一封信给你，对吗？"

"请坐下来一起谈，"福尔摩斯说，"我觉得与你有很多可以讨论的问题。"他拿起那一沓书写纸。"你就是这份文件当中提及的约翰·葛莱德先生吧。但你来英国已经有相当长的时间了吧？"

"你这是何意，福尔摩斯先生？"

我似乎从他那蕴含丰富表情的眼中看到了突然出现的狐疑。

"你的服装完全是英国的。"

葛莱德勉强一笑。"我在书中读到过你的侦查技巧，福尔摩斯先生，但我没想到我会成为你研究的对象。你是如何看出来的？"

"你上衣肩部的服装样式，你靴子的足尖部——谁会看不出来呢？"

"噢，我倒没有想到我是如此明显的英国人模样。我是很久以前因为一些事务来到英国的，所以，就像你所说的，装束几乎完全伦敦化了。但是，我想你的时间是非常宝贵的吧，我们见面也并非是来谈论袜子式样的。谈谈你手中拿着的文件好吗？"

福尔摩斯在某些方面惹恼了来访者，他那孩子气的脸孔变得完全没有那样随和了。

"不要着急，葛莱德先生！"我的朋友开始安慰他说，"华生医生能够告诉你，我的这些小插曲有时候是非常善于解决问题的。但是内森·葛莱德先生怎么没有陪同你 起到来呢？"

"我就是不清楚他把你拉进来是想干什么呢！"客人突然大发雷霆，"这事儿与你有什么相干？原本是两位绅士之间的一点小事务，而其中一个人突然去招来一个侦探！今早我见到他，他告诉我干了如此愚蠢的事情，所以我才来这里。我觉得非常倒霉！"

"这对你而言并不算是什么丢脸的事，葛莱德先生。这纯粹是他太过热心地想要达到你的目的——依照我的理解，这个目的对于你们二人同样有着重大关系。他清楚我有获得情报的途径，因此，他非常自然地就找到了我。"

客人脸上的怒气这才逐渐消退了。

"既然这样，倒也没什么关系，"他说，"今早我刚一见他，他就告诉我他已经找了侦探，我立即索要了你的住址并赶过来。我用不着警察随便插手私人事务。但是假如你只是帮我们找出那个需要的人，那倒没有什么坏处。"

"正是这样一回事，"福尔摩斯说，"先生，既然你已经来了，我们最好听你亲口详细谈谈具体情况。我的这位朋友对于详情还不清楚。"

葛莱德先生以一种极其不友好的眼光将我上下仔细打量了一番。

"他有必要来了解这事吗？"他问道。

"我们经常合作。"

"好吧，也没有什么必要来保守秘密。我尽量简短扼要地把基本事实告诉你。假如你是堪萨斯人，不用说你也会知道亚历山大·汉密尔顿·葛莱德是个什么样的人。他是真正依靠庄园起家的，后来又在芝加哥搞小麦仓库发了大财，但他将所有的钱都买了大片土地，在道奇堡以西的堪萨斯河流域，足足有你们一个县那么大片儿的土地属于他，牧场、森林、耕地、矿区，无所不包，这些全都是能给他赚钱的地产。

"他没有任何亲属后代——至少我从来没听说过有这类人存在。但他对自己的罕有姓氏极为自豪。这便是使他与我相识的原因。我在托皮卡搞法律方面的相关业务，有一天这个老头突然找上门。由于又结识了一个姓葛莱德的人，他乐得合不拢嘴。他有一种特异的怪癖，他想要认真地寻找一下，世界上还有没有其他的葛莱德了。'再给我找一位姓葛莱德的人。'他说。我告诉他说，我是一个大忙人，没有工夫整天四处乱跑去寻找葛莱德们。不管怎么说，"他说，'要是情况是按照我的布置来发展的话，你不想找也得出去找。'我还以为他是在开玩笑，谁知不久之后我就突然发现，他的话是极为有分量的。

"因为他说这话还不足一年就去世了，留下了一个遗嘱。这真是堪萨斯州有史以来最为古怪的一份遗嘱了。他要求将财产平均分成三份，我可以得到其中的一份，其生效条件是我再找到两位姓葛莱德的人来分享其他的那两份遗产。每份遗产不多不少恰好是五百万美元，但必须要由我们三个人一起来继承，否则分文都别想动用。

"这是一个极其重大的机会，我干脆就将法律业务暂时搁置到一边，出发去找姓葛莱德的人们。在美国一个都没有找到。我走遍了整个美国，先生，犹如是用细齿梳子将美国刮了整整一遍，但一个姓葛莱德的人也没找到。后来我就来到昔日的祖国来碰碰运气。在伦敦电话簿上确实有他的姓氏。两天之前我找到了他，对他说明了所有的情况。但他也是孤身一人，与我一样，有几位女性亲属，却没有男人。遗嘱当中规定是三位成年的男子。所以，你看，还缺少一个人，假如你可以帮我们再找出一个来，我们马上付给你报酬。"

"你瞧，华生，"福尔摩斯含笑说道，"我说什么来着，并非是胡思乱想吧？不过，先生，我觉得最为简单的办法是在报纸上刊登启事。"

"我早就已经登过了，根本没有人前来应征。"

"哎呀！这可真是一个极其古怪的小问题呀。好吧，我在业余时间当中可以专门留心一下。对了，你是托皮卡人倒也十分凑巧，我以前有一位朋友，就是已故的莱仙德·史达医生，他在一八九〇年担任托皮卡市长。"

"史达老医生吗！"客人说道，"他的名字至今依旧非常受人敬重。好吧，福尔摩斯先生，我看我们如今能够做的便是向你报告事情的最新进展情况。一两天之内你听我的消息吧。"说完，这位美国人深鞠了一躬就走了。

福尔摩斯已经点燃了烟斗,他脸上饱含着古怪的笑容坐了好半天。

"你看这件事怎么样?"我终于问他了。

"我感到非常奇怪,华生,我感到极为奇怪!"

"奇怪什么?"

"我一直都在感到奇怪,这个人跟咱们说了如此一大堆谎话究竟是什么目的。我差点脱口就直接问他——因为有时单刀直入是最为有效的办法——但我还是采取了另外一种策略,让他自认为已经骗过了我们。一个人跑来,身上穿了一件至少穿了超过一年的手肘部位已经磨损的英国上衣与弯了膝的英国裤子,而在信上以及他本人的口述当中都说自己是一个刚刚来到英国的美国人。寻人栏根本没有刊登过他的启事,你知道我是从不放过那类版面上面的任何东西的。那个地方是我最喜欢用来捕捉"鸟儿"的地方,难道我连这样的一只野鸡都完全忽略了吗?我从来不清楚托皮卡有一个叫史达的医生。到处都流露出了破绽。我看出他倒真是一位美国人,只不过在伦敦的这么多年来,口音没有太大变化而已。那么他搞的究竟是什么名堂,假装要寻找葛莱德的动机又是什么呢?这是值得咱们关注的,因为,假如他是恶棍,那也是一个心理极为复杂、诡计多端的恶棍。如今咱们需要弄清楚,另一位也是假的吗?给他挂一个电话,华生。"

我挂掉了电话,听到电话另一端有一个细弱而又发颤的声音说:

"不错,不错,我是内森·葛莱德先生。福尔摩斯先生在那里吗?我非常希望与他谈一谈。"

我的朋友将电话接了过去,而我如同往常那样听着他那断断续续的讲话。

"是的,他来过了。我清楚你并不认识他……过了多久了?……才只有两天!……当然,这是极为吸引人的一件事。你今晚在家吗?你的同姓人今晚不会在你家里吧?……那我们现在就来,我希望在不当着他的面时候与你谈一谈……华生医生同我一起来……听说你平时是深居简出的……好,我们会在六点左右到达你家。不用告诉美国律师……好,再见。"

这是一个非常可爱的春日傍晚,连狭小的小莱特街在晚霞斜照之中也呈现出金黄动人的色泽。这条街只是艾奇华街的一个小小分支。我们想要走访的那座房子是一座旧式宽敞的早期乔治国王时代的建筑,正面是青砖墙,只在第一层楼有两扇凸窗。我们的主顾就住在这一层里,这两扇窗子就在他日常活动的那间大屋的正面。福尔摩斯指了指雕刻有那个古怪姓氏的小铜牌。

"这牌子钉上已经有些年头了,"他指点着业已褪了色的牌面说。"至少这是他的真实姓氏,这是非常值得注意的一点。"

这座房子有一座公用楼梯,门厅当中标注着一些住户的姓名,有些是办公室,有些是私人房间。这并非是一座成套的居民楼,而是生活很不规律的单身汉居住的场所。我们的主顾亲自前来开门,他抱歉说女工已经在四点钟时下班走了。内森·葛莱德先生是一位身材很高、肌肉松弛、肩背微显弯曲的人,瘦削而又秃顶,年纪大约六十出头。他脸色苍白犹如僵尸,皮肤暗无血色,正如一个从来没有进行过运动的人那样。他戴着大圆眼镜,留山羊胡子,加上他那微弯的肩背,显现出一种窥视的好奇表情。但给人的总体印象是很和蔼的,虽说有些怪癖。

屋子也是同样显得很古怪,犹如一个小博物馆。房间又深又广,四周摆满了各种样式的柜橱,其中堆满了地质学以及解剖学的标本。屋门两边排列着装蝴蝶与蛾子的箱匣。屋子中间的一张大桌子上全都是七零八碎的各种物品,一台铜制的大型显微镜高高地伫立在中央。环顾周围,我被这个人的兴趣如此之广泛给震惊了。这儿是一箱子的古钱币。那儿是一柜子的古石器。房子当中的那张桌子后边是一大架子的古化石,上边陈列着一排石膏的头骨模型,刻有"尼安德特人"、"海德堡人"、"古石器时代欧洲原始人"等字样。这个人显然是多门类学科的爱好者。这时他站在我们跟前,手里拿着一块小羊皮正在精心擦拭一枚古钱。

"西那库斯古币——属于最繁盛时期的,"他举着古钱解释着,"晚期大大退化了。我认为它们是其在全盛时代制造的最佳古钱币,虽然有些人更推崇亚历山大时代的钱。这儿有一把椅子,福尔摩斯先生。请允许我将这些骨头挪开。这位先生——对了,华生医生——请你将那个日本花瓶挪到一边。你们看,这全都是我的小嗜好。我的医生总说我不外出运动,但既然这里有那么多东西能够吸引着我,我为什么要走出去呢?我敢说,将一个柜橱当中的内容给搞上一个正规的目录也要花费我整整三个月的时间。"

福尔摩斯好奇地四处张望着。

"你告诉我你从来都不外出吧?"他问道。

"有时候我乘车前往苏富比或是克里斯蒂拍卖行去。除此之外我极少出门。我身体不是太好,而我的研究又非常占用时间。但是福尔摩斯先生,你能够想象,当我听说了这个极好的运气时,这对我来说是多么的惊人——令人兴奋但却又骇人听闻的意外事件啊。只要再有一个葛莱德就可以了,我们必定能再找到一个的。我有过一位兄弟,但已去世,而女性亲属又不符合条件。但是世界上总会还有其他姓葛莱德的人。我听说你专门处理各种奇异的案件,所以将你请来了。当然那位美国先生说得也很多,我应当事先征求他的意见,其实我完全是好意。"

"我认为你这样做是非常明智的,"福尔摩斯说,"但是,难道你真的准备继承美国的庄园吗?"

"当然不是。任何东西也无法让我离开我的收藏品。但是那位美国先生承诺说,一旦事情办成,他就会出资买下我的地产。五百万美元是他提出来的价钱。目前市场上有十多种在我目前的收藏当中还暂时缺少的标本,但我手头没有几百镑的钞票就买不下来。你可想而知我如果有了几百万美元该有了多大潜力呀。老实讲,我拥有建立一个国家级博物馆的收藏基础,我可以成为现代的汉斯·斯隆①。"

他的眼睛在大眼镜后面显得闪闪发亮了。看来他会不顾一切地去寻找同姓人的。

"我们来访只是会会面,没有必要打搅你的研究,"福尔摩斯说,"我习惯于与业务主顾进行直接接触。我没有什么问题要问你了,因为你将情况非常清楚地写到了我口袋当中的这封

---

① 汉斯·斯隆爵士是一名内科医生,更是一名大收藏家,其收藏品来自世界各地。1753年他去世后遗留下来的个人藏品达79,575件,还有大批植物标本及书籍、手稿。

信上了，那位美国先生的来访又补充了相应的情况。据我了解，在本周之前你根本不知道有这样一个人。"

"是这样。他是上星期二时来找我的。"

"他把与我见面的情况告诉你了吗？"

"是的，他马上回到我这里，他本来非常生气。"

"为什么会生气？"

"他似乎觉得那是有损他人格的事。但他从你那里回来以后又变得高兴了。"

"他提出什么具体的行动计划了吗？"

"没有。"

"他向你索要过或得到过金钱吗？"

"没有，从来没有！"

"你看不出他也许有什么别的目的吗？"

"没有，除了他所说的那件事。"

"你告诉他我们电话约会的事了吗？"

"我告诉他了。"

福尔摩斯开始深思起来。我看得出他很困惑。

"你的收藏当中有极其值钱的东西吗？"

"没有。我并非一个有钱的人。虽然是非常好的收藏品，但并不值钱。"

"你不怕被盗吗？"

"一点都不怕。"

"你住在这屋子当中有多久了？"

"将近五年了。"

福尔摩斯的问话被非常响亮的敲门声打断了。主人刚拉开了门闩，美国人就兴奋地蹦到了屋里。

"来了！"他摇着一张报纸大声叫喊。"我想我应当及时来找你。内森·葛莱德先生，祝贺你！你现在发财了，先生。咱们的事务到此圆满结束了，一切都很顺利。至于福尔摩斯先生，我们只能告诉你，白麻烦你跑一趟，实在太对不起了。"

说着他将报纸递给了主人。主人站在那里瞪大眼睛望着报上的大字广告。福尔摩斯与我也伸着脖子从他身后望过去，上面刊登的是：

霍华德·葛莱德　农机制造商

经营捆扎机、收割机、蒸汽犁与手犁、播种机、松土机、农用大车、四轮弹簧座马车及各类设备，承包自流井工程。

地址：爱斯顿，格劳斯凡纳大楼，当面洽谈

"太棒了！"主人极为激动地说。"这回三个人都凑齐了。"

"我曾经在伯明翰开展过相应调查,"美国人说,"我的代理人将一份地方性的报纸上的这个广告邮寄给了我。咱们得抓紧时间行动起来把事情办完。我已经给这个人写信,告诉他你即将在明天下午的四点钟前往他办公室进行洽谈。"

"你是想让我去拜会他?"

"你看这么安排怎么样,福尔摩斯先生?你不觉得如此安排显得更为明智一点吗?我是一个旅行的美国人,我讲出了一个非常动人的故事,人家凭什么来相信我的话呢?而你是一个有着极为扎实社会关系的英国人,他不可能不重视你说的话。假如你愿意,我原本可以与你一起去的,但我明天却极其忙碌,你在那边假如发生了什么大的困难,我必然会随时听从你的召唤的。"

"但是,我已经多年没有去做如此远的旅行了。"

"这并没有什么,葛莱德先生,我已经帮你算好了。你十二点起身,下午两点就可以到达,当天晚上即可回来。你所需要做的只不过是与这个人见一面,说明一下情况,搞到一张法律宣誓书来证实他这样一个人确实存在。我的天啊!"他极为激动地说,"我是不远千里从美国中部赶到这里的,你走如此短的一点路去把事办完又算得了什么呢!"

"不错,"福尔摩斯说,"这位先生说得非常对。"

内森·葛莱德先生极为无可奈何地耸了耸肩说,"好吧,假如你一定要我去的话,我就去。既然你为我的生活带来如此巨大的希望,我实在难以拒绝你的请求。"

"那就一言为定,"福尔摩斯说,"请你尽快将相关情况报告我。"

"我一定会报告给你的,"美国人说,"哎呀,我必须得走了。内森先生,我明天上午会过来的,送你登上去往伯明翰的火车。福尔摩斯先生,你与我同路走吗?那么,再见了,明天晚上等着听我们的好消息吧。"

美国人离开了,我注意到此时福尔摩斯脸上的困惑神情已经消失,神色明朗了。

"葛莱德先生,我想要参观一下你的收藏品,"他说。"对于我的职业而言,各种门类的知识有一天都有可能派上用处的,你的这间屋子实在是堪称这类知识的宝库。"

我们的主人极为高兴,大眼镜后面的两眼闪烁着兴奋的光亮。

"我一直听说你是一个极富才智的人,"他说,"如果你有时间的话,我现在就带你去参观一遍。"

"不巧眼下我没有时间。不过这些标本全都有标签,也分好了类,不用你亲自进行讲解也可以参观。假如我明天能够抽出时间,我想将它们仔细看上一遍,应该没什么妨碍吧?"

"毫无妨碍,非常欢迎。当然明天门是会关了,但是四点之前桑德尔太太会待在地下室,她可以让你进来。"

"也好,我凑巧在明天下午有空闲,如果你能给桑德尔太太留个话,那就一切准备就绪了。对了,你的房产经纪人是哪一位?"

主人对这个突如其来的问题感到非常奇怪。

"哈洛韦及史迪房产经纪商,在艾奇华街。不过你为什么想起问这个?"

"对于房屋建筑我也有一些考古学上的嗜好,"福尔摩斯笑道,"我刚才在猜这座建筑到底是安妮女王时代还是乔治国王时代的。"

"肯定是乔治时代的。"

"是的。但我感觉年代还要更早一些。没关系，这是非常容易问清楚的。好吧，再见吧，葛莱德先生，祝你伯明翰之行一路顺风。"

房产经纪商就在那附近，但已下班，我们就返回贝克街了。晚饭后福尔摩斯才又返回到这个话题上来。

"咱们这个小问题已经结束了，"他说。"你自然而然已经在脑中形成了相应的解决方案了。"

"我依旧是摸不着头脑。"

"脑袋是非常清楚了，尾巴需要等到明天再看。你并没有注意到广告有什么特别之处吗？"

"我注意到'犁'这个字的拼法错了。"

"你也看到啦？华生，你是有了大长进。那个拼法在英国是非常错误的，但在美国是正确的。排字工人是照排的。还有四轮的弹簧马车，那也是美国人的东西。自流井在美国要比在英国普遍得多。总之，这是一个非常典型的美国广告，却自称自己是英国公司。你看这是什么缘故呢？"

"我的结论只好是：那个美国人自己刊登的广告。他的目的是什么我却无法理解。"

"那倒可以有一些不同的解释。无论怎么说，他首先是想将这个老古董弄到伯明翰去。这是毫无疑问的。我原本想告诉老头儿不必白跑这一趟了，但仔细一想还是决定让他去，腾出地方来好办事。明天，华生，明天一切都会见分晓。"

福尔摩斯一大早就出去了。中午他返回时，我见他脸色非常阴沉。

"这个案子要比我原本设想的严重得多，华生，"他说道，"我应当对你实话实说，虽然我明知道告诉你之后，你更会去冒险了。这么多年的朝夕相处，我自然是了解你的脾气的。但是我必须要告诉你，此行的危险很大。"

"这也不是我首次与你共同冒险了，福尔摩斯。我希望这次不会是最后一次。请告诉我，这次的具体危险是什么？"

"咱们遇到了一件非常棘手的案子。我已经验明了约翰·葛莱德律师先生的真正身份。他原来就是著名的'杀人能手'伊万斯，有着极其阴险凶恶的名声。"

"我还是不清楚到底是怎么回事。"

"当然，你的专业用不着每天都要去背诵新门监狱的大事记。我刚才去拜会了警察局的雷斯垂德老伙计。那个地方尽管有些时候缺乏想象力，但是在严格的技术层面他们还是很领先的。我希望在他们的档案记录当中可能会找到咱们这位美国朋友的相关线索。果然，我在罪犯照片相册当中发现了他那张肥胖的笑脸。詹姆士·温特，也叫莫科夫特，也被称为杀人能手伊万斯，这是照片下面附注的姓名。"福尔摩斯从口袋当中掏出一个信封说："我从他的档案当中摘抄了一些要点：年龄四十四岁。原籍芝加哥。据悉曾经在美国杀过三个人。依靠有政治影响的人从监狱逃脱。一八九三年抵达伦敦。一八九五年一月在滑铁卢路的一家夜总会当中由于赌牌而枪杀一人。伊万斯被证实是在争吵当中率先动手的。死者证实为罗杰·普莱史考特，原本是芝加哥非常著名的伪币制造者。伊万斯在一九〇一年获释，从那个时期开始一直受警方监视，但没有越轨行为。詹姆士·温特属于极度危险的人物，时常携带武器并好斗。你瞧，华生，这便是我们的对手——一个非常活跃的对手，这是不能否认的。"

"但他搞的到底是什么名堂呢？"

"正在逐步明朗化。我刚才前往房产经纪人那里了。他们说，咱们这位主顾住在那里已经有五年了。在此前，那间房曾经有一年没有出租。前任房客是一名逃犯，名叫华强，他的容貌房产商依旧记得非常清楚。他突然失踪了，再也没有任何消息。他是一个身材高大、蓄有胡须、面色黧黑的人。而普莱史考特，就是那个被伊万斯杀掉的人，根据警察局的线索，也是一个高个子、留着胡须、面色黧黑的人。可以如此设想，美国罪犯普莱史考特原本就住在我们这位无辜朋友目前用来当博物馆的这间屋子里。你瞧，总算有了一些线索。"

"下一步怎么办呢？"

"我们这就去把这件事搞清楚。"

他从抽屉中拿出了一把手枪交给我。

"我身上带有我那把经常使用的旧枪。假如咱们这位西部朋友依照他的绰号来行动，咱们就得提防他。我给你一小时的时间来休息，然后咱们就前往小莱特街办事。"

我们到达内森·葛莱德的古怪住处时，恰好四点钟。看门人桑德尔太太刚想回家，但她马上让我们进去了，门上安装的是弹簧锁，福尔摩斯答应走时会将门锁好。接着，大门关上了，她头戴帽子从窗外走了过去，我们清楚这楼下就剩下我们俩了。福尔摩斯迅速检查了整个现场。屋角有一个柜橱距离墙壁有一点空隙。我们就躲到了它背面，福尔摩斯小声说出了他的意图。

"他是打算让这位老实的朋友离开屋子，但是因为他常年深居简出，所以非常费手脚。编出来这一整套葛莱德谎言都是为了达到这个目的。我必须承认，这当中是耍了一点鬼聪明的，尽管房客的古怪姓氏的确给了他一个意想不到的开端。他编造出来的谎言是相当狡猾的。"

"但他想要达到什么目的呢？"

"这就是咱们准备探求的。据我观察到的东西，反正与咱们的主顾没有关系。这事与他枪杀的那个人必定有关系，那人也许曾经是他的同谋。总之这间屋子当中有什么罪恶的秘密。这是我目前的看法，起先我想咱们的主顾在他的收藏品当中也许有他未知的价值连城的东西。但是罪犯普莱史考特在这间房里住过，就不那么简单了。好吧，华生，咱们只能耐住性子静观其变。"

时间过得飞快，当听到大门开阖的声音时，我们就朝柜后的更深处躲避。接着传来了金属钥匙的开门声，美国人走了进来。他轻轻把门关上，警觉地四处查看，甩掉大衣，直奔中间的大桌子而去，行动准确而又迅速，显然是胸有成竹。他将桌子推到一边，扯起桌下的一方地毯，并卷起来，然后从口袋当中掏出一根小撬棍，猛撬地板。听到了木板滑开的声音，立刻就在地板上面出现了一个方洞。杀人能手伊万斯点燃一根火柴，点亮了一个小蜡烛头，就消失到地平面以下了。

我们的机会到来了。福尔摩斯触碰了一下我的手腕，我们就一起蹑足悄悄接近洞口。尽管动作非常轻，但我们脚下的老地板还是发出了响动，美国人的脑袋马上伸出洞口进行张望。

他的脸饱含怒气地转向我们，但却逐渐转变为一种惨笑，因为他发觉两支手枪正同时指着他的脑袋。

"好，好，"他一边冷静地爬上来一边说，"你们比我要多出一个人啊，福尔摩斯先生。我想，一开始你就看穿了我的整套把戏，将我当成傻瓜戏耍了。好，我算是服了你，你赢了——"

就在此时，转瞬间，他抽出一支手枪以迅雷不及掩耳之势放了两枪。我感到大腿上一热，犹如有烧红的烙铁贴到肉上一样。接着只听到咔嚓的一声响，福尔摩斯用手枪砸中了他的脑袋，我看到他脸上淌血趴倒在地上，福尔摩斯搜走了他身上的所有武器。然后我朋友用他结实的臂膀伸出来搂住我，扶我坐到了椅子上。

"没伤到吧，华生？我的上帝啊，你没受伤吧？"

当我发现在这表面极为冰冷的脸后面深藏着多么深厚的忠实与友爱时，我觉得受一次伤，甚至受很多次伤都是值得的。他那明亮而又坚强的眼睛有些湿润了，那坚定的嘴唇略有些颤抖。这是仅有的机会，让我看到他不但有着伟大的头脑，而且有着伟大的心灵。我这么多年来的谦卑而又忠心的服务，都在他这一刻的真情流露中得到了补偿。

"没事儿，福尔摩斯。只是擦破了一点皮。"

他用小刀小心地割开了我的裤子。

"你说得非常对，"他放心地喊着，"只是皮肉伤。"他将铁石般的脸孔转向了俘虏，那犯人正茫然地醒过来。"算你走运。假如你伤害了华生，你休想活着离开这间屋子。你还有什么好说的？"

他没说什么，只是坐在地上轻声咒骂而已。福尔摩斯搀扶着我，一起前往那已经被揭去了暗盖的小地窖当中查看。伊万斯点燃的蜡烛依旧放在洞内。我们看到了一堆已生锈的机器，大捆的纸张，还有一排瓶子，还有在小桌子上整齐摆放着的很多小包儿。

"印刷机——制造假钞者的全部装备。"福尔摩斯说。

"是的，先生，"俘虏说着勉强挣扎起来颓然坐到了椅子上，"他是伦敦最大的伪钞制造者。这是普莱史考特的机器，桌上的小包是两千张一百镑面额的伪钞，可以在各地流通，没有丝毫破绽。先生们，请你们拿去用吧。咱们公平交易，让我离开吧。"

福尔摩斯大笑起来。

"伊万斯先生，这可不是我们处理事情的方式。在这个国家中并没有你的藏身之处。是你杀害普莱史考特的，对不对？"

"是的，先生，而且被判五年监禁，虽说是他先拔枪的。判了五年，而我应当得到的是一个大奖章。谁也瞧不出普莱史考特的伪钞与英国银行的真钞的区别，要不是我杀掉了他，他会让伪钞完全充斥市场。我是唯一清楚他在什么地方制造伪钞的人。我到这里来有什么好奇怪的呢？当我发觉这个收藏破烂儿的怪姓氏人蹲在这儿死也不外出时，我只好想办法让他滚开，这有什么值得奇怪的呢？或许我直接除掉他会更明智一些，那非常容易。但我是一个心肠非常软的人，除非对方也有枪，我从来不开枪杀人。你说吧，福尔摩斯先生，我有什么过错？我没动那台机器。我没伤到这个老古董。你抓得住我什么错误？"

"只是指控你蓄意谋杀而已，"福尔摩斯说，"但这并非是我们的业务，下一步会有人帮助办理。我们要的是抓住你这个人。华生，给警察局打电话。他们是有准备的。"

以上便是关于杀人能手伊万斯还有他所编造的三个同姓人的故事梗概。后来我们听说那个老主顾由于承受不起梦想破灭的刺激而变得精神失常，最后被送进了布利斯克顿的疗养院。查封了普莱史考特的印钞设备，这对于警察局而言是极为值得庆祝的事，因为他们尽管清楚有这套设备存在，但在他死后却始终没能找到它。伊万斯确实立下了大功，使好几位情报人员能够安心入睡了，因为这个造伪钞者是一个对于社会有着巨大特殊危害的高明罪犯。他们几个是非常愿替伊万斯申请一个大奖章的，但可惜法庭并不欣赏他，于是这位杀人能手就又返回了他刚被释放出来不久的那个地方。

身份显赫的主顾

"现在没什么妨碍了。"这就是夏洛克·福尔摩斯先生的回复。

十年来,当我已经第十次请求披露如下这段故事时,他这样回复了我。于是我最终得到许可,将我朋友这一生当中非常紧要的经历公之于世。

福尔摩斯与我都有洗土耳其浴的癖好。在蒸气弥漫的更衣室当中,处在舒坦懒散的气氛里,我总感觉他比在其他地方更近人情,也更喜欢聊天一些。在北安普敦街浴室的楼上,有一个极为清静的角落,并排放有两只躺椅,而这个故事就从我们躺在这个地方开始,那是一九〇二年九月三日。我问他目前是否有什么让人感兴趣的案子。作为答复,他突然从用来裹身子的被单当中伸出他那瘦长而又灵活的胳臂,从挂在身边的上衣内袋当中掏出一个信封。

"这或许是个大惊小怪而又妄自尊大的蠢货,但也或许是一个生死攸关的问题,"他一边说着,一边将字条递给了我。"我所知道的也只有信上所说的这么一点东西。"信是前一天晚上从卡尔顿俱乐部邮来的。上面写着:

> 詹姆士·丹莫瑞爵士谨向夏洛克·福尔摩斯先生致意:决定在明日的下午四点半登门造访,将有极其棘手的要事商量,请务必指教。如蒙俯允,请拨打电话到卡尔顿俱乐部告知。

"华生,不用说,我已经与他约好了。"当我把信还给福尔摩斯时,他说道,"你知道关于丹莫瑞这个人的一些情况吗?""只知道这个名字在社交界当中是无人不知的。""好吧,我可以再告诉你一些其他情况。他向来以善于处理那些不适合在报上刊登的棘手问题而闻名。你大概还记得在侦破哈默福特遗嘱案时他与刘易士爵士进行的谈判吧。他是一个精于世故的,具有很强外交本领的人。所以,我敢说这件事大概不可能是虚张声势,他是真正需要我们的帮助。""是我们的?""是的,华生,假如你愿意帮忙的话。""我感到极为荣幸。""那么请记住时间是下午四点半。在那之前,我们暂时把这个问题放到一边吧。"

那时我是在安后街的寓所当中居住,但在约定时间到来之前,我已经前往贝克街了。四点半整的时候,詹姆士爵士赶到了。应该不必详细地去描述他,因为很多人都记得他那开朗而率直的性格,宽阔而又刮得非常干净的面颊,尤其是他那欢快圆润的声调。他那双灰色的爱尔兰人的眼睛流露出诚恳与坦率。他那包含丰富表情的微笑嘴唇显露出机智的幽默感。他那发亮的礼帽,深黑色的燕尾服,总之,他身上的每一个地方,从黑缎领带上的镶珠别针直到光亮的皮鞋上的淡紫色鞋罩,无不显露出他那著名的穿着讲究的习惯。这位高大雍容的贵族彻底支配了这个小房间。

"当然,我是预备在这里与华生医生见面的,"他极有礼貌地鞠躬说道,"他的合作也许是必要的,福尔摩斯先生,因为此次我们要对付的是一个习惯于使用暴力、根本毫无顾忌的人。我可以说,他是整个欧洲最为危险的人物。""我此前的几位对手都曾经享有过这个'尊称'",福尔摩斯微笑着答道,"你是否想吸烟?那就请允许我将烟斗引燃吧。要是你说的这个人比起已过世的莫里亚蒂教授,或是现在还健在的塞巴斯蒂恩·莫兰上校更加危险的话,那他倒确实是值得会一会的。敢问他的大名是?"

"你可曾经听说过葛伦纳男爵?"

"你是说那个奥地利的凶杀犯吗?"

丹莫瑞上校举起戴有羔皮手套的双手,大笑着说:"真是有你的,什么事情都无法瞒过你的眼睛,福尔摩斯先生!这样说,你已将他确定为凶杀犯啦?"

"关注欧洲大陆上发生的犯罪案件是我的必要业务。凡是阅读过布拉格事件报道的人,谁还会怀疑这个人是否犯下了罪行呢?只是因为一条纯技术性的法律条款与一位见证人离奇、让人极为怀疑的死亡,他才得以逃脱法律的惩罚。发生史普鲁根隘道的那个所谓的'事故'时,我就已经绝对肯定是他杀害了自己的妻子,我犹如亲眼看见一样。我也清楚他已来到英国,而且预感到早晚他会来给我找点工作做的。那么,葛伦纳男爵如今怎么啦?我想这次该不会是这个旧悲剧的再次重演吧?"

"不是,这次的事情更加严重。惩罚犯罪虽说是非常重要,但事先预防更加重要。福尔摩斯先生,眼看着发生一个如此可怖的事件,一种残酷的情景在你眼前发生,明明清楚它会导致怎样的后果而又无法制止,这真是极其可怕的事情。一个活人还有比处于这样的环境当中更加难以忍受的吗?"

"可能没有了。"

"那你就会越发同情这位主顾了,我是代表他前来的。"

"我没想到你仅仅是一个中间人。那么委托人到底是谁?"

"福尔摩斯先生,我不得不请你别再追问这个问题。我必须要做到让他的姓名不会牵涉到这个案子当中去。他的动机是绝对高尚而又纯正的,但他不愿意披露自己的姓名。当然你的酬金是绝对没有问题的,而且你可以完全自由地进行行动。我想,主顾的真实姓名是无关紧要的吧?"

"非常抱歉,"福尔摩斯说,"我只习惯于案子的一侧是谜题,假如两头都是谜题,那就实在太过迷糊了。詹姆士爵士,我只好谢绝这个案子了。"客人有些慌乱。他那开朗、敏感的面孔因为激动与失望而变得阴沉。

"福尔摩斯先生,你不清楚你这样做会带来怎样的后果,"他说道,"你太让我左右为难了。我敢说假如我把真实情况告诉你,你就会觉得能够承办此案实在值得骄傲。但是我的诺言又不允许我将事情全盘托出。至少，让我将能说的都说出来，行不行？"

"好的，但是有一点我必须要说清楚，我并没有答应你什么。"

"同意。首先，你肯定听说过梅尔维尔将军吧？"

"坎伯威尔著名的梅尔维尔将军吗？是的，我听说过。"

"他有一个女儿，名叫维奥莱特·德·梅尔维尔，年轻、富有、美貌、才华横溢，从各个方面来说都是一位非常难得的女人。我们要设法从魔掌当中营救出来的正是她，这位可爱而又天真的美丽姑娘。"

"也就是说，葛伦纳男爵将她控制住了？"

"是对女人而言最为强有力的控制——爱的控制。这个家伙，你或许听说过，极其英俊，举止惹人注目，声音有磁性而又温柔，又富有那种女性所喜爱的浪漫而神秘的姿态。据说女人都甘心听任其摆布，他也充分地利用了自己的专长。"

"但是像他这种人，怎么能遇到维奥莱特小姐这样身份尊贵的女郎呢？"

"那是一次在地中海当中乘游艇旅行时发生的事情。当时是免费的旅行，尽管举办者挑选过客人，但显然举办者不大清楚这位男爵的秉性，等知道了为时已晚。这个坏蛋已经缠住了这位小姐，而结果是，他完全地赢得了她的芳心。她对他的爱是难以用语言形容的，她对他是绝对的痴情；她被他彻底迷住了，仿佛世界上除了他就再也没有别人。她根本不允许别人说他的坏话。我们想尽一切方法去阻止她的疯狂行为，但没有用。简短地说吧，她准备在下个月跟他结婚。由于她已经到了法定婚龄，而且意志如钢，我们实在不清楚怎样才能阻止住她。"

"她听说过他在奥地利干的事没有？"

"这个狡猾的魔鬼已经将他过去的那些为大家所熟知的每一件丑闻都告诉她了，但总是将他自己说成是一个绝对无辜的受害者。她完全相信了他的一派胡言，别人的话她根本听不进去。"

"天啊！但是你肯定已经在无意当中泄露了你主顾的名字了吧？肯定就是梅尔维尔将军。"

客人变得坐立不安起来："我原本可以顺着你的话来欺瞒你，但这并非是真实情况。梅尔维尔将军已经一蹶不振了。这位坚强的老军人已经被这件事弄得意志消沉。他那久经战火考验的勇气已经彻底丧失，一下沉沦为一个蹒跚衰弱的老年人，再也没有精力去与这个英俊强壮的奥地利恶棍较量了。但是我的主顾是一位与这个将军相交多年的老朋友，在将军的女儿还是一个小女孩时就如同父亲般关怀着她。他不能眼睁睁地看着这个悲剧发生，而不设法阻止它。对这种事，苏格兰场又没办法插手。请你承办此案，是他亲自提出来的，但是，正如我刚才所说过的，他特意提出了一个条件，就是不可以将他牵扯到此案当中去。我也知道，福尔摩斯先生，以你的力量，你非常容易就能通过我来找出我的主顾；不过我请求你以名誉作为担保，千万不可以这样做，不要揭穿他的身份之谜。"

福尔摩斯露出了诡异的微笑："这我能够担保，我还可以告诉你，你的案子让我非常感兴趣，我准备着手进行调查。但我要怎样来跟你保持联系呢？"

"可以前往卡尔顿俱乐部去找我。万一出现紧急情况，有一个秘密的私人电话号码可以联络：'××·31'。"

福尔摩斯将号码记录下来，依旧微笑着，将打开的通信录放到了膝上，坐在那里问："请问男爵如今的住址是？"

"肯辛顿附近的弗尔诺宅邸，是一所大宅子。这家伙不知搞了何种投机的勾当，走运发了大财，这自然让他成为更加危险的对手。"

"他目前在家里居住吗？"

"是的。"

"除此之外，你能否提供一些其他有关这个人的情况？"

"他有一些非常费钱的嗜好。他喜欢养马，他经常在赫林翰打马球，后来他的布拉格事件传扬开来后，他不得不选择离开。他还收藏古书与名画。这个人对于艺术品有着极高的天分。据我所知，他是一位公认的中国陶瓷鉴定权威，还在这方面写下了一部专业著作。"

"一个有极为复杂才能的人，"福尔摩斯说，"著名的犯罪分子都具备类似的才能。我的老朋友查理·皮士是一位小提琴演奏家，温莱特也是一位不寻常的艺术家，此外我还可以举出很多例证。好吧，詹姆士爵士，请你告知你的主顾，说我就要着手研究葛伦纳男爵。目前我能说的就是这些。我个人还有属于自己的情报来源，我相信我们总会找出一些办法来把事情进一步搞清楚的。"客人走后，福尔摩斯坐在那里陷入了长时间的沉思当中，仿佛已经忘却了我的存在。终于，他突然将思绪拉回到现实。

"怎么样，华生，你现在有什么看法？"

"我觉得你最好亲自去会一下这位小姐。"

"我说亲爱的华生，你设想一下，要是她那可怜的已经操碎了心的老父亲都无法打动她，我这样的一个陌生人可能做到吗？当然，假如别无他法，这个建议还是值得试试吧。不过我想，我们应该从另一个角度着手处理。我倒感觉欣韦尔·约翰逊可能会有一些帮助。"

在我整理的福尔摩斯回忆录当中，我还从没有提及欣韦尔·约翰逊这个人，因为我很少从我朋友晚期的经历当中取材来记录故事。约翰逊是在本世纪初成为福尔摩斯十分得力的助手的。起初，约翰逊是作为一个极度危险的恶棍而闻名的，并在巴克赫斯特监狱当中两度服刑。后来他改过自新，投靠福尔摩斯，在伦敦的黑社会当中充当其耳目，他提供的情报往往被证实是极为重要的。假如约翰逊成为警方的"探子"的话，那他早已暴露了，不过他参加的案子从来没有直接上过法庭，因此他的活动始终没有被其同伙识破。由于他有过两次服刑的名声，他可以随便进出伦敦的每一家夜总会、小客栈与赌场当中，加上观察力锐敏、头脑灵活，他便成为了一名专门收集各类情报的理想密探。现在福尔摩斯想要找的人就是他。

我不可能及时地知晓我朋友当时采取的每个步骤，因为我还有自身的业务急需要处理。不过在一天晚上，我按照嘱咐在辛起森餐馆与他见了面。坐在临街窗前的小桌旁边，俯瞰斯特兰大街上熙熙攘攘的人群，他给我讲述了最近的一些事情。

"约翰逊正在到处活动，"他说，"说不定在黑社会的阴暗角落当中他能打听到一点有用的消息，因为只有在那种罪犯的大本营当中，我们才能探听到那个人的秘密。"

"但是既然这位小姐连现有的事实都无法相信，那么无论你有什么新的发现，又怎么能让她回心转意呢？"

"谁知道会怎样呢，华生？女人的心理对于男人而言是不可思议的谜团。杀人罪或许能够得到宽宥或是辩解的机会，但小小的冒犯或许就会刺到其痛处，葛伦纳男爵对我说。"

"他和你说话了？！"

"噢，对啊，我还没有告诉你我的相应计划。是啊，华生，我喜欢与我的对手进行近距离的接触。我喜欢面对面地观察对手一番，他到底是个怎样的货色。在我对欣韦尔进行了一些指示后，我就登上了一辆马车直奔肯辛顿，见到了这位心情极为愉悦的男爵。"

"他认出你究竟是谁了吗？"

"这并不难，因为我递上了我的名片。他是一位非常出色的敌手，冷静如冰，声调很温柔，和顺得犹如是一位上流社会的顾问医师，而阴险毒辣却不亚于眼镜蛇。他是非常有教养的，是个水准非常高的罪犯，表面礼数周到，背后却是极度的狡诈。是的，我确实非常高兴有人找我去对付葛伦纳男爵。"

"你觉得他非常随和健谈？"

"犹如一只逮住了耗子的猫在满足地轻声叫唤。某些人显露出来友善要比显露残暴的人更可怕。他和我说的话极为独特：'福尔摩斯先生，我早就料到迟早会与你见面的。'他说，'你大概是受梅尔维尔将军之托，来阻止我和他女儿的婚事的，对吧？'"我并没有否认。

"'先生，'他说，'你接受这件案子将会毁掉自己的显赫声名的，你原本是绝对名不虚传的，但是这个案子你是绝对没有成功希望的。你会白费力气，更不必说会遇到危险。我奉劝你还是尽早抽身吧。''巧得很，'我说，'这正是我本来想对你述说的劝告。男爵先生，我非常敬佩与尊重你的才智，今日能够见到您本人，这种尊重也丝毫不曾减少。请允许我不客气地说一句吧。谁也不愿意将你过去的丑事抖出来使得你不自在。过去的事已然过去，你现在可谓是一帆风顺，但是假如你坚持要赢取那位小姐的话，你就将给自己树立一大群劲敌，他们绝对不会善罢甘休的，到时英国将没有你的容身之所，你这样做值得吗？要说上策，你还是尽早放手的好。假如你过去的所作所为传到她耳朵当中，那对你而言将会是极度不愉快的。'这位男爵鼻子下方有两撇油黑的胡须，非常类似昆虫触角，在他听到以上那番话时，这触角消遣般地不断颤动着，他最终轻轻地笑出了声。

"'请原谅我的发笑，福尔摩斯先生，'他说，'但是看到你手里没有纸牌却硬要赌钱，实在是令人感到好笑。我知道没人在查案方面能比你更强，但结果都是一样的，你赢不了。老实说，福尔摩斯先生，你连一张花牌都没有，只有小之又小的牌。''那只是你认为如此。''我知道是如此。我明说了吧，因为我的牌好到没法再好，告诉你也无妨。我幸运地得到了这位小姐的全部垂青与无限信任，尽管我已经将我过去的每一件不幸事件全都清清楚楚地告诉了她。我还早就告诉她日后很可能有某些别有用心的人——我希望你有着足够的自知之明——会来朝她告密，我已事先告诫了她应该如何对付这种人。你大概听说过催眠术暗示吧，福尔摩斯先生？那么，你将会看到这种暗示会起到怎样巨大的作用，对于一个有超强能力的人来说，不必使用那些无用的程序，就能直接使用催眠术。所以她对你是有着充分准备的，毫无疑问，她也会与你见面的，因为她对父亲的想法很顺从——除了那件小事以外。'

"你看，华生，这就没什么好说的了，所以我只能尽可能泰然严肃地告辞了，但是，在我刚把手放在门把手上时，他叫住了我。

"'对了，福尔摩斯先生，'他说，'你和勒布伦认识吗，就是那个法国侦探？'

"'我知道。'

"'你清楚他发生了什么事吗？'

"'听说他在蒙马特区被流氓打成重伤，结果终身残废。'

"'而且说来也巧，在那一周之前，他曾经调查过我的案子。福尔摩斯先生，请你别插手这件事，这是个极度倒霉的差事，好几个人都已经因此吃尽了苦头。我对你的最后忠告是：你走你的阳关道，我走我的独木桥，我们两不相干。再见！'

"你瞧，华生，这就是所有的情况，如今你已知道事态的发展了。"

"看来这家伙极其危险。"

"非常的危险。我倒不害怕他的恫吓，但是他这种人做起坏事来只会比恫吓的内容更残忍。"

"你不能不管这件事吗？他是否娶这个女孩子真的有重大关系吗？"

"既然他的确曾经谋杀了自己的前妻，我看此事还是关系非常重大的。而且，这是个多不寻常的主顾啊！好了，好了，不说这个了。喝完咖啡之后，你最好能跟随我回家，因为欣韦尔在家等着给我汇报新情况呢。"

我们果然看见他了，这是一位魁梧、粗鲁、面庞发红的人，只有那双有生气的黑眼睛是他那狡猾头脑的唯一外在证明。看来他似乎刚刚跳进自己的内心世界，又带来一个人，就是那位坐在他身旁的苗条而又急躁如火的年轻女子，她的脸色极为苍白而且显得紧张，她虽然非常年轻，但却显露出颓废与忧愁所导致的过早憔悴，使人一眼就可以看出可怕的岁月在她脸上留下的痕迹。

"这位是凯蒂·温特小姐。"欣韦尔挥舞了一下自己的肥厚的手掌，算是介绍。

"没有她不清楚的——好，还是来由她自己说吧。接到你的字条不到一个小时，我就把她给带来了。"

"我是非常容易被找到的，"那个年轻女人说，"伦敦简直就是地狱，总让我深陷泥潭。胖欣韦尔也在这里住。我们已经是老伙伴了，胖子。但是，他妈的！有那样的一个人应该下到地狱最深处，如果世界上还有丝毫公道可言的话。他就是你准备对付的那个人，福尔摩斯先生。"

福尔摩斯微微一笑。"我看出你是在同情我们啊，温特小姐。"

"如果我可以协助您，让他最终得到应有的下场，那我愿意随时听你调遣。"这位女客人显露出咬牙切齿的表情。在她那极为苍白而又急切的面孔上带有深切的仇恨，那是男人不可能有的仇怨。"福尔摩斯先生，你不必打听我的过去，那是毫不相干的。但是我如今这副样子完全是拜葛伦纳所赐。我真希望他能够下地狱！"她两手发疯似的向空中乱抓着。"天哪，假如我能将他推向那个他曾经使无数人陷入的地狱当中去该多好啊！"

"你清楚目前的情况吧？"

"胖子已经把事情都告诉我了。这回那个家伙准备对另一个傻女人下手，还要与她结婚。你是准备去阻止这件事。你当然非常了解那个坏蛋，绝不会让任何一个精神正常的清白女孩子与他有所接触。"

"但是她现在的精神并不正常。她已经发疯般地爱上了他。他已经狡猾地将他的一切情况都告诉了她，但她完全不在乎。"

"她已经知道那个谋杀案了？"

"是的，知道。"

"我的上帝，她的胆子真大！"

"她认为那全都是诽谤。"

"你为何不把证据全都摆在那个傻女人的鼻子底下让她仔细看看？"

"就是说，你可以帮助我们做到这一点吗？"

"我不就是最确凿的证据吗？假如我站在她眼前直接告诉她那个人是如何对待我的——"

"你愿意这样做吗？"

"为什么不愿意！"

"也好，这倒也可以试一试。但是，他已经自己主动向她忏悔过他以往的罪恶了，并且已经获得了她的饶恕，我看她是不会再来谈论这个问题的。"

"我愿意打赌，他绝不会将所有事情都告诉她，"温特小姐说，"除了那件轰动全社会的谋杀案以外，我还听说过与他有关的另几件谋杀。他总是用他惯用的柔和腔调谈论某人，然后直视着我的眼睛说：'在不到一个月之后他就死了。'这些并非是空话。但是我什么都不在意——你瞧，我那时候也是疯狂地爱上了他。那时他的行为对我而言，就犹如对现在这个可怜的傻瓜一样！但是有那样一件事是我震动了。是的，我的上帝，要不是依靠他那张狡猾甜蜜的嘴皮子不断解释，并不住安慰我，我当天夜里就与他分手了。那是一个日记本——一个带有锁的黄皮日记本，封皮上有他的金质家徽。依我看，那天夜里他一定是喝醉了，要不然他绝不会给我看那件东西。"

"到底是什么东西？"

"我告诉你吧，福尔摩斯先生，这家伙喜欢收集女人，而且对他的收集成果非常自豪，就犹如有些人收集蝴蝶标本一样。他把什么东西都收录到那个本子当中了，照片，姓名，细节，有关那些女人所有的事。这是一本极其下流的兽性行为全记录，只要是人——就算是再怎样卑鄙无耻的人，也绝对干不出这种事来。但尽管是这样，阿得柏·葛伦纳却拥有这样的记录本。'我所践踏与蹂躏过的灵魂'，他完全可以在本子的封皮上写下这样的话，只要他愿意这样做的话。但这全是题外话，因为这个本子对你也没有用处，就算有用你也得不到它。"

"它被放在什么地方？"

"我怎么能告诉你，它如今放什么地方呢？我离开他已经超过一年了。我只知道当时它被放置在什么地方。他在许多方面都犹如一只整洁而又精细的猫，所以也许它现在仍然被放在内书房的一个旧柜橱的格子里。你知道他的住处吗？"

"我去过他的书房。"

"真的？既然你是今早才开始这件工作的，那么你的进展可真的是相当快。我看这回葛伦纳男爵是遇见真正的对手了。外书房是摆放着中国瓷器的那间房——在两个窗子间有一个非常大的玻璃柜子。在他的书桌后面有一个门直通向内书房，那是一间他放置文件之类东西的小房间。"

"他不怕失窃吗？"

"他并非是胆小的人。连最痛恨他的敌人也不会这样说他。他有足够的实力保护自己。晚上安置有防盗警铃。再说，又有什么值得偷呢，除非偷走无用的瓷器？"

"确实没有用。"欣韦尔以一个专家的口吻武断地说道，"收买赃物的人谁也不会愿意要这种既无法熔化又不能出售的货物。"

"不错，"福尔摩斯说。"好的，温特小姐，假如明天下午五点钟你可以再来这里一次，我将考虑是否依照你的建议来安排你与那位小姐见面。我对你的合作极为感谢。不用说，我的主顾必定会大方地考虑……"

"不必了，福尔摩斯先生，"这个年轻女人大声说，"我并非是为钱而来的。只要让我亲眼见到这个人掉在泥潭当中，我就已经得到最好的报酬了——在泥潭里无法动弹，任由我的脚踩在他脸上。这就是我的报酬。只要你在追踪他，我明天或是任何一天都可以前来。胖子可以告诉你我住在什么地方。"直到第二天晚上，我们再次在斯特兰大街的餐馆当中吃饭时，我才再次见到福尔摩斯。我问他会见的情况，他耸了耸肩膀。随后他将经过告诉了我，我就记录到下面。他的叙述略显生硬而简单，需要略加润色一番才能显现出其本来面目。

"安排会见的事倒并没有出现阻碍，"福尔摩斯说，"因为这位小姐为了弥补在终身大事方面没有遵从父命，就竭力希望在次要事务方面表现出对她父亲的服从。将军打电话来说一切已经就绪，充满怒气的温特小姐也按时赶到了，于是在下午的五点半，一辆马车将我们送到了老将军的住处——贝克莱广场104号，那是一座要比任何教堂都庄重的、使人生畏的灰色伦敦古堡。仆人把将我带到一间非常大的、挂有黄色窗帘的会客室，小姐在那里等着我们，她显得庄严、苍白、镇定，犹如山中的雪人那样漠然不可逼视。

"华生，我感到难以向你形容她这个人，也许在此案结束之前你可以见到她，到那时你就可以运用你的丰富词汇了。她是非常美丽的，犹如天堂里的仙女，完全不食人间烟火。我只在中世纪艺术大师的画作上见过如此美丽的脸。我真无法想象一个畜生般的流氓怎么可以把他的魔爪伸向这样一个天使。你大概早就发现过完全相反的两个人，会彼此产生巨大的吸引力，比如精神对于肉体的吸引，野蛮人对天使的吸引。但你绝不会看到比眼下这件事的情况更加糟糕的了。

"她当然已经得知我们的来意了——那个流氓早就给她洗完脑了。温特小姐的到来似乎使她有一些吃惊，但是她依旧挥手让我们坐下，就像是可敬的女修道院长在接见两个患有麻风病的可怜乞丐。华生，假如你的脑袋有朝一日热得糊涂的话，可得好好向梅尔维尔小姐学习学习冷静。

"'先生，'她以一种仿佛来自南极的冰冷声音说，'你的大名我早已如雷贯耳。照我的理解，你是来挑拨我与我的未婚夫葛伦纳男爵的关系的。我仅仅是遵照父命才来见你的，我有言在他们当然清楚她在这个案子当中是我的助手。既然他们敢打我,看来也不会放过她。这件事非常急迫,今晚就要去办。"

"我马上就去。还有什么事儿?"

"将我的烟斗放到桌上——还有烟丝。好!每天上午来这里一次,咱们会讨论行动计划。"当天晚上我与约翰逊马上安排将温特小姐送往偏僻的郊区,在危机过去之前不会让她现身。

六天以来,几乎所有的人都认为福尔摩斯已经病危,病情报告书说得极为严重,报纸上也刊载出一些不祥的报道。但是我每天的探访使我确信情况并非那么糟。他那强壮的身体与坚强意志正在创造出奇迹。他恢复得非常快,有时我猜测他实际的恢复速度要比他对我装出来的还要快。这个人有一种喜欢保密的秉性,并时常引发戏剧性的效果,但是往往弄得连最亲密的朋友也无法猜测他究竟打的是什么主意。他将这个格言执行到了无以复加的地步:最安全的计划就是只有自己一个人知道的计划。我跟他比其他任何人都亲密,但我还是时常感觉与他之间存在隔膜。

到第七天时,他的伤口已经拆线,但报纸上却说他患上了丹毒①。

在同一天的晚报上刊载了一条消息,这是我必须去告诉他的,无论他是真病还是假病。这条消息简单地报道:在本周五,从利物浦开出的康纳轮轮船卢瑞塔尼亚号的旅客名单当中有葛伦纳男爵的名字,他将前往美国料理重要的财产事宜,回来后再举办与梅尔维尔小姐的结婚典礼。在我念出这个消息时,福尔摩斯的苍白面庞上显露出一种冰冷的、全神贯注的样子,我知道这则消息使他震惊。

"星期五!"他大声叫道。"只剩下三天了。我认为这恶棍是想躲避危险的。但是他跑不了,华生!我确定他跑不了!现在,华生,请你帮我办点事情。"

"我就是准备为你办事才来的,福尔摩斯。"

"那好,就请你从现在起,在接下来的二十四小时的时间里,尽最大努力去钻研中国瓷器。"他没有作任何的解释,我也没去追问。长期的经验使我学会了绝对地服从。但在我离开他房间在贝克街上行走时,我的脑子开始不断盘算:我究竟怎样才能执行好这样离奇的一道命令。于是我就坐车来到位于圣詹姆士广场的伦敦图书馆,把这个问题交给了我的朋友洛劳麦士,他是这家图书馆的副管理员,后来我就夹着一本大部头的书返回了我的住所。

据说为了审案而在极短时间内记下大量专业知识的律师,能够在星期一时质问作为相关专业人士的证人,但不到星期六就将他勉强记住的知识完全忘光了。当然了,我不敢自称已经是陶瓷学的权威了,但是那天在整整一个白天的时间里,加上整整一晚上(除去中间极为短暂的休息时间),还有第二天一整个上午,我的确是在拼命勤学强记大量专业名词。在那儿,我记下了著名烧陶艺人的个人印记,神秘的甲子纪年法,洪武与永乐年间的底款,唐寅的书法,还有宋元初期的精品陶瓷等。第二天晚上我来看望福尔摩斯时,我的脑子当中装满了这一切的知识。他已经能够下地走动,尽管从报纸的报道当中你是不可能猜出这种情形的。他用手托着他那缠满了绷带的脑袋,坐在他平时习惯坐的安乐椅当中。

---

① 丹毒是皮肤及其网状淋巴管的急性炎症,属于由细菌感染引起的急性化脓性真皮炎症。

"哈哈，福尔摩斯，"我说，"假如相信报纸上说的话，你可是马上就要咽气了。"

"那个呀，"他说道，"那确实是我想要造成的印象。怎么样，你的学习有了什么成果？"

"至少我已然尽了自己的最大努力。"

"那非常好。你大概能在这个问题上与那个恶棍进行一些内行的谈话了？"

"我想我可以。"

"那请你将壁炉架上的那个小匣子拿过来给我。"他打开匣盖，拿出一个用东方丝绸紧密包裹的小物品。

他又打开包裹，露出一个非常精致、深蓝色的小茶碟。

"这玩意儿一定要小心翼翼地用手捧着。这是个货真价实的明朝青花瓷器，即使在克里斯蒂拍卖行也无法找到一件比这个更好的了，就算在中国的紫禁城里，也未必能找到一整套这样的精品瓷器。真正的收藏家看到这东西是无法不眼红的。"

"我拿它去干什么呢？"

福尔摩斯交给我一张名片，上面印着："西尔·巴顿医生，半月街369号。""这就算你今天晚上的身份，华生。你将要去登门拜访葛伦纳男爵。我知道一些他的生活习惯，大概在晚上八点左右他是有空闲时间的。我会事先派人送去一封信给他，让他知道你会去拜访他，并告诉他你将带给他一件稀有而名贵的明朝瓷器。最好还自称是医生，这个角色你能够非常真实地演好。就说你也是一位收藏家，碰巧得到了这件宝物。你曾听说男爵在这方面非常有造诣，而且你也希望以高价出售这批瓷器。"

"价钱是多少呢？"

"问得好，华生。假如你不清楚你自己宝物的价钱，那就会被立即揭穿了。这个碟子是詹姆士爵士给我拿来的，是他主顾的珍贵收藏品之一。假如说它是举世无双的，也毫不为过。"

"我可以提议来由专家估算价格。"

"你真聪明！华生，你今天非常有灵感。可以提出由克里斯蒂或苏富比拍卖行来鉴定。不要自己提出价钱。"

"如果他不愿意见我呢？"

"会的，他肯定会见你的，他对收藏有着无法形容的狂热，尤其是在陶瓷方面，他是一个举世公认的权威。你先坐下，华生，我来读信的内容，无需请求回信，只要说明你准备来访，并且说清来访的理由。"

这封信写得非常得体，简短，有礼，而又能引起收藏者的好奇心。马上就派一个街道送信人给送了过去。当天晚上，手拿珍贵茶碟，怀揣巴顿医生的名片，我就前去冒险了。

正如詹姆士爵士所说的那样，那栋豪宅显示了葛伦纳男爵确实非常富有。一条曲折的甬道，两旁栽种着各种珍贵的观赏性灌木，直通向立有雕像的花园。这座宅子原本是一个南非金矿主在其全盛时期建造的，那带有角楼的长形房屋，在建筑风格上显得阴沉，但在规模与坚实程度上却非常不错。一个犹如主教一般的男管家，将我带到大厅转交给一个身穿长毛绒上衣的男仆，他再把我带到男爵跟前。

他正站在位于两扇窗子之间的一个敞着的大柜子前面，里面摆放着他的部分中国陶瓷藏品。我走进屋时，他手拿一个棕色花瓶转过身来。

"请坐，"他说，"我正在欣赏自己的珍藏，不知是否还能出得起大价钱来增添珍品。你瞧，这个小花瓶乃是唐朝的精品，公元七世纪的古物，你或许会有些兴趣。我相信这是最精湛的手工与最美的瓷釉。你说的那个明朝碟子已经带来了吗？"我小心翼翼地打开包裹，把它递给他。他在书桌前面坐下来，把灯拉近，他开始细心鉴赏。此时黄色的灯光照在他的脸上，我可以从容地打量其相貌。

他的确是一位非常英俊的男人。他在欧洲享有美男子的盛名也确实是名副其实。他不过是中等身材，但体态显得优雅而富有气质。

他的脸色有些黝黑，类似东方人，眼睛黑亮而略显疲倦，对女人有着无穷的诱惑力。他的鬓发乌黑，胡须短而向上翘起，并涂抹了油蜡。他的五官端正而又赏心悦目，但偏薄的嘴唇使得其容貌略有缺憾。那也是我唯一能将他与杀人犯联系在一起的部位，他的嘴仿佛是脸上的一道冷酷凶残的切口，口角紧绷起来，冷漠无情，使人生畏。他将须角向上留起而露出嘴角，这是非常不明智的，使受害人警觉。他的声音迷人，举止潇洒。论年纪，我看他不超过三十岁，而事后得知他已经四十二岁了。

"好得很——实在是太棒了！"他终于开口了，"你是说你有整整六个凑成一套？奇怪的是我居然没有听说过世界上还有如此卓绝的珍品。我知道在英国只有一个人配拥有它，但那个人绝对不会把藏品流通到市场上的。如果不见怪的话，巴顿医生，敢问你是如何得到它的呢？"

"那个并不重要吧？"我以一种我所能做到的最无所谓的口气说。"反正你能够确定它是真品，而价钱方面，我相信专家的鉴定结论。""这实在太神秘了，"他的乌黑大眼睛里闪动着怀疑。"在如此的珍贵物品方面做交易，我自然要知道它的所有情况。它的确是真货，对于这一点我没有丝毫怀疑。但是——我必须考虑到一切的可能情况——假如事后证明你无权出卖它可怎么办呢？"

"我可以保证不会出现这种事的。"

"这自然又会引出另外一个问题，就是你的保证到底有什么价值。"

"我的信用银行可以对此负责。"

"那是自然。但这笔交易还是让我感觉太过稀奇古怪了。"

"成不成交悉听尊便，"我满不在乎地回答，"我首先要考虑你，是由于我清楚你是有名的鉴赏家，但我在其他地方也一样可以成交。"

"谁告诉你我是一位鉴赏家的？"

"我知道你在这方面曾经写过一本专著。"

"你读过那本书吗？"

"没有。"

"好家伙，这可让我更加摸不到头脑了！你自称是一位鉴赏家与罕见收藏珍品的拥有者，而你却不愿费事去查看一下唯一可以告诉你自己的藏品真正价值的著作，这你如何来解释呢？"

"我是一个非常忙碌的人,我是执业医生。"

"这是答非所问。一个人假如真的有癖好,他总会找到时间去钻研的,无论他有什么其他的业务。而你在信中说你是一位鉴赏家。"

"我确实是鉴赏家。"

"我能否问你几个问题来测试你一下?我不得不对你实话实说,医生——假如你确实是医生的话——情况越发可疑了。请问,你清楚圣武天皇还有他与奈良附近的正仓院的关系吗?怎么,你感到很茫然吗?那么请你讲述一下北魏在陶瓷史上的地位吧。"

我假装发怒地跳了起来。"先生,这实在太过分了,"我说,"我来这里是想要给你好处,而并非是当小孩子被你刁难的。我的陶瓷知识也许不比你差,但我不能回答这样无礼的提问。"

他瞪着我,他眼中的慵懒完全消失了。他的目光突然变得锋利起来,凶残的嘴唇间露出闪着白光的牙齿。

"你在玩什么诡计?你肯定是奸细。你是福尔摩斯派来的探子。你在愚弄我。听说这家伙已经快要咽气了,于是他就派奸细来蒙骗我。你私闯我的住宅。你进来容易,但别想再出去!"

他从椅子上跳了起来,我退了一步防备他的攻击,因为他显然已怒气冲天。或许他一开头就在怀疑我,也许是在谈话过程中我露出了马脚,总之不可能再骗过他了。他把手伸到一个小抽屉当中疯狂地乱翻着。这时,有些许小动静传到了他的耳朵里,他站在那里侧耳倾听了片刻。

"啊!"他喊道,"天那!"他一下子跑进了身后的那间小屋。

我一个箭步跃到了门口。那景象是我终生不会忘的。通向花园的大窗户敞开着,在窗前,福尔摩斯犹如鬼影般站着,他头上包裹着血迹斑斑的绷带,脸色显得煞白。一转眼他就不见了,我听见他身子擦过树叶发出的声音。宅子的主人怒吼着也冲到了窗口。

接下来的事发生得非常快,我看得极为分明,突然从窗边的角落里伸出了一只手臂——一只女人的手臂——猛地一挥。与此同时,男爵发出了一声极其可怕的惨叫——这一叫声将永远铭刻在我的记忆中。他两手紧捂住脸满地乱滚,头在墙壁上不断乱撞。接着他躺倒在地毯上胡乱翻滚,一声声尖叫在屋内回荡。

"水!看在上帝的分上,快拿水来啊!"他尖叫着。

我从茶几上拿起一个水瓶朝他跑去。此时男管家与几个男仆也赶来了。当我单膝跪下将男爵的脸转向灯光时,其中一个仆人昏了过去。硫酸已经腐蚀了他的整个面孔,从耳朵与下巴往下滴着。一只眼已经翻白,另一只则极度红肿起来。几分钟之前我还在暗地里赞赏过的五官,如今已犹如一幅美妙的油画被画家用粗海绵恣意乱抹,已模糊、变色、失去了人形,极其可怕。

我简短地述说了一下刚才发生的被泼洒硫酸的事情。有几个仆人爬到窗台上,有的已经冲到草地上去,但是天色已晚,又下起了雨。受伤人在嚎叫之余不断痛骂着那个洒硫酸的人。

"她就是那个女魔鬼凯蒂·温特!"他大喊着,"这个魔鬼,她肯定跑不了,我要报复!我的上帝啊,疼死我了!"我用油给他清洗脸部,为他包扎,并打了一针吗啡。在这场灾祸面前,他似乎消除了对我的怀疑,他紧紧地拉着我的手,仿佛我拥有使他的面貌得以恢复的魔力。要不是我清楚他那咎由自取的罪恶一生，我或许会为他的惨遭毁容一事流下同情的眼泪。而此时我对他紧握我的手的行为仅仅感到了厌恶，所以当他的家庭医生与医疗专家前来接替我时，我感到大大松了一口气。另外还来了一位巡逻警察，我将自己的真实名片交给了他。不过这样做不但是愚蠢的，而且也是毫无意义的，因为苏格兰场的人对我的长相几乎和对福尔摩斯同样熟悉。然后我就离开了那座阴森恐怖的住宅。不到一小时，我就返回了贝克街。

福尔摩斯正坐在平日里他喜欢坐的安乐椅中，面色显得苍白而又筋疲力尽，对于今天晚上发生的一切意外，即使他那样坚强、镇定的人也被震惊了，他有些惊恐地听我叙述了男爵的毁容惨剧。

"这就是罪大恶极的报应，华生，纯粹是罪恶的报应！"他说道，"早晚会是这个结局。这个人是绝对恶贯满盈，"随后他从桌上上拿起了一个黄色封皮的本子。"这就是那位女士所说的本子。假如这个本子还无法取消这场婚事的话，那就真的无法可想了。但这个本子一定可以做到的。这是任何一个有着丝毫自尊心的女人都无法容忍的。"

"这是他的恋爱日记？"

"或许应该称之为他的淫乱日记，随你怎么叫都行。那个女人首次提到这本日记时，我就知道它是一个极其有用的武器，只要我们可以拿到它。当时我没有说出这一想法，因为这个女人或许会走漏风声。但我始终在想办法得到它。后来他们将我打伤，让我有机会使男爵认为没有必要再防备我。这全是有利的。本来我准备多等上几天，但他的访美迫使我加快了行动步伐。他绝不会将这么重要的东西留在家里。所以我们必须马上行动。晚上去偷它是不可能的，他防范得非常严。但是假如在晚上能将他的注意力吸引住，那么或许是个好机会。这就需要靠你与蓝色茶碟儿了。但我必须弄清这个本子到底被放在什么地方。我知道我仅有几分钟的时间去寻找，因为我的时间是受你现学的陶瓷知识限制的。所以，在最后一刻我还是将那个女孩子找来了。但我万万没想到她偷偷在怀里的小包藏了硫酸。我还以为她仅仅是为了协助我而来的，没想到她还有自己的复仇计划。"

"他已猜到我是你受你的派遣而来的了。"

"就怕这个。但是你缠住他的时间已足以让我找到日记，只是还不足以让我安全逃走。啊！詹姆士爵士，欢迎，欢迎！"这位彬彬有礼的客人已应邀前来了。他仔细地倾听福尔摩斯将事情的经过讲述了一遍。

"你确实是创造了奇迹，真真正正的奇迹！"他听完之后说。"不过假如伤势真像华生医生说的那样严重，我们不必用日记也足以取消婚约了。"

福尔摩斯摇了摇头："像梅尔维尔小姐这类女人是不会那样做的。她反而会更加爱惜惨遭毁容的男爵，我们必须要摧毁的是他道貌岸然的虚伪形象，将他卑鄙、无恶不作的本性暴露出来。这本日记会让她彻底醒悟过来，我看它是这世界上唯一能让她冷静下来的东西。这是他亲笔所写的日记，她无论怎样都会相信的。"詹姆士爵士将日记与珍贵的茶碟都拿走了。因为我还有自己的事要办，就与他一起来到了街上。一辆马车正在等候。他跳上车，对戴帽徽的车夫匆忙说了一句话，就急匆匆地离开了。

他将大衣的半边挂在窗口用来遮挡车厢上的徽记，但我早已借助从气窗射来的灯光看清楚了徽记。我大为吃惊，转身就跑到楼上来见福尔摩斯。

"我知道咱们主顾的身份了，"我兴冲冲地大声报告我的新发现。"你猜是谁，原来就是——"

"是一位忠实的朋友与慷慨的绅士，"福尔摩斯抬手阻止了我继续说下去，"不用多说了。"

我不清楚这本记载了无限罪恶的日记是怎样被利用的。也许是詹姆士爵士去办理的，更可能是将这个难题交给小姐的父亲去办了。总而言之，效果很不错。三天后，晨报上刊载了一条消息：葛伦纳男爵与维奥莱特小姐的婚礼已经被取消。同一家报纸也刊载了刑事法庭针对凯蒂·温特小姐故意伤害一案的首次开庭经过，她受到的指控是泼洒硫酸致人重伤。虽然罪行很严重，但处罚结果却异乎寻常的轻。夏洛克·福尔摩斯原本受到盗窃指控，但是既然他的目的是好的，而且雇用他的主顾又是如此显赫，于是连向来铁面无私的英国法庭也变得极为灵活并富有人情味儿了。他始终没有被法院传讯。

苍白的士兵案

我的朋友华生的一些主意与想法尽管有限，但却极为执拗。很久以来他就始终在撺掇我自己来执笔写办案记录。这或许是我自找的，因为我总是找机会向他指出他的描述有多肤浅，并且指责他没有严格遵照事实与数据，而是去迁就一些世俗的无聊趣味。"你自己过来试试吧！"这便是他的反驳。而等到我真正提起笔来时，我也不得不承认，内容确实是必须以一种能够吸引读者的方式来进行表达。下面所记录的这件案子看来肯定能吸引读者，因为它是我手中最为稀奇的一件案子，而凑巧华生在他的文集当中没有收录它。谈到我的老朋友兼传记作者华生，我要在这里说明，我之所以能够在我微不足道的研究工作过程中不厌其烦地添加一位同伴，那并非是出于感情用事或是异想天开，而是因为华生的确有独到之处，但因为他本身很谦虚还有对我工作能力有着高度的信任，他并没有太多的表现机会。一个可以预见你的结论与行动方向的合作者总是有着危险性的，但假如事件的每一步发展总是让他惊讶不已而未来总是使他感到迷茫，这样的人才是一个理想的伙伴。

根据我笔记本上的记录，那是在一九〇三年一月，即布尔战争刚刚结束的时候，詹姆士·陶德先生过来找我。他是一位魁梧挺拔、精神饱满、皮肤黝黑的英国公民。当时，忠实的华生医生由于结婚的缘故暂时离开了我，这是在我们交往过程当中，我所知道的他唯一的自私行为。当时我是独自一个人。

我的习惯是背靠窗子坐着，而请来访者坐到我的对面，使得光线能够充分照射到他们。詹姆士·陶德先生似乎不知道该怎样开场。我也无意去引导他，因为他的缄默给了我更多的时间去仔细观察他。我觉得让主顾感受到我的力量是非常有好处的，于是我就将我的观察结论告诉了他一些。

"先生，看起来您是从南非赶回来的。"

"不错，是这样的。"他惊讶地回答。

"你隶属于皇家骑兵队，是吗？"

"正是。"

"分属于米豆塞克斯军团。"

"完全正确。福尔摩斯先生，你是魔术师吗？"

我对他的惊讶报以微笑。

"假如一位健壮的绅士走进我屋子里,肤色黝黑得已超过了英国气候所能达到的程度,手帕放到袖口当中而并非放在衣袋里,那就不难确定他是从何而来的。你留有短须,说明你并非普通的士兵。你的体态正符合骑手的体态。至于米豆塞克斯军团,你的名片上说明你是沙格莫顿街的股票商,你还能隶属于别的军团吗?"

"你真是能够洞察一切。"

"我与你所看到的东西都是一样的,只是我已经锻炼出来了,对所见到的事能加以注意而已。不过,你当然不会是来跟我探讨观察技巧的。不知在塔克斯伯瑞庄园出了什么事?"

"福尔摩斯先生!你——"

"没什么值得惊奇的,先生。你信上的邮戳是属于那里的,既然你约我见面是这样的急迫,那显然是出了什么不得了的事情了。"

"不错,确实如此,不过信是在下午写来的,从那会儿之后,又发生了很多事情。要不是爱斯沃斯上校把我给赶出来的话——"

"赶出来!"

"哎,差不多。这是个硬心肠的人,这个爱斯沃斯上校。他当年是一个极为厉害的军官,是在军队里对军纪要求最严的人,话语极为严苛。要不是看在杰佛瑞的面子上,我绝不会容忍与他共事呢。"

我点燃了烟斗,向椅背上一靠。

"你可否解释一下你刚才说的话。"

我的主顾淘气似的笑了起来。

"我已经习惯地认为无需说明,你就已经知道任何事情了,"他说道。"我还是将所有的情况都说出来吧,我真希望你可以告诉我这些事情究竟说明了什么问题。我整整一夜都没合眼,始终在拼命想这事儿,却越想越感到不可能。

"我在一九〇一年一月加入骑兵队时——那是整整两年前——杰佛瑞·爱斯沃斯也加入了我们中队。他是爱斯沃斯上校的独生子,上校在克里米亚战争当中荣获维多利亚勋章,儿子体内流着战士的血液,因此参加了军团。在整个军团当中,再也找不出比他好的人了。我们成为至交好友,那种友谊只有在同甘共苦的过程中才能形成。他是我的最好伙伴——这在军队当中是绝不寻常的友谊。在一年的艰苦战斗生活当中,我们生死与共。后来在比勒陀利亚外的钻石坡战斗中,他中弹负伤。后来,我曾接到他从开普敦医院寄出的一封信,还有从南安普敦寄来的一封信。此后就再也没有下文了,音信皆无,福尔摩斯先生,已经有六个多月没有一封信,而他是我最知己的好友。

"战争结束后,我们大家都回到英国了,我给他父亲写了一封信询问杰佛瑞现在在什么地方。没有回音。我等了好久,又写了一封信。这回接到了回信,但非常简短,说是杰佛瑞外出航海周游世界了,一年之内都回不来。没有详细说明。

"福尔摩斯先生,这无法让我安心。这事儿透着古怪。他是一个非常看重朋友的人,绝不会就这样随便将知心朋友给忘了。这绝不像是他的所作所为。碰巧我又听说他是一大笔遗产的继承者,他与他父亲的关系并非很好。有时候这位老头儿有点不讲理,而杰佛瑞的火气又大。我不能信任那封回信。我非要问个水落石出不可。谁知不巧我当时有事在身,所以直到上星期我才开始处理杰佛瑞的这档子事儿。不过,既然我要处理这个事儿,我就把别的事一股脑儿全都放下了,非要办完它不可。"

詹姆士·陶德先生似乎是那种最好与他当朋友而并非与他做对头的人。他的蓝眼睛放着闪烁着坚毅的光芒,他那下巴显得棱角分明,在说话时也显得非常硬挺。

"那么,你采取了什么措施?"我问他。

"我的第一步就是前往他家——塔克斯伯瑞庄园——去亲自看一看到底是怎样一个情况。于是我先给他母亲写了一封信——因为我对他父亲那种敷衍的态度已经不耐烦了——并且开门见山地说杰佛瑞是我的至交好友,我能够告诉她我们之间共同生活时的有趣情况,我恰好路过附近,可否顺路拜访一下?我接到一封相当热情的回信,说能够留我过夜。于是我星期一就前去了。

"塔克斯伯瑞庄园地处偏僻,无论在什么车站下车,都至少有五英里的距离。车站又没有马车,我只能步行前往,还拿有手提箱,所以傍晚才来到那里。那是一座非常大的宅子,占地很广。我看这宅子有着多个时代建筑风格的痕迹,从伊丽莎白时代半木结构的地基开始,直到维多利亚风格的走廊,应有尽有。屋里全是嵌板、壁毯与有些褪色的古画,是一座极为阴森神秘的古屋。有一位老管家瑞尔夫,年龄仿佛与屋子一样古老,还有他老婆,显得更苍老。她原本是杰佛瑞的奶妈,我曾听他说起过她,和她的感情仅次于母亲,所以尽管她相貌古怪,我依旧对她有好感。我也喜欢他的母亲——她是一个非常温柔的小个子妇女。只有上校让我看着别扭。

"一见面我们就吵了一架。本来我马上就想返回车站离开,要不是我感觉这等于帮了他的忙,我早就离开了。我被直接带到了他的书房。我发现他坐在乱七八糟的书桌后面,体格魁伟,背部弯曲,肤色黝黑,胡子蓬乱。带血丝的鼻子犹如鹰嘴般突出,两只灰色的凶恶眼睛从浓密的眉毛底下盯着我。见面之后我才理解,为什么杰佛瑞很少提起他爸爸。

"'先生,'他用一种刺耳的声音说,'我倒是希望知道你此次来访的真正意图是什么。'

"我说我已经将来意在给他妻子的信里说清楚了。

"'不错,不错,你说你在非洲时认识的杰佛瑞。当然,我们只是听你的一面之词。'

"'我口袋当中有他写给我的信。'

"'请让我来看看。'

"他将我递给他的两封信看完后,随手又扔给了我。

"'好吧,那又如何?'

"'先生,我与您儿子杰佛瑞是至交好友,共同经历的很多回忆把我们连接在一起,但他突然与我不再联系了,我能不感到奇怪吗?我希望得知他的情况不是非常自然吗?'

"'先生,我记得我已经与你通过信,告诉过你关于他的情况。他航海周游世界去了。他从非洲回来之后,健康情况非常不好,他母亲与我都认为他应该进行彻底的休养,换换环境。请你将这件事转告给一切关心此事的朋友们。'

"'一定会照办的,'我说,'不过请你费心把轮船与航线的名称告诉我,还有起航的日子。

说不定我能设法给他寄去一封信。'

"我的这个请求似乎让主人感到既为难又生气。他的浓重眉毛低沉到他的双眼上面,他不耐烦地用手指敲击着桌子。他最终抬起头来,那神气非常像一个棋手发现对手走出了威胁性的一步棋,而同时他已决定怎样去应对。

"'陶德先生,'他说,'你的固执会让很多人都感到无礼,并且会觉得你已经到了无理取闹的地步。'

"'请你原谅我,这完全是出于对你儿子的友情。'

"'当然。我早已充分考虑到了这一点。不过我必须请你放弃这些要求。家家都有自己的内部事务,无法对外人说明,无论是多么善意的外人。我妻子很想听你说说杰佛瑞过去的事,但我请求你不要管他现在与将来的事,这种打听没有好处,只会让我们为难。'

"你看,福尔摩斯先生,我碰了钉子,而且无法绕过它。我只好假装同意他的意见,但我心中暗自发誓,不查清他的下落,绝不会善罢甘休。当天晚上极为沉闷。我们三个人在一间阴暗的老屋当中极为沉默地进餐。女主人倒是热切地向我询问关于她儿子的各种事情,但男主人始终是一脸不高兴的样子。我对整个事情都感到极为不快,因此在礼貌上允许的最早时刻,我就向主人告辞,返回到自己的客房当中。那是楼下的一间极为宽敞空荡的屋子,与住宅内的其他房间一样。但是在南非草原生活了整整一年后,谁也不会非常讲究居住条件了。我拉开窗帘,朝园子当中望去,发现外面竟然是晴朗之夜,那半圆的月亮在半空中照射大地。之后我坐到熊熊燃烧的炉火边,身旁的桌上放有台灯,我准备读小说来缓解我的烦躁心情。但是我被老管家瑞尔夫打断了,他拿来一些备用的煤。

"'先生,我担心你夜间需要加煤。天气非常冷,这间屋子又不是很保暖。'

"他没有马上走出去,却在屋内停留了片刻,当我转头去看他时,他正站在那里盯着我,仿佛有心事的样子。

"'对不起,先生,我忍不住旁听了你在餐桌上谈论的有关杰佛瑞少爷的事儿。你知道,我妻子曾是他的奶妈,所以我几乎可以说是他的养父,自然非常关心他。你是说他表现很不错吗,先生?'

"'他是全军团当中最为勇敢的人之一。有一次他将我从布尔人[①]的枪林弹雨当中拖了出来,不然我今天或许就不站在这里了。'

"老管家极为兴奋地搓着他的手。

"'就是,先生,就是那样,杰佛瑞少爷就是那样的人。他打小就有非凡的勇气。庄园的每一棵树他都爬上去过。他什么都不害怕。他曾是一个非常好的孩子,是的,他曾经是一个棒小伙子。'

"我一下子跳了起来。

"'嘿!'我大声说道,'你说他曾经是个棒小伙子。你的口气就像他不在世了一样。到底发生了什么事?杰佛瑞到底怎么了?'

----

① 布尔人:生活在19世纪南非殖民地的荷兰人后裔,曾与英国交战,被英军击败。

"我抓住老头儿的肩膀，但他却躲避开来。

"'先生，我清楚你说的是什么。请你问主人吧，他清楚。我可不能多管闲事。'

"他刚要离开，我拽住了他的胳臂。

"'听着，'我说，'你必须回答我的一个问题才能走，要不我就拽住你一夜都不放。杰佛瑞是死了吗？'

"他不敢正视我的眼睛。他仿佛是被施了催眠术。他的回答是勉强从口中硬挤出来的，那是一个可怕的而又极度出人意料的回答。

"'我宁愿他已经死去了或许那会更好！'他大喊道。说着他使劲挣扎了一下，挣脱了我的拉扯，趁机跑出屋去了。

"福尔摩斯先生，你能够想象，我返回我原来坐的椅子上，是多么的心潮澎湃。老头儿刚才所说的话对我而言只有一种合理的解释。显然我的朋友已经被牵涉到什么犯罪事件当中，或者至少是什么极为有损名誉的事，已经关乎家庭的荣誉了。严厉的父亲于是就将儿子送走，将他藏起来，避免家丑外扬。杰佛瑞是一个不顾后果的冒失鬼。他往往受到周围人的影响。显然他是落入坏人的手里并已经被引向犯罪了。假如真是这样，那是极为可惜的，但即便如此，我也有责任将他找出来并设法帮助他。我正在如此焦急地不断思索着，猛一抬头，发现杰佛瑞就站在我的面前。"

我的主顾讲到这里开始沉思，并停止了讲述。

"请你继续讲下去吧。"我说。"你的案子存在非常特别的地方。"

"福尔摩斯先生，他就站在窗外，脸紧贴着玻璃。我刚才曾跟你说过我曾向窗外瞭望夜色来着，窗帘始终半开着。他的身影就处在帘子打开的地方。那里是落地窗，所以我可以看见他的整个身形，但让我极为吃惊的是他的脸。他面色极为惨白，我从没见他的脸色这样惨白过。我猜想即便是鬼魂，也不过如此吧。但是他的眼睛与我的眼睛进行了对视，我看得出那是属于活人的眼睛。他一发现我看到了他，就往后一跃，消失在夜幕当中了。

"这个人的模样有一种令人非常吃惊的东西。倒不仅仅是那惨白如纸的面孔，而是一种更加微妙的东西———种无颜与人见面的、抱有负罪感的东西——这种感觉与那为我所熟知的坦率挚诚的好朋友完全不同。我感到了恐惧。

"但是一个人如果已经当了两年兵，整天都要提防布尔人，他的胆子将会是非常大的，遇到变故就会马上行动起来。杰佛瑞刚一跑开，我就立即跳到窗前。窗子的插销不好使了，我花了一点时间才把它打开。随后我就跳跃出去，飞快地跑到了花园中的小路上，朝着我认定他逃走的方向追过去。

"这条小路非常长，光线又有些暗，但是我总感觉前方有东西在奔跑。我向前冲过去，喊着他的名字，但是没有一点用。我跑到了小路的尽头，这里有数条岔路通向几个小屋。我稍微犹豫了一下，这时我清晰地听到一扇门关上的声音。这声音并非来自我背后的屋子，而是从前方的黑暗中传来的。福尔摩斯先生，这就足以证实我刚才看见的并非幻影。杰佛瑞确实从我眼前逃走了，并且关上了某间屋子的门。这一点是确定无疑的。

"我无法可想了。这一夜我过得极为不安，心里始终在推想这个问题，打算找到一种合理的理由来解释这些现象。第二天我感觉老上校的态度多少缓和了一些。既然女主人声称附近有数个好玩的去处，我就趁机会提问，我能否再停留一晚。老头子勉强默许了，这就给我争取到一整天的时间去观察周边的环境。我已经非常肯定地知道杰佛瑞就在附近的某个地方藏匿着，但具体的地点还有原因都有待于发掘。

"这座楼房既大又曲折，在里边隐藏一个军团也无人知道。假如人是藏在楼房的内部，那我是几乎无法找到他的。但是我听到的门响并非在楼内。我只有前往园子当中寻找这个秘密。这样做并不难，因为那几位老人都在忙着自己的事情，这就使我得以施行我的计划了。

"园子当中有几个小屋，但是在园子的尽头有一座稍有规模的建筑——足以让园丁或护林人居住。难道是从那里发出的关门声响吗？我佯装不经心的、仿佛随意散步的样子朝它走过去。这时候有一个矮小利落、蓄有胡须，身穿黑衣、头戴圆礼帽的男子从那个屋子的门里走了出来——一点也不像是园丁的样子。我没想到他出来后就将门反锁上了，将钥匙放在了口袋里。他一回身，看到了我，脸上顿时显露出极为吃惊的神色。

"'你是来访的客人吗？'他问我。

"我说是的，并且说我是杰佛瑞的朋友。

"'真可惜他外出旅行去了，否则他会非常愿意见到我的。'我又进一步解释着。

"'不错，不错，'他仿佛做下了亏心事似的说着，'换个时间再来吧。'他说着就离开了。但当我回头望去时，他却正躲到园子那边的桂树后面，待在那里悄然观察着我。

"我一路走过去，仔细地查看这座小房子，但窗子被严密地遮挡住了，这使人觉得它似乎是空置的。假如我过于大胆地进行窥探，可能会因小失大，甚至被赶出去，因为我知道我在受人监视。因此我就返回了楼内，等着晚上再继续进行侦查。等到天色已黑，人声寂静之后，我就再次从窗口溜了出去，悄悄朝那神秘的房屋走去。

"我刚才说这屋子被极为严密地遮挡住了，现在我发觉它还关闭了百叶窗。但是有一扇窗子却向外透出了灯光，因此我就集中注意力从这里往屋内瞧。算我走运，这里的帘子并没有完全被拉上，我能够看见屋里的状况。里面非常明亮洁净，壁火熊熊燃烧着，灯光照耀下，在我对面坐着我早晨曾经碰见的那个矮个男子，他吸着烟斗正在读报纸。"

"那是什么报纸？"我问道。

我的主顾似乎对我打断了他的话感到不大高兴。

"有关系吗？"他反问道。

"关系极为重大。"

"我还真没注意。"

"那你应该能看出那是大张的报纸还是小开本的杂志一类吧？"

"对了，经过你这么一提醒，我想那不是大张报纸。也许可能是《观察家》杂志。不过说实话，我当时实在是顾不上这类细节了，因为屋内还有一个人背对窗子坐着，我敢确定他就是杰佛瑞。当然我无法看见他的正脸，但我对他的肩膀形状极为熟悉。他用手支着头，形容十分忧郁与憔悴，身子朝向壁火。我刚要想办法行动，突然有人重重地在我肩膀上拍了一下，原来上校就站在了我身后。

"'到这边来，先生！'他将声音压低了说。他一声不吭地走到了楼内，我始终跟着他走到我的房间。他在门厅当中拿出一张火车时刻表。

"'八点半会有一班火车开往伦敦，'他说。'马车会在八点钟停在大门外。'

"他脸都被气白了。而我自己呢，我感到自己的处境实在太尴尬了，我只好结结巴巴说了几句乱七八糟的道歉话，力图以对我朋友的极度担心来给自己辩解。

"'这个问题不必再谈，'他斩钉截铁地说道，'你无耻地侵犯了我们家庭的隐私。你到这里来是作为客人，但你却成为了暗探。先生，我只有一句话想对你说，那就是我不想要再看见你。'

"这下子我也生气了，我说了一些非常不客气的话。

"'我看到你儿子了，我认为你是为了达到个人目的而不让他见别人的。我不清楚你把他关起来的动机到底是什么，但我敢肯定他已经失去了行动的自由。我告诉你，上校，除非我确认我朋友如今是安全而健康的，否则我绝不会停止我的努力，来坚决探求事情的真相，我也绝不会因为你的任何恐吓而害怕。'

"这个老家伙的面色在瞬间变得犹如魔鬼一样凶恶，我真以为他会动手打人。我刚才说过他是一位瘦削而又狂暴的高个子老头子，尽管我不是弱者，我也难以对付他。但是他在狂怒地狠瞪了我半天后就转过身离开了。而我呢，我早上按时乘火车离开了，我的决定就是马上来找你，听取你的意见并征求你的帮助，这就是我写信并与你见面的原因。"

以上就是我的来访者想要让我帮助解决的问题。大概精明的读者已经能够看出来，这个案子并不是很难解决，因为只有极为有限的可选答案就可以解释问题的本源。但是尽管非常简单，这个案子却有着极为新奇有趣的地方，所以我才冒昧地将它记录下来。现在我就用我惯常使用的逻辑分析方法来缩小有可能的答案范围。

"仆人们，"我问，"一共有几位？"

"依照我的估计，只有老管家与他的妻子。他家生活看来较为简单。"

"那么在花园小屋当中没有仆人了吗？"

"没有，除非把那个留胡须的矮个男人当仆人。但他看来身份比较高。"

"这一点非常有启发性。你看见过从一所房子往另一所房子递送食物的迹象吗？"

"你这样一提，我倒想起来曾经看见老瑞尔夫提着一个篮子朝着平房的方向去。当时我并没有往食物上想。"

"你在当地进行过访问与打探了？"

"是的。我与火车站站长还有村旅馆的主人进行过攀谈。我仅仅是简单地问他们是否知道我的伙伴杰佛瑞的近况。他们两人都说他是去航海周游世界了。他曾回过一次家，但很快就外出了。看来关于他外出旅行的说法已经被大家所接受。"

"你没有向他们提起过你的猜疑吗？"

"一点都没提。"

"这是非常明智的。这件事是需要现场调查的。我要跟你一起前往塔克斯伯瑞旧庄园。"

"在今天？"

凑巧，当时我正在了结一桩案子，就是我的老朋友华生曾经叙述过的修道院公学案。我还接手了土耳其苏丹委托要侦破的一个案子，假如延误将会导致极其严重的政治后果。所以，直到下周初（依照我日记的记录）我才在詹姆士·陶德先生的陪同下，踏上了前往贝德福郡的旅程。在我们驱车路过伊斯顿区的时候，我将一位严肃沉默、肤色黝黑的绅士也接到了车上，我是预先与他约定好的。

"这是我的一位老朋友，"我对陶德说，"请他在场或许没有丝毫用处，但是或许会起到决定作用。目前不必详谈这一点，到时候就知道了。"

凡是看过华生写的记录的读者，想来已熟悉我的一贯做法，就是在侦破一件案子的过程当中我是不会多说话、不泄露出自身想法的。陶德似乎有一些摸不着头脑，但并没有说什么，我们三个人就一起继续赶路了。在火车上我又问了陶德一个问题，故意让我们的那位同伴听到。

"你说你曾从窗户当中清晰地看见你朋友的脸，所以能够肯定那是他本人，对吗？"

"关于这点是没有任何问题的。他的鼻子完全贴在了玻璃上，让灯光直射在他脸上。"

"不会是另外一个长相与他相像的人吗？"

"不可能，的确是他。"

"但是你又说他的模样变了？"

"只是肤色变了。他的脸色是——怎么形容呢？——那是鱼肚白色，他的皮肤变得极为苍白了。"

"是整个脸都变苍白了吗？"

"我想不是。我看的最为清楚、最白的是他的前额部位，因为额头紧贴着玻璃。"

"你喊他的名字了吗？"

"我当时又惊又怕，并没有想到叫喊。后来我就不断追赶他，我已经告诉过你，最终没能追上。"

我的侦查已经基本上完成了，只需要再弄清楚一个小情况就可以全部完成推理。后来经过一番旅行后，我们最终到达了陶德描述的这座奇怪的庄园。开门的是老管家瑞尔夫。我已经将马车全天包租下来了，就请我的老朋友先坐到车上等着，我们请他见面时再下车。瑞尔夫是一位身材矮小、皱纹很多的老头儿，穿着传统的黑上衣与灰裤子，只有一点非常特别，他戴着黄手套，一看到我们，他就脱下手套放到了门厅的桌子上。我这个人，正如我的老朋友华生说的，有着极为灵敏的感官。当时屋中有一种不明显但又具有刺激性的气味。它似乎就是从门厅当中的桌子上发出来的。我一转身，将帽子放到桌上，又顺手把它弄到了地上，然后借机弯下腰去捡帽子，趁机让我的鼻子靠近手套，中间距离不足一英尺。不错，这股类似于柏油的怪味儿的确是从手套上发出来的。侦查已经完成。我来到书房。唉，我自己写记录的笔法就是这样露骨，实在太不高明！华生笔下的记录是那般引人入胜，不正是依靠隐去这些细节吗？

上校并没有待在房里，但是一听到瑞尔夫的通报立刻就赶来了。我们听到他那急促而沉重的脚步声从楼道当中传来。他猛地一推门就冲了进来，怒发冲冠，眼眉都立起来了，确实是一个罕见的凶狠老头儿。他手里拿着我们的名片，用力撕碎，扔到了地上，用脚不断碾着。

"我不是已经告诉过你了吗？你这个喜欢多管闲事的浑蛋，我不准你来到我家！我绝不许你再来，如果你胆敢不经我允许就来到这儿，我就有权使用暴力，我会枪毙了你！我坚决会枪毙你！至于你，先生，"他转身朝向我说，"我给过你同样的警告。我清楚你所从事的可耻职业，你可以去别处展现你的本事，我这里用不着你来管闲事。"

"我不能走，"我的主顾坚定地说，"除非杰佛瑞亲口告诉我他的自由并没有受到限制。"

这位不情愿的主人按下了铃。"瑞尔夫，"他命令道，"给本地的警察局打电话，让他们马上派两名警察来。就说有贼进来了。"

"等一等，"我连忙说，"陶德先生，你应当知道，爱斯沃斯上校是有权利的，我们无权闯入他的住宅。另一方面，他也应当知道你的行动完全是关心他的儿子。我冒昧地说，假如允许我与爱斯沃斯上校密谈五分钟，我可以让他改变对这件事的想法。"

"我没那么容易就被说服，"老上校说，"瑞尔夫，立即执行指令。你还在等什么？快打电话啊！"

"不行，"我说着朝门上一靠，"警察一旦介入恰恰就会导致你所害怕的结局。"我掏出笔记本撕下了一张纸，并在上面匆匆写了字。我把纸递给上校说："这便是我们前来的原因。"

他凝视着那张字条，脸上除了吃惊以外的一切表情都消失了。

"你是怎么知道的？"他有气无力地说着，惊疑地缓缓坐到了椅子上。

"我的职业就是把事情的真相弄清。这就是我的任务。"

他坐在那里开始沉思，瘦削的手抚摸着蓬乱的胡须。最终，他做出了一个无可奈何的手势。

"好吧，假如你们一定要见杰佛瑞的话，就见吧。这事儿我并不负责，是你们逼迫我做的。瑞尔夫，去告诉杰佛瑞先生与肯特先生，我们在五分钟后就赶过去。"

五分钟之后，我们已经穿过了花园中的小径，来到神秘的小屋跟前。一位蓄有胡须的矮个男子站在门前，脸上露出极为诧异的神情。

"这也太过突然了，上校，"他说道，"这完全搅乱了咱们的计划。"

"我实在也是别无选择，肯特先生，人家逼着咱们这样做。杰佛瑞先生在吗？"

"是的，他就在里边，"他说着转身领我们走到了一间宽敞而又非常简单的屋子。有一个人背朝壁炉站在前面。一见到那人，我的主顾立即跳上前去就伸出手来。

"嘿！杰佛瑞，见到你实在是太好了！"

但是对方却挥手让他赶紧后退。

"不要触碰我。别走近我。是的，你真的不要靠近我！我已不再是那个骑兵中队的棒小伙子、一等兵爱斯沃斯了，对吧？"

他的面容的确是异常的。可以看出他原本是一位五官端正、皮肤被非洲的强烈阳光晒黑的英俊男子，但是如今夹杂在黝黑皮肤之间有很多怪异的白斑片，这使得他的皮肤显得变白了。

"这就是我不能约见访客的原因，"他说道，"见你我倒是不在乎，但不能见你的同伴。我知道你是好意，但这么一来对我是很不利的。"

"我只是想确认你是安全无恙的，杰佛瑞。那天晚上你朝我窗里瞧时我看到了你，后来我就无法放心，非要将情况弄清不可。"

"老瑞尔夫跟我说你来找我了，我忍不住要瞧瞧你。我希望你没有看见我才好，后来我听到你开窗子的响声，我只好返回了小屋。"

"到底是怎么搞的，何必如此呢？"

"这个事情倒也不难解释清楚，"他说着点燃了一支香烟，"你记得那天早上在布佛斯普特的战斗吗，就是在比勒陀利亚外边的铁路西线上？你听说我负伤了吗？"

"我听说了，但不清楚具体情况。"

"我们有三个人被切断了与本部之间的联系。地势极不平坦。有辛普森——就是绰号叫秃头辛普森的那个人——还有安德森与我。我们正在追赶布尔人，但是他们设下了埋伏，把我们三个人给包围了。他们两人都被杀死了，我肩头中弹。但是我拼命趴到马上，亡命狂跑了几里路，我才昏迷过去并掉下马来。

"等我醒过来时，天已经黑了，我挣扎着站了起来，感觉极为虚弱。让我吃惊的是离我很近的地方就有一座房子，面积相当大，有着南非样式的游廊与许多窗子。天气非常冷。你知道黑夜袭来的让人变得僵硬的寒冷，那是一种极为令人厌恶的、无法忍受的寒冷，与爽利明快的霜冻非常不同。简单说吧，我感到了彻骨的严寒，唯一的希望就是想办法抵达那座房子。我拼尽全力站立起来，一步一步地向前挪动着，几乎已经失去了知觉。我只依稀记得爬上了台阶，走进一个敞开的大门，进入一间摆有数张床位的大屋子，倒在一张床上，嘴里满意地轻哼了一声。床上被子已被摊开，但我已经无暇去想那么多了。我用被子裹住了我颤抖的身子，随后立刻就睡熟了。

"我醒来早已是早晨，我不但没有进入一个安全的环境里，反而仿佛来到了一个噩梦般的世界。非洲的阳光从宽大没挂窗帘的窗子射进来，使这间被刷成白色的大而空旷的宿舍显得极为明亮。我面前站着一个矮小如侏儒的人，脑袋硕大犹如鳞茎球，口中飞速地说着荷兰话，挥动着一双犹如海绵般的变形可怕的手。他身后站着一群人，仿佛都感觉目前这情形很有意思，但我见到他们时却不由得打了一个寒噤。没有一个正常人。每一个人都存在畸形。这些丑八怪的笑声比任何生物都难听。

"看来他们没人会说英语，但是情况非要说清楚不可，因为那个大头人非常愤怒，后来一面怪叫着一边以他那变形的手抓住我就往下拉，而毫不顾惜殷红的血液正从我伤口当中流出来。这个小怪物力气特大，要不是有一位年长的负责人听到这屋子里有嘈杂声而走过来，真不知他会把我伤害成什么样子。他用荷兰语责备了他几句，揪住我的人就躲开了。然后他转向我，瞪大惊讶的眼睛望着我。

"'你怎么会跑到这里？'他诧异地问道。'不要动！我知道你已经极度疲惫，你肩上的伤口需要我来处理。我是医生，我马上会找人为你包扎。不过，小伙子！你在这里比在战场上会更加危险。你如今是待在麻风病院里，你昨晚在麻风病人的床上睡了一夜。'

"吉米，我还需要说明别的吗？看来，因为战火迫近，这些病人在前一天都疏散了。第二天，因为英军赶到，他们又被这位医务总监送回了医院。他说，尽管他自认为自身免疫力很强，他也绝不敢像我那样在麻风病人的床上睡上一夜。后来他将我放到了一间单独的病房内，精心护理我，过了大约一周时间，我就被送到了比勒陀利亚总医院。"你看，这便是我的悲剧。我希望可以侥幸免疫，但是等我返回家里后，我脸上出现的这些可怕症状最终宣布了我没能逃脱感染的可怕命运。怎么办才好呢？我是住在一座平静而没有任何邻居的房子里。我们有两个可以绝对信任的仆人。这是一个可以居住的地方。肯特先生是一位出色的外科医生，在保证绝对没有泄密的条件下，他愿意陪同我一起居住。这样处理是极为简单的。而另一条路则是非常可怕的：与不认识的人在一起遭受终身隔离，永远无法释放。但是必须要绝对保密，否则就算是在这个穷乡僻壤也必定导致舆论哗然，早晚会将我扭送到麻风病院的。吉米，就连你也不能告诉。今天我父亲为何会让步，我真的不明白。"

上校指了指我。"是这位先生迫使我让步的，"说着他打开了我交给他的字条，上面写着"麻风"的字样，"既然他已经知道了事情的真相，那最安全的办法还是彻底告诉他。"

"确实是这样，"我说道，"谁敢说这样做是没有好处的呢？看来唯有肯特先生一个人检查过病人。请允许我，请问先生是否是这种病的专业医生呢？因为，据我所知，这是一种热带区域或是亚热带区域的疾病。"

"我有合格医生所应该拥有的所有知识。"他有些板起面孔地说。

"先生，我深信你是非常有能力的，但我感觉在这一病例上多听听大家会诊的意见也是非常有价值的。据我猜测，你拒绝会诊只是害怕病人被强制隔离。"

"正是如此。"上校说。

"我已经预料到这一点了，"我解释道，"今天我带来了一位朋友，他是绝对可以信任的。以前我曾帮过他的忙，因此他愿意作为一个朋友而并非是专家来给出他的意见。他的名字是詹姆士·桑德爵士。"

听我这么一说，肯特先生的脸上流露出极为惊喜的表情，简直就像是刚刚得到提升的下级军官要觐见首相似的。

"我将感到极为骄傲。"他低声说道。

"那我现在就请詹姆士爵士到这里来。他如今正等在门外的马车当中。至于我们，上校，我们可以去你的书房，我来做一些必要的解释。"

在这种关键的时刻就显露出我有多么需要华生了。他善于运用得体的提问方式与各种惊叹词来夸张我的侦探艺术，将我那种原本只能算是系统常识的侦察术夸大成为奇迹。现在我自己来进行叙述，就没人过来捧场了。我只能照实叙述，就像是那天在上校的书房当中我对几个听众所说的那样，其中还包括杰佛瑞的母亲。"我的方法，"我说道，"就建立在这样的一种假设上：当你将一切不可能的结论都完全排除后，那剩下的，不管让人感到多么离奇，也必然是事实。也可能会剩下好几种解释，如果是这样，那就要反反复复地加以证实，直到最后仅仅剩下一种拥有足够的根据来支持的解释。现在我们就用这个方法来研究一下眼下的这个案子。起初，我提出了三种可能来解释这件事，为何这位先生会在其父亲庄园的小屋当中被隔离或是遭到禁锢。可以猜测他是由于犯罪而逃避，或者是因为精神失常而又不愿住到疯人院里，最后是可能患有某种疾病而需要隔离。此外，我已经想不出其他的解释。那么，就需要将这几个结论进行对比与甄别。

"犯罪的假说是不能成立的。本地区并没有还未被侦破的犯罪报告，这我极为清楚。如果说是还没有被暴露出来的犯罪，那从家族利益的角度来说，其解决办法就应该是将他弄走或是送到国外，而不是藏到家里。我看不出这种解释有什么成立的可能。

"精神失常的可能性相比之下更大一些。小屋里的第二个人也许是看守。他走出来后将门反锁，这就增大了这种可能性，说明也许是强行禁闭。但在另一方面，禁闭不可能是非常严的，否则这个青年就不会跑出来去瞧一眼他的老朋友了。陶德先生，你记得我曾经询问过细节，比如问你肯特先生读的到底是什么报纸。假如是《柳叶刀》或是《英国医学杂志》，那会有助于我的思索。但是，只要有医生陪同并上报给当局，将疯人留到家里是合法的事情。为什么要这样拼命保守秘密呢？因此精神失常的假设也无法成立。

"剩下的第三种可能，看起来尽管极为奇特，却是完全符合现实情况的。麻风在南非是一种常见病。由于特殊的机缘，这位青年也许会受到感染。这样一来，他的家属处境就极为困难了，因为他们不想把他送到麻风隔离病院。为了不走漏风声、不受当局的干涉，必须严守秘密。如果给予适当的报酬，不难找到一位忠实的医生来看护病人。也没有理由在晚上不让病人外出。肤色变白是这种病的常见症状。这个假设的论据是极为充足的，使得我决心把它当成已被证实了的事实来安排行动。当我第一次来这里，发现为小屋送饭的瑞尔夫戴着浸有消毒水的手套，这时我连最后的疑惑也消除了。先生，我只写下了一个词，就告诉你秘密已经被我发现了，我之所以写出来而没有说出来，是为了向你证明我是非常谨慎的。"

我刚刚结束了我的简要分析时，门开了，那位著名的皮肤病学家走了进来。但是破例的，他那张始终极为严肃的脸如今绽开了笑容，眼中流露出感人的温暖。他迈步朝着上校走过去与他握了手。

"我经常给人们带来坏消息，"他说，"但今天的消息却很好，他患的并非是麻风。"

"什么？"

"典型的类麻风，也叫鱼鳞癣。不大好治的一种病，影响外表，但是有治愈可能的，没有任何传染性。不错，福尔摩斯先生，的确非常巧合。但能说完全只是巧合吗？难道没有一些未知的因素在其中起作用吗？或许这位青年在接触病人后产生的恐惧心理导致了一种生理作用刺激了皮肤出现病变？不管怎样，我可以用我的名誉来担保——啊！夫人晕倒了！我建议让肯特先生来护理她，直到她从这次惊喜性的晕倒中复原为止。"

三面人形墙案

在我与福尔摩斯所经历过的各类冒险当中,再没有比这一次更加突然、更富有戏剧性的了。我已经有很长一段时间没有看见他了,也不清楚他近来在忙些什么。但是这天早上他谈兴很好,他刚让我坐到壁炉边的旧沙发上,而他本人则叼着烟斗坐到对面,就有人赶来了。如果我说闯进来的像是一头发狂的公牛,或许更准确一些。

门被猛地撞开,闯进一个身材高大的黑人。要不是面目显得非常狰狞,他将会让人感觉非常滑稽,因为他身穿一身鲜艳的灰格子西装,系着一条橙红色的领带。他那宽阔的脸庞与扁鼻子使劲伸向前方,两只阴沉的黑眼睛里有着无法抑制的怒火,并轮流注视着我们两人。

"你们两位里谁是福尔摩斯?"他问道。

福尔摩斯懒洋洋地把手里的烟斗举了一下。

"啊,原来就是你啊?"这位来访者一边说着,一边以一种让人不快的鬼鬼祟祟的轻步绕过桌子,"你听好了,福尔摩斯先生,请你别多管闲事,让人们自己处理事务。你听懂了吗?"

"继续说下去,"福尔摩斯说,"非常有意思。"

"哈,你感到有意思,是吧?"这个大汉大声咆哮道,"等我收拾你一番,你就不感觉有意思了。我对付过像你这种人,收拾完了之后他们就变老实了。你看这个,福尔摩斯先生!"

他伸出了一只极为硕大的拳头在福尔摩斯鼻子底下晃了晃。福尔摩斯很有兴致地仔细看着他的拳头。"你是从小就这样的吗?"他问道,"还是逐渐锻炼出来的呢?"

不知是因为我朋友那镇静的样子,还是因为我拿起了拨火棒的缘故,总而言之,这位访客的态度变得不再那么嚣张了。

"反正我已经警告过你了,"他说,"我有位朋友对维耳德那边的事情非常有兴趣——你知道我指的是什么事——他不想让你多管闲事。明白吗?你并非法律,我也并非法律,要是你多管闲事,我就对你不客气,记住了!"

"我早就想与你见面了,"福尔摩斯说,"我不希望你坐在这儿,因为我不喜欢你身上的恶心气味。你不就是史蒂夫·迪克西,那个拳击手吗?"

"这就是我的名字,你假如说话不客气的话我就马上收拾你。"

"那你倒不必,"福尔摩斯紧盯着这位客人的丑陋嘴巴说,"不过你在荷尔本酒吧外面杀害珀金斯的事——怎么!你想要溜走啊?"

这个黑人马上退缩了，面色显得灰白。"别跟我说这些无用的话。"他说道，"我跟什么珀金斯有什么关系？这小子出事时我正在伯明翰的斗牛拳击场进行训练呢。"

"不错，你可以就这样对法官去讲，史蒂夫，"福尔摩斯说，"我始终在注意你与班尼·史道岱尔的勾当——"

"上帝啊！福尔摩斯先生——"

"行了，你马上从这里离开，等我需要你时，我会派人找你的。"

"那再见了，福尔摩斯先生。我希望你不要计较今天我对你的拜访，好吗？"

"那除非你告知我是谁派你来这里的。"

"哦，这是显而易见的，福尔摩斯先生。就是你刚才说到的那个人。"

"那又是谁指使他的呢？"

"老天，我可不知道这个了，福尔摩斯先生。他就告诉我说：'史蒂夫，你去找福尔摩斯先生，就说假如他前往维耳德就会小命难保。'就是这样子，完全是实话。"没等再问他别的问题，这位客人就一溜烟地跑了出去，走得跟来时一样快。福尔摩斯一边暗笑，一边磕去烟斗当中的灰。

"华生，幸亏你没有打破他那结实的脑袋。我看到你抓起拨火棒的动作了。其实他倒是一个不必放在心上的家伙，别看他满身都是肌肉，却是一个非常愚蠢的、只会虚言恫吓的小喽啰，很容易就把他镇住，就像我刚才所做的那样。他是史班塞·约翰流氓集团的成员之一，最近参与了一些极为卑鄙的勾当，等我有空闲时再处理他们。他的顶头上司班尼，倒是一个极为狡猾的家伙。他们专门从事袭击、胁迫之类的勾当。我想知道的是，在此次事件里，他们背后的主使者是什么人？"

"但他们为什么要威胁你呢？"

"就是那个哈诺·维耳德区案件。他们这样一来，倒让我决心一定要仔细侦查这个案子了，既然有这么多人为此大动干戈，那必定是有些来头的。"

"到底是怎样的一回事呢？"

"刚才我刚要给你讲述这个事儿，就发生了刚才的这场闹剧。这是梅白利太太的来信。如果你同意和我一起走一趟的话，咱们现在就给她拍一个电报，马上动身。"

我看到信上写的是：

福尔摩斯先生：

我最近遇到了一连串的怪事，都是和我的住宅有关的事，非常希望得到您的帮助。如蒙明日前来拜访，我将会全天在家守候。本宅就在维耳德车站附近。我已过世的丈夫马帝摩·梅白利是您的早期顾客之一。

玛丽·梅白利谨启

地址是：哈诺·维耳德，人形墙屋山庄。

"你瞧，就是这样的一件事，"福尔摩斯说。"你假如有时间的话，咱们就能够启程了。"

经过一段短途的火车与马车的行进之后,我们抵达了这所住宅。这是一座砖瓦木料的别墅,周围有一英亩的天然草原。上层窗子上面有三小垛尖形的人形墙,看来这个山庄是因此而得名。屋后有一丛长势不佳的郁郁松林,这地方给人的总体印象是贫瘠荒凉而不吉利。但是室内的家具是非常考究的,而接待我们的也是一位非常有风度的上了年纪的夫人,谈吐举止无不显露出有教养与文化。

"尊敬的夫人,尽管只是在多年以前帮您丈夫调查过一件小事,但我对他的印象依旧非常清楚。"福尔摩斯说。

"或许您对我儿子道格拉斯的名字更加熟悉。"

福尔摩斯非常有兴趣地注视着她。

"怎么!您便是道格拉斯·梅白利先生的母亲吗?我跟他曾有过一面之交。当然啦,伦敦谁都认识他呢。那时节他可实在是一位英俊健壮的男子啊!现在他在什么地方啊?"

"死了,福尔摩斯先生,死了!他是驻罗马大使馆的参赞,上个月因患肺炎在罗马去世了。"

"真的太可惜。谁也没法儿将他这样的一个人与死亡联系在一起。我从来没见过一个如他那样精力充沛的人。他的生命力可是顽强的,绝对顽强!"

"顽强得太过分了,福尔摩斯先生,正是这一点毁了他。在你的印象里,他永远是潇洒倜傥的样子,但你没看到过他变成一个抑郁寡言的人时的情形。他的心被彻底伤透了。简直就在短短的一个月之间,我就眼看着我雍容大方的孩子变成了一个心力交瘁、愤世嫉俗的人了。"

"是因为爱情——为了一个女人吗?"

"或者可以说是一个魔鬼。好了,我请你来并非是为了谈我的儿子,福尔摩斯先生。"

"华生与我都在等候您的吩咐,请说吧。"

"近来发生了一些非常古怪的事情。我搬到这所房子里已经有一年多了,由于我希望闭门谢客,独自过着清静的日子,因此始终与邻居们不大来往。三天前,我见到了一个自称是房产经销商的来访者。他说这所宅子被他的一个主顾相中了,假如我愿意出售,价钱不是问题。我觉得很奇怪,因为周围有几所相同条件的房产都在出售,为什么对方只看中了这栋房子?但是自然我对他的提议还是比较感兴趣的。于是我说出了一个价钱,比我当初买房的价钱要高出五百镑。这事马上就成交了,但是他又讲他主顾还想购买一些家具,问我是否也能将家具与房子一起出售。这里的一些家具是我从老家带来的,你可以看出那是非常上等的家具,于是我就索要了一个相当合算的高价。他也马上就同意了。我原本就打算去国外走一走,而且这次交易是极为赚钱的,看来我今后的日子是会相当富裕的。

"昨天这个人将写好的合同带来了。幸好我将合同拿给我的律师苏特罗先生过目,他也在维耳德居住。他对我说:'这是一个极为古怪的合同。你注意到了吗?假如你签了字,你就没有合法权利将房子当中的任何东西拿走——包括你的一切私人用品。'当天晚上那个人再来时,我指出了这一点,我告诉他我只出售家具。

"'不,不只是家具,而是所有的一切,'他说。

"'那我的衣服以及首饰怎么办？'

"'当然，我们会顾及到你的私人用品。但是一切东西不经过检查不得带出房外。我的主顾是一个极为慷慨的人，但是他有自己独特的爱好与特殊习惯。对他来说，要买就全买，要不就什么都不买。'

"'既然是这样，那就不要买了。'我说。这件事就这么被搁置下来了。但是这个事儿实在是非常稀奇古怪，我恐怕——"

当话说到这里时出现了一件意外打断了她的讲述。

福尔摩斯举起手来制止了她的谈话，然后他大步跑到房间的另一端，猛地把门打开，揪进来一个又高又瘦的女人，他抓住她的肩膀。这女人拼命挣扎着被揪进了屋里，犹如一只被抓出鸡笼的小鸡一般开始扯着嗓子乱叫。

"放开我！你要干什么？"她尖叫着。

"是苏珊，你这究竟是怎么回事？"

"太太，我正想进来询问客人是否要留下吃饭，这个人就扑上来抓我了。"

"我已经听见她躲到门外足有五分钟时间了，但我并没有打断您的有趣叙述。苏珊，你有些气喘，对不对？你干这种工作还真是不大容易。"

苏珊愤怒而又吃惊地转向抓住她的那个人。"你到底是谁？你有什么权力这样抓住我？"

"我只是想当你的面问一个问题。梅白利太太，您对什么人曾说过要给我写信并找我帮忙了吗？"

"没有，福尔摩斯先生。"

"是谁发出的信？"

"是苏珊。"

"这就对了。苏珊。你给谁写信或是捎信儿说你女主人要找我求助了？"

"你胡说。我没有通风报信。"

"苏珊，有气喘过度的人可能会短命的，说谎是不会有好结果的。你到底对谁讲了些什么？"

"苏珊！"她的女主人大声喊道，"我看你完全是一个狡猾的坏女人。我想起来了，你曾在篱笆边上对一个男人说话来着。"

"那完全是我的私事。"苏珊生气地反驳。

"假如我告诉你，我知道你通知的那个人是班尼·史道岱尔，又会如何呢？"

"既然你都知道了，还问什么呢？"

"我本来无法肯定，但如今我肯定了。好吧，苏珊，假如你告诉我班尼背后的主使是什么人，那我就给你十英镑。"

"那是一个比你富有上千倍的人。"

"这么说，是一个非常有钱的男人？不对，你笑了，必定是一个富有的女人。我们现在已知道这么多了，你还不如把她的名字说出来，这样你能赚到十镑。"

"我宁可先看到你下地狱！"

"你这是什么话！苏珊！"梅白利太太喊道。

"我不干了。我对你们都受够了。我会让人明天过来取我的箱子。"说着她径直走出门去。

"再见，苏珊。别忘了吃点治疗气喘的药……那么，"福尔摩斯等门关上后马上从打趣转为严肃，"这个集团是非常认真地要干一桩案子的。你看他们的行动多么紧张。你给我的信上是上午十点的邮戳。苏珊立即向班尼报信。班尼没有耽搁任何时间就去找他的主子进行请示；而他，或是她——我倾向于那个人是女子，因为刚才苏珊在我说错时笑了——制订了相应的行动计划。黑人史蒂夫被找了过来，等到次日上午十一点时我已接到了警告。你看，这是何等迅雷不及掩耳的行动。"

"但他们的目的究竟是什么呢？"

"这正是急需解决的问题。在你之前是谁住在这所房子里？"

"是一位姓弗格森的船长。"

"这个人有何特异之处吗？"

"没听说过。"

"我原本怀疑是否他埋下了什么。当然了，人们藏宝物，往往都会放到银行的保险柜里头，但是世界上总是有那么一些怪人。假如没有这种人，世界岂不是太过单调了吗？起先我确实设想过这里埋藏有珍宝的可能性，但是，假如是那样的话，他们又何必要买你的家具呢？你总不会有什么拉斐尔的画作或是莎士比亚手稿之类的宝物而你自己并不知道吧？"

"没有，除了一套比德贝王室的茶具外，再也没有比它更值钱的东西了。"

"一套茶具是不值得如此大费周章来策划这些神秘行动的。另外，他们为何不公开说明自己所要的东西呢？假如他们只是想要你的茶具，他们直接出个高价买走茶具就是了，何必要买你的全部东西，甚至连锅盆碗柜都不放过呢？不对，依我看来，你家里是有一些什么你自己都不知道的东西，而假如你知道的话，你是绝不会放手卖掉的。"

"这也正是我的想法。"我说道。

"华生也同意了，那么这种推测就没错了。"

"那么，福尔摩斯先生，那东西究竟是什么呢？"

"来，咱们来瞧一瞧只用逻辑分析能否把它限定在一个最小的范围内。你在这里住了一年了？"

"将近两年了。"

"那更好。在如此长的一段时间里并没有人向你要买什么东西。突然，就在这三四天里，你却遇见了急迫的求购者。你看这到底说明了什么呢？"

"那只能说明，"我说道，"无论那些人想要得到什么东西，它是刚刚进入到这住宅里的。"

"应该是这样的，"福尔摩斯说，"那么，梅白利太太，最近房子里新增加了什么东西没有？"

"没有，今年我什么新东西都没有买。"

"是吗！那可真的是奇怪了。好吧，我想还是继续观察事态的进一步发展，以便取得更多的必要资料。你的律师是一个非常有能力的人吗？"

"是的，苏特罗先生非常有能力。"

"你还有别的女仆吗？刚才的那个偷听者苏珊是唯一的仆人吗？"

"我还有一位年轻的女仆。"

"你需要请苏特罗到这里留宿一两夜。你可能需要有人保护。"

"危险是从何处而来呢？"

"谁知道呢？这个案子的确不明朗。既然我搞不清他们究竟想要的是什么，我必须从另一方面入手，找到主谋。这个自称房产经纪商的人是否留下了住址？"

"只留下了名片与职业。海恩斯·约翰逊，拍卖商兼估价商。"

"看样子在电话簿当中是无法找到他的。正常的商人绝对不会隐瞒营业地址。好吧，如果有了新的情况，请及时通知我。我已经接手了你的案子，我就必定要把它办成功。"

我们路过门厅的时候，福尔摩斯那无所遗漏的目光落在角落当中堆着的几个箱子上面。那上面贴有各色各样的海关标签。

"'米兰''卢塞'。这些东西是从意大利运来的？"

"这全都是我可怜儿子道格拉斯的东西。"

"还没拆开过吗？送到这里多久了？"

"上周送到的。"

"但是你刚才却说——啊，这很可能就是被遗漏的线索。谁知道里面是否存在珍贵的东西呢？"

"那是不可能的，福尔摩斯先生，可怜的道格拉斯的收入仅有工资与一小笔年金。他能有什么值钱的东西送来？"

福尔摩斯开始陷入到沉思中。

"尽快行动，梅白利太太，"最后他说道，"马上让人把这些东西抬到你卧室去。尽快检查箱内的物品，看看到底装了一些什么东西。明天我来听你调查的结果。"

显然，这栋房间是遭到严密监视的，因为我们拐过高树篱时，看到那个黑人恶棍正站在那里。我们是突然与他见面的，在这个偏僻的地方更显露出他狰狞逼人的样子。福尔摩斯伸手去摸衣袋。

"去拿手枪吗，福尔摩斯先生？"

"不，只是摸鼻烟盒，史蒂夫。"

"你真逗，福尔摩斯先生。"

"假如我跟踪你，你就不觉得逗了。今天早上我对你可是有言在先了。"

"是这样的，福尔摩斯先生，我考虑过你今早所说的话了，我不愿意再有人提到珀金斯那件事了。假如我能为你效力，你只需要发话就好了。"

"那么，告诉我在这起案子当中你的主使者是谁。"

"我的上帝啊！我跟你说的可都是实话，福尔摩斯先生，我真的不知道。我的上司班尼给我命令，就是这样的。"

"好吧，你记住，史蒂夫，这座宅子当中的太太，还有房子当中的一切东西，都是受我保护的。不要忘了这一点。"

"好，福尔摩斯先生，我已经记住了。"

"华生，看来他是为了保命而真被我吓住了。"我们往前走的时候福尔摩斯如此说道，"要是史蒂夫确实知道他的主顾的身份，我看他是肯定会出卖他的。幸亏我掌握了一些约翰犯罪集团的情况，而史蒂夫是其中的一员。华生，看来这个案子需要蓝岱尔·派克帮忙，现在我就去找他。等我回来时也许会把这件事弄得更清楚一些。"

后来我始终没有再看见福尔摩斯，但是我能够想象出他是怎样度过这半天的。蓝岱尔·派克是有关所有社会传闻方面的专家，是福尔摩斯活的参考书。这位古怪而又懒散的人物在他全部清醒的时间里都待在圣詹姆士大街的一家俱乐部的凸肚窗内，在这里接收并转发整个伦敦的小道新闻。据说，他那高达四位数字的收入完全靠给小报投稿，这种报纸是专供好事之徒闲暇时消遣的读物。在伦敦社会的肮脏底层里，只要稍微掀起一点波澜，就会被这台人情记录器自动而又准确地记载下来。福尔摩斯总是极为谨慎地帮助蓝岱尔获得消息，有时候也接受其帮助。

次日清早，我前往福尔摩斯的房间，从他的神态来看，我就知道情况非常好，但谁知有一个意外在等待着我们，那就是下面的这封电报：

请马上前来，住宅被盗，警察已到场。苏特罗

福尔摩斯吹了一声口哨。"戏剧已经到达了高潮，而且比我预料的还要快。华生，在这起案子背后存在一股强大的势力，对此我不会有任何惊讶，因为昨天我听到了一些消息。这个苏特罗自然是她的律师啦。昨天没有请你留在那里进行守卫，实在是我的失策。看来这个苏特罗也是一个软骨头。没法子，还是前往维耳德走一趟吧。"

这回人形墙山庄与昨天那井井有条的样子可大不一样了。花园门口站着几个看热闹的闲杂人等，另外有两个警察正在检查窗口与种植有天竺葵的花坛。走进屋内，我们遇见了一位白发苍苍的绅士，他说自己是律师，旁边还有一位满面红光、正在喋喋不休的警官，上来就以老熟人的身份与福尔摩斯开始了周旋。"嘿，福尔摩斯先生，这回可没你插手的余地，纯粹是一件极为普通的盗窃案，警察就足以应付得了，用不着专家出手。"

"这是当然，案子是在有能力的警察手里进行侦查。"福尔摩斯说，"你是说，仅仅是普通的盗窃案吗？"

"没错儿。我们非常清楚作案的是什么人，还有去什么地方能找到他们。就是那个班尼犯罪团伙，还有那个黑人——有人在附近见到过他们。"

"非常高明！请问他们究竟偷了什么东西？"

"这个嘛，看来他们似乎没有得手，梅白利太太被麻醉了，住宅被抢劫，好了，女主人来了。"

昨天接待我们的那位女主人，面色苍白，显得很虚弱，由一个小女仆搀扶着走了进来。

"福尔摩斯先生，昨天你给了我一个非常正确的建议，"她苦笑着说，"但是该死的，我却

没有照办。我不愿意麻烦苏特罗先生前来,结果没有丝毫戒备。"

"我今天早上才听说这件事。"律师说道。

"昨天福尔摩斯先生劝我请人过来留宿这里以便戒备,我没有照办,结果吃了亏。"

"你看来非常虚弱,"福尔摩斯说,"大概你的体力已经无法支持来叙述整个事件的经过吧。"

"事件不是已经明摆着了吗?"警官指着他的笔记本说道。

"不过,假如夫人体力能够允许的话——"

"其实经过倒也不算复杂。我觉得那个可恶的苏珊应该是告诉过他们屋内的布局了。他们一定对这所房子非常熟悉。我感觉到有人将浸有麻醉药的纱布捂住了我的口鼻,但是我不清楚昏过去有多长时间。等到我醒来的时候,有一个人站在床边,另一个人手里拿了一卷纸刚从我儿子的行李堆当中站起来,那行李已经被打开了一部分,弄得满地都是东西。在他还没能来得及逃走之前,我跳起来抓住了他。"

"你这样做实在是太冒险了。"警官说。

"我抓住他,但他挣脱了我,另一个人似乎还打了我,因为我记得不是很清楚了。女仆玛丽听见了响声,对着窗外大喊起来,警察很快就来了,但流氓已经逃走了。"

"他们带走了什么东西?"

"我认为并没有丢失什么值钱的东西。我清楚在我儿子的箱子当中什么也没有。"

"他们没留下什么有价值的痕迹吗?"

"有一张纸也许是我从那人手里抢下来的,它留在了地板上,褶皱得很厉害,是我儿子的笔迹。"

"既是他所写的,那这纸是没用的,"警官说。"假如是犯人写的——"

"高明,"福尔摩斯说,"有着足够的常识!但是,我依旧很好奇地想看一看这张纸。"

警官从他的笔记本当中拿出一张大的书写纸。

"我从来没有忽略过任何微细的东西,"他郑重地说。"这也是我对你的忠告,福尔摩斯先生。干了二十年的警察工作,我学会了很多东西,总是有可能发现有用的指纹之类的东西。"

福尔摩斯检查了那张纸。

"警官先生,你对此有何意见?"

"依我看来,非常像是一本古怪故事的最后部分。"

"它也许就是一个古怪故事的结局,"福尔摩斯说,"你看到上方的页码了吧。二百四十五页。其余的那二百四十四页去了哪里呢?"

"我看应该是被犯人拿走了。这对他们有什么用处!"

"入侵住宅,偷走这种东西是极为莫明其妙的事。你觉得这能够说明什么问题?"

"是的,这说明在慌乱中他们是拿到什么就带走什么。我希望他们能够为找到的东西而高兴。"

"为什么偏偏去翻找我儿子的东西呢?"梅白利太太问道。

"这个,他们在楼下没能找到值钱的物品,于是就跑到了楼上。这就是我的分析。你的意见是什么,福尔摩斯先生?"

"我需要仔细考虑一下。华生,你到窗前去。"我们站在那里,他将那张纸上的字读了一遍。开头是半截话,内容是:

"……脸上的刀伤与击伤流了许多血,但是当他看到那张他甘愿为其牺牲生命的脸,那张脸在漠然地望着他的悲痛与屈辱的时候,这时他脸上淌下的血比起在他心底淌出的血又算得了什么啊。他抬起头来望着她,她居然笑了,她居然笑了!宛如没有良心的魔鬼那般笑了起来!在这一刹那,爱毁灭了,恨产生了。人总要为某种目的而活着。小姐,假如不是为了拥抱你而活,那我就为了毁灭你与复仇而活吧。"

"真是奇怪的措辞!"福尔摩斯笑着把纸交回给警官。"你注意到'他'突然转变为'我'了没有?作者太过激动了,在关键时刻他将自己幻想成主角了。"

"文章确实不怎么样,"警官一边把纸放回到本子里,一边说道。"怎么,你就这样走了吗,福尔摩斯先生?"

"既然有高手来处理这个案子,我在这里也就没用了。对了,梅白利太太,你似乎说过有出国旅游的想法,对吗?"

"那始终都是我的梦想,福尔摩斯先生。"

"你打算去什么地方,开罗,马德里,还是里维耶拉?"

"唉,假如有钱,我是想要周游世界的。"

"不错,周游世界。好吧,那就再见吧。我下午也许会给你一封信。"走过窗口时,我看到警官在微笑着摇头。他的笑容似乎在说,"这种聪明人多少都有一些疯病。"

"好,华生,咱们的旅程终归要告一段落了,"当我们又返回到喧嚣的伦敦市中心时,福尔摩斯这样说着。"我想还是立刻办完这件事比较好。你最好能跟我一起去,因为与莎杜拉·克兰这样的女士打交道,还是有一位见证人比较安全。"

我们雇了一辆马车,朝克劳斯凡诺广场的某一地点疾驰而去。福尔摩斯原本始终沉思不语,但突然对我说起话来。

"我说,华生,你弄清楚是这究竟是怎么回事了吧?"

"还不敢说。我只知道咱们要去与那位隐身幕后的女士见面。"

"一点不错!但是莎杜拉·克兰这个名字你难道没有印象吗?当然,她便是那位著名的美女。从来没有其他女人能够比她更美。她是纯粹的西班牙血统,就是征服了墨西哥与秘鲁的西班牙统治者的后裔,她的家族已经在巴西的波南布哥省当了几代的领导人了。她嫁给了年老的德国糖业大王克兰,不久就成为世界上最美丽并且也是最富有的寡妇。接下来是一段为所欲为的时期。她有很多情人,而道格拉斯·梅白利这位伦敦最不平凡的美男子之一,也是她情人中的一个。而道格拉斯并非浪荡公子。而是一位坚强而又骄傲的人,他交出了自己的一切,也期望能够得到对方的一切。而她呢,则是一位蛇蝎美人。她的欲求得到满足后,就与道格拉斯一刀两断了,假如对方不能接受她的安排,她就会不择手段地想办法达到目的。"

"这样说来，刚才那张纸上所写的就是他自己的故事喽！"

"对！现在你已经将情报都串起来了！听说她马上就要嫁给年轻的罗曼公爵，尽管他的年龄已经几乎可以当她的儿子了。公爵的母亲也许能够不介意她的年龄，但假如传出一件如此严重的丑闻，那就不同了，所以有必要——啊，我们已经到了。"

这是伦敦西区最为考究的住宅之一。有一个行动宛若机器人的仆人把我们的名片送了进去，又回来说女主人外出了。福尔摩斯丝毫没有感到扫兴地说："那我们就在这里等她回来。"

仆人有些慌了。"不在家也就是对你们来说不在家，"仆人说。

"也好，"福尔摩斯说，"那我们也就不必恭候大驾了。请你将这张便条交给你的女主人。"

说着他在日记本的一张纸上匆匆写了三四个字，将字条递给了仆人。

"你是怎么说的？"我问道。

"我简单地写下了：'那么交给警察去办？'我相信这张字条会让我们进去的。"

果然只用了不到一分钟，我们就走进了一间犹如天方夜谭般的客厅，宽敞而又华丽，屋内有粉红色的电灯照明，光线很朦胧。我觉得女主人已经到了这般年纪，就算再美丽的美人也会更喜欢黯淡些的光线了。我们刚进屋，她从靠椅上站了起来，高挑而又端庄，身材绝伦，面如塑像，两只目光深邃的眼睛对我们冒出凶光。

"为什么干涉我——还有这个充满侮辱含义的字条儿？"她手里举着字条儿对我们说道。

"夫人，我不需要解释。因为我相信你的智力——尽管我不得不承认你的智力最近不大好。"

"为什么这样说，先生？"

"因为你居然认为雇一个流氓就可以吓得我停止工作。要不是受到冒险的吸引，谁也不会选择我这种职业。是你迫使我去研究梅白利先生的案件的。"

"我不明白你在说些什么。我与雇佣流氓有什么关系？"

福尔摩斯不耐烦地转身准备离开。

"是的，我的确低估了你的智商。好，再见。"

"等一等！你准备去哪儿？"

"我要去苏格兰场。"

还没等我们来到屋门口，她就追过来并且拉住了他的胳膊。她马上从强硬变为了柔和。

"请坐下吧，各位先生们。让我们好好谈一下。福尔摩斯先生，我觉得我能够对你说一说真心话。你有着绅士的情操。女人的本能很快就能发现这一点。我可以将你当朋友来对待。"

"我无法担保会回报你，夫人。我尽管不能代表法律，但在我的微薄能力的范围内，我是代表公正的。我愿意倾听你的意见，然后我会告诉你，我将要如何行动。"

"毫无疑问，威胁你这样一个极为勇敢的人是我的愚蠢。"

"愚蠢的是你将自己交给了一群可以敲诈或出卖你的流氓。"

"不对！我可没有那么容易对付。既然我答应你会说实话，我就坦白地讲，除了班尼与他老婆苏珊以外，谁也不清楚他们的主顾到底是谁。至于他们两个人嘛，这已不是第一次——"

她笑了，有些俏皮地点点头。

"原来如此。你已经考验过他们。"

"他们是不会走漏风声的猎犬。"

"这种猎犬迟早会咬伤喂养它们的人的手。他们将因为这次盗窃而被捕。警察已经找到了他们。"

"他们会逆来顺受。这是他们接受雇佣的条件。我不会出面的。"

"除非我叫你出面。"

"不，你不会的，因为你是一个非常有尊严的绅士。你不会揭发一个女人的隐私。"

"首先，你必须将手稿还给失主。"

她发出了一连串笑声，朝壁炉走去。她用拨火棍挑起一堆已被烧焦的东西。"要我归还这个东西吗？"她问道。她以挑战性的眼神对我们笑着，我觉得这是福尔摩斯曾遇到过的所有罪犯里最难应付的一个了。然而福尔摩斯却依旧无动于衷。

"这就已经决定了你的命运，"他冷冷地说，"你动作很快，夫人，但此次你做的实在太过分了。"

她"啪"的一下扔掉了拨火棍。

"你实在是太冷酷了！"她大声说，"要不要我将全部的经过都讲给你听啊？"

"我觉得我倒可以说给你听。"

"但是你必须要以我的视角来看待这件事，福尔摩斯先生。你必须看到，这是眼看着自己一生的野心即将被毁掉的女人的无奈之举。这样的一个女人想要保护自己有什么错吗？"

"原罪是因你而起的。"

"当然，我承认这一点。道格拉斯是一个非常可爱的孩子，但是命运就是如此，他不符合我的计划。他要求和我结婚——结婚，福尔摩斯先生——跟一个穷困的平民结婚。他非要这样不可，不接受任何其他条件。后来他变得一点都不讲理了。由于我曾经给予，他就认为我必须永远给予，而且只给予他一个人。这是我无法容忍的。最后我不得不让他认清现实。"

"雇流氓在你面前对他进行殴打？"

"看来你确实已经知道了一切。是的。班尼和他的手下把他赶走了，我承认这样做得有些粗暴。但他后来的做法呢？我怎么能相信一个有着自尊的绅士会干出如此卑劣的事来？他写了一本书来讲述自己的遭遇。我当然被写成了恶狼，而他则是被残害的羔羊。所有真实的情节都被写在了里边，当然是使用了假名字，但是伦敦谁会看不出来其中的真相呢？你认为他的这种行为如何，福尔摩斯先生？"

"我觉得这是他应有的权利。"

"仿佛意大利的可恶习气影响到了他，他变得拥有意大利的残忍精神。他写信给我，还寄了一部小说的副本过来，目的是让我饱受精神折磨。他说稿本一共有两部——一部寄给我，另一部给他的出版商。"

"你怎么知道出版商还没有接到稿子？"

"我早就清楚他的出版商到底是什么人。这并非他唯一的小说。我发现出版商还没有收到意大利的来信。后来得知了道格拉斯突然去世的消息。只要那一部文稿还在世间，那我就没有安全可言。稿子必定在他的遗物当中,而遗物必然会交给他母亲。我就让流氓团伙行动起来,有一个打入住宅内部成为女仆。我原本是想利用正当合法的手段拿到文稿,我是真心希望这样做的。我愿意将住宅与里面的一切东西都买下来,哪怕会付出相当高的价钱。只是在这一切办法都失败之后,我才使用了其他的手段。你瞧,福尔摩斯先生,就算我对道格拉斯非常狠心——天知道我有多后悔——但这关系到我的未来,我又能怎么办呢?"

福尔摩斯耸了耸肩膀。

"好吧,好吧,"他说道,"看来我又不得不像往常那样争取经济赔偿。以乘坐头等舱的方式周游世界大概需要多少钱?"

女主人瞪大眼睛莫明其妙地望着他。

"五千英镑能接受吗?"

"是的,我看应该足够了,我接受!"

"很好。你签一张五千英镑的支票,我负责转交给梅白利太太。你有义务让她换换环境,开心地度过后半生。另外,小姐,"他举起一根指头对她警告说:"你要小心啊,玩火者必自焚,迟早有一天你会得到报应的。"

吸血鬼案

福尔摩斯仔细地阅读了一封刚送来的信,然后,漠然无声地笑了一下——这是他接近于大笑的一种表情——随后把信扔给了我。

"作为现代与中古时代、实际与异想天开的混合产物,大概没有比这封信上提到的事更加离奇的了,"他说道,"你觉得如何,华生?"

我读道:

老吉瑞街46号　十一月十九日
有关吸血鬼的事宜
敬启者:

　　敝公司的委托人明辛大街弗格森—米尔黑德茶叶经销公司的罗伯特·弗格森先生,今日来函闻讯有关吸血鬼的相关事宜。由于敝店专门经营机械估价业务,此项根本不属于本店的经营范围,因此特地介绍弗格森先生前去造访阁下以解疑难。因为阁下曾成功破解玛蒂达·布瑞格士案件,本公司对您感激不尽,故此推荐您来解决此事。

莫瑞森,莫瑞森与达德公司谨启
经手人 E·J·C 拜上。

"玛蒂达并非是少女的名字,"福尔摩斯回忆道,"那是一艘船,与苏门答腊岛的巨型老鼠有关系,那个故事现在还无法让一般公众接受。但是咱们又哪里知道吸血鬼的事情?那属于咱们的业务范围内吗?不过无论是接手什么案子也比闲着没事儿干强。但这次咱们一下子就要进入格林童话之类的案件了。华生,麻烦你伸一把手,查查那部记录档案里字母'V'部分当中对此有什么记录[①]。"

我转过身去将那本记录档案取下来拿去让他翻阅。福尔摩斯将书摆放到腿上,两眼缓慢而喜悦地查阅着那些古老的记录,其中记载着他毕生积累的知识与破案经验。

"'葛劳瑞亚·史考特号'航行记,"他念道,"这是个非常糟糕的案子。华生,我记得你

---

① 在英文当中,吸血鬼一词的首字母是V。

曾经作了一些记录,但结局却不是很好。造伪钞的维克多·林奇。毒蜥蜴。这是个非常了不起的案件。马戏团美女演员维多利亚,非比寻常的案子。凡德贝特,窃贼。毒蛇案件,杰出铁匠维格。啊,有了,好一本优秀的档案,可谓无所不包。华生,你听这个:匈牙利吸血鬼妖术,还有全斯维尼亚①的吸血鬼案。"他专注地翻阅了好久,随后失望地叹息了一声,把本子扔回到桌上。

"胡扯,华生,完全是胡扯!那种应该用木板钉死在坟墓当中却又还能出来走动的僵尸,跟咱们有什么干系?完全是精神失常。"

"不过,"我说道,"吸血鬼或许未必是死人呢?活人也能够有吸血的习惯。比如我在书上就看到过有些老人企图通过吸年轻人的血以达到永葆青春的目的。"

"你说得非常对,这本记录里就提到各种传说了。但是咱们能够相信这种事吗?这家公司不打算去管这种事,应该就是这样的。这个世界上已经有了太多的事情需要我们去管,我们没有必要去管妖怪鬼魂的事。我觉得不能太相信弗格森的话。这封信也许是他写的,也许能稍微说明一下让他苦恼的到底是什么问题。"

说着,他从桌上拿起了另外一封信,由于他始终在专心研究第一封信,因此这封信还没有开始读。他开始时还是含笑在读这封信,但过了一会儿,笑容就转变为专心紧张的表情了。看完后他靠在椅子上开始了沉思,手指间还夹着那封信。后来他猛然一惊,才从深思当中醒了过来。

"伦伯利的奇斯曼庄园。华生,伦伯利在什么地方?"

"在沙塞克斯郡,在荷什姆的南边。"

"不算特别远,那么奇斯曼在哪里呢?"

"我倒是对那一带乡下很熟悉。那里有很多古老的住宅,都是用几个世纪以前的原房主的姓氏来命名的,例如欧德利庄园、哈维庄园、卡瑞登庄园等——那些家族早已被人所遗忘,但他们的姓氏还通过房子被保留了下来。"

"不错,"福尔摩斯冷冷地说。他那骄傲而极为自制的气质有一个特点,就是尽管他时常不声不响,但总能准确地把所有新知识都装入头脑里,却很少对知识的提供者表达谢意。"我觉得很快我们就会对奇斯曼庄园有更多的了解。这封信是弗格森先生本人写来的,正如我预想的那样。对了,他还自称与你相识呢。"

"什么,他认识我?!"

"你自己来看信吧。"

说着他将信递了过来。信的开头写的就是刚才他念的那个地址。我读道:

福尔摩斯先生:

　　我的律师介绍我与你进行联系,我的问题实在太过敏感,不知从哪里谈起才好。我是代表一个朋友来谈论他的事的。这位绅士在五年前与一位秘鲁的小姐结婚,她是一

---

① 罗马尼亚过去的一个省。

位秘鲁商业家的女儿，我的朋友在经营进口硝酸时与她结识。她长得非常美，但是国籍与宗教的不同总是在夫妇之间引发感情上与事实上的隔膜。结果，经过一段时间的共同生活后，他对她的感情变得冷淡下来，他可能觉得这次结婚根本就是个错误。他察觉到她的性格当中有某些东西是他永远难以捉摸与理解的。这是极为痛苦的，因为她的确是一个罕有的温存可爱的妻子——无论从哪方面来看，都是绝对忠实地热爱着丈夫。

现在我来谈论一下主要问题，详情还需要与你进行面谈。这封信只是先谈一个大体轮廓，以便让你确定是否有意向去承办这件事。不久前，这位女士开始表现出一些与她温柔的本性非常不相称的古怪毛病。这位绅士曾经结过两次婚，他有一个前妻生下的儿子。这孩子已经有十五岁了，他是一个非常讨人喜欢而且注重感情的孩子，可惜小时候受到过外伤。有两次，有人发现继母正在无缘无故地痛打这个可怜的小孩子。一次是抡起手杖打他，在胳臂上留下了一大块淤青。

这还不算，她对自己亲生的还不足一周岁的小儿子的行为就越发严重了。大约在一个月以前，有一次保姆离开婴儿仅有几分钟要去干其他的事。突然婴儿猛地嚎哭起来，保姆急忙跑回来，一进屋就看到女主人弯着腰似乎正在咬小孩儿的脖子。脖子上已经有了一个小伤口，往外流着血。保姆被吓坏了，马上要去找男主人，但是女主人苦苦哀求她不要去，还给了她五英镑让她为此事保密。女主人没有做出任何解释，事情就如此被搁下了。

但是这件事在保姆心中留下了极为可怕的印象，从此以后她就开始严密注意女主人的一举一动，并且更加小心地护卫着婴儿，因为她是真的很喜爱这个孩子。但是她能感觉到，就像她正在监视母亲一样，母亲也在暗地里监视着她，只要她稍微离开婴儿一会儿，母亲就抢到小儿跟前去。保姆夜以继日地保卫着婴儿，而母亲也昼夜不停地不声不响，犹如狼等羊一样盯着婴儿。这对你来说必定是难以置信的事，但我请求你严肃地倾听我的叙述，因为事关一个婴儿的生死存亡，也可能导致一个男子的精神失常。

终于有一天，事情实在瞒不过丈夫了。保姆的神经也再也支持不住了，她向男主人坦白了所有的一切。对他而言，这简直是天方夜谭，就犹如你现在的感受一样。他深知他的妻子是真心爱他的，而且除了那次痛打继子以外向来也是对继子疼爱有加的。她怎么会伤害自己的亲生儿子呢？因此他对保姆说这完全是她的幻觉，这种多疑是非常不正常的，她对女主人的诽谤是让人难以容忍的。正在他们谈话的时候，突然听到婴儿痛苦地惨叫起来。保姆和男主人一起跑到了婴儿室。只见他妻子刚刚从摇篮的旁边站起身来，婴儿的脖子上正流着鲜血，床单也被染上了血。请你想象他当时的心情吧，福尔摩斯先生。当他将妻子的面庞转到亮处，发现她嘴唇四周全都是鲜血时，他惊恐得大叫出来。原来是她——这回是真的没有疑问了——是她吸食了可怜婴儿的鲜血。

这便是实际情况。她如今关在屋里不见人。没有作出任何解释。丈夫已经处在半疯狂的状态。他还有我除了听说过吸血鬼这个名词以外，对这种事可以说是一无所知。我们原本以为那只是外国的一种神话传说，谁知就在英国沙塞克斯郡的中心地带就存在——罢了,还是明早与你面谈吧。你方便接待我吗?你能否不吝帮助一个濒临精神失常的人?如蒙不弃,请致电伦伯利奇斯曼庄园的弗格森先生。我将在上午十点钟到达你的住所。

您忠实的罗伯特·弗格森谨上

又及:我记得你的朋友华生曾经是黑石南足球队的队员,而我当时则是里士满队的中卫。在私人交情方面,这是我能够提出的唯一自我介绍。

"不错,我还记得有这样一个人,"我一边放下信一边说,"大个子罗伯特·弗格森,他是里士满队最好的中卫。他是一位非常厚道的人。所以他对自己朋友的事如此关心恰好符合这个人的一贯秉性。"

福尔摩斯若有所思地看着我,缓缓摇了摇头。

"华生,我总是猜不透你的想法,"他说,"你总是有一些让我非常惊讶的想法。好吧,请你去拍一封电报,内容是:'愿意承办你的案件。'"

"'你的案件'!"

"咱们不可以让他觉得我们这里是一家缺乏智慧的侦探所。这自然是他本人的案子。请你把电报这样发出,到明天早上就知道事情的详情了。"

第二天上午十点钟,弗格森先生准时地大踏步来到了我们的房间里。在我记忆当中,他是一个身材高大、四肢灵活的人,他行动极为快速,善于绕开对方后卫的奋力拦截。大概在人生的路途当中,没有比这更让人难过的事———一位曾在其全盛时期与你相识的健壮运动员,如今已瘦得只剩下一把骨头。弗格森先生的骨架已经垮了,两肩低垂,头上有着稀疏的淡黄色头发,也近乎于谢顶了。恐怕我留给他的印象也是极为类似的吧。

"嘿,华生,你好,"他说道,他的声调倒是依旧那样深沉而又热情。"我说,你可不是当年我把你抛到场外观众席当中那样的身子骨儿啦。我大约也有一些走形了。就是最近这些天我才显老的。福尔摩斯先生,从你的电报中我能够看出,我是无法再装作是别人案件的代理人了。"

"实话实说更方便一些。"福尔摩斯说道。

"这是理所应当的。但请你来想一想,谈论一位你必须维护的女人的事情,是多么为难的一件事啊。我又能怎么办啊?难道我去找警察来解决这件事吗?而我又必须照顾孩子们的安全。福尔摩斯先生,请告诉我,那属于精神病吗?是血统当中遗传下来的吗?你经历过类似的案件没有?看在上帝的分儿上,求你赶紧帮帮我,我是一点主见都没有了。"

"这是完全能够理解的,弗格森先生。请你过来坐下,稳定一下心神,清楚地回答我几个问题。我能够向你保证,我并没有对你的案情感到束手无策,我自信一定能够找到答案。首先,请你先告诉我,你究竟采取了什么步骤,你妻子现在还与孩子们接触吗?"

"我与她大吵了一架。福尔摩斯先生,她是一个非常温柔而又深情的女子。她是真正全心全意地爱护着我。见我发现了这个可怕的、让人无法置信的秘密,她已经伤心到了极点。

她连话都不说了,根本无法回答我的责备,只是用饱含惊狂绝望的神色瞧着我,然后转身跑回到了自己的房间里,将门锁上。从那以后,她再也不愿意见我。她有一个陪嫁过来的侍女,名叫桃乐丝,虽然名分上是主仆关系,还不如说是知心朋友。由她专门负责给我妻子送饭。"

"那么说,孩子眼下还没有危险吗?"

"保姆梅生太太发誓昼夜不再离开婴儿半步。我倒是更加不放心可怜的小杰克,因为他曾两次被殴打,正如我之前告诉过你的那样。"

"可是并没有受伤?"

"没有。但是她打得非常狠。特别是他没有任何抵抗能力,他是一个可怜的跛足孩子。"当弗格森谈起他儿子时,他脸上的表情变得非常温柔。

"这个孩子的缺陷谁看到也会感到心中难过。小时候由于意外,脊椎被摔坏了,但是他的心灵是最为可爱的。"

这时候福尔摩斯又从桌上拿起了昨天的信件,反复阅读着。"弗格森先生,你家里还有什么人?"

"有两个刚来不久的仆人。还有一个马夫,名叫麦可,也住在屋子里。另外就是我妻子、我、我儿子杰克、婴儿、桃乐丝、梅生太太,这就是全部的人。"

"我想你在结婚时还对你妻子不是特别了解吧?"

"那时我刚认识她几个星期。"

"侍女桃乐丝跟她在一起有多久了?"

"有些年头了。"

"那么她对你妻子的性格应该比你更加了解吧?"

"是的,可以这样说。"

福尔摩斯记录了下来。

"我觉得,"他说道,"我在伦伯利会比待在这里更有用。这个案子需要我亲自前去调查。既然女主人无法走出卧室,我们在庄园当中也不会打扰她。当然我们晚上会住在旅馆里。"

弗格森显露出松了一口气的样子。

"福尔摩斯先生,这正是我原来所期望的。如果你能去我家,恰好两点钟有一班舒适的列车从维多利亚车站出发。"

"自然是要去的。目前我恰好有空闲。我能够全力侦办你的案件。华生自然也会与我们一起前去。不过,在出发以前,有一两个问题我必须要弄得十分清楚。照我的理解,这位不幸的女主人看起来对两个孩子都进行了侵犯,包括你的儿子以及她亲生的孩子,对吗?"

"对。"

"但是动武的方式完全不同,对吗?她是在对你的大儿子进行殴打。"

"一次是用手杖,另一次是徒手殴打。"

"她一直没有解释这样做的原因吗?"

"没有,只是说自己很恨他。她不断地这样说。"

"这在继母当中也是常有的事。大概可以称之为对死者的嫉妒吧。她天性是喜欢嫉妒的吗？"

"是的，她非常容易嫉妒，她的嫉妒源自于她那如火的深情。"

"你的儿子——他已经十五岁了，既然他的身体活动受到健康因素的限制，大概他的智力应该发展的比较早吧。难道他没有向你解释惨遭殴打的原因吗？"

"没有，他坚持说那完全是毫无缘故的。"

"以前他与继母的关系好吗？"

"他们之间的关系从来没有和睦过。"

"但是你说他是一个非常会疼人的孩子？"

"世界上再也不会有像他那样好的儿子了。我的命就是他的命。他对我的一言一行都完全是关切的。"

福尔摩斯又记录了下来。他有一段时间陷入了深思。

"再婚之前，你确定你与儿子的感情是非常深的。你们经常待在一起，对吧？"

"可以说是朝夕相处。"

"既然这个孩子那么注重感情，那当然对已故的母亲是非常深爱的了？"

"极为深爱。"

"看来他必定是一个非常有意思的孩子。还有一个有关孩子被殴打的问题。对你儿子的殴打与对婴儿的神秘攻击是同时进行的吗？"

"第一次确实是这样。就好像她突然发了疯，对两个孩子都需要发泄。第二次只是杰克被打了，保姆并没说婴儿有什么事。"

"这确实有点复杂。"

"我没明白你的意思，福尔摩斯先生。"

"你或许不懂，我是作出了一些假设，有待时间或是找到新资料去逐渐证实它们。这是一个不好的习惯，弗格森先生，但人总是会有弱点的。我只怕你的老朋友华生已经将我的科学方法描述得过于夸张了。无论怎么说，目前我能够告诉你的是，我觉得你的案件并非很难解决，今天下午两点钟，我们会准时到达维多利亚车站。"

这是一个十一月的阴沉而又多雾的黄昏。我们将行李存在伦伯利的查克旅馆，随后就驱车穿过一条弯曲而泥泞的沙塞克斯郡的马路，来到弗格森那座偏僻而又非常古老的庄园，那是一座庞大而又连绵不断的建筑，中心部分极为古老，而两翼又比较新，有图德式的高耸烟囱与长满了苔藓的高坡度霍山石板瓦。门阶已经凹陷了下去，长廊墙壁的古瓦上雕刻有圆形的原房主的徽记。房内的天花板由沉重的橡木柱子来支撑，凹凸不平的地板显露出很深的凹陷。这座摇摇欲坠的房子散发出一股陈腐的气息。

弗格森将我们让进了一间非常宽敞的中央大厅。有一座非常大的、罩有铁皮的旧式壁炉，上面刻着"1670"年的字样，里边用上等木材生着熊熊火焰。

我环顾周围，只见这屋子在时代与地域上完全是一个大杂烩。半截镶木墙也许是十七世纪原农庄主建造的。在墙的下半部分挂有一排富有现代审美趣味的水彩画。而上半部却挂有一排南美风格的器皿与武器，显然这一定是楼上的那位秘鲁太太携带过来的东西。福尔摩斯站起来，以他那能看穿一切的锐敏好奇感，仔细研究了这些东西。他看完后，显露出沉思的表情又坐下了。"啊！"他突然叫喊起来，"你看！"

一只狮子狗原本在屋角的筐当中卧着，这时慢慢朝主人爬了过去，行动非常吃力。它的后腿拖拉着，尾巴拖到了地上。它去舔主人的手。

"怎么了，福尔摩斯先生？"

"这狗有什么疾病吗？"

"兽医也弄不清这到底是什么病。是一种麻痹症，他说很有可能是脑膜炎。但这病症已经在逐渐好转。它不久就会恢复健康了——是不是，我的卡洛？"

这狗的尾巴轻轻颤动了一下表示赞同。它那悲伤的眼睛看着这些人。它很清楚我们正在谈论它的病。

"这病是突然发作的吗？"

"就在一夜之间。"

"多久以前？"

"大约有四个月了吧。"

"非常奇怪，但也非常有启发。"

"你觉得这病说明了什么问题吗，福尔摩斯先生？"

"它证实了我的一种猜想。"

"什么，你到底想要说什么？这对你或许只是猜谜游戏，但对我却是生死攸关！我妻子也许会成为杀人犯——我儿子时刻处于危险当中！福尔摩斯先生，千万别和我开玩笑，这一切都太可怕了。"

这个大个子中卫，从头到脚开始颤抖。福尔摩斯将手放到了他的胳臂上安慰说：

"无论结论是什么，恐怕对你而言都是很痛苦的。我一定会尽全力减轻你所受的痛苦。目前我还不能透露出来，但在我离开你家前，我必定会给你明确的答复。"

"但愿能够这样，请二位见谅，我要去楼上探望我妻子，看看她的情况有无变化。"

他去了几分钟，福尔摩斯再次去研究墙上悬挂的器物。主人这时回来了，从那阴沉的脸色看来他并没有好消息。他带来了一位棕色皮肤的瘦高个子侍女。

"桃乐丝，茶点已经准备好了，"弗格森说，"请你尽力照顾女主人，满足她的一切需要。"

"她的病非常重，"侍女大声喊道，两眼愤怒地瞪着主人，"她不想吃饭。她的病非常重。她需要医生。没有医生，我一个人与她共处也感到很害怕。"

弗格森用带着疑问的眼神看着我。

"如果有需要，我愿意尽力。"

"你女主人愿意与华生医生见面吗？"

"我带他一起去。我不需要征求同意。她需要医生。"

"那我马上就和你一起去吧。"

侍女激动得略微战栗着，我和她一起走上了楼梯，走进了一条非常古老的走廊。在尽头有一座非常厚实的铁门。我瞧着这门在心里说，假如弗格森想要闯进妻子的房间可不是那么容易的事呢。侍女从口袋当中取出钥匙，那沉重的橡木门板发出吱吱的响声被打开了。我走进去，她马上就跟进来，回手把门锁好。

床上躺着一个女子，显然正在发着高烧。她的神志处于半清醒状态，但我刚一进来，她马上抬起了一双惊恐而柔美的大眼睛，害怕地盯着我。一发现我是陌生人，她反而放心地松了一口气倒在了枕头上。我走上前去稍事安慰了两句，她就安静地躺在床上让我诊脉并测量体温了。脉搏非常快，体温也很高，但从临床表现来看却是神经性的，而并非感染性的热病引起的。

"她这样没完没了地躺着。我害怕她会死去。"侍女说。

女主人将她那因为高烧而发红的俊美面庞朝我转过来。

"我丈夫在哪里？"

"在楼下，他希望与你见一面。"

"我不想见他，我不要与他见面。"后来她似乎神志有些不清了。

"恶毒啊，真的很恶毒啊！我对这个恶魔应当怎么办啊！"

"我能用任何方式来帮助你吗？"

"不。旁人没有办法。完了，彻底完了。不管我怎样办，这个家庭也会彻底完了。"

女主人必定是在说胡话。我实在是看不出，诚实善良的弗格森先生怎么会是恶毒的人物。

"弗格森太太，"我说道，"你丈夫是对你一往情深的。他对这件事儿极为痛苦。"

她再一次将她那美丽的大眼睛朝我转过来。

"他是真的爱我，不错。但我难道会不爱他吗？难道我不是因为爱他而宁愿牺牲自己也不愿意伤他的心吗？我就是这样爱他的。而他居然会如此想我——还那样说我。"

"他非常痛苦，可他无法理解这件事。"

"他的确是无法理解。但他应该信任我。"

"你不愿与他见一面吗？"

"不，不，我无法忘记那时他所说的那些话，也忘不了他当时脸上的那种神色。我不要见他。请你走吧，你帮不了我。请你转告他一句话，我要我的孩子。我有权利要和我自己的孩子相处。这是我要对他讲的唯一一句话。"她又将脸朝着墙转过去，不肯再说话了。

我走到楼下，弗格森先生与福尔摩斯依旧坐在壁炉边。弗格森先生忧郁地听完我叙述会见的情景。

"我怎么能将婴儿交给她啊？"他说道。"我怎么会知道她是否会再有奇怪的举动呢？我怎么能忘掉那次她从婴儿身边站起来时嘴唇上沾满了孩子的血的情形呢？"他打了一个寒战。"婴儿在保姆那里是最安全的，他必须继续在保姆那里受照顾。"

一位漂亮的女仆端着茶点走进来，她是这座大庄园当中唯一时尚的人。在她开门的时候，一个少年走进了屋子。他是一个非常惹人注目的孩子，肤色白皙，浅黄色的头发，一双容易激动的浅蓝色眼睛，一看到父亲就闪现出一种很意外的激动而又喜悦的光芒。他冲过去两手搂住他的脖子犹如热情的女孩子那样紧紧抱住父亲。

"爸爸，"他叫道，"我不知道你已经赶过来了，要不我早就已经在这里等你了。我非常想你！"

弗格森多少有一些不好意思地轻轻拉开了儿子紧握自己的手。

"好孩子，"他一面轻抚着浅黄色的头发一面说，"我回来得早是由于我朋友福尔摩斯先生以及华生先生愿意跟我来消磨一个晚上。"

"这位就是名侦探福尔摩斯先生吗？"

"是的。"

这个孩子用一种非常具有洞察力，但在我看来是非常不友好的眼光盯着我们。

"弗格森先生，你的那位小儿子在哪里？"福尔摩斯说道，"我们能否看看他？"

"让梅生太太把小孩抱下来。"弗格森说。这个孩子以一种非常奇怪而又蹒跚的步伐走了，依照我作为医生的眼光看来，他是患有脊椎软骨症的。他很快就回来了，后面跟来一位又高又瘦的女人，怀中抱有一个俊秀的婴儿，黑眼睛，金黄色的头发，是盎格鲁—撒克逊与拉丁血统的绝妙融合。弗格森显然极为疼爱他，一见面就把他抱在自己怀里极为亲切地爱抚着。

"真不明白怎么会有人忍心去伤害他。"他一面自言自语地说着，一面低头去看那天使般白嫩的脖子上刺眼的小红皱痕。

就在这一瞬间，我的目光凑巧落在了福尔摩斯的身上，我发觉他的表情极为专注。他的脸犹如牙雕般没有丝毫动静，他的目光在看了一下父亲与儿子后又极为好奇地盯在对面的什么东西上。我沿着他的眼光望过去，就只好猜想他是在望着窗外那令人抑郁而又湿淋淋的园子。而事实上百叶窗是半关着的，什么都看不见，但他的目光显然是在盯着窗子看。然后突然微微一笑，他的眼光又再次回到了婴儿身上。婴儿的脖子上有一小块伤痕。福尔摩斯始终沉默地仔细观察着伤口。最后他握了握婴儿在半空中不断摇晃着的小拳头。

"再见，小宝宝。你生活的起点是非常奇特的。保姆，我想要跟你说句话。"

他与保姆走到一边去认真地交谈了几分钟。我只听到最后一句话是："你的顾虑马上就要消除了。"保姆似乎是一位脾气有些倔强、话不多的人，她抱着婴儿走了出去。

"梅生太太究竟是个什么样的人？"福尔摩斯问道。

"表面尽管不能让人对她有什么好感，但是心地极为善良，并非常疼爱这个婴儿。"

"杰克，你喜欢那个保姆吗？"福尔摩斯突然对大儿子说。孩子那表情丰富而又灵活多变的脸庞马上变得阴沉起来，他缓缓摇了摇头。

"杰克这孩子向来是爱憎分明，"弗格森用手搂住孩子说，"幸好他还是喜欢我的。"

杰克笑着把头扎到了爸爸的怀里。弗格森轻轻地拉开他。

"去玩吧，要乖啊，"他说着，一边用爱怜的眼光看着他走出去，然后继续对福尔摩斯说，"福尔摩斯先生，我真的很遗憾让你白跑了一趟，因为你除了表示出同情之外又能做一些什么事呢？从你的角度看来，这必定是一个极为复杂与敏感的案子。"

"敏感的确是极为敏感的，"福尔摩斯感到有些好笑地说，"但我倒是还没发现这件案子有多么复杂。原本就是一个推理过程，但当原本的推理逐渐一步一步地被客观事实所证实以后，那么主观推理也就转变成客观事实了,我们就可以自信地说已经达到了目的。其实,在离开贝克街以前我就已经得出了结论,剩下的工作就只剩下观察与证实而已。"

弗格森用大手按住了自己布满皱纹的额头。"瞧在上帝的分儿上,福尔摩斯先生!"他急得嗓子都变沙哑了。

"假如你瞧出了这件事的真相,千万别再让我忧虑了。我的处境到底是怎样的?我应该如何去做?我不管你是怎么来发现事实的,只要它的确是事实就行。"

"当然我应该对你有所解释,我马上就会把这个问题说明白的。但是你总应该允许我用自己习惯的方式来处理问题吧?华生,女主人的健康状况能够会见我们吗?"

"她病得非常重,但神志还是完全清醒的。"

"那好。我们唯有当着她的面才可以澄清事实。我们现在就上楼去见她吧。"

"但她不愿意见我。"弗格森大声说道。

"她会愿意的,"福尔摩斯说。他在纸上匆忙地写下了几行字。"华生,至少你现在有进门的权利,就劳驾你将这张字条交给女主人吧。"

我走上楼去,桃乐丝颇具警惕性地把门打开了,我把便条递给了她。一分钟之后我就听到屋内猛然高呼了一声,那是极为惊喜的呼声。桃乐丝探出头来。

"她愿意见他们,她愿意听你们说话。"她说。

我将弗格森先生与福尔摩斯叫上楼。刚进门,弗格森先生就朝着床头猛走了两步,但是他妻子这时半坐起来用手势制止住了他。他颓然地坐在一张沙发椅当中。福尔摩斯深鞠了一躬后坐到他旁边。女主人瞪大了眼睛用极为惊奇的目光看着福尔摩斯。

"我想这里不再需要桃乐丝时刻照顾了吧,"福尔摩斯说,"噢,好的,太太,假如您愿意她继续留下我也不反对。好,弗格森先生,我是一个非常忙的人,事务繁多,我的方式也因此必然是简短扼要的。手术越快,其痛苦也就越少。我首先要说出可以让你放心的事情:你的妻子是一位极为善良、非常温柔并且真心爱你、为你甘心承受巨大冤屈的人。"

弗格森先生发出一声欢呼猛地挺起腰来。

"福尔摩斯先生,只要你能够证实这一点,我终生都会对你感恩戴德的。"

"我确实可以证实这一点,但这样做的话,我将会在另一方面让你伤心。"

"只要你能洗刷我妻子的冤屈,其他的事我都不在乎。世界上一切其他事情都是次要的。"

"那就让我将我在家里时就已形成的推理与假设告诉你。吸血鬼的说法在我看来是完全荒诞不经的。这种事在英国的犯罪史上从来没有发生过。而你的观察也是正确的。你确实看到你妻子在婴儿床边站起来,嘴唇上满是鲜血。"

"我是看见过。"

"但是你难道没想到过,吸吮流血的伤口除了吸血以外还有其他的作用吗?在英国历史上,曾有过事例是依靠从伤口吸血来吸出体内的毒素,这并非是不可思议的事。"

"吸毒素?"

"你妻子来自一个南美家族。在我亲眼看见你墙上所悬挂的那些武器之前,我已本能地察觉到它们的存在了。也可能是其他的毒,但我首先想到的就是南美洲的毒箭。当我看到那架小鸟弓旁边的箭匣是空的时，我丝毫没有觉得奇怪，这正是我期待着想要找到的东西。假如婴儿被这种曾被浸泡在毒液当中的毒箭扎伤，如果不马上把毒吸吮出来是会使人没命的。

"还有那条狗，假如一个人决心运用毒药害人，他难道不会先试试毒性以求万无一失吗？原本我倒没有预想到会见到这条狗，但是至少一见之下我就立刻明白了，而这条狗的身体情况完全符合我的推测。

"这下子你弄清楚了吧？你妻子在害怕婴儿会受到这种伤害。她亲眼见到孩子中毒了，她不得不靠吸血来救婴儿的生命，但她却想尽办法向你隐瞒真实情况，因为她清楚你是多么爱你的大儿子，她怕伤到你的心。"

"原来是杰克干的！"

"刚才你爱抚婴儿时我专门留心观察了杰克。他的面部表情清楚地映在了窗子的玻璃上面，因为外面有百叶窗作为底衬。在他脸上，我看到了极为强烈的嫉妒与冷酷的仇恨，那是极为罕见的。"

"是我的杰克干的！"

"你必须要面对残酷的现实，弗格森先生。这是极为痛苦的，正因为它是源自于被歪曲了的爱，一种夸张而又病态的对你的爱，还可能是对他已死去的母亲的爱，正是这种爱使得他做出了这样可怕的事。他的整个心灵当中都充满了对这个婴儿的刻骨仇恨，婴儿的健康美丽恰恰衬托出他的残疾与缺陷。"

"我的天！这是不可能的！"

"太太，我说得都对吗？"

女主人正在伤心地哭泣，将头埋在枕头当中。此时她抬起头来凝视着她的丈夫。

"当时我怎么能告诉你呢，鲍勃？我能预想到你可能会受到的沉重精神打击。我不如继续等待，等着由别人来告诉你这一切。当这位先生的字条上说他已经知道全部真相时，我真的非常高兴，他仿佛有着极为神奇的力量。"

"我看让杰克去国外生活一年是有好处的，这是我的建议，"福尔摩斯说。他站了起来。"唯独有一件事我还不清楚。太太。我们能够理解你为什么要打杰克。身为母亲，对凶手伤害孩子的容忍毕竟是有限度的。但是最近这两天你怎么敢离开婴儿身边呢？"

"我已经跟梅生太太说出了实情，她完全清楚。"

"原来是这样，我猜也是如此。"

这时弗格森先生已经站到了床前，伸着颤抖的两手，泣不成声了。

"现在，我想，是咱们离开的时刻了，华生，"福尔摩斯在我耳边轻声说道，"你拉住忠实的桃乐丝小姐的那只手，我拉住这只。好了，"关上门后他又说，"让他们俩自己解决剩下的其他问题吧。"

关于这个案子，我只有一句话需要进行补充了，那就是福尔摩斯为本篇开头的那封来函的回信，全文如下：

贝克街十一月二十一日

有关吸血鬼的案件

敬启者：

接到十九日的来函后，我已经调查了贵店的顾客——明辛大街，弗格森—米尔黑德茶业经销公司的罗伯特·弗格森先生所提到的案件，最终圆满解决。对贵公司的全力推荐，表示由衷感谢。

夏洛克·福尔摩斯谨启

松桥之谜

在查令十字街的考克斯银行储物室当中，有一个已经非常破旧的锡质文件箱，上面刻着我的姓名：约翰·华生，医学博士，原本隶属于驻印度部队。里面塞满了纸张文件，几乎全都是夏洛克·福尔摩斯先生在不同时期所侦破过的各种案情记录。其中有一些饶有兴味的案件却是没能侦破成功的，这些案子无法进行叙述，因为没有最终结果。没有结果的悬疑问题对于研究者或许非常有意思，但对于一般的读者而言则是难免枯燥乏味的。例如，詹姆士·菲利莫案，就是这类案件，这位先生回过头走进自己的家中去取雨伞，就从此在世界上完全消失了。还有一个案子，是小汽艇艾莉西西号，它在一个春天的清晨驶入一小团雾气当中，就从此再也没人见到它，船上的人也从此杳无音信。还有就是伊沙杜拉·伯山诺案，他是一个著名的记者，有一天突然精神彻底失常，两眼瞪视着一个火柴盒，那里面装有一条极为奇怪的无名虫子，那是所有人都没见过的东西。除此之外还有一些牵涉到某些大家族隐私的案件，假如公开出版的话就会引发上流社会中许多人的恐慌。我绝不会干出那种泄露别人秘密的事，这是不必说的。因为我的朋友现在有时间将这种案件的记录整理出来并予以销毁。此外还有相当数量的案卷，有着不同程度的趣味，是我原本可以整理出来并编辑出版的，但我考虑到，过量的阅读资料可能会影响到我特别尊重的那个人的声誉，因而没有加以整理。这些案子，有的我曾经亲自参加过办案，能够以目击证人的身份进行阐述；有的我没有参与侦破，或仅仅是稍稍过问，所以只能以第三者的身份加以叙述。下面这个故事就是我的亲身经历。

那是十月的一个狂风呼啸的早晨。起床穿衣时，我见到狂风是如何把后院当中挺立着的那棵法国梧桐残存的树叶彻底卷去的。我下楼去吃早餐，心想我朋友肯定是郁郁寡欢，因为，就像所有的伟大艺术家那样，他的心境是非常容易受环境影响的。但是出乎我意料的是，他几乎已经享用完了早餐，心情非常欢快，而且表现出他高兴时所独有的那种不怀好意的雀跃之情。

"手里已经有案子要处理了吧，福尔摩斯？"我问了一句。

"推理的能力看来也是有传染性的，华生，"他回答道，"你也用推理来研究我的想法了。不错，的确是有案子了。经历了一个月的鸡毛蒜皮的琐事与停滞无为，车轮又再次转动了。"

"我可以参加吗？"

"没有多少行动可供参加，但是咱们可以在一起进行讨论，等你先吃完新厨子为咱们烹饪的已经被煮老了的鸡蛋再说。鸡蛋的火候与我昨天在前厅的桌上见到的那本《家庭杂志》有不小的关系。连煮鸡蛋这种小事情也需要仔细计算时间而耗费精力,而这与这本优良杂志上的恋爱故事是无法相比的。"

一刻钟以后桌子上的残羹冷炙被撤下了,我们面对面地坐在那里。他从口袋当中掏出了一封信。

"你听说过金矿大王尼尔·吉布森这个人吗?"他问道。

"你是说那个美国的参议员吗?"

"不错,他过去曾经是西部某州的参议员,但是更多的人清楚他是世界上最大的金矿巨头。"

"我曾听说过这个人。他在英国不是也住了很长时间了吗?他的姓名是为大家所熟知的。"

"可不是,他五年前在汉普郡买下了一个不小的农庄。大概你已经听说他妻子已经惨死的消息吧?"

"我记起来了。这是他成为新闻人物的主要原因之一。但我不清楚此案的细节。"

"我也没想到此案会找到我的头上,否则我早就已经把摘要弄好了,"他朝着椅子上的一沓纸挥了挥手。"其实尽管此案曾经轰动一时,案情有些扑朔迷离,但其实似乎并不困难。被告令人感兴趣的性格尽管动人,也无法妨碍证据的确实性。这是验尸官以及陪审团的共同观点,也是法庭起诉时的观点。现在该案已移交给温切斯特的巡回法庭审理。我怕接手这个案子会出现费力不讨好的结局——我能够发现案件真相,但不能改变现实。除非可以找到全新的、令所有人意外的证据,否则我的主顾依旧没有希望。"

"你的主顾?"

"啊,我忘记告诉你了。华生,我也染上你那种喜欢倒叙的糊涂习惯了。你应该首先看看这封信。"

他递给我一封笔迹十分粗犷的手札,上面写的是:

福尔摩斯先生钧鉴:

我不可能眼看着世界上最为善良的女人走向死亡而不尽自己的最大力量去救援她。我不能做出任何解释,也不想去解释,但我确认邓波小姐是无罪的。你知道事情的经过——谁会不知道这件案子呢?此事已成为全国性的大新闻。但没有一个人能够站出来为她说话!正是这种不公正,几乎让我变得发疯。这个女人心地如此善良,连一只苍蝇也不忍去杀害。我将在明天的十一时来访,不知你能否帮我在黑暗当中找到光明。或许我清楚地知道什么线索但是自己没有意识到它。但无论怎样,我所要知道的一切,我所有的一切,我的整个生命,都可以用来帮助你,只要你愿意救她。把你所拥有的全部能力,都用来侦破这个案子吧。

尼尔·吉布森谨启

克拉里奇饭店十月三日

"你看，这就是那封信，"福尔摩斯把他早餐后吸的一斗烟灰敲了出来，又慢慢地装上一斗新的烟丝。"这就是我正在等待的那位先生。至于案情，你已经没有时间马上掌握这么多报纸的报道，如你对这个案子在逻辑方面感兴趣的话，我最好能够简短地对你说明一下。这个人，依我看来，是世界上势力最大的金融巨头之一，同时也是最为暴躁与最让人生畏的人。他娶了一位妻子，也就是这次悲剧的受害者，有关她的事情，我只清楚她已过壮年，而因为家中有一位年轻而又可爱的家庭女教师负责教两个孩子读书，女主人的年老色衰就更加不利于她了。这三个人乃是这个案件的主角，地点是一所非常古老的庄园宅邸，那原本是英国政治历史的中心。悲剧的经过是这样的：人们发觉女主人在距离宅子近半英里的园地上被一颗手枪子弹击中了脑部，时间是夜晚，她身穿着晚礼服，戴着披肩。附近没有发现凶器，现场没有留下任何谋杀案的线索。身边没有发现凶器，请注意这一点，华生。谋杀似乎是在夜晚进行的，尸体在十一点钟时被护林人发现，在抬回家以前接受过警察与医生的检验。这么说或许显得太简短了，你能听懂吗？"

"情况非常清楚。但为什么家庭女教师成为本案的嫌疑人？"

"首先，有着确凿的证据。在她衣橱的底板上面找到一支已经打过一发子弹的手枪，口径与尸体内遗留的子弹相同。"这时他两眼直视，拉长了声音重复道："是在她衣橱的底板上。"随后他又陷入了沉默。我能想出他脑内有一条思绪正在活跃起来，此时打断他是非常鲁莽的。突然，他又醒转过来。"是的，华生，手枪被发现了。确实可以定罪了，是吗？两个陪审团全都是这样认为的。另外，死者身上发现了一张字条，约她在桥头见面，而署名者正是这位女教师。怎么样？这回说明了动机。吉布森参议员是一个非常有吸引力的男子。假如他妻子死了，除了这位依据各种材料来看早已获得主人青睐的年轻女士，还有谁会更有希望来顶替她的位置呢？爱情、财产、地位，一切都可以促使女教师杀害这位中年女人。恶毒，实在恶毒！"

"确实如此，福尔摩斯。"

"另外，她无法提供不在犯罪现场的证据。相反，她不得不承认在案发时间不久前她曾经到过松桥——也就是惨案发生的地点。她无法否认这一点，因为有过路人看见她从那个地方经过了。"

"这样似乎看来是能够定案了。"

"然而，华生，然而！这座桥是一座很小的石桥，有着石制的栏杆，它横跨一条又深又长、岸边有大片芦苇的池塘的最狭窄部位。这里叫松湖。在桥头躺着尸体。这就是基本的事实。但是——我猜是咱们的主顾到来了，来得要比约定时间要早许多。"

毕利已经打开了门，但他通报的姓名却是让人很意外的。马罗·贝兹先生我们都不认识。他是一个很瘦、有些神经质的人，眼神显得很惊恐，举止急促而又迟疑——以我作为医生的眼光来看，是一个处于神经崩溃边缘的人。

"你太过激动了，贝兹先生，"福尔摩斯说。"请坐下来谈。我只能与你谈一小会儿，因为我在十一点钟还有一个约会。"

"我知道，"来访者大口喘着气说，他费力地进出短短的几个词。"吉布森先生马上要来了。

他是我的老板。我是他农庄的经理。福尔摩斯先生,他是一个恶棍,一个大恶棍。"

"你的语气太重了,贝兹先生。"

"我必须加强语气,时间很有限。我绝不能让他知道我来过这里。他马上就要到了。但我没有时间提早前来。他的秘书弗格森先生,今天早上才告诉我他准备约你谈话。"

"而你是他的农庄经理?"

"我已提出了辞职。再过一两个星期我就可以摆脱他的奴役了。他是一个极为冷酷的人,对任何人都冷酷。他对慈善事业的捐款仅仅是为了掩饰他所犯下的罪恶勾当。但他的妻子是一个最无辜的牺牲品。他对她非常残酷,极其残酷!她是怎么死的我并不清楚,但我敢说绝对是他让她的生活陷入了悲惨与绝望。她是热带人,巴西人,你应该知道的。"

"我没有听说过这个情况。"

"她在热带出生,有着热带性格,非常热情。她正是用这种热情来爱他的,但当她身上的魅力逐渐消退后——我听说她原本非常美丽——她就再也无法得到他的宠幸。我们大家都非常喜欢她,同情她,恨他对她的那种恶劣态度。但他善于花言巧语,极为狡猾。这就是我想要告诉你的。不要被他的花言巧语所蒙蔽,他肚子里有世上最坏的东西。我要走了。不!不要挽留我!他马上就要来了。"

他害怕地看了一眼钟表,就撒腿朝门外跑了。

"哼!没想到还有这种事情!"福尔摩斯停顿了一会儿说道,"吉布森先生看来有一个非常忠实的家人,但是警告还是有作用的。现在就等他本人来了。"

十一点整,我们听到楼梯上传来了沉重的脚步声,这位世界知名的富翁被请进了屋来。一见之下,我不但明白了他的经理对他恐怖及憎恶的由来,而且明白了他的无数商业对手对他的诅咒。假如我是一个雕塑家而想要雕塑一尊典型的成功企业家形象,一个具有钢铁意志与铁石心肠的人,那我必定会选择尼尔·吉布森先生当我的模特儿。他那高大而瘦削的身影,给人一种极度贪婪的感觉。把亚伯拉罕·林肯的高贵之处用卑下来代替,就有一些像他了。他的脸似乎是以花岗石雕琢而成的,显露出一股冷酷无情的气质,皱纹深折,显然是饱经风霜。他那冰冷的灰色眼睛,精明地在浓眉下闪亮着狡黠的光芒,来回地审视着我们两个人。当福尔摩斯介绍我时,他略微摆出了鞠躬的姿态,然后用威严而镇定的神色拉过一把椅子直接面对着我的朋友坐下去,四膝几乎碰到了一起。

"福尔摩斯先生,我直言不讳地说吧,"他张口便说,"办理这件案子我绝不会吝惜钱财。你可以用钞票当作火把去烧,假如你需要它们来照亮真理的话。这个女子绝对是无辜的,这个女子的冤屈必须得到洗刷,这是你的责任。你需要多少费用,尽管说吧!"

"我的业务报酬是有固定金额的,"福尔摩斯冷冷地说,"我绝不会漫天要价,除了有时候会免费。"

"那么,假如你对金钱是抱着无所谓的态度,请你考虑成名的愿望吧。假如你办成这个案子,全英国乃至全美国的报纸都会将你捧上天。你会成为两大洲的头等新闻人物。"

"多谢了,吉布森先生,但我不需要追捧。你或许感到奇怪,我宁愿不透露姓名地为别人工作。我感兴趣的是案件本身。谈这些只是在浪费时间。说说事情的经过吧。"

"我认为报纸上已经将事件的要点都讲了。我恐怕也提不出什么新鲜的东西来帮你的忙。不过,假如有什么你要求说明的情况,我会在这里详细解答。"

"那么,仅仅有一点。"

"是什么?"

"你和邓波小姐的实际关系究竟是什么?"

黄金大王大惊,立刻从椅子上站了起来。但转瞬之间又恢复了他那极为镇定的态度。

"我想你问这种问题是在你的权力之内的——甚至是在执行你的职责,福尔摩斯先生。"

"我同意你这个看法。"

"那我可以对你保证,我们的关系仅仅是雇主与家庭女教师的关系,我唯有在当着孩子的面时,才与她谈过话。"

福尔摩斯从椅子上站了起来。

"我非常忙,吉布森先生,"他说,"我没有时间也没有兴趣进行这种不着边际的谈话。那么再见吧。"

客人也立即站了起来,他那高大的身体居高临下地怒视着福尔摩斯。他那毛茸茸的眉毛下面闪烁出怒火,灰黄色的两颊微微泛起红晕。

"你这是什么意思,福尔摩斯先生?你是在拒绝我的案件吗?"

"这个嘛,至少是我拒绝了你本人。我相信我的话已经说得非常清楚了。"

"很清楚,但你的言外之意到底是什么?提高价钱?怕困难?还是别的?我有权要求你做出解释。"

"你也许有这个权力,"福尔摩斯说,"我可以给你解释。这个案件着手去调查已经很复杂了,不能再加上故意隐瞒事实这样的困难。"

"你是在指责我说谎。"

"我已经尽量委婉地表达了这个意思,假如你坚持要用'说谎'来表达,我也不反对。"

我马上跳了起来,因为这个富翁脸上显露出一股无比凶残的表情,并且举起了他那巨大的拳头。福尔摩斯却懒洋洋地微笑着去拿自己的烟斗。

"不要吵了,吉布森先生。我觉得早餐后出现小口角也不利于消化。我想,到外面散散步,安静地思考一下,对你是有益处的。"

黄金大王费了非常大的力气才压制住了怒火。我不得不称赞他的自制力,转眼之间,他怒气冲天的样子已变为冷漠的表情。

"好吧,随你的便吧。你知道怎样来处理自己的业务。我不能勉强你来调查这个案子。但你今天所做的事情对你不会有好处。福尔摩斯先生,我打败过比你强大的人。跟我作对的人从来没有好下场。"

"很多人都对我说过这种话,而我依然故我,"福尔摩斯微笑着说,"好,再见了,吉布森先生。你还需要学很多东西。"

客人愤然走了出去。福尔摩斯却无动于衷地继续吸烟,出神地凝望着天花板。

"有什么看法吗,华生?"他终于问道。

"这个嘛,老实说,考虑到他是一个能下狠心无情地扫除一切前进路上障碍物的人,而他的妻子也许就是他的障碍物与不喜欢的人,就像刚才贝兹先生那样直截了当地告诉咱们的,那么——"

"不错,我也是这样看的。"

"但他与女教师的关系究竟是怎么回事,你是如何看出来的?"

"其实是激将法,华生,将他的实话激出来!我考虑他那封信的语调是那么激烈、不正常,与他刚才那种不动声色的克制状态完全不同,显然他是动了真感情的,而且是因为被告而并非为死者。要想了解到真相,非要弄清楚三个人之间的关系不可。你看到我刚才以单刀直入的办法向他发问,他多么镇定地应对。后来我激他,故意让他产生一种想法,仿佛我绝对肯定地知道事实,而其实我只是非常怀疑。"

"大概他还会再次前来吧?"

"肯定会的。一定会再回来。他不会就这样放手的。听!门铃不是响了吗?他的脚步声。啊,吉布森先生,刚才我还在对华生说你应该回来了。"

黄金大王这次的神色比走时要镇定多了。在他那愤然的眼神当中还有受了伤的高傲,但常识与理智告诉他,要想达到目的只能做出让步。

"我再次考虑过了,福尔摩斯先生,我觉得刚才误会你的意思是极为鲁莽的。你有理由了解事实的全部真相,不管事实是怎样的,我非常尊重你的这一点。但是我可以老实地告诉你,我与邓波小姐的关系与此案并无关系。"

"是否有干系要由我来决定,对不对?"

"是的,我想应该是这样。你犹如一位外科医生,你要求知道一切的症状,然后才能够做出诊断。"

"完全正确,正是如此。一个病人假如对医生隐瞒自己的病情,那说明他是另有目的。"

"或许是这样,但是你应该承认,福尔摩斯先生,大多数人在其他人毫不客气地要他回答与某个女人的关系到底如何时,总是会有所戒心吧——尤其是有着真实感情的女人。谁在自己心灵深处都会有一些私人的保留,不愿外人擅自闯进来。而你突然要冲进来。但你的目的是好的,我能够原谅你,你是想要拯救她。既然墙已经被推倒,内在的东西已经露出,你就大胆观察吧。你想要问什么?"

"事实。"

黄金大王略显迟疑,就像人在整理思绪时所表现的那样。他那冷酷而又满是皱纹的脸变得越发忧郁阴沉了。

"我可以简短地把事情告诉你,"他最终说道,"有些事情说起来让人感到既痛苦又难言。

"我只拣主要的说。我是在巴西淘金时遇到我妻子的。玛莉亚·宾豆是一个曼勒斯地区官员的女儿，长得非常美。当时我是一个热血青年，但即便今天回想起来，我也感觉她当时是一个罕有的美人。她热情奔放，没有丝毫保留，这与我所熟悉的美国女人截然不同。长话短说吧，我最后爱上了她，并娶了她。唯有浪漫与新鲜感过去后——这经历了几年时间——我才真正认识到我们没有共同点，一点都没有。我的爱就此冷却下来。假如她的爱也冷淡下来了，那也就好办了。但你是清楚女人的脾气的！不管我怎样去做，也无法让她对我的感情消失。我之所以对她极为冷淡，甚至像某些人说的那样对她变得残酷，是因为我清楚假如破坏她的爱或让它转变为恨，那对我们全都没有好处。但毫无办法。她依旧深爱着我，在英国的森林当中还像二十年前在亚马逊河岸时那样。无论我用了什么办法，她仍旧爱着我。

"后来邓波小姐来了。她看到了招聘广告，成为我孩子的家庭教师。你大概在报纸上看到过她的照片。大家也公认她是一个非常美的女人。我不想装得比其他人高尚，我承认与这样一个女人在一座房子当中生活、时常接触，我就无法不对她产生强烈的爱慕之情。你会责怪我吗，福尔摩斯先生？"

"我不责怪你这样想，但假如你这样对她表白，那我就会责怪你，因为可以说她是处于你的保护之下的。"

"或许是这样的，"这位富翁说，但责备暂时又让他的眼睛当中闪现出怒火，"我不装作高尚。恐怕我这一生都是一个想要什么就必定要得到的人，而我最需要的便是爱这个女人，占有她。我就这样告诉她了。"

"哼，你做到了，不是吗？"

福尔摩斯一旦动了怒，那模样是非常吓人的。

"我告诉她，假如她愿意，我一定会娶她，但这不取决于我。我说我根本不在乎钱，所有只要能让她快乐舒适的事我都肯干。"

"真是慷慨。"福尔摩斯讥讽地说。

"看你，福尔摩斯先生，我是来找你请教解决案件的方法，而不是让你在道德问题上教育我。我没有让你批评我。"

"我只是看在那位年轻女士的分儿上才接手这个案子的，"福尔摩斯厉声说，"我认为她被指控的谋杀罪行还不如你所做的事恶劣，你企图毁掉一个寄人篱下的无助女子。你们这种有钱人就应当接受一些教训，让你们明白并非所有人都会被你们收买，来帮助宽恕罪过的。"

我真没想到，黄金大王居然老老实实地接受了这番训斥。

"现在我自己也觉得确实如此。感谢上帝，我的计谋没能如愿以偿。她坚决反对，她本来想要立刻辞职回家的。"

"为什么没有走呢？"

"这个，首先还有其他人要她来养活，放弃职业，不去管他们，这对她而言是非常不忍心的事情。同时我也赌咒发誓绝不会再去骚扰她的安宁，她才答应留下。还有另外一个理由。她清楚她对我的影响，并且这要比世上任何其他影响更有力。她要利用这种影响力来做好事。"

"要做什么？"

"这个，她清楚一些我的产业。福尔摩斯先生，那是极为庞大的产业——其庞大程度绝非一般人可以想象的。我能够创造也可以破坏——而通常来讲我总是在破坏。不仅迫害个人，还毁灭集团、城市，甚至是国家。商业活动是一种极为残酷的斗争，弱者就会失败。我是全力以赴的。我绝不喊痛，也绝不在乎其他人喊痛。但她有着不一样的看法，我想她或许是对的。她深信一个人的巨大财富不应该建立在一千个人破产并且忍饥挨饿的基础上。这是她的看法，我相信她可以超越金钱而看到更为长久的东西。她觉得我愿意听从她的话，她相信通过影响我的所作所为可以为公众做一些好事。于是她留下来并没走。结果后来就发生了这件可怕的事。"

"你能解释这件事情吗？"

黄金大王停顿了片刻，两手捧着脸颊，沉思不语。

"这对她而言是非常不利的，我无法否认这一点。女人也的确是有自己的内心生活，超过我的理解。起先，刚一出这件事，我实在太吃惊了，我简直认为她是由于过于激动而完全违反了本性。我头脑中有这样一个解释，现在我如实地告知你，无论它是真还是假。显然我妻子是一个极其富有妒忌心的女人。世界上有那样一种对于他人精神关系的极端妒忌，它比对肉体关系的嫉妒更加可怕。尽管我妻子没有任何理由来妒忌我与邓波小姐的关系——这个我看她也清楚这一点——她确实察觉出这位英国姑娘对我的思想以及行动有一种她自己前所未有的影响力。尽管这是一种非常好的影响，但也无济于事。她恨她恨到发疯，她血管当中始终流有亚马逊悍妇的血液。她可能是想谋杀邓波小姐——或者是想用枪威胁她，让她离开这里。在这个过程中可能出现了扭打，最终枪走了火，反而打死了持枪人。"

"这种可能我早已设想过了，"福尔摩斯说，"可以说，这是唯一能够取代蓄意谋杀的解释。"

"但她完全否认了这种情况的存在。"

"否认并不等于证据，不是吗？人们能够理解，一个处境这样可怕的女人也许会迷迷糊糊地返回家里，手里还拿有手枪。她甚至也许会把它与衣服扔到一起，自己还不记得，当枪被搜查出来时，她也许会矢口否认以图避祸，因为无论怎样解释也讲不清的。你用什么来推翻这种假设呢？"

"邓波本人。"

"也许吧。"

福尔摩斯看了一眼表。"我相信我们今天上午能够获得必要的许可证，并可以乘坐晚班车到达温切斯特。很有可能等我与这位年轻女士会面后，我会在这件案子上对你发挥出更大的作用，虽然我无法担保达到你预期的结论。"

在获取官方许可的问题上有一些耽搁，结果当天没能前往温切斯特，而是去探查汉普郡的尼尔·吉布森先生的庄园松湖地区了。他本人并没有陪同，但他给了我们萨金特·科文特里警官的住址，他是最初勘察现场的地方警察。这是一位高大、瘦削、肤色苍白的人，神态显得有些诡异，给人的印象似乎他清楚许多不敢说出来的情况。他还有一个猛然间把声音放低似乎事关重大的毛病，而实际上都是一些非常平常的话。但在这些表面的毛病背后，他很快就显示出他是一个非常正派而又诚实的人,并没有傲慢到不愿意承认能力有限而需要别人帮助的程度。

"不管怎样,我都愿意你前来,而不是苏格兰场派人过来,福尔摩斯先生,"他说,"警察局一插手,地方警察就算成功了也无法获得荣誉,失败则会受到很大的埋怨。而我听说你向来是公平的。"

"我根本不会要求署名,"福尔摩斯对大为放心的忧郁警官说道,"就算我解决了所有的疑难,我也不要求提起我的名字。"

"我可以肯定地说,你非常大度。你的朋友华生先生也极为诚实,我知道的。那么,福尔摩斯先生,咱们一边朝那地方走,我一边提出一个问题。我只对你一个人说。"他向四周张望着,仿佛不敢说出口似的。"你不感觉这案子可能对吉布森先生本人不利吗?"

"我已经考虑过这一点了。"

"你没有瞧见过邓波小姐。她在各个方面都是一个非常好的女人。他很可能会嫌弃他妻子碍事。而这些美国人要比咱们英国人更喜欢动用手枪。凶器就是他自己的手枪。"

"这一点已经被证实了吗?"

"是的,那是一对手枪当中的一支。"

"一对当中的一支吗?另一支被放在哪里?"

"他有许多各式各样的武器。我们没有找到与这支枪完全一致的武器,但那个枪匣是可以装一对枪的。"

"假如真的是一对当中的一支,总应该可以找到另一支吧。"

"嗯,我们把全部的枪都陈列在他家里了,你可以去瞧一瞧。"

"以后再说吧。咱们还是需要一起去查看现场。"

以上的对话都是在警官的小屋当中进行的,这屋已变成地方警察站了。从这里走半英里的路程,或者说穿过秋风瑟瑟的、遍地满是金黄色的凋零了的羊齿植物,我们就找到了一个通向松湖的篱笆门。沿着一条小路走到一块空地上,我们就望见了土丘顶上的那座曲折的半木结构住宅了,它一半是都铎王朝时代的风格,一半是乔治亚王朝风格的建筑。我们侧面有一个狭长而长满芦苇的小湖,中心部分最为狭窄。马路沿着一座石桥穿过湖面,而湖的两侧有一些小池沼。警官在桥头站住,指着地面说:

"这里便是吉布森太太尸体被发现的地点。"

"你是在尸体被移动前抵达这里的吗?"

"是的,他们马上就把我找来了。"

"谁去找你的?"

"吉布森先生自己。在有人大喊出事的时候,他与别人一起从宅子当中跑下来,他坚持要在警察赶到之前不要移动任何东西。"

"这是很明智的。我从报纸上得知枪是在近距离打的。"

"是的,相当近。"

"离右太阳穴很近吗?"

"枪口就在太阳穴的边上。"

"尸体是如何倒下的?"

"仰面倒下。没有搏斗挣扎的痕迹——没有丝毫痕迹,没有其他武器。她左手里还攥着邓波小姐写给她的便条。"

"你是说便条被攥在手里?"

"是的,我们费了好大的劲儿才弄开她的手指。"

"这一点极为重要。这排除了字条是在受害者死后被人放进手里做假证据的可能性。还有其他的!我记得字条非常简短,写的是:

'我将在九时到松桥。格·邓波'是这样吗?"

"是的,福尔摩斯先生。"

"邓波小姐承认这张字条是自己写的吗?"

"是的,承认。"

"她是怎样解释这件事的?"

"她准备到了巡回法庭上之后再进行辩护。她现在什么也不准备说。"

"这个案子的确耐人寻味。便条的用意也很含糊。"

"不过,"警官说,"假如允许我来发表意见的话,我认为在整个案情当中便条的含意是唯一显得清楚的。"

福尔摩斯摇头:"如今假设便条确实是她写的,它自然是在一两个小时之前被收到的。那么,为什么死者还用手攥着字条呢?她在会见过程中总不必不断看便条吧?这不是非常奇怪吗?"

"经你这样一说,我也觉得确实有一些奇怪。"

"我需要坐下来安静地想一想,"说完他就坐到了石栏杆上。我看得出他那警觉的灰眼睛正在四处张望。突然,他猛地一跃而起,跑到对面的栏杆前,掏出放大镜非常仔细地查看石头。

"怪事!"他说道。

"是的,我们也发现了栏杆上的凿痕。我想也许是过路人凿的。"

石头是灰色的,但缺口却显露出白色,仅有六便士硬币那么大。细看的话,能看出似乎是猛击带来的痕迹。

"这需要非常猛烈的撞击才能凿成这个样子,"福尔摩斯沉思着说。他用手杖用力敲了石栏几下,却没能留下丝毫痕迹。"果然是猛击导致的,并且是凿在一个奇特的地方,是位于栏杆的下方,并且是从下向上敲击而成的。"

"但这里距离尸体至少有十五英尺的距离。"

"不错,有十五英尺。说不定与本案没有丝毫关系,但依旧值得注意。好吧,这个地方也没什么可以看的了。你是说,附近没发现脚印吗?"

"地面犹如铁板一样硬,福尔摩斯先生。根本没有丝毫痕迹。"

"那我们走吧。我们先去吉布森先生的宅子里去看看你所说的那些武器。然后去温切斯特,我想先与邓波小姐见面。"

吉布森先生还没有回家,我们在他家看到了上午过来访问过我们的那位神经质的贝兹先生。他带领我们看了他雇主收藏的各式各样的武器,这些是主人在他冒险的一生当中积累下来的东西。

"吉布森先生的敌人很多,这个,凡是清楚他的性格与作风的人都不会惊奇的,"他说。"他每天睡觉时在床头柜的抽屉里总是放有一支子弹已上膛的手枪。他是一个很狂暴的人,有时我们大家都非常害怕他。这位已经去世的夫人经常被他吓到。"

"你曾经看见过他打她吗?"

"那我倒不敢说。但我听到过他说过极为恶劣的话——那是极其残酷与侮辱性的言词,甚至是当着仆人的面说的。"

"这位黄金大王在私人生活方面似乎并不高明,"当我们朝车站走去时,福尔摩斯这样说。"你看,华生,咱们已经掌握了很多事实,有些还是新的发现,但我依旧无法下结论。尽管贝兹先生明显不喜欢他的老板,我从他那里得到的情况却是:发现出事时,主人肯定是在书房当中。晚餐是在八点半时结束的,到那时为止一切都非常正常。当然发现出事的时间已经是夜里,但事件是在字条上所写的那个时刻发生的。没有任何吉布森先生在下午五时从城里回来后曾去过户外的证据。相反,邓波小姐承认曾与吉布森太太约定在桥边见面。除此以外她目前什么都不肯说,因为她的律师劝她保留自己的辩护直到法院开庭。我有几个非常重要的问题需要当面询问她,非得看到她我才会放心。我不得不承认,这个案子对她是极为不利的,只有一点除外。"

"是哪一点,福尔摩斯?"

"就是在她的衣橱当中发现了手枪。"

"什么!"我吃惊地说,"我还以为这是最不利的证据呢!"

"不对。我最开始读到这点时就已经感到了古怪,如今熟悉了案情后,我觉得这是唯一能够站得住脚的依据。我们需要的是不彼此矛盾。凡是自相矛盾的地方全都是有毛病的。"

"我没能弄懂你的意思。"

"那好,华生,就设想你是一个预谋要杀掉情敌的女人。你已经完全计划好了。写下一张字条。对方赶来了。你拿起手枪杀了她。一切都干得非常干净利落。难道你在做了如此巧妙的案件之后竟会做出如此愚蠢的事情，你不将手枪扔到其他的地方灭迹，反而小心翼翼地把枪带回家中还要放到自己的衣橱里，明知那将是第一个受搜查的地方？我说，华生，了解你的人大概不会认为你是一个富有智慧的人吧，但就算你也不会干出那么愚蠢的事吧。"

"或许是一时的感情冲动——"

"不会，不会的，我不相信存在那种可能。假如犯罪是事先预谋好的，销赃灭迹也必定是事先策划好的。所以，我觉得咱们面临着一个极为严重的错误判断。"

"但证实你的观点还需要解决大量的疑问。"

"不错，我们正是要解决它。一旦你的观点被转变过来，原本最为不利的证据也就变成揭示真相的线索。拿手枪的事来说吧，邓波小姐说她根本不清楚有手枪的存在。照咱们的设想来推断，她应该说的就是实话。因此，手枪是被别人放在她衣橱里的。会是谁放的呢？肯定是那个栽赃她的人。那个人不就是真正的凶手吗？你瞧，咱们一下子就找到一条非常有希望的线索了。"

那天晚上，我们只能在温切斯特过夜，因为手续还没办好。第二天早上，在那位值得信赖并且名声很好的律师裘斯·康明兹先生的陪同下，我们获准前往监狱里探望邓波小姐。听了那么多有关她的传闻，我是有心理准备会见到一位美人的，但她留给我的印象依旧是难以忘怀的。难怪那位让人畏惧的黄金大王也从她身上看到了比他自己更加强有力的东西——能够制约并指导他行为的东西。当你注视着她那强烈而有鲜明但又充满柔情的脸时，你会觉得即使她做出了一时冲动的事，但她的骨子里始终有着一种内在的高贵品质，总会让别人对她产生好的印象。她肤色略黑，身材修长，体态超俗而又神态端庄。然而她那双黑眼睛里却有一种无助而又哀婉的神情，犹如一只被天罗地网包围而无处逃生的小动物。当她得知前来探视并要帮助她的是著名的福尔摩斯时，她那苍白的脸颊上泛起了一丝血色，她朝我们望过来的目光也带有一丝希望的光彩。

"大概尼尔·吉布森先生已经向您讲过我们的一些情况了？"她低声激动地问着。

"是的，"福尔摩斯答道，"你不需要再重复那些令人痛苦的情况了。见到你以后，我相信吉布森先生说的都是实情，不论是你对他的产生的影响还是你们的关系是纯洁的。不过，这些情况为什么没在法庭上说清呢？"

"本来我认为指控是不会成立的。我本来想只要我们耐心等待，一切都会被澄清，用不着我们去说那些让人难以启齿的家庭细节。现在我才明白，这一切不断没有得到澄清，反而越发严重了。"

"我的小姐，"福尔摩斯急得大声说，"我请你对这一点千万别抱有幻想，康明兹先生可以明确地告诉你，现在所有的情况都对我们很不利，我们必须尽最大努力才有可能取胜。如果说你并没处在危险当中，那才是真正的谎话。请你拿出最大的努力来帮我弄清楚事实真相吧。"

"我绝不会隐瞒任何情况的。"

"那请你说说与吉布森太太的关系。"

"她是很恨我的，福尔摩斯先生。她把我恨到了极致。她是一个做事很决绝的人，她对她丈夫爱到何种程度，也就对我恨到何种程度。也可能她因此曲解了我与他的关系。我不愿说出对她不敬的话，但我认为她那种强烈的爱完全是在肉体意义上的，因此她不可能在理智上甚至是精神上将她丈夫与我联系在一起，她也没办法设想我仅仅是为了能让他的强大力量造福世人才留下来的。现在我算是发现自己的错误了，我并不应该留下来，既然我引起了别人的不快，尽管可以肯定地说，就算我离开，这种不快乐也难以消失。"

"邓波小姐，"福尔摩斯说，"请你把那天事件的经过详细地告诉我。"

"我可以将我已知的真相告诉你，但我没有能力来证实这个真相，另外还有一些情况——而且是最为重要的情况——我无法做出解释，也想不出有什么办法可以解释。"

"只要你将事实的真相都说清楚，或许别人可以代你做出解释。"

"好吧，有关我那天晚上前去松桥的问题，那是因为上午我接到了吉布森太太的一个字条。便条是放在我为孩子上课的那间屋子的桌子上，也许是她亲手放在那里的。字条上说，她要求我晚饭之后在松桥的桥头等她，她有非常重要的事跟我说，并要求我把回信放到花园的日晷上，因为她不希望任何人知道这件事。我不明白为什么还要保密，但我还是遵照她说的做了，接受约会。她还要求我烧掉她的字条，于是我就在把字条扔到壁炉里烧掉了。她向来非常害怕她丈夫，他经常粗暴地对待她，我常为这事而批评他，所以我仅仅以为她这样做是为了不让丈夫知道这次见面。"

"但她却小心地留有你的字条？"

"是的。对此我非常奇怪，听说她死时手里还拿着那个字条。"

"后来的情况呢？"

"后来我按时前往松桥了。我来到那里时，她已经在等候我。直到此时，我才知道这个可怜的人有多痛恨我。她犹如发疯了一般——我觉得她当时已经成了疯子，有着精神病患者所常见的虚幻自欺的特点。不然的话，她怎么会每天都对我淡然处之而心中却又对我这样仇恨呢？我不想重复她当时所说的话。她以最吓人、最疯狂的语言发泄了自己的全部仇恨。我连一个字都没回答，我已经说不出话。她的那个样子让我无法看下去。我用手堵着耳朵转身逃开。我离开她时，她还站在那里对我疯狂咒骂，就站在桥头。"

"就是后来发现她尸体的地点吗？"

"在那地方的几米之内。"

"但是，假如在你离开不久，她就被害了，你没能听见枪声吗？"

"没有。不过说实话，福

尔摩斯先生，我被她的叫骂弄得精神上已经厌烦到了极点，我直接逃回自己屋里，我根本不可能注意到发生了什么事情。"

"你是说你直接回到了屋里。在次日早晨前，你再次离开过屋子吗？"

"是的，出事的消息传过来后，我与别人一起跑出去看了。"

"那时你见到吉布森先生了吗？"

"见到了，我看见他刚从桥头返回。他让人去请医生与警察。"

"你觉得他很慌乱吗？"

"吉布森先生是一位非常有自制力的人。我认为他是难以喜怒形于色的。但是身为一个非常了解他的人，我还是能看出他受到了巨大触动。"

"现在我们来谈最为重要的一点，就是在你屋里发现的手枪。你此前看见过它吗？"

"从没见过，我可以发誓。"

"在什么时候发现它的？"

"次日早晨，当警察进行搜查时。"

"在你的衣服当中？"

"是的，就在我衣橱的底板上，在我衣服的下面。"

"你能猜想它已经被放在那里有多久了吗？"

"头天早晨之前它还没在那里。"

"你怎么知道这一点的呢？"

"因为我头天早上曾经整理过衣橱。"

"这就是非常可靠的依据了。也就是说曾有人走进你屋内将枪放在那里，目的是栽赃。"

"一定是这么回事。"

"在什么时间做的呢？"

"只能是在我去吃饭的时候，要不然就是在我给孩子们上课的时候。"

"也就是当你接到字条的时候？"

"是的，从那时候还有整个上午。"

"好，谢谢你了，邓波小姐。你看还有什么能够帮助我侦查的要点吗？"

"我现在想不出来了。"

"在桥的石栏杆上有被猛击过的痕迹——就在尸体对面的栏杆上有被新击打的痕迹。你能提出什么合理的说明吗？"

"我想这只是巧合。"

"但非常古怪，邓波小姐，非常古怪。为什么偏偏在出命案的时间里，偏偏在出事的地点会出现这种痕迹呢？"

"但怎么会凿成那个样子呢？只有非常猛烈的力量才会凿成那个样子。"

福尔摩斯没有做出回答。他那苍白而又专心的面孔上突然显现出紧张而又迷惘的表情，我的经验告诉我这一定是他天才想法迸发的时刻。我们大家现在都不敢说话了，都默默而又紧张地看着他，一言不发。突然，他从椅子当中跳起身来，他全身紧张得微颤起来。

"来，华生，快来！"他喊道。

"怎么了，福尔摩斯？"

"不必担心，小姐。康明兹先生，你就等着听我的消息好了。托正义之神的洪福，我要破一个能让全英国欢呼的案子。邓波小姐，明天你就会得到我的消息了，目前请你绝对相信我吧，乌云正在消散，真相即将大白于天下，我对此充满了信心。"

从温切斯特来到松湖本来就不算远，但对我而言，因为着急而显得极为遥远，而对于福尔摩斯而言简直就是无限漫长了。因为，由于神经极度亢奋，他根本坐不住，不是在车厢里来回踱步就是以他那敏感的长手指敲击着身边的垫子。突然，在即将抵达目的地时，他在我的对面坐下来——我们单独占据了一节头等车厢——他将两手分别放到了我膝上，以一种极为顽皮的目光直视我的眼睛。

"华生，"他说，"我已经想起来了，你一般在与我一起外出办案时总是带有武器的。"

我带武器对他是非常有好处的，因为每当他全力思索问题时根本不顾自己的安全，所以有好几次我的手枪都帮上了大忙。

"是的，我在破案时总是心不在焉。但是你现在带上手枪了吗？"

我从后裤袋中把枪拿出来，那是一件极为短小、灵便但又很称手的小武器。他接过枪，打开枪的保险，倒出了子弹，仔细查验。

"够沉的——分量确实够沉。"他说。

"是的，相当结实。"

他拿着枪思索了一会儿。

"你知道吗，华生，"他说，"我相信你这支枪将会与咱们即将侦查的秘密紧紧地联系在一起。"

"你是在开玩笑吗？"

"不是，我说的都是真话。咱们要进行一个实验。假如实验成功，真相就大白了。实验完全要靠这支小枪的表现了。拿出来一枚子弹，把其余的都装好，关上保险，好！这就增加了枪的重量，更方便试验了。"

我一点也不清楚他的脑子里正在想什么，他也没有让我弄明白，而只是待在那里，后来我们在汉普郡的小车站里下了车。我们雇佣了一辆破马车，一刻钟后就抵达了那位警官家里。

"有线索了，福尔摩斯先生？是什么样的线索？"

"那完全要靠华生医生手枪的表现了，"我的朋友说，"就是这把手枪。警官先生，你能为我找来十码的绳子吗？"

于是警官从本村的商店当中买了一根结实的细绳。

"这个够用了，"福尔摩斯说，"好，假如你们方便的话，咱们就能够开始最后一段旅程了。"

太阳正在西斜，将一片连绵的汉普郡旷野秋景都照亮了。警官勉强陪同我们一起去，不时对我的朋友投来批评与怀疑的目光，仿佛对他的精神是否正常抱有很深的疑虑。走近现场时，我能够看出，我的朋友尽管看起来很镇静，其实是极为激动的。

"是的,"他回答着我的疑问说,"以前你也曾看到过我失败,华生。尽管对这类事情我有着一种本能的判断,但本能有时并不准确。刚才在温切斯特监狱当中,我第一次在脑中闪过此想法时,我坚信它是正确的,但是灵活的头脑总是会有一个弱点,那就是一个人总能想出很多不同的备选推理结果,而错误的推理必定会把我们引入歧途。不过,话又说回来——好吧,咱们只要试一试便知道了。"

一边走着他一边将绳子的一端牢牢地绑在手枪柄上。接下来我们抵达了出事现场。在警官的帮助下,福尔摩斯极为仔细地画出了尸体躺着的地点。然后他就来到灌木丛中寻找,最后找到了一块很大的石头。他把石头拴到绳子的另一端,再将石头从石栏上向下垂,吊在水面上方。然后他站到出事的地点,手里举起手枪,枪与石头之间的绳子已经被绷直了。

"现在就开始吧!"他喊道。

说着他将手枪举到头部,随后松手。手枪被石头下坠的重量一下子就拖跑了,并啪的一声撞在了石栏上,然后就越过石栏沉到水中去了。福尔摩斯紧跟着就跑到石栏旁。他欢呼了一声,这说明他肯定找了他所期待找到的东西。

"还有比这更加确切的证据吗?"他喊道,"快来看,华生,你的手枪已经解决了全部问题!"他用手指着新出现的第二块凿痕,其形状大小与第一块凿痕简直一模一样。

"今晚我们住在旅店当中。"他站起来对惊讶不已的警官说,"你能够去找一副打捞绳钩,能够不费力地捞起我朋友的枪。你还可以在其旁边捞到那位为报复而不择手段的女士所使用的手枪、绳子还有石头,这都是她用来遮掩她的罪过并将谋杀罪嫁祸于无辜者的道具。请你告诉吉布森先生,我明天上午要与他见面,以便办理无罪释放邓波小姐的相关事宜。"

那天晚上,当我们在本村旅店当中吸烟斗时,福尔摩斯简短地叙述了事情的经过。

"华生啊,"他说道,"我看你已经准备把这个松桥案件记录到你的故事当中,恐怕这也无法增加我的名誉。我的脑子有一点迟缓,我缺乏那种将想象力与现实感综合运用的能力,这种综合乃是我的艺术基础。我承认,石栏上的凿痕已经为解决本案提供了足够的线索,但我没能在更短的时间里找到答案。

"咱们应当承认,这个不幸女人的思考能力确实非常深沉而又精细,所以要揭穿她的阴谋并不容易。我看,在咱们经手的案子当中还没有比这起案子更能证明变态的爱有多么可怕。在她眼里,无论邓波小姐是她精神上还是肉体上的情敌,都是同样不可宽恕的。显然她将她丈夫用来呵斥她的那些粗暴举动与言词都归咎到那位无辜女士的身上了。她下的第一个决心就是自杀。第二个决心是想方设法使她的对手遭遇比死亡更为可怕的命运。

"咱们能够清楚地猜想出她所采取的每个步骤,这表明她具有相当精细的头脑。她非常聪明地从邓波小姐那里弄到了一个字条,使人看起来仿佛是对方选择了犯罪地点。由于急于让人极为容易地发现便条,她做得很过分了,到死手里还紧抓着字条。但就这一点就应当更早地引起我的怀疑。

"然后她偷偷拿了她丈夫的一支手枪——在宅子当中是有个武器陈列室的——留给自己使用,而将外形完全相同的另一支手枪在当天早晨在开过一枪后塞进了邓波小姐的衣橱,在树林里放一枪是不会引起别人的注意的。然后她来到桥头,设计好这个极其精巧的消灭武器的办法。当邓波小姐来赴约时,她就竭尽最后的力气将她的刻骨仇恨倾吐而出,等邓波走远后,她就进行了这个可怕的计划。如今每一个环节都非常清楚了,证据链条是完整的,报纸或许会问为什么开始没去湖里打捞,但是事后讲漂亮话总是最简单的,再说那样大面积的苇塘也不知从何处打捞,除非你明确地清楚要打捞什么以及在何处打捞。得了,华生,咱们总算是帮了一个很不平凡女人的忙,也帮助了一个有着巨大势力的男人。要是日后他们联合起来做好事——就目前看来这并非是不可能的,那么金融界就不难发现,吉布森先生从这场人间悲剧当中究竟学到了多少东西。"

戴面纱的房客

如果考虑到福尔摩斯先生从事侦探事业已经长达二十三年之久，并且在十七年当中我一直是他的搭档兼案情记录者，那么你就应该清楚地知道，我的手中掌握着大量的资料。对我而言，问题并不在于怎样寻找材料，而是在于如何从大量材料中选择。在书架上，摆放着一长排逐年记录的文件，还有很多装满了材料的文件箱，这些东西，无论是对于犯罪学研究者还是对于研究维多利亚时代[①]后期社会及官方丑闻的人来说，都是一个相当完整的资料库。关于后者，我敢说，凡是那些曾经焦虑地写信要求为他们的家庭荣誉以及著名祖先保守秘密的人，都完全可以放心。在我选择材料发表时，我的朋友福尔摩斯始终保持着谨慎的态度和高度的职业感，我也绝不会滥用别人对我们的信任与嘱托。但是，对于最近一段时间有人企图攫取和销毁这些材料的行为，我是持反对态度的。这一事件的主谋是谁，我们早已经弄清楚了，我代表福尔摩斯先生宣布，如果再发生类似的事件，那么所有关于某政客、某灯塔以及某受过训练的鸬鹚的全部秘密都将完全公开。对此，至少有一位读者心里会很清楚。

再说，大家也没有理由认为福尔摩斯在每一件案子里都有机会展示他那奇特的洞察力和观察分析能力，虽然我在回忆录中曾对此不遗余力地描述过。有时候，他也需要费很大力气去采摘果实，但有的时候果实会自动掉在他怀里。但是，那些最悲惨的人间悲剧往往并不能给他提供展示个人才能的机会，下面我要讲述的就是这样一桩案子。我对姓名和地点略加改动，除此之外，都是真实的故事。

有一天上午——那是在一八九六年年底——我收到了福尔摩斯匆匆写就的一张字条，他要我马上过去。我到了他那儿之后，看到他正坐在香烟缭绕的屋子里，一位略上年纪、婆婆妈妈的、房东太太型的胖妇人正坐在他对面的椅子上。

"这是南布克斯顿区的马瑞楼太太，"我的朋友用手示意着说道，"马瑞楼太太并不反对吸烟，华生，你可以尽情享受你那具有污染性的嗜好。马瑞楼太太要向我们讲一件非常有趣的事，这件事可能带来进一步的发展，有你在场会很有用的。"

"如果我能帮得上忙的话——"

[①] 维多利亚时代：指的是从1837年到1901年，维多利亚女王执政时期，这也是英国最为强盛的历史阶段。

"马瑞楼太太，如果我去拜访朗德太太的话，我希望有人在场作个见证。希望您回去以后先对她讲明这一点。"

"上帝保佑您，福尔摩斯先生，"我们的客人说道，"她非常急于见到您，您就算把全教区的人都带去她也不会在意。"

"那么我们就在今天下午早一点过去。出发以前，我们应该保证弄清楚事实。我们再来说一遍，这样的话可以让华生医生了解一下情况。您刚才说，朗德太太在您的房子里住了七年，而您只有一次看到过她的脸。"

"对上帝发誓，我宁愿连那唯一的一次也没有看见过！"马瑞楼太太说。

"她的脸伤得很吓人，是吗？"

"哦，福尔摩斯先生，那简直就不是一张人脸。那张脸就是那么吓人。有一回，送牛奶的人看到她正在楼上的窗口处张望，结果吓得连牛奶桶都扔掉了，弄得前面花园里遍地都是牛奶。这就是她的脸。有一次，我冷不防看到了她的脸，她连忙盖上了面纱，然后对我说：'马瑞楼太太，现在您知道我的面纱为什么总是不摘下来了吧。'"

"关于她过去的经历，您了解吗？"

"一点都不知道。"

"她刚来您这儿居住的时候有介绍信吗？"

"没有，但是她有大量现金。她当即就把预付的一季度房租放到了桌子上，而且不讲价。在这个年头儿，像我这样一个穷女人怎么能拒绝这样的房客呢？"

"她选中了你的房子，有没有说明理由？"

"我的房子离马路比较远，因此比一般的房子更安静。另外，我的房子只租给一个房客，而我自己也是独身一人。我想，她也许看过别的房子，但只有我的房子最令她满意。她要求的是安静，而且不怕花钱。"

"您说她自从来了以后就从来没有露出过脸，除了那次不小心。这真是一件怪事，非常奇怪。难怪您要求调查。"

"并不是我要求调查，福尔摩斯先生。对于我来说，只要能够拿到房租，我就知足了。再没有比她更安静、更让人省心的房客了。"

"那又怎么出现问题了呢？"

"是她的健康状况，福尔摩斯先生。她看起来好像不久于人世了，而且她心里隐藏了某种可怕的事。有时候，她会喊：'救命，救命啊！'有一次我听到她在喊：'你这个残忍的禽兽！你这个魔鬼！'那次是在深夜，但是她的喊声响彻了整座宅子，我吓得浑身都起了鸡皮疙瘩。第二天一大早我就去找她了。'朗德太太，'我说，'如果你心里有什么难以言说的负担，你可以去找牧师，还可以找警察，他们总是可以帮你的。''哎呀，我可不想找警察！'她说，'牧师也无法改变过去的事情。但是，如果有人在我临死之前知道我的心事，我的心里也能舒坦一些。''嗯，'我说，'你要是不想找正式警察，还有一个报纸上登过的当侦探的那个人。'——很抱歉，福尔摩斯先生。她一听就同意了。'是呀，这个人正合适，'她说，'真的，我怎么就没想起来呢。马瑞楼太太，快把他请来吧。如果他不愿意来，你就说我是马戏团的朗德的妻子。

你对他就这么说,另外再给他一个地名:阿巴斯·帕尔瓦。'这张字条就是她写的,阿巴斯·帕尔瓦。她还说:'如果他就是我想象中的那个人,那么他见了地名之后一定会来的。'"

"当然会的。"福尔摩斯说,"好吧,马瑞楼太太。我要先跟华生医生谈一谈,大概要谈到午饭时间。我们在三点钟左右就会到您家去。"

我们的客人刚刚像鸭子一样扭着走出去——实在没有别的词可以形容她的动作了——夏洛克·福尔摩斯便一跃而起,钻到屋子角落里那一大堆摘录册中翻找起来。在接下来的几分钟之内,只能听见"沙沙"的翻纸声,后来又听见他满意地嘟囔了一声,原来他找到了要找的资料。他兴奋得顾不上站起来,而是像一尊怪佛一样盘起双腿坐在地板上,四周堆着很多大本子,膝头还放着一本。

"这件案子当时就让我很是头疼,华生。我这里有一些笔记可作为证明。我承认,我无法侦破这个案子,但我又坚信验尸官是错误的。你还记得阿巴斯·帕尔瓦的悲剧吗?"

"我一点也不记得了,福尔摩斯。"

"当时,你是和我一起去的。不过,我的记忆也不太清晰了。因为当时没有什么明确的结论,而且当事人也并没有请我帮忙。你想看看记录吗?"

"你能说说要点吗?"

"这倒很简单。也许我一说出来你就能想起当时的情形。朗德这个姓可以说是家喻户晓。他是伍伯威和桑格的竞争对手,而桑格是当时最大的马戏团。不过,在出事的时候,朗德已经成了一个酒鬼,他和他的马戏团都在走下坡路。他的马戏班子在波克郡的一个小村子阿巴斯·帕尔瓦过夜的时候发生了这起惨剧。当时,他们是在前往温布顿的半路上,走的是陆路。那天晚上,他们只是宿营,并没有演出,因为那个村子太小,演出很划不来。

"他们的班子里有一头雄壮的北非狮子,名叫撒哈拉之王。朗德和他妻子通常在狮子笼里表演。这是一张演出时的照片,可以看到,朗德是一个魁梧的、野猪一样的人,而他妻子却长得十分体面。在审讯的时候,有人宣誓作证说,当时那头狮子已经表现出危险的征兆,但是人们总是由于整日接触而麻痹大意,所以并没有理会这些征兆。

"通常情况下,总是由朗德或他的妻子在夜里喂狮子。有时一个人去,有时两个人一起去,但是他们从不让别人去喂,因为他们认为,只要由他们来喂食,狮子就会把他们当成恩人而不加以伤害。就在七年前的那个夜里,他们两个人一起去了,后来就发生了那场惨剧,其详细情况一直都没有弄清楚。

"在临近午夜的时候,整个班子的人都被狮子的吼声和女人的尖叫声惊醒了。所有的马夫和工人都拿着灯笼从各自的帐篷里跑出来。他们举起灯来,看见了那可怕的情景。朗德趴在距离笼子大约十码[①]的地方,后脑已经塌陷下去,上面留着深深的爪印。笼子的门已经打开,而就在门外,朗德太太仰卧在地,狮子正伏在她身上吼叫着。她的脸已经被撕得七零八落,没有人认为她还有生还的可能。在大力士雷奥纳多和小丑葛来格的带领下,几个马戏团的演员用长竿将狮子赶回了笼子。大家赶紧把笼门关上了。但是,那头狮子是怎么出来的,却成

[①] 码:1码等于3英尺,约合0.9144米。

了一个未解之谜。据推测，朗德夫妇准备进入笼内，可是笼门刚一打开，狮子就窜了出来，扑倒了他们。在所有证据中，唯一具有启发性的一点，就是那个女人在被抬回马戏班子的篷车以后，在昏迷中一直不停喊'胆小鬼！胆小鬼！'一直过了六个月，她才恢复到能作证的程度，但是调查工作早已经照常进行了，最后的判决结果当然是事故性死亡。"

"难道还有其他可能吗？"我说。

"你这么说也有道理。不过，有那么一两点情况，总是令波克郡警察局年轻的爱默德不满意。他可真是个聪明的小伙子！后来他被调到阿拉哈贝去了。我介入此事，就是因为他来找过我，一边抽烟一边谈起了这个案子。"

"他是不是长得瘦瘦的，还有一头黄发？"

"没错。我就知道你会想起来的。"

"是什么事情让他放心不下呢？"

"我和他一样，都不大放心。问题就在于，我们无论如何也难以想象事情的全部过程。你站在狮子的角度设想一下。它被放了出来，然后做了什么呢？它向前跳跃了五六步，来到朗德面前。他转身逃跑——因为爪印留在了脑后——但是狮子把他扑倒了。接着，狮子不向前逃走，反而转过身来向女人扑去。她在笼子旁边，狮子把她扑倒以后咬了她的脸。她在昏迷状态下喃喃自语，好像是说她的丈夫抛弃了她。可是，那个时候他还能帮她吗？这下你能看出破绽了吧？"

"是的。"

"还有一个问题，我想起来了。有证词表明，就在狮子吼叫和女人尖叫的同时，还有一个男人发出了恐怖的叫声。"

"当然是朗德了。"

"如果当时他的头骨已经塌陷，大概很难听到他的叫声了。可是，至少有两个证人说过，在女人的尖叫声中还混杂着男人的叫声。"

"我想，那个时候整个营地的人都在叫喊了。至于其他的疑点，我倒是有一种解释。"

"愿闻其详。"

"他们夫妇二人是在一起的，当狮子冲出笼子时，他们距离笼子大约有十码远。女人准备冲进笼子关上笼门，因为那里是她唯一的避难所。她朝笼子跑去，刚到门口，狮子就窜了过去将她扑倒。她痛恨丈夫转身逃跑而使狮子更加狂暴。假如他们和狮子针锋相对的话，也许可以吓退它。所以她才喊：'胆小鬼！'"

"分析得很巧妙，华生！但是你的宝石有一点瑕疵。"

"是什么？"

"假如他们两个都在十码开外，那么狮子是怎么出来的呢？"

"会不会是仇家放出来的呢？"

"可是，平时狮子总是跟他们一起玩耍，跟他们在笼子里表演，为什么这次却扑向他们了呢？"

"或许，是那个仇家故意激怒了狮子。"

福尔摩斯沉默下来，静静地思考了几分钟。

"华生，有一个事实可以支持你的理论。朗德的确有不少仇人。爱默德对我说，他酒醉之后便无比狂暴。他简直是一个恶霸，逢人就打，见人就骂。我想，刚才那位客人说朗德太太夜里大喊'魔鬼'，可能就是梦见死去的丈夫了。但不管怎样，在知道事实真相以前，我们的任何猜测都没有意义。好吧，华生，餐橱里有冷盘松鸡，还有一瓶葡萄酒。我们在走访之前还是先补充一下体力吧。"

当我们的马车在马瑞楼太太家门前停下时，她那肥胖的身体正堵在门口。那是一座简陋而又安静的房子。很显然，她最担心的是失去这位有钱的房客，所以她带我们上楼之前先叮嘱我们千万不要说出或者做出什么会导致这种结果的事。我们答应下来，于是就跟着她走上一个铺着破旧地毯的直式楼梯，然后就被带入了那位神秘房客的房间。

那间屋子十分沉闷，有一股霉味，而且通风不良。其实这不足为怪，因为主人很少出去。由于命运的惩罚，这个女人从一个惯于把动物关在笼子里的人变成了一只被关在笼子里的动物。她坐在阴暗角落里的一张破旧沙发上。由于常年不活动，她的身材有些松垮了，但是当初她的身段一定非常漂亮，甚至现在也依然丰满动人。她头上戴着深色的厚面纱，但剪得很短，下面露出了一张俊美的嘴和圆润的下巴。可以想象得到，她过去曾是一位风姿不凡的女人。她的声音也十分美妙动人。

"对于您来说，我的姓氏并不陌生，福尔摩斯先生，"她说道，"我就知道您一定会来的。"

"是的，太太。不过，您怎么知道我会对您的情况感兴趣呢？"

"我身体康复以后，当地的侦探爱默德先生曾经找我谈话，我是听他说的。当时我没有对他说实话。也许我说实话会更明智一些。"

"一般来说，讲实话是最明智的做法。但是您为什么要对他撒谎呢？"

"这是因为，另外一个人的命运与我的话息息相关。虽然我明知道他是一个毫无价值的人，可我还是不希望由于毁了他而使自己良心不安。我们之间的关系曾是那么亲密——那么亲密！"

"现在，这个障碍已经消除了吗？"

"是的，先生。这个人已经死了。"

"那您为什么不把您所知道的真相全部告诉警察呢？"

"这是因为，还有另外一个人需要考虑。这个人就是我自己。我无法忍受警方审讯所引起的流言蜚语。我不会活太久了，但我希望能够安安静静地死去。我想找一个头脑清醒的人，把我那可怕的经历告诉他，这样，我死后事情也好真相大白。"

"太太，您过奖了。不过，我是一个对社会负有责任的人，我不敢保证听您说完以后不会把这件事报告给警方。"

"我同意您的想法，福尔摩斯先生。对于您的人格和工作方式，我是非常了解的，因为这些年来我一直拜读您的事迹。命运留给我的唯一乐趣就是阅读，因此，对于社会上发生的事情，我很少遗漏。无论怎样，我愿意碰碰运气，随您怎么处置好了，因为只要说出来我就安心了。"

"既然这样，我和我的朋友很愿意听您讲述。"

那位妇人起身从抽屉里取出一个男人的照片。很显然，他是一位职业杂技演员，身体十分健美。照片上，他那两只粗壮的手臂在发达的胸肌前交叉着，在那浓密的胡须下面，嘴唇带着微笑张开着——这是一个无数次征服异性后的自满的笑容。

"他是雷奥纳多。"她说。

"这就是那个作证的大力士吗？"

"是的。再看这张——我的丈夫。"

这是一张丑陋的脸——长得像头猪，或者说更像是野猪，因为他有着令人畏惧的野性。人们可以想象得到这张丑恶的嘴在愤怒的时候喷着口水一张一合地大叫的样子，也可以想象得到这双凶恶的小眼睛对人射出的恶毒的目光。无赖、凶恶、野蛮——这些都清清楚楚地写在了这张长着肥大下巴的脸上。

"两位先生，这两张照片可以帮你们了解故事的全部经过。我是一个在马戏团的锯末上长大的贫穷的女孩，早在十岁以前就开始表演跳圈了。当我长成大姑娘时，这个男人爱上了我，如果他的那种情欲也可以称为爱的话。在一个不幸的时刻，我嫁给了他。从那时候开始，我便生活在地狱里，而他正是折磨我的魔鬼。马戏团里没人不知道他对我的虐待。他还背弃我去找别的女人。我稍有怨言，他就把我捆绑起来用马鞭抽打。大家都非常同情我，并且都很厌恨他，但他们又有什么办法呢？他们都惧怕他，全都惧怕他。在任何时候他都是很可怕的，尤其是醉酒以后，简直就像是一个凶狠的杀人犯。他一次次地因为打人和虐待动物而被传讯，可他有的是钱，根本不怕罚款。优秀的演员纷纷离开了我们，马戏团开始走下坡路了。后来，全靠着我和雷奥纳多，还有小丑小杰米·葛来格，才勉强使班子维持下来。葛来格这个可怜的小丑，虽然没有多少可乐的事，但他还是用尽全力维持局面。

"后来，雷奥纳多逐渐走进了我的生活。你们已经看过他的外表了。现在我终于知道，在这个健美的身躯里有一个多么卑怯的灵魂！但是跟我的丈夫相比，他简直就是一个天使。他怜悯我，帮助我，后来我们之间的亲近终于变成了爱情——深切而又火热的爱情，这也是我梦寐以求但却不敢奢望的爱情。我的丈夫开始怀疑起我们了。我觉得，他不仅是一个恶霸，而且还是个胆小鬼，雷奥纳多正是他唯一惧怕的人。他开始用他特有的方式进行报复，对我折磨得比以前更厉害了。一天夜里，我的叫声太惨了，引得雷奥纳多来到我的篷车门口。那天，我们几乎酿成惨案。后来，我和我的情人都认为迟早会有惨祸发生。我的丈夫根本不配活在这个世界上，我们应该想办法把他弄死。

"雷奥纳多的头脑很灵活，他首先想出了办法。我并不是往他身上推卸责任，因为我心甘情愿跟着他一步步地往前走。但是，我这辈子都想不出这样的主意。我们制作了一根木棒——是雷奥纳多做的——在铅头上安装了五根长长的钢钉，尖端朝外，看上去就好像狮爪的形状。我们计划用这木棒打死我的丈夫，再把狮子放出来，从而制造狮子杀死他的假相。

"那天夜里，外面漆黑一片，我和丈夫像往常一样去喂狮子。我们把生肉装进了锌桶里。当时，雷奥纳多就隐伏在我们必经的大篷车的拐角处。他动作太慢，我们已经从那里走了过去了，他还没有下手。不过，他悄悄地跟在了我们身后。突然，我听见了棍棒击碎我丈夫头骨的声音，我的心立刻欢快地跳起来。我向前一冲，就把锁着狮笼的门闩打开了。

"紧接着，就发生了可怕的惨剧。你们大概知道，野兽非常善于感知人血的味道，人血对于它们来说有着极大的诱惑力。出于某种奇特的本能，那头狮子很快就知道有人被杀死了。我刚一打开笼子，它就窜了出来，立刻将我扑到。雷奥纳多本来是可以救我的。如果他当时跑过来用那根棍棒猛击狮子，也许可以把它吓退。但是他当时居然吓破了胆。我听见他吓得大声呼喊，随后我又看到他转身逃走。这时候，狮子的牙齿已经在我的脸上咬了下去。它那又热又臭的气息已经使我麻痹了，几乎感觉不到疼痛。我伸出手来，用尽全力，企图推开那个热气腾腾、沾满鲜血的大嘴，同时我还尖声呼叫。我觉得整个营地的人都被惊动了，后来我只知道有几个人，雷奥纳多、葛来格，还有其他人，把我从狮爪下面拉走了。福尔摩斯先生，这就是我的最后记忆，接着，我在疲惫中度过了几个月才慢慢好转过来。当我恢复了知觉，在镜子里看到自己的模样时，我不禁诅咒那头狮子——并不是因为它夺去了我美丽的容颜，而是因为它没有夺去我的生命！这个时候我只有一个愿望，福尔摩斯先生，我也有足够的钱去实现这个愿望，那就是用面纱遮住我这张脸，使别人看不到它，并且住到一个没有熟人能够找到我的地方。这是我唯一能做的事，我也这样做了。一只可怜的受了伤的野兽爬回它的洞穴去结束生命——这就是尤琴妮·朗德的归宿。"

听这位忧郁的妇人讲述完她的故事以后，我们沉默地坐了一会儿。福尔摩斯伸出他的长臂拍了拍妇人的手，表现出了他少有的深切同情。

"可怜的姑娘！"他说道，"可怜的姑娘！人的命运真是捉摸不透啊！如果来世没有任何补偿，那么这个世界就是一场残酷的玩笑。不过，雷奥纳多后来怎么样了？"

"后来，我没有再见到他，也没有听说过他。或许我这样恨他并不对。他能去爱一个狮口逃生的怪物吗？但是，一个女人的爱并不是那么容易消除的。当我倒在狮爪之下的时候，他居然抛弃了我，在我最困苦的时候他离开了我，但是我仍然不忍心把他送上绞架。如果只是考虑到我个人，我并不在乎自己会得到什么样的结果，因为这世界上还有比我现在的生活更可怕的事吗？但是，我考虑到了他的命运。"

"他死了吗？"

"上个月，他在马吉特附近游泳的时候淹死了。我是在报纸上看到这个消息的。"

"后来，他是怎么处理那根五爪棒的？这跟木棒是您叙述中最独特、最巧妙的东西。"

"我也不清楚，福尔摩斯先生。离我们当时宿营的地方不远，有一个白垩矿坑，矿坑的底部有一个很深的绿色水潭。那根木棒也许是扔到那个水潭里了。"

"说实话，现在这些东西也没什么意义了，这件案子已经结了。"

"没错，"那女人说道，"已经结案了。"

这时我们起身要走，可是那女人的声调中却有一种什么东西引起了福尔摩斯的注意。他立即转过身去对她说：

"您的生命并不属于您自己，"他说道，"不要对自己下手。"

"难道我的生命对别人还有什么用处吗？"

"您怎么知道没有用处呢？对于这个没有耐心的世界来说，坚韧而又耐心地忍受折磨，这本身就是最可贵的榜样。"

那女人的回答非常骇人。她扯掉了面纱，走到了明亮的地方。

"您能忍受吗？"她问道。

那景象真是可怕极了。那张脸已经被毁掉，根本无法用语言来形容。在那张可怕的脸上，两只活泼而又美丽的棕色眼睛悲哀地向外望着，这就显得更加可怕了。福尔摩斯带着怜悯和不平摆了摆手。接着我们就一起离开了这间屋子。

两天后，我来到了我朋友的住所，他颇为自豪地指了指放在壁炉架上的一个蓝色小瓶子。瓶子上面有一张红色标签，写着剧毒的字样。我打开了瓶盖，闻到了一股非常好闻的杏仁味。

"这是氢氰酸？"我问道。

"是的。是邮寄过来的。字条上写着：'我把引诱我的东西寄给您。我会接受您的劝导。'华生，现在我们可以猜到寄信的那个勇敢女人的名字了。"

老肖斯科姆别墅案

夏洛克·福尔摩斯弓着腰对着一架低倍显微镜看了很久。现在他直起腰来，脸上带着胜利的表情看着我。

"这是胶水，华生，"他说道，"这肯定是胶水。看看散在四周的这些东西！"

我俯下身凑到目镜前调好焦距。

"这些毛是花呢外套的。这些形状不规则的灰色斑块是灰尘。左边是上皮鳞层。中间的褐色黏团一定是胶水，这是毋庸置疑的。"

"好吧，"我笑道，"我同意你的看法。这些能说明什么问题呢？"

"这可是个相当不错的证据。"他回答道。"你应该还记得圣潘桂斯案中在警察尸体旁边发现的那顶帽子吧？被告不承认那顶帽子是他的。可是，他是一个经常使用胶水的画框商。"

"这是你经手的案子吗？"

"不，这是我的朋友——警察局的马若维请我帮忙的一桩案子。自打我从被告的袖缝里找到了锌和铜屑，并由此判定他就是伪币制造者以后，他们就开始认识到显微镜的重要作用了。"这时他有些不耐烦地看了看表。"我有一位新主顾要来，可是现在时间已经过了。对了，华生，你对赛马了解吗？"

"按理说应该略懂一二。我的伤残抚恤金有一半都用在这上面了。"

"既然这样，我可得把你当成我的'赛马指南'了。你知道罗伯特·诺伯顿爵士吗？你对这个名字有印象吗？"

"当然。他就住在老肖斯科姆别墅，我对那个地方很熟悉，因为我曾在那里住过一个夏天。有一次，诺伯顿险些落入你的业务范围之内。"

"这是怎么回事？"

"他在纽马克特用马鞭差点儿把山姆·布威尔打死，那家伙是科新街的一个放债人。"

"哦，他可真有意思！他经常那样吗？"

"正是，他可是一个有名的危险人物。他几乎算得上是全英国最胆大妄为的骑手了——几年前，他在全国大赛中获得第二名。他这种人并不属于自己生活的时代。要是生在摄政时期①的话，他本该是个公子哥儿——拳击手、运动家、拼命的骑手、寻花问柳的花花公子，而且，他一定是个一旦走了下坡路就再也无法回头的人。"

"真是了不起，华生！你的介绍简明扼要，我就如同见到本人一样。你能告诉我一些关于老肖斯科姆别墅的情况吗？"

"我只知道它位于肖斯科姆庄园的中央，著名的肖斯科姆养马场和训练场也在那里。"

"那里的教练官是约翰·梅森。"福尔摩斯说道，"不要惊讶，华生，我打开的这封信就是他寄过来的。我们还是再说说肖斯科姆的事吧。我好像遇到了丰富的矿藏。"

"那里有肖斯科姆长毛犬，"我说，"在所有狗市上它们都很出名。这是全英国最好的犬种。肖斯科姆别墅的女主人也引以为荣。"

"我想女主人一定是罗伯特·诺伯顿爵士的妻子吧？"

"罗伯特爵士从来没结过婚。想想他这种人的前途，这也是一件好事。他和他守寡的姐姐比翠丝·费尔德夫人住在一起。"

"你的意思是，她住在他家里？"

"不，不。这座宅子属于她的前夫詹姆士爵士。诺伯顿在这儿没有任何产权。她现在靠收年租度日，她死了以后，房产就要还给她丈夫的弟弟。"

"我想，这些租金一定全都被罗伯特挥霍了吧？"

"差不多是这样。这家伙是个恶棍，肯定让她过得很不安宁。不过我却听说她对他很好。那么，肖斯科姆别墅到底出了什么事呢？"

"呃，这也正是我想知道的。我想，那个能告诉我们此事的人已经到了。"

门打开了，在僮仆的带领下，走进来一个高个子、脸修得干干净净的男子，他那种坚决而又严厉的表情说明他是管教马匹或男孩子的那类人。约翰·梅森先生两者兼顾，而且看起来同样胜任。他淡定地鞠了一躬，然后就在福尔摩斯指给他的椅子上坐了下来。

"福尔摩斯先生，您收到我的信了？"

"是的，不过，您的信上并没有什么解释。"

"这件事非常敏感，不便一一写在纸上，而且也过于复杂。我只能和您当面说说。"

"那好，我们愿闻其详。"

"首先，福尔摩斯先生，我认为我的雇主罗伯特爵士一定疯了。"

福尔摩斯抬起眉毛。"这里是贝克街，不是哈里街②，"他说，"您这样说有何依据呢？"

"先生，一个人做一两件怪异的事情还可以理解，但如果他做的事情都是那么古怪，您就会有所怀疑了。我觉得，肖斯科姆王子和那场赛马把他弄得精神失常了。"

"它是你训练的一匹小公马吗？"

"它是全英国最优秀的马，福尔摩斯先生，这一点我可以保证。现在我可以坦率地对您说，

---

① 摄政时期：乔治三世被认为不适合担当君主，因此从1811年到1820年，由他的儿子乔治四世代理其执政，这一时期被称为"摄政时期"。
② 哈里街：伦敦的一条街道，因名医众多而著称，人们常常用它来代指医药界。

因为我知道您是一位正直的绅士,不会把这件事传出去。在这次赛马中,罗伯特爵士只能胜不能败。他已经尽了全力,准备孤注一掷了。他把自己所能弄到和借到的钱全都押在了这匹马上,而且赌注的比值也很惊人。通常来说,一比四十就已经够大了,而他这次押的几乎接近一比一百。"

"如果那匹马真是那么出色,这又未尝不可呢?"

"可是,别人并不知道它有这么优秀。罗伯特爵士可没有被马探子套去情报。他把与王子同父异母的兄弟拉出去跑,谁也无法区分它们。可是到了冲刺阶段,它们之间的距离就会拉开了。他心里只想着马和赛马,几乎把整个生命都放在这里面了。眼下,他还可以应付高利贷主,可是王子一旦失败,他也就破产了。"

"这可真是一场孤注一掷的赌博,可是,您从什么地方看出来他已经疯了呢?"

"首先,您只要看他一眼就能判断出来。我压根儿就不相信他晚上睡过觉,因为他整天都泡在马圈里。他眼神狂乱,精神已经要承受不住了。再有一点,就是他对比翠丝夫人的行为!"

"哦!这是怎么回事?"

"他们俩感情一直都很好。他们有着相同的爱好,她也像他一样爱马。她每天都准时驾车来看马——她最宠爱的就是王子。只要听到石子路上的车轮声,王子就会竖起耳朵。每天早上它都要一路小跑来到车前去吃那块糖,可是现在一切都结束了。"

"为什么呢?"

"她好像完全失去了对马的兴趣。最近一个星期,她每天驾车从马圈经过的时候连个招呼也不打!"

"您认为,他们两个吵架了?"

"他们一定吵得很厉害,彼此之间深怀恶意。不然的话,他为什么要把她那条当成儿子一样宠爱的狗送给别人呢?几天前,他把那条狗送给了老拜恩斯,他是三英里外昆代镇绿龙旅店的老板。"

"这的确有些奇怪。"

"她的心脏不太好,又有水肿症,当然不能跟着他出去跑。一直以来,他每天晚上都要在她的房间里待上两个小时。现在他也完全可以照旧,因为她是他难得的好朋友。可是现在,这一切都结束了,他再也不接近她了。她也非常伤心。她变得抑郁、沉闷,开始酗酒,福尔摩斯先生,她真是狂饮无度啊!"

"在他们疏远之前,她也喝酒吗?"

"那时候她一次只喝一杯,可现在她一个晚上就要喝掉一瓶。这是管家史蒂夫告诉我的。现在一切都变了,福尔摩斯先生,简直是一塌糊涂。还有,主人深夜去老教堂的地穴里做什么?在那里等着他的那个人又是谁?"

福尔摩斯搓起了手。

"继续说下去,梅森先生,您的话越来越让人感兴趣了。"

"管家看见他在午夜十二点的时候冒着大雨去那里。于是,我在第二天晚上就来到别墅,果然,他又出去了。我和史蒂夫暗中跟着他,这可真让人感到紧张,如果被他发现,可够我们受的。无论是谁，只要惊动了他，他的拳头绝不会留情。因此，我们不敢跟得太紧，不过我们一直都在盯着他。他去的那个地方就是经常闹鬼的地穴，那里还有人在等着他。"

"那个地穴是个什么样的地方？"

"先生，在庄园里面有一处教堂废墟，由于太过古老，已经没有人知道它的具体年代了。它的下面有一个地穴，那是当地有名的闹鬼的地方。白天，那里又暗又潮，荒凉恐怖；到了晚上，更没有几个人敢接近它了。但是，我们的主人却不害怕。他这辈子都没有怕过任何事情。可是，他深夜到那个地方究竟做什么呢？"

"等等！"福尔摩斯说道，"您说那里还有另外一个人。他一定是你们那里的马夫或是家里的什么人！您一定认出了他，并且向他发问了，是吧？"

"那个人我并不认识。"

"您是怎么确定的呢？"

"因为在第二个晚上我看到他了，福尔摩斯先生。当时罗伯特爵士转弯从我们身边走过，我和史蒂夫就像一对兔子似的在灌木丛中颤抖。那天夜里有一点月光。可是，我们听到还有一个人在后面走动。我们并不怕他。因此，当罗伯特爵士走过去以后我们就直起身来，假装在月光下散步，并且装出一副漫不经心的样子径直来到他身后。'你好，朋友！你是谁？'我问道。他大概没有听到我们走近的脚步声，所以当他转过头看见我们的时候，就像是见到了从地狱里出来的魔鬼一样。他吓得惊叫一声，撒腿就跑。他可真能跑——我觉得，一分钟之后就听不见他的声音，也看不到他的踪影。所以我们也不知道他究竟是谁，是做什么的。"

"您在月光下看清他的样子了吗？"

"是的，我记住了他那张黄色的面孔———看就是个下等人。他与罗伯特爵士之间会有什么关系呢？"

福尔摩斯坐在那里沉思了许久。

"谁陪伴比翠丝·费尔德夫人呢？"他终于问道。

"她的女仆凯悦·伊万斯。这五年来，她一直跟着夫人。"

"不用问，她一定很忠心吧？"

梅森先生有些不安地扭动着身子。

"她确实很忠心，"他终于开口了，"但是我不能说她究竟对谁忠心。"

"哦！"福尔摩斯惊叹道。

"我不能搬弄是非。"

"对此我非常理解，梅森先生。当然，情况已经非常清楚了。根据华生医生对罗伯特爵士的描述，我已经知道，他对任何女人来说都是极其危险的。您不觉得这可能是他们姐弟之间争吵的原因吗？"

"这个流言早就尽人皆知了。"

"她以前也许没有亲眼看见。现在就让我们假设她突然发现了吧。她打算辞掉那个女仆，可是她弟弟不同意。这个弱者患有心脏病，又不能随便走动，因此无法遂愿。她打发不走那个被她所忌恨的女仆，于是她不跟任何人说话，只是一个人生闷气，借酒浇愁。罗伯特爵士由于恼怒而夺走了她的爱犬。这些不都可以串联起来吗？"

"是的，到这一步为止还能串起来。"

"好极了！到这一步为止！可是，所有这些与夜里去地穴有什么关联呢？我们没办法加以解释。"

"确实无法解释，先生，而且还有一些其他情况我也无法解释。罗伯特爵士为什么要去挖一具尸体呢？"

福尔摩斯猛地站了起来。

"这是我们昨天才发现的——在我给您写这封信以后。昨天，罗伯特爵士到伦敦去了，所以我和史蒂夫就来到了地穴。里面的一切还和往常一样，除了放在一个角落里的一小堆人的尸骨。"

"您报警了吗？"

我们的客人冷笑起来。

"先生，他们是不会感兴趣的。我们看到的只是一具干尸的头颅和几根骨头。它极有可能是上千年前的古尸。可是它原来并没有放在那里，关于这一点我敢发誓，史蒂夫也可以发誓。当时它堆放在一个角落里，上面盖着木板，而那个角落过去一直是空着的。"

"你们是如何处置的？"

"我们没动它。"

"这样做是非常明智的。您刚才说罗伯特爵士昨天走了，那他现在回来了吗？"

"他今天应该能回来。"

"罗伯特爵士是什么时候把他姐姐的爱犬送人的？"

"就在上个星期的今天。那条小狗在老库房外面嚎叫，而且正赶上那天早上罗伯特爵士大发雷霆。他把那条狗抓了起来，当时我还以为他要把狗杀掉呢。可是，他把狗交给了骑师山弟·宾恩，让他把狗送给绿龙旅店的老拜恩斯，还说他不愿再见到这条狗。"

福尔摩斯坐在那里沉思了半天，点起了他那个最老、烟油最多的烟斗。

"直到现在，我还不知道您要我为此事做些什么，梅森先生，"他最后说道，"您能不能说得明确一些？"

"这个东西或许可以说明问题吧，福尔摩斯先生。"来客说着就从口袋里取出一个纸包，小心地打开，里面露出一段烧焦的骨头。

福尔摩斯饶有兴趣地看了起来。

"这是从哪儿搞到的？"

"在比翠丝夫人房间下面的地下室里有一台暖气锅炉，已经闲置很久了。罗伯特爵士觉得天气太冷，于是又把它烧起来了。哈维负责烧这台锅炉——他是帮我做事的一个伙计。就在今天早上，他拿着这个东西来找我，这是他在掏炉灰的时候发现的。他觉得，在锅炉里发现骨头，一定不是什么好事。"

"我也这样认为。"福尔摩斯说道，"你能辨认它吗，华生？"

那段骨头已经被烧焦了，一团漆黑，但是它的解剖学特征还是可以看出来的。

"这是人类大腿骨的上髁。"我答道。

"不错！"福尔摩斯一下子严肃起来。"那个伙计什么时候烧锅炉？"

"他每天晚上把火点起来以后就走。"

"这么说，任何人晚上都可以到那里去了？"

"是的，先生。"

"您能从外面进去吗？"

"外面只有一道门，里面还有一道门，沿着楼梯可以通往比翠丝夫人房间的过道。"

"这宗案子可不简单，梅森先生，而且还有血腥味。您是说昨天晚上罗伯特爵士不在家？"

"他不在家，先生。"

"那么，烧这块骨头的不是他，而是另有其人？"

"一点不错，先生。"

"您刚才说的那家旅店叫什么名字？"

"绿龙旅店。"

"就波克郡而言，在旅店那一带有个很不错的钓鱼点吧？"这位诚实的驯马师脸上露出了莫明其妙的表情，他仿佛确信又有一个疯子闯进了他的生活。

"这个嘛，先生，我听说在小溪里有鳟鱼，霍湖里有梭子鱼。"

"太棒了！我和华生是有名的钓鱼爱好者——是不是，华生？您若是有信的话可以寄到绿龙旅店去。今天晚上我们就去那儿。您不要到那里去找我们，有事的话只要给我们写个字条就行了。如果需要，我可以找到您。等我们对这件事有了充分的了解之后，我会向您传达一个成熟的意见。"

于是，在五月份的一个晴朗的夜晚，我和福尔摩斯坐在头等车厢里，向一个被人称为"招手停车站"的小站——肖斯科姆车站驶去。我们头顶上方的行李架堆满了鱼竿、鱼线、鱼篓之类的东西，很是显眼。到达目的地之后，我们又坐了一段马车，最后来到一家旧式小旅店。在那里，好动的店主加西亚·拜恩斯热切地参与了我们关于消灭附近鱼类的计划。

"怎么样，在霍湖钓梭子鱼有希望吗？"福尔摩斯问道。

店主的脸一下子沉了下来。

"放弃这个念头吧，先生。还没等您钓到鱼，您就掉到水里了。"

"为什么？"

"是因为罗伯特爵士，先生。他很不喜欢别人打探他赛马的情况。你们这两位陌生人要是接近他的驯马场，他是绝对不会放过你们的。罗伯特爵士不会有丝毫马虎！"

"我听人说，他有一匹马要参加比赛，是这样吗？"

"是的，而且是一匹非常出色的马。我们都把钱押在它身上了，罗伯特先生也把全部家当都押上了。对了，"他凝神地望着我们，"你们该不会是赛马探子吧？"

"怎么会呢！我们只不过是两个渴望来到波克郡呼吸新鲜空气的无聊的伦敦人罢了。"

"这样的话你们算是找对地方了。这里到处都是新鲜空气。但是，请记住我刚才所说的关于罗伯特爵士的话。他是那种先动手再讲理的人。你们最好离他的庄园远点儿。"

"当然，拜恩斯先生！我们会的。您看，正在大厅里叫唤的那只狗长得可真好看。"

"是的。那是纯正的肖斯科姆犬种。整个英国再没有比它更漂亮的犬种了。"

"我也是个犬类爱好者。"福尔摩斯说道，"不知道我这样问是否妥当：请问您的这条狗值多少钱？"

"我可买不起它，先生。这条狗是罗伯特爵士送给我的，所以我必须得把它拴起来。我一旦把它放开，它一眨眼的工夫就会跑回别墅的。"

"华生，现在我们手上已经有了几张牌了。"店主离开以后福尔摩斯说道，"这张牌并不好打，但是再过一两天我们就可以弄清楚。我听说罗伯特爵士现在还在伦敦。也许今晚我们到那个禁地走一趟还不用担心挨打。眼下有两个情况我需要证实一下。"

"你有什么推论吗，福尔摩斯？"

"只有一个，华生：大约一星期之前发生了一件事，它对肖斯科姆别墅里的家庭生活影响很深。这到底是什么事呢？我们只能根据它的效果进行猜测。这效果就好像是某种因素的奇怪的混合物，但这一定有助于我们进行调查。只有那些平淡无奇的案子才最让人无计可施。

"先来看看我们已经掌握的情况吧：弟弟不再去探望他亲爱的、体弱多病的姐姐了；他把她的爱犬送给别人了。送走她的爱犬，华生！你难道看不出什么问题吗？"

"我只能看出弟弟的无情。"

"好吧，也许是这样。或者——呃，还有另外一种可能。如果真的有过一次争吵的话，那就让我们来分析他们争吵以后发生的事情。夫人改变了自己的生活习惯，整日闭门不出，除了和女仆乘车出行以外就不再露面，甚至拒绝在马圈停车去看看她宠爱的马。而且很显然，她开始酗酒了。这些就是所有的情况吧？"

"还有地穴的事。"

"那就是另外一条思路了。这是两码事，请你不要把二者混为一谈。第一条线索是关于比翠丝夫人的，这其中是不是有一点凶险的味道？"

"我倒没看出来。"

"现在我们再来看看第二条线索，这是关于罗伯特爵士的。他心里只想着赛马的胜利，几乎着了魔。他在放高利贷者的掌握之中，随时都有可能破产，使家产被人拍卖，这样一来，他的赛马就会落到债主手中。他这个人胆大妄为，眼下又是狗急跳墙。他的收入完全来自他的姐姐；他姐姐的女仆又忠实于他。关于这几点，我们应该有把握，是吧？"

"可是那个地穴呢？"

"哦，是的，还有那个地穴！华生，让我们来假设一下——当然，这是一个诽谤性的推断，是为了辩解而提出的一个假设前提——罗伯特爵士把他的姐姐杀害了。"

"我亲爱的福尔摩斯，这是不可能的！"

"这非常可能，华生。尽管罗伯特爵士出身高贵，但鹰群里面偶尔也会出现乌鸦。我们先来分析一下这个问题。除非发了财，否则他绝不会离开这个地方，而他要想发财则完全有赖于肖斯科姆王子此次比赛的大获全胜。现在他不得不继续坚守阵地，所以他必须将受害者的尸体处理掉，并且还要找一个合适的替身。既然那名女仆是他的心腹，那么这样做也不是不可能的。那具女尸可能运到了地穴，因为很少有人去那里，也可能在深夜里被偷偷地扔进炉子里烧毁了，残留的证物我们已经看到了。你觉得怎样，华生？"

"如果那个可怕的前提条件成立的话，还有什么不可能的呢。"

"为了查清事实，我认为明天我们可以做一个小试验，华生。至于今天，为了不暴露我们的身份，我建议用店主人自家的酒来招待他一下，跟他谈谈鳗鱼和鲦鱼，这也许是使他高兴的最好办法。在谈话的时候，我们也许能够听到一些有价值的本地新闻。"

第二天一早，福尔摩斯发现我们忘了带钓鳟鱼所用的鱼饵，这样一来我们倒也免得钓鱼了。大约十一点钟的时候，我们出去散步，他还获准带着小黑狗一起出去。

"就是这里，"当我们来到竖有鹰头兽身徽章的庄园门前的时候，福尔摩斯说道，"拜恩斯先生告诉我说，中午老夫人要乘车出来兜风，开门的时候马车会减速的。华生，等马车刚进大门还没加快速度的时候，请你喊住车夫，问他一个什么问题。用不着管我，到时候我会站在这片冬青树丛后面观察。"

我们等候的时间并不长。一刻钟以后，我们就看到一辆黄色敞篷马车由两匹漂亮、矫健的灰色骏马拉着，从远处的路上驶来。福尔摩斯带着那条狗蹲在树丛后面，我则若无其事地站在道路中央挥舞着手杖。这时一个看门人跑出来打开了大门。

马车慢了下来，所以我能够仔细地观察车上的人。车的左边坐着一位面色红润的年轻女子，头发呈亚麻色，有一双看起来不知羞耻的眼睛。她的右边坐着一位驼背的长者，一块大披肩围住了脸和肩膀，这说明她体弱多病。在马车驶上大道的时候，我庄重地挥了挥手，车夫便勒住了马，于是我就走过去询问罗伯特爵士是否在别墅里。

这时，福尔摩斯走了出来，并且放开了那条狗。那条狗欢快地叫了一声，随后便冲向马车，跳到了踏板上。可是就在转瞬之间，它那热切的迎接竟然变成了愤怒，它朝着上面的黑衣裙又咬又叫。

"快走！快走！"一个嗓音很粗的人拼命喊道，于是车夫便策马远去了，只剩下我们两个站在大路上。

"华生，现在已经可以证实了，"福尔摩斯一边把链子套在那条异常兴奋的狗的脖子上，一边说道，"这条狗原以为她是女主人，可后来却发现是个陌生人。狗是绝对不会弄错的。"

"那是个男人的声音！"我说。

"确实如此！我们又多了一张牌，华生，但是我们还得认真地打。"

我的伙伴那天似乎没有别的计划了，于是我们就真的拿着渔具到小溪边钓起鱼来，结果我们的晚餐就多了一道鳟鱼。吃完饭以后，福尔摩斯才表示我们还有新的行动。我们像早上那样再次来到通往庄园大门的路上。一个身材高大、皮肤黝黑的人正在那里等着我们。他就是我们在伦敦认识的驯马师约翰·梅森先生。

"晚上好，二位先生。"他说道，"我收到了您的便条，福尔摩斯先生。现在罗伯特爵士还没回来。不过据我所知，他今晚就会回来。"

"地穴距离寓所有多远？"福尔摩斯问道。

"足有四分之一英里。"

"既然这样,我们可以不去管罗伯特。"

"我可不能跟你们一起去,福尔摩斯先生。他一到家就会把我叫过去询问肖斯科姆王子的近况。"

"我明白了!这么说我们只能独立工作了,梅森先生。您先把我们带到地穴然后再走。"

夜色漆黑,没有月光,梅森带着我们穿过牧场,最后有一个黑乎乎的影子出现在我们面前。我们走近一看,原来是一座古老的教堂。我们从原来作为门廊的缺口处走了进去。我们的领路人跌跌撞撞地在一堆碎石中摸索着走到教堂的一角,那里有一条陡斜的楼梯通到地穴。他擦亮火柴照着这个阴森恐怖的地方——古老的粗凿石墙早已残破不堪,一堆棺材发出阵阵霉味。这些棺材有的是铅制的,有的是石制的,都靠着同一面墙高高地叠放在一起,直达拱门和隐藏在上方阴影里的屋顶处。福尔摩斯点燃了灯笼,一缕颤动的黄色光芒照亮了这个阴森的地方。棺材上镶嵌的铜牌反射着灯光,多数铜牌都是用这个古老家族的鹰头狮身的徽章装饰的,仿佛要在死后把这个家族的荣耀一并带走。

"您说过这里有一些骨头,梅森先生。您能先带我们看看然后再走吗?"

"就放在这个角落。"驯马师走过去说道。可是,当我们的灯光照过去时,他却惊得目瞪口呆。"没有了!"他说道。

"我已经预料到了。"福尔摩斯说着便轻声笑了起来,"我想现在我们依然可以在炉子里面找到骨灰和没有烧尽的骨头。"

"我不明白,为什么会有人焚烧千年以前死人的尸骨呢?"约翰·梅森问道。

"我们到这里来就是为了寻找答案,"福尔摩斯说,"这也许要花费很长时间,我们就不耽误你了。我想,天亮之前我们就会找到答案。"

约翰·梅森走了以后,福尔摩斯便开始仔仔细细地检查墓碑,从中央的一个好像是撒克逊①时代的开始,接着就是一长串诺曼时代②的雨果们和奥多们的墓碑,直到我们看见了18世纪威廉爵士和甘尼士·费尔德爵士的墓碑。一个多小时以后,福尔摩斯来到了放在拱顶进口处的一具铅制棺材跟前。我听到他发出了满意的呼声,从他那迅捷而又准确的动作中可以判断,他已经找到了目标。他热切地拿着放大镜查看那厚重的棺盖的边缘。随后,他从衣袋里取出一个用来开箱子的撬棍,把它塞进棺盖的缝隙里,然后就把看上去仅由两个夹子固定的棺盖整个撬了起来,棺盖随之发出了刺耳的响声。就在棺盖还没有完全撬开,里面的东西只露出一部分的时候,一件意外的事打断了我们。

在上面的教堂里有人走动。这是一个来意明确、对这个地方十分熟悉的人的坚定而又急促的脚步声。从楼梯上射下一束灯光,随后,持灯人就出现在了哥特式③的拱门里。他是一个身材高大、神态狂暴的可怕人物。他手里拎着一盏大号马灯,灯光照亮了他那胡须浓

---

① 撒克逊:古代日耳曼人部落的分支,最初居住在北欧,约在公元5世纪来到大不列颠岛。
② 诺曼时代:诺曼人属于古代日耳曼人的一支,由于进行掠夺性和商业性远征而散布在西欧、南欧、不列颠群岛等地。其中,居住在法国西北部的诺曼人接受了法语,并建立了诺曼底公国。1066年,诺曼底公国的公爵威廉征服了英国,自己当上了英国国王,英国由此进入了诺曼底王朝时代。
③ 哥特式:中世纪流行于欧洲的一种建筑样式,以使用尖拱、拱顶、细长柱等为主要特征。

密的面孔和一双狂怒的眼睛。他用眼睛扫视着地穴里的每一个角落，最后恶狠狠地盯住我和我的同伴。

"你们是谁？"他高声吼道，"你们到我的地方做什么？"他见福尔摩斯没有回答，就向前走了两步，同时举起了一根随身携带的沉重的手杖。"你们听见没有？"他大声叫道，"你们是什么人？到这里来干什么？"说着他便挥舞起手杖。

福尔摩斯不但没有退缩，反而迎了过去。

"罗伯特爵士，我也想问你一个问题。"他极其严厉地说道，"这是谁？这里发生了什么事情？"

说着，他转身揭开了身后的棺盖。在马灯的照耀下，我看到了一具从头到脚都被布紧紧裹住的尸体。这是一具骇人的女尸，凸出的鼻子和下巴歪向一侧，那张扭曲的、毫无血色的脸上露着一双昏暗而呆滞的眼睛。

准男爵大叫一声，便踉踉跄跄地退了回去，靠在一口石棺上。

"你是怎么知道的？"他大叫着，又略微恢复了他凶猛的常态，"你究竟是干什么的？"

"我叫夏洛克·福尔摩斯，"我的伙伴答道，"也许你对我很熟悉吧？不管怎么说，我的职责与其他正直的公民都是一样的——维护法律。我想，你对很多事情都必须作出解释。"

罗伯特爵士充满敌意地注视了片刻，不过福尔摩斯那平静的语调和他那镇定自若的态度产生了积极效果。

"我可以向上帝发誓，福尔摩斯先生，我什么坏事都没做过。"他说，"我承认，这件事从表面上看的确对我不利，但我也是迫不得已才这样做的。"

"我也希望事实果真如此，不过，你恐怕必须到警察局去解释。"

罗伯特爵士耸了耸他那宽宽的肩膀。

"好吧，事到如今，就只能这样了。你可以到庄园里亲自看一看，这究竟是怎么一回事。"

一刻钟以后，我们来到了一间屋子。从玻璃罩里陈列的一排排擦得锃亮的枪管可以看出，这是老宅里的武器陈列室。这间屋子布置得很舒适。来到这里以后，罗伯特爵士离开了我们一会儿。当他再次返回的时候，带了两个人来，一个就是我们曾经看见的坐在马车里的那个面色红润的年轻女子；另一个则是长着一副老鼠般的面孔，举止猥琐令人生厌的矮个子男人。他们两个满脸惊疑，这说明准男爵还没来得及把刚刚发生的事情告诉他们。

"他们，"罗伯特爵士用手指了一下，"就是罗莱特夫妇。罗莱特太太本姓伊万斯，多年来，她一直是我姐姐的心腹女仆。我之所以把他们带过来，是因为我觉得最明智的做法就是把事实的真相告诉给你，他们是这个世界上仅有的两个能够为我作证的人。"

"罗伯特爵士，这么做有必要吗？您有没有想过自己在做些什么？"那女人叫道。

"至于我，我拒绝承担任何责任。"她的丈夫说道。

罗伯特爵士轻蔑地看了他一眼。"由我来负全部责任。"他说道，"福尔摩斯先生，现在请你听我讲述事实的简单经过吧。

"你显然对我的事情插手太深了，不然的话我也不会在那里遇到你。所以，你大概已经知道了，我为了参加赛马大会而驯养了一匹黑马，我的一切都取决于我能否取得胜利。我要是赢了，那么一切顺利；可是如果我输了——唉，我实在不敢往下想。"

"对于你的处境我很了解。"福尔摩斯说道。

"我的一切生活来源都依靠我的姐姐比翠丝夫人，但是众所周知，这份家产只有在她活着的时候才归她所有。我一直都很清楚，我的姐姐一旦死去，我的债主就会像一群秃鹰一样涌入这座庄园，拿走这里的一切——我的马厩、我的马——所有的东西。唉，福尔摩斯先生，就在一个星期以前，我的姐姐去世了。"

"这件事你没有告诉任何人！"

"我又能怎么办呢？我面临着彻底破产。如果我能把这件事隐瞒三个星期，那么一切就都好办了。她的女仆的丈夫——就是这个人——是一名演员。于是我们就想到——应该说是我想到——他可以暂时扮成我的姐姐。除了每天乘坐马车露个面之外不需要做其他事情，因为除了她的女仆以外不会有任何人进入她的房间。这件事并不难做。我姐姐死于长期以来一直折磨着她的水肿。"

"这应该由验尸官来确认。"

"她的医生可以证实，早在几个月以前，她的病症就已经预示着这样的结局了。"

"那么你是怎么处理的呢？"

"尸体绝对不能留在这里。在她去世后的第一个晚上，我就和罗莱特一起把她运到那个闲置已久的老库房去了。可是她的爱犬总是跟着我们，在门口不停狂吠，因此我打算找个更加安全的地方。我把那条狗送出去了，然后我们又把尸体搬到教堂的地穴里。福尔摩斯先生，我这样做没有丝毫侮辱和不恭的意思。我深信自己并没有做什么对不起死者的事。"

"在我看来，你的行为是不可原谅的，罗伯特爵士。"

准男爵很不耐烦地摇了摇头。"这说起来很容易，"他说，"可是如果你当时处在我的位置上，你也许就不会这么想了。一个人不可能眼睁睁地看着他的全部希望、全部计划在最后阶段要被毁灭而不尽全力挽救。我觉得，把她暂时放在她丈夫祖先的棺材里并没有什么不妥，再说，那棺材停放的地方现在依然十分庄严而神圣。我们打开了一口棺材，把里面的东西转移出去，就像你所看到的那样安置了她。至于从里面取出的遗骸，我们当然不能把它留在地穴的地面上。于是，我就和罗莱特一起移走了它们，他又在夜里进入锅炉房把它们给烧了。这就是我的经历，福尔摩斯先生，尽管我已经迫不得已把它说了出来，但我却不知道你是用什么办法迫使我说出来的。"

这时福尔摩斯陷入了沉思。

"你的叙述有一处纰漏，罗伯特爵士。"他最后终于开口了，"既然你把赌注押在了赛马上，那么即便你的债主夺走了你的财产，也不对你的前途有什么影响啊。"

"这匹马也是我财产的一部分。他们怎么会在乎我的赌注呢？他们也许根本就不会让它跑。不幸的是，我最大的债主，也就是我最痛恨的仇人——山姆·布威尔是个无耻之徒，在纽马克特，我曾经不得已抽打过他一回。你想想，他会救我吗？"

"好了，罗伯特爵士，"福尔摩斯起身说道，"这件事必须交给警方处理。我的职责是发现事实，而且仅此而已。至于你的行为所涉及的道德或尊严问题，我无权作出裁决。现在快到午夜了,华生,我们该回那个简陋的旅店去了。"

现在大家都已经知道了,这件案子的结果比罗伯特爵士的行为应得的报应要好得多。肖斯科姆王子在比赛中获得了胜利,马主人净赚了八万英镑,债主们也没有在比赛之前追债,所以在付清了全部债务之后,罗伯特爵士还有充足的资金重建优裕的生活。警察和验尸官对于这件事的处理也都十分宽容。除了在拖延死亡注册一事上受到了并不严厉的责难之外,幸运的马主人从这一极不寻常的事件当中干净地脱了身。现在,这件事已经被人遗忘,他的晚年也将非常体面地度过。

爬行人

夏洛克·福尔摩斯先生一直认为我应该公布有关普利斯伯瑞教授的异闻，这样做至少可以消除谣言，因为大约在二十年以前，这一谣言曾经震动那所大学并且传遍了伦敦的学术界。可是，由于受到一些阻碍，我一直未能发表，因此事情的真相一直埋在我那个装满福尔摩斯探案记录的铅盒子里。直到今天，我们才得到批准，公布这件福尔摩斯在退休前不久办理的案子。即便是在今天，把这件事公之于众也还是应当慎之又慎。

那是一九〇三年九月，在一个星期天的晚上，我收到了一张福尔摩斯惯用的那种语焉不详的字条：

> 如果有时间，请马上前来——如果没有时间，也要过来。
>
> S.H.

在后来这几年里，我们之间的关系很是特别。他是个受狭隘而固有的习惯支配的人，而我已经成为他习惯当中的一部分。作为一种习惯，我就像他的小提琴、粗烟草、黑色的老烟斗、旧案索引，以及其他一些不太体面的习惯一样。每当他在办案时遇到了麻烦，需要一个在勇气方面多少可以为他提供帮助的伙伴时，我的作用就显现出来了。不过，除此之外我还有其他用途。对于他的脑子而言，我就像是一块磨刀石，可以刺激他的思维。他很喜欢在我面前大声地整理他的思想。他的那些话也未必是对我讲的，他就算是对着墙壁讲话大概也同样可行。可是不管怎样，一旦养成了对着我讲话的习惯，我的神情以及感叹词对于他的思考还是有一定帮助的。如果说我头脑里面那种由来已久的迟钝有时会让他很不耐烦的话，那么这种烦躁反而会使他灵感的火花更加欢快地迸发出来。在我们两人的友谊当中，这就是我所体现出来的微不足道的用处。

当我来到他在贝克街的住所时，只见他正蜷缩着身子坐在扶手椅上，两膝高高地拱起，嘴里叼着烟斗，双眉紧锁，若有所思。看来，他正在苦苦地思考一个烦人的问题。他指了指我常坐的那把扶手椅，除此之外没有任何迹象表示他注意到了我的存在。就这样过了足有半个小时。后来，他突然从冥想中回过神来，用他一贯的怪异笑容欢迎我回到老家。

"请原谅我刚才的出神，华生。"他说，"在过去的二十四小时之内，有人向我反映了一些十分奇怪的情况,这引起我思考了一些更具普遍意义的问题。我真的想写一篇小小的论文,以此来探讨侦查工作中狗的用途。"

"可是,福尔摩斯,这个问题别人早就讨论过了,"我说道,"比如说猎犬、警犬——"

"不,我说的不是这个,华生,这类问题当然是人所共知的。但是,问题还有更加微妙的一面。你也许记得那宗案子,就是你用你那耸人听闻的方式记述的'红山毛榉案'。我曾经通过观察孩子头脑活动的方式,来推断那个自以为体面的父亲的犯罪习惯,你还记得吧?"

"当然,我记得非常清楚。"

"我关于狗的想法与此案大致相同。狗可以反映一个家庭的生活状况。有谁见过气氛阴沉的家庭里有欢乐的狗,或是快乐的家庭里有沉郁的狗呢?残忍的人必然会养出残忍的狗,危险的人必然会养出危险的狗。狗的性情也可以反映出人的性情。"

我忍不住摇了摇头。"这种说法,未免有些牵强吧。"我说道。

他把烟斗重新填满,又坐了下来,似乎根本没有理会我的看法。

"刚才我所说的那套理论,在实践方面,与我现在研究的这个问题有很大关系。这简直是一团乱麻,我正在寻找一个头绪。其中一个头绪可能是:为什么普利斯伯瑞教授的狼狗诺埃会咬他呢?"

我失望地靠在了椅背上。难道他就是为了这样一个无聊的小问题而把我从繁忙的工作当中召来的吗?福尔摩斯向我扫了一眼。

"华生,你还是老样子!"他说,"你永远都学不会,最重大的事情往往取决于最琐屑的小事。但是,这件事即便是从表面上来看,也是非常古怪的,不是吗?你应该听说过剑津①大学的著名生理学教授普利斯伯瑞吧?像他这样一位德高望重的老学者,怎么会被他一向珍爱的狼狗攻击了两次呢?你对此有什么看法?"

"那条狗生病了。"

"这种可能性当然应该考虑到。但是,这条狗不咬别人,而且它平时并不捣乱,只是在极其特殊的情况下才咬它的主人。华生,这真是奇怪,太奇怪了。铃声响了,看来年轻的班尼特先生比当初约定的时间来得早了一些。我本想在他到来之前跟你多谈一会儿的。"

楼梯上的脚步声很急,敲门声也非常急促,紧接着,这位新主顾就进来了。他是一位身材修长、相貌英俊的年轻人,年龄在三十岁左右,穿着考究而大方,举手投足之间流露出学者那种温文尔雅的态度,而没有交际场上的那种自命不凡。他与福尔摩斯握了握手,然后有些惊讶地望着我。

"我的事情非常敏感,福尔摩斯先生,"他说道,"请你考虑一下我和教授在私人与工作上的密切关系,我实在不能当着第三者的面讲述我的情况。"

"不用担心,班尼特先生。华生医生最谨慎不过了,另外说句实话,这件案子我很有可能需要一位帮手。"

---

① 剑津:英文为"Camford",属于合成词,是剑桥(Cambridge)与牛津(Oxford)的合称。剑桥大学和牛津大学是英国两所最著名的大学,常被人相提并论。

"那好，我就悉听尊便吧。请不要介意我刚才的谨慎。"

"华生，崔佛·班尼特先生是那位著名教授的助教，他就住在教授的家里，而且已经成为教授女儿的未婚夫。我们当然能够理解，他有义务忠于教授，为教授保守秘密。但是，表示忠实的最好方法是采用必要的手段来解开这个古怪的谜题。"

"我也希望如此，福尔摩斯先生。这就是我唯一的目的。请问，华生医生是否已经了解了基本情况？"

"刚才我还没来得及告诉他。"

"那我最好还是把情况再介绍一遍，然后再说说最近出现的新情况。"

"还是让我来重述吧，"福尔摩斯说道，"这样可以试试我有没有掌握基本事实。华生，教授在整个欧洲颇有名望。他这辈子一直过着学院生活，从没有过任何流言蜚语。他是个鳏夫，身边只有一个女儿，名叫伊笛丝。他性格刚强而又果决，甚至可以说非常好斗。这就是基本情况，直到几个月以前都是如此。

"后来，他的生活被打乱了。他今年已经六十一岁了，可是他却和他的同事——比较解剖学权威莫菲教授的女儿订了婚。我觉得，这并不是那种上了年纪的人带有理智的求婚，更像是年轻人那种狂热的求爱，因为他的表现实在是太热烈了。女方爱丽丝·莫菲是一位身心俱佳的少女，因此教授如此痴情也不足为奇。然而，教授的亲属对此却不完全认同。"

"我们觉得他这样做实在太过分了。"我们的客人说道。

"没错。这非常过分、过激，而且违背常理。但是教授非常富有，女孩的父亲也不反对。可是，女孩本人的看法却不是这样。当时还有几个人在追求她。这些人在财产、地位等方面虽然不及教授，但是他们在年龄上却与她很般配。这位姑娘好像并不在乎教授的一些怪癖，她还是很喜欢他的。他们之间唯一的障碍就是年龄。

"就在这时，教授的正常生活突然被一个小小的谜团罩住了。他做出了以前从未做过的事。他离家出走，不知去向。他走了两个星期，最后疲惫地回来。至于去了什么地方，他只字不提，而平时他是个非常坦率的人。就在这个时候，我们这位主顾班尼特先生恰好收到了一位同学从布拉格寄来的信，信中说他有幸在布拉格见到了普利斯伯瑞教授，但是没能跟他谈话。就这样，教授的亲属才得知他的去向。

"现在就来说说关键问题。教授自从回来以后，就发生了一些奇特的变化。他变得鬼鬼祟祟。周围的熟人都觉得他不再是他们过去所认识的那个人了，似乎有一层阴影罩住了他高尚的本性。他的智力并没有受到影响，他讲课时依然才气外露。可是，他身上总是表现出某种新的东西，某种出人意料的不祥的东西。他的女儿一直都很敬爱自己的父亲，她曾多次试图找回过去那种亲密无间的父女关系，试图揭开父亲的面具。而您，班尼特先生，也做了同样的努力——可是这一切都是徒劳的。现在，班尼特先生，请您亲自说说信件的事吧。"

"华生医生，您要知道，教授对我一向不保守什么秘密，就算我是他的儿子或弟弟，他也不会给予更多的信任。作为他的秘书，他的所有信件都要由我经手，由我拆开并加以分类。可是，自从他这次回来以后，情况就完全变了。他对我说，可能会有一些来自伦敦的信件，在邮票下面画有十字符号，这些信要归到一起，由他亲自拆看。后来，我果然收到了几封这样的信，上面有伦敦东区的邮戳，信封上的字像是没有受过什么教育的人写的。如果教授对这些信件有过回复的话，那么他的回信绝对没有经过我的手，他也没把回信放在我们平时发信用的邮筐里。"

"还有那个小盒子。"福尔摩斯说。

"对了，还有小盒子。教授那次旅行回来的时候，带回了一个小木盒，这是唯一能够证明他曾到欧洲大陆旅行的物品。那个小木盒雕刻得十分精巧，一般人会认为那是出自德国的手工艺品。他把木盒放到了工具橱里。有一回，我要去那里找插管，无意中拿起这个盒子端详起来。没想到，教授发怒了，用极其野蛮的语言来斥责我，而我当时只是出于普通的好奇心罢了。这种事还是第一次发生，我的自尊心受到了很大伤害。我极力辩解说，我只是无意中拿起盒子而已，可是那天整个晚上我都觉得他在恶狠狠地瞪着我，看来他对这件事一直耿耿于怀。"说到这里，班尼特先生从衣袋里拿出一个小小的日记本。"这件事发生在七月二日。"他补充道。

"您真是一个合格的见证人，"福尔摩斯说道，"您记的这些日期可能会对我有所帮助。"

"这种方法也是我从这位杰出的导师那里学到的知识之一。自从我发现他行为失常以来，我就觉得自己有责任研究他的病历。因此，我就在这上面记录下来。就在七月二日这天，他从书房出来走到门厅的时候，诺埃咬了他。后来，在七月十一日，又发生了类似的事件。七月二十日，我又记下了同样的情况。后来，我们只好把诺埃关到马厩里面。诺埃是一条非常听话的好狗——我说的这些，大概让您厌倦了吧？"

从班尼特的口气可以听出来，他有些不高兴了，因为显而易见，福尔摩斯正在独自出神，而不是在听他说话。福尔摩斯紧绷着脸，两只眼睛盯着大花板发呆。后来，他努力使自己回到了现实中来。

"奇怪，真是奇怪！"他喃喃地说道，"这种事我现在才听说，班尼特先生。原有的那些情况我们已经重述得差不多了吧？您刚才说的事情又有了进一步的发展。"

这时，客人那爽直而又活泼的脸一下子阴沉下来，因为他想起了不愉快的事情。"接下来我要说的事情发生在前天夜里，"他说，"就在夜里两点钟左右，我醒了，然后就一直躺在床上。这时，我听到一阵沉闷而又模糊的响声从楼道里移动过来，于是我打开房门往外看。教授的卧室在楼道的另一端——"

"那天的日期是——"福尔摩斯插了一句。

很显然，客人对这个无关紧要的问题表现出了很不耐烦的情绪。

"我说过了，是在前天夜里，就是九月四日。"

福尔摩斯微笑着点点头。

"请继续说吧。"他说。

"他住在楼道的另一头，只有经过我的门口才能到达楼梯。那天夜里，我看到的情景真是太吓人了，福尔摩斯先生。我觉得我的神经绝对不会比一般人弱，可是那天的情景的确把我吓坏了。整个楼道都非常黑暗，只有中间的一扇窗户透过一道光线。我看到有个黑乎乎的东西从楼道那边朝我这儿移动，是在地上爬过来的。当它爬到光亮处的时候，我一看，那竟然是教授！他就在地上爬行，福尔摩斯先生，他就在地上爬！他不是用膝盖和手在爬，而是用脚和手，头向下垂着。不过，他看上去很是轻松，并不费力。我吓得呆住了，直到他爬到我的房门口，我才走过去，问他要不要我把他扶起来。他的回答很是出人意料。他一下子跳了起来，用最恶毒的语言骂了一句，然后就从我面前走过去，下了楼。我等了大约一个小时，他也没有回来。大概直到天亮，他才回屋。"

"华生，你怎么看？"听福尔摩斯的语气，他就像是一位病理学家，正拿一个罕见的病例来问我。

"他也许患上了风湿性腰痛。我以前遇到过一个严重的病人，就是用这种方式走路的，而且这种病比什么都令人心烦，患者很容易发脾气。"

"说得很好，华生！你总是言之有理，脚踏实地。不过，说他患上了风湿性腰痛是说不通的，因为他当时一下子跳了起来。"

"他的身体好极了，"班尼特说道，"说实话，这么多年以来我还从未见过他的身体像现在这么好过。可是，这些事实还是存在的，福尔摩斯先生。这件事并不适合找警方解决，可是我们又实在是一筹莫展，不知道该怎么办才好，我们隐约感到将有灾祸发生。伊笛丝——就是普利斯伯瑞小姐，和我一样，都觉得不能再这样等下去了。"

"这的确是一件非常奇特并且引人深思的案子。华生，你有什么看法？"

"站在医生的立场上来说，"我说道，"我认为这是一个应当由精神病专家来处理的病例。老教授的大脑受到了恋爱的刺激。他去外国旅行，就是为了摆脱情网。他的那些信件和木盒子很有可能与他的一些私人事务有关——比如说借款、股票证券之类的东西，都是放在盒子里的。"

"而那只狼狗显然是反对他进行证券交易。不，不对，华生，这里面另有隐情。现在我只能提示——"

福尔摩斯的提示恐怕永远也不会有人知道了，因为就在这时，房门突然打开，一位小姐被带到屋子里来。班尼特一下子跳了起来，伸出双臂跑了过去，拉住了她伸过来的手。

"伊笛丝，亲爱的！没出什么事吧？"

"我觉得我必须得来找你，杰克，吓死我了！我不敢独自一人待在那里。"

"福尔摩斯先生，这位就是刚才我提到的那位小姐，也就是我的未婚妻。"

"我们刚才正是要得出这样的结论，不是吗，华生？"福尔摩斯笑道。"普利斯伯瑞小姐，您大概是想告诉我们事情又有了最新进展吧？"

我们的这位新客人是一位美丽的传统型英国姑娘，她微笑着向福尔摩斯打了个招呼，然后就坐在班尼特身边。

"我发现班尼特先生离开了旅馆，我想他很有可能来到了这里。当然，他早就对我说过要请您帮忙。唉，福尔摩斯先生，您能不能帮帮我那可怜的父亲？"

"我希望能够解决，普利斯伯瑞小姐，可是眼下案情还不够明朗。也许您带来的最新情况可以说明一些问题。"

"这是发生在昨天晚上的事，福尔摩斯先生。昨天一整天，他的行为都很古怪。我认为，有时候他对自己曾经做过的事并不记得。他好像是在做梦一样。昨天就是这种情况。他不像是我的父亲。虽然他的外表还是老样子，但实际上已经不是原来的他了。"

"请您把昨天的情况告诉我。"

"就在夜里，我被犬吠声吵醒了。那可怜的诺埃，现在正被锁在马厩旁边。我睡觉之前总是要把房门锁好，杰克——班尼特先生——一定告诉过您，我们都有一种不祥的预感。我的卧室在楼上。昨晚我的窗帘恰好是打开的，外面的月光很美。我躺在床上望着白色的窗口，耳朵听着狗的叫声。突然之间，我发现我父亲的脸正在窗外朝我望着。我吓得差点儿昏过去。他的脸就贴在窗玻璃上，举起了一只手，像是扶着窗框。假如窗户被他打开的话，我肯定会疯掉的。那绝对不是幻觉，福尔摩斯先生，千万不要认为那是幻觉。我敢肯定，大约有二十秒的时间，我就那样瘫软地躺在床上，看着他那张脸。后来，他就不见了，但我还是动不了，不能起身下床到窗口去看他的去向。我就这样躺在床上，浑身冷汗，一直熬到天亮。吃早餐的时候，他的态度非常粗暴，但没有说起夜里发生的事。我也没有提起这件事，只是找了个借口就进城了——然后我就到这儿来了。"

福尔摩斯听了小姐的叙述之后，似乎很惊讶。

"小姐，您刚才说您的卧室在楼上，那么园子里有长梯吗？"

"没有，这正是使人感到恐怖的原因所在：根本就没有攀到窗户的办法，而他竟然在窗口出现了。"

"时间是九月五日，"福尔摩斯说道，"这就使事情变得更加复杂了。"

这一下轮到小姐惊讶了。

"福尔摩斯先生，这是您第二次提到日期问题了，"班尼特说道，"难道对于这件案子来说，日期有什么重大关系吗？"

"有可能——很有可能——但是我现在还没有掌握足够的资料。"

"您是不是觉得精神失常与月球的运转有关？"

"不，不。我的想法与此无关。也许您可以把日记本留在我这里，我好核对一下日期。华生，我想我们的行动计划可以确定了。小姐已经告诉我们——我对她的直觉有着充分的信任——她的父亲在某些日子里对于自己做过的事情并不记得。所以，我们可以在这样的日子去拜访他，装作是他约我们去的。他也许会认为是自己不记得了。这样一来我们就可以从近处观察他，以此作为侦查工作的起点。"

"这样做很好，"班尼特说，"不过我还要提醒您，教授有的时候脾气很大，行为十分粗暴。"

福尔摩斯微微一笑，说道："我们有理由立刻去见他，可以说有充分的理由马上就去，如果我的推论符合事实的话。这样吧，班尼特先生，明天我们一定会到剑津的。如果我记得没错的话，那里有一家棋格旅馆，那里的葡萄酒超过中等水平，而床单的清洁度也比挨骂的水平高一些。先生，我们在接下来的几天里也许会落到比这更糟糕的地方去呢。"

星期一一大早，我们就在通往那个著名大学城的路上了——对于福尔摩斯来说，这是件很容易的事，因为他没有任何牵挂，但是对于我来说，却需要匆匆忙忙地作一番安排，因为现在我的业务量已经不小了。一路上,他并没有提起与案情有关的事,直到我们在他说的那家旅馆里把行李箱存好之后,他才说话。

"华生,我想我们可以在午餐之前去找教授。他在十一点钟讲课,午餐时间应该在家休息。"

"我们应该为这次拜访找个什么样的借口呢?"

福尔摩斯匆匆地翻看了一下日记本。

"在八月二十六日,有一段时间他表现得十分躁狂。我们可以假设,他在这段时间里头脑不太清醒。如果我们坚持说是有人约我们来的,他应该不会否认。你能不能厚着脸皮做一次?"

"我们只有试一试。"

"好极了,华生!勤勤恳恳加上精益求精。只有试一试——这是意志坚定者的座右铭。我们找个友善的当地人带路吧。"

一个本地人赶着一辆漂亮的马车,拉着我们飞快地经过一排古老的学院建筑,拐进了一条三排的马车道,最后在一座漂亮的宅子前面停下了。这所宅子的周围是种满紫藤的草坪。看来,教授的生活不仅舒适,而且还有点奢华。当马车靠近宅子时,我们发现从窗前探出了一个满是灰白头发的脑袋,在那浓重的眉毛下面,一双戴着厚厚的眼镜的锐利眼睛正在注视着我们。过了一会儿,我们就进入他的私人宅邸之中了。教授就站在我们跟前,正是他的怪异行为把我们从伦敦吸引来的。从他的外貌和举止之中看不到任何怪异之处,他举止庄重,五官端正,身材高大,身穿礼服,处处流露着大学教授应有的尊严。在他的五官中,最引人注目的就是他的双眼,犀利而又敏锐,聪明到了近乎狡猾的程度。

他看了我们的名片之后说道:"请坐,二位先生。我能为你们做些什么吗?"

福尔摩斯平和地微微一笑。

"教授,这恰恰是我要向您请教的问题。"

"向我请教?"

"也许有一些误会。我听别人说,剑津大学的普利斯伯瑞教授需要我的帮助。"

"哦,原来是这样!"我觉得他那敏锐的灰色眼睛里发出了一股恶毒的光芒,"您听别人说的,是这样吗?请您告诉我,那个人叫什么名字?"

"很抱歉,教授,这不方便透露。如果真的弄错了,也没有关系,我向您道歉就是了。"

"这倒不必。我想把这件事情搞清楚。现在我很感兴趣。您有什么字条、信件或是电报之类的可以说明您的来意吗?"

"没有。"

"您该不会想说是我请你们来的吧?"

"我不想回答这个问题。"

"当然不想回答!"教授厉声叫道,"不过,就算是没有您的帮助,我也可以很容易地得到答案。"

他来到电铃旁。我们在伦敦结识的那位班尼特先生听到铃声就走了进来。

"进来,班尼特先生。这两位先生是从伦敦来的,说有人约他们来这里。我的全部信件都由你来负责，你有没有登记过寄给一个名叫福尔摩斯的人的信件呢？"

"没有，先生。"班尼特脸上一红，答道。

"这就对了！"教授气冲冲地瞪着我的朋友。"先生，"他双手按在桌子上，向前探着身子说道，"我觉得您的身份非常可疑。"

福尔摩斯耸了耸肩膀。

"我只能再重复一遍，我们这次白白打扰了您。"

"事情没那么简单，福尔摩斯先生！"这位老者尖声叫道，面部表情极其恶毒。他一面说着一面站到门口，拦住了我们的去路，疯狂地向我们挥舞着双手。"你们想走，可没那么容易！"他咧着嘴向我们叫嚷着，脸上的肌肉都由于愤怒而有些痉挛了。若不是班尼特先生出来调解，我们只能靠一路厮打才能离开这间屋子。

"我亲爱的教授，"他叫道，"请您考虑一下自己的身份！请您想一想，这要是传到学院的话会产生什么影响！福尔摩斯先生是一位知名人士，您不能这样无礼地对待他。"

于是我们的主人——如果我可以这样称呼他的话——带着怒火让开了门口的路。我们感到十分庆幸，赶紧离开了这座宅子，来到外面平静的马车道上。福尔摩斯好像觉得这件事很有趣。

"我们这位博学的朋友，在精神方面好像不大对劲。"他说，"我们冒昧地拜访或许有些生硬，但我已经达到了亲身接触的目的。可是，我的天！华生，他一定是在跟踪我们，这家伙出来追我们了。"

我们身后传来了跑步的声音，可那并不是可怕的教授，而是他的助手出现在马车道的拐角处，我便松了一口气。他喘着粗气朝我们走来。

"实在抱歉，福尔摩斯先生，我应该向您道歉。"

"班尼特先生，这大可不必。这是我职业生涯当中不可避免的情况。"

"我从来没有见过他像今天这样蛮不讲理。他变得越来越凶了。现在您应该明白我和他的女儿为什么担心出事了。可是他的头脑是完全清醒的。"

"简直太清醒了！"福尔摩斯说道，"这是我的失误。很显然，他的记忆力比我预想的要好得多。对了，我们临走之前，可不可以看看普利斯伯瑞小姐房间的窗户？"

班尼特拨开灌木丛在前面带路，我们看见了楼的侧面。

"就在那里，左边第二扇窗户。"

"我的天，这似乎很难爬上去。不过，您可以看到窗子下面有藤条，上面还有水管，可以用来攀登。"

"我可爬不上去。"班尼特说。

"是的。对于任何普通人来说，这都是极其危险的。"

"还有一件事我想告诉您，福尔摩斯先生。我弄到了与教授通信的那个伦敦人的地址。今天早上，教授好像给他写过信，我从他的吸墨纸上看到了地址。作为一名深受信任的秘书，做这种事是很可耻的，可我又有什么办法呢？"

福尔摩斯看了一眼那张字条，就把它装进了口袋里。

"多瑞克——真是个奇怪的姓氏,我想应该是斯拉夫人。无论怎样,这都是一个相当重要的环节。班尼特先生,我们今天下午要返回伦敦,我看留在这里也没什么用处。我们不能将教授逮捕,因为他并没有犯罪;我们也不能限制他的活动,因为无法证明他精神失常。眼下,我们不能采取任何行动。"

"那么我们究竟该怎么办呢?"

"耐心一点,班尼特先生。事情很快就会有转机。如果我估计得不错的话,下个星期二很有可能是一个危急时刻。到时候我们一定过来。在需要等待的这段时间里,情况并不乐观,如果普利斯伯瑞小姐能够延长她在伦敦的停留——"

"这倒不难。"

"既然这样,就让她先留在伦敦,直到我们告诉她危险已经过去。眼下就让教授任意行动吧,不要违逆他。只要他心情愉快就好。"

"他过来了!"班尼特惊恐地低声说道。透过树枝的间隙,我们看到高大挺拔的教授从前厅走出来,向四周张望起来。他身体前倾,下垂的双手摇摆着,脑袋左顾右盼。秘书与我们挥手告别,然后便潜入树丛溜走了。片刻之后,我们就看到他站在了教授身边,两个人好像是一边激烈地谈论着什么,一边向屋里走去。

"我想,老教授一定猜出我们的行动了。"福尔摩斯在和我一同返回旅馆的时候说道,"虽然我们只是见了短短的一面,但我觉得他的头脑特别清晰,很有逻辑。他的确性如烈火,不过站在他的立场上来看,他的火爆脾气也不是没有原因的,因为他猜得到,这一定是他的家人要求侦探前来调查他的。我看现在班尼特的日子一定很不好过。"

福尔摩斯路过邮局的时候停下来发了一份电报。当天晚上,他就收到了回电。他把那封电报扔给我看。

> 已走访过商业路,见到了多瑞克。性情和蔼,波希米亚人,上了年纪。开一家大杂货店。
>
> 莫瑟

"莫瑟是在你搬走之后才来的,"福尔摩斯说道,"他是帮我料理日常事务的杂务工。我们非常有必要了解一下和教授秘密通信的那个人,他的国籍和教授的布拉格之行是有关联的。"

"感谢上帝,终于有一件事跟另一件事联系上了。"我说,"现在我们所面对的好像是一大堆无法解释的、彼此之间毫无关联的事件。比如说,狼狗咬人和布拉格之行有什么关联?这又与夜间在楼道爬行有什么关联?至于你的那些日期,就更加神秘莫测了。"

福尔摩斯微笑着搓起了双手。我们坐在老旅馆陈旧的起居室里,桌子上摆着一瓶福尔摩斯提到过的著名的葡萄酒。

"好吧,我们先来研究一下那些日期。"他说着便将五指并在一起,就像是在班上讲课一样。"这位青年才俊的日记表明,七月二日出了事,从那以后,好像每隔九天就要出一次事。根据我的记忆,只有一次例外。最后一次是在九月三日,也就是星期五,同样符合九天的规律，八月二十六日也是如此。这绝对不只是巧合。"

我不得不同意他的说法。

"所以，我们可以暂时作出这样的假设：教授每隔九天服用一种烈性药物，其药效持续时间很短，但是毒性较大。他原有的暴躁性格经过药物的刺激以后就更加暴躁了。他在布拉格学会了如何服用这种药物，现在由伦敦的一个波希米亚经销商为他提供药品。这些都能联系在一起，华生！"

"那又如何来解释狗咬人、窗口的脸以及在楼道里爬行这些事呢？"

"不管怎样，我们总算开了头。这件事要等到下个星期二才会有进一步发展。现在我们只能和班尼特保持联系，除此之外就是享受这个可爱城市的宜人景色。"

第二天一早，班尼特就跑来向我们报告最新情况。正如福尔摩斯所说，班尼特的日子真的很不好过。教授虽然没有用明确指责是他把我们请来的，但是态度却极其粗暴，显然非常不满。但是，今天早上他又恢复了常态，照例为满堂学生上了一堂精彩的课。"如果撇开他那些异常行为的话，"班尼特说，"他的精力的确从前更加充沛了，头脑也更加清晰了。但是，他变成了另外一个人，再也不是我们所认识的那个人了。"

"依我看，您至少在一星期之内不必有什么顾虑。"福尔摩斯说道，"我是一个大忙人，华生医生也有很多病人。我们约好下个星期二的这个时间在这里见面，如果我们下次离开您以前仍然不能对事情作出解释的话——即使我们不能真正解决它——那就太让我感到意外了。在下个星期二以前，请您把发生的新情况写信告诉我。"

此后，我一连几天都没有见到我的朋友福尔摩斯。星期一的晚上，我收到了他的一张便笺，上面说让我在火车站等他。在途中，他对我说，一切情况都很好，教授家里非常平静，他本人也很正常。当天晚上，我们在老地方棋格旅馆安顿下来以后，班尼特过来对我们讲述的情况也是如此。"今天他收到了从伦敦寄来的信，有一封信和一个小包裹，上面都标有十字，他告诉我不要拆看。除此之外没有别的情况。"

"这些也许足够了。"福尔摩斯严肃地说。"班尼特先生，我看今晚就能有一个结果了。如果我的推论没错的话，今晚我们就会把这件事查个水落石出。要想达到目的，就必须把教授置于监督之下。我建议您今晚不要睡觉，要留神观察。您如果听见他经过您的门口，千万不要惊动他，而是要偷偷地跟踪他。我和华生医生将在附近隐蔽起来。对了，您说的那个小木盒的钥匙放在哪里？"

"就在他的表链上。"

"我觉得我们的调查必须针对那个盒子。如果出现迫不得已的情况，那锁也不至于太难打开。宅子里面还有别的壮汉吗？"

"还有一个马车夫，叫麦格菲。"

"他睡在什么地方？"

"就在马厩楼上。"

"我们可能会用到他。现在我们能做的只有这些，我们需要等待事态的发展。再见吧——不过我相信在明天早上以前会再见到您的。"

临近午夜的时候，我们在教授宅邸正对面的树丛里隐蔽起来。那个夜里夜色清朗，但是温度偏低，还好我们穿上了大衣。当时微风吹拂，白云在夜空中飘过，不时遮住半圆的明月。在这个地方守望本来是非常沉闷的，不过还好，热切期待的兴奋心情一直鼓舞着我们，而且我的朋友还鼓劲儿说我们眼看就接近这个怪案的结局了。

"如果以九天为一个周期的推论是正确的，那么今晚教授一定会发作。"福尔摩斯说，"下面这几件事都指向同一结果：他那古怪的症状是从布拉格回来以后开始出现的，他与伦敦的一位波希米亚经销商秘密通信，这位商人极有可能代表布拉格的某个人，就在今天，教授收到了那位商人寄来的包裹。至于他使用的是什么，以及他为什么用药，我们还不清楚，但是，那种药品来自布拉格，这一点已经毋庸置疑了。教授是按照严格规定用药的，即以九天为一个周期，这是最早引起我注意的一个问题。但是他的症状非常奇怪。你有没有注意到他的指关节呢？"

我只得承认我从未注意过。

"他的指关节十分粗大，又有老茧，这是我从来没有见过的。华生，观察一个人首先就要观察他的手。然后再看袖口、裤膝和鞋子。他那古怪的指关节只可能与他行进的方式有关——"说到这里，福尔摩斯突然一拍脑门，"哦，华生，华生，我怎么那么笨啊！这看起来确实难以置信，但一定是那么回事。所有的要点都在说明同一个结果。我竟然没有看出这些事情之间的联系！那样的指关节，我怎么就没看出来呢？还有那条狗！还有藤条！我真应该退休回到我梦想中的农庄去了。快看，华生！他来了！现在我们可以亲眼观看了。"

前厅的大门缓缓地打开了，借着灯光，我们看到了教授那高大的身影。他身上穿着睡衣，站在门口，虽然直立着，上身却向前探出，两只手垂在身体前，就像我们上次看到的那样。

当他走上车道时，姿势突然发生了变化，只见他弯下身去，用手和脚在地上爬起来，还时不时地跳跃一下，就像精力过剩似的。他沿着宅邸一直向前爬去，爬到尽头之后就从屋角拐过去了。这时，班尼特溜出了房门，偷偷地跟着他拐了过去。

"快来，华生，快来！"福尔摩斯叫道。于是，我们两个悄悄地在树丛中转移，到了一个能够看见房子侧面的地点。房子的侧面有月光照耀，因此我们可以清清楚楚地看到教授的身影，此时他正趴在长满常春藤的墙脚下。突然，他以惊人的矫捷动作向墙上爬去。他从一根藤条爬到另一根藤条，抓得十分牢固，这显然是为了释放精力而毫无目的地做着游戏。他的睡衣敞开了，在身体两边飘动着，使他看上去就像是一只贴在墙壁上的大蝙蝠。在月光的照射下，墙上形成了一个巨大的黑方块。过了一段时间，他玩腻了，于是顺着一根根藤条降了下来，朝着马厩爬去了，仍旧是那种奇怪的姿势。这时，狼狗跑出来狂吠着，一看到它的主人叫得就更凶了。它把锁链拉得紧绷绷的，狂怒得颤抖起来。教授趴在狼狗刚好够不上他的地方，故意用各种办法激怒它。他抓起一把石子朝狼狗的头上砸去，又拿起一根棍子去打它，并且用手在狼狗张开的大嘴前面晃来晃去，总之，他用尽一切办法惹得狼狗更加疯狂地乱吠。在我们所有的探险经历中，还从来没有遇到过如此怪异的景象，一个冷静而有尊严的人物竟然像蛤蟆一样趴在地上，去挑逗一只狂怒的狼狗，故意以各种精巧而又残忍的方式，弄得狼狗抬起前脚对着他疯狂地吼叫。

突然，意外发生了！锁链倒是没有被挣断，可是狼狗的脖子却滑出了皮套，因为那皮套是给脖子较粗的狗制作的。只听铁链落到了地上，接着，人与狗就滚成了一团。狗在怒吼，人则以异样的声音尖叫。教授险些丧命。狼狗咬住了他的喉咙，牙齿切入很深，当我们跑过去把人与狗分开时，教授已经失去了知觉。这样做对于我们来说是非常危险的，幸好班尼特及时赶来，他的一声吃喝使狼狗立刻恢复了理智。叫喊声也把睡意蒙眬的马车夫从马厩楼上招引下来。"我早就知道会有这种结果，"他摇着头说道，"我见过他这样挑逗狼狗。我知道那条狗早晚会咬到他的。"

把狗重新拴好以后，我们一同把教授抬回了他的卧室。班尼特有医学学位，他协助我处理了那被咬破的喉咙。犬齿险些咬断他的颈动脉，所以出血很严重。大约过了半个小时，他才度过了危险。我给他注射了吗啡，他便沉睡过去。直到这个时候，大家才松了一口气，然后你看我我看你，开始研究下一步该怎么办。

"我认为，应该找一位外科权威来给他诊治。"我说。

"看在上帝的分儿上，不能这么做！"班尼特大叫道，"现在这则丑闻还仅限于家庭内部，我们是靠得住的。可是一旦传出去，那可就后患无穷了。请考虑一下他在大学的地位，他在整个欧洲的名誉，以及他女儿的感受吧！"

"的确是这样，"福尔摩斯说，"我认为，我们可以保守秘密，不往外传。另外，既然我们现在已经有了行动自由，就应该防止这类事情再次发生。班尼特先生，请把表链上的钥匙拿过来。麦格菲，你留下来看守病人，如果有什么变化立刻通知我们。现在就让我们去看看教授那个神秘的盒子里面到底装着什么。"

里面的东西并不多，但是足以说明问题——一个小小的空药瓶，还有一瓶几乎是满的；一个注射器；几封外国人写的、字迹歪歪扭扭的信。信封上的记号表明，这些正是秘书不能拆看的那几封，而且每一封信都是从商业路寄出的，上面还有"A·多瑞克"的签字。信件的内容只是所邮寄的新药的清单，或货款的收据。但除此之外还有一封信，显然出自受过教育的人之手，上面有奥地利邮票和布拉格邮戳。"这下我们终于有根据了！"福尔摩斯一面掏出信纸一面叫道。信上写的是：

尊敬的同行：

　　自从您光临舍下以来，我对您的情况进行过再三考虑。虽然您有特殊的理由需要治疗，但我仍然主张慎重行事，因为以往的治疗效果表明，该药可能导致十分危险的后果。

　　类人猿血清也许有较好的效果。但正如我所说，我使用的是黑面猿，因为它的血清比较容易获得。黑面猿惯于爬行和攀登，而类人猿则惯于直立行走，因而更接近人类。

　　我恳请您谨慎行事，千万不要在不成熟的时候将此疗法传出去。我在英国还有另一位主顾，也是由多瑞克做我的经纪人。

　　请每周按时报告疗效。

致以崇高的敬意

H·洛文斯坦

洛文斯坦！这个名字让我想起了报纸上的一段报道，说有一位不知名的科学家正在用一种奇特的方法研究返老还童以及长生不老的方法。这个人就是布拉格的洛文斯坦！他有一种神奇的强壮血清，是被医学界禁止使用的，因为他拒绝公开处方。我简要地说明了这一情况。班尼特从书架上取下一本动物学手册，念道："黑面猿，喜马拉雅山麓的大型黑面猿类，是世界上体型最大的类人爬行猿。"这上面还记载了很多细节呢。哦，福尔摩斯先生，多亏您的帮助，这一下我们终于找到问题的根源了。"

　　"其实真正的根源，"福尔摩斯说道，"就是教授那不合时宜的恋爱，这使性情急躁的教授认为只有恢复青春才能达到目的。一个人若想超越自然，那么他就会堕落到自然以下。即便是最高等的人，只要脱离了人类命运的正常轨道，就会沦为动物。"他把小药瓶拿在手中把玩着，坐在那儿沉思了片刻，两只眼睛凝视着里面的透明的液体。

　　"回头我会给这个人写一封信，告诉他，我认为传播这种毒药是犯罪行为。到了那时，我们这件案子才会了结。但是，类似的情况还会发生。其他人也许会想出更高明的办法。但是，危险总是存在的，这是对人类的一种现实的威胁。华生，想想看，那些追求物质、感官和世俗享乐的人都延长了自己那毫无价值的生命，而那些追求精神价值的人则不愿违背造物主的召唤。这导致的结果就是最差的人存活下来，这样一来，这个世界不就变成污水池了吗？"

　　突然，福尔摩斯结束了空想，以一位实干家的姿态从椅子上一跃而起。"班尼特先生，我看事情已经搞清楚了。每一个细节都得到了解释。狼狗当然比人更早地发现了主人的变化。教授身上的气味逃不过狼狗的鼻子。诺埃咬的并不是教授，而是猿猴，同样，挑逗狼狗的也是猿猴。对于猿类来说，攀援是一种本能的游戏，至于他把头探到女儿窗前，那实属偶然。华生，早上有开往伦敦的火车，不过我们还是先回旅馆喝杯茶然后再启程吧。"

退休的颜料商

那天早上，福尔摩斯陷入了抑郁的沉思当中。他那机警而讲求实际的性格也受到了这种心情的影响。

"你看到他了？"他问道。

"你说的是刚刚离开的那个老头儿？"

"对。"

"是的，我在门口遇到他了。"

"你觉得他这个人怎么样？"

"他是一个可怜兮兮、无所作为、潦倒没落的家伙。"

"说得很对，华生。可怜兮兮、无所作为。可是，难道整个人生不就是可怜兮兮、无所作为的吗？他的故事不就是整个世界的一个缩影吗？我们追求、我们攫取，可是到最后，我们手中又能剩下什么呢？只剩下一个幻影，甚至比幻影更糟——痛苦。"

"他也是你的主顾吗？"

"嗯，我认为应该这样称呼他。他是警察局介绍来的。就像医生把自己医治不了的病人转交给江湖医生一样。他们说自己已经无能为力，无论怎样，病人的情况都不可能更坏了。"

"这是一件什么事？"

福尔摩斯从桌子上拿起了一张沾满油污的名片。"加西亚·安柏利。他说他是制造艺术颜料的布瑞克佛和安柏利公司的股东。在市面上的一些颜料盒上你可以看到他们公司的名字。他积攒了一点积蓄，在六十一岁的时候退了休，在路易桑姆买了一所房子，操劳了一辈子之后终于可以休息了。人们都觉得他的未来算是有了保障。"

"确实如此。"

福尔摩斯扫了一眼他在信封背面草草写下的一些记录。

"他是一八九六年退休的，华生。一八九七年，他跟一个比自己小二十岁的女人结了婚，如果照片并不夸张的话，她还是个非常漂亮的女人。生活富裕，又有妻子，又有闲暇时光——他所面对的似乎是一条坦途。可是正如你所看见的，就在短短的两年之内，他已经变成世界上最潦倒、最凄惨的家伙了。"

"这到底是怎么回事呢？"

"故事还是老一套,华生。一个不忠不义的朋友和一个薄情寡义的妻子。安柏利好像只有一个嗜好,那就是下棋。在路易桑姆离他家不远的地方住着一位年轻的医生,他也是个棋迷。我记得他的名字是瑞·恩列斯特。他经常到安柏利家里去,他和安柏利太太之间的关系也随之变得亲密起来。因为你不得不承认,不管我们这位倒霉的主顾有什么内在的美德,最起码他在外表上并没有什么值得恭维的地方。就在上个星期,他俩私奔了——不知去向。更要命的是,那个不忠的妻子把老头的契据箱作为自己的私产—并带走了,那里面有他这辈子的大部分积蓄。我们能找到那个女人吗?能找到那笔钱财吗?到目前为止,这还只是一个普通问题,可是对于安柏利来说却是一件天大的事。"

"你打算怎么办?"

"我亲爱的华生,那得看你打算怎么办——如果你能代替我去办案的话。你是知道的,我正在处理两位古埃及基督教派主教的案子,今天到了紧要关头。我实在没办法抽身去路易桑姆,而现场的证据又非常重要。那个老头一再坚持要我去,我向他说明了我的难处,他才同意让我派个代表前去。"

"那好吧。"我说,"我承认,我不敢保证自己能够胜任,但我会尽全力的。"就这样,在一个夏日的午后,我起身前往路易桑姆,此时的我根本没有想到我正在参与的这件案子在一个星期之内就会成为全国上下热烈讨论的话题。

那天夜里,当我返回贝克街报告情况的时候,时间已经很晚了。福尔摩斯那瘦削的身体躺在大椅子上,从烟斗里缓缓冒出辛辣的烟圈。他睡眼惺忪,要不是在我叙述的过程中停顿或是有疑问时,他会半睁开那双明亮而又锐利的灰色眼睛,用搜寻的目光打量着我的话,我一定会以为他睡着了。

"加西亚·安柏利先生的寓所名叫天堂,"我解释道,"我想你一定会感兴趣的,福尔摩斯,它就像是一个沦落到下层社会的没落贵族。你是知道那种地方的,单调的铺砖街道和令人厌烦的郊区公路。就在它们中间,有一个富有古代文化气息的、设施舒适的孤岛,那就是他的庄园。周围环绕着晒得发硬的、长满苔藓的高墙,这种墙——"

"不用作诗了,华生,"福尔摩斯严厉地说道,"我看那就是一座用砖砌成的高墙。"

"是的。要不是向一个在街头抽烟的闲人打听,我还真找不到天堂。我应该介绍一下这个闲人。他个子很高,皮肤黝黑,脸上长着大胡子,一副军人模样。他点头示意着回答了我的问题,而且用一种带着好奇与疑惑的目光扫了我一眼,这使我事后又记起了他的目光。

"我还没进大门，就看见安柏利先生走下了车道。今天早上我只是急匆匆地看了他一眼，就觉得他很奇怪，当我在充足的阳光下再次看到他的时候，他的面貌就更加反常了。"

　　"当然，这一点我已经研究过了，不过我还是想听听你的看法。"福尔摩斯说道。

　　"我觉得他的腰真像是被生活压弯的。他的身体并不像我最初想象的那么衰弱，虽然他两腿细长，但是他的肩膀和胸脯的骨架却很宽大。"

　　"左脚的鞋有褶皱，而右脚的鞋却很平整。"

　　"这个我倒没太注意。"

　　"你是不会注意的。我发现他安装了假肢。请你继续说吧。"

　　"他那从旧草帽下面露出的灰白的头发，他那残暴的表情，还有那布满深深皱纹的脸给我留下了很深的印象。"

　　"不错，华生。他都说什么了？"

　　"他开始对我诉说他的悲苦。我们一起在车道走，当然，我趁此机会仔细地察看了四周。我以前从来没见过如此荒芜的地方。这里的花园杂草丛生，我觉得那些草木与其说是经过修剪的，倒不如说是任凭其自由生长的。我实在无法理解，一个体面的妇人怎么能够忍受这样的情况。房屋也同样破败不堪。这个倒霉的家伙似乎也感觉到了这一点，他正打算进行修缮，大厅的中央放着一桶绿色的油漆，他左手拿着一把大号刷子，正在为屋子里的木建部分上漆呢。

　　"他带着我来到了阴暗的书房，我们谈了好一阵。他对你没能亲自前来感到非常失望。'我实在不敢奢望，'他说，'像我这样一个卑微的人，尤其是在我经历了惨重的经济损失之后，还能赢得像福尔摩斯先生这样的知名人士的关注。'

　　"我对他说，这与经济毫无关系。当然，对他来说，这是'为艺术而艺术'。他说，'但即便是从犯罪艺术的角度来看，这里的事情也是值得研究的。华生医生，人类的先天本性——最恶劣的就是忘恩负义！我什么时候拒绝过她的要求呢？又有哪个女人比她更受宠爱？还有那个年轻人——我几乎把他当成自己的亲生儿子一样对待。他可以随便出入我家。可是您看看他们，现在是怎么背叛我的！唉，华生医生，这个世界真是可怕，可怕呀！'

　　"这就是他的谈话主题，说了一个多小时。看起来，他对于他们的私通没有任何质疑。他们是独自居住的，只有一个女仆每天白天工作一整日，晚上六点钟离去。就在事发当天的晚上，老安柏利为了让妻子开心，还特意在海市剧院的二楼订了两个座位。临出发前她借口头痛没有去，他只好独自前往。这看起来像是真话，他还拿出了为妻子买的那张没有用过的票。"

　　"这很值得注意——非常值得注意。"福尔摩斯说道，这些话似乎引起了他对于此案的兴趣，"华生，继续说下去。你的讲述很吸引人。你亲自看过那张票了吗？你可能没记住号码吧？"

　　"我恰好记住了，"我略带骄傲地回答，"三十一号，正好和我以前的学号相同，所以我记得很清楚。"

　　"好极了，华生！这么说他自己的座位不是三十号就是三十二号了？"

　　"没错，"我有些迷惑不解地答道，"而且是B排。"

"这实在太令人满意了。他还对你说了什么?"

"他带着我参观被他称为保险库的那个房间,那的确是个真正的保险库,就像银行一样。安装着铁门和铁窗,他说这样可以防盗。可是,他的妻子好像有一把复制的钥匙,那对男女一共卷走了价值七千英镑的现金及有价证券。"

"有价证券!他们会如何处理呢?"

"他说,他已经向警方提交了一份清单,希望这些有价证券无法出售。那天午夜时分,他从剧院回来,发现被盗,门窗都被打开,人也跑掉了,没有留下任何信或字条。此后,他就没有听到任何音信。于是他立即报了警。"

福尔摩斯沉思了几分钟。

"你说他当时正在刷油漆,他在刷什么?"

"他正在刷走廊。我刚才所说的这间屋子的门和木建部分早已经刷过了。"

"你不认为在这个时候做这种事有些不大正常吗?"

"'为了免除内心的痛苦,人总是要做些什么。'他就是这样解释的。当然,这的确有些反常,但是很明显,他本来就是个不大正常的怪人。他在我面前撕毁了他妻子的一张照片——是在盛怒之下撕掉的。'我永远也不想看见她那张可恶的面孔了。'他尖叫着说。"

"还有什么情况吗,华生?"

"有,还有一件事给我留下的印象最深。我坐车到黑石南原车站,在那里赶上了火车,就在火车即将启动的时候,我看到一个人冲进了我隔壁的车厢。你是了解我辨别人面孔的能力的,福尔摩斯。他就是那个身材高大、皮肤黝黑,在街上和我说话的人。后来我在伦敦桥又看到他一回,随后他就消失在人流中了。但我敢肯定,他是在跟踪我。"

"不错!不错!"福尔摩斯说道,"一个身材高大、皮肤黝黑,还长着大胡子的人。你说,他是不是戴着灰色太阳镜?"

"福尔摩斯,你真是太神了。我并没有告诉过你,可是他确实戴着一副灰色太阳镜!"

"他还别着共济会①的领针?"

"你太厉害了!福尔摩斯!"

---

① 共济会:大约产生于18世纪初期的英国,其结社宗旨是推动社会改革,成员多为贵族和上层资产阶级。

"这很简单，我亲爱的华生。我们还是说点儿实际的吧。我不得不承认，我起初认为简单可笑而不值一提的案子，现在已经显现出它非同寻常的一面了。虽然你在执行任务的时候遗漏了所有重要的东西，但是这些引起你注意的情况也是值得我们深思的。"

"我遗漏了什么？"

"不要难过，我的朋友。你应该知道，我并不是专指你一个人。没有人能比你做得更好了，有的人可能还不如你。但是你显然忽略了一些非常重要的东西。邻居对安柏利和他的妻子的看法如何？这显然是至关重要的。恩列斯特医生的为人如何？他是人们眼中那个放荡的好色之徒吗？华生，凭借你先天的便利条件，任何女人都可以成为你的助手和同谋。邮局的姑娘或是果蔬商的太太怎么样？我可以想象得到，你和女士们轻声细语地谈一些温柔的废话，就可以从中得到一些可靠的消息。可是这些你都没有做。"

"这些倒是可以做的。"

"这些已经做过了。多谢警方的电话和帮助，我常常不必离开屋子就能获得最基本的情报。其实，我所得到的情报已经证实了这个人的叙述。当地人认为他是个吝啬鬼，同时又是个极其粗暴而苛刻的丈夫。正是那个年轻的恩列斯特医生，一个单身汉，来和安柏利下棋，也许真的和他的妻子勾搭起来了。所有这些情况看起来都非常简单，人们会认为这些已经足够了——可是！——可是！"

"问题出在什么地方？"

"这可能只是我的想象。好了，不去管它，华生。让我们来听听音乐，摆脱这令人疲惫的工作吧。今天晚上，柯音娜会在亚柏特音乐厅演唱，我们还有时间换衣服、吃饭、听音乐。"

早上，我准时起床，可是一些面包屑和两个空蛋壳说明我的朋友起得比我还早。我在桌子上找到了一张便条。

亲爱的华生：

  我有一两件事要和加西亚·安柏利先生商谈，然后我们再确定是否可以解决此案。请你在三点钟之前做好准备，到时候我将需要你的协助。

                      S. H.

我一整天都没有见到福尔摩斯，可是到了约定的时间，他真的回来了。他一脸严肃，出神地想着什么，一言不发。这种时候最好还是不要打扰他。

"安柏利来了吗？"

"没有。"

"哦！我想他会来的。"

他没有失望，过了不一会儿，那老头儿就来了，严峻的脸上带着焦虑而又困惑的表情。

"我收到了一封电报，福尔摩斯先生，我不知道这究竟是什么意思。"他把电报递了过来，福尔摩斯高声念了起来：

请即刻前来。可提供关于你最近损失财物的消息。

艾尔门，牧师住宅

"这份电报是两点十分从小波林顿发出，"福尔摩斯说，"小波林顿在沙塞克斯郡，我相信离富林顿不远。你应该马上行动。很明显，这是一个信得过的人发的，是当地的牧师。我的名人录在哪里？哦，在这儿：'J·C·艾尔门，文学硕士，主持莫斯矿原区和小波林顿教区。'查一下火车表，华生。"

"五点二十分有一趟从利物浦街站开出的火车。"

"太好了，华生，你最好跟他一起去。他需要帮助和指导。我们显然已经接近此案的关键时刻了。"

可是我们的主顾好像并不急着出发。

"这实在太荒唐了，福尔摩斯先生，"他说，"这个人怎么可能知道发生了什么事呢？这次前往只会浪费时间和钱财。"

"如果不掌握一些情况，他是绝对不会给您发电报的。马上发电报说您这就去。"

"我不想去。"

福尔摩斯的表情变得严厉起来。

"安柏利先生，假如您拒绝追查这样一条明显的线索，那么您只能给警方和我本人留下极坏的印象。我们将认为您并没有认真对待这次调查。"

听他这么一说，我们的主顾有些慌乱了。

"好吧，既然您这么认为，我自然要去。"他说，"从表面上看，这个人不可能知道什么情况，但是如果您认为——"

"我就是这样认为的。"福尔摩斯加重了语气说道，于是我们就出发了。

在我们动身之前，福尔摩斯把我叫到一边嘱咐了一番，可见他非常重视这次行动。"不论发生什么情况，你一定要想办法把他弄去。"他说，"他要是逃走或者回来，你就到最近的电信局给我发电报，简单地告诉我'跑了'就可以。我会把这边安排好的，不管怎样，电报都会交到我手里。"

小波林顿位于支线上，交通不便。这次旅行并没有给我留下什么好印象。天气炎热，火车开得很慢，而且我的同伴又闷闷不乐地沉默着，除了偶尔对我们这次无益的旅行抱怨几句之外，几乎是一言不发。最后，我们总算到了小车站，又坐了两英里的马车前往牧师住宅。一位身材高大、外表严肃、自命不凡的牧师在书房里接待了我们。他面前放着我们发给他的电报。

"两位先生，你们好，"他招呼道，"我能为你们做些什么吗？"

"我们来到这里，"我解释道，"都是因为您发的那份电报。"

"我发的电报？我根本没发什么电报啊！"

"我是说你发给加西亚·安柏利先生的关于他妻子及钱财的那份电报。"

"如果这是开玩笑的话，先生，那就太过分了。"牧师生气地说道，"我压根儿就不认识您提到的那位先生，再说我也没给任何人发过电报。"

我和我们的主顾惊讶地互相对视着。

"也许是搞错了，"我说，"难道这里有两所牧师住宅？这就是那张电报，上面写着发自牧师住宅的艾尔门。"

"这个地方只有一所牧师住宅，也只有一位牧师，这份电报是伪造的，真无耻！一定要让警察来查清这份电报的由来，同时，我觉得我们没有必要继续谈下去了。"

于是，我和安柏利先生又来到村庄的路旁，这里就好像是英国最原始的村落。我们走到了电信局，可是这里已经关门了。幸好铁路警卫所有一部电话，我才得以联系到福尔摩斯。他对我们这次旅行的结果同样感到惊讶。

"太蹊跷了！"他在话筒那边说道，"简直莫名其妙！亲爱的华生，恐怕今晚没有返程的火车了。没想到我竟然害你在一个乡下旅店过夜。不过，大自然总是与你在一起的，华生——还有大自然和加西亚·安柏利——他们可以陪着你。"即将挂电话的时候，我听见了他的笑声。

没过多久，我就发现我的这位同伴真是一位名不虚传的吝啬鬼。他对旅行的花费大加抱怨，还一再坚持要坐三等车厢，后来又因为对旅店的账单不满而大发牢骚。第二天一早，当我们抵达伦敦时，已经很难说我们两个人谁的心情更加糟糕了。

"您最好顺便到贝克街来一趟，"我对他说，"也许福尔摩斯先生会有新的指示。"

"如果价值还不如上一个的话，我是绝对不会采纳的。"安柏利恶狠狠地说道。不过，他还是跟我一起去了。我已经发出电报告诉了福尔摩斯我们到达的时间。等到了那里，我却只看见一张便条，上面说他到路易桑姆去了，希望我们也能过去。这可太让人吃惊了，不过更让人吃惊的是，他并不是一个人在我们主顾的起居室里。他身边还坐着一个面容严肃、冷淡的男人，皮肤黝黑，戴着灰色太阳镜，领带上十分显眼地别着一枚共济会的领针。

"这位是我的朋友巴克先生，"福尔摩斯介绍说，"他对您的事情也颇感兴趣，加西亚·安柏利先生，虽然我们都在进行独立的调查，但是有个共同的问题想问您。"

安柏利先生沉重地坐了下来。从他那不安的眼神和抽动的五官上，我可以看出，他已经意识到了即将到来的危险。

"您想问我什么问题，福尔摩斯先生？"

"问题只有一个：您是如何处置尸体的？"

他嘶哑地大叫一声便一跃而起，枯瘦的双手在空中紧握着。他张着嘴巴，那一瞬间的样子就像是落入网中的鹰隼。在这一刻，我们看到了加西亚·安柏利的真面目，他的灵魂就像他的肢体一样无比丑陋。就在他向后倒在椅子上的时候，他用手捂着嘴唇，像是在抑制咳嗽。福尔摩斯如同猛虎般扑了过去，掐住了他的喉咙，将他的脸按向地面。结果，从他那颤抖的双唇之间吐出了一粒白色药丸。

"没那么简单，加西亚·安柏利，事情应该照规矩办。巴克，你觉得怎么样？"

"我的马车就停在门口。"我们这位沉默寡言的朋友说道。

"这里离车站只有几百码远，我们可以一起去。华生，你留在这里等着，半个小时之内我就会回来。"

老颜料商的身体有着雄狮般的力气，可是落在两个经验丰富的擒拿专家手中，他也无计可施。他被强行拖进了在外面等候的马车中，只有我留下来看守这座可怕的宅子。福尔摩斯在预定时间之前就赶回来了，与他一同回来的还有一位年轻英俊的警官。

"我让巴克去办手续。"福尔摩斯说道，"华生，你以前不知道巴克这个人，他是我在舍瑞郡海滨最可恨的对手。所以，当你说起那个身材高大、皮肤黝黑的人时，我自然就把你没有提及的东西说了出来。他办了几宗漂亮案子，是不是，警官？"

"他确实插手过一些案子。"警官略有保留地答道。

"毫无疑问，他的方法和我一样不规律。您应该知道，有些时候这种不规律是很有用的。就拿您来说吧，您不得不警告嫌犯，说无论他说什么都有可能对他本人不利，但这并不能使这个流氓招认。"

"或许不能。但是我们得出了相同的结论，福尔摩斯先生。不要认为我们对这件案子没有自己的见解，要是那样的话我们就不插手了。当您用一种我们无法使用的方法插手，从而夺走我们的荣誉的时候，您应该原谅我们的恼火。"

"放心好了，我不会夺走您的荣誉，麦金能。我向您保证，以后我将不再露面。至于巴克，除了我让他做的事情之外，他什么都没做。"

那位警官似乎松了一口气。

"您可真是慷慨大度，福尔摩斯先生。一切毁誉对您的影响并不算大，可是对于我们来说，只要报纸一提出问题，我们就难办了。"

"确实如此。不过，他们肯定会提出问题的，所以最好还是预先准备好答案。比如说，当机智、干练的记者询问到底是什么情况引起了您的怀疑，最后使您确认这就是事实时，您会怎样回答呢？"

看起来，警官有些困惑了。

"福尔摩斯先生，现在我们好像并没有抓住任何事实。您说那个罪犯想在三个证人面前自杀，是因为他谋害了他的妻子以及妻子的情人。除此之外，您还能拿出什么事实吗？"

"您愿意搜查一下吗？"

"有三名警员马上就到。"

"那样的话，您很快就能弄清楚。尸体不会太远，到地下室和花园找找看。在这几个值得怀疑的地方挖，不会花费太长时间的。这座宅子的历史比自来水管还要古老，肯定有一口废弃不用的旧水井。您可以碰碰运气。"

"您是怎么知道的？您又是怎样调查清楚的呢？"

"我先告诉您我是怎么调查的，然后再向您解释，也要向我那一直劳碌、贡献甚大的老朋友解释一番。首先，我要让你们了解这个人的心理。这个人很不寻常——因此我认为他的最终归宿与其说是绞架，倒不如说是精神病院。进一步说，他的性格属于中世纪的意大利，而不属于现代英国。他是个不可救药的吝啬鬼，他的妻子由于无法忍受他的吝啬，甘愿冒任何风险，与任何跟她交往的人走掉。这个愿望正好在那个喜欢下棋的医生身上实现了。安柏利棋下得很好——华生，这说明他的头脑是善用计谋的。他和任何一位守财奴一样，都有极强的嫉妒心，嫉妒使他疯狂起来。不论是真是假，他一直怀疑妻子跟别人私通，于是他决心报复，并用魔鬼一样的狡诈做好了计划。到这儿来！"

福尔摩斯十分自信地带着我们从过道走过去，就好像他曾在这所宅子里住过似的。最后，他在敞开的保险库门前停了下来。

"哦！油漆味真难闻！"警官叫道。

"这就是第一条线索，"福尔摩斯说，"关于这一点，您应该感谢华生的观察。虽然他并没有就此追查下去，但却让我有了追踪的线索。这个人为什么要在这个时候使屋子里充满这种强烈的气味呢？很显然，他想以此来掩盖另一种想掩饰的气味——一种让人产生怀疑的臭味。再就是这个安装了铁门和栅栏的房间——一个全密封的房间。把这两个事实联系在一起能得到什么样的结论呢？我只得下决心亲自查看一下这座房子。当我检查了海市剧院票房的售票表——这是华生医生的另一份功劳——查明当天晚上包厢的B排三十号和三十二号都空着，我顿时感觉到了此案的严重性。安柏利并没有去剧院，他那个不在场的证据已经无效了。他犯了一个致命的错误，那就是他让我这位精明的朋友看清了他为妻子买的那张票的座号。接下来的问题就是我怎样才能查看这座房子。我派了一位代理人到我所能想到的与本案最不可能发生关系的村庄，在那个颜料商根本不可能赶回来的时间把他召去。为了避免出现意外，我让华生跟他一同前往。当然，那个牧师的名字是我从名人录里找到的。我讲得很清楚了吧？"

"真是太高明了！"警官敬畏地说道。

"这下就不用担心被人打扰了，于是我闯进了这所宅子。如果要我改行的话，我会选择夜间盗窃，而且一定会成为这一领域的高手。看看我发现了什么。看看这条沿着墙壁边缘安装的煤气管道。它沿着墙角往上走，在角落里有一个开关。这根管子一直伸进保险库里，它的末端就在天花板中央的圆形花窗里，完全被花窗盖住了，但是末端是开口的。无论是在什么时候，只要拧开外面的开关，煤气就会充满这间屋子。在门窗紧闭、开关打开的情况下，被关在屋子里的任何人在两分钟之后都会昏迷。我不清楚他究竟是用什么卑劣的方法把他们骗进去的，可是他们一旦进了门，就只能任其摆布了。"

警官很感兴趣地查看了煤气管道。"我们的一个警员说过有煤气味，"他说，"当然，那时候门窗都已经打开了，油漆——或者说有一部分油漆——已经涂在墙壁上了。据他所说，他在事发前一天就已经开始刷油漆了。福尔摩斯先生，那接下来呢？"

"哦，后来发生了一件出乎我意料的事。早上，当我从厨房的窗户钻出来时，我感觉到有一只手抓住了我的衣领，一个声音说道：'你这个流氓，在这里做什么？'我挣扎着扭过头来，看到了我的朋友兼对头——戴着太阳镜的巴克先生。这次偶遇把我们两个全逗乐了。他好像是受瑞·恩列斯特医生家属的委托进行调查的，他同样发现其中隐藏着阴谋。他已经监视这座宅子好几天了，甚至还把来过这里的华生医生当成可疑分子进行跟踪。他无法逮捕华生，但是当他看到有人从厨房里面往外爬时，他就再也忍不住了。我把当时的情况向他介绍一番，然后我们两个就开始联手办案。"

"您为什么同他一起办案，而不是和我们联手呢？"

"因为当时我已经打算进行这个结果如此完美的试验。我担心你们不肯那样做。"

警官微微一笑。

"没错,我们大概不能那样做。福尔摩斯先生,根据我的理解,您现在是想对此案放手,然后把您已经获得的成果转交给我们,是吗?"

"当然,我习惯这样。"

"那好,我以警察的身份感谢您。按照您的说法,这件案子再清楚不过了,而且也不难找到尸体。"

"我再让您看一下确凿的证据,"福尔摩斯说道,"我敢肯定,这一点连安柏利先生本人也没有察觉到。警官,在探寻结论的时候您应当设身处地地想一想:假如您是当事人的话,您会怎么做?这样做需要相当强的想象力,不过确实很有效果。我们假设您被关在这间小屋子里面,活不过两分钟了,您想跟外面取得联系,甚至想向门外那个很有可能在嘲弄您的恶魔报复,这个时候,您会怎么做呢?"

"写个字条。"

"太对了。您想告诉别人自己是怎么死的。不过这不能写在纸上,那样的话会被凶手看到。您如果写在墙上的话,会引起仆人的注意。现在看这里!就在墙脚的上方有紫铅笔划过的痕迹:'我们是——'写到这里就没有下文了。"

"您对此怎么看呢?"

"这再明白不过了。这是那可怜的人临死前躺在地上写的。他还没有写完,就失去了知觉。"

"他想写'我们是被谋杀的'。"

"我也这么认为。如果您能在尸体上发现紫铅笔——"

"放心好了,我们一定会仔细查找的。可是,那些有价证券呢?很显然,根本就没发生过盗窃。可是他的的确确有这些证券,我们已经核实了。"

"他一定把那些有价证券藏到一个安全的地方了。等到整个私奔事件被人们遗忘之后,他就会很快找到这些财产,并声称那对罪恶的男女良心发现把赃物寄回来了,或者说那些证券被他们遗落在地上了。"

"看来,您确实解决了所有疑难问题。"警官说,"他来找我们自然在情理之中,可是我不明白,他为什么又要去找您呢?"

"这完全是卖弄!"福尔摩斯回答道,"他认为自己很聪明,所以非常自信,认为没有人能把他怎么样。他可以对所有怀疑他的邻居说:'看我采取了什么方法,我不仅找了警察,甚至还向福尔摩斯讨教过呢。'"

警官笑了起来。

"我们必须原谅您使用'甚至'这个词,福尔摩斯先生,"他说道,"这是我所知道的最精彩的案子。"

两天以后,我的朋友扔给我一份《北舍瑞郡观察家》双周刊。在一长串以"凶宅"为开头,以"警方卓越的调查"为结尾的夸张的大标题下面,有一整栏报道首次叙述了此案的全部经过。文章的结尾一段足见一斑,它是这样写的:

麦金能警官凭借其敏锐非凡的观察力从油漆的气味当中推断出可能掩盖另一种气味，比如煤气。同时，他还大胆地推断出保险库就是行凶现场。随后，在一口以狗窝巧妙掩饰的废井中发现了被害人的尸体。所有这一切都将作为我们职业侦探卓越才能的典范载入犯罪学史册。

"好吧，好吧，麦金能真是好样的。"福尔摩斯宽容地笑道，"华生，你可以把这件事写入我们自己的档案。总有一天，人们会知道事情的真相。"

王冠宝石案

华生医生很高兴再次回到贝克街二楼的这间零乱的房间，很多不同寻常的冒险都是从这个地方开始的。他在屋子里环顾了一周：墙壁上贴着科学图表，屋子里摆放着被强酸腐蚀了的药品架子，角落里立着小提琴盒子，烟箱里依然放着烟斗和烟草。他最后把目光落到了比利那张含笑而有神的脸上。这是一个小伙计，年纪虽然不大，却非常聪明懂事。有他陪在身边，可以多少减轻环绕在这位著名侦探周围的孤独之感。

"似乎一切都没变，比利。你也没变。他大概也是老样子吧？"

比利有些担心地看了看那扇关着的卧室门。

"我想他应该是上床睡着了。"比利说。

当时，正是一个美好的夏日傍晚，时间是七点钟。可是，华生非常熟悉他朋友不规律的生活，因此不会觉得这时候睡觉有什么奇怪。

"这就是说，他现在正在办一件案子？"

"正是，先生。他现在十分忙碌。我对他的健康状况很是担心。他越来越苍白，越来越消瘦，而且吃不下饭。赫德森太太总是这样问他：'福尔摩斯先生，您准备几点钟吃饭？'而他总是这样回答：'后天七点半。'您是知道的，他在专心办案的时候就是这样生活的。"

"没错，比利，我很了解他。"

"现在他正在跟踪某个人。昨天，他化装成一个正在找工作的工人；而今天，他又扮成了一个老太太，险些把我也给骗了。不过，我现在总算是熟悉他的习惯了。"比利一边笑着一边指了指立在沙发旁边的一把很皱的遮阳伞。"这就是老太婆的道具之一。"

"可是，比利，这是个什么案子呢？"

比利压低了声音，就好像是在谈论国家大事一样。"告诉您倒是没有关系，但是绝对不能外传。他正在办那个王冠宝石的案子。"

"什么——就是那件价值十万英镑的盗窃案吗？"

"正是，先生。他们下定决心要把宝石找回来。嗯，那天，首相和内务大臣到这儿来了，就坐在那张沙发上。福尔摩斯先生对他们态度很好，他没说几句话就让他们放下心来，他答应人家一定会尽力去办。然后甘特密尔勋爵——"

"哦，是他呀！"

"就是他,先生。您知道那是怎么回事。要是让我说的话,他简直就是一具活僵尸。我跟首相很谈得来;对于内务大臣,我也不讨厌,因为他是一个有礼貌、容易相处的人。可是,我实在受不了那位勋爵大人。就连福尔摩斯也受不了他。您看,他压根儿就不相信福尔摩斯先生,坚决反对请他来办案。他巴不得福尔摩斯先生办案失败。"

"那么福尔摩斯先生知道这些情况吗?"

"当然,福尔摩斯先生什么都知道。"

"那就让我们祝愿他办案成功,让甘特密尔勋爵见鬼去吧!嘿,比利,窗户前面那个帘子是干什么用的?"

"这是三天前福尔摩斯先生挂上去的,那后面有一个很有趣的东西。"

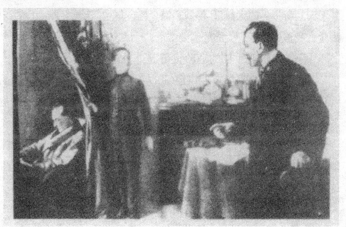

比利走过去,把遮在弓形窗凹处的帘子一把拉开了。

华生医生不由得惊叫了一声。原来,那正是他朋友的蜡像,身上穿着睡衣什么的,所有行头一应俱全。蜡像的脸转向窗户,略微下垂,好像是在读一本书,整个身体埋在了扶手椅中。比利把蜡像的头摘下来举在空中。

"我们把蜡像头转成各种不同的角度,是为了使它更像真人。要不是放下了窗帘,我是不敢碰它的。打开窗帘之后,在马路对面也能看到它。"

"曾经有一次,我也和福尔摩斯使用过蜡人。"

"那时候我还没有来到这里呢。"比利说道。他随手拉开窗帘朝街上张望起来。"有人在那里监视我们。我现在就能看到那边的窗口有一个家伙。您快来看啊。"

华生刚迈出一步,卧室的门就突然打开了,从里面闪出了福尔摩斯那瘦高的身影。他脸色苍白而又紧张,可是步伐和体态却像往常一样矫健。他向前一跃来到窗口,迅速把窗帘拉上了。

"够了,比利。"他说,"你刚才那样做会有生命危险的,而我眼下还需要你。华生,我很高兴又在老地方跟你见面了。现在正是关键时刻,你来得正好。"

"我想也是这样。"

"比利,你可以走了。这个孩子真是个问题,华生。我把他置于危险之下,这怎么能说得通呢?"

"是什么危险,福尔摩斯?"

"暴亡的危险。我想今天晚上就会出事。"

"什么事？"

"暗杀，华生。"

"不要说笑话了，福尔摩斯！"

"尽管我的幽默感十分有限，但也不至于开这样的玩笑。不管怎么说，我们眼下还是先娱乐一下吧，是不是？喝点儿酒行吗？煤气炉和雪茄还在原来的地方。我看，你还是坐你原来的那张扶手椅吧。你应该不会讨厌我的烟斗和糟糕的烟草吧？近日来，它们取代了我的三餐。"

"你为什么不吃饭呢？"

"这是因为饥饿可以改善人体机能。作为一名医生，你当然得承认，消化所需的供血量等于大脑所损失的供血量。而我只靠大脑，华生。除此之外，我的身体就只是一个附属物而已。因此，我首先要考虑大脑的需要。"

"不过，你刚才说的危险究竟是怎么回事？"

"对了，在出事以前，你把凶手的名字和地址记在脑子里也许会有好处的。你可以把它连同我的问候与临终祝福转达给苏格兰场。他的名字是沙维士——尼格爱图·沙维士伯爵。写下来，老伙计，快写下来！莫尔塞花园街136号。记下来没有？"

华生那张忠厚的脸孔急得都有些颤抖了。他很清楚，福尔摩斯面对的危险该有多么大，他也深知福尔摩斯刚才所说的那些话与其说是夸大不如说是保守。华生向来注重实际行动，这时他立刻作出了决定。

"加上我吧，福尔摩斯。这两天我正好没什么事做。"

"你的人格可真没什么长进，华生，而且还添了说谎的毛病。你明明是一个忙得要命的医生，每时每刻都有人来看病的。"

"那些都不是什么要紧的病。你为什么不找人来逮捕那个家伙呢？"

"我的确可以这么做。而这一点也正是使他焦躁的原因所在。"

"那你为什么还不下手呢？"

"因为现在我不知道宝石藏在哪里。"

"对了！比利对我说过——是王冠宝石。"

"没错，就是那颗硕大而又泛黄的蓝宝石。我已经设好了网，也捕到鱼了，可就是没有得到宝石，那样的话就算抓到他们又有什么用呢？当然，这样做可以为社会除去祸害。可这并不是我的目的。我想要的是宝石。"

"这个沙维士伯爵就是其中的一条鱼吗？"

"是的，而且是鲨鱼。他是会咬人的。另外一个是山姆·莫顿，是个拳击手。山姆倒不是个坏人，可惜他被伯爵利用了。山姆算不上是鲨鱼，他只是一条大个的愚昧固执的白杨鱼[①]。不过，他也同样在我的网里挣扎。"

"沙维士伯爵在什么地方？"

"今天整个上午我都在他身边。过去你也见过我化装成老太婆的样子，华生。可是今天我

---

① 白杨鱼：一种用作钓饵的鱼，常用来比喻容易受骗的人。

扮得最逼真。有一次，他还真的替我捡起了我的遮阳伞，还说：'对不起，太太。'他有一半意大利血统，因此他在高兴的时候颇有南方的礼貌风度，可是心情不佳的时候简直就是个恶魔的化身。华生，人生真是无奇不有啊。"

"人生也有可能变成悲剧。"

"是的，有这个可能。后来，我一直跟踪他到了曼诺里斯区的老史特劳布西店。这家店是做气枪的，做工相当精细，而且我想现在就有一支气枪在对面的窗口。你看到蜡像了吧？当然，比利已经让你看过了。蜡像的头部随时都有可能被子弹打穿。怎么了，比利？"

那孩子手中拿着一个托盘，上面放着一张名片。福尔摩斯只看了一眼，就立刻喜上眉梢，脸上显出一丝带有嘲弄意味的微笑。

"他来了。这真是让我始料未及。华生，拉网吧！这家伙真有胆色。你大概听说过他曾在一次大型比赛中获得过神枪手的美名吧。他要是把我也列在他的运动记录里面，那倒是一个成功的结尾。这说明，他已经感觉到我盯紧他了。"

"快叫警察！"

"也许得叫，但不是现在。华生，你能不能向窗外看一下，街道上是不是有个人在散步？"

华生小心翼翼地从窗帘边上望了望。

"是的，有一个壮汉正在门口闲逛。"

"那就是山姆·莫顿——忠心而又愚笨的山姆。比利，来访的那位先生在哪里？"

"在客厅。"

"我一按铃，你就把他带上来。"

"好的，先生。"

"如果我不在房间，你也让他进来。"

"好的，先生。"

比利出去之后刚一关上门，华生就立刻严肃地看着福尔摩斯。

"听我说，福尔摩斯，这绝对不行。他是个亡命徒，什么都敢做，他很有可能是来谋杀你的。"

"我并不奇怪。"

"我不走，我要跟你在一起。"

"你在这儿只会碍事。"

"碍他的事？"

"不，朋友，是碍我的事。"

"可是就算这样我也不会离开你的。"

"华生，你离开没关系，你会走的，因为你从未让我失望过。我相信，你会帮忙帮到底的。这个人虽然是为了自己的目的而来，但是，他反倒可以为我的目标服务。"说着，他就掏出了日记本，急匆匆地写了几行字。"你把它送到苏格兰场，交到侦查处的尤格手里。然后，你就跟警察一块儿来，这样就可以把这家伙抓起来了。"

"我很高兴这样做。"

"在你赶到之前，我正好有时间找到宝石。"说着，他便按了一下铃。"我们最好从卧室门走出去。这个旁门很有用。我打算躲在一旁看看这条老鲨鱼，你应该知道，我是有特殊手段的。"

于是，一分钟之后，比利就把沙维士伯爵带进空屋子里来了。这位声名显赫的猎兽家、运动员兼浪荡公子是一个身材魁梧、皮肤黝黑的男子，威武的黑胡子盖住了下面那两片凶残的薄嘴唇，胡子上面伸出了一个鹰嘴一样的又长又弯的鼻子。他衣着考究，但是花色领结和闪亮的别针、戒指总是给人一种浮华的感觉。当他身后的门关上以后，他就用那凶狠而又惊愕的目光四下查看了一番，好像每走一步都会有陷阱似的。就在他发现窗前扶手椅上方的头和睡衣领子的一瞬间，他猛地吃了一惊。一开始，他完全是一副惊奇的表情，紧接着，在他那凶狠的黑眼睛里闪现出了一种十分可怕的希冀之光。他看了看四周，认为的确没人在场作证，于是就举起粗手杖，踮起脚尖朝那个无声的人形走过去。正当他猫着腰准备猛地跳过去发出致命一击的时候，突然，从卧室的门口传来了一个冷静而带有讥讽的声音："别打坏了它，伯爵！不要打坏！"

凶手吓得一下子缩了回去，抽搐的脸上充满了惶惑。刹那间，他再次半举起那根加铅的手杖，好像又要对真人行凶。可是，福尔摩斯那镇定的灰色眼睛和嘲讽的微笑使他的手再次放了下来。

"这个东西可真不错，"福尔摩斯一边说着一边朝蜡像走过去，"它出自法国塑像家塔凡尼尔之手。他制作蜡像的技巧丝毫不亚于你的朋友史特劳布西做气枪。"

"什么气枪？你这是什么意思？"

"请把帽子和手杖放到茶几上。好！请坐。你愿意把左轮手枪也摘下来吗？好吧，你要是愿意带在身上就随你的便好了。你来得真巧，我原本也很想找你聊一聊。"

伯爵的粗眉毛拧在了一起。

"我嘛，也想跟你聊聊，所以才来这儿的，福尔摩斯。我不否认，刚才我确实很想揍你。"

福尔摩斯晃了晃靠在桌边的腿。

"看得出来，你确实有这种想法，"他说，"不过，你为什么要这样对我呢？"

"因为你跟我捣乱；因为你派你的手下跟踪我。"

"什么？我的手下！根本没那回事！"

"别掩饰了！我已经派人跟着他们了。你我两方面都可以这么做，福尔摩斯。"

"这倒是小问题，沙维士伯爵。不过，请你在叫我名字的时候加上称呼。你是知道的，干我们这一行，只有流氓才会像熟人一样直呼我的名字。我想你也会认同我的看法，不遵守正常的礼节是很不好的。"

"那好吧，我就叫你福尔摩斯先生吧。"

"好极了！现在我就告诉你，你刚才说我派人跟踪你，这根本就是胡说。"

伯爵轻蔑地笑了起来。

"别人也会像你一样观察清楚的。昨天是一个老猎手，今天又是一个老妇人。他们跟踪了我一整天。"

"说实话，先生，你可真抬举我了。道森老男爵在被处以绞刑的前一天晚上还说，我这个人，从事了法律，却使戏剧界少了一个天才。今天，你也来夸奖我的化装技术了？"

"难道——是你本人？"

福尔摩斯耸耸肩膀。"你看角落里的那把遮阳伞，那就是你开始怀疑我之前在曼诺里斯帮我捡起来的。"

"当时我要是知道是你，你就休想——"

"再回到这个简陋的屋子了。这一点我很清楚。我们俩都后悔不该错过好时机。因为当时你并不知道是我，所以我们俩又在这里见面了。"

伯爵的眉毛在那双凶狠的眼睛上方拧得更紧了。"你这么一说，事情就更严重了。不是你的手下而是你本人化装，你简直是无事生非！现在你已经承认了你在跟踪我。那么，你到底为什么跟踪我？"

"算了，伯爵，你以前曾在阿尔及利亚打过狮子的。"

"那又如何？"

"你为什么要打猎？"

"为什么？为了娱乐——为了寻求刺激——为了冒险。"

"也是为了给国家除害吧？"

"是的。"

"同样，这也是我的理由！"

伯爵一下子跳了起来，手下意识地朝后面的裤袋摸去。

"坐下，先生，请坐下！我还有一个更加实际的理由——我想找回那颗泛着黄光的宝石。"

伯爵靠在椅背上，脸上露出了狰狞的笑容。

"原来是这样！"他说道。

"你明明知道我就是因为这个才跟踪你的。你今晚来到这里的目的就是想知道我究竟掌握了你多少情况，以及有没有必要把我干掉。好吧，我实话跟你说，站在你的立场上来说，那是非常必要的，因为我知道所有情况，只有一点除外，而这正是你将要告诉我的。"

"好啊！那么请问，你想知道的这一点到底是什么呢？"

"宝石现在在哪里？"

伯爵十分警觉地瞥了他一眼。"这么说，你就是想知道这个情况？可是，我怎么会告诉你它在哪儿呢？"

"你会的，你一定会的。"

"真的吗?"

"你骗不了我,伯爵。"福尔摩斯两眼紧紧地盯着他,越盯越亮,最后,就像两根威力无比的钢针一般。"你就好比是一块玻璃砖,我可以看穿你的脑袋。"

"那样的话,你当然可以看出宝石藏在什么地方了。"

福尔摩斯高兴地拍着手,接着就伸出一根手指嘲弄道:"这么说你果然知道,你已经承认了。"

"我什么都没承认!"

"好了,伯爵,你如果放聪明一点,我们还可以商量商量。不然的话,对你可没什么好处。"

伯爵仰起了头,两眼望着天花板。"你还说我欺骗你!"他说道。

福尔摩斯凝视着他,就像是一位下棋高手在思考着至关重要的一步棋。随后,他就拉开了抽屉,拿出一个厚厚的日记本。

"你知道这里面记的是什么吗?"

"我不知道,先生。"

"是你!"

"我?"

"是的,就是你!你的所有经历——每一桩罪恶的冒险勾当。"

"你这个该死的家伙,福尔摩斯!"伯爵两眼冒着怒火大声喊道,"我的忍耐是有限的!"

"都在这里,伯爵。比如说哈诺太太的死亡真相,她把布莱莫产业留给了你,可是你很快就赌光了。"

"你是在说梦话吧?"

"还有米妮·华伦德小姐的全部生活记录。"

"呸!你从那里得不到任何东西!"

"还有很多。这里是一八九二年二月十三日在瑞凡尼亚头等火车上的抢劫记录。这是同一年在里昂银行的支票伪造案。"

"这个你弄错了。"

"这么说,其他的都对了!唉,伯爵,你是个很会打牌的人。当对方已经掌握了全部王牌的时候,你马上摊牌最省事了。"

"你刚才说的这些,和宝石有什么关系?"

"镇定点儿,伯爵。别生气!让我用简单平常的方式把话讲清楚。我掌握着这些关于你的情况,但比这更重要的是,我还完全掌握了你和你的打手参与王冠宝石案的证据。"

"哦!真的吗?"

"我掌握着送你到白厅①的马车夫,以及带你离开那里的马车夫的情况。我掌握在事发地

---

① 白厅:伦敦市内的一条街。由于这一带是众多政府机关的所在地,所以人们常以白厅代指英国行政部门。

点看到过你的看门人的情况。我掌握着艾克·桑德斯的情况,他不肯为你切割宝石。艾克已经自首了。你的罪行已经暴露了。"

伯爵脸上青筋暴突。他那长满汗毛的大手紧张地绞在了一起。他似乎想要说话,但却说不出一个字。

"这些就是我的牌,"福尔摩斯说道,"我现在全都摊出来了。可是我还缺一张牌,就是那张方块K。我还不知道宝石藏在什么地方。"

"你永远也不会知道。"

"真的吗?伯爵,放聪明点,权衡一下利弊吧。你将被监禁二十年。山姆也一样。那样的话,你要宝石还有什么用呢?一点用处都没有了。相反,你若是把宝石交出来——我就不再起诉。我们需要的并不是逮捕你或者山姆,而是找回宝石。如果你交出宝石,那么,只要你以后老老实实,我就会放你一马。可是如果你以后再出乱子——那就没有下一次了。我这次的任务就是找回宝石,而不是抓你。"

"如果我不答应你呢?"

"那么,非常遗憾,我只有抓住你而不找宝石。"

这时,比利听到铃声便走了进来。

"伯爵,我认为不如把你的朋友山姆也找来,大家一起商量。不管怎样,他的切身利益使他也应该获得发言权。比利,大门外有一位身材高大、相貌丑陋的先生。你去请他上楼来。"

"他要是不来呢,先生?"

"不必强迫。千万不要和他动武。只要你对他说沙维士伯爵找他,他就一定会来。"

"你想怎样?"比利刚一走,伯爵就问道。

"刚才我的朋友华生也在这儿。我告诉他说,我的网里捕到一条鲨鱼和一条白杨鱼;现在我就要收网了,它们马上就会被一网打尽。"

伯爵站起身来,一只手伸向背后。福尔摩斯握住了睡衣口袋里的一件突起的东西。

"你不会有好下场的,福尔摩斯。"

"我也经常这样想。这有那么重要吗?说实话,伯爵,说起你自己的生命归宿,站着死比躺着死的可能性要大一些。可是,为将来而忧虑是很烦人的。为什么不让自己好好享受现在的生活呢?"

突然,这位惯犯那双凶狠的黑眼睛里放出一股野兽般的凶光。当他处于紧张和戒备的状态之下时,福尔摩斯显得愈发高大了。"朋友,动枪是没有用的。"福尔摩斯镇定地道,"你也应该知道,即便我给你时间拿出枪,你也不敢开枪。手枪的噪音很大,伯爵。还是用气枪好一些。哦,他们来了,我听见你那可敬的同伙的脚步声了。你好,莫顿先生。在街上很闷吧,是不是?"

这位拳击手是一个体格健壮的小伙子,长着一张愚蠢而又顽强的扁平脸。他有些不自然地站在门口,疑惑地朝周围张望。对他来说,福尔摩斯的这种亲切态度是他从未见过的新鲜事,尽管他隐隐约约地意识到这带有一种敌意,但他却不知道应该如何来应付。于是,他就向他那位更加狡黠的同伙求援了。

"现在唱的是哪出戏,伯爵?这个家伙要干什么?究竟发生了什么事?"他的嗓音低沉而又沙哑。

伯爵耸了耸肩膀,倒是福尔摩斯回答了他的问题。

"莫顿先生,如果允许我用一句话来总结情况的话,那就是'真相大白'。"

拳击手依然对他的同伙讲话。

"这家伙是在开玩笑还是怎的?我可没有心情说笑。"

"不,我没有开玩笑,"福尔摩斯说,"我想我可以担保,今晚你会越来越不想笑。喂,伯爵先生,我是个大忙人,不能浪费时间。现在我要进卧室去。我不在的话,你们可千万不要客气。不必顾及我,你可以把眼下情况跟你的同伙说清楚。我要去练小提琴,拉一首《霍夫曼船歌》①。五分钟后,我再回来听你的最终答复。我想,对于我刚才所说的最终选择,你应该听明白了吧?到底是要我们抓到你,还是得到宝石?"

福尔摩斯说完就走了,顺手拿走了墙角的那把小提琴。不大一会儿,就从那房门紧闭的卧室里传来了温婉绵长的曲调。

"这究竟是怎么回事?"还没等朋友开口,莫顿就着急地问道,"难道他知道宝石的下落了?"

"他妈的,他掌握的情况实在太多了。我不敢确定他是不是全都知道了。"

"我的上帝!"这位拳击手那灰黄色的脸显得更加苍白了。

"艾克把我们给出卖了。"

"真的吗?就算上绞架,我也一定要杀了他!"

"那也无济于事。我们得赶快决定下一步怎么办。"

"等等,"拳击手疑心重重地朝卧室望了望,"这家伙是个精明鬼,对他得多加提防,他会不会偷听?"

"他正在拉琴,怎么可能偷听呢?"

"那倒也是。可是,也许有人躲在帘子后面偷听呢。这间屋子的挂帘实在太多。"说着,他四下看了看。这时候,他第一次发现了福尔摩斯的蜡像,于是惊讶地用手指着它,一下子

---

① 霍夫曼船歌:是德裔法国作曲家雅克·奥芬巴赫(1819—1880)创作的歌剧《霍夫曼的故事》第二幕中一段经典的女声二重唱。

说不上话来。

"喂，那是蜡像！"伯爵说道。

"是假的？哦，把我吓坏了。谁都看不出那是假的。跟他本人一模一样，甚至还穿着睡衣。可是，伯爵，你看这些帘子！"

"别管什么帘子了！我们正在耽误时间，时间已经不多了。他很快就有可能为宝石的事把我们给抓起来。"

"他妈的，这个浑蛋！"

"不过，只要我们告诉他宝石的下落，他就会放我们一马。"

"什么！交出宝石？交出十万英镑？"

"两条路任选一条。"

莫顿伸出手来挠着自己那留着短发的脑袋。

"他只有一个人在这儿。我们把他干掉算了。这家伙要是死了，我们就什么都不怕。"

伯爵摇了摇头。

"他已经准备好枪支了。我们即使开枪打死他，事后在这个热闹的地方也很难脱身。再说，警察也有可能已经知道了他所掌握的证据。哦！是什么声音？"

似乎从窗口传来一阵模糊不清的声响。两个人赶紧转过身来，可是什么都没有。除了那个古怪的蜡像坐在那里之外，房间里再没有别人。

"是街上的声音。"莫顿说道，"好了，老大，您是有头脑的人。您当然能够想出办法。要是不能动武的话，我就听您的。"

"比他更厉害的对手我都骗过。"伯爵答道。"其实宝石就藏在我的暗口袋里。我不能把它胡乱放到别的地方，那样太冒险了。今天晚上就可以把它送出英国，星期天以前就可以在阿姆斯特丹把它切割成四块。他不知道范·席达这个人。"

"我还以为席达下星期才走呢。"

"原计划是那样的，可是现在他必须马上动身。我们两人中间必须有一个带着宝石到莱姆街去告诉他。"

"可是，假底座还没有做好呢。"

"那他也得只能这么带走，冒险去做。我们一分钟都不能耽误了。"一个射击手的本能让他再一次感到了危险，于是他恶狠狠地看了看窗口。没错，刚才的声音的确来自大街。

"至于福尔摩斯，"他继续说道，"我们可以很轻易地欺骗他。知道吗？这个傻瓜只要能得到宝石就不会逮捕我们。那好吧，我们就答应给他宝石。我们告诉他错误的线索，还没等他发觉上当，我们已经到荷兰了。"

"这个办法我赞成！"莫顿一边咧嘴笑一边叫道。

"你去通知那个荷兰人马上行动。这个傻瓜就由我来对付。我会假装检讨一番，就说宝石放在了利物浦。他妈的，这音乐真讨厌！当他发现宝石不在利物浦的时候，那颗宝石早已被割成四块了，我们也在大海上了。过来，不要站在卧室门锁孔可以看见的地方。给你宝石。"

"您还真敢把它带在身上。"

"这里不是最安全的地方吗?既然我们可以把它拿出白厅,别人也同样可以把它从我的住所拿走。"

"让我好好看看它。"

伯爵不悦地看了他同伙一眼,没有理会那伸过来的脏手。

"怎么?你以为我会抢吗?妈的,我可受不了你这一套!"

"好了,好了,别动怒,山姆。这个时候我们可绝对不能吵架。到窗口这边来才能看清楚。对着光线来看,给你!"

"多谢!"

福尔摩斯猛地从蜡像的椅子上跳了起来,一把抢过了宝石。他一只手握着宝石,另一只手用枪指着伯爵的头。这两个恶棍完全不知所措,惊愕地倒退了几步。就在他们惊魂未定的时候,福尔摩斯已经按了电铃。

"不要动武,两位先生,我恳请你们不要动武,看在这一屋子家具的分儿上!你们应该很清楚,对于你们来说,反抗是不合适的,因为警察就在楼下。"

伯爵的疑惑超过了他的恼怒和恐惧。

"你究竟是从什么地方——?"他喘着粗气问道。

"你的惊讶是完全可以理解的。你没有注意到,我的卧室还有一扇门通到这帘子后面。我本以为,当我把蜡像搬走的时候你一定会听见声响,可是我很幸运。这样一来,我就有机会聆听你们那番生动的谈话。如果你们觉察到我在场的话,那么谈话就不会这么自然了。"

伯爵一脸绝望的表情。

"你可真行,福尔摩斯。我相信你就是魔鬼。"

"至少跟魔鬼差不多吧。"福尔摩斯谦逊地笑道。

头脑迟钝的山姆·莫顿半天才搞清楚是怎么回事。直到楼梯上传来沉重的脚步声,他才开口。

"好家伙!"他说道,"可是,小提琴的声音是怎么来的?现在还在响呢!"

"没错,"福尔摩斯答道,"你想得很对。就让它继续响吧!如今,留声机的确是一项了不起的新发明。"

警察冲了进来,一阵手铐声响过以后,罪犯就被带到门口的马车上去了。华生留了下来,祝贺福尔摩斯在自己的探案史上又写下了光辉的一页。正在说话间,比利默默地拿着放有名片的托盘进来了。

"甘特密尔勋爵来了。"

"快请他上来吧,比利。这位就是代表最高阶层的显贵名士,"福尔摩斯说道,"他是一位杰出而又忠实的人物,只是有一点迂腐。想不想捉弄他一下?冒昧地跟他开个玩笑怎样?按理说,他一定不知道刚才发生的事情。"

门开了,走进来一个瘦削而又庄严的人,那清瘦的脸上垂着维多利亚中期式的光亮黑须,这与他那微驼的脊背和衰老的步伐很不相称。福尔摩斯热情地迎了上去,握住了他那没什么反应的手。

"甘特密尔勋爵，您好！这时节可真够冷的，不过屋子里还很温暖，我帮您脱掉大衣好吗？"

"不用了，谢谢。我不想脱。"

可是福尔摩斯硬是拉着衣袖不肯放手。

"不必客气，还是让我帮您脱掉吧！我的朋友华生医生可以担保，气温剧烈变化对健康非常不利。"

这位勋爵不耐烦地挣开了他的手。

"我觉得这样很舒服，先生！我在这儿坐不了多长时间。我只是来这里打听一下你自找麻烦的那件案子进行得怎样了。"

"非常麻烦——非常麻烦。"

"我早就知道会这样。"

这位政界要员的语气之中带着一种明显的讥讽之意。"每个人都有自身的局限性，福尔摩斯先生，不过这也有一个好处，那就是可以治疗我们狂妄自大的毛病。"

"是的，是的，我的确非常着急。"

"那当然。"

"尤其是关于一件事，也许您可以帮我一下。"

"你求我帮你，有点太晚了吧。我还以为你有万全之策呢。不过，我还是很愿意帮你一把。"

"您知道，我们现在起诉真正的盗窃者是没有任何问题的。"

"那要等你抓住他们以后。"

"那是当然。可问题是——我们该如何起诉收赃者呢？"

"你提这个问题有点为时过早了吧？"

"计划周密一些总是好的。那么，您认为逮捕收赃者需要什么样的确凿证据呢？"

"实际持有那颗宝石。"

"根据这一点，您会逮捕他吗？"

"这是毫无疑问的。"

福尔摩斯很少笑出声来，然而这次却是他老朋友华生记忆中极其少见的一次大笑。

"既然如此，先生，我不得不将您逮捕。"

甘特密尔勋爵气坏了，他那苍白的脸颊被老年人的火气加深了颜色。

"你实在太放肆了，福尔摩斯先生。我在五十年的公职生涯中，还从来没碰到过这样的事。先生，我公务繁忙，责任重大，我可没有时间和心情来开这种毫无意义的玩笑。我实话对你说，我从来就没有相信过你的能力，我一直认为，把这件案子交给警方处理要安全得多。你刚才的所作所为证实了我的看法。先生，祝你晚安。再见！"

福尔摩斯迅速地一扭身子，站到了门前。

"等一下，先生，"他说，"带着宝石离开比暂时持有它罪行更加严重。"

"这简直太不像话了！让我出去！"

"请您摸摸大衣右边的口袋吧。"

"你这是什么意思,先生?"

"别着急,别着急,照我说的去做。"

几秒钟之后,这位勋爵万分惊讶地站在那里,瞠目结舌,他那颤抖的手掌上放着那颗硕大的泛着黄光的宝石。

"哦!哦!这到底是怎么回事,福尔摩斯先生?"

"很抱歉,勋爵,真的很抱歉!"福尔摩斯大声说道,"我的这位朋友可以告诉您,我有一种喜欢搞恶作剧的坏习惯。还有,我很喜欢戏剧性的效果。我冒昧地——真的很冒昧——在您刚一进门的时候把那颗宝石放到您口袋里了。"

老勋爵看了看宝石,然后又看了看福尔摩斯的笑脸。

"先生,我真的有些糊涂了。不过——这的确是王冠宝石。福尔摩斯先生,我们对您不胜感激。至于您的幽默感嘛,正如您自己所说,的确有点古怪,而且表现的时机也不太合适,但是不管怎么说,我收回我刚才对您专业才能的评价。可是您到底是怎么——"

"这件案子才办完了一半,细节以后再说。甘特密尔勋爵,毫无疑问,您现在可以回去向上面报告这个好消息了,这样总可以弥补我的恶作剧了吧。比利,送客。还有,告诉赫德森太太尽快送两个人的晚餐上来。"